# Prologue



*École privée Greenwich Country*
*Greenwich, Connecticut*
*Vingt ans plus tôt*

— Mais enfin, Jane, prends-le.

Jane Whitcomb saisit le sac à dos.

— Tu vas venir, hein ?

— Je te l'ai déjà dit ce matin. *Oui.*

— Chouette !

Jane regarda son amie s'éloigner jusqu'à ce qu'elle entende un coup de klaxon. Rajustant sa veste, elle redressa les épaules et se tourna vers la Mercedes. Derrière la vitre du conducteur, la mère de Jane, sourcils froncés, ne la quittait pas des yeux.

Jane se dépêcha de traverser la rue, son sac à dos plein de contrebande faisant bien trop de bruit à son goût. Elle sauta sur le siège arrière et le posa à ses pieds. La voiture roulait déjà avant qu'elle ait eu le temps de fermer la portière.

— Ton père rentre ce soir.

— Quoi ? (Jane remonta ses lunettes sur son nez.) Quand ?

— Ce soir. Je crains donc que…

— Non ! Tu m'avais promis !

Sa mère lui jeta un coup d'œil par-dessus son épaule.

— Qu'est-ce que vous venez de dire, Jane Whitcomb ?

Les larmes brouillèrent la vue de Jane.

— Tu m'avais promis, pour mon treizième anniversaire. Katie et Lucy sont censées…

— J'ai déjà appelé leur mère pour les prévenir.

Jane se laissa retomber contre le siège.

Sa mère la regarda dans le rétroviseur.

— Ne fais pas cette tête, s'il te plaît. Tu crois peut-être que tu es plus importante que ton père ? C'est ce que tu crois ?

— Bien sûr que non. Tout le monde sait bien que c'est Dieu.

La Mercedes mordit le bord du trottoir, fit une embardée et les freins grincèrent. La mère de Jane se retourna, leva la main et s'immobilisa, le bras tremblant.

Jane se recroquevilla, horrifiée.

Après cet accès de colère, sa mère se retourna et lissa sa coiffure impeccable d'un geste nerveux.

— Tu… tu ne te joindras pas à nous pour dîner ce soir. Et ton gâteau sera mis à la poubelle.

La voiture se remit en route.

Jane s'essuya les joues et baissa les yeux sur le sac à dos. Elle n'avait jamais pu inviter de copines à dormir à la maison et avait dû supplier pendant des mois pour y être autorisée.

Fichu. Tout était fichu à présent.

Elles n'échangèrent plus un mot pendant le reste du trajet, et, une fois la Mercedes dans le garage, la mère de Jane sortit de la voiture et entra dans la maison sans lui jeter un regard.

« Tu sais où tu dois aller », furent les seuls mots qu'elle prononça.

Jane resta dans la voiture, essayant de se reprendre. Puis elle ramassa le sac à dos et ses livres et se traîna dans la cuisine. Richard, le cuisinier, était penché au-dessus de la poubelle et y poussait un gâteau avec un glaçage à la vanille et décoré de fleurs en sucre rouges et jaunes.

Elle ne lui adressa pas un mot car elle avait la gorge nouée. Richard, quant à lui, ne dit rien parce qu'il ne la portait pas dans son cœur. À vrai dire, il n'aimait personne, Hannah mise à part.

Jane poussa la porte de service pour entrer dans la salle à manger. Elle espérait ne pas se retrouver nez à nez avec sa jeune sœur et pria pour que Hannah soit au lit. Cette dernière avait été malade ce matin-là en se réveillant. Probablement parce qu'elle devait rendre une rédaction.

En gagnant l'escalier, Jane vit sa mère dans la salle de séjour.

Les coussins du canapé. Encore une fois.

Sa mère n'avait pas encore retiré son manteau de laine bleu ciel et tenait son foulard en soie à la main. Il n'y avait aucun doute qu'elle resterait habillée ainsi tant qu'elle ne serait pas satisfaite de la manière dont les coussins étaient lustrés. Ce qui pourrait prendre un bon moment. La norme, c'était la netteté absolue ; exactement comme pour les cheveux.

Jane se dirigea vers sa chambre. Son seul espoir pour l'heure était que son père arrive après dîner. Ainsi, même s'il saurait de toute façon qu'elle était punie, il n'aurait au moins pas à supporter la vue de sa chaise inoccupée. À l'instar de son épouse, il ne supportait pas le moindre accroc dans l'ordre établi, et l'absence de Jane à la table du dîner, c'était plus qu'un accroc, c'était une véritable déchirure.

Le sermon qu'il lui ferait en serait rallongé car il s'étendrait aussi sur le fait qu'elle avait déçu toute sa famille en étant absente du repas, en plus d'avoir fait preuve d'insolence envers sa mère.

Au premier étage, la chambre jaune d'or de Jane n'était pas différente du reste de la maison : lisse et nette comme pour les cheveux ou les coussins du canapé. L'ensemble semblait sorti tout droit d'un magazine de décoration, une perfection figée comme une photographie.

La seule chose qui détonnait, c'était Hannah.

Le sac à dos au contenu répréhensible atterrit dans le placard, sur les rangées de mocassins et de babies. Jane retira ensuite son uniforme d'écolière et enfila une chemise de nuit en pilou. À quoi bon enfiler des vêtements de jour, puisqu'elle n'irait nulle part ?

Elle porta sa pile de livres de classe et la posa sur son bureau blanc. Elle avait des devoirs à faire, du français, des maths, de l'anglais.

Elle jeta un coup d'œil à sa table de nuit. *Les Mille et Une Nuits* l'attendaient.

C'était encore le meilleur moyen de faire passer le temps pendant qu'elle était punie, mais les devoirs étaient prioritaires. Elle n'avait pas le choix. Elle se sentirait trop coupable autrement.

Deux heures plus tard, elle était installée sur son lit, *Les Mille et Une Nuits* sur ses genoux, quand la porte s'ouvrit et Hannah passa la tête à l'intérieur de la chambre. Ses boucles rousses constituaient une autre déviation à l'ordre des choses. Tous les autres membres de la famille étaient blonds.

— Je t'ai apporté à manger.

Jane s'assit, inquiète pour sa jeune sœur.

— Tu vas avoir des ennuis.

— Mais non.

Hannah se glissa dans la chambre, un petit panier contenant une serviette en vichy, un sandwich, une pomme et un biscuit, à la main.

— Richard m'a donné ça pour que j'aie un petit truc à manger ce soir.

— Et toi, tu vas manger quoi ?

— Je n'ai pas faim. Prends.

— Merci, Han.

Jane prit le panier tandis que Hannah s'asseyait au pied du lit.

— Alors, qu'est-ce que t'as fait ?

Jane secoua la tête et mordit dans le sandwich au rosbif.

— Je me suis énervée contre maman.

— Pasque tu pouvais pas avoir ta fête ?

— Ouais.

— Ben… j'ai un truc pour te remonter le moral. (Hannah posa une feuille cartonnée pliée en deux sur la couette.) Joyeux anniversaire !

Jane regarda la carte et cligna rapidement des yeux deux ou trois fois.

— Merci…, Han.

— Sois pas triste. Je suis là. Regarde ta carte ! Je l'ai faite spécialement pour toi.

Sur le dessus, dessinés de la main maladroite de sa sœur, il y avait deux petits personnages. L'un avait des cheveux blonds et raides et le nom « Jane » inscrit dessous. L'autre avait des boucles rousses, et le nom « Hannah » soulignait ses pieds. Elles se tenaient les mains et de grands sourires étaient tracés sur les cercles qui représentaient leur visage.

Au moment où Jane allait ouvrir la carte, le faisceau de deux phares balaya le devant de la maison et remonta l'allée qui menait au garage.

— Papa est rentré, souffla Jane. Tu ferais bien de t'en aller.

Hannah n'avait pas l'air aussi inquiète qu'elle l'aurait été normalement, certainement parce qu'elle ne se sentait pas très bien. Ou peut-être était-elle distraite par… enfin par un des trucs qui lui passaient souvent par la tête. Elle passait son temps à rêvasser, ce qui expliquait probablement pourquoi elle était toujours de bonne humeur.

— File, Han. Sérieusement.

— D'accord. Mais je suis vraiment désolée que ta fête ait été annulée. Hannah se dirigea vers la porte en traînant les pieds.

— Hé, Han ? J'aime beaucoup ma carte.

— T'as pas regardé à l'intérieur.

— Pas besoin. Je l'aime parce que tu l'as faite exprès pour moi. (Le visage de Hannah s'éclaira d'un de ses sourires rayonnants, ceux qui rappelaient à Jane des journées ensoleillées.) C'est une carte qui raconte notre histoire.

La porte se referma et Jane entendit les voix de ses parents qui montaient du vestibule. Elle mangea à toute allure la collation de Hannah, fourra le panier dans les plis des rideaux à côté du lit et s'approcha de sa pile de livres de classe. Elle retourna se coucher avec *Les Aventures de M. Pickwick*. Elle se disait que, si elle était penchée sur ses devoirs lorsque son père entrerait, cela lui donnerait des bons points.

Ses parents montèrent une heure plus tard et elle se figea, s'attendant que son père frappe à la porte. Mais non.

Ce qui était étrange, d'ailleurs. Il était, dans sa raideur implacable, aussi précis qu'une horloge, et sa prévisibilité était curieusement réconfortante, même si Jane n'aimait pas avoir affaire à lui.

Elle posa *Pickwick*, éteignit la lumière et glissa ses jambes sous le duvet froufroutant. Elle n'arrivait pas à s'endormir sous le ciel de lit, et au bout d'un moment elle entendit l'horloge qui se trouvait sur le palier frapper douze coups.

Minuit.

Elle se laissa glisser hors du lit et se dirigea vers la penderie, sortit le sac à dos et ouvrit la fermeture Éclair. Le plateau de Ouija tomba, s'ouvrant et atterrissant par terre, face vers le haut. Elle le saisit avec appréhension, craignant qu'il soit cassé ou endommagé, puis elle sortit le bidule qui servait de pointeur.

Ses amies et elle avaient été impatientes d'essayer parce qu'elles voulaient toutes savoir avec qui elles allaient se marier. Il y avait un garçon que Jane aimait bien dans son cours de maths, il s'appelait Victor Browne. Ils avaient discuté tous les deux à plusieurs reprises et elle pensait vraiment qu'ils pourraient sortir ensemble un jour. Le problème était qu'elle ne savait pas quels étaient ses sentiments à son égard. Peut-être qu'il l'aimait bien simplement parce qu'elle lui soufflait les bonnes réponses aux contrôles.

Jane disposa le plateau sur son lit, posa les mains sur le pointeur et inspira profondément.

— Quel est le nom du garçon que je vais épouser ?

Elle ne pensait pas que le truc bougerait. Et il ne bougea pas.

Après deux ou trois autres tentatives, elle s'appuya contre la tête de lit, frustrée. Une minute plus tard, elle frappa doucement le mur derrière elle. Sa sœur répondit en frappant aussi et, un moment plus tard, Hannah entrait subrepticement dans la chambre. En voyant le jeu, elle s'anima et sauta sur le lit, faisant rebondir le pointeur.

— Chut !

Mon Dieu, si elles se faisaient surprendre ainsi, elles seraient privées de sorties, et de tout le reste. Pour toujours.

— Pardon. (Hannah replia les jambes et les retint avec les mains pour s'empêcher de gigoter.) Comment on… ?

— Tu lui poses des questions et il te donne les réponses.

— Qu'est-ce qu'on peut poser comme questions ?

— Avec qui on va se marier.

Bon, à présent, Jane ressentait une certaine appréhension. Et si la réponse était Victor ?

— Commençons avec toi. Pose le bout des doigts sur le pointeur, mais tu ne pousses pas, hein ? Juste… comme ça, oui. Bon… Avec qui Hannah va se marier ?

Le pointeur ne bougea pas. Même après que Jane eut répété la question.

— C'est cassé, ton truc, affirma Hannah en reculant.

— Je vais essayer de poser une autre question. Repose tes mains sur le pointeur. (Jane inspira profondément.) Avec qui je vais me marier ?

Un petit bruit grinçant s'éleva du plateau au moment où le pointeur se mettait à se déplacer. Lorsqu'il s'arrêta sur la lettre V, Jane trembla. Le cœur battant, elle le regarda se déplacer sur la lettre I.

— C'est Victor ! s'exclama Hannah. C'est Victor ! Tu vas te marier avec Victor !

Jane ne se préoccupa pas de faire taire sa sœur. C'était trop formidable pour être…

Le pointeur atterrit sur la lettre S. S ?

— Ça ne va pas, fit remarquer Jane. Il doit y avoir un problème…

— N'arrête pas. Voyons qui c'est.

Mais si ce n'était pas Victor, elle ne voyait pas qui ça pourrait être. Et quel genre de garçon portait un nom qui commençait par Vis…

Jane lutta pour rediriger le pointeur, mais il insista pour s'arrêter sur la lettre Z, puis encore une fois sur S.

VISZS.

Jane sentit l'effroi glacer son sang dans ses veines.

— Je t'ai dit que c'était cassé, marmonna Hannah. Qui c'est, Viszs ?

Jane leva les yeux du plateau puis se laissa retomber sur ses oreillers. C'était le pire anniversaire qu'elle ait jamais eu.

— Peut-être qu'on devrait essayer de nouveau, proposa Hannah. (Comme Jane hésitait, elle se renfrogna.) Allez, je veux une réponse, moi aussi, c'est pas juste sinon.

Elles reposèrent le bout des doigts sur le pointeur.

— Qu'est-ce que je vais avoir comme cadeau de Noël ? demanda Hannah.

Le pointeur ne bougea pas.

— Essaie avec un « oui » ou un « non » pour commencer, expliqua Jane, encore troublée par le nom qui lui avait été communiqué.

Peut-être que le plateau ne savait pas épeler correctement.

— Est-ce que je vais avoir quelque chose pour Noël ? s'enquit Hannah.

Le pointeur se mit à grincer.

— J'espère que c'est un cheval, murmura Hannah comme le pointeur effectuait des cercles. J'aurais dû demander ça.

Le pointeur s'arrêta sur « Non ».

Elles rivèrent toutes deux leur regard sur l'objet.

Hannah croisa les bras sur la poitrine.

— Je veux des cadeaux, moi.

— Ce n'est qu'un jeu, dit Jane en refermant le plateau. Et puis tu as raison : ce truc est vraiment cassé. Je l'ai fait tomber.

— Je veux des cadeaux.

Jane tendit les bras vers sa sœur et la serra contre elle.

— Ne fais pas attention à ce plateau débile, Han. Tu recevras toujours quelque chose de ma part pour Noël.

Lorsque Hannah partit un peu plus tard, Jane se glissa de nouveau entre les draps.

*Stupide plateau. Stupide anniversaire. Stupide tout.*

Comme elle fermait les yeux, elle se rendit compte qu'elle n'avait toujours pas ouvert la carte de sa sœur. Elle ralluma la lumière et la prit sur la table de nuit. On pouvait lire à l'intérieur : « Nous nous tiendrons toujours la main ! Je t'aime ! Hannah. »

C'était n'importe quoi, la réponse qu'elles avaient eue à propos de Noël. Tout le monde adorait Hannah et lui offrait des cadeaux. Elle arrivait même à faire fléchir leur père de temps en temps, alors que personne d'autre n'en était capable. Elle aurait des cadeaux, c'était certain.

*Stupide plateau.*

Jane finit par s'endormir. Elle s'était certainement endormie, puisque Hannah la réveilla.

— Ça va ? demanda Jane en s'asseyant.

Sa sœur se tenait debout à côté du lit dans sa chemise de nuit en pilou, une curieuse expression sur le visage.

— Faut que j'y aille.

La voix de Hannah était triste.

— Aux toilettes ? Tu vas vomir ? (Jane repoussa ses couvertures.) Je vais venir avec t…

— Tu ne peux pas. (Hannah poussa un soupir.) Faut que j'y aille.

— Bon, une fois que tu auras fini de faire ce que tu dois faire, tu peux revenir ici et dormir avec moi, si tu veux.

Hannah regarda vers la porte.

— J'ai peur.

— Ça fait peur d'être malade. Mais je serai toujours avec toi.

— Faut que j'y aille.

Lorsque Hannah se retourna pour la regarder, elle avait l'air… plus âgée. Plus rien à voir avec la petite fille de dix ans qu'elle était.

— J'essaierai de revenir. Je ferai de mon mieux.

— Euh… D'accord.

Sa sœur avait peut-être de la fièvre ou quelque chose dans le genre.

— Tu veux aller réveiller maman ?

Hannah secoua la tête.

— Je veux seulement te voir, toi. Dors.

Hannah quitta la pièce et Jane retomba sur ses oreillers. Elle se dit qu'elle devrait peut-être se lever et aller voir dans la salle de bains si sa sœur allait bien, mais le sommeil eut raison d'elle avant qu'elle puisse trouver l'énergie de se lever.

Le lendemain matin, Jane fut réveillée par un bruit de pas lourds dans le couloir. Elle crut d'abord que quelqu'un avait fait tomber quelque chose qui avait laissé une tache sur la moquette, une chaise ou un dessus-de-lit. Mais ensuite elle entendit le bruit des sirènes de l'ambulance remontant l'allée qui menait à la maison.

Jane se leva, regarda par les fenêtres puis passa la tête dans le couloir. Son père parlait avec quelqu'un en bas, et la porte de la chambre de Hannah était ouverte.

Sur la pointe des pieds, Jane traversa le couloir orné d'un tapis au motif oriental en se disant que sa sœur ne se levait en général pas si tôt le samedi. Elle devait vraiment être malade.

Elle s'arrêta sur le seuil de la chambre. Hannah gisait immobile sur son lit, les yeux grands ouverts et tournés vers le plafond, la peau aussi pâle que ses draps immaculés.

Pas un clignement d'œil.

Dans le coin opposé de la chambre, le plus loin possible de Hannah, leur mère était assise sur la banquette située sous la fenêtre, sa robe de chambre en soie ivoire étalée autour d'elle.

— Retourne te coucher. Immédiatement.

Jane courut à sa chambre. Au moment où elle refermait sa porte, elle vit son père monter l'escalier en compagnie de deux hommes en uniforme bleu. Il parlait avec autorité et elle capta les mots « cardiopathie congénitale » quelque chose.

Jane sauta dans son lit et tira les draps par-dessus sa tête. Tremblante dans l'obscurité, elle se sentit toute petite et terrifiée.

Le plateau avait eu raison. Hannah ne reçut pas de cadeaux de Noël et n'épousa personne.

Mais la petite sœur de Jane tint sa promesse. Elle revint.

# Chapitre premier

— Je ne suis vraiment pas convaincu par ce cuir.

Viszs leva les yeux de sa rangée d'ordinateurs. Butch O'Neal se tenait debout au centre de la salle de séjour de la Fosse, vêtu d'un pantalon en cuir, une expression sur le visage qui disait haut et fort « non, mais je rêve ! »

— Il ne te va pas ? demanda V. à son ami.

— Ce n'est pas le problème. Sans vouloir vexer personne, ces trucs, ça fait franchement Village People. (Butch tendit ses bras massifs et tourna sur lui-même, sa poitrine nue reflétant la lumière de la lampe.) Sans blague, faut pas déconner.

— Ils sont faits pour combattre, pas pour un défilé sur un podium.

— Oui, les kilts aussi, mais tu ne me vois pas me balader les mollets à l'air.

— Heureusement. Tu as les jambes trop arquées pour pouvoir te le permettre.

Butch afficha une expression exaspérée, feinte.

— Mords-moi, je rêve !

*Si seulement*, se dit V.

Son regard se perdit au loin et il alla chercher sa poche de tabac turc. Tandis qu'il sortait du papier à rouler, préparait le tabac et roulait une cigarette, il se prit à ressasser cette pensée qui ne le quittait pas : il se répéta que Butch baignait dans le bonheur, uni à l'amour de sa vie, et que, de toute façon, son ami n'était pas de ce bord-là.

V. alluma sa cigarette et aspira une bouffée en s'efforçant de ne pas regarder le flic, sans y parvenir. Putain de vision périphérique. Chaque fois, il se faisait avoir.

Bordel, quel foutu pervers il faisait. Surtout quand on connaissait les liens d'amitié qui les unissaient.

Ces neuf derniers mois, V. s'était rapproché de Butch comme il ne s'était jamais rapproché de personne dans sa vie, soit plus de trois cents ans. Il partageait une maison avec lui, s'était saoulé avec lui, entraîné avec lui. Il avait connu la mort et la vie, avait affronté prophéties et malédictions, toujours à ses côtés. Il avait contribué à faire plier les lois de la nature pour transformer l'humain que Butch était et en faire un vampire, puis l'avait soigné quand il avait fait usage de son nouveau pouvoir qui lui permettait d'annihiler les ennemis de l'espèce, un pouvoir qui mettait chaque fois sa vie en danger. C'est encore lui qui avait proposé qu'il intègre la Confrérie… et qui s'était tenu à ses côtés lorsqu'il avait été uni à sa *shellane*.

Pendant que Butch allait et venait dans la pièce, essayant visiblement de se faire à ses vêtements de cuir, V. ne quittait pas des yeux les sept lettres tatouées sur son dos en langue ancienne : « MARISSA ». V. avait tatoué les deux A et ils étaient impeccablement tracés, en dépit du fait que sa main n'avait pas cessé de trembler pendant toute la durée du travail.

— Oui, reprit Butch. Je ne suis pas sûr d'être vraiment à l'aise dans ce pantalon.

Après la cérémonie de leur union, V. avait quitté la Fosse pour la journée afin de préserver l'intimité de l'heureux couple. Il avait traversé la cour du complexe et s'était enfermé dans une chambre d'amis de la grande maison en compagnie de trois bouteilles de vodka Grey Goose. Il s'était vraiment saoulé, littéralement imbibé, mais n'avait pas atteint son objectif : sombrer dans l'inconscience. La réalité l'avait tenu cruellement éveillé : les liens qui attachaient V. à son ami compliquaient les choses sans rien changer, toutefois.

Butch savait très bien ce qui se passait. Bon sang, V. était son meilleur ami et il pouvait lire en lui mieux que quiconque. Et Marissa le savait parce qu'elle n'était pas stupide. Et la Confrérie savait parce que ces enfoirés de vieilles commères ne supportaient pas qu'on puisse avoir des secrets.

Cela ne dérangeait personne.

Sauf lui. Il ne pouvait pas supporter les émotions qui l'assaillaient. Et encore moins se supporter lui-même.

— Tu vas essayer le reste de ton équipement ? demanda-t-il en soufflant de la fumée. Ou bien est-ce que tu veux te plaindre de ton pantalon encore un peu ?

— Ne me force pas à te faire un bras d'honneur.

— Et pourquoi te priverais-je de ton occupation favorite ?

— Parce que je commence à avoir mal au coude. (Butch se dirigea vers l'un des canapés et saisit un holster. Il le glissa sur ses larges épaules et le cuir épousa parfaitement son torse.) Merde, comment t'as fait pour qu'il m'aille aussi bien ?

— J'ai pris tes mesures, tu te souviens ?

Butch fixa le holster, se pencha et caressa le couvercle d'une boîte en laque noire du bout des doigts. Il s'attarda sur la couronne d'or de la Confrérie de la dague noire, puis traça les caractères en langue ancienne qui épelaient « Dhestructeur, descendant de Kolher, fils de Kolher ».

Le nouveau nom de Butch. Le lignage ancien et noble de Butch.

— Allez, ouvre-la, nom de Dieu !

V. écrasa son mégot, roula une autre cigarette et l'alluma. Bon sang, heureusement que le cancer ne touchait jamais les vampires. Il fumait comme un pompier depuis quelque temps.

— Grouille.

— Je n'arrive toujours pas à y croire.

— Ouvre cette putain de boîte.

— Je n'arrive pas…

— Ouvre… la… boîte.

V. était à présent tellement impatient qu'il tenait à peine en place sur sa chaise.

Le flic actionna le mécanisme de verrouillage en or massif et souleva le couvercle. Quatre dagues à lame noire, identiques, chacune précisément calibrée conformément aux spécifications de Butch et dangereusement affûtées reposaient sur un coussin de satin rouge.

— Wouaouh… Elles sont magnifiques.

— Merci, dit V. en rejetant la fumée. Je sais bien faire le pain aussi, si jamais ça t'intéresse.

Le flic darda ses yeux noisette sur son ami.

— Tu les as faites pour moi ?

— Oui. Mais y a pas de quoi se pâmer. Je les fais pour nous tous. (V. leva sa main droite qui était gantée.) Je me débrouille pas mal quand il s'agit de mettre le feu, tu sais.

— V… Merci.

— C'est rien. Comme j'ai dit, je suis le spécialiste des lames. J'en façonne tout le temps.

Oui… Mais peut-être pas toujours avec autant d'intensité et de concentration. Pour Butch, il avait passé les quatre derniers jours à l'ouvrage. Les marathons de seize heures à travailler avec sa main gantée d'acier composite lui avaient arraché le dos et brûlé les yeux mais, bordel, il tenait à ce que chaque dague soit digne du mâle qui allait les manier.

Et elles n'étaient pas encore parfaites à ses yeux.

Le flic sortit une des dagues de la boîte et, comme il la prenait dans sa paume, ses yeux étincelèrent.

— Soupèse-moi ça. (Il se mit à décrire des arcs avec l'arme.) Je n'ai jamais tenu quelque chose d'aussi bien calibré. Et la prise. Mon Dieu… c'est parfait.

Le compliment toucha V. plus que jamais.

Et l'irrita au plus haut point.

— Ouais, bon, elles sont censées être comme ça, non ? (Il écrasa le mégot dans un cendrier.) T'allais pas partir à la chasse avec un jeu de couteaux de cuisine.

— Merci.

— C'est rien.

— V., sérieusement…

— C'est bon, putain.

Aucune repartie cinglante ne suivit et il leva donc les yeux. *Merde.* Butch se tenait debout devant lui, ses yeux noisette assombris par la compréhension de quelque chose que V. aurait préféré ne pas lire dans son regard.

V. se plongea dans la contemplation de son briquet.

— C'est bon, flic, ce sont juste des couteaux.

La pointe noire de la dague glissa sous le menton de V. et lui fit relever la tête. Forcé de croiser le regard de Butch, V. se figea. Puis se mit à trembler.

— Elles sont magnifiques, répéta Butch par-dessus la lame.

V. ferma les yeux, plein de mépris pour lui-même. Puis il s'appuya délibérément sur la pointe de sorte qu'elle entaille sa gorge. Il encaissa la douleur, s'y ancra, l'utilisant pour se rappeler qu'il était un maudit pervers et que les pervers méritaient de souffrir.

— Viszs, regarde-moi.

— Laisse-moi tranquille.

— Essaie de m'y forcer, pour voir.

Pendant un centième de seconde, V. faillit se jeter sur son ami pour le frapper jusqu'à lui faire perdre conscience.

— Je te remercie simplement d'avoir fait quelque chose de cool, fit alors remarquer Butch. Y a pas de quoi en faire un drame.

Pas de quoi en faire un drame ? V. ouvrit les yeux et sentit son regard s'échauffer.

— Arrête tes conneries. Et tu sais foutrement bien pourquoi.

Butch retira la lame et son bras retomba. V. sentit alors un filet de sang couler le long de son cou. C'était chaud… et doux comme un baiser.

— Ne dis pas que tu es désolé, marmonna V. dans le silence. Je pourrais devenir violent.

— Mais je le suis.

— Tu n'as aucune raison de l'être.

Bordel, il ne pouvait plus supporter de vivre ici avec Butch. Enfin, avec Butch et Marissa. Le rappel constant de ce qu'il ne pouvait pas avoir et ne devrait pas vouloir le tuait à petit feu. Et Dieu sait qu'il était déjà dans un piteux état. Depuis combien de temps n'avait-il pas eu un bon jour de sommeil ? Des semaines et des semaines.

Butch rengaina la dague dans son holster de poitrine, la poignée tournée vers le bas.

— Je ne veux pas que tu te…

— Cette conversation est terminée, point barre.

V. leva la main vers son cou et recueillit de son index le sang qu'il avait fait couler avec la lame qu'il avait façonnée. Il léchait le liquide quand la porte dérobée qui menait au tunnel s'ouvrit et une brise océane se répandit dans la Fosse.

Marissa apparut alors, aussi belle et élégante que Grace Kelly. Avec ses longs cheveux blonds et son visage finement modelé, elle incarnait la quintessence de la beauté de l'espèce, y compris pour V., dont elle n'était pourtant pas le type.

— Salut, les mâles… (Marissa s'interrompit et riva les yeux sur Butch.) Seigneur… ce pantalon !

Butch grimaça.

— Oui, je sais. Il est…

— Tu peux venir, s'il te plaît ? (Elle commença à reculer dans le vestibule qui menait à leur chambre.) J'ai besoin que tu viennes avec moi pour une petite minute. Ou mieux encore, dix.

L'odeur d'union de Butch explosa en un rugissement sourd et V. était certain que le corps de son ami se durcissait déjà par anticipation.

— Chérie, tu peux m'avoir aussi longtemps que tu veux.

Au moment où le flic sortait du salon, il jeta un coup d'œil par-dessus son épaule.

— Je suis absolument convaincu par ce pantalon en cuir. Demande à Fritz de m'en livrer cinquante. Aussi vite que possible.

Seul dans le salon, Viszs se pencha sur la chaîne et augmenta le volume de *Music Is My Savior* de MIMS. En écoutant les martèlements du rap, il se rappela comment, par le passé, la musique lui servait à noyer les pensées des autres. À présent qu'il n'avait plus de visions et plus de don de clairvoyance, il utilisait le son des basses pour ne pas entendre les ébats amoureux de son coloc.

V. se frotta le visage. Il fallait *vraiment* qu'il se tire d'ici.

Il avait essayé pendant un moment de les inciter à déménager, mais Marissa soutenait que la Fosse était *cosy* et qu'elle aimait y vivre. Ce qui ne pouvait être qu'un mensonge. La table de baby-foot occupait la moitié du salon, la chaîne de sport était allumée vingt-quatre heures sur vingt-quatre, sans le son, et du rap hardcore hurlait en permanence. Le réfrigérateur était un vrai désastre où traînaient les vieux restes de diverses enseignes de restauration rapide. La Grey Goose et le Lagavulin étaient les seules boissons de la maison.

Et, côté lecture, c'était *Sports Illustrated* et… d'anciens numéros de *Sports Illustrated.*

Alors, non, pas beaucoup de froufrous. L'endroit rappelait un mélange de dortoir d'étudiants et de vestiaire de sport, décoré comme un stade de base-ball.

Pour ce qui était de Butch, quand V. avait avancé l'idée de louer un camion de déménagement, le flic lui avait décoché un regard sans équivoque depuis le canapé, avait secoué une fois la tête et était allé dans la cuisine se verser du Lagavulin.

V. refusait de penser qu'ils restaient parce qu'ils s'inquiétaient pour lui ou des conneries de ce genre. Rien que de l'envisager, ça le rendait dingue.

Il se leva. S'il voulait une séparation, ce serait à lui d'en prendre l'initiative. Sauf que la perspective de ne plus vivre avec Butch était… impensable. Il préférait encore la torture à l'exil.

Il regarda l'heure à sa montre et se dit qu'il avait tout intérêt à emprunter le tunnel et à se rendre dans la belle demeure. Même si les autres membres de la Confrérie de la dague noire vivaient juste à côté dans ce monstrueux manoir aux façades de pierre, de nombreuses chambres étaient libres. Il pourrait peut-être s'installer dans l'une d'elles et voir si elle pouvait lui convenir. Pendant deux ou trois jours.

En se dirigeant vers la porte, il capta l'odeur d'union qui s'échappait de la chambre de Butch et Marissa. Il pensa à ce qu'ils étaient en train de faire et son sang s'échauffa tandis que la honte lui donnait la chair de poule.

Il lâcha un juron et attrapa sa veste de cuir, puis sortit son portable. En composant le numéro, il se sentit glacé jusqu'aux os, mais au moins il avait l'impression de combattre son obsession.

Lorsque la voix féminine répondit, V. coupa court au « bonjour » séducteur.

— Au coucher du soleil. Ce soir. Tu sais ce que tu dois porter et tes cheveux seront relevés. Qu'est-ce que tu me réponds ?

La réponse fut un ronronnement de soumission.

— *Oui, mon lhige.*

V. raccrocha, laissa retomber le téléphone sur le bureau et le regarda rebondir, pour venir se reposer contre l'un de ses quatre claviers. La soumise qu'il avait choisie pour la nuit aimait le sexe particulièrement brutal. Et il n'allait pas la décevoir.

Putain, il était vraiment pervers. Jusqu'à la moelle. Un déviant sexuel confirmé et non repenti… que ses penchants avaient auréolé d'une curieuse célébrité au sein de l'espèce.

Bordel, c'était absurde, mais bon, les goûts et les motivations des femelles avaient toujours été bizarres. Et sa réputation n'avait pas plus d'importance à ses yeux que ses soumises. Tout ce qui importait, c'est qu'il ait des volontaires pour satisfaire ses besoins sexuels. Ce qu'on racontait sur lui, ce que les femelles avaient besoin de croire sur lui, ce n'était que de la masturbation orale pour des bouches qui n'avaient rien de mieux à raconter.

Il descendit dans le tunnel et se dirigea vers la grande maison, profondément énervé. À cause de ce stupide système de roulement que la Confrérie avait adopté, il n'avait pas le droit de sortir chasser ce soir, et cela l'exaspérait. Il aurait mille fois préféré chasser et éliminer les tueurs de vampires morts-vivants qui s'attaquaient à l'espèce que de se tourner les pouces.

Mais il connaissait d'autres moyens de se défouler.

C'était à ça que servaient les entraves et les corps consentants.

Fhurie entra dans l'immense cuisine de la grande maison et se figea comme si on lui avait mis un couteau sous la gorge : ses pieds restèrent collés au sol, il cessa de respirer, son cœur manqua un battement, avant de s'emballer.

Il fut repéré avant d'avoir le temps de ressortir par la porte de service.

Bella, la *shellane* de son jumeau, leva les yeux et sourit.

— Salut.

— Bonsoir.

*Pars. Immédiatement.*

Dieu qu'elle sentait bon.

Elle agita le couteau au-dessus de la dinde rôtie qu'elle était en train de découper.

— Tu veux que je te fasse un sandwich ?

— Quoi ? répondit-il d'un air ahuri.

— Un sandwich. (Elle indiqua de la pointe du couteau le pain, le bocal de mayonnaise presque vide, la salade verte et les tomates.) Tu dois avoir faim. Tu n'as pas beaucoup mangé au Dernier Repas.

— Oh, euh… non, je n'ai pas…

C'est le moment que choisit son estomac pour le trahir en gargouillant comme la bête affamée qu'il était. *Quel faux frère.*

Bella secoua la tête et retourna à sa poitrine de dinde.

— Va te chercher une assiette et assieds-toi.

Génial. Un tête-à-tête avec elle, comme s'il avait besoin de ça ! Plutôt être enterré vivant que de s'asseoir dans la cuisine seul avec elle pendant qu'elle lui préparait quelque chose à manger de ses jolies mains.

— Fhurie, reprit-elle sans lever les yeux. Assiette. Chaise. Tout de suite.

Il obéit parce que, en dépit du fait qu'il descendait d'une lignée de guerriers, qu'il était un membre de la Confrérie et qu'il pesait bien cinquante kilos de plus qu'elle, il perdait tous ses moyens en sa présence. La *shellane* de son frère jumeau… la *shellane* enceinte de son frère jumeau… n'était pas quelqu'un à qui Fhurie pouvait dire non.

Après avoir glissé une assiette à côté de la sienne, il s'assit en face d'elle au comptoir en granit et s'efforça de ne pas regarder ses mains. Tout irait bien du moment qu'il ne regardait pas ses doigts longs et fins, ses ongles courts et polis et la manière dont…

*Merde.*

— Je te jure, fit-elle remarquer en découpant quelques tranches de dinde, Zadiste voudrait que je sois grosse comme une baleine. S'il continue à me tanner pour que je me goinfre pendant encore treize mois, je ne pourrai même plus entrer dans la piscine. J'ai déjà du mal à enfiler mes pantalons.

— Tu as vraiment l'air en forme.

Elle était superbe avec ses longs cheveux noirs, ses yeux couleur saphir et sa haute silhouette élancée et musclée. Le bébé qu'elle portait ne se voyait pas encore sous son ample chemise, mais sa grossesse la faisait rayonner de bonheur, et elle se passait souvent la main sur le ventre.

Son état se lisait également dans l'anxiété du regard de Z. lorsqu'il était avec elle. Les taux de mortalité maternelle et fœtale étaient élevés pour les grossesses des vampires, c'est pourquoi elles représentaient une bénédiction aussi bien qu'une malédiction pour le *hellren* qui s'était uni à sa compagne.

— Tu te sens bien ? s'enquit Fhurie.

Après tout, Z. n'était pas le seul à s'inquiéter pour elle.

— Oui, dans l'ensemble. Je me fatigue plus vite, mais rien de méchant.

Elle se lécha les doigts puis s'empara du bocal de mayonnaise. Elle fourragea dedans et le couteau racla contre les bords, évoquant le tintement d'une pièce de monnaie qu'on y aurait secouée.

— C'est Z. qui me rend folle. Il refuse de boire.

Fhurie se rappela le goût de son sang et détourna les yeux tandis que ses crocs s'allongeaient. Les sentiments qu'elle lui inspirait n'avaient rien de noble, absolument rien, et, pour un mâle qui s'était toujours enorgueilli de son sens de l'honneur, il trouvait que ses émotions contredisaient ses principes.

Et ce qu'il ressentait n'était absolument pas réciproque. Elle l'avait nourri cette fois-là parce qu'il en avait absolument besoin et qu'elle était une femelle dont la lignée était pure. L'action n'avait pas été motivée par la volonté de le protéger ni parce qu'elle avait envie de lui.

Non, tout cela était réservé à son jumeau. Dès le premier soir où elle avait vu Z., il l'avait captivée, et le destin avait voulu que ce soit elle qui l'ait vraiment sauvé de l'enfer dont il était encore captif. Fhurie avait peut-être sauvé le corps de Z. de ce siècle durant lequel il avait servi d'esclave de sang, mais Bella avait ressuscité son âme.

Ce qui constituait, bien entendu, une raison de plus de l'aimer.

Bon sang, si seulement il avait un peu de fumée rouge sur lui. Il avait laissé sa réserve à l'étage.

— Alors, comment vas-tu ? demanda-t-elle en distribuant de minces tranches de dinde, puis en garnissant le sandwich de feuilles de salade. Est-ce que cette nouvelle prothèse te pose toujours des problèmes ?

— Ça va un peu mieux, merci.

La technologie actuelle était à des années-lumière de celle dont il avait bénéficié un siècle plus tôt mais, vu tous les combats qu'il disputait, sa jambe amputée sous le genou lui posait des problèmes constants.

La jambe perdue... Oui, il l'avait bel et bien perdue. Il se l'était fait exploser d'un coup de feu pour libérer Z. de sa salope de Maîtresse dépravée. Le sacrifice avait valu la peine. De même que le sacrifice de son bonheur pour que Z. soit uni à la femelle qu'ils aimaient tous les deux.

Bella ajouta une tranche de pain puis fit glisser son assiette vers lui.

— Tiens.

— C'est exactement ce qu'il me fallait.

Il savoura le moment tandis qu'il mordait à pleines dents dans le pain moelleux. En avalant, il fut envahi d'une joie triste qu'elle ait préparé cet en-cas pour lui, et qu'elle l'ait fait avec une certaine affection.

— Bien, je suis contente. (Elle mordit dans son propre sandwich.) Dis…, je veux te demander quelque chose depuis un jour ou deux.

— Ah oui ? Quoi donc ?

— Je travaille au Refuge avec Marissa, comme tu sais. C'est une organisation vraiment super, plein de gens formidables y participent…

Une longue pause suivit… de celles qui lui laissaient présager le pire.

— Bref, une nouvelle assistante sociale vient d'arriver pour assurer un soutien psychologique aux femelles et à leurs enfants. (Elle s'éclaircit la voix puis s'essuya la bouche avec une serviette en papier.) Elle est vraiment géniale. Chaleureuse, drôle. Je me disais que peut-être…

*Oh, mon Dieu.*

— Merci, mais non.

— Elle est vraiment très agréable.

— Non, merci.

Il se sentit se ratatiner et se mit à manger à toute allure.

— Fhurie… je sais que cela ne me regarde pas, mais pourquoi cette chasteté ?

*Merde*. Il dévorait le sandwich de plus en plus vite.

— On peut changer de sujet ?

— C'est à cause de Z., n'est-ce pas ? Si tu n'as jamais été avec une femelle, c'est par sacrifice, pour lui et son passé.

— Bella… s'il te plaît…

— Tu as plus de deux cents ans, et il est temps que tu commences à penser un peu à toi. Z. ne sera jamais tout à fait normal, et personne ne le sait mieux que toi et moi. Mais il est plus stable maintenant. Et il ne peut qu'aller mieux avec le temps.

C'était vrai, si Bella survivait à sa grossesse. Tant qu'elle n'aurait pas eu le bébé et que son accouchement se serait bien passé, son jumeau n'était pas encore sorti d'affaire. Et par extension, Fhurie non plus.

— Allez, laisse-moi te présenter…

— Non.

Fhurie se leva et mastiqua comme un ruminant. Les bonnes manières à table, c'était important, mais il devait mettre un terme à cette conversation avant que sa tête explose.

— Fhurie…

— Je ne veux pas de femelle dans ma vie.

— Tu ferais un merveilleux *hellren*, Fhurie.

Il s'essuya la bouche sur un torchon et prononça dans la langue ancienne :

— Merci pour ce repas préparé de tes mains. Belle soirée, Bella, compagne bien-aimée de mon jumeau, Zadiste.

Il eut un peu honte de ne pas l'aider à débarrasser, mais se dit que c'était préférable à une rupture d'anévrisme et poussa la porte de service qui donnait sur la salle à manger. Il avait longé la moitié de la table qui faisait près de dix mètres de long lorsque ses forces l'abandonnèrent. Il tira une chaise au hasard et s'affala dessus.

Bon sang, son cœur battait à se rompre.

Quand il releva les yeux, Viszs se tenait de l'autre côté de la table et le dévisageait. *Nom de…*

— Un peu tendu, mon frère ?

Mesurant un mètre quatre-vingt-dix-huit et descendant du célèbre guerrier qui n'était connu que sous le nom du

Saigneur, V. était un mâle impressionnant. Avec ses iris cerclés de bleu, ses cheveux de jais, ses traits anguleux et son regard intelligent, on aurait pu le trouver beau. Mais le bouc et les tatouages menaçants qui marquaient sa tempe lui donnaient un air maléfique.

—Non, pas du tout. (Fhurie posa les mains à plat sur la table brillante, pensant au joint qu'il allait s'allumer à la minute où il serait dans sa chambre.) En fait, je venais te chercher.

—Ah oui ?

—Kolher n'a pas aimé l'ambiance lors de la réunion, ce matin.

Ce qui était la litote du jour. V. et le roi s'étaient opposés sur deux ou trois trucs, et ce n'étaient pas les sujets de discorde qui manquaient.

—Il nous donne quartier libre à tous ce soir. Il soutient qu'on a besoin de se changer les idées.

V. haussa les sourcils. Le gaillard avait le QI de deux Einstein réunis. Et ce n'était pas du pipeau. Il parlait seize langues, développait des jeux électroniques pour se détendre et pouvait réciter les vingt volumes des *Chroniques* par cœur. À côté de lui, Stephen Hawking passait pour un mauvais élève.

—Nous tous ? demanda V.

—Ouais, j'allais faire un tour au *Zero Sum*. Tu veux venir ?

—J'ai déjà prévu quelque chose pour ce soir.

Ah, oui, les activités sexuelles non conventionnelles de V. Bordel, Viszs et lui étaient aux antipodes l'un de l'autre en matière de sexe : lui qui n'y connaissait absolument rien, et Viszs qui avait tout exploré, et de manière extrême essentiellement… le sentier escarpé et l'autoroute. Et ce n'était pas la seule différence entre eux. En fait, à bien y réfléchir, ils n'avaient absolument rien en commun.

—Fhurie ?

Il s'arracha péniblement à ses pensées.

— Pardon, quoi ?

— Je disais que j'avais rêvé de toi une fois. Il y a des années.

*Oh bordel.* Pourquoi n'était-il pas allé directement dans sa chambre ? Il pourrait être en train de s'en allumer une.

— Comment ça ?

V. caressa son bouc.

— Je t'ai vu debout à une croisée des chemins dans un paysage blanc. Le temps était orageux... oui, très orageux. Mais lorsque tu as saisi un nuage dans le ciel et l'as enveloppé autour d'un puits, la pluie a cessé de tomber.

— C'est poétique.

Quel soulagement ! La plupart des visions de V. étaient vraiment terrifiantes.

— Mais ça n'a pas de sens.

— Ce que je vois a toujours du sens, et tu le sais très bien.

— Allégorique, alors. Comment quelqu'un peut-il envelopper un puits ?

Fhurie fronça les sourcils.

— Et pourquoi me raconter ça aujourd'hui ?

V. abaissa ses sourcils noirs sur ses yeux brillants comme des miroirs.

— Je... Dieu, je n'en ai pas la moindre idée. Il fallait que je te le dise, c'est tout. (Il se dirigea vers la cuisine en lâchant un juron furieux.) Est-ce que Bella est toujours là ?

— Comment sais-tu qu'elle était...

— Tu as toujours l'air démoli après l'avoir vue.

# Chapitre 2

Une demi-heure et un sandwich à la dinde plus tard, V. se matérialisa sur la terrasse de son loft privé, situé dans le centre-ville. Il faisait un temps pourri cette nuit-là, froid comme en mars mais pluvieux comme en avril, le vent glacé et âpre zigzaguait dans le ciel comme un ivrogne qui a le vin mauvais. Il contempla la vue du pont de Caldwell et se fit la réflexion que le panorama de carte postale qu'il avait sous les yeux, la ville brillant de mille feux, l'ennuyait profondément.

Et la perspective des réjouissances de la soirée ne l'inspirait pas davantage.

Il se dit qu'il commençait à ressembler à un cocaïnomane de longue date. Le sentiment d'euphorie avait été intense jadis, mais désormais il satisfaisait son vice sans grand enthousiasme. C'était une question de besoin, pas de plaisir.

Plaquant ses mains à plat sur le rebord de la terrasse, il se pencha assez loin en avant et reçut une claque d'air glacé sur le visage qui lui rejeta les cheveux en arrière, lui donnant l'air d'un mannequin en pleine séance photo. Ou peut-être… plutôt comme un Superman de bande dessinée. Oui, la métaphore convenait mieux.

Sauf qu'il ferait partie des méchants dans le film, non ?

Il se rendit compte qu'il caressait distraitement la pierre lisse. Le parapet faisait un mètre vingt de hauteur et courait tout autour de l'immeuble, comme le rebord d'un plateau.

La surface faisait un peu moins de un mètre de largeur et semblait inviter au plongeon, les neuf mètres d'air libre de l'autre côté constituant un parfait et aérien prélude à l'accueil fracassant de la mort.

Voilà un panorama qui intéressait V.

Il savait de première main combien cette chute libre pouvait être exaltante. Comment la force du vent poussait contre la poitrine et coupait presque la respiration. Comment les yeux pleuraient et les larmes glissaient le long des tempes et non des joues. Comment le sol se précipitait à votre rencontre, tel un hôte prêt à vous accueillir à sa fête.

Il n'était pas sûr d'avoir pris la bonne décision la fois où il avait sauté, à savoir éviter la mort. Au dernier moment toutefois, il s'était dégonflé, et rematérialisé sur la terrasse. Pour se retrouver… dans les bras de Butch.

Putain de Butch. On en revenait toujours à ce fils de pute.

V. se détourna pour ne pas succomber à cette irrésistible envie de faire le grand saut et déverrouilla une des portes coulissantes par la force de sa pensée. Les trois baies vitrées du loft étaient à l'épreuve des balles, mais elles ne filtraient pas la lumière du jour. De toute façon, même si cela avait été le cas, il n'aurait pas aimé passer la journée là.

Ce lieu n'était pas un foyer.

Dès qu'il posa un pied à l'intérieur, l'endroit et l'usage qu'il en faisait l'oppressèrent soudain comme si la force de la gravité n'y était pas la même. Les murs, le plafond et les sols en marbre du spacieux studio étaient noirs. Et les centaines de bougies qu'il pouvait allumer par sa seule volonté l'étaient également. La seule chose qui puisse être qualifiée de meuble était un lit immense qu'il n'avait jamais utilisé. Le reste, c'était du matériel : la table dotée d'entraves. Les chaînes fixées au mur. Les masques et les bâillons, les fouets, les martinets et les chaînes. Le placard rempli de pinces à tétons, de clips et d'outils en acier inoxydable.

Tout cela pour les femelles.

Il retira sa veste de cuir et la jeta sur le lit, puis il enleva sa chemise. Il gardait toujours son pantalon de cuir pendant les séances. Les soumises ne le voyaient jamais complètement nu. Personne ne le voyait jamais nu à l'exception de ses frères pendant les cérémonies dans le Tombeau, et c'était uniquement parce que les rituels l'exigeaient.

Ce qu'il avait sous la ceinture ne regardait personne.

Il commanda aux bougies de s'allumer et la lumière liquide ricocha sur le sol brillant avant d'être aspirée par le dôme noir du plafond. Rien de romantique dans l'air. L'endroit était un antre où le profane était exercé sur des sujets consentants, et l'éclairage ne servait qu'à garantir un positionnement correct du cuir, du métal, des mains, et des canines.

Et puis… les bougies pouvaient remplir une autre fonction.

Il se dirigea vers le bar, se servit deux doigts de Grey Goose puis s'adossa contre le comptoir. Au sein de l'espèce, certaines femelles pensaient que venir le retrouver ici et supporter son traitement de choc constituait un rite de passage. Et puis il y avait celles qui ne pouvaient jouir qu'avec lui. Et d'autres encore qui souhaitaient explorer les territoires où se mêlaient douleur et sexe.

C'était ces exploratrices à la Lewis et Clark qui l'intéressaient le moins. Généralement elles ne résistaient pas longtemps et devaient utiliser en plein milieu de la séance le mot ou le signal de sécurité qu'il leur avait appris. Il les laissait toujours partir facilement, mais il ne fallait pas compter sur lui pour essuyer les larmes, s'il y en avait. Neuf fois sur dix, elles lui demandaient une seconde chance, mais il n'acceptait jamais. Si elles craquaient trop facilement une fois, elles craqueraient probablement de nouveau, et former des petites natures à cette sexualité ne l'intéressait vraiment pas.

Celles capables de résister et de tenir l'appelaient « *lhige* » et le vénéraient. Il se foutait royalement de leur vénération, soit dit en passant. La sauvagerie qu'il portait en lui devait être matée et le corps de ces femelles constituait le seul moyen de l'apaiser. Point barre.

Il s'approcha du mur, saisit une des chaînes en acier et la fit glisser sur sa paume, maillon par maillon. S'il était sadique par nature, il ne prenait pas son pied en faisant souffrir ses soumises. Ses tendances sadiques étaient nourries en tuant des éradiqueurs.

Ce qu'il recherchait en privé, c'était la domination de l'esprit et du corps de ses soumises. Les ébats sexuels qu'il décidait, ce qu'il leur disait, ce qu'il leur faisait porter… tout était soigneusement calculé pour produire un effet. La douleur, bien sûr, jouait un rôle, et oui, peut-être que la peur et leur sentiment de vulnérabilité les faisaient pleurer. Mais elles le suppliaient toujours d'en faire plus.

Et il répondait à leurs attentes, s'il était d'humeur.

Il jeta un coup d'œil aux masques. Il leur faisait toujours porter des masques, et elles n'avaient jamais le droit de le toucher sauf s'il leur disait où, comment et avec quoi. S'il avait des orgasmes pendant la durée d'une séance, c'était un phénomène rare, aussi les femelles en tiraient-elles une profonde fierté. Et s'il se nourrissait, c'était uniquement parce qu'il en avait besoin et qu'il le fallait.

Il ne dégradait jamais les femelles qui venaient là, ne leur faisait jamais faire certaines des saloperies prisées par certains Dominants. Mais il ne les réconfortait jamais au début, au milieu ou à la fin, et c'était lui et lui seul qui dictait les conditions. Il indiquait aux femelles où et quand, et si jamais elles cherchaient à jouer la carte de la jalousie, il les renvoyait et ne les rappelait pas. Jamais.

Il regarda l'heure à sa montre et fit disparaître la *brhume* qui enveloppait le loft. La femelle qui venait ce soir pouvait le retrouver car il avait bu à sa veine deux mois plus tôt. Lorsqu'il en aurait fini avec elle, il arrangerait ça de sorte qu'elle parte sans se souvenir de l'adresse.

Elle saurait ce qui s'était passé, toutefois. Elle en aurait les marques sur tout le corps.

La femelle se matérialisa sur la terrasse et il se retourna. De l'autre côté des portes coulissantes, plongée dans la pénombre, c'était une silhouette anonyme, moulée dans un bustier de cuir noir prolongé par une jupe noire longue et ample. Sa chevelure de jais était relevée en chignon sur le haut de sa tête, comme il l'avait exigé.

Elle savait qu'elle devait attendre, qu'elle ne devait pas frapper.

Il ouvrit la porte par la pensée, mais elle savait aussi qu'il n'était pas question qu'elle entre sans être sommée de le faire.

Il la détailla des pieds à la tête et capta son parfum. Elle était totalement excitée.

Les canines de V. s'allongèrent, mais pas parce qu'il était particulièrement intéressé par le sexe humide qui palpitait entre les cuisses de la femelle. Il avait besoin de se nourrir, elle était une femelle et elle avait toutes sortes de veines dans lesquelles il pouvait mordre. Il s'agissait de biologie pure, et non pas de fascination.

V. tendit le bras et lui fit signe de s'approcher d'un mouvement du doigt. Elle s'avança en tremblant, comme il se devait. Il était particulièrement énervé, ce soir.

— Vire-moi cette jupe, déclara-t-il. Elle ne me plaît pas.

Elle défit immédiatement la fermeture Éclair et laissa le vêtement tomber à terre dans un froufrou de satin. Un porte-jarretelles noir retenait des bas noirs bordés de dentelle. Pas de culotte.

Hmm… Oh, oui. Il allait retirer ces dessous en les coupant, avec une dague. D'ici à la fin de la soirée.

V. s'approcha du mur et choisit un masque doté d'une seule ouverture. Elle allait devoir respirer par la bouche si elle voulait de l'air.

—Mets ça. Immédiatement, ordonna-t-il en lui lançant l'accessoire.

Elle s'exécuta sans dire un mot.

—Monte sur la table.

Il la laissa tâtonner, sans l'aider. Il se contenta de regarder, sachant qu'elle finirait par y arriver. Elles y parvenaient toujours. Ce type de femelles trouvait toujours la manière de se hisser sur son chevalet de torture.

Pour passer le temps, il sortit un joint de sa poche revolver, se le glissa entre les lèvres puis s'empara d'une bougie noire. Il alluma sa cigarette et contempla la petite flaque de cire liquide au pied de la flamme.

Il leva les yeux pour voir comment elle s'en sortait. Parfait. Elle s'était mise sur le dos, les bras en croix, jambes écartées.

Après l'avoir immobilisée à l'aide des courroies, V. sut exactement par où commencer ce soir-là.

Il s'avança, tenant toujours la bougie.

Sous les lampes protégées par une grille dans le gymnase de la Confrérie, John Matthew adopta la position de combat et se concentra sur son adversaire. Les deux garçons ressemblaient à une paire de baguettes chinoises, minces et frêles. Ils donnaient l'impression de pouvoir se briser facilement, comme tous les prétrans.

Zadiste, le frère qui enseignait ce soir le combat à mains nues, siffla entre ses dents, et John et son camarade s'inclinèrent. Son adversaire prononça le salut approprié en langue ancienne et John répondit en utilisant la langue des signes. Puis ils engagèrent le combat. Leurs petites mains et leurs bras osseux s'agitaient en tout sens mais sans grand effet, des coups de pied fusaient avec toute la force d'avions en papier, les deux corps s'esquivaient sans beaucoup de finesse. Leurs mouvements et postures n'étaient qu'une pâle imitation de ce qu'ils auraient dû être, l'écho du tonnerre et non ses grondements.

Le tonnerre venait de l'autre bout de la salle.

Au milieu du combat, un bruit mat retentit et un corps massif frappa les tapis bleus comme un sac de sable. John et son adversaire jetèrent un coup d'œil en direction du son et renoncèrent à leurs tentatives maladroites d'imiter les arts martiaux.

Zadiste travaillait avec Blaylock, l'un des deux meilleurs amis de John. Le garçon roux était le seul élève à avoir effectué sa transition, pour l'instant, aussi était-il deux fois plus grand que tous les autres garçons de la classe. Et Z. venait d'étendre le gaillard au sol.

Blaylock sauta sur ses pieds et affronta courageusement Zadiste encore une fois, mais il allait de nouveau se faire mettre au tapis. Z. n'était pas seulement grand et puissant, c'était une véritable force de la nature et un membre de la Confrérie de la dague noire. Aussi Blay avait-il en face de lui une espèce de char de combat qui avait de plus des années d'expérience.

Bordel, il fallait vraiment que Vhif assiste au spectacle. Où était-il donc passé ?

Les onze élèves poussèrent un cri à l'unisson quand Z. déséquilibra tranquillement Blay, le projeta la tête la première sur les tapis et le coinça dans une prise de soumission implacable et imparable. À l'instant même où Blay frappait le sol pour indiquer qu'il abandonnait, Z. le lâcha.

Debout à côté du jeune garçon, Zadiste lui dit avec chaleur, toute relative bien sûr :

— Cinq jours depuis ta transition, tu t'en sors bien.

Blay sourit, même si sa joue était écrasée contre le tapis comme si elle y était collée.

— Merci, haleta-t-il. Merci, maître.

Z. tendit la main et aida Blay à se relever, au moment même où le bruit d'une porte qui s'ouvrait résonnait dans le gymnase.

Le mâle qui traversait lentement la salle en marchant sur les tapis de sol devait faire un mètre quatre-vingt-quinze pour plus de cent dix kilos et rappelait quelqu'un qui pesait la veille à peu près autant qu'un sac de croquettes pour chien. Vhif avait effectué sa transition. Bon sang, pas étonnant que le mec n'ait pas envoyé de SMS de toute la journée et n'ait pas été en ligne. Il avait été bien trop occupé à développer son corps tout neuf.

John le salua de la main et Vhif lui fit un signe de tête qui sembla lui coûter un effort, son cou devait être raide ou bien il souffrait d'un terrible mal de tête. Le garçon n'avait vraiment pas bonne mine et se déplaçait comme si chaque parcelle de son corps lui faisait mal. Il n'arrêtait pas non plus de tripoter le col de sa polaire neuve, taille XXXL. Le contact du tissu semblait le gêner, et il remontait tout le temps son jean avec une grimace de douleur. Son œil au beurre noir était inattendu, mais il s'était peut-être cogné en plein milieu de la transition ? Le bruit courait que l'on se débattait beaucoup lors du changement.

— Content de te voir, fit Zadiste.

Vhif répondit d'une voix profonde, à la cadence totalement nouvelle.

— Je voulais assister au cours, même si je ne peux pas m'entraîner.

— Tu as bien fait. Tu peux te reposer là-bas.

Vhif s'écarta des tapis et son regard croisa celui de Blay. Le visage des deux garçons se fendit lentement d'un sourire. Puis ils regardèrent John.

— *Après le cours, on va chez Blay*, indiqua Vhif en langue des signes. *J'ai des tas de trucs à vous raconter à tous les deux.*

John hocha la tête, la voix de Z. résonna alors dans la salle :

— La pause papotage est finie, mesdemoiselles. Ne m'obligez pas à vous botter le train, parce que je ne me gênerai pas.

John refit face à son partenaire freluquet et reprit sa position de combat.

Même si l'un des élèves n'avait pas survécu à sa transition, John avait hâte que la sienne survienne. Il mourait de trouille, évidemment, mais mieux valait être mort que rester un morceau de chair asexué coincé dans ce monde à la merci des autres.

Il voulait devenir un mâle sans plus attendre.

Il avait des affaires de famille à régler avec les éradiqueurs.

Deux heures plus tard, V. se sentait pleinement satisfait. Comme il fallait s'y attendre, la femelle n'était pas en état de se dématérialiser et de rentrer chez elle, il l'enveloppa donc dans un peignoir, la plongea dans un état d'hébétude en l'hypnotisant et la fit descendre en empruntant le monte-charge de l'immeuble. Fritz attendait avec la voiture au bord du trottoir et le vieux *doggen* ne posa aucune question une fois que l'adresse de la jeune femme lui fut communiquée.

Comme toujours, le majordome était une bénédiction.

Seul dans le loft, V. se servit un verre de vodka et s'assit sur le lit. Le chevalet était couvert de cire durcie, de sang, des sécrétions de la femelle, et des traces de ses orgasmes à lui. Il y aurait du nettoyage à faire, mais c'était le cas après toutes les bonnes séances.

Il avala une longue gorgée. Il était plongé dans le silence profond du lieu et, après avoir satisfait ses perversions, le retour à la réalité lui faisait l'effet d'une douche froide.

Soudain, une cascade d'images sensuelles lui vint à l'esprit. Ce qu'il avait vu plusieurs semaines auparavant et se rappelait à présent avait été surpris par hasard, mais il s'était tout de même approprié la scène comme un voleur, la gardant précisément dans son lobe frontal, alors qu'elle ne lui appartenait pas.

Quelques semaines plus tôt, il avait surpris Butch et Marissa… au lit. Le flic était alors en quarantaine à la clinique de Havers. Une caméra vidéo était installée dans un coin de la chambre d'hôpital et V. les avait vus sans le vouloir sur l'écran d'un ordinateur : elle était vêtue d'une robe couleur pêche et il portait un pyjama d'hôpital. Ils avaient échangé de longs baisers passionnés, leurs corps palpitants de désir.

Le cœur lourd, V. avait regardé tandis que Butch s'était retourné et l'avait recouverte, le haut du pyjama s'était ouvert, dénudant ses épaules, son dos et ses hanches. Quand Butch s'était mis à aller et venir en elle, V. avait vu sa colonne vertébrale se cambrer, puis se détendre pendant que les mains de Marissa avaient glissé sur ses fesses et qu'elle avait planté ses ongles dans la chair.

L'union de leurs corps était quelque chose de magnifique. Rien à voir avec le sexe violent que V. avait pratiqué toute sa vie. Il y avait tant d'amour, d'intimité et… de douceur entre eux.

Viszs se laissa retomber sur le matelas, son verre oscilla et faillit se renverser. Dieu, il se demandait comment serait l'expérience d'une telle sensualité. Cela lui plairait-il ? Cela lui donnerait peut-être un sentiment de claustrophobie. Il n'était pas sûr de pouvoir supporter le contact de mains partout sur son corps et il ne pouvait pas imaginer être totalement nu.

Sauf lorsqu'il pensait à Butch, et il se dit que tout cela dépendait probablement de la personne avec laquelle on se trouvait.

V. se couvrit le visage de sa main non gantée et souhaita de toutes ses forces que ces sentiments l'abandonnent. Il se détestait pour ces pensées, cet attachement, ces rêvasseries inutiles. Il était fatigué d'avoir sans cesse honte. Un épuisement profond l'envahit de la tête aux pieds, et il s'efforça de briser l'impétuosité de la vague, sachant qu'elle était dangereuse.

Mais il ne pouvait gagner cette bataille. Il n'avait même pas la force de lutter. Il ferma les yeux au moment où la peur le saisissait et lui donnait la chair de poule.

Oh… merde ! Il s'endormait…

Paniqué, il essaya de rouvrir les paupières, mais il était trop tard. Elles étaient devenues aussi lourdes que des murs de briques. Le tourbillon l'aspirait en dépit de tous ses efforts pour tenter d'y échapper.

Il relâcha sa prise sur le verre qu'il tenait à la main et l'entendit vaguement heurter le sol et se briser. Sa dernière pensée fut que, à l'instar de ce verre de vodka éclaté, il n'était plus en mesure de se contenir.

# Chapitre 3

À deux rues à l'ouest de là, Fhurie saisit son martini et s'adossa contre la banquette de cuir du *Zero Sum*. Butch et lui n'avaient pas dit grand-chose depuis leur arrivée au club une demi-heure auparavant. Ils se contentaient d'observer la clientèle depuis la table réservée à la Confrérie.

Et Dieu sait que le spectacle ne manquait pas.

De l'autre côté de la cascade qui tenait lieu de mur, la piste de danse du club vibrait au rythme des pulsations de la techno tandis qu'une masse d'humains dansaient et virevoltaient, surfant sur des vagues d'ecstasy et de coke, et se livraient à des activités scabreuses dans leurs fringues de marque. La Confrérie ne se mêlait jamais à la plèbe, toutefois. Leur petite enclave se trouvait dans le carré VIP, une table tout au fond, près de la sortie de secours. Ce club était l'endroit idéal pour se détendre. On les laissait tranquilles, l'alcool y était de qualité, et c'était en plein centre-ville, où la Confrérie chassait la plupart du temps.

Et puis le club appartenait à un parent, depuis que Bella et Z. étaient unis. Vhengeance, le mâle qui dirigeait le club, était le frère de Bella.

Et il se trouvait également être le fournisseur de drogues de Fhurie.

Ce dernier avala une longue gorgée de son cocktail « au shaker, pas à la cuiller », et se dit qu'il fallait vraiment qu'il se ravitaille ce soir. Sa réserve était de nouveau presque épuisée.

Une blonde passa devant la table d'une démarche chaloupée, ses seins tressautant comme des pommes sous leurs sequins d'argent. Sa microjupe soulignait ses fesses et dévoilait son string en lamé. Dans cette tenue, elle n'avait pas l'air juste à demi nue.

« Vulgaire » était peut-être l'adjectif qu'il cherchait.

Elle était représentative de la jungle du *Zero Sum*. La plupart des femelles humaines qui déambulaient dans le carré VIP étaient à deux doigts de l'arrestation pour outrage public à la pudeur, mais bon, ces dames avaient tendance à être des professionnelles, c'est-à-dire, pour les civils, des putes. La prostituée prit place sur la banquette à côté d'eux et Fhurie se demanda pendant une fraction de seconde à quoi ça ressemblerait d'acheter un peu de temps avec quelqu'un comme elle.

Cela faisait tellement longtemps qu'il était chaste que penser à un truc pareil lui semblait tout à fait inconcevable, alors mettre l'idée à exécution… Mais cela pourrait l'aider à se sortir Bella de la tête.

— Tu vois quelque chose qui te plaît ? demanda Butch de sa voix traînante.

— Je ne sais pas de quoi tu parles.

— Ah bon ? Tu veux dire que tu n'as pas remarqué la blonde qui vient de passer devant nous ? ni la manière dont elle t'a maté ?

— Ce n'est pas mon genre.

— Alors cherche une brune aux cheveux longs.

— Laisse tomber.

Fhurie finit son martini et eut envie de jeter le verre contre le mur. Merde, il n'arrivait pas à croire que l'idée de payer pour du sexe ait pu lui traverser l'esprit.

*Pauvre type. Loser.*

Bon sang, il lui fallait un pétard.

— Allons, Fhurie, tu dois bien savoir que toutes les nanas te matent quand tu viens. Tu devrais en essayer une, au moins.

Décidément, beaucoup trop de gens le harcelaient, ce soir.

— Non, merci.

— Je disais simplement…

— Va te faire foutre et ferme-la.

Butch poussa un juron entre ses dents et n'ajouta rien. Et Fhurie se sentit encore plus mal. Il le méritait bien.

Je suis désolé.

— T'en fais pas.

Fhurie fit signe à une serveuse qui s'approcha immédiatement. Elle emporta son verre vide et il marmonna.

— Elle a essayé de me caser avec quelqu'un, ce soir.

— Pardon ?

— Bella. (Fhurie saisit une serviette de papier détrempée et se mit à la plier en petits carrés.) Elle m'a parlé d'une assistante sociale au Refuge.

— Rhym ? Oh, elle est super…

— Mais, je ne suis pas…

— Intéressé ? (Butch secoua la tête.) Fhurie, mon frère, je sais que tu vas probablement m'envoyer de nouveau paître, mais il est grand temps que tu commences à t'intéresser. Ces problèmes entre toi et les femelles ? Faut que ça cesse.

Fhurie ne put pas s'empêcher de rire.

— Tu pourrais pas être encore plus direct pendant que tu y es ?

— Écoute, faut que tu profites un peu de la vie.

Fhurie désigna la blonde bionique d'un mouvement de tête.

— Et tu penses que payer pour baiser, c'est profiter un peu de la vie ?

— Vu la manière dont elle te regarde, t'aurais pas à payer.

Fhurie se força à se représenter la scène. Il s'imagina se lever et s'approcher de la femme. Il la prendrait par le bras et l'emmènerait dans une des salles de bains privées. Elle lui taillerait peut-être une pipe. Ou bien il la calerait contre le lavabo, lui écarterait les cuisses et la tringlerait jusqu'à ce qu'il jouisse. Durée totale ? Quinze minutes, max. Certes, il était encore puceau, mais la mécanique du sexe était plutôt simple. Tout ce qu'il faudrait pour éveiller son corps, c'était une étreinte un peu serrée, de la friction, et hop.

Bon, théoriquement parlant. Pour le moment, sa queue était totalement molle. Alors, même s'il voulait perdre son pucelage, ce ne serait pas pour ce soir. En tout cas, pas avec elle.

— Ça va, affirma-t-il alors que son martini arrivait. (Après avoir fait tourner l'olive avec un doigt, il la mit dans sa bouche.) Vraiment, je t'assure.

Ils retombèrent dans leur mutisme ; seul le martèlement étouffé de la musique de l'autre côté de la cascade s'immisçait entre eux. Fhurie allait se mettre à parler de sport pour briser ce silence insupportable quand il vit Butch se raidir.

Une femelle, debout au fond du carré VIP, ne les quittait pas des yeux. C'était la responsable de la sécurité, baraquée et coiffée comme un mec. Une sacrée dure à cuire. Fhurie l'avait vue passer les menottes à des soûlards avec la même nonchalance que si elle donnait une tape à des chiens avec un journal.

Mais, ce n'était pas Fhurie qu'elle regardait. C'était Butch qui l'intéressait.

— Ouah, tu te l'es faite ! s'exclama Fhurie. Non ?

Butch haussa les épaules, porta son verre à ses lèvres et avala une gorgée de bière.

— Une fois seulement. Et c'était avant Marissa.

Fhurie jeta de nouveau un coup d'œil vers la femelle sans pouvoir s'empêcher de se demander comment ça avait été entre eux. Elle semblait appartenir à la catégorie de femelles qui pouvait faire voir des étoiles à un mâle. Et pas nécessairement de plaisir.

— C'est bon, le sexe anonyme ? demanda-t-il, se faisant l'effet d'un gamin de douze ans.

Le sourire de Butch se forma lentement sur ses lèvres. Un sourire mystérieux, secret.

— Je l'ai longtemps pensé. Mais quand tout ce que tu connais c'est la pizza froide, tu crois qu'il y a rien de meilleur.

Fhurie avala une gorgée. La pizza froide, vraiment. C'est donc ce qui l'attendait. Formidable.

— Merde, je dis pas ça pour te saper le moral. C'est juste meilleur avec la bonne personne.

Butch avala le reste de sa bière d'un trait. Quand une serveuse s'approcha pour ramasser les verres et apporter d'autres consommations, il ajouta :

— Nan, je m'arrête à deux. Merci.

— Un instant ! s'exclama Fhurie avant que la femme s'éloigne. La même chose, s'il vous plaît.

Viszs savait qu'il était en train de rêver parce qu'il était heureux. Le cauchemar commençait toujours par ce sentiment de félicité absolue. Au début, il baignait dans le bonheur, il se sentait complet comme un puzzle auquel il ne manque plus une seule pièce.

Puis il entendit un coup de feu. Et une tache rouge brillante se déploya sur sa chemise. Enfin un hurlement fendit l'air devenu aussi dense qu'un mur.

La douleur le frappa comme s'il avait été déchiqueté par le shrapnel d'une bombe, aspergé d'essence et bombardé d'allumettes enflammées, comme si sa peau avait été arrachée par lambeaux.

Oh, Dieu, il était en train de mourir. Personne ne pouvait survivre à de telles souffrances.

Il tomba à genoux et…

V. sauta du lit comme s'il avait reçu un coup de botte dans la tête.

Dans la cage de murs noirs et de baies vitrées cernées par la nuit qu'était son loft, sa respiration grinçait comme une scie sur du bois dur. Merde, son cœur cognait tellement vite qu'il avait l'impression de devoir plaquer ses mains sur sa poitrine pour l'empêcher de sauter.

Il avait besoin de boire quelque chose… Tout de suite.

Il s'avança vers le bar, les jambes flageolantes, saisit un verre propre et se versa quatre doigts de Grey Goose. Il le portait à ses lèvres quand il se rendit compte qu'il n'était pas seul.

Il sortit de sa ceinture une dague noire et se retourna vivement.

— Ce n'est que moi, guerrier.

*Mon Dieu!* La Vierge scribe se tenait devant lui, enveloppée de la tête aux pieds dans un long vêtement noir, le visage couvert, dominant le loft de sa silhouette minuscule. Un rayonnement débordait de la robe sur le sol de marbre, aussi brillant que le soleil de midi.

Super. Si V. avait envie de voir quelqu'un à ce moment précis, c'était bien elle. Oh oui, vraiment.

Il s'inclina profondément et ne bougea plus. Essaya de voir s'il pouvait continuer à boire dans cette position.

— Je suis honoré.

— Menteur, répliqua-t-elle d'un ton sec. Redresse-toi, guerrier. Je veux voir ton visage.

V. fit de son mieux pour afficher une expression avenante, dans l'espoir de camoufler sa consternation. *Putain*. Kolher avait menacé de le dénoncer à la Vierge scribe s'il ne se reprenait pas en main. Apparemment, il avait tenu parole.

Il se redressa. Avaler une gorgée de vodka devant elle serait certainement perçu comme une insulte.

— Oui, cela le serait, fit-elle remarquer. Mais fais ce que tu dois faire.

Il avala l'alcool comme si c'était de l'eau et posa le verre sur le bar. Il en voulait encore mais, avec un peu de chance, elle ne s'attarderait pas.

— Le but de ma visite n'a rien à voir avec ton roi.

La Vierge scribe s'approcha en flottant et ne s'arrêta qu'à trente centimètres de lui. V. résista à l'envie de reculer, surtout lorsqu'elle tendit sa main luisante et effleura sa joue. Sa puissance était celle d'un éclair : mortelle et précise. Mieux valait ne jamais être sa cible.

— Le moment est venu.

*Le moment de quoi ?* pensa V, mais il garda le silence. Personne ne posait de questions à la Vierge scribe, à moins de vouloir ajouter à son CV que l'on avait eu l'honneur de servir de paillasson.

— Ton anniversaire approche.

C'est vrai, il allait avoir trois cent trois ans bientôt, mais il ne voyait vraiment pas en quoi l'événement pouvait justifier une visite privée de la Vierge scribe. Si elle voulait lui souhaiter un joyeux anniversaire, une carte envoyée par la poste suffisait amplement. Putain, elle pouvait envoyer une carte de vœux électronique et le tour était joué.

— Et j'ai un cadeau pour toi.

— Je suis honoré.

*Et je n'y comprends rien.*

— Ta femelle est prête.

Viszs sursauta violemment comme si quelqu'un lui avait piqué les fesses avec un couteau.

— Pardon, qu'est-ce que... *Pas de questions, abruti.* Euh... avec tout le respect que je vous dois, je n'ai pas de femelle.

— Si. (Elle baissa son bras lumineux.) Je l'ai choisie parmi toutes les Élues pour qu'elle soit ta première compagne. Elle est du sang le plus pur, et absolument ravissante.

V. ouvrit la bouche, mais la Vierge scribe poursuivit ce qu'elle avait à dire sans lui laisser le temps de parler.

— Tu seras uni, et vous concevrez, et tu engendreras aussi avec les autres Élues. Tes filles viendront grossir les rangs des Élues. Tes fils deviendront des membres de la Confrérie. Telle est ta destinée : devenir le Primâle des Élues.

Le mot « Primâle » lui fit l'effet d'une bombe.

— Pardonnez-moi, Vierge scribe… euh… (Il s'éclaircit la voix et se rappela que, si l'on irritait Sa Sainteté, on risquait de se faire ramasser à la petite cuiller.) Je ne veux pas vous offenser, mais je ne prendrai aucune femelle comme…

— Bien sûr que si. Et tu t'uniras à elle selon le rituel solennel et elle portera tes enfants. Tout comme les autres Élues.

Il se vit soudain piégé de l'autre côté, entouré de femelles, dans l'impossibilité de combattre, dans l'impossibilité de voir ses frères… ou Butch… et ces images eurent raison de sa retenue.

— Ma destinée est d'être un guerrier. Avec mes frères. Je suis à ma place, ici.

De plus, étant donné ce qu'on lui avait fait, pouvait-il même procréer ?

Il s'attendait qu'elle sorte de ses gonds devant son insubordination. Au lieu de cela, elle remarqua :

— Comme il est téméraire de ta part de nier la position qui t'a été attribuée. Tu es tellement semblable à ton père.

*Faux.* Le Saigneur et lui n'avaient *rien* en commun.

— Votre Sainteté…

— Tu feras ce que je te dis. Et tu te soumettras de ta propre volonté.

Sa réponse fusa, dure et glaciale.

— Il me faudrait une sacrée bonne raison.

— Tu es mon fils.

V. cessa de respirer et sentit sa poitrine se figer comme un bloc de béton. C'était sans aucun doute une métaphore, elle voulait dire ça dans un sens très large.

— Il y a trois cent trois ans, tu es sorti de mon ventre. (La capuche de la Vierge scribe se souleva d'elle-même et révéla une beauté fantomatique, éthérée.) Lève cette main que tu prétends maudite et apprends notre vérité.

Le cœur au bord des lèvres, V. leva sa main gantée puis tira maladroitement sur le gant de cuir pour l'arracher. Il contempla avec horreur ce qui se cachait sous la peau tatouée : l'éclat rayonnant de sa main était exactement le même que celui de la Vierge scribe.

*Mon Dieu...* Comment avait-il pu ne pas faire le rapprochement plus tôt ?

— Ton aveuglement, reprit-elle, a permis ton déni. Tu ne voulais pas voir la vérité en face.

V. s'éloigna d'elle en chancelant. Lorsqu'il sentit le matelas, il se laissa choir dessus et se répéta que ce n'était surtout pas le moment de perdre la raison...

*Mais, attends...* Il l'avait déjà perdue. Et c'était tant mieux, sinon il serait en train de hurler comme un forcené à l'instant précis.

— Comment... comment est-ce possible ?

Oui, c'était une question, mais qui s'en souciait à présent ?

— Oui, je pense que pour cette fois je pardonnerai ton interrogation.

La Vierge scribe flotta autour de la pièce, se déplaçant sans marcher. Son vêtement, figé sur elle, semblait sculpté dans la pierre. Dans le silence, elle lui fit penser à une pièce d'échecs, la reine, la seule pièce qui puisse se déplacer librement dans toutes les directions sur le plateau.

Quand elle reprit enfin la parole, sa voix était profonde. Impérieuse.

— Je voulais faire l'expérience physique de la conception et de l'enfantement, aussi ai-je adopté une forme qui me permettait d'avoir des relations sexuelles et, dès que je fus fertile, je me rendis dans l'Ancienne Contrée. (Elle marqua une pause devant les portes de verre qui donnaient sur la terrasse.) Je choisis le mâle en me fondant sur ce que je croyais être les attributs masculins les plus souhaitables à la survie de l'espèce : la force et la ruse, la puissance et l'agressivité.

V. revit son père et essaya d'imaginer la Vierge scribe en train de faire l'amour avec lui. Merde, l'expérience avait dû être brutale.

— Oui, elle le fut, reconnut-elle. Je reçus exactement ce que j'étais venue chercher, et même plus. Une fois que l'accouplement eut commencé, il n'était plus possible de reculer, et il a effectivement agi conformément à sa nature. À la fin, toutefois, il s'est retiré avant d'éjaculer. J'ignore comment il l'avait deviné, mais il savait qui j'étais et ce que je cherchais.

Oh oui, son père avait été particulièrement versé dans l'art de deviner les motivations des autres, puis d'en tirer profit pour lui.

— Il était probablement naïf de ma part de penser que je pourrais duper un mâle comme lui. Il était effectivement très rusé. (Elle regarda V. qui lui faisait face.) Il m'a dit qu'il me donnerait sa semence uniquement à la condition qu'un enfant mâle lui soit confié. Il n'avait pas réussi à engendrer de fils qui survive, et son tempérament de guerrier voulait obtenir cette satisfaction.

Je voulais, quant à moi, que mon fils soit pour les Élues. Ton père comprenait peut-être la stratégie, mais il n'était pas le seul. Je connaissais bien ses points faibles, moi aussi, et j'avais le pouvoir de garantir le sexe de l'enfant. Nous sommes convenus qu'il t'aurait trois ans après ta naissance, pendant trois siècles, et qu'il pourrait t'entraîner à combattre de ce côté. Ensuite, tu me reviendrais pour servir mon dessein.

Son dessein ? Le dessein de son père ? Merde, n'avait-il pas voix au chapitre ?

La voix de la Vierge scribe se fit encore plus basse.

— Notre accord conclu, il m'a forcée sous lui pendant des heures et des heures au point que la forme que j'avais prise en est presque morte. Il était littéralement possédé par le besoin de concevoir et j'ai supporté ses assauts parce que je voulais la même chose.

« Supporté » était le terme correct. V., à l'instar des autres mâles du camp de guerriers, avait été forcé à assister aux ébats de son père. Le Saigneur n'avait jamais fait la différence entre combattre et baiser, et n'avait pas plus tenu compte de la taille ou de la faiblesse des femelles.

La Vierge scribe se remit à déambuler autour de la pièce.

— Je t'ai laissé au camp le jour de tes trois ans.

V. devint vaguement conscient d'un bourdonnement naissant dans sa tête, comme un train qui accélère. À cause du petit marché qu'avaient conclu ses parents, il vivait une existence misérable, obligé de souffrir des conséquences de la cruauté de son père et de la barbarie du camp de guerre.

— Est-ce que vous savez ce qu'il m'a fait ? ce qu'ils m'ont fait là-bas ? murmura V. d'une voix qui ressemblait à un grondement.

— Oui.

Oubliant toutes les règles de bienséance, il rugit :

— Alors pourquoi m'avez-vous laissé là-bas, bon sang de merde ?

— J'avais donné ma parole.

V. se leva d'un bond et se couvrit l'entrejambe de la main.

— Content de savoir que votre honneur n'a pas été sali, même si le mien l'a été. Ça, c'était un échange équitable, putain !

— Je peux comprendre ta colère…

— Ah bon, vous le pouvez, *maman* ? Oh, je me sens tellement mieux. J'ai passé vingt années de ma vie à lutter pour survivre dans cette fosse d'aisances. Et qu'est-ce que j'ai obtenu ? Un esprit tordu dans un corps mutilé. Et maintenant, vous voulez me transformer en étalon ? (Il lui décocha un sourire froid.) Et que se passera-t-il si je ne peux pas les féconder ? Puisque vous savez ce que j'ai subi, vous y avez sûrement pensé, non ?

— Tu le peux.

— Comment le savez-vous ?

— Tu crois peut-être qu'il y a une partie de mon fils que je ne peux pas voir ?

— Vous… salope, murmura-t-il.

Un souffle de chaleur jaillit du corps de la Vierge scribe et roussit les sourcils de V. Puis sa voix claqua dans le loft.

— N'oublie *pas* qui je suis, guerrier. J'ai mal choisi ton père et nous avons tous deux souffert de cette erreur. Crois-tu que je n'aie pas eu mal en voyant le cours qu'empruntait ta vie ? Crois-tu que j'aie observé tout cela de loin, impavide ? *Chaque jour était une agonie.*

— Ah, et vous voulez me faire croire que vous êtes devenue Mère Theresa, hurla Viszs, conscient du fait que son corps avait commencé à chauffer. Vous vous targuez d'être toute-puissante. Si mon sort vous avait importé un tant soit peu, vous auriez pu intervenir et…

— Les destinées ne sont pas choisies, elles sont attribuées.

— Par qui ? vous ? Alors c'est vous que je devrais haïr pour toutes les horreurs qui m'ont été infligées ?

V. luisait tout entier. Il n'avait pas besoin de baisser les yeux sur ses avant-bras pour savoir que le pouvoir de sa main s'était étendu au reste de son corps. Exactement comme elle. Mon Dieu !

— Soyez *maudite.*

— Mon fils…

Il dénuda ses canines.

— Ne m'appelez jamais ainsi. *Jamais.* Nous ne sommes pas… mère et fils. Ma mère aurait fait quelque chose. Lorsque je ne pouvais pas me défendre, ma mère aurait été là pour moi…

— Je voulais…

— Alors que je saignais, que j'étais déchiré et terrifié, ma mère aurait été là. Alors ne venez pas me balancer vos conneries sur l'amour d'une mère pour son fiston.

Un long silence suivit. Puis la voix de la Vierge scribe résonna, claire et forte.

— Tu te présenteras à moi, une fois ma retraite terminée. Elle commence cette nuit. On te montrera ta compagne, une simple formalité. Tu reviendras lorsqu'elle sera préparée pour te servir comme il se doit et tu feras ce pour quoi tu as été conçu. Et tu le feras volontairement.

— Certainement pas. Et allez vous faire voir.

— Viszs, fils du Saigneur, tu le feras parce que, si tu refuses, l'espèce ne survivra pas. S'il existe le moindre espoir de résister aux assauts de la Société des éradiqueurs, il est nécessaire d'avoir un plus grand nombre de frères. Vous, les membres de la Confrérie, n'êtes plus qu'une poignée. Par le passé, vous étiez vingt, trente guerriers. D'où pourraient en venir d'autres, si ce n'est d'une reproduction sélective ?

— Vous avez permis à Butch d'entrer dans la Confrérie, alors qu'il n'était pas…

— Une dispense spéciale pour une prophétie accomplie. Ce n'est pas la même chose, et tu le sais très bien. Son corps ne sera jamais aussi fort que le tien. S'il n'avait pas cette puissance innée, il ne pourrait jamais être frère.

V. détourna les yeux.

La survie de l'espèce. La survie de la Confrérie.

Et merde.

Il se mit à aller et venir dans la pièce, puis s'arrêta à côté de son chevalet et du mur couvert d'accessoires.

— Je ne suis pas celui qu'il faut pour ce genre de chose, je n'ai pas l'étoffe d'un héros. Sauver le monde ne m'intéresse pas.

— La logique réside dans la biologie et ne peut pas être contrecarrée.

Viszs leva sa main gantée, pensant au nombre de fois qu'il l'avait utilisée pour incinérer des choses. Des maisons. Des voitures.

— Et ça alors ? Vous voulez toute une génération maudite comme moi ? Qu'est-ce qui se passe si je transmets cela à mes descendants ?

— C'est une excellente arme.

— Une dague aussi, sauf qu'on ne peut pas incinérer ses amis avec une dague.

— Tu as reçu une bénédiction, pas une malédiction.

— Ah oui ? Essayez de vivre avec ça.

— La puissance exige le sacrifice.

Il éclata de rire.

— Bien, alors je renoncerais à tout ce bordel sans hésiter pour être normal.

— Tu as cependant un devoir envers ton espèce.

— Ben voyons. Comme vous en aviez un envers le fils que vous avez mis au monde. Vous feriez bien de prier que je sois plus soucieux de mes responsabilités.

Il tourna les yeux vers la ville en pensant aux civils qu'il avait vus frappés, mis en pièces, morts aux mains des éradiqueurs de l'Oméga : tellement d'innocents massacrés par ces salauds depuis des siècles, et la vie était suffisamment dure sans qu'on doive en plus être traqué. Il était bien placé pour le savoir.

Bon sang, il avait horreur d'admettre que la logique de la Vierge scribe faisait sens. La Confrérie ne comptait plus que cinq membres actuellement, en comptant l'entrée de Butch : la loi interdisait à Kolher de se battre, parce qu'il était le roi. Tohrment avait disparu. Audazs était mort l'été passé. Ils étaient donc cinq pour affronter un ennemi qui renouvelait sans arrêt ses effectifs. Pire encore, les éradiqueurs avaient à leur disposition une réserve infinie d'humains pour gonfler leurs rangs de morts-vivants, tandis que les frères devaient naître et grandir, puis survivre à leur transition. Certes la classe d'élèves qui était actuellement formée et entraînée au complexe donnerait un jour des soldats. Mais ces garçons ne posséderaient jamais le type de force, d'endurance ou les aptitudes à guérir des mâles issus des lignées de sang de la Confrérie.

Quant à la possibilité d'engendrer d'autres frères… Le choix de géniteurs possibles était restreint. Kolher, en tant que roi et de par la loi, pouvait s'unir à n'importe quelle femelle de l'espèce, mais il était entièrement dévoué à Beth. De même que Rhage et Z. l'étaient à leurs femelles. Tohr, à supposer qu'il soit encore vivant et revienne un jour, ne serait pas dans l'état d'esprit de féconder des Élues. Fhurie était la seule autre possibilité, mais il était chaste et avait le cœur brisé. Pas exactement un profil d'étalon.

— Merde.

La Vierge scribe le laissait réfléchir en silence. Comme si elle savait qu'un seul mot d'elle pourrait lui faire tout envoyer promener, y compris l'espèce.

Il se retourna pour lui faire face.

— Je le ferai à une condition.

— Laquelle ?

— Je vis ici, avec mes frères. Je me bats aux côtés de mes frères. J'irai de l'autre côté, et… *putain de merde…* je m'accouplerai avec qui vous voulez. Mais mon foyer, ma maison, c'est ici.

— Le Primâle vit…

— Pas celui-ci, et c'est ça ou rien. (Il lui jeta un regard courroucé.) Et mettez-vous bien cela en tête : je suis suffisamment égoïste pour me barrer si vous n'êtes pas d'accord, et qu'est-ce que vous ferez alors ? Après tout, vous ne pouvez pas m'obliger à baiser des femelles pendant le reste de ma vie, à moins de vouloir vous-même stimuler ma verge. (Il lui décocha un sourire froid.) Ça en ferait, une belle leçon de biologie, hein ?

C'était désormais au tour de la Vierge scribe de déambuler dans la pièce. Il l'observa, attendit, et remarqua avec dégoût que tous deux avaient apparemment le même tic : bouger lorsqu'ils réfléchissaient.

Elle s'arrêta devant le chevalet et tendit une main luisante, la laissant planer au-dessus de la planche de bois. Les traces de ses ébats sexuels s'évanouirent, tout retrouva sa place, comme si elle montrait par là sa désapprobation.

— Je pensais que tu aimerais peut-être une vie de loisirs et de plaisirs. Une vie où tu serais protégé et n'aurais pas à te battre.

— Et perdre tout cet entraînement rigoureux que j'ai reçu sous le joug de mon père ? Voilà qui serait un sacré gâchis. Pour ce qui est de la protection, j'en aurais eu besoin il y a trois cents ans. Plus aujourd'hui.

— Je pensais que… tu aimerais peut-être avoir une compagne. Celle que j'ai choisie pour toi est de la meilleure lignée. Une Élue au sang pur qui incarne la grâce et la beauté.

— Et vous avez choisi mon père, n'est-ce pas ? Alors vous m'excuserez si je ne fais pas preuve de beaucoup d'enthousiasme.

Le regard de la Vierge scribe se posa sur son matériel.

— Tu recherches des accouplements tellement… brutaux.

— Je suis le fils de mon père. Vous l'avez dit vous-même.

— Tu ne pourrais pas soumettre ta compagne à de telles pratiques sexuelles. Elle en serait sidérée de honte et de peur. Et tu ne pourrais en aucun cas t'unir avec quelqu'un d'autre que l'Élue. Ce serait un déshonneur.

V. essaya de s'imaginer renonçant à ses tendances.

— Le monstre que je porte en moi a besoin de sortir, surtout maintenant.

— Maintenant ?

— Allons, *maman*. Vous savez tout de moi, n'est-ce pas ? Alors vous savez que mes visions se sont taries et que le manque de sommeil me rend à moitié psychotique. Bordel, vous devez savoir que je me suis jeté de cet immeuble la semaine dernière. Et cela ne peut aller qu'en s'aggravant, surtout si je ne peux pas… me défouler.

Elle agita une main avec agacement pour exprimer son désaccord.

— Tu ne vois rien parce que tu te trouves à une croisée des chemins. Il n'est pas possible d'exercer son libre arbitre si l'on connaît le résultat final, par conséquent la partie de toi capable de voir l'avenir est automatiquement refoulée. Elle reviendra.

Pour une raison totalement insensée, ces mots le soulagèrent, même s'il avait combattu l'intrusion des destinées des autres depuis qu'il avait commencé à les voir, des siècles plus tôt.

Il comprit soudain quelque chose.

— Vous ne savez pas ce qui va m'arriver, n'est-ce pas ? Vous ne savez pas ce que je vais faire.

— Je veux ta parole que tu rempliras tes devoirs de l'autre côté. Que tu y feras ce qu'il faut. Et je la veux tout de suite.

— Dites-le. Dites que vous ne savez pas ce que vous voyez. Si vous voulez ma parole, accordez-moi ça.

— Pourquoi ?

— Je veux savoir qu'il existe quelque chose sur quoi vous n'avez pas de prise, aboya-t-il. Pour que vous sachiez comment moi, je me sens.

La chaleur qui venait de la Vierge scribe semblait vouloir transformer le loft en sauna.

— Ta destinée est la mienne, finit-elle par déclarer. Je ne connais pas ta voie.

V. croisa les bras sur sa poitrine avec l'impression d'avoir une corde autour du cou et de se tenir debout sur une chaise branlante. Putain de merde.

— Vous avez ma parole.

— Prends ceci, et accepte ta nomination de Primâle.

Elle lui tendit un lourd pendentif en or enfilé sur un cordon de soie noire. Lorsqu'il le saisit, elle hocha une fois la tête pour sceller leur pacte.

— Je vais informer les Élues, à présent. Ma retraite prend fin dans quelques jours à compter d'aujourd'hui. Tu viendras alors à moi et seras établi en tant que Primâle.

Sa capuche noire se souleva toute seule. Juste avant qu'elle se baisse sur son visage resplendissant de lumière, la Vierge scribe ajouta :

— À bientôt. Porte-toi bien.

Elle disparut sans bruit ni mouvement, comme une lumière qui s'éteint.

V. se dirigea vers le lit avant que ses genoux le lâchent. Lorsqu'il sentit le matelas sous lui, il contempla le long et fin pendentif. L'or était ancien et des caractères en langue ancienne étaient gravés dessus.

Il ne voulait pas procréer. Il ne l'avait jamais voulu. Même s'il se disait que, dans les circonstances présentes, il ne serait rien de plus qu'un donneur de sperme. En réalité, il n'aurait pas à être un père pour ses enfants, ce qui était un soulagement. Il n'y entendrait rien.

Fourrant le pendentif dans la poche revolver de son pantalon de cuir, il se prit la tête dans les mains. Il se rappela soudain les scènes de son enfance dans le camp de guerriers. Les souvenirs étaient clairs comme le cristal et tranchants comme le verre. Lâchant un juron en langue ancienne, il tendit la main vers sa veste, sortit son téléphone et appuya sur la touche de raccourci. Quand il entendit la voix de Kolher, celle-ci était presque couverte par une espèce de bourdonnement en bruit de fond.

— T'as une minute ? s'enquit V.

— *Oui, quoi de neuf ?*

V. garda le silence et la voix de Kolher baissa d'une octave.

— *Viszs ? Ça va ?*

— Non.

On entendit un bruit de froissement, puis la voix de Kolher parvint de loin :

— *Fritz, est-ce que tu peux passer l'aspirateur un peu plus tard ? Merci, mon ami.*

Le bourdonnement s'interrompit et une porte se ferma.

— *Raconte.*

— Tu… euh… tu te souviens de la dernière fois que tu t'es saoulé ? Je veux dire, vraiment saoulé ?

— *Merde… euh…*

Pendant le silence qui suivit, V. imagina les sourcils noirs du roi, plongeant derrière ses lunettes de soleil panoramiques.

— *Bon sang, je crois bien que c'était avec toi. Au début du XX*e *siècle, c'est ça ? Sept bouteilles de whiskey à nous deux.*

— Neuf en fait.

Kolher éclata de rire.

— *On a commencé à 16 heures et ça nous a pris, quoi, quatorze heures ? Je suis resté dans le cirage pendant toute une journée, ensuite. Ça fait cent ans et j'ai l'impression que j'ai encore la gueule de bois.*

V. ferma les yeux.

— Tu te souviens, alors que l'aube approchait, je… euh… je t'ai dit que je n'avais jamais connu ma mère ? que je n'avais aucune idée de son identité, ni de ce qui lui était arrivé ?

— *Cet épisode est assez nébuleux, mais, oui, je me souviens de ça.*

Mon Dieu, ils avaient pris une cuite mémorable, cette nuit-là. Complètement beurrés. Et c'est la seule raison pour laquelle V. avait un petit peu parlé de ce qui le taraudait vingt-quatre heures sur vingt-quatre.

— *V. ? Qu'est-ce qui se passe ? Quelque chose à voir avec ta mahmen ?*

V. se laissa retomber sur le lit. Comme il atterrissait lourdement, le pendentif qu'il avait mis dans sa poche revolver lui mordit la fesse.

— Oui… Je viens de la rencontrer.

# Chapitre 4

De l'autre côté, dans le sanctuaire des Élues, Cormia était assise sur son lit tout simple dans sa chambre blanche, une petite bougie blanche brûlant à côté d'elle. Elle était vêtue de la longue robe blanche traditionnelle des Élues, les pieds nus sur le marbre blanc, les mains croisées sur les genoux.

Elle attendait.

Elle avait l'habitude d'attendre. Telle était la vie des Élues. Attendre que le calendrier des rituels offre une activité. Espérer que la Vierge scribe fasse une apparition. Attendre que la Directrix vous assigne des tâches. Encore fallait-il attendre avec grâce, élégance et compréhension, à défaut de quoi on risquait de déshonorer toute la tradition au service de laquelle elles étaient vouées. Ici, aucune sœur n'était plus importante qu'une autre. En tant qu'Élue, chacune d'entre elles faisait partie d'un tout, n'était qu'une molécule parmi d'autres qui contribuaient à former un corps spirituel exploitable… à la fois essentielle et totalement insignifiante.

Aussi, malheur à celle qui manquait à ses devoirs et risquait de contaminer les autres.

Aujourd'hui, toutefois, l'attente était lourde d'un fardeau inéluctable. Cormia avait péché et c'est avec terreur qu'elle attendait son châtiment.

Elle avait longtemps souhaité que sa transition lui soit conférée, l'avait secrètement attendue avec impatience, mais pas pour le bien des Élues. Elle aspirait à se réaliser pleinement en tant que personne. Elle voulait sentir que sa respiration et les battements de son cœur avaient un sens et se rattachaient à son individualité dans l'univers. Elle ne voulait pas être simplement le rayon d'une roue. Elle avait la conviction que ce passage serait la clé de cette liberté personnelle.

C'était tout récemment que son changement lui avait été octroyé, lorsqu'elle avait été invitée à prendre la boisson sacrée dans le temple. Elle avait d'abord été ravie, présumant que son souhait clandestin était passé inaperçu et avait été exaucé malgré tout. Puis son châtiment était survenu.

Elle baissa les yeux et regarda son corps, elle blâmait ses seins et ses hanches pour ce qui était sur le point de lui arriver. Elle se blâmait d'avoir voulu se démarquer des autres. Elle aurait dû rester comme elle était…

Le fin rideau de soie qui masquait l'entrée fut repoussé et l'Élue Amalya, l'une des *inthendantes* personnelles de la Vierge scribe, entra.

— C'est donc décidé ? questionna Cormia, serrant les poings jusqu'à ce que ses phalanges lui fassent mal.

Amalya sourit avec bonté.

— En effet.

— Combien de temps ?

— Il viendra lorsque la retraite de Son Altesse prendra fin.

Le désespoir poussa Cormia à poser la question inconcevable :

— Ne serait-il pas possible de désigner une autre Élue que moi ? Certaines d'entre nous souhaitent s'unir au Primâle.

— Tu as été choisie. (Les yeux de Cormia s'embuèrent de larmes et Amalya s'avança sans bruit, pieds nus.) Il sera doux avec ton corps. Il…

— Non, c'est faux. Il est fils du guerrier, du Saigneur.

Amalya eut un sursaut de surprise.

— Quoi ?

— La Vierge scribe ne te l'a pas dit ?

— Sa Sainteté a simplement annoncé que c'était arrangé avec l'un des membres de la Confrérie, un guerrier de valeur.

Cormia secoua la tête.

— Elle m'en a informée quand elle est venue me parler la première fois. Je croyais que tout le monde le savait.

L'inquiétude d'Amalya contracta ses traits. Sans un mot, elle s'assit sur le lit et prit Cormia dans ses bras.

— Je ne veux pas de ce sort, murmura Cormia. Pardonne-moi, ma sœur, mais je n'en veux pas.

— Tout ira bien... vraiment, souffla Amalya sans conviction

— Que se passe-t-il ici ?

La voix coupante les sépara aussi efficacement que si on les avait tirées brutalement.

La Directrix se tenait dans l'embrasure de la porte, le regard soupçonneux. Avec un livre dans une main et un chapelet de perles noires dans l'autre, elle incarnait l'intention et la vocation des Élues.

Amalya se leva rapidement, mais elle ne pouvait pas prétendre que tout allait bien. Le devoir des Élues était de célébrer leur destinée à chaque moment de la journée, et un seul moment de faiblesse était considéré comme une déviation qui demandait que l'on fasse pénitence. Et elles s'étaient fait surprendre.

— Je vais parler à l'Élue Cormia, maintenant, annonça la Directrix. En tête à tête.

— Oui, bien sûr. (Amalya se dirigea tête baissée vers la porte.) Si vous voulez bien m'excuser, mes sœurs.

— Tu te rendras directement au Temple de l'expiation, cela va de soi.

— Oui, Directrix.

— Tu y resteras pendant tout le reste du cycle. Si je te vois dehors, mon courroux sera terrible.

— Oui, Directrix.

Cormia ferma les yeux de toutes ses forces et pria pour son amie comme celle-ci sortait de la pièce. Un cycle entier dans ce temple ? La privation sensorielle que cette punition impliquait pouvait rendre fou.

— Je t'y enverrais aussi, si tu ne devais pas être au service d'autre chose, ajouta la Directrix d'un ton sec.

Cormia essuya ses larmes.

— Oui, Directrix.

— Tu vas commencer à te préparer immédiatement en lisant ceci. (Le livre relié de cuir atterrit sur le lit.) Tu y trouveras les détails des droits et des obligations du Primâle. Une fois que tu auras fini de le lire, tu recevras ton éducation sexuelle.

*Oh chère Vierge scribe, je vous en prie, pas la Directrix… je vous en prie, pas la Directrix.*

— Layla te préparera. (Comme la posture de Cormia se détendait, la Directrix ajouta d'un ton cassant :) Dois-je être offensée par ton soulagement affiché à l'annonce de cette nouvelle ?

— Pas du tout, ma sœur.

— C'est à présent ton mensonge qui m'offense. Regarde-moi. *Regarde-moi.*

Cormia leva les yeux et ne put s'empêcher de les baisser de nouveau, par peur, comme la Directrix la clouait sur place de son regard dur.

— Tu rempliras ton devoir et tu le rempliras bien, sans quoi je te bannirai. Est-ce que tu me comprends ? Tu seras bannie.

Cormia fut tellement atterrée qu'elle en perdit la voix. Bannie ? Bannie… dans l'au-delà.

— Réponds-moi. Suis-je bien claire ?

— Oui, oui, Directrix, bredouilla Cormia.

— Ne te méprends pas. La survie des Élues et l'ordre que j'ai établi ici sont tout ce qui m'importe. Tout individu qui porte atteinte à l'un ou à l'autre sera éliminé. Rappelle-toi ces mots lorsque tu voudras t'apitoyer sur ton sort. Cela est un honneur et tu en seras privée avec des conséquences terribles que je définirai. Est-ce clair ? *Est-ce clair ?*

Cormia n'arriva pas à émettre le moindre son, aussi acquiesça-t-elle d'un signe.

La Directrix secoua la tête, et une lueur étrange s'alluma dans ses yeux.

— Ta lignée mise à part, tu es absolument indigne. D'ailleurs, cette conversation est totalement indigne.

La Directrix sortit dans un froissement de tissu, la soie blanche de sa longue tunique flottant derrière elle.

Cormia se prit la tête dans les mains et se mordit la lèvre inférieure en contemplant sa destinée : son corps venait d'être promis à un guerrier qu'elle n'avait jamais rencontré… qui descendait d'un père brutal et cruel… et c'était sur ses épaules que reposait désormais la noble tradition des Élues.

Un honneur ? Non, c'était une punition… pour avoir eu l'audace de vouloir quelque chose pour elle-même.

Un autre martini arriva et Fhurie essaya de se rappeler si c'était son cinquième, ou son sixième. Il ne savait plus.

— Eh ben, heureusement qu'on ne combat pas ce soir, remarqua Butch. Tu avales ce truc comme si c'était du petit-lait.

— J'ai soif.

— Apparemment. (Le flic s'étira dans le box.) Tu comptes passer combien de temps à te réhydrater ici, Lawrence d'Arabie ?

— Tu n'as pas besoin de…

— Bouge tes fesses, flic.

Fhurie et Butch levèrent les yeux. V. avait surgi de nulle part devant leur table, et quelque chose n'allait pas. Ses yeux écarquillés et la pâleur de son visage laissaient penser qu'il avait eu un accident, mais il ne semblait pas blessé.

— Salut, mon frère. (Butch se déplaça sur la droite pour lui faire une place.) Je ne pensais pas qu'on te verrait ce soir.

V. s'assit, sa veste de cuir de motard remonta sur ses épaules et lui fit une carrure résolument immense. Il se mit à tambouriner sur la table du bout des doigts, chose qu'il ne faisait jamais.

Butch fronça les sourcils en regardant son ami.

— Tu as vraiment une sale tête. Qu'est-ce qui se passe ?

Viszs croisa les mains.

— C'est pas l'endroit.

— Alors rentrons à la maison.

— Totalement hors de question. Je vais être coincé là-bas toute la journée.

V. leva la main. Lorsque la serveuse s'approcha, il posa un billet de 100 dollars sur son plateau.

— Envoyez la Goose, d'accord ? Et c'est juste le pourboire.

— Avec plaisir, dit-elle en souriant.

La jeune femme se dirigea vers le bar comme si elle se déplaçait en rollers. V. balaya du regard le carré VIP, les sourcils froncés. Merde, le fait est qu'il n'observait pas les clients. Il cherchait un prétexte pour se battre. Et est-ce qu'il était possible qu'une espèce de rayonnement émane du frère ?

Fhurie regarda à sa gauche et tapa son oreille deux fois, un signal destiné à l'un des malabars postés devant une entrée privée. Le vigile fit un signe de la tête et murmura quelque chose en approchant sa montre de sa bouche.

Un moment plus tard, un mâle immense avec une courte crête iroquoise sortit. Vhengeance portait un costume noir impeccablement coupé et tenait une canne noire dans la main droite. Il s'avança lentement vers la table de la

Confrérie, et ses clients s'écartèrent devant lui, en partie par respect envers sa stature, en partie à cause de la peur que sa réputation éveillait. Tout le monde le connaissait et savait ce dont il était capable. Vhengeance était en effet le genre de baron de la drogue qui s'occupe personnellement de ses affaires, et le mettre en colère, c'était risquer de se retrouver haché en menus morceaux.

Le beau-frère de Zadiste, un sang-mêlé, s'avérait un allié inattendu pour la Confrérie, même si la véritable nature de Vhengeance compliquait beaucoup de choses. Il n'était guère avisé de s'acoquiner avec un *sympathe*. Au sens propre aussi bien qu'au sens figuré. Il était donc un ami et un parent gênant.

Son petit sourire dévoilait à peine ses canines.

— Bonsoir, messieurs.

— Cela te dérangerait qu'on utilise ton bureau pour une affaire personnelle ? demanda Fhurie.

— Je ne dirai rien, vociféra V. quand arriva sa boisson. (D'un mouvement sec du poignet, il avala son verre d'un trait comme s'il avait le feu au ventre et que l'alcool était de l'eau.) Rien… à… dire.

Fhurie et Butch se regardèrent avec intensité, puis un marché fut conclu entre eux : V. allait devoir cracher le morceau.

— Ton bureau ? répéta Fhurie à Vhengeance.

Vhengeance haussa un sourcil avec élégance, la ruse se lisait dans ses yeux améthyste.

— Je ne suis pas sûr que vous souhaitiez l'utiliser. La pièce est équipée de micros et chaque mot prononcé est enregistré. Sauf, bien sûr… si j'y suis.

Pas idéal comme situation, mais tout ce qui pouvait nuire à la Confrérie nuisait à la sœur de Vhengeance, puisqu'elle était la compagne de Z. Donc, même si le type était en partie *sympathe*, il avait tout intérêt à garder le silence sur ce qui pouvait se passer.

Fhurie se glissa hors de son siège et riva les yeux sur V.

— Apporte ton verre.

— Non.

Butch se leva.

— Alors, tu le laisses. Parce que, si tu ne veux pas rentrer, on discute ici.

Les yeux de V. étincelèrent. Et il n'y avait pas que ses yeux qui brillaient.

— Merde…

Butch se pencha sur la table.

— À ce moment précis, tu projettes une aura comme si ton cul était branché sur le secteur. Aussi, je t'encourage fermement à laisser tomber ton petit numéro de « je-n'ai-besoin-de-personne » et à déplacer ta carcasse dans le bureau de Vhengeance avant que la situation tourne au vinaigre. Pigé ?

V. et Butch se mesurèrent du regard pendant un long moment. Puis V. se leva et se dirigea vers le bureau de Vhengeance. Il laissa sur son sillage une odeur toxique et chimique, de celles qui piquent le nez : sa colère.

Bon sang, Butch était bien le seul à pouvoir se mesurer à V. lorsqu'il était dans cet état.

Heureusement qu'ils avaient l'Irlandais.

Le petit groupe franchit le seuil de la porte gardée par les deux colosses et s'installa dans l'antre qui servait de bureau à Vhengeance. La porte se referma, Vhengeance passa derrière le meuble qui lui servait de secrétaire, mit la main dessous, et un « bip » retentit.

— On peut parler, assura-t-il en s'asseyant sur un siège de cuir noir.

Ils posèrent tous le regard sur V… qui se mit sans tarder à arpenter la pièce avec l'air de vouloir dévorer quelqu'un. Il finit par s'arrêter à l'autre bout de la pièce, aussi loin de

Butch que possible. La lampe encastrée dans le plafond ne brillait pas autant que l'étrange scintillement sous sa peau.

— Raconte, murmura Butch.

Sans dire un mot, V. sortit quelque chose de sa poche revolver. Son bras se tendit et un lourd pendentif en or se mit à se balancer au bout d'un cordon de soie.

— Il semblerait que j'aie un nouveau boulot.

— Oh… putain, chuchota Fhurie.

John et ses potes étaient installés dans la chambre de Blay comme à leur habitude : John était assis au pied du lit, Blay par terre, les jambes croisées, et Vhif était vautré sur un pouf, son corps tout neuf pour moitié sur le siège, pour moitié en dehors. Des bouteilles de Corona ouvertes traînaient par terre et les trois garçons se passaient des sachets de chips et de Doritos.

— Bon alors, accouche, s'exclama Blay. Comment s'est passée ta transition ?

— Oublie le changement, je me suis fait une fille.

Blay et John le regardèrent avec des yeux qui leur sortaient presque de la tête et Vhif rit doucement.

— Oui. J'ai baisé. Je suis plus puceau, quoi.

— Putain, c'est pas possible, haleta Blay.

— C'est vrai. (Vhif rejeta la tête en arrière et avala la moitié de sa bière.) Je dois dire quand même que la transition… les mecs… (Il regarda John, ses yeux vairons s'étrécissant.) Prépare-toi, John. C'est vraiment super dur. On souhaite mourir. On prie pour mourir. Et puis ça empire.

Blay hocha la tête.

— C'est horrible.

Vhif finit sa bière et jeta la bouteille vide dans une corbeille à papier.

— J'avais des témoins pour ma transition. Toi aussi, n'est-ce pas ?

Quand Blay fit « oui » de la tête, Vhif ouvrit le miniréfrigérateur et sortit une autre Corona.

— Oui, enfin… c'était bizarre. Mon père était dans la pièce. Son père à elle aussi. Pendant ce temps-là, j'avais l'impression que mon corps se disloquait. J'aurais eu honte normalement, mais je me sentais bien trop mal pour ressentir ce type d'émotion.

— Qui as-tu utilisé ? demanda Blay.

— Marna.

— Géniaaaaaaaaaaal.

Vhif ferma à demi les yeux.

— Oui, elle était *carrément* géniale.

Blay resta bouche bée puis articula :

— Elle ? C'est elle que tu as…

— Ouais. (Vhif rit tandis que Blay s'affalait par terre comme s'il avait reçu un coup de feu en pleine poitrine.) Marna. Je sais. J'ai du mal à y croire moi-même.

Blay leva la tête.

— Comment ça s'est passé ? Et je te promets de te botter le cul si tu omets le moindre détail.

— Ah oui ! Et tu t'es montré bavard après ta transition, toi, peut-être.

— N'élude pas la question. Allez, crache le morceau, camarade.

Vhif se pencha en avant et John suivit son exemple, se glissant tout au bord du lit.

— Bon, tout était fini, d'accord ? Enfin… j'avais bu, le changement avait eu lieu, j'étais allongé sur le lit… complètement rincé. Elle était toujours là, au cas où j'aurais eu besoin de boire encore à sa veine, assise sur une chaise dans un coin, un truc comme ça. Bref, son père et le mien discutaient et je me suis plus ou moins évanoui. Et puis quand je reprends mes esprits, je suis seul dans la chambre. La porte s'ouvre et Marna entre. Elle me dit qu'elle a oublié son pull ou une connerie du genre. Je la regarde et… ben, Blay, tu l'as déjà vue, non ? Je me mets instantanément à bander. Tu conviendras qu'on peut pas m'en vouloir.

— Pas le moins du monde, en effet.

John cilla et se pencha davantage.

— Enfin, j'ai un drap sur moi, mais elle remarque ce qui se passe dessous. Elle me matait grave et elle souriait, et moi je me disais « oh putain »… C'est alors que son père l'appelle du vestibule pour lui dire qu'il faut qu'ils passent la nuit à la maison parce que le jour s'était levé avant la fin de la transition, mais manifestement il ne voulait pas qu'elle dorme avec moi. Au moment de sortir, elle me dit qu'elle reviendra en douce un peu plus tard. Je ne l'ai pas vraiment crue, même si je gardais un vague espoir quand même. Une heure s'écoule, j'attends… je suis sur des charbons ardents. Une heure encore se passe. Je finis par me faire une raison : elle viendra pas. J'appelle mon père sur la ligne intérieure et je lui dis que je vais dormir. Puis je me lève, je me traîne dans la douche, je ressors… et elle est dans ma chambre. *Nue. Sur le lit.* Seigneur, je ne pouvais rien faire d'autre que la contempler. Mais je suis vite passé à l'action. (Vhif riva les yeux sur le sol et secoua plusieurs fois la tête.) Je l'ai prise trois fois, l'une après l'autre.

— Ouaaah…, murmura Blay. Ça t'a plu ?

— À ton avis ? Évidemment.

Blay fit un signe de tête et porta sa Corona à ses lèvres, Vhif ajouta :

— Et ensuite, je l'ai mise sous la douche, l'ai nettoyée, puis je l'ai léchée pendant une demi-heure.

Blay s'étrangla avec sa bière et en cracha la moitié sur lui.

— Nom de Dieu…

— Elle avait le goût d'une prune mûre. Sucrée, sirupeuse.

Les yeux de John lui sortirent presque de la tête et Vhif sourit.

— Son miel me couvrait le visage. C'était fabuleux.

Le garçon prit une longue gorgée comme s'il était le mâle du siècle et ne fit aucun effort pour masquer la réaction de son corps tandis qu'il se remémorait avec délices ses exploits sexuels. Le jean de Blay se tendit au niveau de la braguette et il se jeta une couverture sur les genoux.

John n'avait rien à cacher et se contenta de baisser les yeux sur sa bouteille.

— Tu vas t'unir à elle ? s'enquit Blay.

— Pour l'amour du ciel, certainement pas ! (Vhif leva la main et tâta doucement son œil au beurre noir.) C'est juste… un truc qui s'est passé. Non, sérieusement. Elle et moi ? Jamais.

— Mais n'était-elle pas…

— Non, elle n'était pas vierge. Bien sûr qu'elle ne l'était pas. Donc pas d'union. Elle ne m'accepterait de toute façon jamais comme *hellren*.

Blay regarda John.

— Les femelles de l'aristocratie sont censées être vierges avant l'union.

— Les temps changent, tu sais. (Vhif fronça les sourcils.) Quand même, n'en parlez à personne, OK ? On s'est éclatés, mais ça ne va plus loin. C'est une chouette fille.

— Motus et bouche cousue. (Blay inspira profondément, puis se racla la gorge.) Euh… c'est mieux avec quelqu'un d'autre, hein ?

— Le sexe ? Mille fois mieux, mon pote. Te masturber calme un moment, mais ça n'est pas comparable. Elle était tellement douce… surtout entre les cuisses. J'ai adoré être sur elle, la pénétrer profondément, l'entendre gémir. J'aurais vraiment aimé que vous puissiez être là. Vous auriez vraiment apprécié.

Blay leva les yeux au ciel.

— Toi en train de baiser. T'as raison, je meurs d'envie de voir ça.

Vhif sourit lentement et avec malice.

— Tu aimes bien me regarder combattre, n'est-ce pas ?

— Oui, bien sûr, tu te bats bien.

— Pourquoi ce serait différent avec le sexe ? C'est juste quelque chose que tu fais avec ton corps.

Blay afficha un air perplexe.

— Mais… et l'intimité alors ?

— L'intimité, c'est une histoire de contexte. (Vhif sortit une troisième bière du réfrigérateur.) Et tu sais quoi, Blay ?

— Quoi ?

— Je me débrouille bien en matière de sexe, aussi. (Il décapsula la bouteille et prit une lampée.) Donc, voilà ce qu'il faut qu'on fasse. Je vais prendre deux trois jours pour récupérer et puis on va aller faire le tour des clubs. Je veux le refaire, mais je ne peux pas le faire avec elle. (Vhif posa les yeux sur John.) Camarade, tu nous accompagnes au *Zero Sum*. Peu importe que tu sois prétrans. On y va ensemble.

Blay fit un signe d'assentiment.

— Nous trois, on forme une bonne équipe. De plus, ta transition ne va pas tarder, John.

Tandis que ses deux amis parlaient de leur sortie prochaine, John resta silencieux. Tout le cirque de draguer des nanas lui était étranger, et pas seulement parce qu'il n'avait pas encore effectué sa transition. En matière de sexualité, il avait un lourd passé. Le plus lourd qui soit.

Pendant une fraction de seconde, il vit la cage d'escalier sordide et sale où ça s'était passé. Il sentit le pistolet contre sa tempe. Sentit son jean brutalement descendu. Sentit l'invraisemblable chose qu'on lui faisait. Il se souvint de la sensation d'étouffement, de sa gorge qui se nouait, de ses yeux qui se remplissaient de larmes et comment, quand il s'était pissé dessus, il avait éclaboussé le bout des baskets bon marché du type.

— Ce week-end, annonça Vhif, on s'occupe de toi, Blay.

John posa sa bière et se frotta le visage tandis que Blay rougissait.

— Ouais… Je ne sais pas, Vhif…

— Fais-moi confiance. Je vais m'occuper de ton cas. Et, John, mon pote ? Tu seras le suivant.

La réponse initiale de John fut de secouer la tête pour indiquer son refus, mais il se contint pour ne pas avoir l'air d'un imbécile. Déjà qu'il avait l'impression d'être vraiment à la bourre, tout chétif et malingre. Décliner une occasion de baiser l'expédierait pour de bon dans le camp des mauviettes.

— Bon, alors c'est entendu ? demanda Vhif.

Comme Blay tripotait le bas de son tee-shirt, John eut vraiment l'impression que le garçon allait dire « non ». Ce qui le rassura un peu…

— Oui. (Blay s'éclaircit la voix.) Je… euh, oui, je, enfin, je suis sur le point d'exploser. Je ne peux presque plus penser qu'à ça, vous savez ? Et c'est douloureux, sérieusement.

— Je comprends exactement ce que tu veux dire. (Les yeux vairons de Vhif étincelèrent.) Et on va bien s'amuser. Merde, John… tu peux dire à ton corps de se mettre au diapason ?

John se contenta de hausser les épaules. Il aurait aimé pouvoir s'en aller.

— Bon, il est temps de jouer un peu ? demanda Blay en indiquant du regard la Xbox posée par terre. John va nous mettre une branlée, comme d'hab, mais on peut se disputer la deuxième place.

Passer à autre chose fut un soulagement de taille, et les trois amis se plongèrent dans le jeu, hurlant après l'écran de télé, se jetant des emballages de bonbons et des capsules de bouteille de bière à la tête. John s'éclatait. Sur l'écran, ils étaient égaux. Il n'était pas petit et à la traîne : il était meilleur qu'eux. Quand il jouait, il pouvait incarner le guerrier qu'il rêvait d'être.

Comme John leur flanquait une peignée, il jeta un coup d'œil à Blay. Il savait que le garçon avait choisi ce jeu exprès pour lui remonter le moral. Blay avait le don de savoir ce que ressentaient les autres, et comment faire preuve de gentillesse sans les gêner. C'était un ami de valeur.

Vingt-quatre bouteilles de bière, trois descentes dans la cuisine, deux tours de jeu complet et un film de Godzilla plus tard, John regarda sa montre et se leva. Fritz viendrait bientôt le chercher car il avait un rendez-vous à 4 heures chaque nuit qu'il devait honorer, sinon il était viré du programme d'entraînement.

— *À demain, en cours ?* signa-t-il.

— Sûr, répondit Blay.

Vhif sourit.

— Tu m'envoies un texto plus tard, d'accord ?

— *Ça marche.* (John s'arrêta à la porte.) *Au fait, je voulais te demander.* (Il tapa son œil et montra Vhif du doigt.) *Qu'est-ce qui s'est passé ?*

Le regard de Vhif ne trembla pas, son sourire demeura aussi radieux que d'habitude.

— Oh, c'est rien. J'ai juste glissé dans la douche et je suis tombé. Débile, hein ?

John fronça les sourcils et jeta un coup d'œil à Blay qui se mit à contempler le sol, sans relever la tête. Hmm… il y avait quelque chose de pas…

— John, reprit Vhif d'un ton ferme, ça arrive les accidents.

John ne crut pas son ami, surtout que Blay ne relevait pas la tête, mais vu qu'il avait lui-même un secret, il se garda bien d'insister.

— *Oui, bien sûr,* signa-t-il.

Puis il siffla un adieu rapide et sortit.

Il referma la porte et, en entendant leurs voix graves, posa la main sur le bois. Il voulait tellement être où ils se trouvaient, mais cette histoire de sexe… Non, sa transition, c'était pour devenir un mâle à part entière et pouvoir enfin venger ses morts. Ce n'était pas pour baiser des filles. D'ailleurs, il pourrait peut-être s'inspirer de Fhurie.

La chasteté avait plein d'avantages. Fhurie était chaste depuis… ben, toujours, et il fallait le voir : absolument bien dans sa tête, un type tout à fait équilibré.

Un bon exemple à suivre.

# Chapitre 5

— Tu vas être quoi ? balbutia Butch.

Sans quitter son coloc des yeux, Viszs eut du mal à régurgiter le maudit mot.

— Le Primâle. Des Élues.

— Qu'est-ce que c'est que ce truc ?

— La réponse courte ? Un donneur de sperme.

— Attends, attends… tu vas donc servir à des FIV ?

V. se passa la main dans les cheveux en se disant que ça lui ferait vraiment du bien d'enfoncer son poing dans le mur.

— C'est un peu plus, comment dire… « tactile » que ça.

Et il se souvint soudain que cela faisait un bail qu'il n'avait pas fait l'amour « normalement » avec une femelle. Est-ce qu'il réussirait même à le faire lors de l'union officielle et rituelle à l'Élue ?

— Pourquoi toi ?

— Faut que ce soit un membre de la Confrérie. (V. se mit à arpenter la pièce plongée dans la pénombre, se disant qu'il ne dévoilerait pas tout de suite l'identité de sa génitrice.) Cela limite le choix. Et nous sommes de moins en moins nombreux.

— Tu vivras là-bas ? demanda Fhurie.

— Vivre là-bas, interrompit Butch. Tu veux dire que tu ne pourras plus combattre avec nous ? Ni… euh, traîner, faire des trucs ensemble.

— Non, j'en ai fait une condition du marché.

Butch poussa un soupir de soulagement, et V. tenta de ne pas montrer son émotion en voyant que son coloc tenait autant que lui à le voir et à passer du temps en sa compagnie.

— C'est prévu pour quand ?

— Dans quelques jours.

— Est-ce que Kolher est au courant ? intervint Fhurie.

— Oui.

V. pensa à ce qu'il avait accepté de faire et son cœur se mit à battre la chamade, tel un oiseau battant des ailes pour s'évader de sa cage osseuse. Le fait que deux de ses frères et Vhengeance le regardent avec stupeur exacerba son sentiment de panique.

— Écoutez, ça ne vous dérange pas de m'excuser pendant un moment ? J'ai besoin de… merde, j'ai besoin de prendre l'air.

— Je viens avec toi, déclara Butch.

— Non.

V. se sentait acculé. S'il y avait bien une nuit où il risquait de faire une connerie, c'était celle-là. Les sentiments qu'il entretenait pour Butch et qu'il taisait étaient suffisamment problématiques, les dévoiler par un geste mènerait à une catastrophe que ni Butch, ni Marissa, ni même lui ne seraient en mesure de gérer.

— J'ai besoin d'être seul.

V. remit le maudit médaillon dans sa poche revolver et quitta le silence écrasant qui régnait dans le bureau. Il se hâta de sortir par une porte latérale qui donnait sur une venelle en espérant vraiment se retrouver nez à nez avec un éradiqueur. Il priait la Vierge scr…

V. s'arrêta net. Ben, merde. Il était clair qu'il n'allait certainement plus prier sa mère. Ou même utiliser ce titre.

Mon Dieu…

Il s'appuya contre le mur de briques froid du *Zero Sum*, et, malgré la douleur que ces souvenirs ravivaient, il ne put s'empêcher de repenser à la vie dans le camp de guerriers.

Le camp était situé en Europe centrale, dans les profondeurs d'une caverne. Une trentaine de soldats en avaient fait leur base principale, mais d'autres y vivaient. Une dizaine de prétrans y avaient été envoyés pour suivre leur entraînement, et une dizaine de prostituées s'occupaient de nourrir et de servir les mâles.

Le Saigneur dirigeait le camp depuis des années et avait produit quelques-uns des meilleurs combattants que l'espèce ait jamais connus. Quatre membres de la Confrérie avaient commencé là, sous la direction du père de V. Mais nombreux étaient ceux, et à tous les niveaux, qui n'avaient pas survécu.

Les premiers souvenirs de V., c'était la faim et le froid, regarder les autres manger pendant que son estomac gémissait de faim. Pendant toutes ces années, c'était la faim qui l'avait animé et, à l'instar des autres prétrans, son unique motivation avait été de se nourrir. Pour y parvenir, tous les moyens étaient bons.

*Viszs attendait dans les ombres de la caverne, en retrait de la lueur tremblante que projetait le foyer du feu de camp. Sept chevreuils fraîchement abattus étaient dévorés dans une frénésie paillarde. Les soldats découpaient la viande directement sur l'os et mastiquaient comme des animaux, le sang maculant leur face et leurs mains. À l'écart du repas, tous les prétrans tremblaient de convoitise.*

*Comme tous les autres, V. était au bord de l'inanition. Mais il ne se mêlait pas au groupe. Il attendait tapi dans l'ombre, les yeux rivés sur sa proie.*

*Le soldat qu'il avait choisi était gras comme un cochon, des plis de graisse débordaient par-dessus la ceinture de son pantalon* de cuir et ses traits étaient tellement bouffis qu'il en était comme déformé. La plupart du temps, l'immonde individu se passait de tunique et son torse empâté, son ventre distendu tremblotaient quand il paradait dans le camp en donnant des coups de pied aux chiens errants ou en pourchassant les putes. Toutefois, sous son allure pataude se cachait un tueur cruel qui compensait par sa brutalité l'agilité et la rapidité qui lui faisaient défaut. Avec des mains aussi grandes que la tête d'un homme, on disait qu'il arrachait les membres des éradiqueurs et les dévorait.

À chaque repas, il était l'un des premiers à se jeter sur la viande et il mangeait vite, même si sa balourdise lui jouait des tours. Il ne prêtait guère attention à ce qu'il fourrait dans sa bouche : des morceaux de viande, des flots de sang et des éclats osseux couvraient sa poitrine et tapissaient son ventre, formant une tunique répugnante tissée au gré de ses mouvements maladroits.

Ce soir-là, le mâle finit tôt et resta accroupi, un gros morceau de chevreuil à la main. Même s'il avait terminé, il traîna autour de la carcasse, repoussant les autres soldats pour s'amuser.

Quand fut venue l'heure de la distribution des châtiments de la journée, les combattants abandonnèrent le feu de camp et se dirigèrent vers la plate-forme du Saigneur. À la lueur des torches, les soldats qui avaient perdu leurs combats pendant l'entraînement étaient jetés au pied du Saigneur et violés par ceux qui les avaient vaincus, tandis que les autres les raillaient et leur donnaient des claques. Pendant ce temps-là, les prétrans se précipitaient sur les restes de viande tandis que les femelles du camp les observaient avec envie, en attendant leur tour.

La séance d'humiliations intéressait assez peu la proie de V. Le gros soldat suivit le spectacle un moment, puis s'éloigna, le cuissot de chevreuil à la main. Son ignoble grabat se trouvait à l'opposé du coin où dormaient les soldats, car sa puanteur les répugnait.

*Étendu, son corps formait une série de collines et de vallées. Le cuissot de chevreuil reposant sur sa panse était comme le prix en haut de la montagne.*

*V. resta aux aguets en attendant que les paupières bouffies retombent sur les petits yeux mauvais du soldat et que son ample poitrine s'abaisse et se soulève lentement. Peu de temps après, les lèvres lippues du bonhomme s'ouvrirent et un ronflement s'échappa, immédiatement suivi d'un autre. C'est alors que V. s'approcha, pieds nus, sans faire aucun bruit sur le sol de terre battue.*

*Il refusa de se laisser décourager par l'odeur répugnante du mâle, ou par le fait que la viande fraîche soit couverte de saletés. Il se pencha, sa petite main tendue essayant de saisir l'os.*

*Au moment où il l'attrapait, une dague noire se planta à côté de l'oreille du soldat et le bruit qu'elle fit en s'enfonçant dans la terre battue de la caverne réveilla l'homme en sursaut.*

*Le père de V. se dressait au-dessus d'eux comme un poing recouvert d'une cotte de mailles prêt à s'abattre, bien droit sur ses jambes, le regard impassible. Il était le plus grand de tous les mâles du camp, le bruit courait même qu'il était le plus grand que l'espèce ait vu naître et sa présence inspirait la peur pour deux raisons : sa taille, et son caractère totalement imprévisible. Son humeur était terriblement fluctuante, ses lubies étaient violentes et capricieuses, mais V. savait ce que dissimulait ce caractère changeant : toutes ses réactions étaient calculées. La fourberie de son père était aussi profonde que ses muscles étaient épais.*

*— Réveille-toi, cria le Saigneur. Tu fainéantes pendant qu'un avorton te vole ta nourriture.*

*V. eut un mouvement de recul devant son père, mais se mit à manger, mordant dans la viande à pleines dents et mâchant aussi vite que possible. Il serait battu, probablement par les deux hommes, il fallait donc qu'il avale tout ce qu'il pouvait avant l'avalanche de coups.*

*Le gros soldat chercha des excuses jusqu'à ce que le Saigneur lui donne un coup de pied dans la cheville de sa botte hérissée de pointes. Le mâle blêmit de douleur, mais réussit à ne pas émettre un son. Cela valait mieux pour lui.*

*— Les raisons de ce larcin ne m'intéressent pas. (Le Saigneur ne quitta pas des yeux le soldat.) Ce que je veux savoir, c'est ce que tu comptes faire.*

*Sans prendre le temps de respirer, le soldat serra le poing, se pencha et frappa violemment V. dans le flanc. La force du coup lui fit lâcher la viande, lui coupa le souffle et lui fit recracher ce qu'il avait dans la bouche. Il hoqueta puis ramassa le morceau tombé par terre et le porta de nouveau à ses lèvres. Le contact avec le sol de la caverne en avait salé le goût.*

*Tandis que les coups se mettaient à pleuvoir, V. continua à manger jusqu'à ce qu'il sente son tibia sur le point de se briser. Il poussa un hurlement et laissa tomber le cuissot de chevreuil. Quelqu'un d'autre se jeta dessus et s'enfuit avec.*

*Pendant ce temps, le Saigneur riait sans sourire, l'aboiement sortant de lèvres figées et fines comme des couteaux. Puis il mit fin à la séance. Il saisit le gros soldat par la nuque et le projeta sans effort apparent contre la paroi de pierre.*

*Les bottes hérissées de pointes du Saigneur se plantèrent devant le visage de V.*

*— Va chercher ma dague.*

*V. cilla, les yeux secs, et essaya de se déplacer.*

*On entendit un craquement de cuir, puis le visage du Saigneur apparut devant ses yeux.*

*— Va chercher ma dague, gamin. Ou bien tu prendras la place des putes ce soir dans la fosse.*

*Les soldats qui s'étaient massés derrière son père se mirent à ricaner et l'un d'eux jeta une pierre qui atteignit V. à sa jambe blessée.*

*— Ma dague, gamin.*

*Viszs enfonça ses petits doigts dans la terre et se traîna jusqu'à l'arme. Même si la lame était à moins de un mètre de lui, il avait l'impression qu'elle se trouvait à des kilomètres. Quand il posa enfin sa paume sur l'arme, il eut besoin des deux mains pour la sortir de terre, tant il était faible. La douleur lui soulevait l'estomac et, alors qu'il tirait sur la lame pour la dégager, il vomit la viande qu'il avait volée.*

*La nausée passée, il tendit la dague à son père qui s'était relevé et le dominait de toute sa hauteur.*

*— Lève-toi, ordonna le Saigneur. Ou crois-tu peut-être que je vais m'incliner devant un cancrelat comme toi ?*

*V. s'employa à se mettre sur son séant, il ne voyait pas comment il allait pouvoir se mettre debout alors qu'il pouvait à peine lever les épaules. Il passa la dague dans sa main gauche, prit appui sur le sol de la main droite et poussa. La douleur fut si intense qu'il ne vit plus rien… et c'est alors qu'un événement miraculeux prit place. Une sorte de lueur éclatante l'investit tout entier, comme si le soleil s'était mis à couler dans ses veines et avait lavé sa douleur. Il recouvra la vue… et constata que sa main luisait.*

*Mais ce n'était pas le moment de s'étonner. Il se mit debout péniblement en essayant de ne pas appuyer sur sa jambe blessée, et d'une main tremblante présenta la dague à son père.*

*Le Saigneur le regarda pendant une seconde, comme s'il n'avait pas pu imaginer que V. arriverait à se mettre debout. Puis il saisit l'arme et se retourna.*

*— Que quelqu'un lui fasse de nouveau mordre la poussière. Son insolence m'insupporte.*

*V. s'affaissa quand l'ordre fut exécuté et le rayonnement l'abandonna aussitôt tandis que la douleur se réveillait. Il attendit que les coups tombent mais, lorsqu'il entendit le rugissement d'une foule, il sut que les punitions des perdants constitueraient le divertissement du jour, pas lui.*

*Alors qu'il gisait dans les marécages de son malheur, alors qu'il essayait de respirer entre les sursauts de douleur de son corps martyrisé, il se représenta une femelle de petite taille vêtue d'une longue robe noire et qui s'approchait de lui, le prenait dans ses bras. Elle le berçait et lui caressait les cheveux en lui murmurant des mots tendres pour le calmer et le soulager.*

*La vision lui faisait du bien. C'était sa mère imaginaire. Celle qui l'aimait et souhaitait qu'il soit protégé, bien au chaud et nourri. En vérité, c'était l'image de cette femme qui le maintenait en vie, lui apportant la seule tranquillité qu'il connaissait.*

*Le gros soldat se pencha, son haleine fétide et humide lui remplit les narines.*

*—Si tu me voles encore une fois, tu ne te remettras pas de ce que je te ferai subir.*

*Il cracha au visage de V, puis le souleva et le projeta loin de son ignoble grabat comme s'il avait été un déchet.*

*La dernière chose que vit V. avant de perdre connaissance fut un autre prétrans en train de dévorer avec délices le reste du cuissot.*

# Chapitre 6

V. s'arracha à ses souvenirs en lâchant un juron et parcourut la venelle des yeux. Il avait l'impression d'être un tas de journaux soulevé par le vent. Quelle épave il faisait. Il avait entrouvert la boîte de Pandore et ses cauchemars s'étaient dispersés aux quatre vents.

Quelle pagaille. Quelle foutue pagaille.

Heureusement qu'il n'avait pas su alors à quel point toutes ces fadaises de « ma-maman-qui-m'aime » n'étaient qu'un tissu de conneries. Ça l'aurait démoli bien plus que tous les sévices qu'il avait subis.

Il sortit le médaillon du Primâle de sa poche et le regarda avec attention. Il avait toujours les yeux dessus quelques minutes plus tard lorsque le pendentif tomba par terre en faisant un bruit métallique. Il fronça les sourcils… puis se rendit compte que sa main « normale » luisait et avait brûlé le cordon de soie.

Bon sang, sa mère était mégalomaniaque ! Elle avait créé l'espèce, mais ça ne lui suffisait pas. Ah non. Elle voulait qu'une fraction d'elle-même fasse partie du mélange.

Et puis merde. Il n'allait pas lui donner la satisfaction de centaines de petits-enfants. En tant que parent, elle avait été au-dessous de tout, alors il ne voyait vraiment pas pourquoi il devait lui offrir une autre génération à foutre en l'air.

Et de plus, il ne pouvait pas être le Primâle pour une autre raison : il était, après tout, le fils de son père, et la cruauté faisait partie de son patrimoine génétique. Comment pouvait-il être sûr qu'il ne finirait pas par s'en prendre aux Élues ? Ces femelles étaient innocentes et ne méritaient pas ce qui sortirait de leur ventre s'il les fécondait.

Non, il n'allait pas se prêter à tout ça.

V. alluma une cigarette, ramassa le médaillon et quitta la venelle, tournant à droite sur Trade Street. Il avait désespérément besoin de se battre avant que l'aube pointe.

Et il comptait bien tomber sur quelques éradiqueurs dans le labyrinthe de béton du centre-ville.

Les probabilités étaient en sa faveur. La guerre qui opposait la Société des éradiqueurs aux vampires suivait une règle et une seule : pas de combat en présence d'humains. Ce que les deux factions devaient éviter à tout prix, c'était des victimes humaines ou des témoins, aussi le mot d'ordre était que l'on combattait en secret, et le centre de Caldwell constituait une scène parfaite pour les combats à petite échelle. Grâce à l'exode des commerces en direction des banlieues, dans les années soixante-dix, le cœur de la ville ne manquait pas de venelles sombres et d'immeubles abandonnés. Et puis les rares humains qui traînaient dans les rues se préoccupaient essentiellement d'assouvir leurs vices divers. Ce qui signifiait qu'ils étaient occupés à donner du fil à retordre à la police.

Il déambula le long de la rue en se tenant à l'écart des halos de lumière que projetaient les réverbères et les voitures. L'inclémence de la nuit avait vidé les rues, et peu de piétons circulaient, aussi en passant devant *McGriders, Screamer's* et un nouveau club de strip-tease qui venait d'ouvrir, V. se retrouva seul. Un peu plus loin, il dépassa la cafétéria tex-mex et le restaurant chinois encadrés par deux salons de tatouage qui se faisaient concurrence. Quelques rues plus loin, il passa devant l'immeuble de Redd Avenue où Beth avait vécu avant de rencontrer Kolher.

Il allait faire demi-tour et revenir vers le centre quand il s'arrêta net. Leva le nez, huma l'air. La brise portait une odeur de talc et, étant donné que les mémés et les bébés ne pouvaient pas être dehors si tard, il sut que son ennemi n'était pas loin.

Mais une autre odeur flottait aussi dans l'air, une odeur qui lui figea le sang dans les veines.

V. ouvrit sa veste de façon à pouvoir sortir ses dagues, puis se mit à courir, suivant la puanteur jusqu'à la 20e Rue. C'était une rue à sens unique qui donnait sur Trade, bordée d'immeubles abritant des bureaux endormis à cette heure, et, comme il pilonnait le trottoir inégal que la neige fondue rendait glissant, les odeurs s'intensifièrent.

Il eut l'impression qu'il arrivait trop tard.

Et cinq rues plus loin, il vit qu'il ne s'était pas trompé.

Ce qu'il avait senti, c'était le sang d'un vampire civil et, lorsque les nuages firent une trouée dans le ciel, le clair de lune illumina une scène macabre : un mâle qui venait d'effectuer sa transition et dont la tenue de soirée était en lambeaux, gisait plus que mort, le torse disloqué et le visage démoli au point de ne plus pouvoir être identifié. L'éradiqueur qui avait commis le meurtre fouillait les poches du vampire, à la recherche, sans le moindre doute, d'une adresse qui pourrait lui permettre de localiser d'autres victimes.

Le tueur sentit la présence de V. et regarda par-dessus son épaule. La créature était blanche comme un cachet d'aspirine, les cheveux pâles, la peau et les yeux blanchâtres. Grand, massif, bâti comme un joueur de rugby, c'était un initié de longue date, et V. le sut non seulement parce que la pigmentation naturelle du salaud avait pâli, mais parce qu'il était manifestement habitué à la bagarre. L'éradiqueur sauta sur ses pieds et se mit tout de suite en position de combat, mains à hauteur de la poitrine, corps projeté en avant.

Les deux hommes se précipitèrent l'un vers l'autre et se percutèrent comme des voitures à une intersection : calandre contre calandre, masse contre masse, force contre force. Au moment de l'impact initial, V. reçut un direct à la mâchoire, le genre de crochet qui vous fait sonner les cloches. Il resta un moment étourdi, mais réussit à rendre la pareille avec suffisamment de force pour faire tourner l'éradiqueur comme une toupie. Puis il se jeta sur lui, saisit le dos de la veste de cuir du salaud et le projeta à terre.

V. aimait le corps à corps. Et il était bon.

Le tueur était rapide cependant, il se releva aussitôt de la chaussée glacée puis balança à V. un coup de pied qui lui secoua les entrailles. V. vacilla sous le choc et trébucha sur une bouteille de Coca-Cola en reculant, se tordit la cheville et se retrouva par terre avant d'avoir eu le temps de dire « ouf ». Il détendit son corps sans quitter le tueur des yeux. Ce dernier attaqua très vite. Le salaud se jeta sur la cheville blessée. Il saisit la ranger qui l'enserrait et se mit à tordre l'articulation avec toute la force de ses bras musculeux.

V. poussa un cri en atterrissant face contre terre, mais il fit taire la douleur. En se servant de la cheville amochée et de ses bras comme levier, il se releva en poussant, leva sa jambe libre à hauteur de sa poitrine et la déplia comme un piston, frappant l'ordure dans le genou et fracassant l'articulation. L'éradiqueur se tint sur un pied, la jambe tordue selon un angle improbable et tomba sur le dos de V.

Les deux mâles s'accrochèrent l'un à l'autre dans une lutte à mort, avant-bras et biceps tendus tandis qu'ils se roulaient par terre et se retrouvaient à côté du civil massacré. Quand V. sentit que l'éradiqueur lui avait mordu l'oreille, il se mit vraiment en colère. Se libérant des dents de son assaillant, il lui assena un formidable coup de poing au front et un craquement se fit entendre qui étourdit suffisamment le tueur pour permettre à V. de se libérer.

Enfin… d'essayer de se libérer.

Le couteau se planta dans son flanc alors qu'il dégageait ses jambes, coincées sous le tueur. La douleur vive, fulgurante, le brûla comme une piqûre de guêpe sous stéroïdes et il sut tout de suite que la lame avait entaillé la peau et pénétré le muscle juste sous la cage thoracique.

Bon sang, si un intestin avait été touché, la situation allait très vite tourner au vinaigre. Il était temps de mettre fin au combat.

Galvanisé par sa blessure, V. attrapa l'éradiqueur par le menton et la nuque et il tourna comme s'il s'agissait d'une capsule de bière. Le crâne se détacha de la moelle épinière avec le craquement sec d'une branche se cassant en deux et le corps se détendit immédiatement, les bras en croix et les jambes immobiles.

V. mit la main à son côté alors que son sursaut d'énergie se dissipait. Merde, il était couvert d'une sueur froide et ses mains tremblaient, mais il fallait qu'il finisse le boulot. Il tâta rapidement le tueur de vampires avant de l'incinérer, à la recherche d'une pièce d'identité.

Le tueur plongea son regard dans le sien et sa bouche s'ouvrit et se ferma comme celle d'un poisson.

— Je m'appelais… Michael. Il y a quatre… vingt… trois ans. Michael Klosnick.

Ouvrant le portefeuille, V. y trouva un permis de conduire.

— Eh bien, Michael, bon voyage en enfer.

— Content… se soit fini.

— Mais ça ne l'est pas. Tu ne sais pas ? (Merde, il avait terriblement mal au côté.) Ta nouvelle résidence, c'est le corps de l'Oméga, camarade. Tu vas vivre là-bas sans avoir à payer de loyer pour le reste de l'éternité.

Les yeux pâles s'écarquillèrent.

— Tu mens.

— Allons, tu crois donc que je me fatiguerais à mentir ? (V. secoua la tête.) Ton patron n'a pas mentionné ce petit détail ? On dirait bien que non.

V. dégaina l'une de ses dagues, leva le bras pour prendre de l'élan et plongea la lame dans la large poitrine. Un éclair suffisamment brillant pour éclairer toute la venelle perça l'obscurité, puis on entendit un claquement et… *merde* l'éclair avait frappé le civil, l'enflammant lui aussi à cause d'une forte bourrasque de vent. Tandis que les deux corps se consumaient, tout ce qui resta dans le souffle froid fut une forte odeur de talc.

*Putain*. Comment allaient-ils informer la famille du civil à présent ?

Viszs inspecta la zone, puis ne trouvant pas d'autre portefeuille, il s'appuya contre une benne à ordures et ne bougea plus. Il respirait avec peine, de manière saccadée. Chaque inspiration était un nouveau coup de couteau, mais il ne pouvait pas exactement cesser de respirer, il serra donc les dents et laissa l'air emplir ses poumons.

Avant de sortir son téléphone pour appeler des renforts, il examina sa dague. La lame noire était couverte du sang couleur d'encre de l'éradiqueur. Il repassa le combat dans sa tête et imagina un autre vampire à sa place, un vampire moins fort que lui. Un vampire qui n'avait pas eu la même lignée que lui.

Il leva sa main gantée. Si sa malédiction l'avait défini, la Confrérie et sa noble mission lui avaient donné sa raison d'être. Et s'il s'était fait tuer ce soir ? Si la lame avait plongé dans son cœur ? Ils n'auraient plus que quatre guerriers.

*Bordel.*

Sur l'échiquier de sa maudite existence, les pièces étaient alignées, et la partie décidée. Cela arrivait tellement souvent dans la vie de ne pas pouvoir choisir le chemin qu'on veut suivre parce que la décision avait été prise à votre place.

Le libre arbitre, quelle plaisanterie !

Peu importait sa mère et son cinéma, il devait devenir le Primâle pour la Confrérie. Il le devait à son espèce, il était à son service.

Après avoir essuyé la lame sur son pantalon de cuir, il rengaina l'arme, poignée tournée vers le bas, se mit debout tant bien que mal et tâta les poches de sa veste. Merde… son téléphone. Où était-il passé ? Au loft. Il avait dû le laisser là-bas après sa conversation avec Kolher…

Un coup de feu éclata.

Une balle l'atteignit exactement au centre de la poitrine.

L'impact lui fit perdre l'équilibre et il tomba à la renverse, au ralenti. Il resta étendu par terre, immobile, tandis qu'une terrible pression faisait sauter son cœur et embrumait son esprit. Tout ce qu'il pouvait faire, c'était haleter, respirer à petits coups, de petites goulées d'air qui se débattaient péniblement pour suivre le couloir de sa gorge.

Avec le peu de force qui lui restait, il souleva la tête et baissa les yeux sur sa poitrine. Un coup de feu. Du sang sur sa chemise. L'atroce douleur dans sa poitrine. Le cauchemar concrétisé.

Avant d'être entraîné par la panique, il perdit conscience et les ténèbres l'engloutirent tout entier… une nourriture à digérer dans un bain acide de souffrances.

— Non mais à quoi tu joues, Whitcomb ?

Le docteur Jane Whitcomb leva les yeux du dossier du patient qu'elle était en train de signer et fit une grimace. Manuel Manello, docteur en médecine, chef du service de chirurgie du centre hospitalier St. Francis, fonçait vers elle dans le couloir comme un taureau furieux. Et elle savait très bien pourquoi.

Ça allait barder.

Jane griffonna sa signature en bas de l'ordonnance, rendit le dossier à l'infirmière et regarda la femme prendre ses jambes à son cou. C'était une bonne stratégie de défense, assez fréquente dans le service. Lorsque le chef était dans cet état, on se mettait à l'abri… ce qui était logique si une bombe est sur le point d'exploser et que vous avez un soupçon de bon sens.

Jane lui fit face.

— Tu es au courant, j'imagine.

— Ici. *Tout de suite.*

Il poussa la porte du salon des chirurgiens.

Elle le suivit, et Priest et Dubois, deux des meilleurs bistouris de St. Francis, spécialisés en chirurgie gastro-intestinale, jetèrent un coup d'œil à leur chef, mirent à la poubelle le reste du repas qu'ils avaient acheté au distributeur et sortirent en trombe de la pièce. La porte se referma doucement derrière eux, sans faire le moindre bruit, comme si elle non plus ne voulait pas attirer l'attention de Manello.

— Quand est-ce que tu comptais m'apprendre la nouvelle, Whitcomb ? Tu pensais peut-être que Columbia était sur une autre planète et que je n'allais pas découvrir le pot aux roses ?

Jane croisa les bras sur la poitrine. Elle était grande, mais Manello la dépassait de cinq bons centimètres et il était bâti comme les athlètes professionnels qu'il opérait : larges épaules, large poitrine, grandes mains. À quarante-cinq ans, il était dans une excellente forme physique et l'un des meilleurs chirurgiens orthopédiques du pays.

Et un sale con, quand on le mettait en rogne.

Heureusement, elle savait garder son sang-froid dans les situations tendues.

— Je sais que tu as des contacts là-bas, mais je pensais qu'ils feraient preuve de suffisamment de discrétion pour attendre de savoir si j'avais décidé d'accepter le poste ou non...

— Évidemment que tu vas l'accepter, ou tu ne perdrais pas du temps à te déplacer là-bas. C'est une question d'argent ?

— Bon, premièrement, tu ne me coupes pas la parole. Deuxièmement, tu baisses le ton. (Comme Manello se passait la main dans ses épais cheveux bruns et inspirait profondément, Jane se sentit coupable.) Écoute, je sais que j'aurais dû t'en parler. Ça a dû être vexant de l'apprendre ainsi.

Il secoua la tête.

— Disons que ce n'est pas ce qui m'exalte le plus, recevoir un coup de fil de Manhattan m'annonçant que l'un de mes meilleurs chirurgiens a un entretien dans un autre hôpital, et avec mon mentor qui plus est.

— C'est Falcheck qui a vendu la mèche ?

— Non, l'un de ses subalternes.

— Je suis désolée, Manny. Mais je ne sais pas quel va être le résultat de l'entretien et je ne voulais pas mettre la charrue avant les bœufs.

— Pourquoi tu as l'intention de quitter le service ?

— Tu sais bien que j'ai trop d'ambition pour rester ici. Tu vas être chef jusqu'à l'âge de soixante-cinq ans, sauf si tu décides de partir. J'ai plus de chances de prendre la tête du service là-bas.

— Je t'ai déjà nommée chef du service de traumatologie.

— Et je le mérite.

Manello sourit.

— Un peu de modestie ne te ferait pas de mal.

— Pourquoi ? Nous savons tous les deux que c'est vrai. Et pour ce qui est de Columbia ? Tu aimerais, toi, devoir rendre des comptes à quelqu'un pendant les vingt prochaines années ?

Manello baissa les paupières sur ses yeux bruns. Pendant une fraction de seconde, elle crut déceler une étincelle dans son regard, mais il mit les mains sur les hanches, et sa blouse blanche se tendit sur ses larges épaules.

— Je ne veux pas te perdre, Whitcomb. Tu es mon meilleur bistouri.

— Et il faut que je pense à l'avenir. (Elle se dirigea vers son vestiaire.) Je veux être ma propre patronne, Manello. C'est ma nature.

— C'est quand, ce foutu entretien ?

— Tôt, demain matin. Et je ne serai pas là de tout le week-end. Je ne suis pas de garde, alors j'en profite pour rester en ville.

— Merde.

Quelqu'un frappa à la porte.

— Entrez, s'exclamèrent-ils à l'unisson.

Une infirmière passa la tête dans la pièce.

— J'ai un patient avec plusieurs traumatismes thoraciques, heure probable d'arrivée : il y a deux minutes. Mâle, la trentaine. Blessure par balle avec perforation probable du ventricule. Deux arrêts cardiaques pendant son transport à l'hôpital. Vous prenez le patient, docteur Whitcomb, ou vous voulez que j'appelle Goldberg ?

— Non, je le prends. Préparez la salle quatre de la rampe et dites à Ellen et Jim que je descends.

— Très bien, docteur Whitcomb.

— Merci, Nan.

La porte se referma et elle se tourna vers Manello.

— Pour en revenir à Columbia. Tu ferais exactement la même chose à ma place. Alors n'essaie pas de me faire croire que ça t'étonne.

Le silence s'étira un moment.

— Et je ne te laisserai pas partir sans me battre, déclara-t-il enfin en se penchant légèrement en avant. Ce qui ne devrait pas t'étonner non plus.

Il sortit de la pièce, laissant un silence lourd s'installer.

Jane s'adossa de nouveau à son vestiaire et regarda vers le coin cuisine où un miroir était accroché au mur. Son reflet était clair comme de l'eau de roche, depuis sa blouse blanche de médecin à son pantalon vert de chirurgien en passant par ses cheveux blonds coupés au carré.

*Il l'a plutôt bien pris*, se dit-elle. *Enfin, pas trop mal.*

La porte de la salle de repos s'ouvrit et Dubois passa la tête.

— La voie est libre ?

— Oui. Je descends à la rampe.

Dubois ouvrit la porte en grand et entra. Ses sabots en caoutchouc ne faisaient aucun bruit sur le linoléum.

— Je ne sais pas comment tu fais. Tu es la seule à ne pas avoir besoin de remontant après avoir eu affaire à lui.

— Il n'est pas si terrible que ça.

Dubois souffla bruyamment par le nez.

— Ne prends pas mal ce que je dis, j'ai infiniment de respect pour lui, vraiment. Mais j'aime autant qu'il ne soit pas en rogne.

Elle posa une main sur l'épaule de son confrère.

— Le stress finit par affecter les gens. Tu es sorti de tes gonds la semaine dernière, tu te souviens ?

— Oui, c'est vrai. (Dubois sourit.) Et au moins il ne lance plus d'objets contre les murs.

# Chapitre 7

Le service des urgences T. Wibble Jones du centre hospitalier St. Francis était à la pointe de la technologie grâce à un don généreux de l'homme qui lui avait donné son nom. Ouvert depuis tout juste un an et demi, le complexe de plus de quatre mille mètres carrés se scindait en deux parties, chacune dotée de seize salles de traitement. Les patients qui arrivaient aux urgences étaient alternativement admis sur la piste A ou B, et ils restaient avec l'équipe à laquelle ils avaient été assignés jusqu'à leur sortie de l'hôpital, leur admission ou leur transport à la morgue.

C'est au centre du complexe qu'était situé ce que le personnel médical appelait « la rampe ». La rampe était strictement réservée aux patients admis en traumatologie et se divisait en deux catégories : les « roulants » qui arrivaient par ambulance ou les « volants » qui étaient transportés par hélicoptère, dans un rayon de deux cents kilomètres autour de Caldwell, jusqu'à l'aire d'atterrissage située sur le toit onze étages plus haut. Les « volants » constituaient généralement les cas les plus graves. Un ascenseur était exclusivement réservé à ces patients ; il les amenait directement dans la rampe et était suffisamment spacieux pour accommoder deux brancards et dix membres du personnel médical à la fois.

Le service de traumatologie comptait six salles d'examens ouvertes, chacune équipée d'appareils de radiologie et d'échographie, des robinets d'arrivée d'oxygène, des fournitures médicales, et beaucoup d'espace pour manœuvrer. Le centre d'opérations, ou « tour de contrôle », se trouvait exactement au centre, une véritable armée d'ordinateurs, avec du personnel qui était malheureusement toujours en train de courir pour répondre aux urgences. Quelle que soit l'heure du jour ou de la nuit, il y avait au moins un médecin pour s'occuper des admissions, quatre internes, et six infirmiers et infirmières pour assurer les soins, pour en moyenne deux ou trois patients hospitalisés.

Caldwell était loin d'être aussi vaste que Manhattan, mais la violence entraînée par la guerre des gangs, les fusillades liées au trafic de drogue, sans oublier les accidents de la route remplissaient souvent l'hôpital. De plus, avec près de trois millions d'habitants, on voyait passer une variation infinie d'exemples de maladresse et de bêtise humaine : un pistolet à clous se décharge dans le ventre d'un type parce qu'il l'a utilisé pour essayer de réparer la braguette de son jean, une flèche pénètre le crâne d'un autre parce que quelqu'un voulait prouver qu'il savait bien viser, et aurait mieux fait de s'abstenir ; un mari se dit que ce serait formidable de réparer soi-même sa cuisinière et s'électrocute parce qu'il n'a pas pris la peine de débrancher le truc avant.

Jane vivait dans la rampe et c'était sa chose. En tant que chef du service de traumatologie, elle était responsable, sur le plan administratif, de ce qui se passait dans ces six salles, mais elle avait en outre une formation de médecin urgentiste et de chirurgien spécialiste en traumatologie, et s'occupait aussi des patients.

Quotidiennement, elle déterminait qui devait être transporté au bloc opératoire un étage plus haut, et c'était bien souvent elle qui se chargeait des interventions chirurgicales.

En attendant l'arrivée du patient qui avait reçu la balle, elle passa en revue les dossiers des deux patients actuellement traités et observa le travail des internes et des infirmières par-dessus leur épaule. Elle choisissait chaque membre de l'équipe de traumatologie et, lorsqu'elle recrutait, elle ne se dirigeait pas forcément vers les diplômés des meilleures universités, même si elle avait elle-même étudié à Harvard. Elle recherchait avant tout les qualités d'un bon soldat ou, comme elle aimait l'expliquer, la mentalité de Sherlock Holmes et son côté direct : intelligence, endurance et sang-froid. Le sang-froid surtout. Lors d'une crise, il fallait savoir rester calme et maître de soi si vous vouliez tenir le coup dans la rampe.

Mais cela ne voulait pas dire que la compassion n'était pas, elle aussi, un élément fondamental de tout ce que vous faisiez.

De manière générale, la plupart des patients admis dans ce service n'avaient pas besoin qu'on leur tienne la main ou qu'on les rassure. Ils étaient en effet souvent inconscients ou en état de choc parce qu'ils pissaient le sang, qu'un morceau de leur corps était conservé dans de la glace en attendant une opération ou qu'ils avaient des brûlures au troisième degré sur soixante-quinze pour cent du corps. Ce dont les patients avaient besoin, c'était de chariots de réanimation et de personnes compétentes et calmes qui savaient utiliser les « palettes » pour relancer le cœur.

Leurs familles et leurs proches, cependant, avaient toujours besoin de douceur et de compassion, et d'être rassurés, dans la mesure du possible. Dans la rampe, des vies étaient détruites ou sauvées chaque jour, et ce n'était pas uniquement les blessés sur les brancards qui retenaient ou retrouvaient leur souffle. Dans les salles d'attente se trouvaient toutes les autres personnes qui étaient affectées : les maris, les femmes, les parents, les enfants.

Jane savait ce que c'était que de perdre quelqu'un qui faisait partie de soi et, lorsqu'elle exerçait son métier, elle était tout à fait consciente de la dimension humaine de la médecine et de la technologie. Elle s'assurait que son personnel était sur la même longueur d'onde qu'elle : pour travailler dans la rampe, il fallait la force mentale indispensable à un champ de bataille, mais aussi savoir écouter et réconforter les patients et leurs familles. Comme elle le disait souvent à son personnel, on avait toujours le temps de tenir la main de quelqu'un, de prêter une oreille attentive aux inquiétudes et questionnements, d'offrir une épaule sur laquelle pleurer, parce que, en l'espace d'une seconde, vous pouviez vous retrouver de l'autre côté. Après tout, les tragédies frappaient sans discrimination et tout le monde était sujet aux caprices du destin. Quelle que soit la couleur de votre peau ou la quantité d'argent que vous ayez, que vous soyez homosexuel ou hétérosexuel, athée ou fervent pratiquant, du point de vue de Jane, tout le monde était égal. Et aimé par quelqu'un, quelque part.

Une infirmière s'approcha pour lui dire quelque chose :

— Le docteur Goldberg vient d'appeler pour nous informer qu'il était malade.

— Cette satanée grippe ?

— Oui, mais il a demandé au docteur Harris de le remplacer.

*Béni soit Goldberg.*

— Il a dit s'il avait besoin de quelque chose ?

L'infirmière sourit.

— Il a indiqué que sa femme était pour une fois ravie de le voir alors qu'elle était réveillée. Sarah est aux petits soins, elle lui a même préparé un bouillon de poule.

— Parfait. Il a besoin de repos. Dommage qu'il ne puisse pas en profiter vraiment.

— Oui. Il a précisé qu'elle allait le forcer à regarder les DVD de tous les films qu'ils avaient ratés ces six derniers mois.

Jane éclata de rire.

— Ça le rendra encore plus malade. Bon, écoutez, je veux revoir le cas Robinson. On a fait tout ce qu'on pouvait pour lui, mais je préfère examiner les causes du décès une dernière fois.

— Mon petit doigt m'a dit que vous souhaiteriez faire ça. J'ai tout préparé pour le lendemain de votre retour.

Jane serra affectueusement la main de l'infirmière.

— Tu es un ange.

— Nan, je connais la patronne, c'est tout. (L'infirmière sourit.) Vous ne les laissez jamais partir sans vérifier et revérifier le dossier au cas où quelque chose aurait pu être fait différemment.

L'infirmière n'exagérait pas. Jane se souvenait de chaque patient décédé dans la rampe, sans exception, qu'elle l'ait admis en personne ou non, elle avait la liste en tête. La nuit, quand elle n'arrivait pas à dormir, les noms et les visages défilaient devant ses yeux comme ces microfiches à l'ancienne. Parfois elle en avait l'impression de devenir folle.

Cette liste de patients morts, c'était le facteur qui la motivait le plus, et elle se jura que la blessure par balle qui arrivait n'irait pas s'y ajouter.

Jane se dirigea vers un ordinateur pour voir ce qu'ils avaient sur le patient. Cela allait être une bataille. Ils avaient à gérer un coup de couteau et une balle dans la cavité thoracique et, vu l'endroit où la victime avait été trouvée, elle était prête à parier qu'il s'agissait soit d'un revendeur de drogues traitant hors de son territoire, soit d'un gros acheteur qui s'était fait avoir. Quoi qu'il en soit, il n'avait probablement pas de sécurité sociale, ce qui n'avait de toute façon aucune importance. St. Francis acceptait tous les patients, indépendamment de leur situation socio-économique.

Trois minutes plus tard, les portes s'ouvrirent et le patient fit son entrée dans l'hôpital sur les chapeaux de roue : M. Michael Klosnick, un géant couvert de tatouages, vêtu de vêtements en cuir et portant un bouc, était étendu sur la civière et solidement maintenu en place. L'auxiliaire médical qui se trouvait à sa tête le ventilait manuellement au ballon tandis qu'un autre retenait le matériel et poussait le brancard.

— Salle quatre, indiqua Jane au personnel d'urgence. Qu'est-ce qu'on a ?

— Deux intraveineuses de solution de Ringer lactate, répondit celui qui ventilait. Tension artérielle, soixante sur quarante et en train de chuter. Fréquence cardiaque autour de cent quarante. Fréquence respiratoire de quarante. Intubation orotrachéale. Fibrillation dans l'ambulance. Application d'une décharge de deux cents joules. Tachycardie sinusale autour de cent quarante.

Dans la salle quatre, les auxiliaires immobilisèrent le brancard et mirent le frein tandis que le personnel de la rampe s'activait autour du patient. Une infirmière s'installa à une petite table pour tout noter et enregistrer. Deux autres se tenaient prêtes à assister Jane et à lui donner les instruments qu'elle réclamerait, et une quatrième s'apprêtait à découper le pantalon de cuir du patient. Deux internes observaient, prêts à intervenir.

— J'ai le portefeuille, annonça l'un des brancardiers en le passant à l'infirmière qui tenait les ciseaux.

— Michael Klosnick, trente-sept ans, lut-elle. La photo d'identité est floue, mais… ça pourrait être lui, s'il s'est teint les cheveux en noir et laissé pousser le bouc après qu'elle eut été prise.

Elle le tendit à sa collègue qui prenait des notes puis entreprit de retirer le pantalon.

— Je vais voir s'il est dans la base de données, ajouta l'autre femme en se connectant sur un ordinateur. Je l'ai… attendez… est-ce que… Ça doit être une erreur. Non, l'adresse est bonne mais l'année ne correspond pas.

Jane jura entre les dents.

— C'est peut-être un problème avec le nouveau système d'archivage électronique, je ne veux donc pas m'appuyer sur les informations qui sont là-dedans. Déterminons le type sanguin et faisons une radio des poumons, immédiatement.

Pendant la prise de sang, Jane effectua un rapide examen préliminaire. La blessure par balle était un petit trou net situé juste à côté d'une espèce de scarification. On ne voyait qu'un ruisselet de sang qui ne donnait pas beaucoup d'indices quant aux possibles dégâts internes. Pareil pour le coup de couteau. La blessure n'était pas particulièrement vilaine. Elle espérait que les intestins n'avaient pas été touchés.

Elle jeta un coup d'œil sur le reste du corps et remarqua de nombreux tatouages… Mon Dieu. Une terrible cicatrice marquait l'aine, trace d'une blessure probablement ancienne.

— Montrez-moi la radio, et je veux une échographie de son cœur…

Un hurlement déchira soudain l'air.

Jane tourna vivement la tête. L'infirmière chargée de déshabiller le patient gisait à terre, agitée de convulsions, les bras et les jambes tressautant sur les carreaux. Elle avait les doigts crispés sur le gant noir qu'elle venait de retirer de la main du blessé.

Tout le monde se figea pendant une fraction de seconde.

— Elle a simplement touché sa main et s'est effondrée, fit quelqu'un.

—Revenons au patient! ordonna Jane. Estevez, voyez ce qu'elle a et revenez me donner de ses nouvelles dès que possible. Les autres, concentrez-vous. Immédiatement!

Ses ordres aiguillonnèrent le personnel. Chacun reprit sa tâche tandis que l'infirmière était transportée dans une autre salle et qu'Estevez, l'un des internes, s'occupait d'elle.

La radio des poumons sortit relativement nette mais, pour une raison inexpliquée, l'échographie du cœur était de très mauvaise qualité. Heureusement, les deux clichés révélaient exactement ce que Jane s'attendait à voir: tamponnade cardiaque provoquée par une blessure par balle au ventriculaire droit, entraînant un écoulement de sang dans l'espace péricardique et comprimant le cœur, compromettant ses fonctions et l'empêchant de pomper correctement.

—Il nous faut une échographie abdominale pendant que je pare au plus pressé avec son cœur.

La blessure la plus urgente définie, Jane voulait des informations complémentaires sur la plaie causée par le coup de couteau.

—Et dès que c'est fait, je veux que les deux machines soient vérifiées. Certains des clichés des poumons sont voilés.

Un interne se pencha sur l'abdomen du patient avec une sonde d'échographie et Jane saisit une aiguille de ponction lombaire de calibre 20 et l'adapta sur une seringue de cinquante millilitres. Une infirmière badigeonna de Betadine la poitrine de l'homme et Jane enfonça l'aiguille dans la peau, traversa la paroi thoracique en évitant de toucher les os et parvint à l'espace péricardique où elle préleva quarante centimètres cubes de sang afin de soulager la tamponnade cardiaque.

Elle donna en même temps des ordres pour que le bloc opératoire numéro deux soit préparé à l'étage et que l'équipe de pontage cardiaque soit prévenue et les attende.

Elle tendit la seringue à une infirmière pour qu'elle la jette.

— Examinons l'échographie abdominale.

La machine ne fonctionnait décidément pas correctement, les images n'étaient pas aussi claires qu'elle l'aurait souhaité. Elles apportaient toutefois de bonnes nouvelles que Jane put confirmer en palpant l'abdomen : aucun organe interne important ne semblait avoir été touché.

— Bien, l'abdomen semble aller. Transportons-le immédiatement au bloc.

En sortant de la rampe, elle passa la tête dans la salle où Estevez s'occupait de l'infirmière.

— Comment va-t-elle ?

— Elle revient à elle. (Estevez secoua la tête.) On a réussi à stabiliser son cœur après lui avoir appliqué les palettes.

— Son cœur était en fibrillation ? C'est fou !

— Exactement comme le gars du téléphone qu'on a eu hier. Elle a tous les symptômes de quelqu'un qui aurait reçu une énorme décharge électrique.

— Tu as appelé Mike ?

— Oui, son mari est en route.

— Super ! Occupe-toi bien d'elle.

Estevez fit un signe d'assentiment puis baissa les yeux sur sa collègue.

— Ne vous en faites pas.

Jane rejoignit le patient au moment où le personnel médical remontait la rampe pour se rendre dans l'ascenseur qui menait directement au bloc opératoire. Un étage plus haut, elle effectua son lavage chirurgical des mains pendant que les infirmières le plaçaient sur la table d'opération. À sa demande, un kit chirurgical cardio-thoracique et une machine cœur-poumon avaient été installés, et les échographies et les radios prises en bas s'affichaient sur un écran d'ordinateur.

Les deux mains gantées et éloignées de son corps, elle examina de nouveau les clichés des poumons. À vrai dire, ils étaient tous deux de mauvaise qualité, très flous et avec ce voile gênant, mais elle y voyait assez pour s'orienter. La balle était logée dans les muscles du dos et elle n'allait pas y toucher. Il serait plus risqué de la retirer que de la laisser où elle était, et d'ailleurs, la plupart des victimes de blessure par balle quittaient la rampe avec leur petit trophée de plomb toujours logé dans le corps.

Elle fronça les sourcils et se pencha plus près de l'écran. C'était une balle insolite. Ronde, et non pas de la forme oblongue classique qu'elle avait l'habitude de voir à l'intérieur de ses patients. En revanche, elle semblait être en plomb ordinaire.

Jane s'approcha de la table où le patient était relié aux machines d'anesthésie. Sa poitrine avait été préparée, les zones périphériques recouvertes de champs opératoires stériles. La couleur orangée de la Betadine lui donnait l'air d'avoir abusé de l'autobronzant.

— Pas de machine cœur-poumon, je ne veux pas perdre de temps. Dites-moi que nous avons suffisamment de sang sous la main ?

— Oui, même si nous n'avons pas pu déterminer son groupe sanguin, intervint l'une des infirmières qui se trouvait à sa gauche.

Jane la regarda par-dessus le patient.

— Comment ça ?

— Le résultat a indiqué qu'il n'était pas identifiable. Mais nous avons huit litres de O.

Jane fronça les sourcils.

— Bien. Allons-y.

À l'aide d'un scalpel au laser, elle effectua une incision le long de la poitrine du patient, puis elle scia le sternum, se servit ensuite d'un écarteur afin d'ouvrir le gril costal et exposer…

Jane en eut le souffle coupé.

— Oh, mon…

— Dieu, termina quelqu'un.

— Succion. (Constatant une pause, elle leva les yeux vers l'infirmier qui l'assistait.) Succion, Jacques. Peu importe à quoi ça ressemble, je peux le soigner… à condition que la voie soit dégagée et que je puisse voir le foutu truc.

Un chuintement se fit entendre quand le sang fut aspiré, et elle put alors voir clairement une anomalie physique comme elle n'en avait jamais observé auparavant : un cœur à six chambres dans la poitrine d'un être humain. Ce « voile » qu'elle avait remarqué sur les échographies était en fait les deux chambres supplémentaires.

— Photos ! s'exclama-t-elle. Mais faites vite, s'il vous plaît.

Bon sang, le service de cardiologie allait halluciner en voyant ça, pensa-t-elle alors qu'un interne prenait les photos. Elle n'avait jamais rien vu de tel, même si le trou qui avait déchiré le ventricule droit était une lésion qu'elle connaissait bien. Ça, elle en avait vu beaucoup.

— Suture, demanda-t-elle.

Jacques posa une paire de porte-aiguilles dans la paume tendue, l'instrument en acier inoxydable était doté d'une aiguille recourbée avec un fil noir fixé au bout. Jane passa la main gauche derrière le cœur, boucha du doigt le trou fait par la balle dans la partie postérieure de la blessure, et recousit le site d'impact frontal pour le refermer. Le geste suivant consista à soulever le cœur de son sac péricardique et à faire la même chose en dessous.

Il s'était écoulé moins de six minutes. Elle retira ensuite l'écarteur, repositionna la cage thoracique et se servit de fil en acier inoxydable pour réunir et refermer les deux moitiés du sternum. Au moment où elle allait poser les agrafes du diaphragme à la clavicule, l'anesthésiologiste intervint et les machines se mirent à biper.

— La tension artérielle est de soixante sur quarante et en train de chuter.

Jane lança le protocole d'arrêt cardiaque et se pencha sur le patient :

— N'y pensez même pas, lui dit-elle catégoriquement. Si vous mourez, je vais vraiment me fâcher.

De manière totalement imprévisible et à l'encontre de toute logique médicale, l'homme cilla, ouvrit les yeux et les riva sur elle.

Jane eut un sursaut et recula d'un pas. Mon Dieu… ses iris étaient de la splendeur incolore des diamants et brillaient si intensément qu'elles lui faisaient penser à la lune, l'hiver, par une nuit sans nuages. Et pour la première fois de sa vie, elle fut pétrifiée d'étonnement : les yeux dans les yeux, c'était comme s'ils étaient liés corps à corps, tordus et entremêlés, indivisibles…

— Il est de nouveau en fibrillation, aboya l'anesthésiologiste.

Jane retrouva immédiatement sa concentration.

— Ne me laissez pas tomber, ordonna-t-elle au patient. Vous m'entendez ? *Je vous interdis de me laisser tomber.*

Elle aurait pu jurer que le type lui avait fait un signe d'accord avant de refermer les yeux. Et elle s'attela à sa tâche : lui sauver la vie.

— Il faut que tu oublies l'incident de la pomme de terre explosive, fit remarquer Butch.

Fhurie leva les yeux au ciel et s'enfonça dans le canapé.

— Vous avez cassé ma fenêtre.

— Bien sûr, puisqu'on la visait, V. et moi.

— Deux fois.

— Prouvant ainsi que lui et moi sommes de vrais tireurs d'élite.

— La prochaine fois, est-ce que vous pourrez choisir la fenêtre de… ?

Le visage de Fhurie s'assombrit et il reposa son verre de martini, soudain aux aguets. Sans raison apparente, son alarme intérieure se mit à sonner comme une machine à sous qui s'emballerait. Il parcourut du regard le carré VIP, à la recherche d'un signe de trouble.

— Dis donc, flic, est-ce que…

— Y a un truc qui cloche, répliqua Butch en frottant le centre de sa poitrine puis en sortant de sa chemise une lourde croix en or. Qu'est-ce qui se passe, bordel ?

— Je ne sais pas.

Fhurie passa de nouveau en revue les gens amassés autour d'eux. C'était comme si une odeur nauséabonde s'était infiltrée dans la pièce, imprégnant l'air d'un miasme qui piquait le nez. Et pourtant rien ne sortait de l'ordinaire.

Fhurie sortit son téléphone et appela son jumeau. Quand Zadiste répondit, la première chose qu'il demanda fut si Fhurie allait bien.

— Je vais bien, Z., mais tu le sens toi aussi, non ?

En face de lui, Butch porta son portable à son oreille.

— Chérie ? Ça va ? Tout va bien ? Oui, je ne sais pas… Kolher veut me parler ? Oui, bien sûr, passe-le-moi… Salut, boss. Oui, Fhurie et moi. Oui. Non. Rhage est avec toi ? Bien. Oui, j'appelle Viszs.

Une fois qu'il eut raccroché, il appuya sur quelques touches et remit le téléphone à son oreille. Butch fronça les sourcils.

— V. ? Appelle-moi. Dès que tu entends ce message.

Il raccrocha au même moment que Fhurie.

Les deux amis se rassirent. Fhurie commença à tourner et retourner son verre entre ses mains. Butch tripota sa croix.

— Il est peut-être allé au loft pour y retrouver une femelle, fit remarquer Butch.

— Il m'a dit que c'était la première chose qu'il ferait ce soir.

— Bon. Alors il est peut-être au milieu d'une séance.

— Oui. Il ne va pas tarder à nous rappeler.

Si tous les téléphones de la Confrérie avaient une puce GPS, celle de V. ne marchait pas lorsqu'il l'avait sur lui, aussi rappeler le complexe et essayer de tracer son portable ne les aiderait pas beaucoup. V. tenait sa main responsable pour le dérèglement de la fonction, soutenant que ce qui la faisait rayonner provoquait une perturbation électrique ou magnétique. Cela affectait sans aucun doute la qualité des appels, en tout cas. Chaque fois qu'on parlait à V. au téléphone, on entendait des grésillements, même s'il appelait d'une ligne terrestre.

Fhurie and Butch résistèrent environ une minute et demie avant de se regarder, et dirent en même temps :

— Ça te dérangerait qu'on aille faire un tour…

— On y va.

Ils se levèrent et se dirigèrent vers la sortie de secours du club.

Une fois dans la venelle, Fhurie leva les yeux vers le ciel étoilé.

— Tu veux que je me dématérialise en vitesse jusqu'à son appart ?

— Oui, bonne idée.

— Il me faut l'adresse. Je n'y suis jamais allé.

— Le bâtiment Commodore. Dernier étage, aile sud-ouest. Je t'attends ici.

Il ne fallut à Fhurie qu'un instant pour se retrouver sur la terrasse venteuse d'un loft élégant dix rues plus loin. Il ne s'approcha même pas des baies vitrées. Il pouvait sentir que son frère n'était pas là et retourna aussitôt aux côtés de Butch.

— Non.

— Donc il chasse… (Le flic s'immobilisa, une curieuse expression figée, sur le visage. Il tourna abruptement la tête vers la droite.) Des éradiqueurs.

— Combien ? demanda Fhurie en ouvrant sa veste.

Depuis sa confrontation avec l'Oméga, Butch était en mesure de déceler la présence des tueurs comme si les salauds étaient des pièces de monnaie et lui un détecteur de métal.

— Deux. On va les expédier.

— Tu m'étonnes.

Les éradiqueurs tournèrent dans la ruelle, jetèrent un coup d'œil à Fhurie et Butch et adoptèrent leur position d'attaque. La venelle sur laquelle l'arrière du *Zero Sum* donnait n'était pas l'endroit idéal pour un combat, mais la nuit était heureusement très froide, il n'y avait pas d'humains aux alentours.

— Je m'occupe de les expédier chez l'Oméga, annonça Butch.

— Ça roule.

Les deux vampires se jetèrent sur leurs ennemis.

# Chapitre 8

Deux heures plus tard, Jane ouvrait en grand la porte qui menait à l'unité de soins intensifs du service de chirurgie. Elle avait rassemblé ses affaires et s'apprêtait à rentrer chez elle, son sac en cuir sur l'épaule, ses clés de voiture à la main, son imperméable enfilé. Mais elle ne voulait pas quitter l'hôpital sans jeter un dernier un coup d'œil sur son patient.

Elle se dirigea vers la station des infirmières et la femme à l'accueil leva les yeux.

— Bonsoir, docteur Whitcomb. Vous venez voir le patient que vous avez admis tout à l'heure ?

— Oui, Shalonda. Vous me connaissez… je ne peux pas les laisser tranquilles. Il est dans quelle chambre ?

— La six. Faye est avec lui pour s'assurer qu'il ne souffre pas.

— Voilà pourquoi je vous adore, les filles. La meilleure équipe de soins intensifs de la ville ! Au fait, est-ce que quelqu'un est passé le voir ? On a pu informer un proche ?

— J'ai appelé le numéro qui était sur son dossier médical. Le type qui a répondu a dit qu'il vivait dans l'appartement depuis dix ans et n'avait jamais entendu parler de Michael Klosnick. Fausse adresse, donc. Oh, et est-ce que vous avez vu l'arsenal qu'il transportait ? Il était armé jusqu'aux dents.

Shalonda leva les yeux au ciel et les deux femmes s'exclamèrent à l'unisson :

— Histoire de drogue.

Jane secoua la tête.

— Ça ne m'étonne pas.

— Moi non plus. Ces tatouages sur son visage ne lui donnent pas exactement le look d'un expert-comptable.

— Sauf s'il s'occupe des comptes d'une équipe de lutteurs professionnels.

Shalonda éclata de rire, Jane lui fit un signe amical de la main puis remonta le couloir. La chambre numéro six était située tout au fond à droite et, sur le chemin, elle s'arrêta pour vérifier l'état de deux patients qu'elle avait opérés, l'un avec un intestin perforé entraîné par une liposuccion qui s'était mal passée et l'autre qui s'était empalé sur une traverse de clôture dans un accident de moto.

Les chambres du service des soins intensifs faisaient six mètres carrés et étaient parfaitement bien équipées. Chacune bénéficiait d'une baie vitrée donnant sur le couloir et un rideau pouvait être tiré pour préserver l'intimité du patient, mais ce n'était pas le type d'endroit avec fenêtre, posters aux murs ou télévision allumée, diffusant des émissions de variétés. Si vous vous sentiez suffisamment bien pour vous préoccuper du programme télé, alors votre place n'était pas là. Les seuls écrans et images provenaient du matériel de monitoring en orbite autour du lit.

Quand Jane arriva dans la chambre six, Faye Montgomery, une excellente infirmière avec des années d'expérience, leva les yeux de l'intraveineuse du patient, qu'elle était en train de vérifier.

— Bonsoir, docteur Whitcomb.

— Faye, comment allez-vous ?

Jane posa son sac et prit le dossier médical qui était accroché à l'entrée de la chambre.

— Je vais bien et, avant que vous me posiez la question, il est stable. Ce qui est stupéfiant.

Jane passa en revue les résultats de laboratoire les plus récents.

— Vous pouvez le dire, en effet.

Elle allait refermer le dossier lorsqu'un chiffre inscrit sur le coin gauche lui fit froncer les sourcils. Le numéro d'identification à dix chiffres du patient était à des milliers et des milliers de numéros de ceux attribués aux hospitalisations les plus récentes, et elle vérifia donc la date initiale d'ouverture du dossier : 1971. Elle le feuilleta et trouva deux admissions aux urgences, l'une en 1971 pour une blessure à l'arme blanche, l'autre pour une overdose en 1973.

Enfin, ce n'était pas la première fois qu'elle voyait ça. Il était facile de confondre les zéros et les sept s'ils avaient été rapidement griffonnés. Ce n'était qu'à la fin de 2003 que l'hôpital avait informatisé ses dossiers, avant cette date tout était rédigé à la main. Ce dossier avait été clairement transcrit par des processeurs de données qui avaient mal lu les chiffres : au lieu de 01 et 03, la personne avait noté une date dans les années soixante-dix.

Sauf que… la date de naissance ne collait pas. D'après celle qu'ils avaient dans le système, le patient avait trente-sept ans… trente ans plus tôt.

Elle referma la chemise et posa la main dessus.

— Il faut que le service de transcription soit plus précis.

— Je sais, j'ai remarqué la même chose. Écoutez, est-ce que vous voulez passer un moment seule avec lui ?

— Oui, merci.

Faye marqua une pause à la porte.

— J'ai entendu dire que vous aviez fait des merveilles ce soir au bloc opératoire.

Jane eut un petit sourire.

— L'équipe a été fabuleuse. J'ai fait mon travail. Oh, j'ai oublié de dire à Shalonda, à propos de nos paris sur le championnat national de basket, que je misais sur l'université du Kansas au printemps. Est-ce que vous… ?

— Oui. Et avant que vous posiez la question, elle a de nouveau choisi Duke cette année.

— Formidable ! On va pouvoir passer six semaines à se charrier.

— C'est bien pour ça qu'elle a choisi cette équipe. Un service public, vraiment, pour que le reste d'entre nous puisse apprécier vos joutes verbales. Quelles altruistes vous faites, toutes les deux.

Faye partie, Jane tira le rideau et s'approcha du lit. Le patient respirait avec l'assistance d'une machine et ses niveaux d'oxygène étaient acceptables. Sa tension artérielle était stable, même si elle était un peu basse. Le rythme cardiaque était un peu lent et le tracé qui s'affichait sur le moniteur insolite, mais bon, il ne fallait pas oublier que ce cœur comportait six chambres cardiaques et non quatre.

Mon Dieu, ce cœur était tout bonnement incroyable.

Elle se pencha sur lui et étudia ses traits. Originaire d'Europe centrale, très certainement. Beau, non pas que cela soit pertinent, même si les tatouages qui marquaient sa tempe surprenaient. Elle s'approcha plus près pour examiner l'encre sur sa peau. Elle devait reconnaître que c'était du beau travail : les dessins et les motifs complexes faisaient penser à un entrelacement de caractères chinois et de hiéroglyphes. Elle se dit que les symboles devaient être ceux d'un gang, même s'il n'avait pas l'air d'un type à jouer à la guéguerre. Non, il était plus farouche que cela, comme un soldat. Peut-être que les tatouages avaient à voir avec des arts martiaux ?

Lorsqu'elle jeta un coup d'œil au tube introduit dans sa bouche, elle remarqua quelque chose d'étrange. Elle retroussa sa lèvre supérieure avec son pouce. Ses canines étaient très prononcées. Remarquablement acérées. Un truc de dentisterie esthétique certainement. À l'heure actuelle, les gens se faisaient faire des tas de trucs bizarres pour modifier leur apparence, et il avait d'ailleurs déjà marqué son visage.

Elle souleva la couverture légère qui le couvrait. Le pansement sur la poitrine était propre et elle se mit donc à examiner le reste du corps, repoussant les draps au fur et à mesure. Elle inspecta le pansement de la blessure causée par le coup de couteau, puis passa à l'abdomen. Elle appuya doucement dessus pour palper les organes internes et posa les yeux sur les tatouages qu'il avait au-dessus du pubis, puis se concentra sur ses cicatrices à l'aine.

Il avait été partiellement castré.

L'aspect des cicatrices prouvait que le retrait n'avait pas été chirurgical, plus vraisemblablement un accident. Elle l'espérait en tout cas parce que la seule autre explication, c'était un acte de torture.

Elle le regarda tout en le recouvrant. De manière impulsive, elle posa la main sur son avant-bras et le serra avec douceur.

— Vous avez eu une vie difficile, on dirait.

— Oui, mais je m'en suis bien sorti.

Jane pivota sur ses talons.

— Putain, Manello, tu m'as fait peur.

— Pardon. Je voulais juste voir comment ça allait. (Le patron de la chirurgie passa de l'autre côté du lit et il regarda le patient.) Tu sais, je ne crois pas qu'il aurait survécu sous le scalpel de quelqu'un d'autre.

— Tu as vu les photos ?

— De son cœur ? Oui. Je veux les envoyer à nos amis de Columbia pour qu'ils jettent un coup d'œil dessus. Tu pourras leur demander ce qu'ils en pensent quand tu seras là-bas.

Elle ignora le commentaire.

— Il n'a pas été possible d'établir son groupe sanguin.

— Sans blague ?

— Si nous obtenons son accord, je pense que nous devrions lui faire un bilan complet incluant un profil génétique.

— Ah oui, ton autre passion, la génétique.

Curieux qu'il s'en souvienne. Elle n'avait dû mentionner qu'une fois en passant qu'elle avait failli se lancer dans la recherche génétique.

Avec un frisson d'excitation, Jane revit les entrailles du patient, son cœur dans sa main, sentit le poids de l'organe dans sa paume tandis qu'elle lui sauvait la vie.

— Il pourrait présenter de fascinantes possibilités cliniques. Oh, j'aimerais vraiment l'étudier. Ou du moins participer à l'étude.

Le discret signal sonore du matériel de monitoring sembla augmenter dans le silence qui s'était installé entre eux, puis Jane eut soudain l'impression que quelque chose lui chatouillait la nuque. Elle leva les yeux. Manello avait les yeux rivés sur elle, le visage grave, la mâchoire serrée, le front soucieux.

— Manello ? interrogea-t-elle en fronçant les sourcils. Quelque chose ne va pas ?

— Ne pars pas.

Afin d'éviter son regard, elle baissa les yeux sur le drap qu'elle avait replié une fois et bordé sous le bras du patient. Elle se mit à lisser distraitement le tissu… jusqu'à ce que ce geste lui rappelle la manie de sa mère.

Jane suspendit son geste.

— Tu peux trouver un autre chir…

— Au diable le service. Je ne veux pas que tu t'en ailles parce que… (Manello passa une main dans ses épais cheveux bruns.) Bon dieu, Jane. Je ne veux pas que tu t'en ailles parce que je ne peux pas supporter l'idée de ne plus te voir, et parce que je… merde, j'ai besoin de toi, OK ? J'ai besoin de toi ici. Avec moi.

Jane battit des paupières comme une idiote. Ces quatre dernières années, aucun signe n'avait jamais suggéré qu'un homme la trouve séduisante. Certes, ils étaient proches, très proches. Et elle était la seule à savoir le calmer lorsqu'il sortait de ses gonds. Et puis, oui, ils parlaient tout le temps de l'hôpital, même en dehors du travail. Et ils dînaient ensemble chaque fois qu'ils étaient tous deux de garde et… il lui avait parlé de sa famille et elle de la sienne.

Mince.

Oui, sauf que Manello était le mec le plus séduisant de tout l'hôpital. Et elle était aussi féminine que… eh bien, que sa table d'opération.

Elle était en tout cas aussi sexy.

—Allons, Jane, il faut vraiment te mettre les points sur les I ? Si tu me donnais le moindre encouragement, je te sauterais littéralement dessus !

—Tu es fou ? hoqueta-t-elle.

—Non. (Son regard se fit langoureux.) Je suis très, très lucide, au contraire.

Cette sensualité brûlante fit perdre à Jane tous ses moyens, et elle ne sut tout simplement plus quoi dire.

—Ce ne serait pas bien, ne put-elle que balbutier.

—Nous serions discrets.

—On se dispute tout le temps.

Non mais qu'est-ce qu'elle racontait ?

—Je sais. (Il sourit de ses lèvres charnues.) Ça me plaît. Personne d'autre que toi n'ose me tenir tête.

Elle le regarda par-dessus le patient, tellement déconcertée qu'elle ne savait pas quoi dire. Cela faisait tellement longtemps qu'elle n'avait pas eu un homme dans sa vie. Dans son lit. Dans sa tête. Tellement longtemps. Des années qu'elle rentrait chez elle seule, prenait une douche seule, se couchait seule, se réveillait seule, allait travailler seule. Depuis le décès de ses parents, elle n'avait plus de famille et, avec les heures qu'elle passait à l'hôpital, elle n'avait pas de cercle d'amis à l'extérieur. La seule personne avec qui elle parlait, à qui elle se confiait un peu était… Manello.

Et tandis qu'elle l'observait à ce moment précis, elle se rendit compte qu'il était réellement la raison qui la poussait à partir, pas seulement parce qu'il constituait un obstacle à sa carrière dans le service. D'une certaine manière, elle avait senti que cette conversation allait survenir un jour, et elle avait voulu s'en aller avant de prendre pleinement conscience des choses.

— Ce n'est pas le moment de se taire, murmura Manello. Sauf si tu es en train d'essayer de formuler quelque chose comme « Manny, cela fait des années que je t'aime, allons chez toi et passons les quatre prochains jours au lit ».

— Tu travailles demain, répondit-elle de manière automatique.

— J'appellerai pour dire que je suis malade. Je dirai que j'ai attrapé cette foutue grippe. Et en tant que patron, je t'ordonnerai de rester chez toi aussi. (Il se pencha par-dessus le patient.) Ne va pas à Columbia demain. Ne pars pas. Voyons si ça peut marcher, mener quelque part.

Jane baissa les yeux et constata qu'elle contemplait les mains de Manny… ses larges mains fortes qui avaient remis en place tellement de hanches, d'épaules et de genoux, sauvant la carrière et le bonheur de tant d'athlètes, professionnels aussi bien qu'amateurs. Et il n'opérait pas seulement les jeunes et ceux qui étaient en bonne santé. Il avait le souci de préserver la mobilité des personnes âgées, et des blessés, et des malades du cancer. Il aidait tant de gens à conserver l'usage de leurs bras et de leurs jambes.

Elle essaya d'imaginer ces mains sur sa peau.

— Manny…, chuchota-t-elle. C'est de la folie.

À l'autre bout de la ville, dans la ruelle sur laquelle donnait la sortie de secours du *Zero Sum*, Fhurie se releva du corps inerte d'un éradiqueur aussi blanc qu'un fantôme. Avec sa dague noire, il avait fait une entaille béante dans le cou de la créature et du sang noir brillant coulait à flots sur l'asphalte recouvert de neige fondue. Son instinct était de planter sa dague dans le cœur du monstre et de le renvoyer à l'Oméga, mais c'était l'ancienne méthode. La nouvelle méthode était meilleure.

Même si elle coûtait cher à Butch. Très cher.

— Celui-ci est prêt pour toi, annonça Fhurie et il recula.

Butch s'avança, ses bottes faisant claquer les flaques glacées. Son expression était grave, ses canines allongées, et il dégageait désormais l'odeur douceâtre de talc de leurs ennemis. Il en avait fini avec le tueur avec lequel il s'était battu et auquel il avait fait ce qu'il devait, et il allait le faire de nouveau avec celui-là.

Il s'agenouilla à côté de l'éradiqueur et planta ses mains de chaque côté du visage livide du tueur. Quand il se pencha sur lui, le flic avait une expression à la fois déterminée et douloureuse. Il ouvrit la bouche, se positionna juste au-dessus des lèvres de son ennemi et souffla lentement en prolongeant l'expiration au maximum.

Les yeux de l'éradiqueur étincelèrent brièvement tandis qu'une brume noire s'échappait de son corps et était aspirée par les poumons de Butch. Le flic n'interrompit pas son inspiration, ne marqua pas de pause, juste un flot soutenu de malfaisance passant d'un corps à un autre. À la fin, il ne resta rien de leur ennemi que de la cendre grise, son enveloppe corporelle se dégonfla, puis se fragmenta en une fine poussière emportée par le vent froid.

Butch s'affaissa, puis s'effondra, tombant sur le côté dans la neige fondue. Fhurie s'approcha et lui tendit la main…

— Ne me touche pas. (La voix de Butch n'était plus qu'un sifflement.) Tu tomberais malade.

— Laisse-moi…

— Non ! (Butch s'appuya par terre, puis entreprit de se mettre debout en poussant sur ses bras.) Donne-moi juste une minute.

Fhurie resta au-dessus de lui pour le protéger tout en gardant un œil sur la venelle au cas où d'autres tueurs débarqueraient.

— Tu veux rentrer ? Je vais partir à la recherche de V.

— Certainement pas. (Butch leva ses yeux noisette.) Il est à moi. Je vais le retrouver.

— Tu es sûr ?

Butch se hissa debout, il tremblait comme une feuille, mais était absolument décidé à se mettre en route.

— Allons-y.

Comme Fhurie emboîtait le pas à son ami et qu'ils descendaient le long de Trade Street, il se dit qu'il n'aimait pas la tête que faisait Butch. Le flic avait l'expression hébétée de quelqu'un qui peut à peine tenir debout mais, tant que ses jambes le porteraient, il n'avait aucune intention de capituler.

Ils parcoururent les quartiers malfamés de Caldwell sans découvrir quoi que ce soit. Manifestement, rester sans nouvelles de V. rendait Butch encore plus malade.

Ils se trouvaient à la périphérie du centre-ville, près de Redd Avenue, quand Fhurie ralentit le pas.

— On devrait faire demi-tour. Cela m'étonnerait qu'il soit allé si loin.

Butch s'arrêta et regarda autour d'eux.

— Hé, regarde, fit-il remarquer d'une voix éteinte. C'est l'immeuble où Beth habitait.

— Il est temps de rebrousser chemin.

Le flic secoua la tête et se frotta la poitrine.

— On ne peut pas renoncer à le trouver.

— Je n'ai pas dit d'arrêter de le chercher. Mais il ne serait pas venu jusqu'ici. On est à la lisière d'une zone résidentielle. Il ne viendrait pas chercher la bagarre, trop de témoins possibles.

— Fhurie, mec, il s'est peut-être fait capturer. On n'a pas vu un seul autre éradiqueur ce soir. Et s'il y avait eu du grabuge et qu'il ait été enlevé ?

— S'il était conscient, c'est très peu probable, vu ce qu'il peut faire avec sa main. C'est une sacrée arme qu'il a : même dépouillé de ses dagues, il peut se défendre.

— Et s'il était assommé ?

Avant que Fhurie puisse répondre, la camionnette d'une chaîne de télé locale passa en trombe. Deux rues plus loin, ils virent la lueur de ses freins et le véhicule s'arrêta brutalement.

La première et seule chose que Fhurie pensa fut « merde ». La télé ne déboulait pas ainsi parce que le chat d'une petite vieille n'arrivait plus à descendre d'un arbre. Enfin, il s'agissait quand même peut-être simplement d'une histoire entre humains, une fusillade entre gangs ou un truc de ce style.

Le problème, c'est qu'un pressentiment horrible et oppressant disait à Fhurie que ce n'était pas le cas, aussi quand Butch se mit à marcher en direction du véhicule, il lui emboîta le pas. Ils n'échangèrent aucun mot, preuve que le policier se disait probablement, lui aussi, « par pitié, mon Dieu, fais qu'il s'agisse du drame de quelqu'un d'autre, pas du nôtre ».

En arrivant à hauteur de la camionnette, ils tombèrent sur une scène de crime classique, deux voitures de la police de Caldwell étaient garées à l'entrée d'une impasse qui donnait sur la Vingtième Avenue. Un reporter debout sous un projecteur s'adressait à une caméra, des flics patrouillaient un périmètre délimité par du ruban jaune et des curieux à l'affût de détails croustillants s'étaient rassemblés et discutaient entre eux.

L'odeur du sang de V. et la puanteur doucereuse de talc des éradiqueurs surgirent de l'impasse, poussées par une rafale de vent.

— Nom de Dieu…

L'angoisse de Butch se dispersa dans l'air froid de la nuit, mêlant aux miasmes une note acide, comme un vague relent de térébenthine.

Le flic s'élança en direction du ruban, mais Fhurie lui saisit le bras pour l'arrêter, et blêmit instantanément. Le mal qui émanait de Butch était tellement palpable qu'il remonta de manière fulgurante le long du bras de Fhurie, pour finir dans son ventre et lui retourner les entrailles.

Il réussit toutefois à ne pas lâcher son ami.

— Tu ne bouges pas, putain. Tu as probablement travaillé avec certains de ces gars. (Lorsque Butch ouvrit la bouche pour protester, Fhurie poursuivit sans lui laisser le temps de placer un mot.) Remonte ton col, baisse ta visière, et tiens-toi à carreau.

Le flic tira légèrement sur sa casquette des Red Sox et serra la mâchoire.

— S'il est mort…

— Tais-toi et occupe-toi de rester debout.

Ce qui allait être un vrai défi, vu l'état de détresse de Butch. Bordel… si V. était mort, déjà cela démolirait chacun des frères sans exception, mais le flic avait en plus des problèmes particuliers. Lorsqu'il pratiquait son nouveau talent sur les tueurs, V. était le seul à pouvoir extraire le mal de son corps.

— Allons, Butch. Tu ne peux pas te montrer. Ne t'approche pas.

Le flic fit quelques pas et s'appuya contre une voiture garée dans un coin sombre. Après s'être assuré qu'il semblait décidé à ne pas bouger, Fhurie rejoignit les badauds massés au bord du ruban jaune. Il parcourut la scène du regard et la première chose qu'il remarqua furent les traces marquant l'endroit où un éradiqueur avait été incinéré. La police ne faisait heureusement pas attention à elles. Ils pensaient probablement que la flaque luisante provenait d'une fuite d'huile d'une voiture et qu'un sans-abri avait dû faire un feu pour se réchauffer, ce qui expliquait les brûlures sur la chaussée. Non, les policiers se concentraient sur le centre de la scène où il était clair que Viszs avait laissé une véritable mare de sang rouge vif.

*Oh… merde.*

Fhurie jeta un coup d'œil à l'humain qui se tenait juste à côté de lui.

— Qu'est-ce qui est arrivé ?

Le type haussa les épaules.

— Coup de feu. Une bagarre.

Un jeune mec aux vêtements branchés s'exclama, tout agité, comme s'il venait de voir la chose la plus fantastique de sa vie.

— Il a reçu le coup de feu en pleine poitrine. J'ai tout vu et c'est moi qui ai appelé les flics. (Il agita son portable comme un trophée.) Ils veulent que je reste ici pour pouvoir m'interviewer.

Fhurie posa les yeux sur lui.

— Qu'est-ce qui s'est passé ?

— Vous auriez halluciné. On se serait cru dans un épisode de ce show de téléréalité qui filme des trucs spectaculaires. Vous voyez ce que je veux dire ?

— Oui. (Fhurie inspecta rapidement les bâtiments qui bordaient la venelle. Pas de fenêtres. Ce type était probablement le seul témoin.) Alors, qu'est-ce qui s'est passé ?

— Eh ben, je descendais Trade, quoi. Mes potes m'ont laissé tomber, on était au *Screamer's* et j'ai pas de voiture, enfin vous voyez le truc. Bref, je marche et je vois un éclair éblouissant devant moi. C'était comme une espèce d'énorme stroboscope provenant de la venelle. J'ai accéléré le pas parce que je voulais voir ce que c'était et c'est alors que j'ai entendu le coup de feu. Y a eu un « pop ». En fait, je me suis même pas rendu compte que c'était un coup de feu tout de suite. Je pensais que ça aurait fait plus de bruit…

— Vous avez appelé tout de suite ?

— Ben, j'ai attendu un peu, vu que je pensais que quelqu'un allait déboucher de l'impasse au pas de course et j'avais pas envie de me faire canarder. Mais rien, j'ai vu personne. Je me suis dit qu'ils avaient dû trouver une autre sortie ou un truc comme ça. Quand je me suis approché, j'ai constaté qu'il n'y avait pas d'autre issue. Alors peut-être qu'il s'est tiré dessus, vous voyez ce que je veux dire.

— Il était comment, le gars ?

— La vic ? (Le garçon se pencha et lui dit :) Vic, c'est le mot qu'emploie la police pour « victime ». Je les ai entendus.

— Merci pour cette précision, marmonna Fhurie. Bon, alors il était comment ?

— Cheveux noirs. Avec un bouc. Beaucoup de cuir. Il saignait mais il était vivant.

— Vous n'avez vu personne d'autre ?

— Non. Juste lui. Donc, je vais être interviewé par la police. Pour de vrai. Je vous l'ai déjà dit ?

— Oui, félicitations. Vous devez être ravi.

Fhurie dut vraiment se retenir pour ne pas balancer un pain au jeune connard.

— Hé, faites pas le trouble-fête. C'est génial.

— Pas pour le type qui s'est fait descendre.

Le vampire examina de nouveau la scène. Au moins, V. n'était pas tombé aux mains des éradiqueurs et n'était pas mort sur le coup. Le tueur avait probablement tiré sur son frère en premier, mais le vampire avait eu encore assez de forces pour annihiler le salaud avant de perdre conscience.

Mais non… le coup de feu avait suivi le flash. Un second éradiqueur avait dû se pointer.

Sur sa gauche, Fhurie entendit alors une voix à la diction parfaite :

— Ici Bethany Choi, de la chaîne six avec un reportage en direct de la scène d'une nouvelle fusillade en ville. D'après la police, la victime, Michael Klosnick…

*Michael Klosnick ?* Oui, bon, V. avait certainement pris la pièce d'identité de l'éradiqueur et on l'avait trouvée sur lui.

— … a été transportée au centre médical St. Francis dans un état très grave, une blessure par balle à la poitrine…

Bon, la nuit allait être longue : Viszs blessé. Chez les humains. Et ils n'avaient plus que quatre heures avant le lever du soleil.

Fallait se magner le train.

Fhurie composa le numéro du complexe en revenant vers Butch. Pendant que le portable sonnait, il dit au flic.

— Il est à St. Francis, en vie, une balle dans la peau.

Butch s'affaissa légèrement et murmura quelque chose qui ressemblait à « béni soit Dieu ».

— On va le faire sortir, alors ?

— Absolument.

Pourquoi est-ce que Kolher ne répondait pas ? *Allez, Kolher… décroche.*

— Merde… ces putains de chirurgiens ont dû avoir la surprise de leur vie quand ils l'ont ouvert… Allô, Kolher ! On a un problème.

Viszs revint à lui de manière bousculée, récupérant ses sens petit à petit, tout en étant enfermé dans une cage comateuse de chair et d'os. Il n'arrivait pas à bouger ses bras ou ses jambes et ses paupières étaient fermées et tellement pesantes qu'il avait l'impression d'avoir pleuré des larmes de colle. L'ouïe semblait être le seul sens qui lui restait : deux personnes discutaient au-dessus de lui. Il entendait deux voix, une femme et un homme, qu'il ne reconnut pas.

Ah, si. Il en connaissait une. Celle qui lui avait donné des ordres. La femelle. Mais pourquoi ?

Et surtout, pourquoi diable l'avait-il laissé s'adresser à lui sur ce ton ?

Il l'écouta parler sans vraiment prêter attention aux mots. Son ton était celui d'un mâle : direct, autoritaire, impérieux.

Qui était-elle ? Qui… ?

Son identité le frappa comme une gifle et le ramena un peu plus à la réalité. La chirurgienne. La chirurgienne humaine. Oh non ! Il se trouvait dans un hôpital humain. Il était tombé entre les mains des humains après… merde, qu'est-ce qui s'était passé ?

La panique le galvanisa… ce qui ne lui servit à rien. Son corps n'était rien de plus qu'une pièce de viande et il avait le sentiment que le tube dans sa gorge le reliait à un appareil d'assistance respiratoire. Et ils l'avaient manifestement assommé de sédatifs.

Mon Dieu. Combien de temps restait-il avant le lever du jour ? Il fallait qu'il se tire de là à tout prix. Comment allait-il… ?

Les plans d'évasion qu'il commençait à former s'envolèrent d'un coup tandis que ses instincts s'enflammaient et prenaient le contrôle.

Ce n'était pas le guerrier qui se manifestait toutefois, mais ces instincts possessifs de mâle restés encore latents chez lui. Enfin, latents jusqu'à ce moment précis. Ces instincts dont il avait entendu parler ou qu'il avait constatés chez les autres en se disant qu'il avait dû naître sans les avoir. C'est une odeur dans la chambre qui avait servi de déclic, l'odeur d'un mâle qui voulait faire l'amour… avec la femelle, la chirurgienne de V.

*À moi.*

Ces mots surgirent de nulle part, accompagnés de toute une cargaison de pensées meurtrières. Il était tellement indigné qu'il ouvrit grand les yeux.

Il tourna la tête et vit une femme humaine grande et élancée aux cheveux courts et blonds. Elle portait des lunettes sans monture, mais ni maquillage ni bijoux. Le nom brodé en lettres noires sur sa blouse blanche était « Dr Jane Whitcomb, chef du service de traumatologie ».

— Manny, déclara-t-elle, c'est de la folie.

Le regard de V. se posa sur un mâle humain aux cheveux bruns. Le type portait lui aussi une blouse blanche et un badge épinglé à son revers droit indiquait : « Dr Manuel Manello, professeur en chef du service de chirurgie ».

— Ce n'est pas fou du tout. (La voix de l'homme était basse, insistante, et il regardait la chirurgienne de V. avec une terrible intensité.) Je sais ce que je veux. Et je te veux, toi.

*Elle est à moi*, pensa V. *Pas à toi. À MOI.*

— Je ne peux pas annuler mon rendez-vous à Columbia demain, souligna-t-elle. Même s'il y avait quelque chose entre nous, il faudrait que je m'en aille si je veux diriger un service.

— Quelque chose entre nous. (Le salaud sourit.) Est-ce que cela veut dire que tu vas y réfléchir ?

— Réfléchir à quoi ?

— Nous.

La lèvre supérieure de V. se retroussa sur ses canines. Il se mit à gronder et ces mots se mirent à tourner dans sa tête, une grenade sur le point d'exploser : *À moi.*

— Je ne sais pas, répondit-elle.

— Ce n'est pas un « non », n'est-ce pas Jane ? Ce n'est pas un « non ».

— Non… Ça ne l'est pas.

— Bien. (Le mâle baissa les yeux sur V. et sembla étonné.) Quelqu'un est réveillé.

*Comme tu dis*, pensa V. *Et si tu poses un doigt sur elle, je t'arrache un bras avec les dents.*

# Chapitre 9

Faye Montgomery avait les pieds sur terre, ce qui faisait d'elle une excellente infirmière. Le flegme qui la caractérisait faisait partie de sa nature, au même titre que ses cheveux châtain foncé et ses yeux marron, et en cas de crise, elle montrait un extraordinaire sang-froid. Avec un mari dans l'armée, deux enfants à la maison et douze ans de travail aux soins intensifs, il en fallait beaucoup pour la décontenancer.

Et pourtant, cette nuit-là, assise à la station des infirmières du service des soins intensifs, elle était décontenancée.

Trois hommes, trois colosses, se tenaient devant la banque d'accueil. L'un avait une longue chevelure multicolore et des yeux jaunes qui semblaient irréels tant ils brillaient. Le deuxième était d'une beauté à couper le souffle et il émanait de lui un tel magnétisme sexuel qu'elle dut se souvenir qu'elle était mariée à un homme qu'elle trouvait toujours aussi séduisant qu'au premier jour. Le troisième restait un peu en retrait, il portait une casquette des Red Sox, une paire de lunettes de soleil et un air mauvais qui ne cadrait pas avec son beau visage.

Est-ce que l'un d'entre eux avait posé une question ? Elle en avait l'impression.

Étant donné qu'aucune des autres infirmières ne semblait en mesure de sortir le moindre mot, Faye bredouilla :

— Pardon ? Euh… qu'est-ce que vous avez dit ?

Celui aux magnifiques cheveux (Mon Dieu, était-ce possible une chevelure pareille ?) esquissa un sourire.

— Nous cherchons Michael Klosnick, il est arrivé à l'hôpital par les urgences. Le service des admissions nous a dit qu'il avait été transporté ici après son opération.

Mon Dieu… ces iris étaient de la couleur des boutons d'or au soleil, un doré lumineux, resplendissant.

— Vous faites partie de la famille ?

— Nous sommes ses frères.

— Très bien, mais je suis désolée, il vient de sortir du bloc opératoire et nous ne…

Sans raison apparente, le fil de ses pensées changea de direction, un peu comme un train d'enfant soulevé de ses rails et posé sur d'autres. Elle se retrouva à dire :

— Il est au bout du couloir, chambre six. Mais un seul d'entre vous peut entrer, et seulement pour un bref moment. Oh, et vous devez attendre que son médecin…

À cet instant précis, le docteur Manello s'approcha à grands pas de la station. Il jeta un coup d'œil aux hommes et demanda :

— Tout va bien ?

Faye fit un signe d'assentiment tandis que sa bouche articulait :

— Oui, très bien.

Le docteur Manello fronça les sourcils en croisant le regard des trois colosses. Puis il fit une grimace et se frotta les tempes, comme saisi d'un mal de tête.

— Je serai dans mon bureau si vous avez besoin de moi, Faye.

— D'accord, docteur Manello. (Elle reposa les yeux sur les hommes. Qu'est-ce qu'elle disait ? Ah oui.) Vous devez attendre que son chirurgien sorte avant d'entrer, d'accord ?

— Il est avec lui en ce moment ?

— *Elle* y est, oui.

— Bien. Merci.

Les yeux dorés sondèrent ceux de Faye… et soudain elle n'arriva plus à se souvenir s'il y avait un patient dans la chambre six en fin de compte. Y avait-il un patient ? Elle ne savait plus…

— Dites-moi, reprit l'homme, quel est votre nom d'utilisateur et votre mot de passe ?

— Pardon ?

— Pour l'ordinateur.

Pourquoi lui demandait-il… ? Mais bien sûr qu'il avait besoin de ces renseignements. Naturellement. Et elle devait les lui donner.

— FMONT2 en majuscules est le nom d'utilisateur et le mot de passe est : 11Eddie11, avec un E majuscule.

— Merci.

Elle était sur le point de répondre « de rien » lorsqu'elle se rendit compte que c'était l'heure de la réunion du personnel. Mais pourquoi, au fait ? Ils avaient déjà eu une réunion en début de…

Non, c'était bien l'heure de la réunion du personnel. Il était urgent qu'ils se réunissent. Immédiatement…

Faye cilla et se rendit compte qu'elle avait les yeux perdus dans le vide. Bizarre, elle aurait juré qu'elle était en train de parler à quelqu'un. Un homme et…

*Réunion du personnel. Tout de suite.*

Faye se massa les tempes, elle avait l'impression qu'un étau lui enserrait le front. Elle avait rarement des maux de tête, mais la journée avait été mouvementée et elle avait dû ingurgiter trop de caféine et pas assez manger.

Elle jeta un regard par-dessus son épaule aux trois autres infirmières. Elles avaient l'air un peu ahuries.

— Allons dans la salle de réunion, les filles. Il faut discuter du dossier d'un patient.

L'une des collègues de Faye fronça les sourcils.

— On n'a pas déjà fait ça ce soir ?

— On doit recommencer.

Tout le monde se leva et se dirigea vers la salle de réunion. Faye laissa les doubles portes ouvertes et s'assit en bout de table de façon à pouvoir surveiller le hall ainsi que le moniteur qui affichait le statut de chaque patient dans le service…

Elle se figea sur sa chaise. *Nom de Dieu !* Un homme à la chevelure multicolore se trouvait derrière la banque d'accueil, penché sur un clavier.

Elle commença à se lever, prête à appeler le service de sécurité, mais le type regarda alors par-dessus son épaule. Il plongea ses yeux jaunes dans les siens et elle oublia subitement en quoi cela posait problème qu'il soit installé devant l'un de leurs ordinateurs. Elle se rendit également compte qu'il fallait qu'elle parle du patient de la chambre cinq sans plus attendre.

— Passons en revue l'état de santé de M. Hauser, dit-elle d'une voix qui attira l'attention de tout le monde.

Après le départ de Manello, Jane regarda son patient avec stupeur. En dépit de tous les sédatifs qui coulaient dans ses veines, il avait les yeux ouverts dans son visage dur et tatoué, et ne la quittait pas du regard, pleinement conscient.

Mon Dieu… ces yeux. Elle n'en avait jamais vu de pareils, aux iris d'un blanc quasi artificiel, bordés de bleu marine.

Ce n'était pas normal, pensa-t-elle. La manière dont il la regardait n'était pas normale. Ce cœur pourvu de six chambres battant dans sa poitrine n'était pas normal. Ces longues canines n'étaient pas normales.

Il n'était pas humain.

Sauf que c'était ridicule. La première règle en médecine ? Rester rationnel. Quelles étaient les possibilités d'existence d'une espèce humanoïde inconnue ? Une espèce voisine de l'*Homo sapiens*, aussi proche qu'un golden retriever d'un labrador ?

Elle pensa aux dents du patient. Plutôt doberman que labrador.

Le patient continuait à la dévisager, arrivant à lui donner l'impression qu'il était là, à côté d'elle, en train de l'observer, alors qu'il était allongé, intubé, et était sorti du bloc opératoire après une intervention à cœur ouvert seulement deux heures auparavant.

Comment diable ce type pouvait-il être éveillé ?

— Est-ce que vous m'entendez ? demanda-t-elle. Faites un signe de tête si vous pouvez m'entendre.

Il porta la main, celle qui était tatouée, à sa gorge, puis il saisit le tube qui entrait dans sa bouche.

— Non, il faut que ça reste. (Elle se pencha pour enlever sa main et il la retira à la vitesse de l'éclair, l'éloignant le plus possible d'elle, aussi loin que son bras le lui permettait.) Voilà. Je ne voudrais pas être obligée de vous attacher.

Il écarquilla littéralement les yeux sous l'emprise de la terreur, ils s'ouvrirent en grand tandis que son corps massif se mettait à trembler sur le lit. Ses lèvres luttaient contre le tube qui lui descendait dans la gorge comme s'il essayait de crier, et son désarroi l'émut. Quelque chose d'animal transparaissait sous cette rage du désespoir, le regard d'un loup dont la patte serait prise au piège et qui semblerait implorer : « Aide-moi et peut-être que je ne te tuerai pas une fois libre. »

Elle posa la main sur son épaule.

— Calmez-vous. Nous n'avons pas à prendre de telles mesures. Mais nous avons besoin de ce tube…

La porte de la chambre s'ouvrit et Jane se figea.

Les deux hommes qui firent leur entrée étaient vêtus de cuir noir et avaient une dégaine à porter des armes dissimulées sous leurs vêtements. Le premier était probablement le plus impressionnant, et le plus beau blond qu'elle ait jamais vu. L'autre l'effraya. Il avait une casquette des Red Sox enfoncée sur les yeux et une expression mauvaise. Elle ne pouvait pas bien voir son visage mais, à en juger par son teint terreux, il avait l'air malade.

En les voyant, la première chose qui vint à l'esprit de Jane fut qu'ils étaient là pour son patient, et pas seulement pour lui apporter des fleurs et lui faire la conversation.

La deuxième chose fut qu'elle allait devoir appeler la sécurité, et tout de suite.

— Sortez, ordonna-t-elle. Immédiatement.

Le type à la casquette rouge ne lui prêta aucune attention et s'approcha du lit. Le patient et lui se regardèrent, puis Red Sox tendit la main et les deux hommes entrelacèrent leurs doigts.

— J'ai cru que je t'avais perdu, maudit fils de pute, fit Red Sox d'une voix rauque.

V. plissa les yeux comme s'il essayait de communiquer. Puis il se contenta de bouger sa tête de droite à gauche sur l'oreiller.

— On va te ramener à la maison, d'accord ?

Le patient opina et Jane renonça à palabrer et à leur demander de partir. Elle s'élança vers le bouton qui sonnait l'alarme à la station des infirmières, celui qui signalait une urgence cardiaque et ferait accourir la moitié de l'étage.

Mais elle n'eut pas le temps d'appuyer dessus.

Le pote de Red Sox, le magnifique blond, se déplaça si vite qu'elle ne put suivre ses mouvements. Une minute avant, il se trouvait dans l'embrasure de la porte, celle d'après il l'attrapait par-derrière et la soulevait du sol. Elle se mit à hurler et il plaqua sa main devant sa bouche, la maîtrisant aussi facilement qu'une gamine capricieuse.

Pendant ce temps, Red Sox débranchait tranquillement le patient de tout l'appareillage qui l'entourait : l'intubation, la perfusion, la sonde, les câbles du moniteur cardiaque, l'oxygène.

Jane vit rouge. Alors que les alarmes des machines commençaient à sonner, elle se cabra et donna un violent coup de pied, du talon, dans le tibia de son ravisseur. Le colosse blond poussa un grognement, puis la serra suffisamment fort pour qu'elle cesse de se débattre, trop occupée à tenter de respirer.

Au moins, les alarmes allaient…

Le bruit strident cessa alors que personne n'avait touché les machines. Et elle eut l'horrible impression que personne n'allait venir à sa rescousse.

Jane tenta de se dégager de toutes ses forces, luttant au point d'en avoir les larmes aux yeux.

— Doucement, lui murmura le blond à l'oreille. On disparaîtra de votre vue dans une minute. Détendez-vous.

*C'est ça, oui ! Et puis quoi, encore ?* Ils allaient tuer son patient…

Le patient prit une grande goulée d'air, suivie d'une deuxième, et d'une troisième. Puis il la regarda de ses étranges yeux de diamant et elle s'immobilisa comme s'il lui en avait donné l'ordre mentalement.

Un moment de silence suivit. Puis, d'une voix rocailleuse, l'homme dont elle avait sauvé la vie prononça quatre mots qui changèrent tout… changèrent sa vie, changèrent sa destinée :

— Elle… vient… avec… moi.

Debout derrière le comptoir de la station des infirmières, Fhurie pirata rapidement le système informatique de l'hôpital. Il n'était pas aussi habile ou rapide que V. derrière un clavier, mais il se débrouillait. Il localisa le dossier au nom de Michael Klosnick et corrompit les résultats et les comptes-rendus concernant le traitement de Viszs : tous les résultats de laboratoire et d'examens, les scanners, les radios, les photographies numériques, la programmation chirurgicale, les notes postopératoires, tout devint illisible. Puis il tapa une note brève signalant que Klosnick était sans ressources et avait quitté l'hôpital contre l'avis des médecins.

Ah, comme il aimait les dossiers médicaux informatisés. C'était un jeu d'enfant de tout faire disparaître.

Il avait également effacé les souvenirs de tout le personnel des urgences, ou presque. En montant, il avait fait un crochet par le bloc opératoire et avait eu un petit tête-à-tête avec les infirmières de service. Par chance, l'équipe n'avait pas changé, aussi le personnel qui s'était occupé de V. était toujours là et il avait gommé leur mémoire à court terme. Aucune de ces infirmières ne garderait de souvenirs précis de ce qu'elles avaient vu pendant l'opération de V. Ce n'était pas parfait bien sûr. Il n'avait pas été en mesure de retrouver chaque personne susceptible d'avoir vu V. et puis il était possible que quelques comptes-rendus auxiliaires aient été imprimés. Mais ce n'était pas son problème. Le chaos que la disparition de V. pourrait entraîner serait rapidement absorbé dans le tumulte quotidien d'un hôpital urbain débordé. Une ou deux personnes du service administratif chercheraient peut-être à savoir ce qu'il était advenu du patient et ouvrirait un dossier, mais V. serait alors introuvable, et c'était tout ce qui comptait.

Une fois que Fhurie eut terminé avec l'ordinateur, il se hâta vers la chambre de V. Il remonta le couloir au pas de course, brouillant au passage les caméras de sécurité installées au plafond à intervalles réguliers.

Il arriva devant la chambre six au moment où la porte s'ouvrait. Viszs était dans les bras de Butch. Le vampire était livide, tremblant de douleur, la tête appuyée contre le cou du policier. Mais il respirait et avait les yeux ouverts.

— Laisse-moi le porter, proposa Fhurie, se disant que Butch avait l'air presque aussi mal en point que V.

— Je l'ai. Tu t'occupes de notre petit problème de gestion et tu te charges des caméras de sécurité.

— Quel problème de gestion ?

— Tu vas voir, marmonna Butch en se dirigeant vers une sortie de secours située au bout du couloir.

Une seconde plus tard, Fhurie mesura l'étendue du problème : Rhage fit irruption dans le hall, tenant une femme par le cou. Elle était folle furieuse et se défendait bec et ongles, ses cris étranglés laissant échapper quelques jurons bien sentis.

— Il faut que tu l'endormes, mon frère, s'exclama Rhage avant de pousser un grognement. Je ne veux pas lui faire mal et V. a décrété qu'elle venait avec nous.

— Un kidnapping ? C'était pas au programme.

— Trop tard. Maintenant, expédie-la dans les bras de Morphée, tu veux bien ?

Rhage grogna de nouveau et il changea sa prise, sa main se retirant de la bouche de la femme qui se débattait comme un beau diable pour attraper l'un de ses bras.

La voix de Jane résonna haut et clair.

— Je vous jure que je vais...

Fhurie la prit par le menton et la força à relever la tête.

— Tout doux, murmura-t-il doucement. Calmez-vous.

Il plongea les yeux dans les siens et entreprit de la calmer... *Caaalme... du...*

— Allez vous faire foutre ! cracha-t-elle. Je ne vais pas vous laisser tuer mon patient !

Bon, cette tactique ne marchait pas. Ses lunettes sans monture et ses yeux vert foncé cachaient une force de caractère hors du commun ; aussi, Fhurie laissa échapper un juron et fit appel à l'artillerie lourde, lui faisant perdre totalement conscience. Elle s'affaissa comme une poupée de chiffon.

Il lui retira ses lunettes, les plia et les rangea dans la poche de son manteau.

— Tirons-nous d'ici avant qu'elle reprenne conscience.

Rhage souleva la femme et la balança sur son épaule puissante.

— Va chercher son sac dans la chambre.

Fhurie entra dans la pièce, ramassa un sac en cuir et un dossier où était inscrit le nom « Klosnick », puis sortit de la chambre en trombe. Lorsqu'il réapparut dans le hall, Butch tenait tête à une infirmière qui venait de faire irruption de la chambre d'un autre patient.

— Qu'est-ce que vous faites ? s'écria la femme.

Fhurie se précipita sur elle. Il lui barra le passage et planta son regard dans le sien jusqu'à ce qu'elle semble plongée dans une espèce d'hébétude, puis introduit dans son lobe frontal l'idée qu'elle devait de toute urgence se rendre à une réunion. Lorsqu'il rattrapa les autres, la femme que Rhage avait dans les bras avait déjà retrouvé ses esprits et dodelinait de la tête au rythme des pas hâtifs de Hollywood.

Comme ils arrivaient devant la sortie de secours qui menait à l'escalier, Fhurie s'écria :

— Attends une minute, Rhage !

Le frère s'arrêta aussitôt et Fhurie plaqua la main sur la jugulaire de Jane, exerça une pression et lui fit de nouveau perdre conscience.

— Elle est dans les vapes. Ça roule.

Ils arrivèrent en haut des marches et les dévalèrent. La respiration saccadée de Viszs indiquait à quel point le rythme effréné de la course le faisait souffrir, mais il était solide et tenait bon, même s'il avait la couleur d'une purée de pois.

À chaque palier, Fhurie grillait la caméra de sécurité à l'aide d'une décharge électrique. Il espérait ardemment qu'ils arriveraient à rejoindre l'Escalade sans devoir en découdre avec une armada d'agents de sécurité. La Confrérie ne ciblait jamais les humains. Cela dit, quand l'espèce des vampires courait le risque d'être découverte, la fin justifiait les moyens. Il fallait la protéger à tout prix. Or étant donné que l'efficacité de l'hypnose sur des groupes d'humains agités et agressifs s'avérait faible, il ne restait plus que le combat. Et une mort certaine pour lesdits humains.

Ils arrivèrent en bas de l'escalier, huit étages plus bas, et Butch s'arrêta devant une porte en métal. Son visage dégoulinait de sueur et il haletait sous l'effort, mais il avait le regard déterminé du soldat : il allait faire sortir son pote, rien ne pourrait l'en empêcher, et certainement pas une défaillance physique.

— Je m'occupe de la porte, indiqua Fhurie, se jetant à la tête du groupe. Il désactiva l'alarme puis maintint la porte ouverte pour les autres. Le seuil franchi, ils se retrouvèrent en face d'un labyrinthe de couloirs.

— Merde, marmonna-t-il, où diable sommes-nous ?

— Au sous-sol. (Le flic passa devant.) Je le connais bien. La morgue se trouve à ce niveau. J'y ai passé beaucoup de temps quand je bossais dans la police.

Une centaine de mètres plus loin environ, Butch leur fit emprunter un couloir étroit parcouru de canalisations destinées au chauffage et à la climatisation de l'hôpital.

Le salut se matérialisa soudain devant eux : une sortie de secours.

— L'Escalade est juste là-derrière, expliqua le flic à V. Elle nous attend sagement.

— Ouf…

V. pinça de nouveau les lèvres, luttant contre la nausée.

Fhurie reprit la tête puis lança un juron. Ce système d'alarme différait des autres, il dépendait de circuits bien plus sophistiqués. Il aurait d'ailleurs dû s'y attendre. Les portes donnant sur l'extérieur étaient fréquemment mieux protégées que les portes intérieures. Le hic, c'est que ses petites manipulations mentales ne marcheraient pas dans le cas présent, et il n'avait pas le temps de désarmer l'alarme. Il lui aurait fallu quelques minutes, et V. avait vraiment l'air mal en point.

— Préparez-vous, ça va gueuler, prévint Fhurie avant de pousser la barre d'actionnement.

L'alarme leur déchira les tympans.

Comme ils se précipitaient dans la nuit, Fhurie pivota sur ses talons et porta le regard à l'autre bout de l'hôpital. Il localisa la caméra de sécurité située au-dessus de la porte, la brouilla un moment, rivant ses yeux sur l'indicateur lumineux rouge clignotant tandis que V. et la femelle humaine étaient déposés dans la voiture et que Rhage s'installait au volant.

Butch s'assit à côté de lui et Fhurie sauta à l'arrière avec le blessé et la chirurgienne. Il jeta un coup d'œil à sa montre. Depuis le moment où ils s'étaient garés ici jusqu'au moment où Rhage appuya sur le champignon pour décamper, il s'était écoulé vingt-neuf minutes. La mission s'était relativement bien déroulée, sans anicroche. Tout ce qu'il restait à faire, c'était ramener tout le monde au complexe sain et sauf et changer la plaque d'immatriculation du 4x4.

Il y avait juste une complication.

Fhurie posa les yeux sur la femelle humaine.

Une complication de taille.

# Chapitre 10

John ne tenait pas en place dans le vestibule richement orné de la belle demeure. Zadiste et lui sortaient ensemble chaque nuit, une heure avant le lever du soleil et a priori il n'y avait pas eu de changement de programme. Mais le frère avait près d'une demi-heure de retard.

Pour tuer le temps, John décida de refaire le tour de la pièce. Comme toujours, il avait l'impression de ne pas être à sa place au milieu de tout ce faste, mais il l'appréciait et l'affectionnait. La splendeur du vestibule était tellement extravagante qu'on avait l'impression de se trouver dans une boîte à bijoux : des colonnes de marbre rose et de pierre vert et noir soutenaient des murs ornés de frises dorées à la feuille et d'appliques en cristal. La cage d'escalier était une magnifique envolée de tapis rouge, le genre de truc au sommet duquel une vedette de cinéma adopte une pose théâtrale avant de descendre avec un port de reine rejoindre une réception élégante. Le motif de la mosaïque sur le sol ravissait les yeux, c'était un pommier en fleur, l'éclatante palette des couleurs printanières resplendissait et chatoyait grâce aux millions de fragments de verre coloré.

Mais ce qu'il préférait cependant, c'était le plafond. Aussi haut que deux étages, il était décoré d'une fascinante série de représentations picturales de guerriers et d'étalons qui semblaient s'animer alors qu'ils partaient en guerre avec leurs dagues noires. Le réalisme était saisissant et on avait l'impression qu'il suffisait de tendre le bras pour les toucher.

Il se rappela la première fois qu'il avait pu admirer tout cela, le jour ou Tohr l'avait présenté à Kolher.

John déglutit. Il n'avait passé que si peu de temps avec Tohrment. Quelques mois seulement. Après une vie à se sentir ballotté, déraciné, après avoir flotté pendant vingt ans sans famille, il avait eu un bref aperçu du bonheur. Et puis une balle lui avait ravi son père et sa mère adoptive.

Il aurait aimé avoir la maturité de pouvoir prétendre qu'il était reconnaissant d'avoir connu Tohr et Wellsie pendant le peu de temps qu'ils avaient passé ensemble, mais ç'aurait été un mensonge. Il aurait voulu ne jamais les rencontrer. Leur perte était bien plus déchirante à supporter que la douleur sourde qui l'habitait quand il vivait seul.

Pas exactement une attitude de mâle valeureux, n'est-ce pas ?

Sans tambour ni trompette, Z. arriva par la porte dissimulée sous le palier du grand escalier et John se figea. Il ne pouvait pas s'en empêcher. Il avait beau voir le frère tous les jours, l'allure de Zadiste le perturbait toujours. Ce n'était pas seulement son impressionnante balafre ou ses cheveux coupés ras, mais l'expression létale qu'il n'avait pas perdue, même s'il était désormais lié à sa *shellane* et sur le point de devenir père.

De plus, cette nuit-là, le visage de Z. était particulièrement fermé et son corps encore plus tendu que d'habitude.

— T'es prêt ?

John étrécit les yeux et signa :

— *Qu'est-ce qui se passe ?*

— Rien qui te concerne. On y va.

Ce n'était pas une question mais un ordre.

John acquiesça, remonta la fermeture Éclair de sa parka, et ils sortirent par la porte du vestibule.

La nuit était d'un bleu laiteux, les étoiles voilées par une mince couche nuageuse que la pleine lune éclairait en contre-jour. D'après le calendrier, le printemps n'était pas loin, mais le paysage le cachait bien. La fontaine devant la belle demeure était toujours vide et attendait d'être remplie, signe qu'on était encore bel et bien en hiver. Les arbres faisaient penser à des squelettes noircis tendus vers le ciel, leurs bras décharnés implorant le soleil de retrouver sa puissance. Les pelouses étaient couvertes d'une neige qui s'attardait avec obstination sur le sol gelé.

John et Zadiste se dirigèrent vers la droite, le gravier du patio crissa sous leurs bottes et la froideur du vent les gifla. Le mur d'enceinte du complexe se discernait au loin, un véritable rempart de plus de six mètres de haut et de un mètre d'épaisseur qui faisait le tour de la propriété de la Confrérie, bardé de caméras de sécurité et de détecteurs de mouvements, chargé comme un soldat lourdement armé. Mais ce n'était que de la petite bière en réalité, tout cela. L'artillerie lourde, c'était une charge électrique de cent vingt volts qui courait tout le long du mur dans des volutes de fil de fer barbelé.

La sécurité avant tout. Toujours.

John traversa la pelouse parsemée de plaques de neige sur les talons de Z., passant devant des parterres de fleurs retournés et la piscine vide située derrière la demeure. Une pente douce les conduisit à la lisière de la forêt. À ce stade, la gigantesque muraille virait brutalement et dégringolait le flanc de la montagne. Ils ne la suivirent pas mais pénétrèrent dans la forêt.

Sous les pins épais et l'enchevêtrement des branches d'érable, un tapis d'aiguilles et de feuilles oubliées depuis l'automne jonchait un sous-bois où rien ne poussait. Ici, l'air exhalait des odeurs de terre et de froid et lui piquait le nez.

Comme chaque jour, Zadiste menait la marche. Ils n'empruntaient jamais le même sentier et le trajet semblait aléatoire, mais ils se retrouvaient toujours au même endroit : une petite cascade. Le ruisseau qui descendait de la montagne se jetait d'une petite falaise puis formait un trou d'eau peu profond, d'environ trois mètres de diamètre.

John s'approcha et toucha l'eau qui jaillissait. Le froid lui engourdit les doigts quand il passa la main dans la cascade.

Zadiste franchit le cours d'eau en silence, sautant de pierre en pierre. Le frère se déplaçait avec la grâce et la fluidité de l'eau, le pas tellement assuré qu'il semblait savoir exactement comment son corps réagirait à chaque mouvement de ses muscles.

Une fois sur l'autre rive, il s'approcha de la cascade et fit face à John.

Leurs regards se croisèrent.

Aïe, Z. avait quelque chose à lui dire, cette nuit, non ?

Ces petites expéditions avaient commencé après que John eut attaqué un autre étudiant. Il l'avait frappé et assommé dans la douche du vestiaire. Kolher avait déclaré que John pourrait rester dans le programme à condition de sortir chaque matin avec Z. Le garçon avait d'abord beaucoup appréhendé ces marches, se disant que Z. allait essayer de l'analyser, de le forcer à s'exprimer. Mais jusque-là, elles s'étaient toujours déroulées en silence.

Ce qui n'allait pas être le cas cette nuit.

John retira son bras de l'eau, descendit le ruisseau sur une courte distance puis le traversa sans l'assurance ni l'adresse de Zadiste.

Quand il fut à côté de lui, Z. annonça :

— Fhléau revient.

John croisa les bras sur la poitrine. Génial, l'abruti qu'il avait assommé. Il faut dire que Fhléau l'avait vraiment cherché. Il avait harcelé et nargué John, avant de s'en prendre à Blay. Mais quand même.

— Et il a passé sa transition.

Formidable. Encore mieux. Désormais le salaud le provoquerait et il ferait trois fois sa taille.

— *Quand*? signa John.

— Demain. Je lui ai clairement expliqué que, s'il emmerdait le monde, il était viré pour de bon. Si tu as des problèmes avec lui, tu viens me trouver, c'est clair?

*Merde.* John voulait régler ses problèmes lui-même. Il ne voulait pas être traité comme un gamin.

— John? Tu viens me trouver. Fais un signe de tête, bon sang.

Il acquiesça avec lenteur.

— Tu ne l'attaques pas. Peu m'importe ce qu'il dit ou ce qu'il fait. Le fait qu'il te provoque n'implique pas que tu doives réagir.

John hocha la tête parce qu'il avait le sentiment que Z. allait lui demander de le faire de nouveau s'il ne bougeait pas.

— Si je te surprends à essayer de régler tes comptes toi-même, tu ne vas pas apprécier les conséquences.

John se plongea dans la contemplation du courant rapide. Mince… Blay, Vhif, et maintenant Fhléau. Tous avaient effectué leur transition.

Un sentiment de paranoïa le saisit et il regarda Z.

— *Et si la transition ne m'arrive jamais*?

— Elle va arriver.

— *Comment peut-on en être sûr*?

— Question de biologie. (Z. indiqua un énorme chêne de la tête.) Les feuilles vont sortir de cet arbre lorsque le soleil commencera à briller. Il ne pourra pas l'éviter et c'est la même chose pour toi. Tes hormones vont se déchaîner, et puis la transition prendra place. Tu peux déjà les sentir, non?

John haussa les épaules sans conviction.

— Si, tu les sens. Ta manière de t'alimenter a changé, ton rythme de sommeil aussi. Et ton comportement également. Tu crois que, il y a un an, tu aurais balancé Fhléau à terre et que tu l'aurais tabassé comme tu l'as fait ?

*Certainement pas.*

— Tu as faim mais la nourriture te dégoûte, n'est-ce pas ? Tu ne tiens pas en place, tu te sens vidé. Irritable.

M'enfin, comment pouvait-il savoir tout ça ?

— Je suis passé par là, moi aussi, ne l'oublie pas.

— *Combien de temps encore ?* demanda John

— Jusqu'au grand jour ? En tant que mâle, tu tiens en général de ton père. Audazs a passé la sienne plus tôt que la normale. Mais on ne peut jamais savoir. Pour d'autres, ça peut prendre encore des années.

— *Des années ? Merde. C'était comment après, pour toi ? quand tu t'es réveillé ?*

Dans le silence qui suivit, le changement le plus étrange survint chez Z. On aurait dit qu'un brouillard avait enveloppé le vampire et l'avait fait disparaître, même si John voyait toujours distinctement chaque détail de son visage balafré et de son corps impressionnant.

— Tu parleras à Blay et Vhif de tout ça.

— *Pardon.* (John rougit.) *Je ne voulais pas être indiscret.*

— Laisse tomber. Écoute, je ne veux pas que tu t'inquiètes. Layla t'alimentera, et tu seras dans un endroit protégé. Je veillerai à ce que tout se passe bien.

John leva les yeux vers le visage ravagé du guerrier et pensa au camarade de classe qu'ils avaient perdu.

— *Hhurt est mort quand même.*

— Oui, ça arrive, mais le sang de Layla est très pur. C'est une Élue. Cela t'aidera.

John pensa à la magnifique blonde. Et à la manière dont elle avait laissé tomber sa robe devant lui afin de lui dévoiler son corps et savoir s'il lui plaisait. Il n'arrivait toujours pas à croire qu'elle ait pu faire cela.

— *Comment est-ce que je saurai quoi faire ?*

Z. rejeta la tête en arrière et regarda le ciel.

— T'inquiète pas pour ça. Ton corps saura quoi faire. Il saura ce qu'il veut et ce dont il a besoin. (Z. baissa la tête et jeta un coup d'œil sur le côté, perçant l'obscurité de ses yeux jaunes aussi sûrement qu'un rayon de soleil traverse les nuages.) Ton corps prendra possession de toi pendant un moment.

Même s'il avait honte de l'avouer, il signa.

— *Je crois que j'ai peur.*

— Ça prouve que tu es intelligent. C'est un sacré truc, la transition, pas cool du tout. Mais je te le répète… je vais faire en sorte que tout se passe bien pour toi.

Z. se détourna comme s'il se sentait un peu mal à l'aise et John étudia le profil du mâle qui se découpait sur la forêt sombre.

Comme un sentiment de gratitude l'envahissait, Z. interrompit le « merci » que John s'apprêtait à dire en langue des signes.

— On ferait bien de rentrer.

Tandis qu'ils traversaient une nouvelle fois le ruisseau et se dirigeaient vers le complexe, John se surprit en train de penser au père biologique qu'il n'avait jamais connu. Il avait évité de poser des questions sur Audazs, parce qu'il avait été le meilleur ami de Tohr et qu'il était difficile pour les frères de parler de lui.

Il aurait aimé pouvoir parler de son père avec quelqu'un.

# Chapitre 11

Quand Jane s'éveilla, elle eut l'impression que ses circuits neuronaux étaient des guirlandes de lumières de Noël bon marché tremblotant piteusement entre deux courts-circuits. Elle captait des sons, puis ils se désintégraient, pour réapparaître ensuite. Une langueur engourdissait ses membres qui se raidissaient soudain, pour être ensuite parcourus de légers tressautements. Sa bouche était sèche et elle avait trop chaud, pourtant elle frissonnait.

Elle inspira profondément plusieurs fois et se rendit compte qu'elle était à moitié assise. Et elle avait un terrible mal de tête.

Mais quelque chose sentait bon. Une odeur extraordinaire l'enveloppait… Des arômes de tabac qui lui rappelaient celui que son père fumait, auxquelles se mêlaient des effluves d'épices mystérieuses, exotiques, évoquant les parfums flottant dans une boutique d'huiles indiennes.

Elle entrouvrit un œil. Sa vision était trouble, certainement parce qu'elle ne portait pas ses lunettes, mais elle arrivait à voir suffisamment pour constater qu'elle se trouvait dans une pièce sombre, austère… remplie de livres. Elle découvrit également que le fauteuil sur lequel elle se trouvait touchait un radiateur, ce qui pouvait expliquer les bouffées de chaleur. Et puis elle avait pris une mauvaise position et souffrait d'un torticolis, ce qui expliquait le mal de tête.

Sa première réaction fut de s'asseoir, mais elle n'était pas seule, et elle ne bougea donc pas. En face d'elle, un homme à la chevelure multicolore se tenait debout à côté d'un très grand lit sur lequel un corps était étendu. Le type était absorbé dans ce qu'il faisait, à savoir… enfiler un gant sur la main de…

Son patient. Son patient était sur ce lit, les draps remontés seulement jusqu'à la taille, sa poitrine nue couverte par les pansements posés dans sa salle d'opération. Mais que s'était-il donc passé ? Elle se rappelait l'avoir opéré… et avoir découvert une incroyable anomalie de son cœur. Ensuite elle avait discuté avec Manello dans l'unité des soins intensifs, puis… merde elle avait été enlevée par l'Adonis qui se tenait à côté du lit et par un autre homme qui portait une casquette des Red Sox.

Un sentiment de panique l'envahit, mâtiné d'une bonne dose de colère, mais cette vague d'émotions ne se transmettait pas à son corps, elle se perdait dans la léthargie qui pesait sur elle. Elle cilla et essaya de focaliser son regard sans se faire remarquer…

Ses yeux s'écarquillèrent de surprise.

Le type à la casquette des Red Sox entra dans la pièce, accompagné d'une femme blonde belle à couper le souffle. Il se tenait tout près d'elle et, même s'ils ne se touchaient pas, il était évident qu'ils formaient un couple. Ils étaient faits l'un pour l'autre, cela sautait aux yeux.

— Non, articula le patient d'une voix rauque.

— Il le faut, rétorqua Red Sox.

— Tu m'as dit… que tu me tuerais si jamais…

— Circonstances atténuantes.

— Layla…

— Elle a nourri Rhage cet après-midi et nous ne pouvons pas convoquer une autre Élue sans faire des ronds de jambe à la Directrix, ce qui prendra du temps que tu n'as pas.

La femme blonde s'approcha du lit du patient et s'assit sans se hâter. Vêtue d'un tailleur-pantalon noir impeccablement coupé, elle avait l'allure d'une avocate ou d'une femme d'affaires, mais elle respirait aussi la féminité avec sa longue et somptueuse chevelure.

— Utilise-moi. (Elle tendit le poignet vers la bouche du patient et le maintint à quelques millimètres de ses lèvres.) Ne serait-ce que parce que nous avons besoin que tu sois fort pour pouvoir t'occuper de lui.

Qui était ce « lui », la question ne se posait pas. Red Sox avait l'air encore plus mal en point que la première fois que Jane avait posé les yeux sur lui, et sa curiosité médicale se demandait ce que le « s'occuper de » impliquait.

Pendant cet échange, Red Sox recula au point de toucher le mur opposé. Il serra les bras sur sa poitrine.

— Lui et moi en avons parlé, expliqua la blonde d'une voix douce. Tu as fait tellement pour nous…

— Pas… pour vous.

— Il est vivant grâce à toi. Alors, c'est tout ce qui compte. (La femme blonde tendit la main comme pour caresser les cheveux du patient, mais elle la ramena en le voyant tressaillir.) Laisse-nous nous occuper de toi. Juste cette fois.

Le patient regarda Red Sox. Ce dernier hocha lentement la tête, et le patient poussa un juron, ferma les yeux, puis ouvrit la bouche…

Nom de… Ses canines prononcées s'étaient allongées. Elles n'étaient plus seulement pointues : c'étaient désormais de vrais crocs.

Bon, il était évident qu'elle rêvait. Oui. Parce qu'un phénomène pareil ne se produisait pas avec des dents, même affilées pour des raisons esthétiques. Jamais.

Le patient dénuda ses « crocs », l'homme à la chevelure multicolore se planta devant Red Sox, posa les deux mains sur le mur et se pencha jusqu'à ce que leurs poitrines se touchent presque.

C'est alors que le patient secoua la tête et se détourna du poignet.

— J'peux pas.

— J'ai besoin de toi, murmura Red Sox. Ce que je fais me rend malade. J'ai besoin de toi.

Le patient riva les yeux sur Red Sox, un désir ardent brilla dans ses yeux de diamant.

— Seulement pour… toi… pas pour moi.

— Pour nous deux.

— Pour nous tous, intervint la femme blonde.

Lorsque le patient inspira profondément, puis… non, ce n'était pas possible… planta ses crocs dans le poignet de la blonde. La morsure fut vive et décisive comme l'attaque d'un cobra et, quand il eut refermé sa bouche sur la peau, la femme sursauta, puis poussa un soupir et une expression de soulagement se lut sur son visage. Red Sox se mit alors à trembler de la tête aux pieds, l'air affligé et désespéré tandis que l'homme à la chevelure multicolore lui bloquait le passage sans le toucher.

Le patient commença à bouger la tête de manière cadencée à la façon d'un bébé tétant le sein de sa mère. Mais il ne pouvait pas être en train de boire à son poignet, si ?

Bien sûr que non, c'était absurde.

Un rêve. Toute cette scène n'était qu'un rêve. Un rêve totalement insensé. *Mon Dieu, pourvu que ce soit un rêve.* Parce que, si ce n'était pas le cas, elle était alors prise au piège d'une espèce de cauchemar gothique.

Quand il eut fini, le patient reposa la tête sur les oreillers et la femme passa la langue à l'endroit où il avait posé sa bouche.

— Repose-toi, maintenant, dit-elle avant de se tourner vers Red Sox. Est-ce que ça va ?

Il secoua la tête vigoureusement.

— Je veux te toucher, mais je ne peux pas. Je veux être en toi, mais… je ne peux pas.

Le patient prit la parole.

— Allonge-toi à côté de moi. Tout de suite.

— Tu ne peux pas pour l'instant, répliqua Red Sox d'une voix faible et enrouée.

— Tu en as besoin maintenant. Je suis prêt.

— Bien sûr que non. Et il faut que je m'allonge. Je reviendrai tout à l'heure après m'être reposé…

La porte s'ouvrit brutalement, projetant dans la chambre un faisceau de lumière qui semblait venir d'un couloir, et un homme immense avec des cheveux noirs qui lui descendaient jusqu'à la taille et des lunettes de soleil panoramiques entra d'un pas décidé. Cela ne présageait rien de bon. Ses traits cruels pouvaient laisser supposer qu'il prenait son pied à torturer les gens, et à son regard furieux Jane se demanda s'il ne venait pas justement dans l'espoir de s'en prendre à quelqu'un. Espérant ne pas se faire remarquer, elle ferma les yeux et essaya de ne pas respirer.

La voix du géant était aussi dure que son apparence.

— Si tu n'étais pas déjà hors jeu, je te briserais moi-même les os. Mais, putain, à quoi tu penses ? Qu'est-ce qui t'a pris de l'amener ici ?

— Si vous voulez bien nous excuser, fit Red Sox.

Jane entendit des pas, puis une porte qui se refermait.

— Je t'ai posé une question.

— Censée venir avec, répliqua le patient.

— Censée ? *Censée ?* Est-ce que tu as complètement perdu la raison ?

— Oui… mais pas en ce qui la concerne.

Jane entrouvrit un œil et observa la scène à travers ses cils tandis que le colosse jetait un coup d'œil à celui qui avait la chevelure multicolore.

— Je veux tout le monde dans mon bureau dans une demi-heure. Il faut qu'on décide ce qu'on va faire avec elle.

— Pas… sans moi…, articula avec difficulté le patient d'une voix un peu plus énergique.

— Tu n'as pas voix au chapitre.

Le patient appuya les mains contre le matelas et s'assit ; ses bras tremblèrent sous l'effort.

— J'ai voix à tous les chapitres quand il s'agit d'elle.

L'imposant personnage pointa un doigt vers le patient.

— Va te faire foutre.

De manière intempestive, une décharge d'adrénaline traversa Jane. Rêve ou pas, elle avait son mot à dire dans cette joyeuse conversation. Elle se redressa sur sa chaise et s'éclaircit la voix.

Ils rivèrent tous les yeux sur elle.

— Je veux sortir d'ici, déclara-t-elle d'une voix qu'elle aurait voulu moins haletante et plus péremptoire. *Immédiatement.*

Le géant leva la main vers son nez, releva ses lunettes sur son front et se frotta les yeux.

— Grâce à lui, ce n'est pas une option envisageable pour le moment. Fhurie, occupe-toi d'elle de nouveau, tu veux bien ?

— Vous allez me tuer ? demanda-t-elle à la hâte.

— Non, répondit le patient. Il ne va rien vous arriver. Vous avez ma parole.

Pendant une fraction de seconde, elle le crut. Ce qui était insensé. Elle ne savait pas où elle se trouvait et ces hommes étaient manifestement des brutes…

Celui à la magnifique chevelure multicolore se planta devant elle.

— Vous allez simplement vous reposer encore un petit peu.

Il plongea ses yeux jaunes dans les siens et, soudain, Jane fut comme une télé que l'on débranche, le cordon arraché du mur, l'écran vide.

Viszs contempla sa chirurgienne alors qu'elle s'affaissait de nouveau sur le fauteuil.

— Est-ce qu'elle va bien ? demanda-t-il à Fhurie. Tu ne lui as pas cramé le cerveau, promis ?

— Non, mais elle a une grande force mentale. Il faut qu'on la sorte d'ici le plus vite possible.

La voix de Kolher retentit dans la chambre.

— Vous n'auriez jamais dû l'amener ici.

Viszs se rallongea avec précaution, il avait l'impression d'avoir reçu un bloc de ciment sur la poitrine. Que Kolher soit furieux ne le préoccupait pas spécialement. Il fallait que sa chirurgienne reste là, point barre. Mais il pouvait au moins essayer d'invoquer une raison.

— Elle peut m'aider à me remettre. Avec Havers, c'est compliqué à cause de Butch.

Le regard de Kolher resta impassible derrière ses lunettes.

— Tu crois qu'elle voudra t'aider après que tu l'as fait kidnapper ? Le serment d'Hippocrate a ses limites.

— Je suis à elle. (V. fronça les sourcils.) Enfin, je veux dire, elle s'occupera de moi parce qu'elle m'a opéré.

— Tu te raccroches désespérément à des chimères pour justifier…

— Ah oui ? Je viens de subir une opération à cœur ouvert parce que j'ai reçu une balle dans la poitrine. C'est pas vraiment ce que j'appellerais des chimères. Tu veux que je risque des complications ?

Kolher jeta un coup d'œil à Jane, puis se frotta encore les yeux.

— Et merde. Combien de temps ?

— Jusqu'à ce que j'aille mieux.

Les lunettes de soleil du roi retombèrent sur son nez.

— Guéris vite, mon frère. Je veux qu'elle dégage d'ici le plus vite possible, et sans le moindre souvenir.

Kolher quitta la pièce et ferma la porte sans faire de bruit.

— Ça aurait pu être pire, remarqua V. en se tournant vers Fhurie.

Fhurie, toujours là pour apaiser les esprits, murmura vaguement que tout le monde était stressé, bla bla bla, puis il se dirigea vers le secrétaire pour changer de sujet. Il revint au chevet de V. avec deux joints, un briquet, et un cendrier.

— Je pensais que ça te ferait du bien. De quoi va-t-elle avoir besoin pour te soigner ?

V. énuméra une liste de ce qui lui venait à l'esprit. Avec le sang de Marissa coulant dans ses veines, il allait se rétablir rapidement, la lignée de la jeune femelle étant presque totalement pure. Il venait de remplir son réservoir avec le meilleur carburant.

Pourtant, il se rendait compte qu'il n'était pas vraiment pressé de guérir.

— Elle va également avoir besoin de vêtements, ajouta-t-il. Et de nourriture.

— Je m'en occupe. (Fhurie se dirigea vers la porte.) Tu veux manger quelque chose ?

— Non. (Comme le frère sortait dans le couloir, V. ajouta :) Tu peux passer voir Butch ?

— Bien sûr.

Après le départ de Fhurie, V. contempla la femme humaine. Ce n'était pas tant qu'elle soit jolie, se dit-il, elle était belle. Son visage était carré, ses traits presque masculins. Pas de lèvres boudeuses. Pas de cils épais. Pas de sourcils arqués et féminins. Il n'y avait pas non plus de seins lourds tendant la blouse blanche de médecin qu'elle portait, pas de formes voluptueuses pour autant qu'il puisse en juger.

Pourtant il la désirait comme si elle était une reine de beauté dénudée et offerte.

*À moi.* V. ondula des hanches et sentit un courant de chaleur courir sous sa peau, même s'il n'aurait pas dû avoir la force d'être excité.

La vérité, c'est qu'il n'avait aucun remords de l'avoir kidnappée. C'était d'ailleurs prédestiné. Au moment où Butch et Rhage avaient fait irruption dans sa chambre d'hôpital, il avait eu sa première vision depuis des semaines. Il avait vu sa chirurgienne, dans l'embrasure de la porte, auréolée d'une lumière blanche radieuse. Elle lui avait fait signe de s'approcher, le visage rayonnant d'amour, et lui avait fait longer un couloir. La gentillesse dont elle avait fait preuve à son égard avait été chaude et douce comme la peau, apaisante comme l'eau calme, énergisante comme la lumière du soleil qu'il ne connaissait plus.

Cependant, même s'il n'avait pas de remords, il s'en voulait pour la peur et la colère qui s'étaient lues sur son visage quand elle avait repris conscience. Grâce à sa mère, il savait combien il était douloureux d'être forcé à faire quelque chose, et il venait d'infliger le même sort à celle qui lui avait sauvé la vie.

Merde. Il se demandait ce qu'il aurait fait s'il n'avait pas eu cette vision, si cette malédiction de voir l'avenir ne s'était pas manifestée. L'aurait-il laissée là-bas ? Oui. Bien sûr. Même avec les mots « à moi » qu'il se répétait sans cesse, il ne lui aurait pas fait quitter son monde.

Mais cette putain de vision avait décidé de son sort.

Il se remémora le passé, sa toute première vision…

*Dans le camp des guerriers, le fait de savoir lire et écrire n'était pas considéré comme quelque chose d'utile ou de précieux, dans la mesure où ce savoir ne servait pas à tuer.*

*Viszs apprit à lire la langue ancienne uniquement parce qu'un des soldats avait reçu un peu d'éducation et était chargé de tenir un registre tout à fait rudimentaire des affaires du camp. Il le faisait avec négligence et la tâche l'ennuyait, aussi V. lui avait-il proposé de s'acquitter du travail si le mâle lui apprenait à lire et à écrire. C'était un troc parfait. V. avait toujours été fasciné par le fait que l'on puisse condenser un événement sur une page et le pérenniser, le rendre éternel.*

*Il avait appris vite, puis il avait fouillé le camp en quête de livres. Il en avait trouvé quelques-uns dans des endroits éloignés et oubliés, sous des vieilles armes cassées ou dans des tentes abandonnées. Il ramassait ces trésors abîmés, reliés de cuir, et les cachait à la lisière du camp, à l'endroit où les peaux d'animaux étaient conservées. Aucun soldat ne s'aventurait jamais là-bas car c'était le territoire des femelles et, si les femelles s'y rendaient, c'était juste pour chercher une fourrure ou deux afin de coudre des vêtements ou confectionner des paillasses. C'était non seulement un endroit sûr pour les livres, mais aussi le lieu idéal pour lire, car le plafond de la caverne y était peu élevé et le sol était en pierre : on entendait immédiatement si quelqu'un s'approchait, étant donné qu'il fallait avancer à quatre pattes pour arriver jusque-là.*

*Pour un livre, toutefois, même ce lieu caché n'était pas suffisamment sûr.*

*Le recueil le plus précieux de sa maigre collection était un journal rédigé par un mâle qui avait séjourné au camp environ trente ans plus tôt. Il y avait atterri pour y être formé à la suite d'une tragédie familiale, alors qu'il était aristocrate de naissance. Le journal était rédigé d'une belle écriture et contenait des grands mots dont V. ne pouvait que tenter de deviner le sens. Il retraçait trois ans de la vie du mâle. Le contraste entre les deux parties, celle qui détaillait les événements précédant son arrivée au camp et la partie qui relatait la suite, était saisissant. Au début du livre, la vie du mâle avait été régie par le calendrier social de la glymera. C'était une existence faite de bals où évoluaient de ravissantes femelles, et des mœurs raffinées rythmaient le quotidien. Puis tout avait pris fin. Le désespoir, le sentiment même qui caractérisait la vie de V., imprégnait les pages une fois que la vie du mâle avait changé à jamais, juste après sa transition.*

*Viszs avait lu et relu le journal. Il trouvait un écho dans la tristesse du mâle qui l'avait rédigé. Et chaque fois qu'il l'avait lu, il refermait le livre et passait les doigts sur le nom gravé dans le cuir.*

*« AUDAZS, FILS DE MARKLON ».*

*V. se demandait souvent ce que le mâle était devenu. Le journal s'arrêtait un jour où rien de particulièrement important ne s'était passé, il était donc difficile de savoir s'il était mort dans un accident ou s'il était parti sur un coup de tête. V. espérait apprendre un jour quel avait été le sort du guerrier, en supposant qu'il vivrait lui-même suffisamment longtemps pour pouvoir quitter le camp.*

*La perte du journal l'aurait anéanti, aussi le gardait-il à cet endroit où personne ne s'aventurait jamais. Avant l'établissement du camp, la caverne avait été habitée par une espèce d'humains primitifs, et les habitants précédents avaient couvert les parois de dessins grossiers. Les représentations à demi effacées de bisons, de chevaux, de paumes de mains et d'yeux étaient considérées comme des malédictions par les soldats et tout le monde les évitait. Devant cette partie de la caverne, une cloison avait été dressée, et alors qu'il aurait été possible de peindre par-dessus ces représentations picturales, Viszs savait pourquoi son père n'en avait pas donné l'ordre. Le Saigneur voulait instaurer un climat de méfiance et de tension dans le camp, et il tourmentait les soldats et les femelles avec la menace que les esprits de ces animaux les posséderaient ou que les images d'yeux et de mains allaient s'animer pour entraîner fureur et destruction.*

*V. n'avait pas peur des dessins. Il les aimait beaucoup. Le trait du dessin des animaux était puissant et plein de grâce dans sa simplicité, et il aimait poser ses propres mains contre les impressions des paumes. C'était un réconfort de savoir que d'autres avaient vécu ici avant lui. Peut-être que pour eux la vie avait été moins rude.*

*V. cachait le journal entre deux des plus grandes représentations de bisons, dans une crevasse qui était juste assez large et profonde pour accueillir le livre. Pendant la journée, lorsque tous se reposaient, il se glissait subrepticement derrière la cloison, faisait briller ses yeux et lisait jusqu'à ce que sa solitude soit moins lourde.*

*Ce n'est qu'une année après leur découverte que les livres de Viszs furent détruits. Sa seule source de joie fut brûlée, comme il l'avait toujours craint. Et il ne fut pas difficile de deviner par qui.*

*Cela faisait plusieurs semaines qu'il ne se sentait pas bien, il approchait de sa transition, même s'il ne le savait pas encore. Incapable de dormir, il s'était levé et dissimulé dans la pile de peaux, s'installant avec un volume de contes de fées. Il s'était endormi avec le livre sur les genoux.*

*Lorsqu'il se réveilla, un prétrans se tenait devant lui. C'était l'un des garçons les plus agressifs du groupe, l'œil sauvage et le corps sec et nerveux.*

*— Tu oses paresser pendant que nous autres travaillons ! s'exclama le garçon avec mépris. Et c'est un livre que tu tiens à la main ? Peut-être que je devrais le donner au Saigneur, puisqu'il te distrait de tes tâches. En faisant ça, je pourrais obtenir un peu plus de nourriture.*

*Viszs enfouit ses livres un peu plus profondément dans les peaux et se leva sans rien dire. Il se battrait pour ses livres, de la même manière qu'il se battait pour les restes de nourriture qui assuraient sa subsistance ou les vieilles nippes qui le couvraient.*

*Et le prétrans qu'il avait devant lui se battrait pour le privilège de dénoncer l'existence des livres. Il en était toujours ainsi.*

*Le garçon se jeta sur lui avec vivacité et projeta V. contre la paroi de la caverne. Il se heurta la tête avec force et en eut le souffle coupé, mais il retourna le coup et frappa violemment son adversaire au visage avec le livre. Comme les autres prétrans se précipitaient pour regarder le combat, V. frappa et frappa encore celui qui l'avait menacé. On lui avait appris à utiliser n'importe quelle arme qu'il pouvait avoir sous la main mais, comme il terrassait le mâle, le fait de se servir de son bien le plus précieux pour faire du mal à quelqu'un lui donna envie de pleurer. Mais il ne pouvait pas s'arrêter. S'il perdait son avantage, il risquait d'être battu et de perdre les livres avant d'avoir eu le temps de leur trouver une autre cachette.*

*Enfin, l'autre garçon ne bougea plus, le visage tuméfié. Sa respiration n'était plus qu'un gargouillis tandis que V. le maintenait par terre en lui serrant la gorge. Le volume de contes de fées dégouttait de sang, la reliure en cuir s'était détachée du dos du livre.*

*Ce fut pendant le tumulte qui suivit la bagarre que cela se produisit. Un fourmillement bizarre traversa le bras de V. et se répandit dans la main qui tenait son adversaire contre le sol de la caverne. Puis une étrange ombre fut soudain projetée, créée par une lueur qui émanait de la paume de V. Le prétrans fut saisi de convulsions, les bras et les jambes agités de tressautements, cognant la pierre, comme si tout son corps était en proie à une terrible souffrance.*

*V. lâcha prise et regarda sa main avec horreur.*

*Lorsqu'il reposa les yeux sur le mâle à ses pieds, une vision le frappa à la manière d'un coup de poing, laissant V. étourdi et aveugle. Comme dans un mirage flou, il vit le visage du garçon giflé par un vent terrible, les cheveux rejetés en arrière, le regard fixe. Des roches semblables à celles que l'on trouvait dans la montagne se détachaient derrière lui et la lumière du soleil brillait sur elles et le corps immobile du prétrans.*

*Mort. Le garçon était mort.*

*Le prétrans murmura soudain :*

*— Ton œil… ton œil… que lui est-il arrivé ?*

*Les mots jaillirent de la bouche de V. avant qu'il puisse les arrêter.*

*— La mort te surprendra sur la montagne et, quand le vent soufflera sur toi, tu seras emporté.*

*V. releva la tête en entendant un gémissement étouffé. Une des femelles qui se trouvait à côté d'eux avait une expression d'horreur sur le visage, comme s'il s'était adressé à elle.*

*— Qu'est-ce qui se passe ici ? vociféra une voix puissante.*

*V. s'écarta d'un bond du prétrans afin de pouvoir s'éloigner de son père, mais sans le perdre de vue. Le Saigneur se tenait debout devant eux, le pantalon défait. Il était clair qu'il venait de posséder l'une des aides de cuisine. Ce qui expliquait pourquoi il se trouvait dans cette partie du camp.*

*— Qu'est-ce que tu as dans la main ? demanda le Saigneur, s'approchant de V. Donne-le-moi immédiatement.*

*Face à la colère de son père, V. n'avait pas d'autre choix que de lui tendre le livre. Il lui fut arraché des mains avec un juron.*

*— Tu as utilisé cette chose avec sagesse uniquement lorsque tu l'as frappé avec. (Il regarda de ses yeux noirs et rusés les peaux sur lesquelles V. s'était allongé, son corps y ayant formé un creux.) Tu as paressé sur ces peaux, n'est-ce pas ? Tu as passé du temps ici ?*

*V. ne répondit pas et son père s'approcha davantage.*

*— Qu'est-ce que tu fais, ici ? tu lis d'autres livres ? Je pense que oui, et je pense que tu devrais me les donner. Peut-être que j'aimerais lire au lieu de m'occuper des affaires du camp.*

*V. hésita… et reçut une gifle tellement forte qu'il tomba sur les peaux de bête. Il glissa et roula, pour se retrouver à genoux devant ses trois autres livres. Le sang qui gouttait de son nez tacha l'une des couvertures.*

*— Est-ce qu'il faut que je te frappe de nouveau ? ou bien vas-tu me donner ce que je t'ai demandé ?*

*Le ton du Saigneur trahissait son ennui, les deux possibilités étaient acceptables, vu qu'elles feraient souffrir V. de toute façon, lui apportant satisfaction.*

*V. tendit la main et caressa une couverture en cuir souple. La douleur de l'au revoir lui déchirait la poitrine, mais les émotions étaient tellement futiles, n'est-ce pas ? Ces objets qui lui importaient tant allaient être détruits d'une manière ou d'une autre, et c'était imminent, quoi qu'il fasse. Ils avaient déjà disparu, en somme.*

*V. regarda le Saigneur par-dessus son épaule et appréhenda une vérité qui transforma sa vie : son père détruirait tout et quiconque susceptible de lui apporter du réconfort. Il l'avait fait de nombreuses fois et de nombreuses manières, et il continuerait à le faire. Ces livres et cet incident ne constituaient qu'un jalon le long d'un chemin interminable qu'il finirait par ne connaître que trop bien.*

*Cette prise de conscience dissipa la souffrance de V. Comme par magie. Désormais, il ne s'attacherait plus à rien ni personne, puisque ce n'était que source d'incommensurable douleur lorsque ces émotions étaient piétinées. Aussi, il ne ressentirait plus rien.*

*Viszs ramassa les livres qu'il avait bercés entre ses mains pendant des heures et des heures et fit face à son père. Il lui tendit ce qui avait constitué son salut sans ressentir le moindre pincement ou le moindre regret pour ces volumes. On aurait dit qu'il n'avait jamais posé les yeux dessus.*

*Le Saigneur ne toucha pas à l'offrande déposée devant lui.*

*— Tu me les donnes, mon fils ?*

*— Oui.*

*— Bien… humm. Mais, vois-tu, je n'ai pas tellement envie de lire en fin de compte. Je pense que je préfère me battre comme tout mâle qui se respecte. Pour mon espèce, pour mon honneur. (Il tendit son énorme bras et pointa le doigt vers l'un des feux de cuisine.) Emporte-les là-bas. Brûle-les. C'est l'hiver et la chaleur est précieuse.*

*Les yeux du Saigneur s'étrécirent tandis que V. s'approchait calmement du feu et jetait les livres dans les flammes. Quand il se retourna vers son père, ce dernier l'examinait avec attention.*

*— Qu'est-ce qu'a dit le garçon à propos de ton œil ? murmura le Saigneur. Je crois avoir entendu quelque chose à propos de ton œil.*

*— Il a dit, ton œil, ton œil… que lui est-il arrivé ? répondit V. sans trahir la moindre émotion.*

*Dans le silence qui suivit, le sang coula du nez de V., dégouttant lentement de ses lèvres et de son menton en un flot chaud. Il avait le bras meurtri des coups qu'il avait assenés et sa tête le faisait souffrir. Mais cela ne semblait pas le déranger. Il se sentait investi d'une étrange force.*

*— Est-ce que tu sais pourquoi le garçon a dit une telle chose ?*

*— Non, je l'ignore.*

*Son père et lui se dévisagèrent tandis qu'un attroupement de curieux se formait autour d'eux.*

*Le Saigneur lança à la foule :*

*— Il semblerait que mon fils aime lire. Étant donné que je souhaite être tenu au courant de ce qui intéresse ma progéniture, si quelqu'un le voit lire, j'aimerais qu'on m'en avertisse. Je considérerais une telle information comme un service personnel et je récompenserai quiconque s'en acquittera. (Le père de V. pivota, attrapa une femelle par la taille et la traîna vers le foyer principal.) Et maintenant, faisons un peu de sport, mes soldats ! À la fosse !*

*Des acclamations de joie venant du groupe des mâles saluèrent les mots du Saigneur et la foule se dispersa.*

*Viszs les regarda s'éloigner et il se rendit compte qu'il ne ressentait pas de haine. D'habitude, quand son père tournait le dos, il laissait libre cours au mépris que l'homme lui inspirait. Désormais, il n'y avait plus rien. C'était comme lorsqu'il avait contemplé les livres avant de s'en séparer. Il ne sentait… rien.*

*V. jeta un coup d'œil au mâle qu'il avait mis au tapis.*

*— Si tu t'approches encore de moi, je te briserai les deux jambes et les deux bras, et ferai en sorte que tu ne puisses plus jamais voir normalement. Compris ?*

*Le mâle sourit alors même que sa bouche gonflait comme s'il avait été piqué par des abeilles.*

*— Et si j'ai ma transition avant toi ?*

*V. posa les mains sur ses genoux et se pencha :*

*— Je suis le fils de mon père. Aussi, je suis capable de tout. Quelle que soit ma taille.*

*Le garçon écarquilla les yeux de surprise, car la vérité était indubitable : n'ayant plus rien à perdre, Viszs ne reculerait jamais plus, quels que soient les obstacles.*

*Il était devenu ce que son père avait toujours été : un être impitoyable et calculateur. Le fils avait appris sa leçon.*

# Chapitre 12

Lorsque Jane revint de nouveau à elle, ce fut après un rêve terrifiant, un rêve dans lequel quelque chose qui n'existait pas était bel et bien vivant, et dans la même pièce qu'elle. Elle vit les canines pointues de son patient, sa bouche sur le poignet d'une femme, buvant son sang.

Les images floues et déphasées s'attardèrent et lui communiquèrent un sentiment de panique, de ceux que l'on ressent à la vue d'une bâche qui s'agite parce que quelque chose se trouve dessous. Quelque chose qui veut vous faire du mal.

Quelque chose qui peut vous mordre.

Un vampire.

Elle n'avait pas souvent peur mais, alors qu'elle se redressait lentement, elle était effrayée. Elle jeta un regard autour de la chambre austère et se rendit compte avec horreur que tout ce qui touchait au kidnapping n'était pas un rêve. Quant au reste ? Elle ne savait plus ce qui était réel et ce qui ne l'était pas, car il lui manquait des pans entiers de mémoire. Elle se rappelait avoir opéré le patient. Se rappelait l'avoir admis aux soins intensifs. Se rappelait son enlèvement par des hommes. Mais ensuite ? Tout était vague.

Elle inspira profondément, sentit une odeur de nourriture et vit qu'un plateau était posé à côté de son fauteuil. Elle souleva un couvercle en argent… C'était une belle assiette. De la porcelaine d'Imari, comme chez ses parents.

Elle fronça les sourcils et constata que le repas était très raffiné : de l'agneau avec des pommes de terre nouvelles et des courgettes. Une tranche de gâteau au chocolat, un pichet et un verre disposés sur le côté. Est-ce qu'ils avaient également kidnappé un cuisinier de renom, histoire de s'amuser ?

Elle regarda son patient.

À la lueur de la lampe posée sur sa table de nuit, il était étendu sur des draps noirs, immobile, les yeux fermés, ses cheveux noirs sur l'oreiller. Sa respiration était lente et régulière, son visage n'était plus livide et elle ne voyait aucune trace de sueur susceptible d'indiquer de la fièvre. Et s'il avait les traits tirés et la bouche pincée, il avait néanmoins l'air… carrément requinqué.

Ce qui n'était pas possible, à moins qu'elle ait passé une semaine dans le coma.

Jane se leva avec raideur, étira les bras au-dessus de la tête et se cambra pour remettre sa colonne vertébrale en place. Elle s'approcha du lit sans faire de bruit et prit le pouls de l'homme. Régulier, fort.

Merde. Tout ça n'était absolument pas logique. Les patients qui avaient reçu une balle et avaient été poignardés, avaient fait deux arrêts cardiaques puis avaient subi une intervention à cœur ouvert ne récupéraient pas aussi vite. Jamais.

Vampire.

*Oh, arrête tes conneries.*

Elle jeta un coup d'œil au réveil numérique posé sur la table de chevet et remarqua la date. Vendredi. *Vendredi ?* Mon Dieu, on était vendredi et il était 10 heures. Elle l'avait opéré huit heures plus tôt seulement et il avait déjà l'air en pleine convalescence.

C'était peut-être un rêve. Elle s'était peut-être endormie dans le train qui la conduisait à Manhattan et se réveillerait en arrivant à la gare. Elle rirait, un peu déroutée, achèterait un gobelet de café et se rendrait comme prévu à son entretien à Columbia en mettant tous ces rêves fantaisistes sur le compte de la nourriture qu'elle avait achetée au distributeur.

Elle attendit. Espéra qu'une secousse sur les rails la tirerait du sommeil.

Mais le réveil numérique se contenta d'égrener les minutes, imperturbable.

*Bon. Retour à l'idée « merde je ne rêve pas ».* Se sentant complètement seule et morte de peur, Jane se dirigea vers la porte, tourna la poignée et découvrit qu'elle était verrouillée. Quelle surprise. Elle fut tentée de tambouriner dessus, mais à quoi bon ? Personne de l'autre côté n'allait la laisser partir et, de plus, elle ne voulait pas qu'ils sachent qu'elle était réveillée.

Ce qu'il fallait, c'était explorer les lieux. Les fenêtres étaient couvertes par des espèces de persiennes installées derrière la vitre, et le matériau était tellement épais qu'il ne laissait pas filtrer le moindre jour. La porte ne pouvait manifestement pas l'aider. Les murs étaient solides. Pas de téléphone. Pas d'ordinateur.

La penderie ne contenait que des vêtements noirs, de grosses bottes et un placard à l'épreuve du feu. Cadenassé.

La salle de bains n'offrait aucune issue. Elle n'avait ni fenêtre, ni bouche de ventilation par laquelle Jane aurait pu se glisser pour essayer de se sauver.

Elle ressortit. Bon sang, ce n'était pas une chambre. C'était une prison de luxe.

Et ce n'était pas un rêve.

L'adrénaline lui fouetta le sang, et son cœur se mit à battre la chamade. Elle se dit que la police devait être à sa recherche. C'était obligé. Avec toutes les caméras de sécurité dont était équipé l'hôpital, sans compter le personnel, quelqu'un les avait forcément vus l'enlever, elle et son patient. Et puis, si elle ne se présentait pas à l'entretien à Columbia, on allait commencer à vraiment se poser des questions.

Essayant de garder la tête froide, Jane s'enferma dans la salle de bains, mais le verrou avait été retiré de la porte. Génial. Après s'être soulagée, elle se lava le visage, puis saisit une serviette suspendue derrière la porte. Quand elle enfouit son visage dans les plis, elle capta un arôme absolument extraordinaire qui la figea. C'était l'odeur de son patient. Il avait dû utiliser cette serviette avant de sortir et de se faire attaquer.

Elle ferma les yeux et inspira profondément. Elle fut aussitôt traversée par des pensées érotiques et sensuelles. Oh, s'ils arrivaient à mettre cette odeur en bouteille, ces types pourraient se payer leurs drogues et s'adonner à leur passion du jeu de la manière la plus réglo qui soit.

Outrée par sa réaction, elle laissa tomber la serviette avec dégoût et remarqua quelque chose qui brillait derrière les toilettes. Elle se pencha sur le carrelage de marbre et découvrit un rasoir tranchant, à l'ancienne, qui lui rappela les westerns. Elle le ramassa et examina la lame étincelante.

Voilà qui pourrait faire une bonne arme. Une excellente arme.

Elle le glissa dans sa blouse blanche au moment où elle entendait la porte de la chambre s'ouvrir. Elle sortit de la salle de bains, la main dans la poche et l'œil alerte. Red Sox était de retour et il portait deux sacs marins. Ils n'avaient pas l'air très lourd, en tout cas pas pour quelqu'un de sa stature, pourtant il semblait avoir du mal à les porter.

— Ça devrait suffire, pour commencer, déclara-t-il d'une voix râpeuse, fatiguée et légèrement traînante. Il avait l'accent de Boston.

— Commencer quoi ?

— À le soigner.

— Pardon ?

Red Sox se pencha et ouvrit l'un des sacs. Il était rempli de boîtes de pansements et de rouleaux de gaze, de gants en latex, de bassins en plastique mauve, de flacons de pilules.

— Il nous a dit ce dont vous auriez besoin.

— Ah oui ?

*Bon sang*. Elle n'avait aucune envie de jouer au docteur. Le rôle de kidnappé lui suffisait amplement, merci beaucoup.

Le type se releva avec précaution, comme s'il avait le vertige.

— Vous allez vous occuper de lui.

— Ah oui ?

— Oui. Et avant que vous posiez la question, oui, vous ressortirez d'ici vivante.

— Si je m'occupe de lui, c'est ça ?

— En quelque sorte, oui. Mais je ne me fais pas de souci. Vous le feriez de toute façon, n'est-ce pas ?

Jane le dévisagea. Sous la casquette de base-ball, le visage était impassible, mais la forme de son visage lui rappelait quelqu'un. Et puis il y avait cet accent familier.

— Est-ce que je vous connais ? demanda-t-elle.

— Plus maintenant.

Dans le silence qui suivit, Jane l'observa avec l'œil du médecin. Son teint était gris, blafard, ses joues creuses, et ses mains tremblaient. On aurait dit qu'il venait de faire la fête pendant deux semaines, il chancelait, son souffle était court. Et qu'est-ce que c'était que cette odeur ? Il lui rappelait sa grand-mère, du parfum dénaturé et de la poudre. Ou… peut-être quelque chose d'autre, quelque chose qui lui rappelait la faculté de médecine… oui, c'était plutôt ça. Il émanait de lui l'odeur de formol qui flottait toujours pendant les cours d'anatomie.

Il avait certainement la lividité d'un cadavre. Et aussi malade qu'il soit, elle se demandait si elle serait capable de le maîtriser.

Sentant le rasoir dans sa poche, elle mesura la distance qui les séparait, puis décida d'attendre. Même s'il était faible, la porte était fermée et il l'avait verrouillée derrière lui. Si elle l'attaquait, elle risquait surtout de se faire blesser ou tuer, et cela ne l'avancerait pas vraiment. Non, la seule chose qu'elle puisse tenter, c'était de se poster à côté de la porte en attendant que l'un d'entre eux entre dans la chambre. Elle aurait besoin du facteur de surprise, sans cela il était clair qu'ils la terrasseraient facilement.

Mais une fois de l'autre côté de la porte, elle ferait quoi ? Est-ce qu'elle se trouvait dans une grande maison ? une petite maison ? Elle avait le sentiment que le système de blindage et de sécurité qu'elle avait remarqué sur les fenêtres devait être la norme partout dans le bâtiment.

— Je veux partir, annonça-t-elle.

Red Sox poussa un soupir comme s'il était à bout de forces.

— Dans quelques jours, vous reprendrez votre vie sans vous souvenir de rien.

— Ben voyons. Au cas où vous ne le sauriez pas, quand on est kidnappé, on a tendance à s'en souvenir, répliqua-t-elle d'un ton sarcastique.

— Vous verrez, ou dans le cas présent, vous ne verrez pas. (Red Sox s'approcha du lit en se tenant au secrétaire et au mur pour garder l'équilibre.) Il a meilleure mine.

Elle brûlait d'envie de hurler qu'il ne s'approche pas de son patient.

— V. ? (Red Sox s'assit sur le lit avec précaution.) V. ?

Le patient ouvrit les yeux un moment plus tard, et sa bouche tressaillit.

— Flic.

Les deux hommes tendirent les mains l'un vers l'autre au même moment et, en les observant, elle se dit qu'ils devaient être frères, sauf qu'ils n'avaient pas du tout le même teint. Ils étaient peut-être très bons amis ? ou amants ?

Le patient tourna les yeux vers elle et l'examina des pieds à la tête comme s'il vérifiait qu'elle n'était pas blessée. Puis il regarda la nourriture à laquelle elle n'avait pas touché et fronça les sourcils en signe de désapprobation.

— Ça ne te rappelle pas quelque chose ? murmura Red Sox au patient. Sauf que le gars dans le lit, c'était moi ? Je te propose un truc : on dit qu'on est quittes et on arrête de jouer les grands blessés, OK ?

Il détacha ses yeux brillants et glacés du visage de Jane et regarda son ami. Mais la tension ne quitta pas son visage.

— Tu as vraiment une sale gueule.

— Et toi t'es Miss Univers, peut-être ?

Le patient sortit son autre bras qui se trouvait sous les draps comme si le membre était aussi lourd qu'un piano.

— Aide-moi à retirer mon gant…

— Pas question. Tu n'es pas en état.

— Tu vas de plus en plus mal.

— Demain…

— C'est maintenant ou rien. (Le patient baissa la voix et on l'entendit à peine.) Encore un jour, et tu ne pourras plus tenir debout. Tu sais ce qui se passe alors.

Red Sox baissa la tête comme si elle était aussi lourde qu'un sac de sable. Puis il lâcha un juron et tendit les doigts vers la main gantée de son ami.

Jane recula jusqu'à toucher le fauteuil sur lequel elle avait repris ses esprits. Cette main avait foudroyé une des infirmières et lui avait donné des convulsions, et pourtant les deux hommes s'entretenaient comme si le contact avec la chose n'avait rien d'extraordinaire.

Red Sox retira doucement le gant noir en cuir souple, révélant une main couverte de tatouages. La peau semblait émettre des rayons.

— Viens ici, reprit le patient en ouvrant les bras vers l'autre homme. Couche-toi à côté de moi.

Jane en eut le souffle coupé.

Cormia parcourait les salles de l'adytum. Pieds nus, elle était silencieuse et sa longue robe blanche ne faisait aucun bruit, son souffle circulait dans ses poumons avec discrétion, à peine un léger soupir s'échappait. Car telle était la manière dont les Élues étaient censées se déplacer : sans ombre visible, sans murmure audible.

Mais elle était animée par un objectif personnel et une telle action était répréhensible. En tant qu'Élue, elle se devait d'être entièrement et strictement dévouée au service de la Vierge scribe.

Mais Cormia ne pouvait ignorer la soif qui la taraudait.

Le Temple des livres succédait à une longue colonnade et ses portes à double battant étaient toujours ouvertes. De tous les édifices du sanctuaire, y compris celui qui protégeait les joyaux, celui-ci abritait le trésor le plus précieux, car c'est là que reposaient les registres de la Vierge scribe sur l'espèce, un journal d'une portée titanesque, couvrant des milliers d'années. Dicté par sa Sainteté à des Élues tout spécialement formées, ce précieux opus était un témoignage historique autant que spirituel.

Entre les murs ivoire, à la lueur de bougies blanches, Cormia avançait à pas feutrés sur le sol de marbre, passant devant d'innombrables rayonnages sur lesquels s'empilaient les livres, mais l'anxiété lui faisait hâter de plus en plus le pas. Les volumes du journal étaient classés chronologiquement, et chaque année organisée par catégorie sociale. Cependant, ce qu'elle recherchait ne serait sans doute pas classé dans cette section plutôt générale.

Elle regarda par-dessus son épaule pour s'assurer que personne ne pouvait la voir, puis s'engagea dans un couloir qui la mena devant une porte rouge vif. On pouvait voir sur les panneaux la représentation de deux dagues noires dont les lames se croisaient, les poignées orientées vers le bas. Une devise sacrée était gravée à la feuille d'or autour de la garde de chaque arme en langue ancienne :

« La Confrérie de la dague noire

Pour défendre et protéger

Notre mère, notre espèce, et nos frères. »

Elle posa une main tremblante sur la poignée dorée. Cette zone était réservée et, si elle se faisait surprendre, elle serait punie, mais peu lui importait en fin de compte. Même si son initiative l'effrayait, elle ne pouvait plus supporter de ne rien savoir.

La pièce était de proportions et de taille imposantes, le haut plafond doré à la feuille, et les rayonnages n'étaient pas blancs mais d'un noir brillant. Les livres qui tapissaient les murs étaient reliés en cuir noir, la tranche des ouvrages frappée de lettres d'or reflétait la lueur de bougies de la couleur des ténèbres.

Le tapis qui recouvrait le sol était rouge sang et doux comme une fourrure.

Une odeur insolite imprégnait l'air, un parfum qui rappelait certaines épices. Elle avait le sentiment que c'était parce que les frères avaient passé du temps dans cette pièce de temps à autre et s'étaient attardés parmi les volumes qui relataient leur histoire, sortant des livres, les concernant eux ou leurs ancêtres. Elle essaya de les imaginer, sans y parvenir, étant donné qu'elle n'en avait jamais vu un seul. En fait, elle n'avait jamais posé les yeux sur un mâle.

Cormia découvrit rapidement l'ordre des livres. Ils semblaient classés par année… *tiens, un rayonnage pour les biographies.*

Elle s'agenouilla. Chaque volume était marqué d'un chiffre et du nom du frère, ainsi que de sa lignée paternelle. Le premier volume était un tome très ancien frappé de symboles dans une variation archaïque qui lui rappelait certaines des parties les plus anciennes du journal de la Vierge scribe. Ce premier guerrier avait plusieurs volumes à son nom et son chiffre, et il avait engendré les deux frères suivants.

Un peu plus loin, Cormia saisit un livre au hasard et l'ouvrit. La page de garde était somptueuse. C'était le portrait d'un frère entouré d'écritures qui détaillaient son nom, sa date de naissance, et la date de son entrée dans la Confrérie, sans oublier ses prouesses de guerrier et ses talents de tacticien. La page suivante affichait la lignée du guerrier sur des générations et était suivie de la liste des femelles auxquelles il s'était uni et des jeunes qu'il avait engendrés. Ensuite, chapitre par chapitre, sa vie était narrée de manière détaillée, ainsi que ses hauts faits sur le terrain et ailleurs.

Ce frère, Tohrture, avait manifestement vécu longtemps et avait été un valeureux guerrier. Trois tomes lui étaient consacrés et l'une des dernières notations rendait compte de sa joie lorsque le seul de ces fils qui ait survécu, Rhage, avait rejoint la Confrérie.

Cormia rangea le livre et poursuivit son exploration, passant l'index sur le dos des volumes, touchant les noms. Ces mâles s'étaient battus pour la protéger. Ils étaient venus les défendre lors de l'attaque des Élues des années et des années auparavant. Ils protégeaient également les civils des éradiqueurs. Peut-être que cet arrangement avec le Primâle serait heureux après tout. Celui dont la mission était de protéger des innocents ne pouvait pas lui faire de mal, si ?

Comme elle n'avait pas la moindre idée de l'âge de son promis ni de la date à laquelle il avait rejoint la Confrérie, elle examina chaque livre. Il y en avait tellement, des étagères entières…

Elle arrêta le doigt sur le dos d'un volume épais, le premier de quatre tomes.

LE SAIGNEUR
356

Le nom du géniteur du Primâle lui glaça le sang. Dans le cadre de l'histoire de l'espèce, elle avait lu des récits le concernant et, douce Vierge, elle espérait se tromper. Si les histoires qu'on racontait sur ce mâle étaient vraies, alors même ceux qui se battaient avec noblesse étaient capables de faire preuve de cruauté.

Curieux que sa lignée paternelle ne soit pas indiquée.

Elle poursuivit sa marche, volumes et noms défilant devant ses yeux.

VISZS
FILS DU SAIGNEUR
428

Il n'y avait qu'un seul tome et il était plus mince que son doigt. Elle le sortit et passa la paume sur la couverture, son cœur battant à se rompre. Elle remarqua la raideur de la reliure lorsqu'elle l'ouvrit, comme si le livre avait rarement été consulté. Et c'était en effet le cas. Ni portrait, ni témoignages soigneusement rapportés, ni faits d'armes, juste une date de naissance qui indiquait qu'il serait bientôt âgé de trois cent trois ans, et une notation de la date de son entrée dans la Confrérie. Elle tourna la page : aucune mention de sa lignée, si ce n'est le fait qu'il soit le fils du Saigneur. Le reste du volume ne contenait que des pages blanches.

Elle le remit sur l'étagère, revint en arrière pour retrouver les volumes consacrés à son père et sortit le troisième tome. Elle entreprit de se renseigner sur le géniteur dans l'espoir d'apprendre quelque chose sur le fils qui puisse calmer sa peur, mais ce qu'elle découvrit fut un niveau de cruauté qui lui fit prier que le Primâle tienne de sa mère, quelle que soit son identité. Le Saigneur était un nom qui allait au guerrier comme un gant, car il était d'une extrême brutalité envers les vampires aussi bien qu'envers les éradiqueurs.

Elle se rendit à la dernière page et y trouva la date de sa mort, mais aucune indication quant à la manière dont il avait péri. Elle sortit le premier tome et l'ouvrit pour contempler le portrait. Le père avait des cheveux d'un noir de jais, une barbe et des yeux qui lui donnaient envie de ranger le livre et de ne plus jamais l'ouvrir.

Cormia rangea le tome sur l'étagère, puis s'assit par terre. À la fin de la retraite de la Vierge scribe, le fils du Saigneur viendrait la retrouver et il la posséderait physiquement, car elle lui appartiendrait corps et âme. Elle n'avait aucune idée de ce que l'acte impliquait, ni de ce que le mâle faisait, mais la perspective de cette initiation sexuelle la terrifiait.

Au moins, en tant que Primâle, il s'unirait à d'autres femelles, se dit-elle. À de nombreuses autres Élues, à vrai dire, certaines formées dans l'art de donner du plaisir aux mâles. Sans le moindre doute, c'est avec elles qu'il préférerait s'unir. Avec un peu de chance, il ne lui rendrait pas souvent visite.

# CHAPITRE 13

Alors que Butch s'installait sur le lit de Viszs, V. repensa avec honte aux jours qu'il avait passés à imaginer cette scène. Les sensations. Les odeurs. À présent que le fantasme devenait réalité, il était heureux de devoir concentrer ses efforts sur le rétablissement de Butch. S'il en avait été autrement, il avait le sentiment que l'intensité de l'expérience l'aurait forcé à y mettre un terme.

Sa poitrine effleura celle de Butch et il essaya de se convaincre qu'il n'avait pas besoin de ce contact. Il essaya de prétendre qu'il n'avait pas besoin de sentir cette présence à côté de lui, qu'il n'était pas apaisé de se trouver tout contre lui dans un lit, que sa chaleur et son poids contre son corps l'indifféraient.

Que le fait de guérir le flic ne le guérissait pas lui-même.

Mais il ne faisait, bien sûr, que se leurrer. Pendant que V. entourait Butch de ses bras et s'ouvrait pour recevoir toute la noirceur de l'Oméga, il savait qu'il avait désespérément besoin de tout cela. Depuis la visite de sa mère et le coup de feu, il désirait avec ardeur la proximité d'un autre, avait besoin de sentir des bras lui retourner son étreinte. Il avait soif du battement d'un cœur contre le sien.

Il passait tellement de temps à veiller à ce que sa main ne touche pas les autres. Il se tenait toujours à l'écart. Aussi, pouvoir baisser la garde avec la seule personne en qui il ait réellement confiance lui faisait monter les larmes aux yeux.

Heureusement qu'il ne pleurait jamais, car c'est un torrent qui aurait dévalé ses joues.

Butch frissonna de soulagement et Viszs sentit le tremblement qui parcourait les épaules et les hanches de son ami. Sachant que c'était un geste inavouable, mais incapable de s'en empêcher, V. leva sa main tatouée et l'enfouit dans la nuque de Butch. Le flic laissa échapper un autre grognement et se rapprocha. V. tourna les yeux vers sa chirurgienne.

Elle était assise dans son fauteuil et les observait, les yeux écarquillés, la bouche légèrement ouverte.

Si V. ne se sentait pas terriblement gêné, c'était uniquement parce qu'il savait que, lorsqu'elle s'en irait, elle ne conserverait aucun souvenir de ce moment intime. Il n'aurait pas pu le supporter, autrement. Des trucs pareils ne lui arrivaient pas souvent, essentiellement parce qu'il les évitait. Et il était absolument hors de question qu'il laisse un étranger se rappeler un moment aussi personnel de sa vie.

Sauf que… il ne la percevait pas réellement comme une étrangère.

La femme porta la main à sa gorge, puis se laissa tomber contre le dossier du fauteuil. Le temps s'étira paresseusement comme un chien alangui un soir d'été brûlant, ses yeux ne quittaient pas les siens, et il ne détourna pas non plus le regard.

Ces mots se mirent de nouveau à résonner en lui : *À moi.*

Mais à qui pensait-il vraiment ? à Butch ou bien à elle ?

À elle. C'était la femme présente dans la chambre qui lui évoquait ce possessif.

Butch changea de position, ses jambes frôlèrent celles de V. à travers les couvertures. Viszs se souvint, avec une certaine culpabilité, du nombre de fois où il avait rêvé d'être avec Butch, les avait imaginés tous les deux dans un lit, les avait imaginés… L'aider à se rétablir ne rendait pas compte de la moitié de ses fantasmes. C'était bizarre cependant car, au moment précis, dans ce moment d'intimité qu'il avait si souvent attendu, V. ne ressentait pas de pulsion érotique envers Butch. Non… l'attirance sexuelle et l'instinct de possession étaient tournés vers la femme qui l'observait silencieusement, manifestement choquée.

Peut-être qu'elle ne supportait pas de voir deux hommes ensemble ? Non pas que Butch et lui soient vraiment ensemble.

Pour une raison totalement ridicule et incompréhensible, V. se sentit obligé de lui dire :

— C'est mon meilleur ami.

Elle eut l'air surprise qu'il lui fournisse une explication. Et il ne l'était pas moins.

Jane ne pouvait pas détacher les yeux du lit. Le patient et Red Sox scintillaient tous les deux, leurs corps diffusaient une lueur douce et il se passait quelque chose entre eux, une sorte d'échange. Et puis, tiens, l'odeur douceâtre et désagréable se dissipait.

Meilleurs amis ? Elle observa la main du patient enfouie dans les cheveux de Red Sox et la manière dont ses bras puissants serraient l'autre homme contre lui. Ils étaient certainement très proches, mais jusqu'où allait cette amitié ?

Un long moment plus tard, Red Sox poussa un long soupir et leva la tête. Les visages des deux hommes n'étaient qu'à quelques centimètres l'un de l'autre, et Jane se prépara. Que deux hommes soient amants ne lui posait aucun problème mais, pour une raison insensée, elle ne voulait pas voir son patient embrasser son ami. Ni personne d'autre, d'ailleurs.

— Ça va ? demanda Red Sox.

— Oui. Fatigué, murmura le patient doucement.

— Je m'en doute.

Red Sox se leva d'un mouvement fluide. Dieu du ciel, il avait l'air d'avoir passé un mois dans un centre de thalassothérapie. Son teint avait repris une couleur normale et ses yeux n'étaient plus ternes, ils étincelaient. Et toute trace de malveillance s'était évaporée.

Le patient se laissa rouler sur le dos. Puis il se tourna avec une grimace de douleur, et essaya de se remettre sur le dos. Il n'arrêtait pas de bouger les jambes sous les couvertures, comme si quelque chose le gênait.

— Tu as mal ? demanda Red Sox. (Ne recevant pas de réponse, il regarda Jane par-dessus son épaule.) Est-ce que vous pouvez l'aider, docteur ?

Elle voulait répondre « non ». Elle voulait lâcher des jurons et exiger d'être libérée. Et elle voulait donner un coup de pied dans les couilles de ce fan des Red Sox pour avoir aggravé l'état de son malade à cause de ce qui venait de se passer.

Le serment d'Hippocrate eut le dessus et elle s'approcha des sacs marins.

— Ça dépend de ce que vous m'avez apporté.

Elle fouilla et découvrit un sac rempli de tous les analgésiques disponibles sur le marché ou presque. Et ils étaient tous parfaitement conditionnés, dans les emballages des sociétés pharmaceutiques, ils avaient donc clairement des contacts au sein d'un hôpital : le conditionnement des médicaments lui indiquait qu'ils n'avaient pas traîné longtemps sur le marché noir. Quelle cruche : vu la tête de ces types, à tous les coups, le marché noir, c'était eux !

Pour s'assurer qu'elle ne négligeait rien, elle ouvrit le second sac… et trouva sa tenue de yoga… et le reste des affaires qu'elle avait mises dans une valise en vue de son séjour à Manhattan.

Ils étaient allés chez elle. Ces salauds s'étaient introduits chez elle.

— Nous devions ramener votre voiture, expliqua Red Sox. Et on s'est dit que vous seriez contente d'avoir des vêtements propres. Comme il y avait déjà une valise de prête…

Ils avaient conduit son Audi, étaient entrés chez elle, et avaient fouillé dans ses affaires.

Jane se leva et envoya balader le sac d'un coup de pied. Ses vêtements se répandirent sur le sol et elle plongea la main dans sa poche pour saisir le rasoir, prête à sauter à la gorge de Red Sox.

— Excuse-toi, s'exclama soudain le patient d'une voix forte.

Elle se retourna et lui jeta un regard furieux.

— De quoi ? Vous me prenez contre ma…

— Pas vous. Lui.

Red Sox se mit à parler à toute allure d'un ton contrit.

— Je suis désolé que mes frères aient dû entrer chez vous. On essayait juste de vous faciliter les choses.

— Faciliter ? Sans vouloir être vulgaire, vos excuses, vous pouvez vous les mettre où je pense. Vous savez quoi ? Des gens vont se demander ce qui m'est arrivé. La police va me rechercher.

— Nous nous sommes occupés de tout ça, y compris de votre rendez-vous à Manhattan. On a trouvé votre billet de train et votre itinéraire, les informations sur votre entretien. Ils ne vous attendent plus.

La fureur la laissa sans voix pendant une minute.

— Comment avez-vous osé ?

— Ils étaient tout à fait disposés à vous donner une autre date lorsqu'ils ont su que vous étiez malade.

Comme si ça allait tout arranger.

Jane ouvrit la bouche, prête à le couvrir d'insultes, quand elle se rendit compte qu'elle se trouvait totalement à leur merci. Se faire des ennemis de ses ravisseurs n'était probablement pas très avisé.

Elle lâcha un juron et posa les yeux sur le patient.

— Quand allez-vous me laisser partir.

— Dès que je serai sur pied.

Elle étudia son visage, du bouc aux yeux de diamant en passant par les tatouages sur sa tempe. Instinctivement, elle dit :

— Donnez-moi votre parole. Jurez sur la vie que je vous ai rendue. Vous me laisserez partir saine et sauve.

Il n'hésita pas une seconde, pas même pour respirer.

— Sur mon honneur et le sang qui coule dans mes veines, vous serez libre dès que j'irai bien.

Elle se maudit, et eux avec, puis sortit la main de sa poche, se pencha et extirpa du plus grand sac un flacon de Demerol.

— Il n'y a pas de seringues.

— J'en ai. (Red Sox s'approcha et lui tendit un emballage stérile. Quand elle essaya de le prendre, il garda la main serrée dessus.) Je compte sur vous pour être prudente.

— Prudente ? (Elle lui arracha la seringue de la main). Non, je vais la lui planter dans l'œil. C'est comme ça qu'on m'a appris à faire en fac de médecine.

Elle se pencha de nouveau et fouilla dans le sac. Elle sortit une paire de gants en latex, des lingettes imbibées d'alcool à 90°, de la gaze et de quoi changer le pansement.

Avant l'intervention chirurgicale, elle avait fait injecter au patient un antibiotique, par voie intraveineuse et à titre prophylactique, et ses risques d'infection étaient donc limités, elle demanda toutefois :

— Est-ce que vous pouvez vous procurer des antibiotiques ?

— Tout ce dont vous avez besoin.

Oui, ils avaient un contact dans un hôpital, cela ne faisait aucun doute.

— Je voudrais de la ciprofloxacine ou de l'amoxycilline. Cela dépendra de ce que je trouve sous le pansement.

Elle posa l'aiguille, le flacon, et les autres fournitures sur la table de nuit, enfila les gants et déchira le paquet qui contenait le tampon d'alcool.

— Attendez une seconde, docteur, commanda Red Sox.

— Pardon ?

Les yeux de Red Sox se rivèrent sur elle comme une paire de viseurs.

— Avec tout le respect que je vous dois, il faut que je souligne que, si vous lui faites du mal intentionnellement, je vous tuerai de mes propres mains. Toute femme que vous êtes.

Un frisson de terreur lui parcourut l'échine et un grondement remplit alors la chambre. Le son faisait penser à un dogue sur le point d'attaquer.

Ils baissèrent tous deux les yeux et regardèrent le patient avec ahurissement.

Sa lèvre supérieure était retroussée et ses canines pointues étaient deux fois plus longues qu'avant.

— Personne ne la touche. Peu m'importe ce qu'elle fait ou à qui.

Red Sox fronça les sourcils comme si son ami avait perdu la raison.

— Tu connais notre accord, compagnon. Je suis chargé de te protéger en attendant que tu puisses de nouveau t'en charger. Ça ne te plaît pas ? Remets-toi vite et tu pourras alors te préoccuper d'elle.

— *Personne.*

Un silence suivit, puis Red Sox se mit à regarder alternativement Jane et son ami, comme s'il essayait de comprendre une loi de la physique qu'il avait toujours cru comprendre… et avait tout à coup du mal à appréhender.

Jane intervint, elle sentait la nécessité de les calmer.

— Ça va, ça va. Le petit numéro macho a assez duré, vous ne croyez pas ? (Les deux hommes la regardèrent avec surprise et eurent l'air encore plus étonnés lorsqu'elle poussa Red Sox du coude.) Si vous restez ici, débranchez l'agressivité. Vous ne l'aidez pas. (Elle jeta un regard furieux au patient.) Et vous… détendez-vous.

Après un moment de silence tendu, Red Sox se racla la gorge, le patient tira sur son gant et ferma les yeux.

— Merci, marmonna-t-elle. Maintenant, cela ne vous dérangerait pas de me laisser faire mon travail, que je puisse sortir d'ici ?

Elle fit une piqûre de Demerol au patient et quelques minutes plus tard le visage de celui-ci se détendit comme si l'étau qui semblait lui enserrer la tête lâchait prise. Tandis que la tension quittait son corps, elle enleva le pansement sur sa poitrine, souleva la gaze et la garniture.

— Nom de… Dieu, souffla-t-elle.

Red Sox se pencha par-dessus son épaule.

— Qu'est-ce qui ne va pas ? L'incision s'est parfaitement bien refermée.

Elle appuya doucement sur la rangée d'agrafes en métal et la cicatrice rose en dessous.

— Je pourrais déjà retirer les agrafes.

— Vous avez besoin d'un coup de main ?

— Ce n'est tout simplement pas normal.

Le patient ouvrit les yeux et il était évident qu'il savait exactement ce qu'elle pensait : *un vampire.*

— Est-ce que vous pouvez me passer les ciseaux chirurgicaux et la pince qui sont dans le sac ? demanda-t-elle sans regarder Red Sox. Oh, et puis passez-moi la bombe d'antibiotique topique.

Elle l'entendit fourrager dans le sac, à l'autre bout de la pièce et murmura au patient :

— Vous êtes quoi, au juste ?

— Vivant, répliqua-t-il. Grâce à vous.

— Tenez.

Jane sursauta comme si elle était montée sur des ressorts. Red Sox lui tendait deux instruments en acier inoxydable, mais elle n'arrivait absolument plus à se rappeler pourquoi elle les avait demandés.

— Les agrafes, chuchota-t-elle.

— Comment ? demanda Red Sox.

— Je vais retirer les agrafes.

Elle s'empara des ciseaux et de la pince et pulvérisa un jet d'antibiotique sur la poitrine du patient.

En dépit du fait que beaucoup de choses se bousculaient dans son cerveau, elle réussit à couper et à retirer la vingtaine d'agrafes, et les laissa tomber dans la corbeille à papier qui jouxtait le lit. Une fois cette tâche terminée, elle essuya les larmes de sang qui perlaient à chaque endroit où une agrafe avait percé la peau, puis elle pulvérisa encore un peu d'antibiotique sur sa poitrine.

Quand elle plongea son regard dans celui du blessé, elle sut avec certitude qu'il n'était pas humain. Elle connaissait trop bien le corps humain et ses capacités de guérison pour s'y tromper. Ce qu'elle ne savait pas, en revanche, c'est ce que cette découverte impliquait. Pour elle, et pour le reste de l'humanité.

Comment était-ce possible ? Une autre espèce qui partageait tellement de caractéristiques humaines ? C'était probablement ainsi qu'ils arrivaient à se dissimuler.

Jane couvrit la cicatrice d'une gaze légère, qu'elle fixa ensuite à l'aide de sparadrap. Au moment où elle finissait, le patient fit une grimace, et il posa une main, celle qui portait le gant, sur son ventre.

— Ça va ? demanda Jane en le voyant perdre ses couleurs.

— J'ai mal au cœur.

Sa lèvre supérieure se couvrit de sueur.

Jane se tourna vers Red Sox.

— Je pense qu'il est préférable que vous sortiez.

— Pourquoi ?

— Il est sur le point de vomir.

— Je vais bien, marmonna le patient en fermant les yeux.

Jane se dirigea vers les sacs pour y chercher un bassin.

— Allez, sortez, répéta-t-elle. Je vais m'occuper de lui. Il n'a pas besoin d'un public.

*Maudit Demerol.* C'était un excellent analgésique, mais ses effets secondaires pouvaient vraiment poser problème aux patients.

Red Sox hésita, mais le patient grogna et commença à déglutir de plus en plus vite.

— Bon, d'accord. Écoutez, avant de m'en aller, est-ce que je peux vous chercher quelque chose de frais à manger ? Vous avez envie de quelque chose en particulier ?

— Vous plaisantez, n'est-ce pas ? Je suis censée oublier que j'ai été enlevée, qu'on m'a menacée de mort et prétendre que je suis au restaurant ?

— Je ne vois pas pourquoi vous ne mangeriez pas pendant que vous êtes ici.

Il prit le plateau.

Oh, sa voix… cette voix rauque, âpre, cet accent de Boston.

— Je vous connais. Je vous ai rencontré quelque part. Enlevez votre casquette. Je veux voir votre visage. Le type traversa la pièce avec la nourriture qui n'était plus tellement appétissante.

— Je vais vous apporter quelque chose d'autre à manger.

Quand la porte se referma et qu'elle entendit le verrou, elle eut une envie irrépressible et infantile de se précipiter et de tambouriner dessus.

Le patient gémit et elle le regarda.

— Vous allez arrêter de vous retenir de vomir maintenant ?

— Merde…

Il se tourna sur le côté, saisi de haut-le-cœur.

Il n'avait pas besoin de récipient, car il avait l'estomac vide. Jane courut dans la salle de bains et rapporta une serviette qu'elle lui posa sur la bouche. Tandis qu'il était secoué par les nausées, il se tenait la poitrine, comme s'il craignait que la cicatrice se rouvre.

— Ça va aller, déclara Jane en posant la main sur la peau douce de son dos. La cicatrisation est très avancée. Vous n'allez pas rouvrir la plaie.

— J'ai l'impression que… je… merde.

Il souffrait vraiment, le visage rouge et marqué par la douleur, couvert de sueur, le corps parcouru de tremblements.

— Ça va passer, laissez passer le malaise. Moins vous lutterez contre la nausée, moins ce sera pénible. Oui… voilà… respirez entre chaque hoquet. Bien, maintenant…

Elle lui caressa le dos et tint la serviette sans pouvoir se retenir de lui murmurer des paroles apaisantes. La crise passée, le patient ne bougea plus, respirant par la bouche, sa main gantée crispée sur les draps froissés.

— C'était pas drôle, articula-t-il d'une voix rauque.

— Nous allons vous trouver un autre analgésique, fit-elle doucement en lui ramenant les cheveux en arrière. Plus de Demerol pour vous. Bon, je vais jeter un nouveau coup d'œil à vos blessures, d'accord ?

Il hocha la tête et se rallongea, sa carrure semblait aussi large que le lit. Elle retira le sparadrap avec précaution et souleva la gaze avec douceur. *Impossible…* Les petits trous que les agrafes avaient laissés dans la peau s'étaient complètement refermés. Tout ce qui restait était une fine ligne rose le long du sternum.

— Non mais qu'est-ce que vous êtes ? laissa-t-elle échapper.

Son patient se retourna vers elle.

— Fatigué.

Sans réfléchir, Jane se mit à le caresser de nouveau, le léger bruit de sa main passant et repassant sur sa peau avait un effet lénifiant. Elle remarqua vite la fermeté des muscles de ses épaules… et que ce qu'elle touchait était chaud et tout ce qu'il y avait de plus masculin.

Jane retira la main.

— S'il vous plaît. (Il lui saisit le poignet de sa main non gantée… alors qu'il avait les yeux fermés.) Touchez-moi ou… merde, tenez-moi dans vos bras. Je suis… à la dérive, comme si j'allais flotter et m'en aller. Je ne sens plus rien. Ni le lit… ni mon corps.

Elle baissa les yeux et regarda la main qui la tenait, puis elle évalua ses biceps et la largeur de son torse. La pensée lui traversa l'esprit qu'il pouvait briser son bras en deux, mais elle savait qu'il ne le ferait pas. Une demi-heure plus tôt, il avait été prêt à sauter à la gorge de l'un de ses plus proches amis pour la protéger…

*Arrête ça tout de suite.*

*Ne commence pas à te sentir en sécurité avec lui. Le syndrome de Stockholm n'est pas ton ami.*

— S'il vous plaît, répéta-t-il dans un souffle, la honte étranglant le son de sa voix.

Elle n'avait jamais compris comment les victimes de kidnapping pouvaient développer des relations avec leurs ravisseurs. Cela allait à l'encontre des lois de la logique et de l'autopréservation : ton ennemi ne peut pas être ton ami.

Mais refuser de lui apporter un semblant de chaleur était impensable.

— J'ai besoin que vous me rendiez ma main.

— Vous en avez deux. Servez-vous de l'autre.

Et en prononçant ces mots, il s'enroula littéralement autour de la main à laquelle il était agrippé, les draps descendant plus bas sur son torse.

— Laissez-moi changer de côté alors, marmonna-t-elle en dégageant sa main de la sienne, glissant l'autre, puis posant la paume qu'elle venait de libérer sur son épaule.

Sa peau avait la couleur brun doré d'un bronzage estival et elle était douce… tellement douce et lisse. Elle suivit la courbe de sa colonne vertébrale et remonta jusqu'à la nuque, puis avant de pouvoir même se rendre compte de ce qu'elle faisait, elle caressait sa chevelure soyeuse. Courte derrière la tête, longue autour de son visage, elle se demanda s'il les portait ainsi afin de dissimuler les tatouages sur sa tempe. Sauf que, s'il les avait, c'était bien pour les montrer, sinon pourquoi aurait-il pris la décision de les faire à un endroit si visible ?

Un son sortit du fond de la gorge de l'homme, un ronronnement qui vibra dans sa poitrine et ses épaules, puis il se tourna en tirant sur son bras. Il voulait manifestement qu'elle s'étende à ses côtés, mais elle résista et il renonça.

Jane regarda son bras qu'il tenait serré contre son biceps et elle réfléchit à la dernière fois qu'elle s'était lovée dans les bras d'un homme. Cela faisait très longtemps. Et elle n'en gardait pas un souvenir inoubliable, à vrai dire.

Elle revit les yeux foncés de Manello.

— Ne pensez pas à lui.

Jane sursauta.

— Comment savez-vous à qui je pensais ?

Le patient la lâcha et se retourna lentement de façon à ne plus lui faire face.

— Désolé. Ça ne me regarde pas.

— Comment avez-vous su ce que je pensais ?

— Je vais essayer de dormir un peu maintenant, d'accord ?

— D'accord.

Jane se leva et retourna s'asseoir dans son fauteuil, en pensant au cœur à six chambres, à ce sang dont il était impossible d'identifier le groupe, à ces canines plantées dans le poignet de la femme blonde. Elle tourna les yeux vers la fenêtre et se demanda si ce qui recouvrait les panneaux de verre ne servait pas uniquement de protection, mais empêchait également le jour de pénétrer.

Mais alors qu'est-ce que cela voulait dire ? qu'elle était enfermée dans une chambre avec un… vampire ?

Son côté rationnel rejetait l'idée d'emblée, mais elle s'était toujours fiée à la logique. Elle secoua la tête et se remémora sa citation préférée, une citation de Sherlock Holmes, qui disait à peu près ceci : « Si vous éliminez toutes les explications possibles, alors l'impossible est la réponse. » La logique et la biologie ne mentaient pas. C'était une des raisons pour lesquelles elle avait choisi de devenir médecin.

Elle regarda son patient et se perdit dans toutes les implications. Les possibilités touchant à l'évolution lui faisaient tourner la tête, mais elle ne perdait pas pour autant de vue des questions d'ordre pratique. Elle pensa aux médicaments dans le sac de toile et au fait que son patient se trouvait dans un quartier glauque de la ville au moment du coup de feu. Et puis ils l'avaient kidnappée, il ne fallait peut-être pas l'oublier quand même.

Comment pouvait-elle avoir confiance en lui ou en sa parole ?

Jane mit la main dans sa poche et toucha le rasoir.

La réponse à la dernière question était facile : elle ne le pouvait pas.

# Chapitre 14

Ailleurs dans la grande maison, Fhurie était adossé à la tête de son lit, un duvet en velours bleu sur les jambes. Il avait enlevé sa prothèse et un joint fumait dans un lourd cendrier de verre posé à côté de lui. Du Mozart s'échappait de deux haut-parleurs dissimulés dans la pièce.

Il tenait un livre sur les armes à feu devant lui, mais il s'en servait de chevalet plutôt que de le lire. Une épaisse feuille de papier blanc reposait dessus, mais cela faisait un moment qu'il n'y avait pas porté son crayon à papier. Le portrait était terminé. Il l'avait fini depuis environ une heure et il essayait de prendre son courage à deux mains pour le mettre en boule et le jeter à la poubelle.

S'il était rare qu'il soit satisfait de ses dessins, il aimait presque celui-ci. De la page blanche comme neige, des traits à la mine de plomb révélaient un visage, un cou et une chevelure de femme. Bella avait les yeux tournés vers la gauche, un sourire flottait sur ses lèvres, une mèche de cheveux lui caressait la joue. Il avait saisi la pose la veille durant le Dernier Repas. Elle regardait alors Zadiste, ce qui expliquait la naissance du sourire.

Sur toutes les poses, Fhurie l'avait toujours dessinée le regard tourné ailleurs, jamais vers lui. Si elle l'avait regardé lorsqu'il contemplait le dessin, cela aurait été déplacé. Le simple fait de la dessiner était déplacé, en réalité.

Il appuya sa paume sur le visage, prêt à froisser le papier.

Mais au dernier moment, il saisit le joint, il avait désespérément besoin d'un soulagement artificiel pour calmer un peu les battements de son cœur. Il fumait beaucoup depuis quelque temps. Plus que jamais. Et si le fait de devoir compter sur un produit chimique pour trouver l'apaisement lui faisait honte, il ne lui avait jamais traversé l'esprit d'arrêter. Il ne pouvait plus concevoir d'affronter une seule journée sans cette aide.

Comme il prenait une bouffée et retenait la fumée dans ses poumons, il pensa à ses démêlés avec l'héroïne. Au mois de décembre passé, il avait frôlé l'overdose, et l'avait évitée uniquement parce que John Matthew avait choisi le moment opportun pour l'interrompre.

Fhurie expira et examina le bout de son joint. La tentation d'essayer quelque chose de plus costaud était revenue. Il sentait le désir irrépressible de passer voir Vhengeance et de lui demander une nouvelle dose de dope. Peut-être qu'il trouverait alors la paix.

On frappa à la porte.

— Je peux entrer ? fit Z.

— Oui, répondit Fhurie en fourrant le dessin dans le livre, entre.

Z. entra et resta silencieux. Les mains sur les hanches, il se mit à faire les cent pas au pied du lit. Fhurie attendit, alluma un autre joint et observa son jumeau user la moquette.

Il ne servait à rien de bousculer Z. pour le faire parler, c'était un exercice aussi vain que de forcer un poisson à mordre à un appât en lui tenant un long discours. Seul le silence pouvait l'encourager à s'exprimer.

Au bout d'un moment, le frère s'arrêta et expliqua :

— Elle saigne.

Fhurie sursauta et couvrit le livre de sa main.

— Beaucoup ? Depuis combien de temps ?

— Elle me le cache, alors j'en sais rien.

— Comment tu t'en es rendu compte ?

— J'ai trouvé un paquet de serviettes périodiques au fond du placard juste à côté des toilettes.

— Elle les a peut-être depuis longtemps.

— La dernière fois que j'ai sorti ma tondeuse pour me couper les cheveux, elles n'y étaient pas.

*Merde.*

— Il faut qu'elle aille voir Havers.

— Son prochain rendez-vous n'est que dans une semaine. (Z. se remit à aller et venir dans la pièce.) Je sais qu'elle ne me le dit pas parce qu'elle a peur que je flippe.

— Peut-être qu'elle se sert des serviettes pour autre chose ?

Zadiste s'arrêta.

— Ben voyons, ces trucs sont pas exactement multifonction, c'est pas des Coton-Tige, putain. Écoute, tu veux bien lui parler ?

— Quoi ? (Fhurie tira rapidement sur son joint.) C'est votre vie privée, ça ne regarde que vous deux.

Z. frotta le sommet de sa tête aux cheveux coupés ras.

— Tu t'en sors mieux avec ce genre de trucs que moi. Je veux éviter à tout prix de craquer devant elle, ou pire, de lui hurler dessus parce que je suis mort de trouille et que je ne saurais pas garder mon sang-froid.

Fhurie essaya de prendre une profonde inspiration, mais l'air avait du mal à passer dans sa trachée. Il voulait tellement être impliqué. Il voulait descendre le couloir aux statues jusqu'à la chambre du couple et faire parler Bella, savoir ce qui se passait. Il voulait jouer au héros. Mais ce n'était pas son rôle.

— Tu es son *hellren*. C'est à toi de lui parler.

Fhurie écrasa ce qui lui restait du joint, en roula un autre, et ouvrit son briquet. La pierre à briquet claqua et la flamme jaillit.

— Je sais que tu en es capable.

Zadiste lâcha un juron, arpenta la pièce encore un moment, puis se dirigea vers la porte.

— Parler de cette grossesse me rappelle que, si je la perdais, je serais foutu. Je me sens tellement inutile.

Après le départ de son frère jumeau, Fhurie laissa retomber sa tête en arrière. Tout en fumant, il observait le bout incandescent du joint qui rougeoyait lorsqu'il tirait dessus et se demanda distraitement si c'était l'équivalent d'un orgasme pour une cigarette.

Nom de Dieu. Si Bella mourait, Z. et lui sombreraient dans une spirale infernale.

Aussitôt, il se sentit coupable d'avoir pensé cela. Il ne devrait pas se préoccuper autant de la femelle de son jumeau.

L'angoisse lui donnait l'impression d'avoir avalé un essaim de sauterelles et il tira sur son joint avec nervosité pour se calmer. C'est alors qu'il jeta un coup d'œil au réveil. *Merde.* Il devait donner un cours sur les armes à feu dans une heure. Il ferait bien de prendre une douche pour se remettre les idées en place.

John se réveilla, désorienté, avec une vague douleur au visage et une espèce de sifflement dans les oreilles.

Il leva la tête de son cahier et se frotta l'arcade du nez. La reliure en spirale lui avait laissé des petites indentations sur la peau, et John ressemblait au lieutenant Worf de *Star Trek : nouvelle génération*. Quant au sifflement, c'était l'alarme du réveil.

15 h 40. Les cours commençaient à 16 heures.

Il se leva, se rendit dans la salle de bains en titubant et se planta au-dessus des toilettes. Lorsqu'il se rendit compte que cela nécessitait un trop gros effort, il fit volte-face et s'assit sur la lunette.

Il était épuisé. Les deux derniers mois, il avait dormi sur la chaise de Tohr dans le bureau du centre d'entraînement, mais Kolher était intervenu et l'avait obligé à s'installer dans la grande maison, et il avait retrouvé un vrai lit. Il aurait dû se sentir super bien avec toute la place qu'il avait désormais, mais il était vidé.

Il tira la chasse d'eau, puis alluma la lumière et l'éclat aveuglant lui blessa les yeux. *Bordel.* Pas vraiment une idée lumineuse pour le coup, de chasser ainsi l'obscurité, et pas seulement parce qu'il avait terriblement mal aux yeux. Debout sous l'éclairage encastré, son corps fluet et malingre lui faisait horreur : rien que de la peau pâle sur des os saillants. Il couvrit son sexe minuscule de la main en faisant une grimace parce qu'il ne voulait pas le voir, puis éteignit la lumière.

Il n'avait pas le temps de prendre une douche. Il se brossa rapidement les dents, s'aspergea le visage d'eau et ne prit pas la peine de se peigner.

De retour dans sa chambre, il n'avait qu'une envie, c'était se glisser entre les draps, mais il enfila un jean taille enfant et fronça les sourcils en remontant la fermeture Éclair de la braguette. Il flottait dans le pantalon trop large, il avait pourtant essayé de manger davantage.

*Formidable.* Au lieu d'effectuer sa transition, il rétrécissait.

L'angoisse que sa transition ne survienne jamais l'étreignit de nouveau, et une douleur sourde commença à poindre derrière ses yeux. *Mince.* Il avait l'impression qu'un petit bonhomme armé d'un marteau s'était logé dans chacune de ses orbites et s'acharnait à lui défoncer le nerf optique.

Il prit ses livres sur son bureau, les fourra dans son sac à dos et sortit de la chambre. Au moment où il mit un pied dans le couloir, il leva un bras pour se protéger de la lumière du vestibule. Sa migraine redoubla de violence, et il recula en vacillant, se cognant contre une statue grecque, et se rendant compte par la même occasion qu'il avait oublié de mettre une chemise.

Il lâcha des jurons et retourna dans sa chambre, en enfila rapidement une et réussit à descendre l'escalier sans se casser la figure. Tout l'exaspérait. Le bruit que faisaient ses Nike sur le sol lui donnait l'impression d'être suivi par une bande de souris couinant en chœur. Le déclic de la porte dérobée qui menait au tunnel lui fit l'effet d'un coup de feu. Sa marche jusqu'au centre d'entraînement lui parut interminable.

La journée s'annonçait vraiment mal. Il était déjà d'une humeur massacrante et il se rendait bien compte depuis un mois que, plus cela commençait tôt, plus il avait de mal à se contrôler.

Et dès qu'il entra dans la salle de classe, il sut que ça allait mal tourner.

Assis au dernier rang, au pupitre individuel où John s'était installé avant de nouer des liens avec ses potes, se trouvait… Fhléau.

Qui à présent n'était plus un petit con, mais un très, très gros con ! Le type était imposant, énorme, bâti comme un lutteur. Et il s'était changé en clone de G.I. Joe. Avant sa transition, il portait toujours des vêtements de marque et plein de bijoux ; il était désormais vêtu d'un pantalon cargo noir et d'une chemise noire en nylon qui lui moulait le torse. Quant à ses cheveux blonds, qu'il coiffait auparavant en catogan, ils étaient coupés ras, comme un militaire.

On aurait dit qu'il avait laissé tomber les artifices, maintenant qu'il faisait confiance à son corps.

Une seule chose n'avait pas changé : ses yeux étaient toujours gris comme la peau d'un requin et rivés sur John… qui sut sans le moindre doute que, s'il se retrouvait seul avec ce gars, il allait en baver. Il avait flanqué une dérouillée à Fhléau la dernière fois, mais ça ne se reproduirait plus, et surtout, Fhléau allait lui régler son compte. La promesse de vengeance se lisait dans les larges épaules et le sourire moqueur qui épelait : *T'es cuit.*

John s'assit à côté de Blay, la peur au ventre.

— Salut, vieux, lui dit doucement son ami. Ne t'occupe pas de ce salaud, d'accord ?

John ne voulait pas avoir l'air aussi faible qu'il se sentait, et il se contenta donc de hausser les épaules et d'ouvrir son sac à dos. Bon sang que sa tête lui faisait mal. Il faut dire que la perspective de fuir à toutes jambes ou de se battre alors qu'on a le ventre vide et mal au cœur avait bien peu de chances d'aider sa migraine : comme aspirine, il y avait mieux !

Vhif se pencha et déposa un bout de papier devant John. Il disait simplement : « On est avec toi. »

John cligna rapidement des yeux en signe de reconnaissance tout en sortant son livre et en pensant au contenu du cours. Les armes à feu, c'était de circonstance, vu qu'il avait l'impression d'en avoir une braquée sur la nuque.

Il tourna les yeux vers le fond de la classe. Comme si Fhléau n'attendait que ça, il se pencha en avant et posa ses avant-bras sur le pupitre. Puis il serra lentement les poings. Ils semblaient aussi gros que la tête de John et, lorsqu'il sourit, ses nouvelles canines, affilées comme des couteaux, étaient blanches comme l'Estompe.

*Merde.* Si sa transition n'arrivait pas bientôt, John était un homme mort.

# Chapitre 15

Viszs se réveilla et la première chose qu'il vit fut sa chirurgienne assise sur le fauteuil en face de lui. Apparemment, même dans son sommeil, il ne la perdait pas de vue.

Elle aussi le regardait.

— Comment vous vous sentez ?

Sa voix était basse et son ton neutre, empreint d'une certaine chaleur professionnelle, se dit-il.

— Mieux.

Même s'il était difficile de pouvoir se sentir plus mal que lorsqu'il avait vomi.

— Vous souffrez ?

— Oui, mais ça ne me dérange pas. Ce n'est pas une franche douleur.

Jane le dévisagea, mais c'était le regard du médecin.

— Vous avez bonne mine.

Il ne savait pas quoi répondre. Parce que, plus il avait l'air malade, plus longtemps elle resterait. En l'occurrence, se rétablir trop vite n'arrangeait pas du tout ses affaires.

— Est-ce que vous vous souvenez de quelque chose ? s'enquit-elle. Du coup de feu ?

— Non, pas vraiment.

Ce qui n'était qu'un demi-mensonge. Tout ce qui lui restait, c'était des instantanés, des morceaux choisis, mais pas toute l'histoire. Il se souvenait de la ruelle. D'un combat avec un éradiqueur. D'un coup de feu. Et puis de s'être retrouvé sur une table d'opération avant d'être évacué de l'hôpital par ses frères.

— Pourquoi est-ce que quelqu'un voudrait vous tirer dessus ? demanda-t-elle.

— J'ai faim. Est-ce qu'il y a quelque chose à manger ?

— Vous êtes un trafiquant de drogue ? ou un proxénète ?

Il se frotta le visage.

— Pourquoi penser que je suis l'un ou l'autre ?

— Vous vous êtes fait tirer dessus dans une venelle qui débouche sur Trade Street, pas un quartier très reluisant. Et les ambulanciers ont noté que vous étiez armé.

— Il ne vous est pas venu à l'esprit que je puisse être un policier en civil ?

— Les flics de Caldwell ne se promènent pas avec des dagues utilisées en arts martiaux. Et votre genre ne choisirait pas une telle profession.

— Mon genre ? répéta V. en étrécissant les yeux.

— Ce ne serait pas une occupation suffisamment discrète, je me trompe ? Et puis vous ne vous soucieriez pas beaucoup de vous occuper à protéger une autre espèce.

Il n'avait pas la force de se lancer dans LA discussion sur l'espèce avec elle. Et puis une partie de lui ne voulait pas qu'elle le croie différent.

— J'ai faim, répéta-t-il en désignant le plateau posé sur le bureau. Est-ce que vous pouvez me l'apporter ?

Elle se leva et mit les mains sur ses hanches. Il avait le sentiment qu'elle allait lui dire quelque chose du genre « Va donc te servir toi-même espèce de dégénéré ».

Mais elle traversa la pièce.

— Allez-y. Je n'ai pas touché à ce que Red Sox m'a apporté, et c'est idiot de le jeter.

Il se renfrogna.

— Je ne mangerai pas le repas qui vous était destiné.

— Je n'y toucherai pas, de toute façon. Me faire kidnapper m'a coupé l'appétit.

V. lâcha un juron à voix basse. Il détestait la situation dans laquelle il l'avait mise.

— Je suis désolé.

— Au lieu de me répéter que vous êtes désolé, pourquoi ne pas simplement me laisser partir ?

— Pas encore.

*Jamais*, chuchota une voix hagarde.

Oh, non, ça recommençait !

*À moi.*

Les mots à peine formés dans son esprit, un besoin impérieux de la marquer s'éveilla en lui. Il voulait la déshabiller et l'avoir sous lui, l'imprégner de son odeur pendant qu'il la pénétrait et allait et venait en elle. Il vit la scène : tous deux sur le lit, peau contre peau, lui allongé sur elle, entre ses cuisses largement écartées pour accommoder ses hanches et sa queue.

Elle lui apporta le plateau et sa température monta en flèche. La chaleur lui descendit entre les jambes par vagues brûlantes. Il froissa discrètement les couvertures pour cacher son excitation.

Elle posa le plateau et souleva le couvercle en argent qui recouvrait l'assiette.

— Bon, vous dites que vous me laisserez partir quand vous vous sentirez mieux, mais qu'est-ce que vous entendez par là, exactement ?

Elle regarda sa poitrine, une évaluation froidement clinique visant à déterminer l'état de la plaie sous les pansements.

Putain. Il voulait qu'elle pose les yeux sur lui comme une femme peut regarder un homme. Il voulait que ses yeux parcourent sa peau, pas pour l'examiner mais parce qu'elle aurait envie de poser ses mains sur lui et se demanderait où le toucher en premier.

V. ferma les yeux et se retourna en poussant un grognement de douleur. Il se dit que sa poitrine le lançait à cause de l'intervention, mais il soupçonnait que c'était surtout la chirurgienne qui le faisait souffrir.

— Je refuse de manger votre repas. Je demanderai quelque chose la prochaine fois qu'ils reviendront.

— Vous en avez plus besoin que moi. Et je ne voudrais pas que vous vous déshydratiez.

En fait, il ne risquait rien sur ce plan-là car il s'était nourri. S'ils avaient bu suffisamment de sang, les vampires pouvaient survivre plusieurs jours sans manger.

Ce qui était très cool. Et réduisait les visites aux toilettes.

— Je suis votre médecin, et je vous ordonne de manger, déclara-t-elle, en le toisant avec sévérité.

— Non.

Mais enfin, quel mâle digne de ce nom pouvait manger la nourriture destinée à sa femelle, même s'il était au bord de l'inanition ? Ses besoins à elle passaient toujours en premier...

V. eut envie de se taper la tête contre le mur. D'où diable sortait-il ce guide de la vie conjugale ? Il avait l'impression que quelqu'un avait téléchargé un nouveau logiciel dans son cerveau.

— Très bien, finit-elle par dire en se détournant. Pas de problème.

Ce qu'il entendit ensuite furent des coups frappés à la porte. Elle tambourinait dessus.

V. se dressa sur son séant.

— Mais qu'est-ce qui vous prend, bordel ?

Butch fit irruption dans la chambre, renversant presque Jane.

— Qu'est-ce qui ne va pas ?

— Rien, intervint V. pour essayer de calmer le jeu.

La chirurgienne s'adressa à eux deux avec une calme autorité.

— Il faut qu'il mange, et il ne veut pas de ce qu'il y a sur ce plateau. Apportez-lui quelque chose de simple et de facile à digérer : du riz, du poulet, de l'eau, des gâteaux secs.

— Très bien.

Butch se pencha sur le côté et dévisagea V. Un moment s'écoula.

— Comment tu te sens ?

*La tête à l'envers, merci.*

— Bien.

Il avait au moins une raison de se réjouir. Le flic avait retrouvé son aspect normal, les yeux brillants, la démarche assurée, et Viszs sentait sur lui le parfum de brise océane de Marissa et l'odeur d'union dégagée par les mâles après l'amour. Il n'avait manifestement pas perdu son temps.

*Intéressant*. En général, lorsque V. imaginait ces deux-là dans un lit, il avait l'impression que sa poitrine était enserrée dans du fil de fer barbelé. À présent ? Il était tout simplement heureux que son ami ait récupéré et se sente bien.

— Tu as bonne mine, flic.

Butch lissa sa chemise en soie à fines rayures.

— Gucci peut transformer n'importe qui en star.

— Tu sais bien ce que je veux dire.

Il lut soudain de la gravité dans les yeux noisette qu'il connaissait si bien.

— Oui. Merci… comme toujours.

Dans le moment gêné qui suivit, des mots s'échangèrent silencieusement entre eux, des choses qui ne souffraient pas d'être dites devant quiconque.

— Bon… Je reviens avec la bouffe.

— Vous êtes amants depuis longtemps ? demanda Jane quand la porte se referma.

Elle plongea ses yeux dans ceux de V. Il ne pouvait pas éluder la question.

— Nous ne sommes pas amants.

— Vous en êtes sûr ?

— Oh, que oui.

Sans raison particulière, il posa les yeux sur sa blouse blanche.

— « Docteur Jane Whitcomb », lut-il. « Traumatologie ».

Logique. Elle respirait l'assurance, la maîtrise.

— J'étais dans un sale état, quand je suis arrivé à l'hosto ?

— Oui, mais j'ai sauvé votre peau, on dirait.

Une vague de révérence l'envahit. Elle était son *rahlman*, son sauveur. Ils étaient liés…

Ouais, bref. Pour l'instant, son sauveur s'éloignait de lui pas à pas jusqu'à heurter le mur. Il ferma les yeux, se rendant compte qu'ils étincelaient certainement. Le mouvement de recul, l'horreur qui se lut sur son visage, lui firent terriblement mal.

— Vos yeux, balbutia-t-elle d'une voix blanche.

— N'y faites pas attention.

— Mais que diable êtes-vous ?

Son ton laissait sous-entendre « un monstre », et Dieu sait qu'elle n'était pas loin de la vérité.

— Qu'est-ce que vous êtes ? répéta-t-elle.

Il était tentant de répondre par un mensonge, mais elle ne le goberait pas, c'était certain. De plus, il répugnait à lui mentir.

— Vous savez ce que je suis. Vous êtes suffisamment intelligente pour l'avoir compris, chuchota V., les yeux rivés sur elle.

— Je ne peux pas le croire, fit-elle après un long silence.

— Vous êtes trop fine pour ne pas le croire. Vous y avez même déjà fait allusion.

— Les vampires n'existent pas.

V. perdit patience, même si elle ne le méritait pas.

— Ah non ? Alors expliquez-moi ce que vous faites dans mon maudit pays des merveilles.

— Dites-moi quelque chose, répondit-elle avec colère sans prendre le temps de respirer, est-ce que les droits de l'homme ont la moindre signification pour votre espèce ?

— La survie en a davantage, rétorqua-t-il d'un ton cassant. Mais on nous chasse depuis des générations, ceci explique peut-être cela.

— Et la fin justifie tous les moyens pour vous. Quelle noblesse ! (Son ton était aussi sec que le sien.) C'est ainsi que vous justifiez le fait de kidnapper des humains, d'habitude ?

— Non, je n'aime pas les humains.

— Oh, sauf que vous avez besoin de moi, alors vous m'utilisez sans vergogne. Quel honneur d'être l'exception qui confirme la règle !

*Merde*. Cet échange était terriblement excitant. Plus elle répondait à son agressivité, plus son corps s'échauffait. Même dans son état de faiblesse, son érection palpitait avec exigence entre ses cuisses, et il avait des visions d'elle, penchée au-dessus du lit, vêtue seulement de sa blouse blanche… et de lui la pénétrant par-derrière avec vigueur.

Peut-être qu'il devrait être reconnaissant de lui faire horreur. Comme s'il avait besoin d'embrouilles avec une femelle…

Tout à coup, la nuit de son agression lui revint parfaitement en mémoire. Il se souvint de la délicieuse visite de sa mère et de son formidable cadeau d'anniversaire : le Primâle. Il avait été choisi pour être le Primâle.

V. grimaça et plaqua les mains contre son visage.

— Oh… non.

— Qu'est-ce qui ne va pas ? demanda-t-elle à contrecœur.

— Ma putain de destinée.

— Ah bon, vraiment ? Je suis enfermée dans cette pièce. Vous au moins, vous êtes libre de vos mouvements.

— Tu parles !

Elle émit un bruit dédaigneux, et ils n'ajoutèrent plus un mot jusqu'à ce que Butch apporte un autre plateau une demi-heure plus tard. Le flic eut la présence d'esprit de ne pas dire grand-chose et de s'éclipser rapidement. Il eut aussi la bonne idée de garder la porte verrouillée pendant tout le temps qu'il passa dans la chambre. Bien pensé.

La chirurgienne de V. avait l'intention de décamper. Elle ne quittait pas Butch des yeux comme si elle mesurait une cible et gardait sa main droite dans la poche de sa blouse.

Elle avait une arme. *Bordel.*

V. observa Jane avec attention tandis que Butch posait le plateau sur la table de chevet, priant avec ardeur pour qu'elle ne tente rien de stupide. Lorsqu'il remarqua que son corps se tendait et qu'elle se penchait imperceptiblement vers l'avant, il s'assit, prêt à intervenir car il ne voulait pas qu'on la touche.

Mais rien ne se passa. Elle capta du coin de l'œil son changement de position et la distraction fut suffisante pour donner le temps à Butch de sortir de la chambre et de refermer la porte à clé.

V. s'adossa contre les oreillers et étudia la ligne sévère de son menton.

— Enlevez votre blouse.

— Pardon ?

— Enlevez-la.

— Non.

— Je veux que vous l'enleviez.

— Eh bien, vous pouvez toujours courir. Suis-je bête ! Dans votre état, vous ne pouvez même pas courir. Quel dommage !

Son érection se mit à battre. Merde, il devait lui apprendre que la désobéissance avait un prix, et quelle leçon en perspective ! Elle lutterait bec et ongles avant de se soumettre. Si elle se soumettait.

Viszs s'arc-bouta, il ondula des hanches tandis que son érection palpitait sous les draps. Mon Dieu…

Il était tellement excité qu'il était sur le point d'éjaculer.

Mais il fallait qu'il la désarme.

— Je veux que vous me donniez à manger.

Elle le regarda d'un air absolument incrédule.

— Vous êtes parfaitement capable de…

— Faites-moi manger. S'il vous plaît.

Elle s'approcha du lit, de mauvaise grâce, agacée. Elle déroula la serviette, puis…

V. bondit. Il lui saisit les bras et la hissa sur lui. Elle fut trop surprise pour résister, mais son choc n'allait pas durer, il en était bien conscient. Il agit donc avec rapidité, lui arracha sa blouse en essayant de ne pas lui faire mal tandis qu'elle se tordait pour essayer de se libérer.

Merde, il tenta de résister, mais l'envie irrépressible de la dompter fut la plus forte. Il avait soudain les mains sur elle, non pas tant pour l'empêcher de plonger ses mains dans sa poche pour en sortir Dieu sait quoi, mais parce qu'il voulait la plaquer sur le lit et lui faire sentir sa force et sa puissance. Il lui saisit les deux poignets dans une main, lui tira les bras au-dessus de la tête et lui coinça les cuisses de ses jambes.

— Lâchez-moi ! s'écria Jane en montrant les dents, ses yeux vert foncé étincelant de fureur.

Totalement excité, V. s'arc-bouta, inspira profondément… et se figea. L'odeur qu'elle dégageait n'avait rien de la douceur sensuelle d'une femelle qui voulait qu'on lui fasse l'amour. Elle n'était pas le moins du monde attirée par lui. Elle était furieuse.

V. la lâcha immédiatement et se tourna de l'autre côté, en s'assurant toutefois qu'il tenait la blouse. Dès qu'elle fut libre, elle sauta du lit comme si le matelas était en feu et le défia du regard avec rage. Ses cheveux étaient emmêlés, sa chemise débraillée, une jambe de son pantalon remontée jusqu'au genou. Elle respirait vite sous l'effort et ne quittait pas sa blouse des yeux.

V. la fouilla et trouva le rasoir.

— Je ne peux pas vous permettre d'être armée. (Il plia soigneusement la blouse et la posa au pied du lit, sachant qu'elle ne s'approcherait de lui à aucun prix.) Si vous m'attaquiez moi ou l'un de mes frères avec un truc pareil, vous risqueriez d'être blessée.

Elle expira avec force en lâchant un juron. Puis elle l'étonna en lui posant une question.

— Comment avez-vous deviné ?

— Vous avez plongé la main dans votre poche lorsque Butch est entré avec le plateau.

Elle s'enveloppa de ses bras.

— Merde. Je pensais avoir fait preuve de plus de discrétion.

— J'ai une certaine expérience quand il s'agit de dissimuler des armes.

Il se pencha, ouvrit le tiroir de sa table de chevet. Le rasoir y tomba avec un bruit mat. V. referma le tiroir et par la pensée enclencha un verrou.

Lorsqu'il releva la tête, elle était en train de s'essuyer rapidement les yeux, comme si elle avait pleuré. Elle se détourna vite et s'absorba dans la contemplation du mur, les épaules légèrement voûtées. Elle ne fit aucun bruit. Son corps resta parfaitement immobile, sa dignité intacte.

V. sortit les jambes du lit et posa les pieds par terre.

— Si vous vous approchez de moi, déclara-t-elle d'une voix rauque, je trouverai un moyen de vous blesser. Je ne pourrai probablement pas faire grand-chose, mais je trouverai un moyen de vous faire payer. C'est clair ? Foutez-moi la paix.

Il s'appuya sur les bras et baissa la tête. Il était anéanti d'entendre le son presque inaudible des larmes de Jane. Il aurait préféré recevoir des coups de marteau.

Il était responsable de l'état dans lequel elle se trouvait.

Elle fit soudain volte-face et inspira profondément. Il n'aurait jamais pu deviner qu'elle avait craqué, si ce n'était pour ses yeux un peu rouges.

— Bon. Vous allez manger tout seul ou est-ce que vous avez vraiment besoin que je vous aide à tenir votre fourchette et votre couteau ?

V. cilla.

*Je suis amoureux*, pensa-t-il en la regardant avec émerveillement. *Je suis fou amoureux.*

À mesure que le cours avançait, John se sentait de plus en plus mal : courbaturé de partout, nauséeux, épuisé et agité. Et il avait tellement mal à la tête qu'il avait l'impression que ses cheveux étaient en flammes.

Clignant des yeux comme s'il s'était trouvé face à des phares de voiture et non un tableau noir, il déglutit avec difficulté. Il avait la gorge sèche. Il n'avait rien noté sur son cahier depuis un moment et il ne savait plus très bien de quoi parlait Fhurie. Est-ce que c'était toujours des armes à feu ?

— Hé, John ? murmura Blay, ça va, vieux ?

John acquiesça parce que c'était la chose à faire quand quelqu'un vous posait cette question.

— Tu veux t'allonger un moment ?

John secoua la tête. C'était la vérité et, s'il ne variait pas les réponses, il allait finir par ressembler à ces petits chiens articulés qui hochent la tête à l'arrière des voitures.

Mais que diable se passait-il. Il avait le cerveau en coton, tout plein de vide et inutile.

Face à eux, Fhurie referma le manuel dont il se servait pour faire cours.

— Maintenant, vous allez essayer des armes à feu pour de bon. Zadiste est chargé du stand de tir ce soir, et je vous revois demain.

Un brouhaha de conversations s'éleva comme une rafale de vent et John hissa son sac à dos sur la table. Au moins, il n'y avait pas de séance d'entraînement physique. Dans l'état où il était, décoller sa carcasse de sa chaise et se traîner jusqu'au stand de tir allait être un effort quasi survampirien.

Le stand de tir était situé derrière le gymnase et, alors qu'ils s'y dirigeaient, il ne put ignorer la manière dont Vhif et Blay l'encadraient, de véritables gardes du corps. L'*ego* de John détestait cette situation, mais son sens pratique l'appréciait. Il sentait le regard de Fhléau dans son dos et c'était comme si un bâton de dynamite était allumé dans sa poche arrière.

Zadiste les attendait à la porte d'acier du stand de tir et il l'ouvrit en disant :

— En rang, le long du mur, mesdemoiselles.

John emboîta le pas aux autres et s'appuya contre le béton blanchi à la chaux. Le bâtiment avait la forme d'une boîte à chaussures, long et étroit, et abritait plus d'une dizaine de cabines de tir. Les cibles étaient des silhouettes dessinées sur des panneaux suspendus à des rails qui couraient au plafond. Depuis la station centrale, on pouvait manipuler chaque cible pour en modifier la distance ou la faire bouger.

Fhléau fut le dernier étudiant à entrer et il passa devant les autres, tête haute, comme s'il était sûr d'être le meilleur tireur du groupe. Il ne regarda personne. Sauf John.

Zadiste referma la porte, puis fronça les sourcils et mit la main au portable qu'il portait à la ceinture.

— Excusez-moi. (Il se dirigea vers un coin de la pièce le temps d'échanger quelques mots, puis revint. Il avait pâli.) Changement d'instructeur. Kolher va me remplacer, ce soir.

Kolher entra une fraction de seconde plus tard, comme s'il s'était matérialisé juste derrière la porte.

Il était plus grand que Zadiste et portait un pantalon de cuir noir et une chemise de la même couleur dont les manches étaient roulées. Z. et lui discutèrent un moment, puis le roi posa la main sur l'épaule de Z. et la serra en geste de réconfort.

*Bella*, pensa John. Cela avait sûrement quelque chose à voir avec Bella et sa grossesse. Merde, pourvu que tout aille bien.

Kolher ferma la porte derrière Z. puis se planta devant la classe et croisa ses bras tatoués sur sa poitrine, les jambes légèrement écartées. Il observa les onze élèves d'un air aussi impénétrable que la paroi contre laquelle John s'appuyait.

— L'arme, ce soir, est un 9 mm à chargeur automatique. On l'appelle parfois « semi-automatique », mais c'est une erreur. Pour ce soir, vous tirerez avec un Glock. (Il mit la main derrière lui et sortit de sa ceinture un pistolet en métal noir.) Notez que sur ces armes la sécurité se trouve sur la détente.

Il passa en revue les spécificités de l'arme et des balles tandis que deux *doggen* s'avançaient en poussant un chariot de la taille d'un brancard d'hôpital. Onze pistolets de la même marque et du même modèle se trouvaient dessus, et un chargeur était posé à côté de chaque arme.

— Ce soir, nous travaillons la position et la ligne de visée.

John ne quittait pas les armes du regard. Il était sûr et certain qu'il allait être nul à cet exercice, comme pour tous les autres aspects de l'entraînement. Il sentit alors la colère monter, intensifiant encore son mal de tête.

Il aimerait trouver, une fois, quelque chose où il serait bon. Rien qu'une fois.

# Chapitre 16

Le patient la dévisageait d'un drôle d'air et Jane vérifia rapidement ses vêtements, se demandant si elle avait oublié de boutonner quelque chose.

— Quoi ? marmonna-t-elle en secouant le pied pour faire redescendre sa jambe de pantalon.

Elle n'avait pas vraiment besoin de poser la question. Les durs à cuire de ce style n'appréciaient généralement pas les femmes qui pleurnichaient, mais bon, si c'était le cas, il devrait faire avec. N'importe qui à sa place réagirait de la même façon. N'importe qui.

Sauf que, au lieu de faire une remarque sur la faiblesse des pleurnicheurs en général ou de la sienne en particulier, il prit l'assiette remplie de poulet sur le plateau et commença à manger.

Furieuse contre lui et la situation en général, elle se rassit. Perdre le rasoir avait fait échouer sa rébellion clandestine et, bien qu'elle soit une battante par nature, elle était résignée à jouer la carte de l'attente. S'ils avaient voulu la tuer, ils l'auraient déjà fait. La question, dès lors, était de trouver une sortie. Elle pria d'en trouver une bientôt. Et qu'elle n'implique pas un croque-mort et une boîte à café pour recueillir ses cendres.

Le patient mordit dans une cuisse et elle pensa distraitement qu'il avait de très belles mains.

Bon, à présent, elle était furieuse contre elle-même. Bon sang, c'est avec ces mains-là qu'il l'avait immobilisée et lui avait arraché sa blouse comme si elle n'était qu'une poupée de chiffon. Et ce n'est pas parce qu'il avait ensuite soigneusement replié sa blouse que c'était un héros.

Le silence s'étira, et le bruit des couverts frappant doucement l'assiette lui rappela les horribles dîners silencieux avec ses parents.

Dieu que ces repas consommés dans la salle à manger sinistre de style géorgien avaient pu être pénibles. Son père assis à la tête de la table avec les manières d'un roi désapprobateur, surveillant la façon dont la nourriture était salée et mangée. D'après le docteur William Rosdale Whitcomb, seule la viande pouvait être salée, certainement pas les légumes, et puisque tel était son avis sur le sujet, tout le monde avait dû suivre son exemple. En théorie, du moins. Jane avait souvent enfreint cette loi en apprenant à en verser un peu sur ses brocolis à la vapeur, ses haricots bouillis ou ses courgettes grillées à l'aide d'un petit mouvement sec du poignet alors qu'elle tenait la salière.

Elle secoua la tête. Après tout ce temps, et la mort de son père, elle aurait dû être capable de ne plus s'énerver en pensant à tout cela, c'était vraiment un gaspillage d'émotions. Et puis elle avait d'autres sujets d'inquiétude pour le moment, non ?

— Demandez-moi, commanda soudain le patient.

— Quoi ?

— Demandez-moi ce que vous voulez savoir. (Il s'essuya la bouche, la serviette damassée raclant doucement son bouc et sa barbe naissante.) Cela compliquera mon travail à la fin, mais au moins nous ne resterons pas en chiens de faïence à écouter le bruit de mes couverts.

— C'est quoi, le travail que vous aurez à faire à la fin, exactement ? *S'il vous plaît, faites qu'il ne s'agisse pas de l'achat de grands sacs-poubelle dans lesquels mettre les morceaux de mon corps.*

— Vous n'êtes pas intéressée par ce que je suis ?

— Vous savez quoi, laissez-moi partir et je vous poserai plein de questions sur votre espèce. Pour l'instant, je suis légèrement préoccupée par la manière dont cette charmante petite croisière sur la galère vampire va tourner pour moi.

— Je vous ai donné ma parole…

— C'est vrai. Mais vous venez aussi de me malmener. Et si vous me sortez que c'était pour mon bien, je ne serai pas responsable de ce que je vais vous répondre. (Jane s'absorba dans la contemplation de ses ongles courts et en repoussa les cuticules. La main gauche faite, elle releva la tête.) Bon, alors, ce « travail » dont vous parlez… vous allez avoir besoin d'une brouette et d'une pelle pour le mener à bien ?

Le patient baissa les yeux sur son assiette et se mit à tripoter son riz avec sa fourchette, les dents en argent du couvert glissant parmi les grains.

— Mon travail… si on peut dire… est de veiller à ce que vous ne vous souveniez de rien.

— C'est la deuxième fois que j'entends ça, et pour être franche… je pense que c'est des conneries, tout ça. J'ai un peu de mal à croire que je puisse être en vie et ne pas – je ne sais pas, moi – ne pas me souvenir avec bonheur et délectation que je me suis retrouvée balancée sur l'épaule d'un type que je ne connaissais ni d'Eve ni d'Adam, sortie de mon hôpital comme un paquet de linge sale et sommée de vous servir de médecin personnel. Comment est-ce que vous comptez vous y prendre pour que j'oublie tout ça, exactement ?

Il leva ses iris brillants comme des diamants.

— Je vais effacer ces souvenirs de votre mémoire. Tout gommer. Ce sera comme si je n'avais jamais existé et que vous n'étiez jamais venue ici.

Elle leva les yeux au ciel.

— Ben voyons.

Elle sentit soudain un élancement lui traverser la tête et elle posa les doigts sur ses tempes en grimaçant de douleur. Lorsqu'elle laissa retomber ses mains, elle regarda le patient et fronça les sourcils. Mais que diable s'était-il passé ? Il était en train de manger, mais ce n'était pas la nourriture qui se trouvait avant sur le plateau. Qui avait donc apporté cette autre nourriture ?

— Mon pote à la casquette des Red Sox, expliqua le patient en s'essuyant la bouche. Vous vous souvenez ?

Tout lui revint soudain, en cascade : Red Sox rentrant dans la chambre, le patient lui prenant son rasoir, ses larmes.

— *Incroyable*, balbutia Jane.

Le patient n'interrompit pas son repas, comme si le fait de pouvoir gommer des souvenirs n'était pas plus extraordinaire que le poulet rôti qu'il dégustait.

— Comment ?

— Manipulation des voies neuronales. Un patch en l'occurrence.

— Comment ?

— Comment quoi ?

— Comment trouvez-vous les souvenirs ? Comment les différenciez-vous ? Est-ce que vous… ?

— Ma volonté. Votre cerveau. C'est suffisamment spécifique.

Elle plissa les paupières.

— Une question rapide. Est-ce que cette aptitude, qui relève au demeurant de la magie, de pouvoir manipuler la matière grise, s'accompagne pour votre espèce d'une absence totale de scrupules, ou est-ce juste que vous êtes né dépourvu de tout sens moral ?

Il posa ses couverts.

— Pardon ?

Pour le coup, Jane se fichait royalement qu'il soit vexé.

— D'abord, vous me kidnappez, et maintenant vous allez effacer mes souvenirs, et ça ne vous pose aucun problème ? Je suis en quelque sorte une lampe que vous auriez empruntée…

— J'essaie de vous protéger, riposta-t-il d'un ton brusque. Nous avons des ennemis, docteur Whitcomb. Des ennemis qui découvriraient d'une manière ou d'une autre que vous connaissez notre existence, qui vous traqueraient, vous emmèneraient dans un lieu secret et vous assassineraient… et pas forcément tout de suite. Je ne laisserai pas une chose pareille arriver.

Jane se leva.

— Écoutez, Prince Charmant, les discours de protection et tout et tout, c'est bien joli, mais ils n'auraient pas lieu d'être si vous ne m'aviez pas kidnappée.

Il laissa tomber ses couverts dans son assiette et elle se prépara à essuyer sa colère. Au lieu de cela, il dit à voix basse :

— Écoutez… vous étiez destinée à venir avec moi, d'accord ?

— Ah, vraiment. J'avais donc un panneau accroché au derrière qui disait « Kidnappez-moi » et vous étiez le seul à le voir ?

— J'ai des visions, marmonna-t-il.

— Des visions.

Il n'ajouta rien de plus et elle réfléchit au petit tour de passe-passe mental, cette incursion dans ses souvenirs dont il avait fait la démonstration. S'il était capable d'un truc pareil… était-il possible qu'il puisse voir l'avenir ?

Jane déglutit avec peine.

— Ces visions, ce ne sont pas des scènes de contes de fées où tout est rose et joli, n'est-ce pas ?

— Non.

— Merde.

Il caressa son bouc comme s'il essayait de décider ce qu'il pouvait lui dire, sans lui en dire trop.

— J'en avais très souvent, et puis le flot s'est tari. Je n'en ai pas eu une depuis… enfin, j'en ai eu une à propos d'un ami il y a deux mois et je lui ai sauvé la vie parce que j'ai suivi le fil de la vision. Quand mes frères sont entrés dans la chambre d'hôpital, j'ai eu une vision de vous, aussi, je leur ai dit de vous prendre avec nous. Vous parlez de sens moral ? Si je n'en avais pas, je vous aurais laissée là-bas.

Jane se rappela l'agressivité dont il avait fait preuve envers ses frères, puisque c'est ainsi qu'il les appelait, pour la défendre. Et le fait que, même lorsqu'il lui avait repris le rasoir, il l'avait traitée avec une certaine douceur. Et puis elle le revit se pelotonnant contre elle, à la recherche de réconfort.

Il était possible après tout qu'il soit convaincu de s'acquitter d'un devoir. Cela ne voulait pas dire qu'elle lui pardonnait, mais… eh bien, c'était mieux que de se dire qu'il la séquestrait sans aucun problème de conscience.

— Vous devriez finir votre repas, ajouta-t-elle après un moment de silence gêné.

— J'ai fini.

— Non, vous n'avez pas tout mangé. (Elle indiqua l'assiette de la tête.) Allez.

— J'ai plus faim.

— Je ne vous ai pas demandé si vous aviez faim. Et je ne me gênerai pas pour vous boucher le nez et vous forcer à avaler ce qui reste s'il le faut.

Le temps se suspendit un instant, puis il… mon Dieu… il lui sourit. Les commissures de sa bouche se relevèrent, ses yeux pétillèrent.

Et Jane eut le souffle coupé. Il était tellement beau ainsi, pensa-t-elle, avec la lumière de la lampe qui atténuait la ligne dure de sa mâchoire et ses cheveux de jais brillants. Si ses longues canines restaient un peu étranges, il avait l'air bien plus… humain. Accessible. Désirable…

*Oh non. Non, non, non. Absolument pas. On ne s'aventure pas sur ce territoire.*

Jane ne prêta pas attention au fait que le rouge lui montait légèrement aux joues.

— Qu'est-ce qui vous prend de me montrer ainsi vos jolies dents blanches ? Vous pensez que je plaisante à propos de la nourriture ?

— Non, c'est juste que personne ne me parle jamais sur ce ton.

— Oui, eh bien, moi si. Ça vous dérange ? Vous n'avez qu'à me laisser partir. Maintenant, mangez ou je vais vous donner la becquée comme à un bébé et j'ai comme l'impression que votre *ego* aurait du mal à s'en remettre.

Il reposa l'assiette sur ses genoux, le sourire aux lèvres, et se remit à manger lentement et méthodiquement son dîner. Quand il eut fini, elle s'approcha et prit le verre d'eau qu'il venait d'avaler d'un trait.

Elle le remplit de nouveau dans la salle de bains et lui redonna.

— Buvez encore.

Il obtempéra, et le but tout entier. Lorsqu'il reposa le verre sur la table de nuit, elle se concentra sur sa bouche. La scientifique en elle était fascinée par le personnage.

Un moment s'écoula, puis il retroussa sa lèvre supérieure sur ses dents de devant. Ses canines étincelèrent littéralement à la lueur de la lampe. Pointues et très blanches.

— Elles s'allongent, n'est-ce pas ? demanda-t-elle en se penchant vers lui. Lorsque vous vous nourrissez, elles deviennent plus longues ?

— Oui. (Il ferma la bouche.) Ou bien quand je suis agressif.

— Puis elles se rétractent. Ouvrez de nouveau la bouche.

Lorsqu'il la rouvrit, elle posa un doigt sur la pointe d'une des canines… et il sursauta violemment.

— Pardon. (Elle fronça les sourcils et retira la main de sa bouche.) Elles vous font mal à cause de l'intubation ?

— Non.

Il baissa les paupières et elle se dit que c'était parce qu'il était fatigué…

Mais d'où venait donc cette odeur ? Elle inspira profondément et reconnut le mélange d'épices exotiques qu'elle avait senti sur la serviette dans la salle de bains.

Des pensées érotiques lui vinrent à l'esprit. De celles où l'on perd toute inhibition. De celles dont on se souvient pendant des jours.

*Arrête.*

— Toutes les huit semaines environ, remarqua-t-il.

— Pardon ? Oh, c'est la fréquence à laquelle vous…

— Nous nous alimentons. Ça dépend aussi de notre stress. De notre niveau d'activité.

Bon, la réflexion évacua toute pensée érotique. Elle se mit à imaginer des scènes d'horreur dignes d'un film de Dracula. Elle l'imagina poursuivant et chassant des humains, puis les abandonnant sanguinolents dans de sombres venelles.

Son dégoût se lisait visiblement sur ses traits, car la voix de V. se durcit :

— C'est un acte naturel pour nous. Pas répugnant du tout.

— Vous les tuez ? Les gens que vous chassez ? demanda Jane en se préparant à une réponse qui lui ferait froid dans le dos.

— Les gens ? Vous voulez dire les vampires. Nous buvons à la veine de membres du sexe opposé. De notre espèce, pas de la vôtre. Et on ne tue personne.

Jane souleva les sourcils.

— Oh.

— Ce mythe de Dracula est vraiment d'une débilité totale.

Mille questions se bousculèrent dans la tête de Jane.

— C'est comment ? Ça a quel goût ?

Les yeux de V. s'étrécirent, puis quittèrent son visage pour se poser sur son cou. Jane s'empressa de mettre une main sur sa gorge.

— Ne vous faites pas souci, fit-il d'un ton brusque. J'ai été nourri. Et puis le sang humain, ce n'est pas mon truc. Il est trop faible pour m'intéresser.

*Très bien. D'accord. Parfait.*

Sauf que, et puis quoi encore ? Son sang n'était pas assez bien pour lui ?

Ouh là, elle commençait à délirer sérieusement, et ce sujet de conversation n'arrangeait rien.

— Euh, écoutez… Je voudrais vérifier votre pansement. Je me demande même si nous ne pouvons pas le retirer.

— Comme vous voulez.

Le patient se redressa sur les oreillers et ses bras puissants se tendirent sous la peau lisse. Comme les couvertures glissaient de ses épaules, elle marqua une pause. Elle avait l'impression qu'il devenait plus grand et plus puissant à mesure qu'il récupérait ses forces. Plus grand et… plus sensuel.

Jane repoussa les idées que cette pensée lui inspirait et se concentra sur les questions médicales qu'elle avait à régler, s'y accrocha comme à une bouée. Avec des gestes sûrs et professionnels, elle dénuda complètement sa poitrine en tirant sur les couvertures et retira le sparadrap qui tenait la gaze en place entre ses pectoraux. Elle souleva le pansement et secoua la tête avec incrédulité. Stupéfiant. La seule chose qui marquait encore la peau était la cicatrice en forme d'étoile qu'il avait déjà. Les traces de l'intervention se réduisaient à une légère décoloration de la peau et, si elle voulait extrapoler, elle pouvait présumer qu'il était tout aussi guéri à l'intérieur.

— Est-ce que c'est normal ? s'enquit Jane. Cette vitesse de récupération ?

— Parmi les membres de la Confrérie, oui.

Si seulement elle pouvait étudier la manière dont ses cellules se reconstituaient, elle pourrait peut-être bien découvrir le secret du processus de vieillissement chez les humains.

— Pas question. (Son visage se durcit tandis qu'il sortait ses jambes du lit et s'apprêtait à se lever.) Nous n'allons pas servir de cobayes pour votre espèce. Maintenant, si ça ne vous dérange pas, je vais prendre une douche et fumer une cigarette. (Elle ouvrit la bouche et il l'interrompit.) Nous ne connaissons pas le cancer, alors épargnez-moi le sermon, d'accord ?

— Vous ne pouvez pas avoir de cancer ? Pourquoi ? Comment est-ce que… ?

— Plus tard. J'ai besoin d'eau chaude et de nicotine.

Elle se rembrunit.

— Je ne veux pas que vous fumiez en ma présence.

— C'est pourquoi je vais le faire dans la salle de bains. Il y a un ventilateur de tirage.

Il se leva, le drap tomba à terre, et elle détourna les yeux. Voir un homme nu n'avait rien d'extraordinaire dans son métier mais, pour une raison qu'elle ne saisissait pas très bien, avec lui, ce n'était pas la même chose.

Oui, évidemment. Il faisait un mètre quatre-vingt-quinze, et c'était une véritable montagne.

Comme elle retournait s'asseoir, elle entendit une démarche trébuchante puis un bruit sourd. Alarmée, elle leva la tête. Le patient ne tenait pas sur ses jambes, il avait perdu l'équilibre et s'était cogné au mur.

— Vous avez besoin d'aide ?

*S'il vous plaît, dites « non », s'il vous plaît, dites…*

— Non.

*Merci.*

Il sortit un briquet et ce qui ressemblait à une cigarette roulée de la table de nuit et traversa la pièce d'une démarche chancelante. De son point d'observation, elle attendit et regarda, prête à lui venir en aide s'il le fallait.

Oui, enfin, peut-être qu'elle le regardait aussi pour une autre raison que pour lui éviter de s'étaler de tout son long : il avait un dos absolument magnifique. Des épaules massives mais élégantes et une taille fine et musclée. Et ses fesses…

Jane se couvrit les yeux et ne laissa retomber sa main que quand elle eut entendu la porte de la salle de bains se refermer. Après des années d'exercice de la médecine et de la chirurgie, elle comprenait parfaitement bien la partie du serment d'Hippocrate qui disait en essence : « Tu ne materas pas le cul de tes patients. »

Surtout si le patient en question vous avait kidnappé. Bon sang. Est-ce que ça lui arrivait pour de vrai ?

Quelques instants plus tard, elle entendit la chasse d'eau et elle guetta le bruit de la douche. Mais elle n'entendit rien d'autre et se dit qu'il devait probablement fumer une cigarette…

La porte se rouvrit et le patient sortit de la salle de bains en tanguant comme une bouée sur l'océan. Il s'agrippa au chambranle de la porte avec sa main gantée en se soutenant de son avant-bras.

— Bordel… J'ai le vertige.

Jane passa instantanément en mode médecin et se précipita, mettant de côté le fait qu'il soit nu, qu'il fasse deux fois sa taille et que, deux minutes plus tôt, elle avait regardé ses fesses comme si elles étaient à vendre. Elle glissa un bras autour de sa taille ferme et se cala contre son corps, préparant sa hanche pour la charge qu'elle s'apprêtait à recevoir. Mais son poids était impressionnant, et elle put à peine le traîner jusqu'au lit.

Il s'étendit en lâchant un juron et elle se pencha par-dessus lui pour saisir et remonter le drap et vit de près les cicatrices qu'il avait à l'entrejambe. Étant donné la rapidité avec laquelle ses plaies avaient cicatrisé après l'opération, elle se demanda pourquoi celles-ci n'avaient pas disparu.

Il lui arracha le drap des mains et se couvrit précipitamment. La couette l'enveloppait comme un nuage noir. Il posa ensuite un bras sur ses yeux, ne laissant voir que le bout de son menton et la pointe de son bouc.

Il avait honte.

Dans le silence qui s'était installé, il avait… honte.

— Est-ce que vous voulez que je fasse votre toilette ?

Il cessa de respirer et, comme le silence se prolongeait, elle se dit qu'il allait refuser. Mais sa bouche bougea imperceptiblement et il dit :

— Vous feriez ça pour moi ?

Elle faillit répondre de manière sérieuse et sincère. Mais elle se rendit compte que cela ne ferait qu'empirer son embarras.

— Qu'est-ce que vous voulez, j'ai l'intention d'être canonisée un jour. C'est mon nouveau but dans la vie.

— Vous me rappelez Bu… mon meilleur ami, fit-il avec un sourire en coin.

— Red Sox, vous voulez dire ?

— Oui, il a le sens de la repartie.

— Saviez-vous que le fait d'avoir de l'esprit était un signe d'intelligence ?

Le patient laissa retomber son bras.

— Je n'ai jamais douté de la vôtre. Pas un seul instant.

Jane dut reprendre son souffle. Son regard était empreint d'un tel respect, elle ne put que s'en imprégner tout en se maudissant. Rien n'était plus séduisant pour elle qu'un homme qui était attiré par les femmes intelligentes.

*Merde.*

*Syndrome de Stockholm. Stockholm. Stockholm.*

— J'apprécierais infiniment que vous me laviez, reprit-il.

Puis il ajouta :

— S'il vous plaît.

Jane s'éclaircit la voix.

— Bon. D'accord.

Elle fouilla dans le sac rempli de fournitures médicales et y trouva un grand bassin. Elle se rendit dans la salle de bains et le remplit d'eau chaude, prit un gant de toilette puis ressortit et installa ce dont elle avait besoin sur la table de nuit placée sur la gauche. Comme elle mouillait le gant et l'essorait, l'eau qui s'écoulait fit un joli bruit dans la pièce silencieuse.

Elle hésita, puis trempa de nouveau le gant dans la cuvette. Essora.

*Allons, un peu de nerf, voyons. Tu lui as ouvert la poitrine et plongé les mains dedans. Tu peux t'acquitter de cette tâche. Pas de problème.*

*Dis-toi que c'est comme le capot d'une voiture, rien qu'une surface.*

— Bon.

Jane tendit le bras et posa le gant chaud sur son bras, le patient tressaillit. De tout son corps.

— C'est trop chaud ?

— Non.

— Alors pourquoi cette moue ?

— Pour rien.

Dans d'autres circonstances, elle aurait insisté, mais elle avait ses propres problèmes. Le biceps était impressionnant, la peau bronzée soulignait le faisceau des muscles. Il en était de même pour l'épaule puissante et la courbe qui descendait vers la poitrine. Sa condition physique était éblouissante, sans un gramme de graisse, il était délié comme un pur-sang et musclé comme un lion.

Lorsqu'elle passa le gant sur les renflements de ses pectoraux, elle marqua une pause sur la cicatrice qu'il avait du côté gauche. La marque circulaire était incrustée dans la chair, comme si on l'avait enfoncée à l'aide d'un marteau.

— Pourquoi cette cicatrice ne s'est-elle pas estompée ? demanda-t-elle.

— Du sel. (Il se mit à bouger nerveusement, l'encourageant en quelque sorte à poursuivre.) Ça scelle la plaie.

— C'était donc délibéré ?

— Oui.

Elle trempa le gant dans l'eau, l'essora bien puis se pencha sur lui de manière un peu gauche pour atteindre l'autre bras. Lorsqu'elle descendit le gant, il recula.

— Je ne veux pas que vous vous approchiez de cette maudite main. Même si elle est gantée.

— Pourquoi… ?

— Je n'en parlerai pas, alors ne vous fatiguez pas à me poser la moindre question dessus.

*Bieeeeeeeen.*

— Elle a failli tuer l'une de mes infirmières, vous savez

— Ça ne m'étonne pas. (Il jeta un regard noir au gant.) Je la couperais bien si j'en avais l'occasion.

— Je vous le déconseille.

— Évidemment que vous le déconseillez. Vous n'avez pas la moindre idée de ce que cela peut être de vivre avec ce cauchemar fixé au bout de votre bras…

— Non, je veux dire qu'à votre place je me la ferais couper par quelqu'un d'autre. Vous aurez plus de chances que le boulot soit bien fait.

Il y eut un court moment de silence, puis V. éclata de rire.

— Vous ne manquez pas d'air !

Jane masqua le sourire qui lui montait aux lèvres en s'absorbant dans le rinçage et l'essorage du gant.

— Juste mon humble avis médical.

Au moment où elle passait le gant sur son ventre, une vague de rire courut le long de la poitrine et du ventre du patient, ses muscles se durcirent, puis se détendirent. À travers le tissu éponge, elle sentait la chaleur de son corps, la vigueur du sang qui coulait dans ses veines.

Et puis soudain, il cessa de rire. Elle entendit une espèce de feulement sortir de sa bouche et ses abdominaux ondulèrent, tandis que la partie inférieure de son corps remuait sous le drap et la couette.

— La blessure à l'arme blanche, ça va ? demanda Jane.

Il fit un bruit qui ressemblait vaguement à un « oui » et elle se sentit coupable. Elle avait été tellement préoccupée par son cœur qu'elle n'avait pas prêté beaucoup d'attention au coup de couteau.

Elle souleva le pansement et vit que la plaie avait complètement cicatrisé. On ne voyait plus rien, si ce n'est une ligne rose clair qui marquait l'endroit de la blessure.

— J'enlève ça. (Elle souleva et retira doucement la gaze blanche, la plia en deux, et la jeta dans la corbeille à papier.) Vous êtes stupéfiant, vous le savez au moins ? La manière dont vous cicatrisez est juste… inouïe.

Pendant qu'elle rinçait de nouveau le gant, Jane débattit mentalement pour savoir si elle devait aller plus bas. Bien, bien plus bas, tout à fait plus bas. Ce qu'il lui fallait n'était certainement pas une connaissance encore plus intime de la perfection de son corps, mais elle voulait terminer ce qu'elle avait commencé… ne serait-ce que pour se prouver à elle-même qu'il n'était pas différent de ses autres patients.

Elle en était capable.

Sauf que, alors qu'elle s'apprêtait à tirer le drap vers le bas, il s'empara de la couette et la maintint en place.

— Je ne crois pas que vous vouliez descendre plus bas.

— Oh, ce n'est rien que je n'aie déjà vu. (Lorsqu'il baissa les paupières et resta coi, elle dit d'une voix douce :) Je vous ai opéré, je sais donc que vous êtes partiellement castré. Ceci n'est pas un rendez-vous galant, je suis votre médecin. Je vous garantis que je n'ai aucune opinion sur votre corps, mis à part ce qu'il représente pour moi d'un point de vue clinique.

Il essaya de dissimuler une grimace.

— Pas d'opinion ?

— Laissez-moi vous laver. Cela n'a rien d'exceptionnel.

— Bien. (Son regard de diamant s'étrécit.) Faites comme bon vous semble.

Elle baissa le drap.

— Il n'y a aucune raison d'être…

*Mon Dieu… !* Le patient était en pleine érection. Une érection monstrueuse. Son pénis reposait sur son ventre, et dépassait son nombril : absolument spectaculaire.

— Rien d'exceptionnel, c'est vous qui l'avez dit, ironisa-t-il d'une voix traînante.

— Euh… (Elle s'éclaircit la voix.) Bon, eh bien… je vais tout simplement continuer.

— Pas de problème.

Le hic, c'est qu'elle n'arrivait plus à se rappeler avec précision ce qu'elle était censée faire avec le gant. Et elle n'arrivait pas à détacher ses yeux de…

Difficile de faire autrement face à un type monté comme un étalon.

*Mon Dieu, est-ce qu'elle venait vraiment de penser cela ?*

— Étant donné que vous avez déjà vu mes cicatrices, remarqua V. sèchement, je ne peux que supposer que vous inspectez mon nombril pour voir s'il y a des saletés dedans.

*Oui. Bon.*

Jane retourna à sa tâche et passa le gant sur ses côtes.

— Euh… c'est arrivé comment ?

Comme il ne répondait pas, elle le regarda. Son regard était perdu dans le vide, sans vie, et rien ne s'y lisait. Elle avait déjà vu un tel regard, chez des patients qui avaient été attaqués, et elle savait qu'il se souvenait de quelque chose d'horrible.

— Michael, murmura-t-elle, qui vous a fait du mal ?

Il fronça les sourcils.

— Michael ?

— Ce n'est pas votre nom ? (Elle replongea le gant dans l'eau.) Pourquoi est-ce que cela ne m'étonne pas ?

— V.

— Pardon ?

— Appelez-moi V., s'il vous plaît.

Jane s'apprêta à reprendre la toilette.

— V., alors.

Elle pencha légèrement la tête et regarda sa main remonter le long de son torse pour redescendre. Elle prenait son temps, elle n'allait pas plus bas. Parce que, en dépit de son trouble quant à son terrible passé, son érection était toujours aussi spectaculaire.

Bon, allez, le moment était venu de descendre. Hé, elle était une adulte. Et médecin de surcroît. Elle avait eu deux ou trois amants. Ce qu'elle observait était une fonction biologique qui entraînait une accumulation de sang dans son impressionnante…

Non, ce n'était pas du tout à quoi elle devait penser au moment présent, pas du tout.

Jane passa le gant sur une hanche et essaya de ne pas prêter attention au fait qu'il commençait à remuer, se cambrant, son membre énorme se soulevant, puis retombant sur son ventre.

Une larme brillante, tentante, perlait au bout de son pénis.

Elle leva les yeux vers lui… et se figea. Ses yeux étaient rivés sur sa gorge et brûlaient d'un désir qui n'était pas que sensuel.

L'attirance qu'elle avait pu avoir pour lui s'évapora instantanément. C'était un mâle d'une autre espèce, pas un homme. Et il était dangereux.

Il baissa les yeux pour les poser sur sa main qui tenait le linge.

— Je ne vais pas vous mordre.

— Tant mieux, parce que je ne le souhaite pas.

Elle n'avait aucun doute là-dessus. Elle était contente qu'il l'ait regardée de cette façon, en fait, car cela l'avait ramenée sur terre.

— Dites-moi, non que j'aie envie d'en faire l'expérience personnellement, mais est-ce que ça fait mal ?

— Je n'en sais rien. On ne m'a jamais mordu.

— Mais je croyais que vous disiez que…

— Je m'alimente sur des femelles. Mais personne ne s'est jamais alimenté sur moi.

— Pourquoi ? (Il se rembrunit et haussa les épaules.) Vous pouvez bien me répondre. Je ne vais me souvenir de rien, pas vrai ? Alors qu'est-ce que ça vous coûte de me le dire ?

Le silence s'étira et elle n'osa pas poursuivre la toilette sur cette zone du corps, et décida de partir des pieds et de remonter. Au bout du lit, elle passa le gant sur la plante de ses pieds, puis sur ses orteils et il tressauta un peu comme si cela le chatouillait. Elle arriva aux chevilles.

— Mon père ne voulait pas que je me reproduise, expliqua brusquement le patient.

Elle le regarda avec surprise.

— Comment ?

Il souleva sa main gantée et l'agita devant ses yeux, puis mit le doigt sur les tatouages qui marquaient sa tempe.

— Je ne suis pas comme les autres, pas normal, quoi. Alors mon père a essayé de me castrer comme un chien. Et puis, on peut dire qu'il affectionnait les châtiments violents. (Elle poussa un soupir de compassion et il pointa son index vers elle.) Si vous me montrez la moindre pitié, je vais revoir la promesse de ne pas vous mordre que je viens de vous faire.

— Pas de pitié, je vous le promets, mentit Jane. Mais quel rapport avec le fait de vous alimenter sur quelqu'un ?

— C'est juste que je n'aime pas partager.

*Il n'aime pas se partager*, pensa-t-elle. Avec personne… sauf peut-être Red Sox.

Elle remonta doucement le gant le long de son mollet.

— Pourquoi avez-vous été puni ?

— Est-ce que je peux vous appeler par votre prénom ?

— Oui.

Elle mouilla de nouveau le gant et le glissa sous sa jambe. Il n'ajouta rien de plus et elle n'insista pas. Pour le moment.

Au contact de sa main, V. fléchit le genou, la cuisse se contracta et se détendit dans un rythme empreint de sensualité. Elle jeta un coup d'œil rapide à son érection et déglutit.

— Est-ce que vos fonctions de reproduction fonctionnent comme les nôtres ? s'enquit-elle.

— Essentiellement, oui.

— Est-ce que vous avez déjà fait l'amour avec des humaines ?

— Non, les humaines ne me plaisent pas.

Jane eut un petit sourire en coin.

— Je ne vais pas vous demander à qui vous pensez à l'instant précis, alors.

— Tant mieux. Je pense que la réponse vous mettrait mal à l'aise.

Elle pensa à la manière dont il regardait Red Sox.

— Vous êtes gay ?

— Pourquoi vous me posez cette question ? demanda-t-il en fronçant les sourcils.

— Vous avez l'air très attaché à votre ami, le type à la casquette.

— Vous l'aviez déjà vu, n'est-ce pas ? avant ?

— Oui, il me rappelle quelqu'un, mais je n'arrive pas à me rappeler précisément qui.

— Ça vous dérangerait ?

Elle remonta le gant, presque jusqu'à l'aine, mais s'arrêta avant.

— Que vous soyez homosexuel ? Non, pas du tout.

— Parce que vous vous sentiriez plus en sécurité, c'est ça ?

— Et parce que je suis ouverte d'esprit. Étant médecin, je comprends plutôt bien qu'indépendamment de notre identité sexuelle, dedans, on est tous pareils.

Enfin, les humains en tout cas. Elle s'assit sur le lit et remonta de nouveau le gant le long de sa jambe. Quand elle se rapprocha de son sexe, la respiration de V. s'accéléra et son membre tendu sembla se contracter. Elle releva la tête au moment où il commençait à onduler des hanches. Il avait mordu sa lèvre inférieure et avait entaillé la peau avec ses canines.

Bon, c'était vraiment…

Pas ses affaires. Mais il devait être en train d'imaginer une scène torride dans laquelle Red Sox jouait certainement un rôle.

Elle se répéta que la situation était parfaitement ordinaire, qu'elle lavait simplement un patient. De plus, elle était persuadée qu'il ne lui disait pas la vérité sur lui et Red Sox, et passa le gant sur son ventre, contourna la verge engorgée pour redescendre de l'autre côté. Quand un coin du tissu éponge frôla son pénis, il poussa un feulement.

Et doux Jésus, elle recommença, remontant doucement le gant, repassant tout près du membre gonflé, effleurant le gland.

— Si vous continuez ce petit manège, vous allez découvrir ce que j'ai en commun avec un humain, fit-il d'une voix étranglée en serrant le drap de toutes ses forces.

Mon Dieu, elle voulait voir… Non, elle ne le voulait pas. Si, si, elle le voulait.

— Est-ce que vous voulez me voir jouir ? reprit-il d'une voix encore plus basse.

Elle se racla la gorge.

— Bien sûr que non. Ce serait…

— Inapproprié ? Qui pourrait le savoir ? Il n'y a que vous et moi, ici. Et pour tout vous dire, ça me ferait du bien de prendre un peu de plaisir, là maintenant.

Elle ferma les yeux. Elle savait que, en ce qui le concernait, elle n'avait rien à voir avec son excitation. Et puis, elle n'allait pas sauter sur le lit et profiter de la situation de toute façon. Mais est-ce qu'elle voulait vraiment l'observer pendant qu'il…

— Jane, regardez-moi. (Comme s'il contrôlait ses yeux, elle les leva et rencontra les siens.) Pas mon visage, Jane. Vous allez regarder ma main. Tout de suite…

Elle obtempéra, il ne lui vint même pas à l'idée de ne pas faire ce qu'il lui demandait. Et dès qu'elle eut obéi, il lâcha le drap qu'il serrait de sa main gantée et empoigna sa verge épaisse. Il exhala bruyamment et se mit à faire aller et venir sa main le long du membre, le cuir noir formant un contraste saisissant avec le rose foncé du sexe.

*Oh… mon… Dieu !*

— Vous avez envie de me caresser, n'est-ce pas ? haleta-t-il brutalement. Pas parce que vous me désirez mais parce que vous vous demandez ce que je ressens et l'expression que j'ai quand j'éjacule.

Il continua à se masturber tandis qu'elle glissait dans une espèce d'état d'hypnose.

— C'est ça, Jane, n'est-ce pas ? (Il se mit à respirer plus vite.) Vous voulez me toucher. M'entendre gémir. Sentir l'odeur de mon sexe.

Elle ne venait quand même pas de hocher la tête ? *Merde*. Si.

— Donnez-moi votre main, Jane. Posez-la sur mon pénis. Même si vous n'avez qu'une curiosité clinique, je veux que vous m'ameniez à l'orgasme.

— Je croyais… je croyais que les humaines ne vous plaisaient pas.

— C'est vrai.

— Et vous croyez que je suis quoi exactement ?

— Je veux votre main, Jane. Maintenant.

Jane n'aimait pas qu'on lui donne des ordres. Hommes, femmes, peu importait. Mais lorsqu'un ordre venait d'un mâle aussi magnifique que lui… et qu'il était de plus allongé devant elle, totalement excité… il était quasiment impossible de dire « non ».

Cet ordre lui resterait en travers de la gorge, mais plus tard. Pour l'instant, elle allait obéir.

Jane déposa le gant de toilette dans le bassin et, même si elle n'en croyait pas ses yeux elle-même, elle tendit la main vers lui. Il la saisit, prit ce qu'il avait exigé d'elle et le porta à sa bouche. D'un geste lent et gourmand, il lécha le centre de sa paume. Sa langue, une caresse chaude, humide. Puis il posa la main de Jane sur le membre durci.

Ils étouffèrent un même cri. Il était dur comme un roc, brûlant comme une flamme et plus épais que le poignet de la jeune femme. Son sexe palpitait furieusement contre sa main. Elle se demandait avec stupeur ce qu'elle était en train de faire mais, au même moment, sa propre sensualité s'éveilla, ce qui la paniqua. Elle refoula la montée de sève en puisant dans la capacité de dissociation que des années d'exercice de la médecine avaient affinée… et laissa sa main exactement où elle se trouvait.

Elle le caressa, sentant la peau satinée le long du membre durci. Il se mit à onduler sur le lit, la bouche ouverte, et le spectacle de son corps arc-bouté de plaisir étourdit Jane. Seigneur… il n'était plus que sexe, plus rien ne retenait ses inhibitions ou sa gêne, son corps tout entier emporté dans un tourbillon d'extase.

Elle baissa les yeux pour voir où elle le touchait exactement. La main gantée de V. était terriblement érotique, posée juste sous la sienne, les doigts effleurant la base du pénis et couvrant les sillons laissés par les cicatrices.

— Quel effet cela fait-il de me toucher, Jane ? articula-t-il d'une voix rauque. Est-ce que je suis différent d'un homme ?

*Oui. Mieux.*

— Non. Exactement pareil.

Son regard se posa sur ses canines plantées dans sa lèvre inférieure. Elle aurait juré que les dents s'étaient allongées et elle se dit que sexe et nutrition devaient être liés, chez eux.

— Enfin, à part la différence de look.

Une ombre passa sur son visage et il glissa la main plus bas entre ses jambes. Elle crut d'abord qu'il se caressait encore plus bas, puis elle se rendit compte qu'il essayait de lui dissimuler une partie de son anatomie,

Jane ressentit un élancement dans la poitrine, comme si on y avait frotté une allumette, puis il émit un gémissement guttural et rejeta violemment la tête en arrière. Ses cheveux de jais s'épanouirent sur l'oreiller noir. À mesure qu'il décollait ses hanches du lit et qu'il tendait ses abdominaux les uns après les autres, les tatouages qui marquaient son aine s'étiraient et ondulaient avant de revenir à leur place.

— Plus vite, Jane. Maintenant vous allez accélérer le rythme.

Il déplaça l'une de ses jambes et il se mit à respirer de plus en plus vite. Sur sa peau luisante et glabre, une pellicule de sueur miroitait sous la lumière tamisée. Il y était presque… et plus il se rapprochait, plus elle prenait conscience du fait que, si elle faisait cela, c'était parce qu'elle le voulait. La curiosité clinique derrière laquelle elle s'était réfugiée n'était qu'un leurre : il la fascinait pour d'autres raisons.

Elle continua à faire aller et venir sa main, se concentrant sur le gland du membre énorme.

— Ne vous arrêtez pas… *Putain…*, exhala-t-il tandis que ses épaules et son cou se tendaient comme un arc et que ses pectoraux se gonflaient au point de tirer la peau.

Il ouvrit soudain les yeux et ils se mirent à briller comme des astres.

Puis il dénuda ses canines qui avaient atteint leur longueur maximale et poussa un hurlement au moment où l'orgasme le foudroyait. Ses yeux restèrent rivés sur le cou de Jane tout au long de son éjaculation, et l'orgasme s'éternisa au point qu'elle se demanda s'il en avait eu deux. Ou plus. Il était spectaculaire et, à l'apothéose de son plaisir, le merveilleux parfum d'épices exotiques inonda la chambre. Elle le respira à pleins poumons.

Quand il finit par s'immobiliser, elle retira sa main et se servit d'une petite serviette pour essuyer son ventre et sa poitrine. Elle ne s'attarda pas. Elle se leva et se dit qu'elle aimerait avoir un moment de tranquillité.

Il l'observa sous ses paupières mi-closes.

— Vous voyez, fit-il d'un ton bourru, exactement pareil.

*Non, loin de là.*

— Oui.

Il tira la couette sur ses hanches et ferma les yeux.

— Prenez une douche si vous voulez.

Jane se pressa de saisir le bassin et le gant pour les emporter dans la salle de bains. Ses gestes manquaient de coordination. Elle appuya les mains sur le lavabo et se dit qu'un peu d'eau chaude et des vêtements propres – elle était encore dans la tenue qu'elle portait au bloc opératoire – lui remettraient les idées en place, vu que pour l'instant elle ne pouvait penser à rien d'autre qu'à l'expression qu'il avait sur le visage lorsque sa semence avait jailli.

Dépassée par les événements, elle retourna dans la chambre pour chercher quelques affaires dans le petit sac de toile, et se répéta que cette situation n'était pas ancrée dans la réalité, pas la sienne en tout cas. C'était un hoquet, un froissement sur le tissu de sa vie, un peu comme si son destin s'était grippé.

Rien de tout ceci n'était réel.

Une fois son cours fini, Fhurie remonta dans sa chambre et échangea sa tenue de professeur, une chemise en soie noire et un pantalon crème, contre les vêtements de cuir qui constituaient sa tenue de combat. Il était censé avoir quartier libre ce soir, mais V. étant hors jeu, ils avaient besoin de lui.

Et cela lui convenait. Il valait mieux chasser en ville que d'être impliqué dans cette histoire avec Z., Bella, et la grossesse.

Il enfila son holster, y glissa deux dagues, les poignées tournées vers le bas, et se fixa un pistolet SIG Sauer sur chaque hanche. En se dirigeant vers la porte, il enfila son trench-coat de cuir et tapota la poche intérieure pour vérifier qu'il avait deux joints et un briquet sur lui.

Il dévala le grand escalier et pria de n'être vu de personne… et se fit pincer juste avant de sortir de la maison. Alors qu'il posait un pied dans le vestibule, Bella l'appela et le bruit de ses chaussures sur le sol de mosaïque lui signifia qu'il devait s'arrêter.

— Tu n'étais pas présent au Premier Repas, remarqua-t-elle.

— Je donnais un cours.

Il jeta un coup d'œil par-dessus son épaule et fut soulagé de constater qu'elle avait bonne mine, les joues roses, les yeux vifs.

— Tu as mangé quelque chose ?

— Oui, mentit-il.

— OK… bon… tu n'attends pas Rhage ?

— On doit se retrouver plus tard.

— Fhurie, est-ce que ça va ?

Il se dit que ce n'était pas à lui de dire quoi que ce soit. Il avait déjà réglé la question en faisant son petit discours à Z. le matin même. Tout ça ne le regardait vraiment…

Et comme toujours avec elle, toutes ses bonnes résolutions l'abandonnèrent.

— Je crois qu'il faut que tu parles à Zadiste.

Elle pencha légèrement la tête sur le côté et ses cheveux tombèrent un peu plus bas sur son épaule. Dieu que sa chevelure était belle. Foncée, sans être tout à fait noire. Elle lui rappelait la couleur de l'acajou, un acajou précieux qui aurait été soigneusement poli, avec des reflets auburn et brun foncé.

— De quoi ?

Mince, il ferait tellement mieux de se taire.

— Si tu caches quelque chose à Z., quoi que ce soit… il faut que tu lui dises.

Elle plissa les paupières, puis détourna le regard, passant d'un pied sur l'autre, les bras croisés sur sa poitrine.

— Je… je ne vais pas te demander comment tu es au courant, mais je ne peux que présumer que c'est parce qu'il l'est. Oh… zut. J'allais lui parler après avoir vu Havers ce soir. J'ai pris rendez-vous.

— C'est grave ? Les saignements ?

— Non, ce n'est pas grand-chose. C'est pourquoi je ne voulais pas lui en parler avant d'avoir vu Havers. Mon Dieu, Fhurie, tu connais Z. Il se fait déjà un sang d'encre à mon sujet, il est tellement inquiet que j'ai horriblement peur qu'il manque de concentration pendant un combat et qu'il se fasse blesser.

— Oui, mais, c'est encore pire maintenant, parce qu'il ne sait pas ce qui se passe. Parle-lui. Il le faut. Il tiendra le coup. Pour toi, il tiendra le coup.

— Il était en colère ?

— Un petit peu, peut-être. Mais inquiet surtout. Il n'est pas idiot. Il sait pourquoi tu ne lui as rien dit. Écoute, demande-lui de t'accompagner, ce soir, d'accord ? Laisse-le être là pour toi.

Ses yeux s'emplirent de larmes.

— Tu as raison. Je sais que tu as raison. Je voulais juste le protéger.

— Et c'est exactement ce qu'il veut aussi, te protéger. Demande-lui de t'accompagner.

Dans le silence qui suivit, il sut que l'indécision qu'il lisait dans ses yeux était quelque chose qu'elle se devait d'affronter seule. Il avait rempli sa mission.

— Porte-toi bien, Bella.

Il se retourna et elle lui saisit la main.

— Merci. De ne pas être fâché contre moi.

Pendant un moment, il se laissa aller à penser que c'était son enfant que Bella portait en elle et qu'il pouvait l'enlacer et l'accompagner chez le médecin, et la tenir dans ses bras après.

Fhurie lui prit doucement le poignet et lui fit lâcher prise, la main de la jeune femme glissa sur sa peau et le frôlement lui fit mal, comme si des épines s'étaient plantées dans sa chair.

— Tu es la bien-aimée de mon jumeau. Je ne pourrais jamais être en colère après toi.

Il traversa le vestibule et sortit dans la nuit froide et venteuse en se disant qu'il ne pourrait vraiment jamais être en colère contre elle, c'était bien vrai. Contre lui-même, en revanche ? Pas de problème.

Il se dématérialisa et se retrouva dans le centre-ville. Il sentait qu'il fonçait droit dans le mur. Il ne savait ni où il se trouvait, ni de quoi il était fait. Et il ignorait s'il allait s'y jeter tête la première ou si quelqu'un l'y pousserait.

Mais le mur l'attendait dans l'obscurité amère. Et une partie de lui se demandait s'il n'y avait pas un énorme H peint dessus.

# Chapitre 17

V. regarda Jane entrer dans la salle de bains. Comme elle pivotait pour poser son change de vêtements sur la tablette, son corps, de profil, dessinait un S élégant qu'il brûlait de toucher de ses mains, de sa bouche, de pénétrer.

La porte se referma, il entendit le bruit de la douche et lâcha un juron. Oh… sa main avait été source de telles délices, elle l'avait transporté plus haut, plus loin que toutes les séances sadomaso qu'il avait pu avoir récemment. Mais l'expérience avait été à sens unique. Il n'avait capté aucune odeur d'excitation émanant d'elle. Elle avait observé une fonction biologique, rien de plus.

À vrai dire, il devait admettre qu'il avait espéré que le spectacle de son orgasme l'aurait excitée, ce qui était insensé, étant donné ce qu'il avait sous la ceinture. Aucune personne saine d'esprit n'irait se dire : « Mate un peu la merveille à une couille. Génial. »

Et c'était bien pourquoi il gardait toujours son pantalon quand il baisait.

Son érection se calma et ses canines se rétractèrent en écoutant le bruit de l'eau qui coulait. C'était curieux, pendant qu'elle le caressait, il s'était étonné lui-même. Il avait eu envie de la mordre, non pas pour se nourrir comme lorsqu'il avait faim, mais parce qu'il voulait la goûter et marquer de ses dents la peau de son cou. Ce qui était totalement bizarre.

En général, il mordait les femelles parce qu'il n'avait pas le choix, et cela ne lui plaisait pas particulièrement.

Mais avec elle ? Il voulait ardemment percer sa veine et sucer l'élixir qui coulait dans ses veines.

Le bruit de l'eau cessa et il ne put s'empêcher de songer à la rejoindre dans la salle de bains. Il l'imaginait, nue, mouillée, la peau rosie par la chaleur. Il voulait tellement voir sa nuque. Et la peau entre ses omoplates. Et le creux, au bas de ses reins. Il voulait glisser sa langue de sa clavicule à son nombril… puis enfouir sa tête entre ses cuisses.

Merde, il bandait de nouveau. Et c'était complètement inutile. Elle avait satisfait la curiosité que lui inspirait son corps, et elle n'allait sûrement pas le soulager une deuxième fois, par bonté d'âme. Et même si elle le trouvait attirant, elle avait déjà quelqu'un dans sa vie. Il poussa un grondement et imagina le toubib aux cheveux bruns qui l'attendait dans la vraie vie. Le type était de son espèce, et extrêmement viril, sans doute.

La simple idée de ce salaud aux petits soins pour elle, pas seulement pendant le jour, mais entre les draps aussi, la nuit, lui faisait mal dans la poitrine.

*Merde.*

V. mit un bras sur ses yeux et se demanda à quel moment exactement il avait eu une greffe de personnalité. Théoriquement, c'est son cœur que Jane avait opéré, pas sa tête, mais depuis son passage sur le billard, il n'était plus le même. Il ne pouvait pas s'empêcher de désirer qu'elle le voie comme un partenaire sexuel, même si c'était impossible pour une myriade de raisons. Il était vampire d'une part, monstrueux qui plus est… et il allait devenir le Primâle dans quelques jours.

Il pensa à ce qui l'attendait de l'autre côté et, bien qu'il n'ait vraiment aucune envie de revisiter le passé, il ne put l'éviter. Il repensa à ce qu'on lui avait fait, se rappela la succession d'événements qui devaient conduire à la mutilation et faire de lui un demi-mâle.

*Une semaine peut-être s'était écoulée depuis que son père lui avait fait brûler ses livres, quand Viszs fut surpris par quelqu'un alors qu'il sortait de derrière l'écran qui masquait les peintures rupestres. Ce qui le perdit fut le journal du guerrier Audazs. Il avait évité de s'approcher de son précieux bien pendant des jours et des jours, mais il avait finalement cédé à la tentation. Il désirait sentir le poids du livre avec ses mains, voir les mots de ses yeux. Son esprit avait faim des images qu'il y trouvait; son cœur, du lien qu'il avait établi avec l'auteur.*

*Il souffrait trop de la solitude pour pouvoir résister à l'appel.*

*C'est une des prostituées qui travaillaient dans la cuisine qui le vit, et ils se figèrent tous deux à l'instant où la femelle le regarda. Il ne connaissait pas son nom, mais elle ressemblait à toutes les autres femelles du camp : des yeux durs, une peau abîmée, et une bouche qui n'était plus qu'un trait amer. Son cou était marqué par les morsures des mâles qui s'alimentaient sur elle et sa tunique était souillée et déchirée. Elle tenait une pelle grossière dans une main et traînait derrière elle une brouette qui avait une roue cassée. Manifestement, elle avait tiré la courte paille et se retrouvait contrainte de nettoyer les latrines.*

*La femme baissa les yeux sur la main de V. comme si elle tentait de voir s'il avait une arme.*

*V. serra exprès son poing.*

*— Ça serait vraiment dommage que tu dises quelque chose, non ?*

*Elle pâlit et détala, abandonnant la pelle derrière elle.*

*Le récit de ce qui s'était passé entre lui et l'autre prétrans avait fait le tour du camp et, si cela le faisait redouter des autres, tant mieux. Pour protéger son unique livre, il n'hésiterait pas à recourir aux menaces, y compris à l'égard de femelles, et il n'en aurait aucune honte. La loi de son père édictait que personne ne se sente en sécurité dans le camp, aussi V. était tout à fait convaincu que la femme, si elle en avait la possibilité, exploiterait à son avantage ce qu'elle avait vu. C'est ainsi que les choses se passaient dans le camp.*

*Viszs sortit de la caverne en empruntant l'un des tunnels qui avaient été percés dans la montagne et se retrouva dans un fourré de ronces. L'hiver arrivait vite et le froid rendait l'air mordant. Il entendait le bruit de la rivière un peu plus loin devant lui et il avait soif, mais il resta caché pendant qu'il négociait tant bien que mal la pente jonchée d'aiguilles de pins. Il se tenait toujours éloigné de l'eau un moment lorsqu'il sortait à l'air libre et pas seulement parce qu'on lui avait ordonné de le faire et que faillir à cette précaution, c'était s'exposer à une punition, mais parce qu'en tant que prétrans il n'avait pas les moyens physiques d'affronter une attaque, qu'elle vienne d'un vampire, d'un humain ou d'un animal.*

*À la tombée de la nuit, les prétrans se rendaient au bord de la rivière dans l'espoir d'y trouver de quoi remplir leur ventre vide, et il capta les bruits de la pêche. Les garçons s'étaient rassemblés près de la partie la plus large de la rivière, à l'endroit où un trou d'eau s'était formé le long de l'une des berges. Il les évita et choisit un endroit un peu plus haut en amont.*

*Il sortit d'une poche en cuir une longueur de fil munie d'un grossier hameçon et d'un poids argenté. Il jeta sa ligne rudimentaire dans l'eau et la sentit se tendre. Il s'assit sur une roche, enroula la ligne autour d'un bout de bois et saisit la gaule improvisée.*

*L'attente ne lui faisait ni chaud ni froid, elle n'était ni pénible ni agréable et, quand il entendit une dispute, manifestement en aval, lui remonter aux oreilles, il resta de marbre. Les échauffourées faisaient partie de la vie du camp et il connaissait la raison du conflit entre les autres prétrans. Celui qui parvenait à sortir un poisson n'était jamais sûr de pouvoir le garder.*

*Il avait les yeux rivés sur le courant rapide lorsqu'il eut la curieuse impression qu'on lui avait frôlé la nuque d'une pichenette.*

*Il bondit, laissa tomber sa ligne par terre, mais il n'y avait personne derrière lui. Il huma l'air, scruta les arbres. Rien.*

*Il se baissait pour ramasser sa ligne quand le morceau de bois sauta hors de portée et glissa de la rive, car un poisson avait mordu à l'hameçon. V. se rua en avant pour le rattraper mais ne fut pas assez rapide et la gaule improvisée tomba dans la rivière. Il lâcha un juron et courut après, sautant de roche en roche, descendant la rivière pour tenter de la suivre.*

*C'est alors qu'il tomba sur un autre garçon.*

*Le prétrans qu'il avait frappé avec son livre remontait la rivière, une truite dans les mains, truite qu'il avait dû voler à un autre, à en juger par l'expression de satisfaction méchante qu'il arborait. Il remarqua V. au moment où la gaule entraînée par le poisson passait à côté de lui, et il s'arrêta. Il poussa un cri de triomphe, fourra la truite encore frétillante dans sa poche et se précipita après la gaule, alors même que cela le ramenait vers ses poursuivants.*

*Peut-être à cause de la réputation de V., les autres garçons s'écartèrent en constatant qu'il était à la poursuite de l'autre prétrans et se transformèrent en un public excité et criard.*

*Le prétrans était plus rapide que V. : il bondissait de pierre en pierre avec témérité, tandis que V. se montrait plus prudent. Les semelles en cuir de ses bottes grossières étaient mouillées et la mousse qui poussait sous les pierres les rendait aussi glissantes que de la graisse de porc. Sa proie prenait de l'avance, mais il préférait privilégier l'équilibre à la vitesse.*

*Au moment précis où la rivière s'élargissait et formait le plan d'eau où les autres avaient pêché, le prétrans s'élança sur la face plate d'un rocher. De ce poste, il pouvait saisir le poisson que V. venait d'attraper. Mais comme il s'étirait pour saisir le bâton, il glissa… et perdit l'équilibre.*

*À l'instar d'une plume légère qui resterait un instant suspendue dans les airs, il tomba tête la première dans le torrent. Le bruit que fit sa tempe en heurtant un rocher juste sous la surface rappela celui d'une hache taillant du bois, puis son corps s'immobilisa tandis que le bâton et la ligne poursuivaient leur course.*

*V. s'approcha du garçon et se souvint de la vision qu'il avait eue. Il s'était trompé, le prétrans n'était pas mort au sommet de la montagne, le soleil illuminant son visage et le vent soulevant ses cheveux. Il était mort ici, aujourd'hui, dans les bras de la rivière.*

*C'était un soulagement certain.*

*Viszs regarda le corps entraîné par le courant vers le trou d'eau. Juste avant de couler, il roula sur lui-même et fit face au ciel.*

*Des bulles sortirent des lèvres figées et montèrent à la surface pour attraper le reflet de la lune, et V. s'émerveilla devant la mort. Tout était si tranquille après son passage. Peu importaient les cris et les hurlements, ou même la cause qui renvoyait l'âme dans l'Estompe. Après, tout était calme et silencieux comme de la neige qui tombe.*

*Sans réfléchir, il plongea la main droite dans l'eau glacée.*

*D'un seul coup, un scintillement émanant de sa main se répandit dans la rivière… et le visage du prétrans s'illumina comme si le soleil dardait ses rayons dessus. V. frémit. Sa vision s'était réalisée, exactement comme il l'avait anticipé : la brume qui avait troublé la clarté de la scène, c'était en fait l'eau, et les cheveux du garçon n'étaient pas balayés par le vent, mais par les courants qui se déplaçaient au fond de la rivière.*

*— Qu'est-ce que tu fais à l'eau ? s'enquit une voix.*

*V. leva les yeux. Les autres garçons, debout sur la rive, ne le quittaient pas des yeux.*

*V. retira vivement la main de l'eau et la mit derrière le dos pour que personne ne puisse la voir. Dès qu'il l'eut sortie, la brillance s'estompa et le prétrans mort fut englouti par les noires profondeurs en une sorte d'inhumation.*

*V. se leva et contempla ceux qui n'étaient plus seulement ses adversaires dans la lutte pour un peu de nourriture et de maigres conforts, mais aussi ses ennemis. La cohésion qu'il constatait entre les garçons, regroupés en un cercle serré, confirma ce qu'il savait déjà : quels que soient leurs différends au sein de la matrice aride du camp, ils ne formaient plus qu'un.*

*Il était, quant à lui, un paria.*

V. cilla et pensa à ce qui s'était passé ensuite. C'était curieux à quel point on ne pouvait pas anticiper les caprices du destin. Il avait présumé que les autres prétrans l'expulseraient du camp, qu'un par un ils effectueraient leur transition, puis s'uniraient tous contre lui. Mais le destin aime les surprises, c'est bien connu.

Il se tourna sur le côté et prit la décision de dormir un peu. Sauf que, lorsque la porte de la salle de bains s'ouvrit, il ne put s'empêcher d'entrouvrir les yeux. Jane avait enfilé une chemise blanche et un pantalon de yoga noir. Elle avait le visage rosi par la chaleur de la douche et, avec ses cheveux humides et en bataille, elle était sublime.

Elle lui jeta un coup d'œil fugace. Elle devait penser qu'il dormait. Puis elle traversa la pièce et alla s'asseoir sur le fauteuil. Elle replia les jambes, entoura ses genoux de ses bras et appuya le menton dessus. Elle avait l'air tellement fragile ainsi, petite chose perdue entre les bras du fauteuil.

Il ferma les yeux et se sentit minable. Sa conscience, qui ne l'avait pas tourmenté depuis des siècles, s'était réveillée et le torturait. Il devait bien admettre qu'il serait complètement guéri dans six heures. Cela impliquait qu'elle n'avait plus rien à faire ici et qu'il allait devoir la laisser partir quand le soleil se coucherait ce soir.

Oui mais, et la vision qu'il avait eue alors ? celle où elle se tenait debout sur un seuil de lumière ? Ah, bordel, peut-être qu'il avait simplement eu une hallucination…

V. fronça les sourcils en distinguant une odeur dans la pièce. *Nom de…*

Il inspira profondément et fut instantanément excité, son sexe gonfla et s'alourdit sur son ventre. Il tourna la tête vers elle. Elle avait les yeux fermés, la bouche entrouverte, le front baissé… et elle était excitée. Elle n'était peut-être pas totalement à l'aise avec la sensation, mais elle était excitée, ça ne faisait pas le moindre doute.

Pensait-elle à lui ? ou au mâle humain ?

V. essaya de s'introduire dans son esprit, sans grand espoir d'y parvenir. Une fois que ses visions s'étaient taries, le défilé de pensées des autres s'était lui aussi interrompu, toutes ces pensées qui lui étaient imposées ou qu'il pouvait sélectionner par sa seule volonté…

La vision qu'elle avait était une vision de lui.

*Oh oui.* C'était bel et bien lui, arc-bouté sur le lit, les abdominaux contractés, poussant ses hanches vers le haut pendant qu'elle caressait son sexe de la paume de sa main dans un mouvement de va-et-vient vertigineux. Il était sur le point d'éjaculer, au moment où il avait retiré sa main gantée et avait agrippé la couette.

Sa chirurgienne le désirait en dépit du fait qu'il soit partiellement castré, qu'elle n'appartienne pas à son espèce et qu'elle soit retenue contre sa volonté. Et elle était pantelante de désir. Pantelante de désir pour *lui*.

V. sourit et ses canines sortirent de sa bouche.

Eh bien, si ce n'était pas le moment de faire preuve d'un peu d'humanité… et de soulager sa souffrance.

Campé sur ses jambes, les poings serrés le long du corps, Fhurie contemplait l'éradiqueur qu'il venait d'assommer d'un violent coup à la tempe. Le salaud était affalé face contre terre dans un tas de neige sale et fondue, bras et jambes inertes, sa veste de cuir déchirée par la bagarre.

Fhurie inspira profondément. Quand il s'agissait de tuer des ennemis, il y avait un code d'honneur tacite. À la guerre, en pleine mêlée, il y avait une manière élégante de tuer même ceux qui ne vous inspiraient que haine et dégoût.

Il inspecta la ruelle et huma l'air. Pas d'humains en vue. Pas d'éradiqueurs. Et aucun de ses frères dans les parages.

Il se pencha sur le tueur de vampires. Oui, quand on venait à bout d'un ennemi, il convenait de respecter une certaine déontologie.

Mais ça n'allait pas être le cas ce soir.

Fhurie souleva l'éradiqueur par son ceinturon de cuir et ses cheveux pâles et projeta la créature contre un bâtiment de briques comme s'il s'agissait d'un bélier. Le lobe frontal se fracassa avec un bruit sourd et la colonne vertébrale perfora la base du crâne.

Mais le monstre n'était pas mort. Pour tuer un éradiqueur, il fallait lui plonger un poignard dans la poitrine. Laissée dans l'état où elle se trouvait à présent, cette ordure demeurerait dans un état de pourrissement perpétuel jusqu'à ce que l'Oméga vienne chercher sa dépouille.

Fhurie traîna le mort-vivant derrière une benne à ordures en le tirant par le bras et dégaina une dague. Il ne se servit pas de l'arme pour expédier le tueur chez son maître. Sa colère, cette émotion qu'il n'aimait pas ressentir, cette force qu'il ne laissait jamais se déchaîner sur des individus ou des événements, rugissait sourdement. Et il ne pouvait pas en contrôler l'élan.

La cruauté de ses actes souillait sa conscience. Même si sa victime était un tueur sans morale qui, vingt minutes plus tôt, avait été sur le point d'assassiner deux vampires civils, ce que Fhurie faisait n'était pas bien. Il avait sauvé les civils. L'ennemi était neutralisé. Le dénouement devait être propre et net.

Mais il ne s'arrêta pas pour autant.

L'éradiqueur se mit à hurler de douleur et Fhurie s'acharna, dépeçant littéralement de ses mains et de sa dague la peau et les organes de la créature qui empestait le talc. Un sang noir et visqueux coula sur la chaussée, recouvrit les bras de Fhurie, macula ses rangers et éclaboussa son pantalon de cuir.

Il ne pouvait plus s'arrêter, le tueur n'était plus qu'un mannequin sans vie sur lequel évacuer sa fureur et la haine qu'il avait de lui-même, quelque chose sur quoi se défouler. Naturellement, il se détestait encore plus, mais il ne s'arrêtait pas. Il était trop tard. Son sang avait viré au propane, et ses émotions déchaînées menaçaient d'y mettre le feu.

Concentré sur sa tâche macabre, il n'entendit pas l'autre éradiqueur s'approcher de lui par-derrière. Il capta l'effluve de talc juste avant que l'ennemi le frappe et esquiva de justesse la batte de base-ball qui allait s'abattre sur son crâne.

Sa rage passa alors du tueur mutilé à celui qui était bien vivant. Son ADN de guerrier rugit dans ses veines, et il attaqua. Sa dague noire à la main, il visa l'abdomen. Mais il n'atteignit pas son but. La batte de l'éradiqueur le toucha à l'épaule, puis faucha la jambe intacte de Fhurie au niveau du genou. Au moment où il s'effondra, il se concentra de toutes ses forces sur sa dague, afin de ne pas la faire tomber, mais le tueur se prenait pour une star du base-ball avec sa batte en aluminium. Encore un coup et la lame tournoya dans les airs avant d'aller heurter la chaussée mouillée et de glisser sur plusieurs mètres.

Puis l'éradiqueur sauta sur la poitrine de Fhurie et le maintint par la gorge, serrant d'une poigne de fer. Fhurie plaqua une main sur le poignet épais de la créature qui comprimait sa trachée et le privait d'oxygène, mais il se retrouva soudain confronté à un problème encore plus grave que l'hypoxie. Le tueur changea sa prise sur la batte afin de la prendre par le milieu. Avec une précision mortelle, il leva le bras et frappa Fhurie en pleine face avec le manche.

La douleur lui fit l'effet d'une bombe explosant sous sa joue et son œil et criblant tout son corps de ses éclats brûlants.

Et la sensation était curieusement… agréable. Elle lui faisait oublier tout le reste. Il ne faisait plus qu'un avec le pic de douleur suivi de décharges électriques en rafale.

Et il aimait ça.

De son œil intact, il vit l'éradiqueur lever de nouveau la batte, prêt à s'en servir comme d'un piston. Fhurie ne se prépara même pas au choc. Il se contenta d'observer les mouvements, sachant que les muscles qui se coordonnaient pour lever cette massue de métal poli allaient se tendre et s'abattre de nouveau sur sa tête.

*Coup de grâce, te voilà*, pensa-t-il confusément. Son os zygomatique était vraisemblablement en miettes, ou en tout cas fracturé. Un coup de plus et plus rien ne protégerait sa matière grise.

Une image du dessin qu'il avait fait de Bella lui vint à l'esprit et il comprit ce qu'il avait voulu immortaliser sur le papier : la jeune femme assise à table, tournée vers son jumeau, l'amour entre eux aussi tangible et beau qu'une étoffe de soie, aussi fort et immuable que de l'acier trempé.

Il prononça une prière en langue ancienne pour eux et leur enfant à naître, une prière qui disait tout le bonheur qu'il leur souhaitait en attendant de les retrouver dans l'Estompe, dans un futur très, très lointain. « Jusqu'à ce que nous vivions de nouveau », tels étaient les derniers mots de cette prière.

Fhurie lâcha le poignet du tueur et la récita de nouveau, se demandant vaguement lequel des mots serait son dernier.

Sauf qu'il n'y eut pas d'impact. L'éradiqueur disparut, il décolla de sa poitrine comme s'il avait été une marionnette dont on avait tiré les fils.

Fhurie resta étendu, respirant à peine, tandis qu'une série de grognements résonnait dans la ruelle, puis il vit un flash lumineux. Ses endorphines s'activèrent et s'accompagnèrent d'un sentiment de plénitude agréable. Il planait doucement, n'avait plus mal. Il se serait cru en parfaite santé, mais c'était en fait le signe que la situation était vraiment grave.

Avait-il reçu le coup de grâce, après tout ? Est-ce que le premier coup avait été suffisant pour entraîner une hémorragie cérébrale ?

Quoi qu'il en soit, il nageait dans le bien-être. L'expérience dans son ensemble lui insufflait un sentiment de sérénité, et il se demanda si c'était ainsi qu'on se sentait après l'amour. Un état de détente absolue.

Il se remémora le soir où Zadiste s'était approché de lui au beau milieu d'une fête organisée en l'honneur de Mary, quelques mois plus tôt, un sac de sport à la main et une requête monstrueuse dans les yeux. Ce que son jumeau avait exigé de lui l'avait rendu malade, mais il avait accompagné Z. dans la salle de gym malgré sa répugnance, et l'avait frappé, encore et encore.

Et ce n'était pas la première fois que Zadiste avait eu besoin de ce type de soulagement.

Fhurie avait toujours détesté flanquer à son jumeau les raclées que ce dernier exigeait, n'avait jamais compris les raisons de ces emportements masochistes, mais il les comprenait désormais. C'était fabuleux. Rien n'avait plus d'importance. C'était comme si la vraie vie n'était plus qu'un lointain orage qui ne l'atteindrait jamais car il s'était écarté de son chemin.

La voix profonde de Rhage venait de loin, elle aussi.

— Fhurie ? J'ai appelé pour qu'on vienne nous chercher. Tu dois aller chez Havers.

Quand Fhurie essaya de parler, sa mâchoire refusa de bouger comme si elle avait été collée en place. Il était clair que les coups avaient fait gonfler son visage et il secoua simplement la tête.

Le visage de Rhage apparut dans son champ de vision distordu.

— Havers va…

Fhurie secoua de nouveau la tête. Bella serait à la clinique ce soir à propos de sa grossesse. Si elle était sur le point de faire une fausse couche, il ne voulait surtout pas précipiter les choses en se présentant aux urgences dans cet état.

— Pas… Havers, articula-t-il péniblement d'une voix rauque.

— Mon frère, avec la tête que tu as, la trousse de premiers secours ne va pas suffire.

Le visage parfait de Rhage était un masque de calme délibéré. Ce qui signifiait qu'il était vraiment inquiet.

— À la maison.

Rhage lâcha un juron mais, avant de pouvoir insister pour que Fhurie se fasse examiner par Havers, une voiture tourna dans la ruelle, ses phares avant projetant des faisceaux de lumière.

— Merde.

Rhage réagit immédiatement. Il souleva Fhurie de la chaussée et se précipita derrière la benne à ordures.

Et ils se retrouvèrent juste à côté de l'éradiqueur mutilé.

— Bordel de merde, murmura Rhage tandis qu'une Lexus dotée d'enjoliveurs chromés passait devant eux, du rap hurlant plein pot.

La voiture une fois passée, Rhage étrécit ses étincelants yeux verts.

— C'est toi qui as fait ça ?

— Sale bagarre… c'est tout, chuchota Fhurie. Ramène-moi à la maison.

Il ferma son œil valide et se rendit compte qu'il venait d'apprendre quelque chose. La douleur faisait du bien et, si on la récoltait dans les circonstances adéquates, elle était moins dégradante que l'héroïne. Et aussi plus facile à obtenir, vu qu'elle faisait partie prenante de ses activités.

Parfait.

Assise sur le fauteuil, en face du lit de son patient, Jane avait la tête baissée et les yeux fermés. Elle n'arrêtait pas de penser à ce qu'elle lui avait fait… et le résultat que cela avait entraîné pour lui. Elle le revit au moment de son orgasme, la tête rejetée en arrière, les canines étincelantes, son membre tendu tressautant dans sa main alors qu'il haletait et gémissait de plaisir tour à tour.

Elle remua sur son siège. Elle avait chaud, et ce n'était pas à cause du radiateur.

Elle se repassait la scène dans la tête sans pouvoir penser à autre chose. Elle sentait l'excitation monter et dut entrouvrir la bouche pour respirer. À un moment, alors que le film repassait en boucle, elle sentit un bref élancement, comme un léger torticolis, puis elle s'endormit.

Et naturellement, son subconscient prit le relais de sa mémoire.

Le rêve commença lorsque quelque chose toucha son épaule, quelque chose de chaud et de pesant. La sensation la soulagea, parce qu'elle glissa le long de son bras, sur son poignet et jusqu'à sa main. Ses doigts furent réunis et serrés, puis déployés pour recevoir un baiser au centre de la paume. Elle sentit les lèvres douces, le souffle chaud et la caresse veloutée d'une barbiche.

Puis il y eut une pause, comme pour lui demander la permission de poursuivre.

Elle savait exactement de qui elle rêvait. Et elle savait exactement comment allait se dérouler son fantasme si elle laissait faire les choses.

— Oui, murmura-t-elle dans son sommeil.

Son patient lui saisit les mollets et posa doucement ses pieds sur le sol puis quelque chose de large et de chaud s'installa entre ses cuisses, les écartant largement. Ses hanches et… oh, elle sentit son érection, le membre dur poussant contre le tissu du pantalon léger qu'elle portait. Le col de sa chemise fut tiré sur le côté et V. posa sa bouche sur son cou et se mit à lui sucer la peau tout en se mettant à aller et venir de manière rythmique. Il saisit son sein d'une main, puis la laissa glisser pour caresser son ventre, effleurer sa hanche, et prendre la place du membre tendu.

Jane poussa un cri et s'arc-bouta, et deux pointes acérées parcoururent son cou, remontèrent jusqu'à la naissance de sa mâchoire. *Canines.*

La peur inonda ses veines en même temps qu'une explosion de plaisir intense.

Avant de pouvoir faire la différence entre les deux extrêmes, le vampire abandonna son cou et happa son sein à travers la chemise. Il le mordilla légèrement, sans cesser de la caresser là où elle le désirait tant. Elle ouvrit la bouche pour haleter et sentit quelque chose s'introduire dans sa bouche… son pouce. Elle se mit à le téter avec avidité et imagina ce qu'il pourrait glisser d'autre entre ses lèvres.

Il était seul maître à bord. Il savait exactement ce qu'il faisait et ses doigts experts s'activaient à travers l'étoffe douce du pantalon et de sa culotte trempée pour la conduire au bord de l'extase.

— Je veux te sentir jouir, Jane, souffla une voix dans sa tête.

Soudain, une lueur brillante venue de nulle part illumina le visage de la jeune femme, et elle se redressa en projetant les bras pour le repousser.

Sauf qu'il n'était pas près d'elle. Il était couché. Endormi.

Quant à la lueur, elle provenait du couloir. Red Sox avait ouvert la porte de la chambre.

— Désolé de vous réveiller, s'excusa-t-il. On a un problème.

Le patient se mit sur son séant et jeta un coup d'œil à Jane. Au moment où leurs regards se croisèrent, elle rougit et détourna les yeux.

— Qui ça ? demanda V.

— Fhurie. (Red Sox indiqua le fauteuil de la tête.) On a besoin d'un médecin. Tout de suite.

Jane s'éclaircit la voix.

— Pourquoi est-ce que vous me… ?

— Nous avons besoin de vous.

Sa première réaction fut de se dire qu'elle n'allait certainement pas s'engager davantage envers eux. Mais le médecin prit le dessus et demanda :

— Qu'est-ce qui s'est passé ?

— Un sale truc. Un coup de batte de base-ball au cours d'une bagarre. Est-ce que vous pouvez venir avec moi ?

La voix de son patient fut plus prompte, et le grondement indiquait sans équivoque qu'il ne transigerait pas :

— Si elle va quelque part, je l'accompagne. C'est très grave ?

— Il a reçu un coup sur le visage. Violent. Refuse de voir Havers. Il affirme que Bella avait rendez-vous avec lui ce soir pour un problème avec le bébé et il ne veut pas l'inquiéter.

— Il faut toujours que cet enfoiré joue les héros. (V. regarda Jane.) Vous allez nous aider ?

Un moment se passa, puis elle se frotta le visage. *Malédiction.*

— Oui. Je viens.

John abaissa le canon du Glock qu'on lui avait donné et regarda la cible qui se trouvait à quinze mètres. Il remit le cran de sécurité, proprement estomaqué.

— Géant ! s'exclama Blay.

N'en croyant pas ses yeux, John appuya sur le bouton jaune situé sur sa gauche et la feuille de papier revint vers lui à toute allure le long du câble, comme un chien docile. Au centre, six tirs parfaits formaient une petite grappe. *Incroyable.* Alors que, jusqu'à présent, il s'était montré archinul en matière de combat, il excellait enfin dans une discipline.

Il en oublia son mal de tête.

— Beau travail, fiston, fit Kolher en lui posant une lourde main sur l'épaule. Excellent.

John tendit la main vers la cible et la détacha.

— Bien, reprit Kolher. C'est tout pour aujourd'hui. Vérifiez vos armes, jeunes gens.

— Hé, Vhif, cria Blay. T'as vu ça ?

Vhif tendit son pistolet à l'un des *doggen* et s'approcha.

— Wow. On a un as de la gâchette, ma parole.

John plia la feuille de papier et la glissa dans la poche arrière de son jean. Il reposa l'arme sur le chariot et essaya de voir comment il pourrait l'identifier de façon à pouvoir s'en servir de nouveau lors du prochain entraînement de tir. Ah… les numéros de série avaient été limés, mais une légère éraflure griffait le canon. Il pourrait retrouver le revolver sans aucun problème.

— Sauvez-vous, insista Kolher en appuyant son immense corps contre la porte. Le bus attend.

Quand John releva la tête après avoir rendu le semi-automatique, Fhléau se tenait juste derrière lui, menaçant et imposant. Dans un mouvement fluide, le garçon se pencha et posa son Glock, le canon tourné vers la poitrine de John.

Et pour souligner encore davantage le geste, il laissa un moment son index sur la détente.

Blay et Vhif arrivèrent aussitôt et bloquèrent le passage. Le mouvement avait été fluide, nonchalant, comme s'ils étaient juste là par hasard, mais le message était sans équivoque. Fhléau haussa les épaules, lâcha le Glock, et bouscula Blay en se dirigeant vers la porte.

— Connard, marmonna Vhif.

Les trois amis gagnèrent le vestiaire, où ils récupérèrent leurs livres et sortirent ensemble. John allait emprunter le tunnel pour retourner à la grande maison quand ils s'arrêtèrent devant la porte de l'ancien bureau de Tohr.

— Il faut qu'on sorte, ce soir, observa Vhif à voix basse pendant que les autres étudiants passaient devant eux. J'ai vraiment hâte. (Il fit une grimace et se dandina comme s'il avait du papier de verre dans son pantalon.) Je vais devenir dingue si je ne me fais pas une femelle, si vous voyez ce que je veux dire.

Blay rougit légèrement.

— Je… oui, j'aimerais bien un peu d'action. John ?

Galvanisé par ses exploits au stand de tir, John opina.

— Super. (Blay remonta son jean.) Faut qu'on aille au *Zero Sum*.

Vhif se renfrogna.

— Et pourquoi pas au *Screamer's* plutôt ?

— Non, je veux aller au *Zero Sum*.

— Bon. On prend ta voiture. (Vhif regarda John.) John, pourquoi tu ne prendrais pas le bus pour aller chez Blay ?

— *Mais je dois me changer, non ?*

— Tu peux lui emprunter des vêtements. Il faut que tu te fasses beau pour le *Zero Sum*.

Fhléau surgit de nulle part, comme un mauvais coup de poing.

— Alors comme ça, tu sors en ville, John ? Je te croiserai peut-être, camarade.

Un sourire sarcastique sur les lèvres, il s'éloigna d'un pas lent, le corps tendu, roulant des épaules comme s'il était sur le point de se battre. Ou en avait l'intention.

— On dirait que t'as besoin de compagnie, Fhléau, aboya Vhif. Bonne idée, parce que, si tu t'obstines à faire chier, tu vas te faire baiser, *camarade !*

Fhléau s'arrêta et jeta un coup d'œil en arrière, inondé par la lumière qui venait des lampes fixées au plafond.

— Au fait Vhif, dis bonjour à ton père de ma part. Il m'a toujours préféré à toi. Mais bon, faut dire qu'ils ont la même couleur, les miens.

Fhléau tapa légèrement à côté de son œil avec son index et poursuivit son chemin.

Dans son sillage, le visage de Vhif se ferma, on aurait dit une statue.

Blay posa la main sur la nuque du garçon.

— Écoute, tu nous laisses quarante-cinq minutes chez moi, et puis tu passes nous prendre. D'accord ?

Vhif ne répondit pas immédiatement et, lorsqu'il le fit, sa voix était à peine audible.

— Oui, pas de problème. Vous pouvez m'excuser une seconde ?

Vhif posa ses livres par terre et retourna dans le vestiaire. La porte se ferma.

— *Les familles de Fhléau et de Vhif se connaissent bien ?* signa John.

— Ils sont cousins germains. Leurs pères sont frères.

— *Pourquoi est-ce que Fhléau a indiqué son œil du doigt ?* demanda John en fronçant les sourcils.

— T'en fais pas…

John saisit le bras de son ami.

— *Dis-moi.*

Blay frotta ses cheveux roux comme s'il essayait d'improviser une réponse.

— Bon… c'est que… enfin, le père de Vhif a une position importante dans la *glymera*, d'accord ? Et sa mère aussi. Et la *glymera* est inflexible pour ce qui est des défauts, des imperfections.

Blay semblait avoir l'impression que son explication était claire comme de l'eau de roche.

— *Je comprends pas. Qu'est-ce qu'il y a avec son œil ?*

— L'un est bleu, l'autre est vert. Parce qu'ils ne sont pas de la même couleur, Vhif ne pourra jamais s'unir à une femelle pour la vie… et puis, tu sais, son père a toujours eu honte de lui. Ça craint, comme situation, et c'est pour ça qu'on se retrouve toujours chez moi. Il a besoin de s'éloigner de ses parents. (Blay regarda la porte des vestiaires comme s'il pouvait voir son ami.) La seule raison pour laquelle ils ne l'ont pas encore viré, c'est parce qu'ils espéraient que la transition allait rectifier le problème. C'est pourquoi il a pu utiliser Marna. Son sang est très pur, ça aurait dû l'aider.

— *Mais ça n'a pas marché ?*

— Non. Ils vont probablement lui demander de partir. J'ai une chambre de prête pour lui, mais ça m'étonnerait qu'il accepte de venir s'installer chez moi. Il est très fier. Ce qui est naturel.

Une horrible pensée traversa l'esprit de John.

— *Comment il a eu son bleu ? sur le visage, après sa transition ?*

C'est alors que la porte des vestiaires s'ouvrit et Vhif sortit en affichant un sourire rayonnant.

— On y va, messieurs ? (Il ramassa ses livres, et déclara crânement :) Ne traînons pas, ou les meilleures seront prises.

Blay lui donna une claque sur l'épaule.

— Après vous, maestro.

Ils se dirigèrent vers le parking souterrain, Vhif en tête, Blay fermant la marche, John au milieu. Comme Vhif s'engouffrait dans le bus, John tira le bras de Blay :

— *C'était son père, n'est-ce pas* ?

Blay hésita. Puis opina.

# Chapitre 18

Bon, c'était soit vraiment cool, soit absolument terrifiant. Jane avait l'impression de traverser un tunnel dans un film de Jerry Bruckheimer. Le lieu semblait tout droit sorti d'un studio de film à gros budget : de l'acier, des lumières fluorescentes encastrées, et puis il était interminable. Elle s'attendait presque à voir débouler Bruce Willis avec la dégaine qu'il avait en 1988, pieds nus, un débardeur déchiré sur le dos et une mitraillette à la main.

Elle leva les yeux sur les panneaux fluorescents du plafond, puis les baissa sur le sol en métal poli. Elle était prête à parier que, si elle essayait de percer les parois du tunnel à l'aide d'une perceuse, ils feraient plus de quinze centimètres d'épaisseur. Ces types avaient de l'argent. Énormément d'argent. Plus que si vous faisiez un trafic de médicaments ou vendiez de la cocaïne, du crack ou des amphétamines. C'était une richesse à échelle gouvernementale, ce qui laissait sous-entendre que les vampires n'étaient pas simplement une espèce différente, ils appartenaient à une autre civilisation.

Tandis qu'ils poursuivaient tous les trois leur chemin, elle se disait qu'il était étonnant qu'ils ne l'aient pas menottée. Le patient et son ami étaient tous deux armés, cela dit…

— Non. (Le patient secoua la tête en la regardant.) Vous n'avez pas de menottes parce que vous ne vous enfuirez pas.

Jane resta bouche bée.

— Ne lisez pas dans mes pensées.

— Désolé. Je ne l'ai pas fait exprès, c'est arrivé, c'est tout.

Elle se racla la gorge et essaya de ne pas penser à la fière allure qu'il avait debout. Vêtu d'un pantalon de pyjama écossais et d'un débardeur noir, il se mouvait avec lenteur mais avec une assurance tranquille tout à fait irrésistible.

De quoi parlaient-ils, déjà ?

— Comment pouvez-vous savoir que je ne vais pas essayer de m'enfuir ?

— Vous ne laisserez pas tomber quelqu'un qui a besoin d'un médecin. Ce n'est pas dans votre nature, je me trompe ?

*Bon… Merde.* Il la connaissait bien.

— Oui, observa-t-il.

— Arrêtez !

Red Sox se tourna pour regarder V.

— Tu peux de nouveau lire les pensées ?

— Les siennes, oui, parfois.

— Cool, et celles des autres ?

— Non.

Red Sox ajusta sa casquette.

— Euh… avertis-moi si tu te mets à capter les miennes, okay ? Il y a des trucs que j'aimerais autant garder pour moi, si tu vois ce que je veux dire.

— Pigé. Mais je ne peux pas toujours m'en empêcher.

— Message reçu. J'essaierai de ne penser qu'au base-ball quand tu es dans les parages.

— Encore heureux que tu ne sois pas un fan des Yankees.

— Ne dis pas de gros mots. Nous ne sommes pas seuls.

Ils n'échangèrent plus un mot tandis qu'ils poursuivaient leur marche, et Jane commença à se demander si elle était en train de perdre la raison. Elle aurait dû se sentir terrifiée dans cet endroit sombre et souterrain, escortée par deux vampires immenses. Pourtant elle n'avait pas peur. Curieusement, elle se sentait en sécurité… comme si son patient allait la protéger à cause de sa promesse, et Red Sox à cause de son attachement au patient.

Où se trouvait la logique dans tout ça ? se demandait-elle. *Mon premier est un S, mon deuxième est un T mon troisième est un O, suivi d'un C, d'un K, d'un H, d'un O, d'un L et d'un M. Et mon tout est synonyme de : LAVAGE DE CERVEAU.*

Le patient se pencha et lui dit à l'oreille.

— Je ne suis pas un pro des charades. Mais vous avez raison : que quelqu'un s'avise ne serait-ce que de vous faire sursauter, nous le tuerons sans hésiter.

Le patient se redressa : une énorme pile à testostérone campée dans des rangers.

Jane lui donna une petite tape sur le bras et plia son index pour qu'il se penche de nouveau vers elle. Elle lui murmura alors :

— Les souris et les araignées me font peur. Mais ne vous sentez pas obligé de dégainer votre flingue pour pulvériser le mur si je me retrouve nez à nez avec une de ces bestioles, d'accord ? Les pièges à souris et les journaux roulés marchent tout aussi bien. Et puis pas besoin de plâtre pour réparer les dégâts et colmater les trous. Enfin, ce que j'en dis, hein…

Elle lui donna une autre petite tape sur le bras pour lui signaler qu'il pouvait reprendre sa marche, puis regarda devant elle.

V. se mit à rire, en se retenant presque d'abord, puis de bon cœur, et elle sentit le regard de Red Sox posé sur elle. Elle soutint son regard, avec un peu d'appréhension, s'attendant à y lire des reproches, mais n'y lut qu'un vrai soulagement. Un soulagement et de l'approbation tandis que l'homme… le mâle… euh, bref… la regardait d'abord elle, puis son ami.

Jane rougit et détourna les yeux. Le fait qu'apparemment le type n'essaie pas d'entrer en concurrence avec elle pour l'amitié de son ami n'aurait pas dû lui procurer un tel plaisir. Vraiment pas.

Une centaine de mètres plus loin, ils se retrouvèrent en haut d'une volée de marches qui menait à une porte dotée d'un mécanisme de verrouillage gros comme sa tête. Le patient s'avança et saisit un code, elle s'imagina qu'ils allaient se retrouver dans une espèce de lieu à la James Bond…

Tout faux. C'était juste un placard avec des étagères chargées de fournitures de bureau : bloc-notes, cartouches d'encre, boîtes de trombones. Peut-être que de l'autre côté…

Non plus. Juste un bureau. Un bureau banal pour cadre moyen avec un meuble, une chaise pivotante, des classeurs, et un ordinateur.

Bon, rien de très *Die Hard* ici. Plutôt un cadre idéal pour une pub de compagnie d'assurances ou une agence immobilière.

— Par ici, annonça V.

Ils sortirent par une porte en verre et descendirent un couloir blanc anonyme qui menait devant des doubles portes en acier inoxydable. Elles donnaient sur un immense gymnase capable d'accueillir deux équipes de basket-ball professionnel, un match de lutte et une partie de volley-ball, le tout simultanément. Le sol brillant couleur miel était recouvert de tapis bleus et des sacs de frappe étaient suspendus sous une rangée de gradins surélevés qui formait un encorbellement.

Ils devaient avoir une sacrée fortune. Et comment avaient-ils pu construire tout ça sans se faire repérer par les humains ? Il devait y avoir beaucoup de vampires. Ce n'était pas possible autrement. Des ouvriers, des architectes, des artisans… tous capables de se faire passer pour des humains quand il le fallait.

La généticienne qu'elle portait en elle en eut le vertige. Si les chimpanzés partageaient quatre-vingt-dix-huit pour cent de l'ADN des humains, quel était leur degré de parenté avec les vampires ? Et du point de vue de l'évolution, quand est-ce que cette autre espèce s'était séparée des grands singes et de l'*Homo sapiens* ? Oui… vraiment… elle aurait donné n'importe quoi pour pouvoir étudier leur double hélice. S'ils allaient vraiment effacer tous les souvenirs qu'elle avait de son séjour parmi eux, la médecine allait réellement rater quelque chose. Et dire qu'ils n'étaient pas touchés par le cancer et qu'ils pouvaient cicatriser et guérir en un clin d'œil.

Quelle aubaine pour la science.

À l'autre bout du gymnase, ils s'arrêtèrent devant une porte en acier marquée « Équipement/Physiothérapie ». La pièce était remplie d'armes : un véritable arsenal de sabres et de nunchakus, des dagues enfermées à clé dans des placards, des pistolets, des étoiles de jet.

— Mon… Dieu !

— Elles ne servent que pour l'entraînement, expliqua V. avec nonchalance.

— Et vous utilisez quoi alors pour vous battre ?

Comme toutes sortes de scénarios dignes de *La Guerre des mondes* défilaient dans sa tête, elle capta l'odeur familière du sang. Enfin… quelque peu familière. L'odeur avait une nuance distincte, une note épicée, et elle lui rappela le parfum qu'elle avait senti quand elle était au bloc opératoire avec le patient, cette légère odeur de vin.

À l'autre bout de la pièce, une porte portant l'inscription « PHYSIOTHÉRAPIE » s'ouvrit. Le magnifique vampire blond qui l'avait sortie de l'hôpital sur son épaule passa la tête dans l'embrasure de la porte.

— Dieu merci, vous êtes là.

L'instinct médical de Jane entra en action dès qu'elle posa le pied dans une pièce carrelée et qu'elle vit les semelles d'une paire de rangers dépasser d'un brancard. Elle passa devant les hommes, les repoussant afin de pouvoir s'approcher de celui qui était allongé sur la table.

C'était celui qui l'avait hypnotisée, aux yeux jaunes et à la spectaculaire chevelure. Et il avait vraiment besoin d'un médecin. La zone autour de son orbite gauche était fracassée vers l'intérieur et la paupière était tellement gonflée qu'il ne pouvait pas la soulever. Ce côté de son visage faisait deux fois sa taille normale. Elle supposait que l'os au-dessus de l'œil s'était effondré ainsi que celui de la joue.

— Vous êtes salement amoché, lui dit-elle en lui posant une main sur l'épaule et en le regardant dans l'œil qui était ouvert.

Il ébaucha un pauvre sourire.

— Sans blague.

— Mais je vais réparer ça.

— Vous vous en sentez capable ?

— Non. (Elle secoua la tête plusieurs fois.) Je sais que j'en suis capable.

Elle n'était pas spécialisée en chirurgie esthétique mais, vu les aptitudes de guérison de son espèce, elle ne doutait pas de pouvoir soigner les blessures sans altérer sa physionomie. Si elle avait ce qu'il lui fallait pour opérer, bien entendu.

La porte s'ouvrit de nouveau en grand et Jane se sentit paralysée. C'était le géant aux cheveux noir de jais et les lunettes noires. Elle s'était demandé si elle n'avait pas simplement rêvé de lui mais, manifestement, il était bien réel. Totalement réel. Et il était le chef. Il se déplaçait comme si tout lui appartenait dans la pièce, individus aussi bien qu'objets, et qu'il avait le pouvoir de tout éliminer d'un simple geste de la main.

— Dites-moi que je rêve, déclara-t-il en la voyant.

Jane recula instinctivement en direction de V. et, à ce moment précis, elle le sentit se placer juste derrière elle. Il ne la toucha pas, mais elle savait qu'il était tout près d'elle, et prêt à la défendre.

Le vampire aux cheveux noirs secoua la tête en regardant le blessé.

— Fhurie… bordel, il faut qu'on t'emmène chez Havers.

— Non, articula-t-il péniblement.

— Et pourquoi donc, putain ?

— Bella y est. Elle me voit comme ça… va paniquer… Elle saigne déjà.

— Ah… Merde.

— Et puis on a quelqu'un ici, fit-il remarquer d'une voix sifflante. (Son œil se posa sur Jane.) N'est-ce pas ?

Ils se tournèrent tous vers elle. Le géant aux cheveux noirs avait vraiment l'air courroucé. Ce fut donc une surprise quand il lui demanda :

— Est-ce que vous voulez bien soigner notre frère ?

La demande était faite sur un ton courtois et respectueux. Il était clair qu'il était surtout contrarié que son ami soit sur le carreau et pas encore traité.

Elle s'éclaircit la voix.

— Oui, je vais m'occuper de lui. Mais qu'est-ce que j'ai pour travailler ? Il va falloir que je l'endorme…

— Ne vous inquiétez pas pour ça, interrompit Fhurie.

— Vous voulez que je remette en place les os de votre visage sans anesthésie générale ?

— Oui.

Ils avaient peut-être un seuil de tolérance à la douleur différent…

— T'es dingue ? marmonna Red Sox.

Ou peut-être pas.

En tout cas, assez palabré. Si elle présumait que ce garçon qui avait la tronche de Rocky pouvait guérir aussi vite que son patient, il fallait qu'elle opère immédiatement, avant que les os se ressoudent mal et qu'elle doive les casser de nouveau.

Elle parcourut la pièce des yeux et avisa une vitrine qui semblait remplie de fournitures diverses. Elle espérait vraiment qu'elle arriverait à constituer une trousse chirurgicale de fortune avec ce qu'elle trouverait dedans.

— L'un de vous aurait-il par hasard une expérience médicale quelconque ?

V. prit la parole, tout contre son oreille, presque aussi proche d'elle que ses propres vêtements.

— Oui, je peux aider. J'ai suivi la formation d'auxiliaire médical.

Elle le regarda par-dessus son épaule, et une vague de chaleur l'envahit.

*Concentre-toi, Whitcomb.*

— Très bien. Est-ce que vous avez quelque chose pour une anesthésie locale ?

— De la lidocaïne.

— Et des calmants ? Et peut-être un peu de morphine. S'il bouge au mauvais moment, je risque de l'éborgner.

— Oui.

V. se dirigea vers les rangées de placards en acier inoxydable et elle remarqua qu'il titubait un peu. La marche dans le tunnel avait été longue et il avait beau sembler guéri, il venait juste de subir une opération à cœur ouvert.

— Vous allez vous asseoir, ordonna-t-elle en le tirant par le bras. (Elle tourna les yeux vers Red Sox.) Allez lui chercher une chaise. Tout de suite.

Quand le patient ouvrit la bouche pour protester, elle ne fit pas attention à lui et traversa la pièce.

— Ça ne m'intéresse pas. J'ai besoin de pouvoir compter sur vous pendant l'opération, et elle risque de durer un moment. Vous allez mieux, mais vous n'êtes pas encore aussi solide que vous le croyez, alors asseyez-vous et dites-moi où je peux trouver ce dont j'ai besoin.

Un bref moment de silence suivit puis quelqu'un éclata de rire tandis que V. grommelait. Celui qui avait l'allure d'un roi la regarda avec un petit sourire.

Red Sox avança un fauteuil roulant qu'il avait déniché à côté de la baignoire d'hydromassage et la poussa contre les jambes de V.

— Pose tes fesses, mon grand. Ordre du médecin.

— Bon, voilà ce qu'il me faut, annonça Jane une fois qu'il fut assis.

Elle énuméra la liste d'instruments basiques : scalpels, forceps, dispositifs d'aspiration, puis elle demanda du fil pour les sutures et du fil chirurgical en acier, de la Betadine, une solution tamponnée pour rincer, de la gaze, des gants de latex…

Elle était stupéfaite de la vitesse à laquelle tout fut réuni, mais il était vrai que V. et elle étaient sur la même longueur d'ondes. Il la guida dans la pièce, anticipa ce qu'elle cherchait, et sans avoir à beaucoup parler. L'infirmier idéal, en somme.

Elle poussa un énorme soupir de soulagement en voyant qu'ils avaient une perceuse chirurgicale.

— Est-ce que vous auriez par hasard un casque équipé d'une loupe chirurgicale ?

— Dans le placard, à côté du chariot d'urgence, répliqua V. Tiroir du bas. À gauche. Vous voulez que je me prépare pour l'intervention ?

— Oui. (Elle alla chercher la loupe dans le tiroir.) On a du matériel radiographique ?

— Non.

— Merde. (Elle mit les mains sur ses hanches.) Bon, j'irai à l'aveugle.

Elle plaça le casque équipé de la loupe et V. se leva. Il se dirigea vers l'évier situé dans un coin de la pièce pour se laver les mains et les avant-bras en vue de l'intervention. Elle prit sa place une fois qu'il eut fini, puis ils enfilèrent des gants.

Elle revint auprès de Fhurie, le regardant dans son œil valide.

— Ça va probablement faire mal, même avec un anesthésiant local et de la morphine. Vous allez probablement vous évanouir, et j'espère que vous vous évanouirez rapidement.

Elle saisit une seringue et éprouva ce sentiment enivrant de puissance qu'elle connaissait bien et qui l'envahissait lorsqu'elle se préparait à réparer ce qui avait été cassé…

— Attendez, fit-il. Pas de médicaments.

— Pardon ?

— Mettez-vous au travail.

On pouvait lire une espèce d'attente morbide dans son regard, une attente choquante à bien des niveaux. Il *voulait* avoir mal.

Elle durcit son regard. Et se demanda s'il avait encouragé ce qui lui était arrivé, sans rien faire pour l'empêcher.

— Désolée.

Jane perça le sceau en caoutchouc du flacon de lidocaïne. Elle préleva la quantité qu'il lui fallait, puis déclara :

— Il est absolument hors de question que je vous ouvre sans vous injecter le moindre produit anesthésiant. Si cela vous pose vraiment problème, vous n'avez qu'à vous trouver un autre chirurgien.

Elle posa le petit flacon de verre sur un chariot roulant en acier et se pencha au-dessus de lui, seringue en l'air.

— Alors, vous choisissez quoi ? Moi et un peu de jus pour dormir ou… tiens, il n'y a personne d'autre, quelle surprise !

L'œil jaune étincela de colère, comme si elle le spoliait de quelque chose.

— Fhurie, ne fais pas le con, intervint alors celui à l'allure royale. Il s'agit de ta vue. Ferme-la et laisse-la faire son travail.

L'œil jaune se ferma.

— Bien, marmonna le vampire.

Deux heures plus tard environ, Viszs comprit qu'il avait des problèmes. De gros problèmes. Les yeux rivés sur les rangs de petites sutures noires impeccables sur le visage de Fhurie, il était abasourdi au point de ne plus pouvoir rien dire.

Oui. Il avait un problème gigantesque.

Le docteur Jane Whitcomb était une chirurgienne époustouflante. Une artiste absolue. Ses mains étaient des instruments élégants, sa vision aussi aiguë que le scalpel qu'elle utilisait, sa concentration intense et extrême, celle d'un guerrier en pleine bataille. Elle avait travaillé par moments à la vitesse de l'éclair, puis à d'autres elle avait tellement ralenti qu'on avait eu l'impression qu'elle ne bougeait pas du tout. L'os orbital de Fhurie avait été fracassé et Jane l'avait patiemment reconstruit, petit à petit, retirant des éclats osseux aussi blancs que la coquille d'une huître, perçant le crâne et passant du fil métallique entre les fragments pour reconstituer l'os, posant une petite vis dans sa joue.

V. savait qu'elle n'était pas totalement satisfaite du résultat, car elle affichait une expression sévère quand elle referma et recousit la plaie. Et quand il lui avait demandé quel était le problème, elle avait répondu qu'elle aurait préféré pouvoir poser une plaque dans la joue de Fhurie mais, puisqu'ils n'avaient pas ça à leur disposition, elle allait simplement espérer que l'os se ressoude vite.

Du début à la fin de l'intervention, elle avait totalement contrôlé la situation. Au point que cela l'avait excité, ce qui était aussi absurde que honteux. C'est juste qu'il n'avait encore jamais rencontré de femelle – de femme – comme elle. Elle s'était merveilleusement bien occupée de son frère, avec un talent que V. lui-même ne pouvait pas espérer égaler.

Bordel… Il avait vraiment un énorme problème.

— Comment est sa tension ? demanda-t-elle.

— Constante, répliqua-t-il. Fhurie avait perdu connaissance au bout de dix minutes, mais sa respiration n'avait pas faibli et sa TA était restée stable.

Jane essuya la zone autour de l'œil et de la pommette, puis commença à la recouvrir de gaze. Kolher se racla la gorge sur le seuil de la porte.

— Et sa vision ?

— Il n'y a que lui qui pourra nous le dire, répondit Jane. Je n'ai pas les moyens de déterminer si le nerf optique a été abîmé ou si la rétine et/ou la cornée ont été touchées. Si c'est le cas, il va falloir qu'il aille consulter dans un centre spécialisé, et ce n'est pas seulement à cause des ressources limitées que nous avons ici. Je ne suis pas spécialisée en ophtalmologie et je ne me risquerais pas à tenter ce type d'opération.

Le roi remonta ses lunettes sur son nez droit. Comme s'il pensait à la faiblesse de ses propres yeux et espérait que Fhurie n'ait pas à affronter ce genre de problème.

Une fois que Jane eut recouvert de gaze la moitié du visage de Fhurie, elle enroula une bande autour de sa tête à la manière d'un turban, puis plaça dans l'autoclave les instruments qu'elle avait utilisés. Afin d'arrêter d'observer tous ses gestes de manière obsessionnelle, V. s'affaira à jeter les seringues usagées, les tampons et les aiguilles, ainsi que le tube jetable qui avait servi à prélever la lidocaïne.

Jane arracha ses gants de chirurgie avec un claquement sec.

— Parlons un peu des risques d'infection. À quel point votre espèce est-elle sensible ?

— Pas beaucoup.

V. retourna s'asseoir. Il détestait le reconnaître, mais il était fatigué. Si elle ne l'avait pas forcé à s'asseoir, il serait incapable de tenir debout.

— Notre système immunitaire est très résistant.

— Est-ce que votre médecin le mettrait sous antibiotiques à titre prophylactique ?

— Non.

Elle s'approcha de Fhurie et le contempla comme si elle lisait ses constantes sans stéthoscope ni tensiomètre. Puis elle tendit la main et caressa l'extravagante chevelure de son nouveau patient, ramenant ses cheveux en arrière. L'intérêt et la sollicitude qu'il lisait dans ses yeux, sans parler du geste, contrarièrent V., même si cela n'aurait pas dû être le cas : bien entendu qu'elle s'intéressait particulièrement à son frère. Elle venait de lui reconstruire la moitié du visage.

Mais quand même.

Merde, les mâles qui étaient liés étaient vraiment des emmerdeurs, non ?

Jane se pencha et murmura à l'oreille de Fhurie :

— Tout s'est bien passé. Ça va aller. Reposez-vous et laissez votre extraordinaire capacité de guérison prendre le relais, d'accord ? (Elle lui tapota l'épaule puis éteignit la lampe puissante au-dessus de la table.) Bon sang, j'aimerais vraiment étudier votre espèce.

Un courant d'air froid souffla d'un des coins de la pièce et Kolher prit la parole :

— Pas question, doc. Nous n'allons pas servir de cobayes pour le bénéfice de l'espèce humaine.

— Je ne me faisais pas trop d'illusions. (Elle leur jeta un coup d'œil à tous.) Je ne veux pas qu'il reste seul, donc soit je reste avec lui, soit quelqu'un d'autre. Et si je pars, je veux pouvoir passer le voir dans deux heures environ afin de faire une évaluation clinique.

— Nous allons rester ici, annonça V.

— Vous avez l'air d'être sur le point de vous écrouler.

— Aucun risque.

— Seulement parce que vous êtes assis.

L'idée qu'il puisse avoir l'air faible devant elle durcit le ton de sa voix.

— Ne vous inquiétez pas pour moi, femelle.

Elle fronça les sourcils.

— Bien. C'était une simple constatation, pas une manifestation d'inquiétude. Faites ce que vous voulez.

Il prit ça comme une gifle. *Aïe...*

— Oui, bon, bref, je ne serai pas loin.

Il se leva et sortit rapidement.

Dans la salle d'entraînement, il sortit une bouteille d'eau minérale du réfrigérateur puis s'allongea sur l'un des bancs. Il dévissa le bouchon et se rendit vaguement compte que Kolher et Rhage s'approchaient et lui disaient quelque chose, mais il n'enregistra pas leurs mots.

Qu'il veuille que Jane se préoccupe de lui le rendait dingue. Qu'il soit heurté lorsqu'elle ne se préoccupait pas de lui était encore plus tordu.

Il ferma les yeux et essaya de faire preuve de logique. Il n'avait pas dormi depuis des semaines. Il était poursuivi par ce cauchemar. Il avait failli mourir.

Il avait fait la connaissance de sa charmante mère.

V. but presque toute la bouteille d'un trait. Il avait dépassé les limites de l'épuisement, et cela devait être la raison pour laquelle il ressentait toutes ces émotions. Ça n'avait rien à voir avec Jane. C'était conjoncturel. Sa vie avait été une succession de déceptions et de rebuffades et c'est pourquoi il s'attachait à elle. Parce que ce qui était sûr, c'est qu'elle ne faisait rien pour l'encourager. Elle le traitait comme un patient et une curiosité scientifique. Et l'orgasme qu'il lui avait presque donné ? Il était persuadé que ça ne serait pas arrivé si elle avait été éveillée. Les images qu'elle avait eues de lui représentaient les fantasmes d'une femme attirée par un monstre dangereux. Ils ne signifiaient pas qu'elle le désirait dans la vie réelle.

— Hé, V.

V. ouvrit les yeux et rencontra ceux de Butch.

— Salut.

Le flic repoussa les pieds de V. sur le côté et s'assit sur le banc.

— Elle a fait des merveilles avec Fhurie, hein ?

— Oui. (V. jeta un coup d'œil en direction de la porte ouverte sur la salle de physiothérapie.) Qu'est-ce qu'elle fait, là ?

— Elle inspecte tous les placards. Elle a dit qu'elle voulait savoir ce qu'on avait en réserve, mais je pense qu'elle ne veut pas s'éloigner de Fhurie et qu'elle souhaite le faire de manière discrète.

— Elle n'a pas besoin de le surveiller tout le temps, marmonna V.

Les mots étaient à peine sortis de sa bouche qu'il eut honte d'être jaloux de son frère blessé.

— Ce que je veux dire, c'est que…

— C'est rien. T'inquiète. Je comprends ce que tu veux dire.

Butch se mit à faire craquer ses phalanges, V. se couvrit silencieusement d'injures et envisagea de s'en aller. En général, ce petit rituel était le prélude à une conversation solennelle.

— Qu'est-ce qu'il y a ?

Butch fit jouer les muscles de ses bras et sa chemise Gucci se tendit sur ses épaules.

— Rien. Enfin, si ce n'est…

— Si ce n'est quoi ?

— Elle. Toi et elle. (Butch jeta un coup d'œil à V., puis détourna les yeux.) C'est une bonne combinaison.

Au cours du silence qui suivit, V. étudia le profil de son meilleur ami, depuis les cheveux noirs qui retombaient sur un large front jusqu'au nez cassé et à la mâchoire carrée. Pour la première fois depuis bien longtemps, il ne désirait pas Butch. Ce qui aurait dû être considéré comme une amélioration. Mais au lieu de ça, il se sentait encore plus mal, pour une autre raison.

— Il n'y a pas d'elle et moi, vieux.

— Arrête ton char. Je l'ai senti immédiatement après que tu m'as soigné. Et chaque heure qui s'écoule renforce le lien.

— Il ne se passe rien. Je te jure que je ne raconte pas de salades.

— C'est ça, et moi je suis la reine d'Angleterre.

V. ne releva pas la remarque, il avait les yeux rivés sur les lèvres de Butch, et c'est d'une voix très basse qu'il remarqua :

— Tu sais… je mourais d'envie de faire l'amour avec toi.

— Je sais. (Butch tourna la tête et les deux amis se regardèrent dans les yeux.) C'est du passé désormais, n'est-ce pas ?

— Oui, je crois.

— À cause d'elle ? demanda Butch en indiquant de la tête la porte ouverte de la salle de physiothérapie.

— Peut-être.

V. regarda dans la direction qu'il indiquait et aperçut Jane en train de faire l'inventaire d'un placard. Quand elle se pencha, son corps réagit immédiatement et il dut changer de position afin d'éviter que son érection soit écrasée. La douleur passa et il pensa aux sentiments qu'il avait entretenus à l'égard de Butch.

— Je dois avouer que j'étais étonné que ça ne semble pas te déranger outre mesure. Je pensais que tu allais flipper ou un truc comme ça.

— On n'est pas maître de ses sentiments.

Butch se plongea dans la contemplation de ses mains et se mit à examiner ses ongles. Puis il se concentra sur le fermoir de sa Piaget, le positionnement de son bouton de manchette en platine.

— Et puis…

— Quoi ?

— Rien, répondit le flic en secouant la tête.

— Dis.

— Non. (Butch se leva et s'étira, cambra son dos puissant.) Je vais retourner à la Fosse…

— Tu me désirais aussi. Juste un peu.

Butch se redressa, laissa retomber ses bras sur les côtés, reprit une posture normale. Il fronça les sourcils et son front se rida.

— Mais je ne suis pas homo.

V. ouvrit la bouche et se mit à dodeliner de la tête.

— Non, pas possible ? Quelle révélation. J'étais tellement persuadé que tout ton bla-bla sur le thème de « je suis un bon Irlandais catholique de Boston » n'était qu'une façade.

Butch lui fit un bras d'honneur.

— Oui, bon, bref, rétorqua-t-il. Je n'ai rien contre l'homosexualité. En ce qui me concerne, les gens doivent pouvoir baiser qui ils veulent, comme ils veulent, du moment que les personnes concernées sont majeures et consentantes et que tout se passe bien pour tout le monde. Il se trouve simplement que j'aime les femmes.

— Cool. Je te mets en boîte, c'est tout.

— Je l'espère bien. Tu sais que je ne suis pas homophobe.

— Oui, je le sais.

— Et toi ?

— Quoi, moi ?

— T'es homo ou bisexuel ?

V. exhala en se disant qu'il aurait bien aimé griller une cigarette. Il tapota instinctivement sa poche, réconforté de sentir qu'il avait apporté quelques roulées.

— Écoute, V., je sais que tu as des relations avec des femelles, mais c'est toujours dans des contextes sadomaso. Est-ce que c'est différent avec les hommes ?

V. caressa son bouc de sa main gantée. Il avait toujours eu l'impression que Butch et lui pourraient tout se dire. Mais ça… ça, c'était difficile. D'abord parce qu'il voulait que rien ne change entre eux, ensuite parce qu'il avait toujours craint qu'une franche discussion sur ses pratiques sexuelles devienne rapidement gênante. La vérité était que Butch était hétéro par nature, pas seulement par culture. Et si, de temps à autre, il avait ressenti du trouble pour V., c'était pour lui une aberration qui le mettait probablement très mal à l'aise.

V. roula la bouteille d'eau entre ses mains.

— Cela fait combien de temps que tu veux me poser cette question ? si je suis homo ou pas ?

— Un bon moment.

— T'avais peur de la réponse ?

— Non, parce que ça m'est égal. On est amis, que tu aimes les mâles, les femelles, ou les deux.

V. plongea les yeux dans ceux de son meilleur ami et se rendit compte que… oui, c'était vrai, Butch n'allait pas porter de jugement sur lui. Ils étaient amis, et c'était tout ce qui comptait.

Il lâcha un juron et se frotta la poitrine, puis cilla. Il ne pleurait jamais, mais il avait l'impression que les larmes n'étaient pas loin.

Butch fit un signe d'assentiment, comme s'il savait exactement ce qui lui passait par la tête.

— Je te le dis, mon frère, ça m'est égal. Toi et moi ? Rien de changé entre nous, on est amis, indépendamment de qui tu baises. Encore que… si les moutons te font fantasmer, ça risque d'être plus difficile. Je ne sais pas si je pourrais assumer.

V. ne put s'empêcher de sourire.

— Les animaux de ferme ne me branchent pas.

— T'aimes pas la paille dans ton pantalon ?

— Ni la laine entre les dents.

— Ah. (Butch regarda de nouveau son ami dans les yeux.) Alors, c'est quoi ta réponse, V. ?

— Qu'est-ce que tu crois que c'est ?

— Je crois que tu t'es déjà fait des mâles.

— Oui. C'est vrai.

— Mais je pense… (Butch agita le doigt.) Je pense que les hommes ne te plaisent pas plus que les femelles que tu domines. En fin de compte, peu importe qu'il s'agisse d'un mâle ou d'une femelle parce que personne n'a jamais vraiment compté pour toi. À part moi… et ta chirurgienne.

V. baissa les yeux. Il n'aimait pas se savoir aussi transparent, mais il n'était pas étonné non plus. Butch et lui étaient comme ça. Pas de secrets entre eux. Et justement…

— Je devrais probablement te confier quelque chose, flic.

— Quoi ?

— J'ai violé un mâle une fois.

On aurait pu entendre une mouche voler.

Un moment plus tard, Butch s'adossa contre le banc.

— Vraiment ?

— Dans le camp de guerriers, quand tu battais quelqu'un lors d'un combat, tu devais l'enculer devant tous les soldats. Et j'ai gagné le premier combat auquel j'ai participé, une fois que j'ai effectué ma transition. Le mâle… je suppose que, d'une certaine manière, il était consentant. Je veux dire, il s'est soumis, mais ça n'était pas honorable. Je… je ne voulais pas le faire, mais je ne me suis pas retenu non plus. (V. sortit une cigarette de sa poche et contempla le mince rouleau blanc.) C'était juste avant mon départ du camp. Juste avant que… d'autres trucs m'arrivent.

— C'était ta première fois ?

V. sortit son briquet mais ne l'alluma pas.

— Une sacrée première fois, hein ?

— Putain…

— Bref, après avoir passé un certain temps à l'extérieur, j'ai connu beaucoup d'expériences, j'ai beaucoup déconné. J'étais vraiment en colère… j'avais la rage. (Il leva les yeux vers Butch.) Il n'y a pas grand-chose que je n'aie pas fait, flic. Et surtout des trucs extrêmes, si tu vois ce que je veux dire. Il y a toujours eu consentement, mais c'était… c'est toujours… limite. (V. rit doucement.) Ainsi qu'étrangement oubliable.

Butch garda le silence un long moment.

— Je crois que c'est pour ça que Jane me plaît, finit-il par dire.

— Ah bon ?

— Oui. Quand tu la regardes, tu la vois telle qu'elle est. Depuis quand ça ne t'est pas arrivé, ça ?

V. se prépara, puis il regarda Butch droit dans les yeux.

— Je t'ai vu, toi. Même si c'était mal. Je t'ai vu.

Merde. Il y avait une telle tristesse dans sa voix, une telle solitude… Il était temps de parler d'autre chose.

Butch donna une claque sur la cuisse de V., puis se leva, comme s'il avait lu dans les pensées de son ami.

— Écoute, je ne veux pas que tu te sentes coupable. C'est mon charisme animal. Je suis irrésistible, que veux-tu.

— T'es con. (Le sourire de V. fut de courte durée.) Ne laisse pas ton côté fleur bleue te monter à la tête pour ce qui est de Jane et moi, vieux. Elle est humaine.

Butch ouvrit la bouche et prit un air de pantin ahuri.

— Non ! Ça alors ! Et moi qui croyais que c'était une brebis.

V. fusilla Butch du regard.

— Elle ne s'intéresse pas à moi. Pas comme ça.

— T'en es sûr ?

— Oui.

— Mouais. Bon, ben à ta place je testerais quand même cette théorie avant de la laisser filer. (Butch se passa la main dans les cheveux.) Écoute, je…

— Quoi ?

— Je suis heureux que tu m'en aies parlé. Du sexe, je veux dire.

— C'était pas vraiment un scoop.

— C'est vrai. Mais je me dis que tu m'en as parlé parce que tu as confiance en moi.

— Oui, bien sûr. Maintenant ramène ton cul à la Fosse. Marissa va bientôt rentrer.

— Oui, je sais. (Butch se dirigea vers la porte, puis marqua une pause et regarda par-dessus son épaule.) V. ?

V. leva les yeux.

— Oui ?

— Je pense qu'il est important que tu saches, après cette conversation grave… (Butch secoua la tête en prenant un air sérieux.) On ne sort pas ensemble, toi et moi.

Les deux amis éclatèrent de rire et, quand Butch sortit vers le gymnase, il gloussait encore.

— Qu'est-ce qui vous fait rire ? demanda Jane.

V. prit sur lui avant de la regarder, en espérant de toutes ses forces qu'elle ne savait pas à quel point il était difficile pour lui de prétendre qu'elle l'indifférait.

— Mon pote. C'est sa mission dans la vie.

— Tout le monde a besoin d'une mission.

— C'est vrai.

Elle s'assit sur le banc en face de lui, et il la dévora des yeux, comme s'il était resté dans le noir pendant des années et qu'elle était une bougie allumée.

— Vous allez avoir besoin de vous nourrir ? demanda-t-elle.

— J'en doute. Pourquoi ?

— Vous êtes un peu pâle.

*Oui, c'était la douleur qu'il ressentait dans la poitrine qui lui faisait cet effet-là.*

— Ça va.

Un long silence suivit. Puis elle déclara :

— J'ai eu peur tout à l'heure.

L'épuisement dans sa voix lui fit voir au-delà de l'attirance qu'il avait pour elle et il remarqua les épaules légèrement voûtées, les cernes sous les yeux et les paupières lourdes. Elle était manifestement à bout de forces.

*Il faut que tu la laisses partir*, pensa-t-il. *Bientôt.*

— Pourquoi avez-vous eu peur ? demanda-t-il.

— C'est une zone très difficile à opérer dans une situation critique comme celle-là. (Elle se frotta le visage.) Vous avez été formidable, au fait.

Il haussa les sourcils.

— Merci.

Elle poussa un grand soupir et replia les pieds sous elle comme elle l'avait fait dans la chambre.

— Je me fais du souci pour sa vue.

Il aurait tant voulu lui masser doucement le dos.

— Oui, il n'a vraiment pas besoin d'un autre handicap.

— Il en a un ?

— Une prothèse, à une jambe…

— V. ? Ça te dérangerait qu'on parle une seconde ?

V. tourna vivement la tête en direction de la porte qui ouvrait sur le gymnase. Rhage était revenu, et il était encore en tenue de combat.

— Salut, Hollywood. Qu'est-ce qui se passe ?

Jane se redressa et s'apprêta à se lever :

— Je peux aller dans une autre pièce…

— Restez, ordonna V.

Rien n'allait se graver dans sa mémoire, peu importait donc ce qu'elle entendait. Et puis… une partie de lui… (une partie mièvre et sentimentale qui lui donnait envie de se taper la tête avec une bouteille d'alcool) voulait profiter de chaque seconde passée en la compagnie de Jane.

Elle reprit sa position et V. fit un signe de la tête à son frère.

— Parle.

Rhage regarda V. et Jane alternativement, ses yeux bleu-vert un peu trop pénétrants au goût de Viszs. Puis le géant blond haussa les épaules.

— J'ai trouvé un éradiqueur mutilé, ce soir.

— Mutilé comment ?

— Éventré.

— Par l'un des siens ?

Rhage jeta un coup d'œil en direction de la salle de physiothérapie.

— Non.

V. regarda dans la même direction et fronça les sourcils.

— Fhurie ? Arrête, c'est pas du tout son genre de faire dans le gore. Ça a dû être un combat acharné, c'est tout.

— Il était charcuté, V. Des coupes chirurgicales. Et ce n'est pas comme si le tueur avait avalé les clés de voiture de notre frère et qu'il essayait de les récupérer. Je crois qu'il l'a fait gratuitement.

Et merde. Parmi les membres de la Confrérie, Fhurie était le gentleman, le noble guerrier, celui qui respectait le code de l'honneur au pied de la lettre. Il s'imposait à lui-même toutes sortes de règles et l'une d'elles était le respect de l'adversaire sur le champ de bataille, même si leurs ennemis n'en étaient pas dignes.

— Je n'arrive pas y croire, grommela V. Fait chier.

Rhage sortit une sucette de sa poche, enleva le papier et la mit dans sa bouche.

— Je me fous royalement qu'il s'amuse à déchiqueter ces ordures comme si c'était des déclarations d'impôts. Ce que je ne pige pas, c'est ce qui l'a poussé à faire un truc pareil. Une telle sauvagerie implique un énorme degré de frustration. Et puis si c'est la raison pour laquelle il s'est fait fracasser la figure, parce qu'il était trop occupé à jouer à *Saw*, alors c'est une question de sécurité.

— T'en as parlé à Kolher ?

— Pas encore, je voulais d'abord voir Z. Enfin, si tout se passe bien pour Bella ce soir chez Havers.

— Ah… voilà le pourquoi de la crise de Fhurie alors, c'est ça ? Si quelque chose arrive à cette femelle ou au bébé qu'elle porte, on va devoir gérer les deux jumeaux. Ça promet.

V. jura silencieusement en pensant soudain à toutes les grossesses qui l'attendaient. *Bordel de merde.* Cette histoire de Primâle allait le tuer.

Rhage mordit dans sa sucette, le craquement étouffé par sa joue parfaitement ciselée.

— Il faut que Fhurie se débarrasse de cette fixation.

— S'il le pouvait, il le ferait, j'en suis persuadé, répliqua V. en regardant par terre.

— Écoute, je vais chercher Z. (Rhage sortit le bâton de sucette de sa bouche et l'enveloppa dans le papier violet dans lequel elle était emballée.) Vous avez besoin de quelque chose ?

V. jeta un coup d'œil à Jane. Elle avait les yeux posés sur Rhage et l'évaluait de l'œil du médecin, notant la composition de son corps, effectuant des calculs rapides. Enfin c'est en tout cas ce que V. espérait qu'elle était en train de faire. Hollywood était un très beau mec.

Ses canines commencèrent à le lancer, c'était un avertissement, et il se demanda s'il allait jamais recouvrer un jour son calme et son sang-froid. Apparemment, il était jaloux de tout ce qui portait un pantalon et s'approchait de Jane.

—Non, on n'a besoin de rien, répondit-il à son frère. Merci, vieux.

Une fois Rhage parti et la porte refermée, Jane changea de posture et déplia les jambes. Une vague de bonheur absurde l'envahit lorsqu'il constata qu'ils étaient désormais assis dans la même position.

—Qu'est-ce qu'un *éradiqueur* ? demanda-t-elle.

V. se traita intérieurement de gros naze et lui répondit en la regardant droit dans les yeux.

—Un tueur mort-vivant qui chasse mon espèce et veut son extinction.

—Mort-vivant ?

Jane fronça les sourcils, comme si son cerveau rejetait les mots qu'elle venait d'entendre. Comme s'il s'agissait d'un truc qui n'avait pas passé le contrôle qualité.

—Comment ça ?

—Longue histoire.

—On a le temps.

—Pas tant que ça.

*Bien trop peu.*

—Est-ce que c'est l'un d'eux qui vous a tiré dessus ?

—Oui.

—Et qui a attaqué Fhurie ?

—Aussi.

Un long silence suivit.

—Je suis contente qu'il en ait abîmé un, alors.

—Vraiment ? demanda V. les yeux écarquillés de surprise.

—La généticienne que je suis abhorre l'extinction. Le génocide, c'est… absolument impardonnable. (Elle se leva et se dirigea vers la porte pour jeter un coup d'œil sur Fhurie.) Vous les tuez ? Ces… *éradiqueurs*.

— C'est notre mission. Mes frères et moi faisons partie d'une caste créée spécifiquement pour les combattre.

— Une caste ? (Elle plongea ses yeux vert foncé dans les siens.) Qu'est-ce que vous voulez dire par là ?

— La généticienne en vous comprend exactement ce que je veux dire.

Tandis que le mot « Primâle » roulait dans sa tête comme une balle perdue, il s'éclaircit la voix. Merde, il n'avait tellement pas envie de discuter de son avenir d'étalon des Élues avec la femme avec laquelle il voulait être en réalité. Et qui allait partir au coucher du soleil.

— Et ce lieu, ici, est votre centre d'entraînement ?

— Oui, mais on y forme essentiellement des soldats pour nous aider. Mes frères et moi sommes un peu différents.

— Dans quel sens ?

— Comme je l'ai dit, nous sommes une caste spécifiquement créée au départ pour sa force, sa résistance et son aptitude à guérir vite.

— Créée par qui ?

— Encore une longue histoire.

— Racontez-la-moi. (Il ne répondit pas, et elle insista.) Allez, autant discuter, et puis votre espèce m'intéresse vraiment.

Pas lui. Son espèce.

V. ravala un juron. Bon sang, s'il s'amourachait davantage d'elle, il serait bientôt mou comme un chamallow !

Il avait vraiment envie d'allumer une cigarette, mais il n'allait certainement pas le faire devant elle.

— Rien de bien original. Les mâles les plus forts ont été unis aux femelles les plus intelligentes. Et le résultat a donné des types comme moi, les meilleurs garants de la protection de l'espèce.

— Et les filles nées de ces unions ?

— Elles ont constitué les fondements de la spiritualité de l'espèce.

— Vous en parlez au passé. Ce type de reproduction sélective ne se fait plus ?

— En fait... il va reprendre. (Putain, il avait vraiment besoin d'une cigarette.) Vous voulez bien m'excuser ?

— Où est-ce que vous allez ?

— Dans le gymnase, j'ai envie de fumer.

Il se glissa la cigarette entre les lèvres, se leva et sortit par la porte qui donnait sur la salle d'entraînement, mais sans s'éloigner. Il s'appuya contre le mur en béton, posa la bouteille d'eau à ses pieds et alluma son briquet. Il se mit à penser à sa mère et exhala un juron avec la fumée.

— La balle était étrange.

V. tourna vivement la tête, Jane se tenait dans l'embrasure de la porte, les bras croisés sur la poitrine, ses cheveux blonds emmêlés comme si elle avait passé une main dedans.

— Pardon ?

— La balle qui vous a touché. Est-ce qu'ils utilisent des armes différentes ?

Il souffla la bouffée suivante en veillant à ce qu'elle ne l'atteigne pas.

— Qu'est-ce qu'elle avait d'étrange ?

— Normalement, les balles sont de forme conique, le sommet étant soit pointu s'il s'agit d'un fusil, soit légèrement arrondi s'il s'agit d'un pistolet. Celle qui est logée dans votre poitrine est toute ronde.

V. tira de nouveau sur sa cigarette.

— Vous l'avez vue sur la radio ?

— Oui. D'après ce que j'ai pu voir sur le cliché, c'est bien du plomb, mais les bords sont légèrement irréguliers. Peut-être parce qu'elle a frappé votre cage thoracique.

— Hmm... Dieu sait quel type de nouvelle technologie les éradiqueurs développent. Ils ont leurs jouets, tout comme nous. (Il regarda le bout de sa cigarette.) À ce propos, je dois vous remercier.

— Pourquoi ?

— Pour m'avoir sauvé la vie.

— Avec plaisir. (Elle rit.) J'étais tellement étonnée en voyant votre cœur.

— Vraiment ?

— Je n'avais jamais vu ça. (Elle fit un signe de tête en direction de la salle de physiothérapie.) Je voudrais rester avec vous jusqu'à ce que votre frère ait récupéré, je peux ? J'ai un mauvais pressentiment en ce qui le concerne. Je n'arrive pas à mettre le doigt dessus... il a l'air d'aller, mais mon instinct essaie de me dire quelque chose et, si je ne l'écoute pas, je finis toujours par m'en vouloir. Et puis je ne suis pas attendue dans la vie réelle avant lundi matin.

V. s'immobilisa, sa cigarette à mi-chemin de ses lèvres.

— Quoi ? fit-elle. Il y a un problème ?

— Non... pas de problème. Aucun problème.

Elle allait rester un peu plus longtemps.

V. sourit intérieurement. Alors c'était donc ça qu'on ressentait quand on gagnait le gros lot.

# Chapitre 19

John faisait la queue devant le *Zero Sum* en compagnie de Blay et Vhif. Il n'était pas franchement ravi, et vraiment pas à l'aise. Cela faisait une heure et demie environ qu'ils attendaient d'être admis dans le club et, le seul point positif, c'était que la nuit n'était pas trop froide : au moins, ils ne se gelaient pas trop le cul.

— Je vais finir par prendre racine ! (Vhif frappa le trottoir de ses pieds.) Et je ne me suis pas mis sur mon trente et un pour faire tapisserie dans une file d'attente.

John devait reconnaître que le jeune vampire avait une sacrée allure, ce soir : chemise noire à col ouvert, pantalon noir, bottes noires, veste de cuir noir. Avec ses cheveux noirs et ses yeux vairons, il ne passait pas inaperçu auprès des filles. Là tout de suite, par exemple, deux brunes et une rousse remontaient la file et toutes les trois tournèrent la tête en passant devant Vhif. Il retourna leurs regards avec son aplomb caractéristique.

— Mon pote va faire un tabac, hein ? fit remarquer Blay avec ironie.

— T'as encore rien vu. (Vhif remonta son pantalon.) Je suis affamé.

Blay secoua la tête puis balaya encore une fois la rue du regard, sur le qui-vive, la main droite plongée dans la poche de sa veste. John savait ce qu'il palpait : la culasse d'un 9 mm. Blay était armé.

Il avait affirmé qu'un de ses cousins lui avait trouvé l'arme et qu'il ne fallait surtout pas en parler. Cela allait de soi. L'une des règles du programme d'entraînement dictait que les étudiants ne devaient en aucun cas sortir armés. C'était une règle sage qui s'appuyait sur la théorie qu'une maigre connaissance des choses était dangereuse et que les étudiants ne devaient pas prétendre être en mesure d'user d'armes à feu ni de combattre. Blay avait toutefois décrété qu'il ne se rendrait pas en ville sans son arme, et John avait décidé de faire comme s'il ne savait pas ce que dissimulait la bosse dans la poche de son ami.

Et puis il avait l'arrière-pensée que cela pourrait s'avérer utile, s'il croisait Fhléau.

— Bonsoir, mesdemoiselles, claironna Vhif. Vous allez où en cette belle soirée ?

John jeta un coup d'œil. Deux blondes s'étaient plantées devant Vhif et l'inspectaient comme si elles étaient devant un stand de bonbons et qu'elles se demandaient par quoi elles allaient commencer.

Celle de droite, dont les cheveux lui tombaient jusqu'aux fesses et qui portait une jupe taillée dans une serviette de papier, lui sourit. Ses dents étaient tellement blanches qu'elles brillaient comme des perles.

— On est en route pour le *Screamer's*, mais… si vous avez l'intention d'entrer ici, on pourrait changer nos plans.

— Simplifions les choses pour tout le monde et joignez-vous à nous.

Vhif s'inclina en faisant un ample geste pour leur indiquer de se mettre devant lui.

La blonde regarda son amie, puis battit des cils à la Betty Boop. Elle avait dû s'entraîner devant son miroir.

— Un gentleman… J'adooore.

— Jusqu'au bout des ongles.

Vhif tendit la main et, quand Betty Boop la saisit, il l'attira dans la file. Deux types lui jetèrent un regard noir, mais Vhif n'eut qu'à les toiser pour qu'ils n'insistent pas. Pas étonnant. Le jeune vampire était plus grand et plus large qu'eux, un semi-remorque face à deux camionnettes, en quelque sorte.

— Voici Blay et John.

Les filles firent un grand sourire à Blay, qui rougit jusqu'aux oreilles, puis elles regardèrent à peine John, lui adressant juste un signe rapide de la tête avant de reporter toute leur attention sur ses amis.

Il glissa les mains dans le coupe-vent qu'il avait emprunté et se déplaça pour que l'amie de Betty Boop puisse se faufiler à côté de Blay.

— John ? Ça va ? s'enquit Blay.

John acquiesça, puis regarda son ami et signa rapidement :

— *Je rêvasse, c'est tout.*

— Oh, mon Dieu ! s'exclama Betty.

John remit les mains dans les poches. Merde, elle avait certainement remarqué qu'il utilisait la langue des signes et deux possibilités allaient se jouer : soit elle le trouvait mignon tout plein, soit elle avait pitié de lui.

— Elle est trop classe, ta montre !

— Merci, ma belle, répondit Vhif. Je viens de l'acheter.

Génial. Elle n'avait absolument pas remarqué John.

Vingt minutes plus tard, ils arrivaient enfin à l'entrée du club et John fut admis par miracle. Les videurs qui gardaient la porte scrutèrent sa carte d'identité comme s'ils voulaient la mettre sous un microscope et commençaient à secouer la tête quand un troisième gorille s'avança, jeta un coup d'œil à Blay et Vhif, et les fit tous entrer.

À peine franchi le seuil, John décida que ce n'était vraiment pas son truc. Le club grouillait de monde et la clientèle exhibait tellement de peau qu'on se serait cru à la plage. Et est-ce que ce couple, là… merde, le type avait carrément la main sous la jupe de la fille ?

Non, c'était la main du type derrière elle. Celui qu'elle n'était pas en train d'embrasser à pleine bouche.

De la techno hurlait tout autour d'eux et le rythme trépidant imprégnait l'air chargé d'odeurs de sueur, de parfum, et de quelque chose de musqué qu'il soupçonnait être l'odeur du sexe. Des lumières laser perçaient la pénombre et il avait l'impression qu'elles visaient sournoisement ses yeux, car il avait beau se tourner, il n'arrivait pas à les éviter.

Il aurait tout donné pour avoir des lunettes de soleil et des bouchons d'oreilles.

Il regarda de nouveau le couple… enfin le trio. Il n'en était pas certain, mais il aurait juré que la femme avait glissé une main dans chacun des pantalons.

*Un bandeau serait bienvenu, aussi*, se dit-il.

Vhif ouvrait la marche et le petit groupe passa devant une zone dont l'accès était gardé par un cordon et des videurs bâtis comme des bulldozers. De l'autre côté de la barrière humaine, séparée de la plèbe par un mur d'eau et installée dans des box recouverts de cuir, une clientèle élégante buvait des alcools dont John n'avait sans doute jamais entendu parler.

Vhif fonça vers l'arrière du club et choisit une table en coin qui offrait une bonne vue de la piste de danse et un accès facile au bar. Il prit les commandes des filles et de Blay, mais John secoua simplement la tête. Ce n'était pas un environnement où il pouvait se laisser aller, même un tout petit peu.

Tout lui rappelait l'époque d'avant la Confrérie, quand il était seul au monde, bousculé par la foule où il était toujours le plus petit, et le plus fluet. Et là, c'était pareil. Tout le monde était plus grand que lui, même les femmes. Et cela le mettait en état d'alerte. Lorsqu'on a peu de ressources physiques pour se protéger, il faut compter sur son instinct et ses jambes. Cette stratégie l'avait toujours sauvé.

Enfin… sauf une fois.

— Qu'est-ce que tu es musclé, dis donc !

En l'absence de Vhif, parti chercher les boissons, les filles étaient collées à Blay, Betty surtout, qui semblait le prendre pour une grosse peluche.

Blay ne disait pas grand-chose, il n'avait pas la repartie facile. Mais il ne les repoussait pas non plus et laissait Betty balader ses mains où elle voulait.

Vhif revint du bar d'un pas nonchalant, l'image même du macho. Il était dans son élément, deux Corona dans chaque main, les yeux rivés sur les deux filles. Il se déplaçait avec sensualité, et ondulait des hanches en marchant tout en roulant les épaules comme un mec sûr de son corps et brûlant d'en découdre.

Et les filles le dévoraient littéralement des yeux tandis qu'il se rapprochait de leur table, totalement subjuguées.

— Mesdemoiselles, j'ai mérité un pourboire pour mes efforts. (Il tendit une bière à Blay, prit une lampée d'une autre, et leva les deux autres au-dessus de sa tête.) Il me faut une petite récompense.

Betty comprit le manège et elle posa ses mains sur sa poitrine en se redressant. Vhif inclina légèrement la tête sans l'aider beaucoup. Ce qui la força à s'étirer encore plus. Comme leurs lèvres se rencontraient, celles de Vhif se fendirent d'un sourire tandis qu'il tendait la main et attirait l'autre fille à lui. Cela ne troubla pas Betty le moins du monde et elle fit une place à son amie.

— Allons dans les toilettes, murmura Betty d'un ton enjôleur.

Vhif se pencha par-dessus Betty et embrassa goulûment son amie.

— Blay, tu te joins à nous ?

Blay porta sa bière à ses lèvres et avala quelques gorgées.

— Nan, je vais rester ici.

Il se trahit en lançant un regard vers John.

Ce qui enragea ce dernier.

— *Je n'ai pas besoin de baby-sitter.*

— Je sais, vieux.

Les filles froncèrent les sourcils. Elles étaient littéralement pendues à Vhif, et ne voyaient en John qu'un trouble-fête. L'agacement qui se lisait sur leur visage se transforma en colère lorsque Vhif commença à se dégager d'elles.

John fusilla son ami du regard.

— *Ne t'avise pas de rester. Je ne t'adresserais plus jamais la parole.*

Betty releva la tête, ses cheveux blonds glissant sur l'avant-bras de Vhif.

— Qu'est-ce qui ne va pas ?

— *Dis-lui que tout va bien et va baiser. Je plaisante pas, Vhif,* fit John en signant.

— *Ça m'ennuie de te laisser seul*, rétorqua Vhif en signant.

— Qu'est-ce qui ne va pas ? glapit Betty.

— *Si tu n'y vas pas, je m'en vais. Je me tire de ce club, Vhif. Sans déconner.*

Vhif ferma brièvement les yeux. Puis avant que Betty puisse répéter sa question, il déclara :

— On y va, mesdemoiselles. À tout de suite.

Comme Vhif se retournait et que les filles s'éloignaient avec lui en se dandinant, John signa :

— *Blay, va baiser. Je vous attends ici.*

Son ami ne répondit rien, et il signa :

— *Blay ? Magne-toi le train, bon sang !*

— Je ne peux pas, finit par dire Blay après un moment d'hésitation.

— *Pourquoi ?*

— Parce que j'ai... j'ai promis que je ne te quitterais pas.

John se figea.

— *Promis à qui ?*

Blay devint rouge comme une tomate.

— À Zadiste. Juste après que j'ai effectué ma transition, il m'a pris à part après un cours et m'a dit que si nous sortions avec toi… enfin tu sais.

La colère qui envahit alors John commença à lui battre dans les tempes.

— C'est juste en attendant ta transition, John.

John secoua la tête, parce qu'il voulait hurler mais ne le pouvait pas. Le martèlement derrière ses yeux l'aveuglait presque.

— *Bon, voilà ce que je te propose*, signa-t-il. *Si tu te fais du souci pour moi, file-moi ton pistolet.*

À ce moment-là, une brune aguichante passa devant eux, moulée dans un bustier et un pantalon tellement serré qu'elle avait dû mettre du talc pour l'enfiler. Le regard de Blay s'aimanta sur elle et l'air changea autour de lui tant son corps se mettait à diffuser de la chaleur.

— *Blay, qu'est-ce que tu veux qu'il m'arrive ici ? Même si Fhléau ramène sa…*

— Il est interdit d'entrée ici. C'est pour ça que je voulais qu'on vienne dans ce club.

— *Comment tu… Laisse-moi deviner : Zadiste. Est-ce qu'il t'a dit qu'on pouvait uniquement venir ici ?*

— Peut-être.

— *Donne-moi le flingue et dégage.*

La brune s'installa au bar et regarda par-dessus son épaule… Son regard se posa sur Blay.

— *Tu ne m'abandonnes pas. Nous sommes tous les deux dans le club. Et je commence vraiment à être en rogne.*

Un silence suivit. Puis le pistolet changea de mains et Blay avala sa bière d'un trait. Il avait l'air super anxieux.

— *Bonne chance*, ajouta John.

— Putain, je ne sais pas ce que je fais. Je ne suis même pas sûr d'en avoir envie.

— *Bien sûr que si. Et tu sauras quoi faire. Maintenant, vas-y avant qu'elle trouve quelqu'un d'autre.*

Quand John se retrouva enfin seul, il s'appuya contre le mur et croisa ses chevilles toutes fines. Il observa la foule, il les enviait tous.

Quelques minutes plus tard, il eut la sensation que quelqu'un l'avait appelé. Il regarda autour de lui, se demandant si Blay ou Vhif avaient crié son nom. Non. Vhif et les blondes avaient disparu et Blay s'approchait prudemment de la brune assise au bar.

Sauf qu'il avait vraiment le sentiment qu'on l'appelait.

John se mit à regarder plus attentivement autour de lui en se concentrant sur la foule massée devant lui. Il y avait des gens partout, et personne ne se détachait du groupe. Il était sur le point de décider qu'il avait eu une hallucination auditive quand il vit quelqu'un qu'il connaissait.

La femelle se tenait dans la zone d'ombre située à l'une des extrémités du bar, et les reflets rose et bleu des bouteilles d'alcool l'éclairaient à peine. Grande et bâtie comme un homme, elle avait des cheveux noirs coupés très court et une expression qui annonçait sans équivoque que lui donner du fil à retordre n'était vraiment pas une bonne idée. Ses yeux étaient perçants d'intelligence et d'une intensité guerrière… et ils étaient rivés sur lui.

La panique envahit John, comme si quelqu'un lui frottait la peau au papier de verre tout en lui cinglant le derrière. Le souffle lui manqua, il fut pris de vertige et devint cramoisi, mais au moins il en oublia son mal de tête.

Mon Dieu, elle se dirigeait vers lui.

Elle marchait d'un pas assuré, l'air de guetter une proie, et des hommes bien plus grands et bien plus lourds qu'elle s'écartaient comme des souris sur son passage.

Elle approchait et John se mit à ajuster sa veste, essayant d'avoir l'air plus viril. Ce qui était *totalement* vain.

Elle avait la voix rauque.

— Je suis la sécurité ici, au club, et je dois vous demander de me suivre.

Elle le saisit par le bras sans attendre sa réponse et l'entraîna dans un couloir sombre. Avant que John ait le temps de comprendre ce qui se passait, elle le poussa dans une pièce qui devait servir de salle d'interrogatoire et le cloua contre le mur comme s'il était une poupée de chiffon.

Elle plaqua son avant-bras contre sa gorge et il hoqueta, puis passa sa main le long de son corps pour le fouiller. Elle le fit vite et de manière impersonnelle, glissant sur sa poitrine et le long de ses hanches.

John ferma les yeux et frissonna. Nom de Dieu, que c'était excitant. S'il avait été en mesure d'avoir une érection, il banderait déjà comme un cerf.

C'est alors qu'il se souvint que le pistolet sans numéro de série de Blay était dans la poche arrière du pantalon qu'il lui avait emprunté.

*Merde.*

Dans la salle d'entraînement du complexe, Jane s'assit sur le banc qui lui permettait de voir le frère qu'elle avait opéré. Elle attendait que V. ait fini sa cigarette et les effluves légers de son tabac épicé lui chatouillaient les narines.

Oh, le rêve qu'elle avait fait de lui. La manière dont sa main s'était glissée entre…

Elle sentit une pulsation, croisa les jambes et les serra.

— Jane ?

— Oui ? répondit-elle après s'être éclairci la voix.

Sa voix lui parvenait par la porte ouverte, grave et encore plus sensuelle d'être désincarnée.

— À quoi pensez-vous, Jane ?

Ben voyons, comme si elle allait lui raconter ses fantasmes…

*Nom d'un…*

— Vous le savez, n'est-ce pas ? (Il ne répondit pas et elle fronça les sourcils.) C'était un rêve ? ou est-ce que vous…

Pas de réponse.

Elle se pencha jusqu'à l'apercevoir. Il finissait sa cigarette et enfonçait le mégot dans sa bouteille d'eau.

— Qu'est-ce que vous m'avez fait ? demanda-t-elle d'un ton impérieux.

Il serra le bouchon et les muscles de son avant-bras se tendirent.

— Ce dont vous aviez envie.

Bien qu'il ne la regarde pas, elle pointa vers lui un doigt accusateur.

— Je vous ai déjà dit de ne pas lire dans mes pensées.

Il planta son regard dans le sien. Mon… Dieu… ses yeux étincelaient d'un éclat blanc comme les étoiles, brûlant comme le soleil. Et à l'instant même où il la regarda, son sexe s'épanouit pour lui, comme une bouche avide.

— Non ! s'exclama-t-elle, alors que son corps criait le contraire, et qu'il en était parfaitement conscient.

Les lèvres de V. ébauchèrent un sourire triomphant et il inspira profondément.

— J'adore l'odeur que vous dégagez, là tout de suite. Ça me donne envie de pénétrer autre chose que vos pensées.

Booooooooooon, apparemment, il n'aimait pas que les hommes.

Son expression s'assombrit abruptement.

— Mais ne vous inquiétez pas. Je n'en ferai rien.

— Pourquoi ?

Au moment où le mot sortait de sa bouche, Jane se maudit. Lorsqu'on dit à un homme qu'on ne veut pas de lui, puis qu'il annonce qu'il ne vous touchera pas, la logique voudrait qu'on ne proteste pas.

V. passa la tête dans l'embrasure de la porte et lança la bouteille d'eau à l'autre bout de la pièce. Elle atterrit nettement dans une poubelle, comme si l'objet rentrait chez lui et était drôlement content d'être de retour.

— Vous n'aimeriez pas ça avec moi. Vraiment pas.

Il était tellement loin de la vérité.

*Tais-toi.*

— Pourquoi ?

*Merde !* Mais enfin, qu'est-ce qui lui prenait ?

— Vous ne savez pas qui je suis vraiment. Ça ne vous plairait pas. Mais je suis heureux de ce qui s'est passé pendant que vous dormiez. Vous étiez tellement parfaite, Jane.

Elle aurait bien voulu qu'il arrête de dire son nom. Chaque fois qu'il le prononçait, elle avait le sentiment qu'il la ferrait comme un poisson pour l'attirer vers lui à travers des eaux inconnues et la faire tomber dans un filet où elle ne pourrait que se débattre et se blesser.

— Pourquoi ça ne me plairait pas ?

Sa poitrine se gonfla et elle sut qu'il humait son excitation.

— Parce que j'aime contrôler les choses, Jane. Vous voyez ce que je veux dire ?

— Non, pas du tout.

Il se tourna vers elle, et son corps immense bloquait presque la porte. Le regard de Jane se posa tout de suite sur ses hanches, le traître. Nom de Dieu, il était excité, lui aussi. Elle voyait sa prodigieuse érection tendre le tissu du pantalon de pyjama qu'il portait.

Elle se mit à se balancer, alors qu'elle était assise.

— Est-ce que vous savez ce qu'est un Dom ? demanda-t-il à voix basse.

— Dom… comme… *Oh put…* Dominant sexuel ?

Il fit un signe d'assentiment.

— C'est comme ça que je fonctionne.

Jane entrouvrit les lèvres et dut détourner le regard. Elle n'avait pas le choix, c'était soit ça, soit la combustion interne. Elle ne connaissait rien à ces modes de vie alternatifs. Déjà qu'elle n'avait pas beaucoup de temps à consacrer à une sexualité dite normale, alors les expériences exotiques…

Et pourtant, à cet instant précis, une relation dangereuse et sauvage avec lui semblait terriblement tentante. Peut-être parce qu'à tous égards ce qu'elle vivait n'était pas la vraie vie, même si elle était réveillée.

— Qu'est-ce que vous faites ? demanda-t-elle. Je veux dire… vous les attachez ?

— Oui.

Elle attendit qu'il poursuive. Comme il ne disait rien d'autre, elle murmura :

— Autre chose ?

— Oui.

— Racontez-moi.

— Non.

Cela impliquait de la douleur, pensa-t-elle. Il leur faisait mal avant de les baiser. Et pendant probablement aussi. Et pourtant… elle se rappela la douceur avec laquelle il avait tenu Red Sox dans ses bras. C'était peut-être différent avec les hommes, en ce qui le concernait ?

Formidable. Un vampire bisexuel dominant qui s'y connaissait en kidnapping. Elle n'aurait vraiment pas dû ressentir ce qu'elle ressentait à son égard.

Jane se couvrit le visage des mains, mais malheureusement cela l'empêcha simplement de le regarder. Elle ne pouvait pas échapper aux pensées qu'elle avait. Elle le désirait.

— Bordel, marmonna-t-elle.

— Qu'est-ce qui ne va pas ?

— Rien.

Quelle menteuse elle faisait.

— Menteuse.

Génial, il était au courant.

— Je n'aime pas ce que je ressens, d'accord ?

Une longue pause suivit.

— Et qu'est-ce que vous ressentez, Jane ?

Elle ne répondit rien et il murmura :

— Ça vous dérange de me désirer, c'est ça ? Parce que je suis un pervers ?

— Oui.

Le mot sortit avant qu'elle puisse le retenir, mais il ne reflétait pas exactement la vérité. Si elle voulait être honnête avec elle-même, le problème allait plus loin… elle s'était toujours enorgueillie de son intelligence. La raison et la logique l'avaient toujours guidée dans ses choix. Et pourtant elle se retrouvait en train de désirer quelque chose dont son instinct lui répétait qu'elle ferait vraiment mieux de s'éloigner.

Un très long silence suivit et elle baissa une main pour regarder vers la porte. Il n'était plus debout dans l'embrasure, mais elle avait le sentiment qu'il n'était pas allé loin. Elle se pencha de nouveau et l'aperçut. Adossé contre le mur, il contemplait les tapis bleus du gymnase, le regard lointain, comme s'il regardait la mer.

— Je suis désolée, hasarda Jane. Je ne voulais pas que ça sorte ainsi.

— Si, vous le pensiez. Mais ne vous en faites pas. Je suis ce que je suis.

Il fléchit sa main gantée et elle eut l'impression que c'était un mouvement inconscient.

— La vérité, c'est que…

Comme elle laissait la phrase en suspens, il leva les sourcils, mais sans la regarder. Elle se racla la gorge.

— … c'est que l'instinct de conservation est une bonne chose et il devrait dicter mes réactions.

— Et ce n'est pas le cas ?

— Non… pas toujours. Avec vous, pas toujours.

— Eh bien alors, pour une fois dans ma vie je suis content d'être différent, répliqua-t-il en ébauchant un sourire.

— J'ai peur.

Il retrouva immédiatement un air grave puis plongea ses yeux de diamant dans ceux de Jane.

— N'ayez pas peur. Je ne vous ferai pas de mal. Et je ne laisserai personne vous faire de mal.

Pendant une fraction de seconde, Jane baissa sa garde.

— Promis ? articula-t-elle d'une voix rauque.

Il posa sa main gantée sur le cœur qu'elle avait tenu dans ses mains et réparé et prononça une cascade mélodieuse de mots qu'elle ne comprit pas.

— Sur mon honneur et le sang qui coule dans mes veines, je te le promets, traduisit-il.

Le regard de Jane s'égara et se posa malheureusement sur une rangée de nunchakus. Les armes étaient accrochées à des patères, les poignées noires pendant comme des bras de leurs épaules de chaîne, prêtes à tuer.

— Je n'ai jamais eu aussi peur de ma vie.

— Bon sang… je suis désolé, Jane. Désolé pour tout ça. Et je vais vous laisser partir. Vous êtes d'ailleurs libre de partir quand vous le souhaitez, désormais. Vous n'avez qu'un mot à dire et je vous ramène chez vous.

Elle releva les yeux vers lui et contempla son visage. Sa barbe avait poussé autour de son bouc, noircissant sa mâchoire et ses pommettes, lui donnant un air encore plus inquiétant. Avec ces tatouages autour de son œil et sa stature, si elle l'avait croisé dans une ruelle, elle se serait enfuie, terrorisée, sans même savoir qu'il était un vampire.

Et pourtant, elle était là, elle lui faisait confiance, elle savait qu'il la protégerait.

Ses sentiments étaient-ils réels ? ou était-elle à ce point sous l'emprise du syndrome de Stockholm ?

Elle parcourut du regard sa large poitrine, ses hanches harmonieuses et ses longues jambes. Oh, quel qu'il soit, elle le désirait comme personne.

Il laissa échapper un grognement doux.

— Jane…

— Merde.

Il jura lui aussi, puis alluma une autre cigarette.

— Il y a une autre raison pour laquelle je ne peux pas être avec vous, ajouta-t-il en recrachant la fumée.

— Laquelle ?

— Je mords, Jane. Et je ne pourrai pas me retenir. Pas avec vous.

Elle se rappela le rêve qu'elle avait eu, la sensation de ses canines remontant le long de son cou, raclant doucement sa peau. Elle sentit une chaleur l'envahir alors qu'elle se demandait comment elle pouvait fantasmer là-dessus.

V. recula vers l'embrasure de la porte, la cigarette dans sa main gantée. Des volutes de fumée, fines et gracieuses comme la chevelure d'une femme, s'élevèrent du bout de la cigarette.

Les yeux rivés sur elle, il fit courir sa main libre le long de sa poitrine, de son ventre, de sa lourde érection qui tendait le fin tissu du pantalon de pyjama. Il saisit son sexe et Jane déglutit avec difficulté. Une vague de désir intense l'assaillit, la frappant avec tellement de force qu'elle faillit tomber du banc.

— Si vous me laissez faire, observa-t-il doucement, je vous trouverai dans votre sommeil. Je vous trouverai et je finirai ce que j'ai commencé. Est-ce que cela vous plairait, Jane ? Est-ce que vous aimeriez jouir pour moi ?

Un gémissement sortit de la salle de physiothérapie.

Jane trébucha en se levant du banc pour aller voir son nouveau patient. Il était clair qu'elle fuyait, mais bon, peu importait… elle avait perdu la raison, alors sa fierté n'était pas exactement son premier souci.

Sur la table, Fhurie se tordait de douleur et essayait d'arracher son pansement.

— Hé… doucement. (Elle posa une main sur son bras pour le retenir.) Calmez-vous. Tout va bien.

Elle lui caressa l'épaule et lui parla en attendant qu'il se calme.

— Bella…, souffla-t-il.

Consciente que V. se tenait dans un coin de la pièce, elle lui demanda :

— C'est sa femme ?

— La femme de son jumeau.

— Oh.

— Oui.

Jane prit son stéthoscope et un tensiomètre et vérifia rapidement ses constantes.

— Est-ce que votre espèce a une tension plutôt basse ?

— Oui. Et le rythme cardiaque est plus lent.

Elle posa la main sur le front de Fhurie.

— Il est chaud, mais votre température normale est plus élevée que la nôtre, n'est-ce pas ?

— Oui, en effet.

Elle glissa les doigts dans la chevelure multicolore de Fhurie et les fit passer dans les mèches épaisses pour les démêler. Une espèce de substance huileuse noire les imprégnait…

— Ne touchez pas à ça, commanda V.

Elle retira vivement le bras.

— Pourquoi ? Qu'est-ce que c'est ?

— Le sang de mes ennemis. Je ne veux pas que vous en ayez sur vous.

Il s'avança rapidement, la prit par le poignet et l'entraîna vers l'évier.

Bien que cela aille à l'encontre de sa nature, elle ne bougea pas et obéit comme un enfant pendant qu'il lui savonnait les mains et les rinçait. Le contact de sa paume nue et du gant de cuir glissant sur sa peau… et la mousse qui lubrifiait la friction, associée à la chaleur qu'il dégageait et qui s'immisçait en elle lui fit oublier toute raison.

— Oui, dit-elle en regardant ce qu'il faisait.

— Oui, quoi ?

— Revenez me voir pendant que je dors.

# Chapitre 20

En tant que chef de la sécurité pour le *Zero Sum*, Xhex n'aimait déjà pas voir des armes à feu dans son club, mais ce qu'elle détestait par-dessus tout, c'était ces petits minets minables avec leurs breloques en métal et armés jusqu'à leurs dents de lait.

C'était à cause de ces petits merdeux qu'elle devait parfois appeler les flics. Et elle avait horreur de traiter avec la police de Caldwell.

Aussi, c'est sans le moindre complexe qu'elle malmena le petit connard en question et trouva l'arme qu'il avait obtenue du grand roux assis à côté de lui. Arrachant le 9 mm de la poche du gamin, elle sortit le chargeur et jeta le Glock sur la table. Elle glissa les balles dans son pantalon en cuir puis elle le fouilla à la recherche de ses papiers d'identité. Comme elle le palpait, elle comprit qu'il appartenait à son espèce et, pour une raison incompréhensible, ça l'énerva encore plus.

Sans raison, pourtant. Les humains n'avaient pas l'apanage de la bêtise, après tout.

Elle le retourna et le poussa sans ménagement sur une chaise, le maintenant en place par l'épaule pendant qu'elle ouvrait son portefeuille. Le permis de conduire était au nom de John Matthew et la date de naissance indiquait qu'il avait vingt-trois ans. L'adresse indiquée se trouvait dans un quartier résidentiel tranquille de la ville où elle aurait pu parier qu'il n'avait jamais mis les pieds.

— Je vois ce que me dit ton permis de conduire, mais c'est quoi ton vrai nom ? Tu viens d'où ?

Il ouvrit la bouche deux ou trois fois, mais rien ne sortit, vu qu'il était manifestement pétrifié de trouille. Ce qui n'avait rien d'étonnant. Dépouillé de son métal, il n'était rien de plus qu'un avorton de prétrans, ses yeux bleus étincelants écarquillés comme des soucoupes dans son visage tout pâle.

Pas de doute, c'était un vrai dur à cuire. « Clic, clic, bang, bang » et tout le délire. Dieu, qu'elle était fatiguée de pincer des mariolles comme lui. Le temps était peut-être venu de faire un peu de sous-traitance, de revenir à ce qu'elle faisait le mieux. Après tout, il y avait toujours une demande pour les assassins quand on savait où s'adresser. Et puis elle était moitié *sympathe*, alors la satisfaction professionnelle, c'était acquis.

— Parle, ordonna-t-elle en lançant le portefeuille sur la table. Je sais ce que tu es. Qui sont tes parents ?

À présent, il avait l'air réellement étonné, même si ça n'arrangeait pas ses cordes vocales. Le choc initial passé, la seule chose qu'il semblait capable de faire, c'était agiter ses mains devant lui.

— Ne fais pas le guignol. Si t'as suffisamment de cran pour avoir une arme, je ne vois vraiment pas pourquoi tu te conduis comme un lâche maintenant. Ou alors, c'est ce que t'es vraiment et le flingue, c'est pour te donner l'impression d'avoir des couilles ?

Sa bouche se referma comme au ralenti, il laissa tomber ses mains sur ses genoux. On aurait dit qu'il se dégonflait comme un ballon, les yeux baissés, les épaules voûtées.

Le silence s'étira puis elle croisa les bras sur sa poitrine.

— Écoute, gamin. J'ai toute la nuit devant moi et une patience infinie. Alors tu peux t'obstiner à te taire aussi longtemps que tu veux. Je ne bouge pas, et toi non plus.

Son oreillette bourdonna et, une fois que le videur qui s'occupait de la zone autour du bar eut cessé de parler, elle dit :

— Très bien, amène-le.

Une fraction de seconde plus tard, on frappa à la porte. Elle l'ouvrit : son subordonné se trouvait à la porte en compagnie du vampire roux qui avait donné le pistolet au gamin.

— Merci, Mac.

— De rien, patronne. Je retourne au bar.

Elle referma la porte et dévisagea le roux. Il avait effectué sa transition, mais c'était récent : il se déplaçait comme s'il n'avait pas encore le sens de sa stature.

Il mit une main dans la poche intérieure de sa veste en daim et elle l'interrompit :

— Tu sors autre chose que ta pièce d'identité et je t'expédie à l'hôpital moi-même.

Il marqua une pause.

— C'est la sienne.

— Il me l'a déjà montrée.

— Pas la vraie. (Le type tendit la main.) Celle-ci, c'est sa vraie pièce d'identité.

Xhex saisit la carte plastifiée et parcourut des yeux les caractères en langue ancienne qui se trouvaient sous une photo récente. Puis elle regarda le garçon. Il refusa de croiser son regard. Il restait assis, prostré, comme s'il voulait disparaître sous terre.

— Merde.

— On m'a dit de montrer ce document également, ajouta le vampire roux.

Il tendit une feuille de papier épaisse, pliée en quatre et scellée à la cire noire. Lorsque Xhex vit l'emblème, elle fut sur le point de lâcher un autre juron.

La couronne royale.

Elle lut la maudite lettre. Deux fois.

— Ça te dérange si je garde ça, rouquin ?

— Non, je vous en prie.

Elle replia le papier et demanda :

— Tu as tes papiers ?

— Oui.

Elle prit une autre carte plastifiée.

Elle l'examina puis rendit les deux cartes.

— La prochaine fois que vous venez ici, vous ne faites pas la queue, vous allez directement trouver le videur et vous lui donnez mon nom. Je viendrai vous chercher. (Elle ramassa le pistolet.) C'est le tien ou le sien ?

— Le mien. Mais je préférerais qu'il l'ait. Il tire mieux que moi.

Elle remit le chargeur et tendit le Glock au gamin silencieux, le canon tourné vers le bas. Il ne trembla pas en prenant le pistolet, mais l'arme avait l'air bien trop grosse pour lui.

— Ne t'en sers pas ici, sauf si tu dois te défendre, compris ?

John fit un signe d'assentiment, se leva de la chaise et fit disparaître le semi-automatique dans la poche d'où elle l'avait sortie.

*Bordel…* Il n'était pas un simple prétrans. D'après sa pièce d'identité, c'était Tehrreur, fils du guerrier Audazs, membre de la Confrérie de la dague noire. Ce qui voulait dire qu'elle devait veiller que rien ne lui arrive quand il se trouvait sur le territoire qu'elle surveillait. Vhengeance et elle ne pouvaient vraiment pas courir le risque que le môme se fasse abîmer au *Zero Sum*.

Génial. C'était comme avoir un vase en cristal dans un vestiaire rempli de rugbymen.

Et pour couronner le tout, il était muet.

Elle secoua la tête.

— Bon, écoute Blaylock, fils de Rocke, tu t'occupes de lui et on s'en occupera aussi.

Le roux opina et le gamin leva enfin les yeux sur elle, et pour une raison incompréhensible son regard bleu étincelant la mit mal à l'aise. Il était… vieux, il avait déjà beaucoup vécu. Son regard était le regard d'un ancien, et elle fut momentanément étourdie.

Elle se racla la gorge, pivota sur ses talons et se dirigea vers la porte.

—Attendez, vous vous appelez comment ? demanda le vampire roux au moment où elle l'ouvrait.

—Xhex. Dis mon nom n'importe où dans le club et je vous trouverai immédiatement. C'est mon boulot.

La porte se referma et John se dit que l'humiliation, finalement, c'était comme la glace : il y en avait de plein de sortes différentes, ça donnait le frisson, et puis ça vous faisait tousser.

En l'occurrence, il s'étouffait presque.

*Lâche.* C'était donc si évident ? Elle ne le connaissait même pas et elle l'avait percé à jour. Il était lâche. Un gros lâche pathétique qui n'avait pas vengé ses morts, qui n'avait pas de voix, et était affligé d'un physique que n'envierait pas un enfant de dix ans.

Blay traîna ses grands pieds, ses bottes produisant un bruit feutré qui fit l'effet d'un hurlement dans la petite pièce plongée dans le silence.

—John, tu veux rentrer ?

*Génial.* Il se faisait l'effet d'un enfant de cinq ans qui a sommeil au milieu de la fête des adultes.

La rage gronda en lui, un véritable tonnerre, et John sentit son poids familier l'ancrer et le secouer. Oui, il connaissait bien cette sensation. C'était le type de colère qui avait étendu Fhléau au tapis. C'était le type de violence qui avait poussé John à le frapper au visage jusqu'à ce que le carrelage ait pris la couleur de la sauce tomate.

Par miracle, les deux neurones qui fonctionnaient encore de manière à peu près rationnelle dans son cerveau lui soufflèrent que le mieux pour lui était de rentrer. S'il restait ici, dans ce club, il n'arrêterait pas de se répéter ce que cette femelle lui avait dit, au point de se mettre dans un tel état de fureur qu'il ferait quelque chose de vraiment con.

— John ? Viens, rentrons.

Merde. C'était censé être le grand soir pour Blay. Et au lieu de ça, il était en train de rater l'occasion de tirer un bon coup.

*— Je vais appeler Fritz. Tu restes avec Vhif.*

— Non. On part ensemble.

John eut soudain envie de pleurer.

*— Qu'est-ce qui était marqué sur cette feuille de papier ? Celle que tu lui as tendue ?*

Blay rougit.

— C'est Zadiste qui me l'a donnée. Il m'a dit de la montrer si on était dans le pétrin.

*— Qu'est-ce que ça disait ?*

— Z. m'a dit que Kolher, en sa qualité de roi, l'avait écrite. Quelque chose à voir avec le fait qu'il est ton *ghardien.*

*— Pourquoi tu ne m'en as pas parlé ?*

— Zadiste m'a ordonné de ne le montrer que si c'était absolument nécessaire. Y compris à toi.

John se leva et essaya de défroisser un peu ses vêtements trop grands.

*— Écoute, je veux que tu restes, que tu te trouves une fille et que tu prennes ton pied…*

— On est arrivés ensemble, on repart ensemble.

John fusilla son ami du regard.

*— Ce n'est pas parce que Z. a décrété que tu devais me servir de baby-sitter…*

Pour la première fois peut-être dans les annales, le visage de Blay se durcit.

— Bordel de merde… je le ferai de toute façon. Et avant que tu montes sur tes grands chevaux, j'aimerais bien souligner que, si les rôles étaient inversés, tu ferais exactement la même chose. Reconnais-le. On est amis. On se serre les coudes. Point barre. Maintenant, arrête ton char.

John voulait donner un coup de pied dans la chaise sur laquelle il était assis. Et il faillit le faire.

— *Merde*, signa-t-il au lieu d'envoyer valdinguer la chaise.

Blay sortit son BlackBerry et composa un numéro.

— Je vais dire à Vhif que je reviendrai le chercher quand il veut.

John imagina fugacement ce que Vhif était en train de faire dans la pénombre avec l'une des humaines, ou les deux. Au moins, il s'éclatait.

— Vhif ? Salut. Oui, John et moi rentrons. Quoi… ? Non, non, tout va bien. On a juste eu un petit problème avec la sécurité… mais non, t'as pas besoin… Non, tout est arrangé. Non, je t'assure. Vhif, tu n'as pas besoin d'arrêter de… Allô ! (Blay regarda son téléphone.) Il nous retrouve à la porte.

Les deux amis sortirent de la petite pièce et se frayèrent un chemin dans l'enchevêtrement d'humains rouges et suants. John fut pris d'un sentiment pénible de claustrophobie. Il avait l'impression d'avoir été enterré vivant et de respirer de la terre.

Lorsqu'ils arrivèrent enfin à la porte, Vhif se tenait sur la gauche, adossé au mur noir. Il avait la mèche en bataille, la chemise sortie de son pantalon, ses lèvres étaient rouges et légèrement gonflées. De près, il sentait le parfum.

Deux sortes de parfum.

— Ça va, demanda-t-il à John ?

John ne répondit pas. Il ne pouvait pas supporter l'idée d'avoir gâché la soirée de tout le monde et il se contenta de poursuivre son chemin en direction de la porte. C'est alors qu'il sentit de nouveau l'étrange appel.

Il s'arrêta, les deux mains sur la barre qui permettait d'ouvrir la porte quand on appuyait dessus et jeta un coup d'œil par-dessus son épaule. La chef de la sécurité l'observait de son regard de lynx. Elle se tenait une fois de plus dans un recoin sombre. Il la soupçonnait d'affectionner les zones d'ombre et de savoir les utiliser à son avantage.

Son corps se mit à le picoter de la tête aux pieds, il voulait donner un coup de poing dans le mur, dans la porte, dans la gueule de quelqu'un. Mais il savait que cela ne le calmerait pas. Et puis il ne pensait pas avoir suffisamment de force pour pouvoir même arriver à déchirer de son poing la rubrique Sports d'un quotidien.

Et cette idée le rendit encore plus furieux, naturellement.

Il lui tourna le dos et sortit dans la nuit froide. Dès que Blay et Vhif l'eurent rejoint sur le trottoir, il signa :

— *Je vais marcher un peu. Vous pouvez venir avec moi si ça vous dit, mais vous ne me dissuaderez pas de le faire. Il est absolument hors de question que je monte dans une voiture et que je rentre pour l'instant. Pigé ?*

Ses amis firent un signe d'assentiment et le laissèrent ouvrir la marche, restant cinquante centimètres derrière lui. Ils savaient qu'il était sur le point d'exploser et avait besoin qu'on le laisse tranquille.

Ils descendirent la 10e Rue et John les entendit parler à voix basse, chuchoter quelque chose à son propos, mais il n'en avait rien à cirer. Seule la colère l'habitait. Rien d'autre.

La faiblesse de sa constitution l'obligea toutefois à abréger sa manifestation d'indépendance. En quelques minutes, le vent de mars traversa les vêtements que Blay lui avait prêtés, et son mal de tête empira au point de le faire grincer des dents. Il s'était imaginé qu'il entraînerait ses amis jusqu'au pont de Caldwell, qu'il poursuivrait sa marche, que sa colère le porterait littéralement et qu'il épuiserait Blay et Vhif qui finiraient par le supplier, juste avant le lever de soleil, d'arrêter et de rentrer.

Sauf que, bien entendu, sa performance fut loin du compte.

Il s'arrêta soudain.

— *Rentrons.*

— Comme tu veux, John. (Vhif le regardait de ses yeux vairons avec une grande gentillesse.) Tout ce que tu veux.

Ils firent demi-tour et se dirigèrent vers la voiture, garée dans un parking en plein air non loin du club. Ils tournèrent dans une rue et il remarqua que le bâtiment qui jouxtait le parking était en cours de rénovation. La zone de construction était fermée pour la nuit, des bâches claquaient au vent, tout l'équipement dormait profondément. La scène sembla désolée à John.

Mais bon, il aurait pu se trouver au soleil dans un champ de pâquerettes, et il aurait de toute façon trouvé le paysage sinistre. La nuit ne pouvait pas être pire. Impossible.

Ils étaient à une cinquantaine de mètres de la voiture lorsqu'une odeur douceâtre de talc flotta vers eux, poussée par la brise. Et un éradiqueur surgit de derrière une pelleteuse.

# Chapitre 21

Fhurie revint à lui mais ne bougea pas. Pas étonnant, étant donné qu'il avait l'impression que la moitié de son visage avait brûlé. Il respira profondément deux ou trois fois, puis leva la main vers la douleur lancinante. Il avait un pansement qui partait de son front et descendait jusqu'à sa mâchoire. Il devait probablement avoir l'air d'un figurant dans *Urgences*.

Il s'assit avec précaution et toute sa tête l'élança. Il avait l'impression qu'une pompe à bicyclette avait été enfoncée dans son nez et que quelqu'un l'actionnait avec fureur.

Inutile de dire le bien que ça pouvait faire !

Il posa les pieds par terre et réfléchit à la loi de la gravité en essayant de déterminer s'il avait la force de la défier. Il décida de tenter le coup et, incroyable mais vrai, réussit à atteindre la porte en titubant.

Jane le regarda de ses yeux vert foncé et Viszs de ses yeux de diamant.

— Salut, fit-il.

La femme de V. s'approcha de lui avec le regard du médecin.

— C'est incroyable, la vitesse à laquelle vous guérissez. Vous ne devriez même pas avoir encore repris conscience, et encore moins tenir sur vos jambes.

— Vous voulez regarder votre ouvrage ? (Elle acquiesça et il s'assit sur le banc. Elle décolla doucement le sparadrap.

Il fit une grimace de douleur, puis regarda Viszs.) Tu as parlé à Z. de tout ça ?

— Je ne l'ai pas vu, et Rhage a essayé de l'appeler, mais n'a pas réussi à le joindre, répondit le frère en secouant la tête.

— Pas de nouvelles de Havers, alors ?

— Pas autant que je sache. Mais bon, l'aube se pointe dans une heure environ, ils ont donc intérêt à être bientôt de retour.

Jane poussa une exclamation de surprise.

— On dirait que la peau cicatrise sous mes yeux. Est-ce que je peux remettre la gaze en place ?

— Comme vous voulez.

Elle rentra dans la salle de physiothérapie et V. lança :

— Faut que je te parle, l'ami.

— De quoi ?

— Je me pose des questions.

*Merde*. L'éradiqueur. Et inutile de faire l'innocent avec un frère comme V. Mentir, en revanche, restait une option.

— Le combat a mal tourné.

— Ne me raconte pas de salades. Tu ne peux pas faire des trucs pareils.

Fhurie pensa à ce qui s'était passé deux mois avant, lorsqu'il s'était transformé en son jumeau pendant un moment. Littéralement parlant.

— J'ai été torturé sur l'une de leurs tables, V. Je peux te garantir que le code d'honneur, ils n'en ont vraiment rien à foutre.

— Mais tu t'es fait avoir ce soir parce que tu as perdu les pédales avec cette ordure, je me trompe ?

Jane revint avec les fournitures qu'elle était partie chercher. *Dieu merci*.

— Je vais aller dans ma chambre, maintenant, annonça-t-il en se levant, quand elle eut fini de refaire le pansement.

— Tu veux de l'aide ? demanda V. d'un ton dur, comme s'il retenait un flot de paroles.

— Non, je connais le chemin.

— Eh bien, puisque nous devons retourner nous aussi à la grande maison, faisons la promenade ensemble, qu'est-ce que t'en dis ? Et ne va pas trop vite.

Ce qui était une excellente idée car son mal de tête était atroce.

Ils avaient parcouru la moitié du tunnel lorsque Fhurie se rendit compte que la chirurgienne n'était ni surveillée ni gardée. Mais, en même temps, elle n'avait vraiment pas l'air d'avoir l'intention de mettre les voiles. V. et elle marchaient d'ailleurs côte à côte.

Il se demanda si l'un ou l'autre se rendait compte qu'ils avaient vraiment l'air d'un couple.

Lorsque Fhurie arriva à la porte qui conduisait à la grande maison, il prit congé sans croiser le regard de V. et monta les quelques marches qui donnaient sur le vestibule de la belle demeure. Il avait l'impression que sa chambre était située à l'autre bout de la ville et non un étage au-dessus, et l'épuisement qu'il ressentait lui dictait qu'il fallait qu'il s'alimente, ce qui le gonflait d'avance.

Une fois dans sa chambre, il prit une douche et s'allongea sur l'immense lit. Il savait qu'il ferait bien d'appeler une des femelles qu'il utilisait, mais il n'en avait vraiment pas envie. Au lieu de sortir son téléphone, il ferma les yeux et laissa ses bras tomber sur le côté, sa main heurtant le manuel sur les armes, celui dont il s'était servi en cours. Le livre où il avait glissé le dessin.

La porte s'ouvrit sans qu'on frappe. C'était Zadiste sans aucun doute. Avec des nouvelles fraîches.

Fhurie s'assit tellement vite qu'il eut l'impression que son cerveau faisait une pirouette dans son crâne et menaçait de lui sortir par les oreilles. Il leva la main vers son pansement tandis qu'une douleur fulgurante le traversait.

— Alors, comment va Bella ?

Les yeux de Z. étaient des trous noirs au milieu de son visage balafré.

— Mais où avais-tu la tête, putain de merde !

— Pardon ?

— Te faire attaquer parce que…

Fhurie grimaça de douleur. Z. baissa le ton et referma la porte. Le silence relatif n'améliora pas son humeur. C'est d'une voix basse qu'il vociféra :

— Je n'arrive pas à croire que tu aies joué à Jack l'Éventreur et que tu te sois fait avoir…

— S'il te plaît, dis-moi comment va Bella.

— Il faudrait que tu te préoccupes un peu moins de ma *shellane* et un peu plus de ta carcasse, pigé ? gronda Z. en pointant le doigt directement sur la poitrine de son jumeau.

Anéanti par la douleur, Fhurie ferma son œil valide. Son frère avait absolument raison, bien entendu.

— Putain, cracha Z. dans le silence.

— Tu as complètement raison.

Fhurie se rendit compte qu'il avait les doigts crispés sur le livre et il se força à le lâcher.

Un bruit de cliquetis lui fit lever la tête, Z. ouvrait et refermait son portable de son pouce.

— Tu aurais pu te faire tuer.

— Mais je m'en suis sorti.

— Tu parles d'un réconfort. Pour l'un d'entre nous au moins. Et ton œil ? Le toubib de V. l'a sauvé ?

— J'en sais rien.

Zadiste se dirigea vers l'une des fenêtres. Il poussa la lourde draperie de velours sur le côté et contempla la terrasse et la piscine. Le désarroi et la tension se lisaient sur son visage ravagé. Il serrait la mâchoire, plissait le front. Bizarre… par le passé, c'est toujours lui qui avait été au bord du gouffre. C'était désormais Fhurie qui se tenait sur la pente glissante, les rôles étant inversés : celui qui s'inquiétait était devenu cause d'inquiétude.

— Ça va aller, mentit-il.

Il se pencha sur le côté pour attraper son sachet de fumée rouge et son papier à rouler. Il se confectionna rapidement un joint épais, l'alluma et l'illusion de calme le soulagea tout de suite, comme si son corps avait été bien entraîné.

— J'ai eu un passage à vide, c'est tout.

— Ils avaient raison, remarqua Z. avec un petit rire qui ressemblait davantage à un juron qu'à une exclamation de joie.

— Qui ?

— Cette histoire de n'avoir que ce qu'on mérite, c'est des conneries. (Zadiste inspira profondément.) Tu te fais tuer et je…

— Ça n'arrivera pas. (Il prit une nouvelle bouffée, peu désireux de faire d'autres promesses.) Maintenant, dis-moi comment va Bella, s'il te plaît.

— Elle doit garder le lit.

— Oh, non.

— Non, ça va. (Z. frotta son crâne rasé.) Je veux dire, elle n'a pas encore perdu le bébé et, si elle se tient tranquille, elle ne le perdra peut-être pas.

— Elle est dans ta chambre ?

— Oui, je vais aller lui chercher quelque chose à manger. Elle a le droit de se lever une heure par jour, mais je ne veux pas lui donner d'excuses pour se mettre debout.

— Je suis heureux que…

— Bordel, mon frère. C'était donc comme ça, pour toi ?

— Excuse-moi, demanda Fhurie en fronçant les sourcils et en tapotant la cigarette sur le cendrier.

— Je suis tout le temps à côté de mes pompes. J'ai l'impression d'être déconnecté de la réalité à cause de tout ce qui me tourne dans la tête et me ronge d'inquiétude.

— Bella…

— Je ne parle pas seulement de Bella.

Z. regarda Fhurie. Ses yeux avaient repris leur couleur jaune car il n'était plus aussi en colère.

— De toi, aussi.

Fhurie prit son temps pour porter le joint à ses lèvres et inhaler. Il cracha la fumée tout en se creusant les méninges pour trouver des mots pour réconforter son jumeau.

La moisson fut plutôt maigre.

— Kolher veut que nous nous réunissions au coucher du soleil, ajouta Z., reprenant sa contemplation du jardin, comme s'il ne savait que trop bien qu'il ne pouvait pas être rassuré. Il nous veut tous.

— D'accord.

Après le départ de Z., Fhurie ouvrit le livre sur les armes à feu et sortit le dessin qu'il avait fait de Bella. Il passa et repassa le pouce sur le tracé de sa joue, la contemplant de son œil valide. Le silence lui comprimait la poitrine.

À vrai dire, il était possible qu'il soit déjà tombé, qu'il soit déjà en train de glisser sur la pente de sa destruction, se cognant contre des rochers et des arbres, rebondissant et se brisant les membres, un coup mortel l'attendant.

Il éteignit le joint. Tomber en disgrâce et tomber amoureux, c'était un peu la même chose en fin de compte : les deux chutes vous dépouillaient de tout et vous laissaient totalement vulnérable.

Et les deux dénouements étaient aussi douloureux l'un que l'autre, il le savait même s'il avait bien peu d'expérience en la matière.

John regardait l'éradiqueur surgi de nulle part, et il était paralysé. Il n'avait jamais eu d'accident de voiture, mais il avait l'impression que ça devait se passer comme ça. Vous rouliez tranquillement, et puis soudain tout ce à quoi vous pensiez avant le croisement se figeait et la collision effaçait tout le reste.

Bordel, ils sentaient vraiment le talc.

Et par chance, celui-ci n'avait pas de cheveux clairs, ce qui voulait dire que c'était une nouvelle recrue. Et c'était leur seule chance de s'en tirer.

Vhif et Blay se mirent devant, bloquant le passage. Mais un second éradiqueur sortit alors de l'ombre à la manière d'une pièce d'échec avancée par une main invisible. Il avait lui aussi les cheveux foncés.

Ils étaient énormes.

Le premier regarda John.

— Ce serait mieux que tu décampes, fiston. Ce n'est pas un endroit pour toi.

Putain, ils ne se rendaient pas compte qu'il était un prétrans. Ils pensaient qu'il était juste humain.

— Oui, renchérit Vhif, poussant brutalement l'épaule de John. T'as eu ton herbe. Maintenant, tire-toi, mauviette.

Sauf qu'il ne pouvait pas abandonner ses…

Merde, s'il s'enfuyait, il se mordrait les doigts de sa lâcheté. Mais s'il restait, il allait plus gêner qu'autre chose. Rempli de haine pour lui-même, il prit ses jambes à son cou et détala en direction du *Zero Sum*. Comme un con, il avait laissé son sac à dos chez Blay, et il ne pouvait donc pas appeler chez lui. Et il ne pouvait pas exactement perdre du temps à chercher l'un des frères, dans l'espoir que l'un d'eux soit en train de chasser dans les parages. Il ne pensait qu'à une seule personne susceptible de les aider.

À l'entrée du club, il alla directement trouver le videur à la tête de la file d'attente.

— *Xhex. J'ai besoin de voir Xhex. Allez me chercher…*

— Qu'est-ce que tu fais, gamin ? l'interpella le gorille.

John prononça plusieurs fois de suite le nom de Xhex en remuant silencieusement les lèvres tout en signant.

— Bon, tu commences à vraiment m'énerver. (Le videur dominait John et se fit menaçant.) Casse-toi ou j'appelle ton papa et ta maman.

Des quolibets fusèrent de la file d'attente et augmentèrent l'agitation de John.

— *S'il vous plaît, il faut que je voie Xhex…*

John entendit un bruit éloigné : soit une voiture démarrait sur les chapeaux de roue, soit quelqu'un hurlait. Il fit volte-face, et le Glock de Blay qui pesait dans sa poche lui heurta la cuisse.

*Pas de téléphone pour envoyer un texto. Aucun moyen de communication.*

Mais il avait une arme dans la poche de son pantalon.

John retourna au parking au pas de course, zigzaguant pour éviter les voitures garées le long du trottoir, soufflant fort, ses jambes pompant aussi vite qu'elles le pouvaient. Il avait horriblement mal à la tête et l'effort intensifiait la douleur au point de lui donner envie de vomir. Il prit un virage, dérapa sur des gravillons.

Malédiction ! Blay était étendu à terre, un éradiqueur assis sur sa poitrine et ils luttaient pour prendre le contrôle de ce qui ressemblait à un couteau à cran d'arrêt. Vhif tenait tête à l'autre éradiqueur, mais les deux hommes semblaient de la même force et John n'aimait pas ça. À un moment ou à un autre, l'un des deux allait…

Vhif reçut un coup de poing au visage et tournoya, sa tête pivota sur sa colonne vertébrale, entraînant son corps dans une pirouette.

À cet instant précis, quelque chose traversa John, entra par la porte de service en quelque sorte, s'insinua en lui aussi sûrement que si un fantôme s'était introduit sous sa peau. Un ancien savoir, celui qui vient avec une expérience qu'il n'avait pas pu encore acquérir de par son jeune âge, guida sa main dans sa poche revolver. Il empoigna le Glock, désactiva le cran de sécurité, puis le saisit des deux mains.

Une seconde pour lever l'arme, deux secondes pour pointer le canon sur l'éradiqueur qui luttait avec Blay pour le couteau, trois secondes pour presser sur la détente… et neutraliser le mort-vivant d'une balle en pleine tête. Quatre secondes et il avait déjà contourné le tueur abattu et se plantait au-dessus de celui qui, penché sur Vhif, était en train de réarranger le poing américain sur sa main.

Bang!

John le foudroya d'une balle dans la tempe, et le sang noir jaillit. La créature s'effondra sur les genoux, puis tomba tête la première sur Vhif… trop abasourdi pour être en mesure de faire quoi que ce soit, sinon repousser le corps.

John jeta un regard sur Blay. Le garçon le regardait, atterré.

— Mon Dieu… John.

L'éradiqueur qui gisait à côté de Vhif laissa échapper un gargouillis qui évoquait le bruit d'une cafetière.

*Métal*, se dit John. Il lui fallait quelque chose en métal. Il ne voyait nulle part le couteau pour lequel Blay s'était vaillamment battu. Où pourrait-il bien trouver…

Il avisa un carton rempli de grosses pointes de fer à côté de la pelleteuse. On s'en servait pour fixer les toits.

John alla en chercher une puis s'approcha de l'éradiqueur, orienta le pieu improvisé sur sa poitrine, puis leva très haut les mains et appuya de tout son poids et de toute sa colère. C'est alors qu'en un éclair la réalité se transforma : il tenait une dague et non pas un morceau de métal… et il était grand, plus grand que Vhif et Blay… et il avait accompli ce geste un nombre incalculable de fois.

Le pieu s'enfonça dans la poitrine de l'éradiqueur et le flash fut plus brillant que John l'avait anticipé, l'éblouissant et traversant d'une vague brûlante son corps de part en part. Mais il n'avait pas encore terminé sa tâche. Il enjamba Vhif qui rampait sur l'asphalte, sans vraiment sentir le sol sous ses pieds.

Blay observait la scène, immobile, sans voix, comme John soulevait de nouveau le pieu. Cette fois, au moment où il transperçait l'autre éradiqueur, il ouvrit la bouche et hurla sans émettre le moindre son, un cri de guerre aussi puissant que silencieux.

Après l'explosion de lumière, il enregistra de loin le hurlement de sirènes. Un humain avait sans doute appelé la police en entendant les coups de feu.

John laissa retomber son bras et lâcha le pieu, qui rebondit sur la chaussée dans un bruit métallique.

*Je ne suis pas un lâche. Je suis un guerrier.*

La crise survint brutalement et férocement, le projetant par terre, le clouant au sol de ses bras invisibles, le faisant se convulser jusqu'à ce qu'il s'évanouisse, terrassé par le rugissement du néant qui le happait.

# Chapitre 22

Quand Jane et V. se retrouvèrent dans la chambre, elle s'assit sur ce qu'elle commençait à considérer comme son fauteuil, et V. s'allongea sur le lit. La nuit allait être longue… et le jour aussi. Elle était fatiguée et tendue, pas une bonne combinaison.

— Vous voulez manger ? demanda-t-il.

— Vous savez ce que j'aimerais ? (Elle bâilla.) Une tasse de chocolat chaud.

V. décrocha le combiné du téléphone, tapa sur trois touches, et attendit.

— Vous m'en commandez ? s'enquit Jane.

— Oui, avec… Hé, Fritz. Voilà ce que je veux…

Il raccrocha et elle ne put retenir un sourire.

— C'est un vrai gueuleton.

— Vous n'avez pas mangé depuis…

Il s'interrompit, comme s'il ne voulait pas dire un mot de l'enlèvement.

— Pas de souci, murmura-t-elle, saisie, sans raison apparente, d'un sentiment de tristesse.

Si, il y avait une bonne raison. Elle s'en allait bientôt.

— Ne vous inquiétez pas, vous ne vous souviendrez pas de moi, souligna-t-il. Vous ne ressentirez donc rien du tout après votre départ.

— Euh… comment faites-vous pour lire dans les pensées, en fait ? reprit-elle.

— C'est comme capter la fréquence d'une radio. Cela m'arrivait tout le temps, que je le veuille ou non.

— Plus maintenant ?

— L'antenne a dû se casser. (Une expression amère se peignit sur ses traits et durcit son regard.) Je tiens de source sûre qu'elle va se réparer, cependant.

— Pourquoi ne pouviez-vous plus lire dans les pensées ?

— « Pourquoi » est votre mot préféré, n'est-ce pas ?

— Je suis une scientifique.

— Je sais. (Il prononça les mots en ronronnant, comme si elle venait de lui dire qu'elle portait des dessous affriolants.) J'adore votre intelligence.

Jane frémit de plaisir, puis se sentit coupable.

Il perçut sa gêne et, pour dissiper l'embarras, ajouta :

— Je pouvais voir le futur aussi.

— Ah oui, comment ça ? demanda-t-elle après s'être éclairci la voix.

— Des séquences oniriques essentiellement. Sans chronologie, des événements au hasard. Je me spécialisais dans les morts.

*Les morts ?*

— Les morts ?

— Oui, je sais comment tous mes frères vont mourir. Je ne sais pas quand, c'est tout.

— Mon Dieu… ça doit être…

— J'ai d'autres tours dans mon sac. (V. leva sa main gantée.) Cette chose par exemple.

— Je voulais vous poser une question ou deux là-dessus. Ça a mis au tapis une de nos infirmières, lorsque vous étiez aux urgences. Elle était en train de vous retirer le gant, et puis elle s'est effondrée comme foudroyée.

— Je n'étais pas conscient quand c'est arrivé, n'est-ce pas ?

— Non, vous étiez dans le cirage.

— C'est certainement pourquoi elle a survécu. Ce merveilleux petit héritage légué par ma mère est extrêmement létal. (Il serra le poing, sa voix se durcit, le ton devint coupant.) Et elle a également décidé de mon avenir.

— Comment ça ? (Il ne répondit pas, mais l'instinct de Jane lui fit dire :) Laissez-moi deviner, un mariage arrangé ?

— Plusieurs, en fait.

Jane tressaillit. Même si son avenir n'avait aucune espèce d'importance dans sa vie à elle, pour une raison incompréhensible, l'idée qu'il soit le mari de quelqu'un d'autre, de beaucoup d'autres, lui soulevait l'estomac.

— Euh… combien de femmes ?

— Je ne tiens pas à en parler, d'accord ?

— D'accord.

Dix minutes plus tard environ, un vieil homme en livrée de majordome anglais entra en poussant une table roulante chargée de nourriture. On se serait cru au Ritz !

Des gaufres accompagnées de fraises fraîches, des croissants, des œufs brouillés, des fruits frais et du chocolat chaud se partageaient la vedette.

La nourriture était impeccablement présentée.

Jane entendit alors son estomac gargouiller et, avant de se rendre compte de ce qu'elle faisait, elle attaquait une assiette pleine, comme si elle n'avait pas mangé depuis une semaine. Elle avait dévoré la moitié de sa seconde portion et en était à sa troisième tasse de chocolat lorsqu'elle se figea, fourchette en l'air. Mais qu'est-ce que V. devait penser d'elle ? Elle mangeait comme un cochon…

— Ça m'enchante, remarqua V.

— Vraiment ? Vous appréciez de me voir me goinfrer comme un adolescent affamé ?

Il fit un signe d'assentiment, les yeux brillants.

— J'adore vous voir manger. Ça me transporte de joie. Je veux que vous continuiez au point de vous endormir dans votre fauteuil, tellement vous serez repue.

— Et… ensuite, qu'est-ce qu'il se passerait, demanda-t-elle, captivée par ses yeux de diamant.

— Je vous porterai dans mes bras jusqu'à ce lit sans vous réveiller et je monterai la garde, une dague à la main.

Bon, elle ne devrait pas trouver ces délires d'homme des cavernes séduisants. Et puis elle pouvait très bien se défendre toute seule, après tout. Mais l'idée que quelqu'un veille sur elle était… très agréable.

— Finissez votre repas, ordonna-t-il en indiquant l'assiette du doigt. Et reprenez du chocolat, il en reste dans le thermos.

Elle obéit et se versa une quatrième tasse de chocolat chaud.

Elle se laissa aller contre le dossier du fauteuil, divinement repue.

— Je comprends cette histoire d'héritage. Mon père était chirurgien, remarqua-t-elle sans raison particulière.

— Ah oui. Il doit être très fier de vous, alors. Vous êtes une chirurgienne hors pair.

Jane baissa le menton.

— Je pense qu'il aurait trouvé mon parcours satisfaisant. Surtout si je finis par enseigner à Columbia.

— « Aurait » ?

— Ma mère et lui sont morts.

Elle ajouta, parce qu'elle s'y sentait obligée :

— C'est arrivé il y a une dizaine d'années. Ils avaient pris un petit avion pour se rendre à un congrès de médecine, et l'avion s'est écrasé.

— Merde… Je suis désolé. Ils vous manquent ?

— Ça va peut-être vous choquer, mais non, pas vraiment. C'étaient des étrangers avec lesquels je devais vivre quand je n'étais pas à l'école. Mais ma sœur m'a toujours manqué.

— Elle n'est plus là, non plus ?

— Une cardiopathie congénitale. Elle est morte subitement une nuit. Mon père a toujours cru que j'avais fait médecine parce qu'il m'avait inspirée, mais j'ai choisi cette voie parce que la mort de Hannah m'a révoltée. Et me révolte toujours d'ailleurs. (Elle avala une gorgée de chocolat.) Bref, mon père pensait que la médecine était le meilleur objectif que je puisse avoir dans la vie. Je me souviens qu'un jour, quand j'avais quinze ans, il m'a regardée et m'a dit que j'avais de la chance d'être intelligente.

— Il savait que vous feriez de grandes choses.

— Non, ce n'était pas ce qu'il voulait dire. Il disait qu'étant donné mon physique je ne risquais pas de faire un très beau mariage.

V. inspira bruyamment et elle sourit.

— Mon père était un homme de l'époque victorienne qui vivait dans les années 1970 et 1980. C'était peut-être ses origines britanniques, qui sait ? Mais il pensait que le rôle des femmes était de se marier et de s'occuper d'une grande maison.

— C'est vraiment nul de dire un truc pareil à une gamine.

— Il aurait répondu que c'était honnête. Il croyait en l'honnêteté. Il a toujours dit que Hannah était la plus jolie de nous deux. Mais, bien sûr, il pensait qu'elle était frivole. (Mais qu'est-ce qu'il lui prenait de s'épancher ainsi ?) Bref, les parents sont parfois un problème.

— Oui, je sais. Je ne le sais que trop bien.

Ils se turent et elle eut l'impression qu'il se remémorait son passé, lui aussi.

Après un moment, il fit un signe de tête en direction de la télé à écran plat sur le mur.

— Vous voulez voir un film ?

Elle se tourna et ébaucha un sourire.

— Oh oui. Ça fait un temps fou que je n'ai pas vu de film. Qu'est-ce que vous avez ?

— J'ai trafiqué le câble, on a tout.

D'une manière nonchalante, il indiqua les oreillers à côté de lui.

— Venez vous asseoir ici. Vous ne verrez pas bien de votre fauteuil.

*Mince.* Elle avait envie d'être à côté de lui. Elle avait envie d'être… proche.

Et même si sa raison se rebiffait, elle se dirigea vers le lit et s'installa à son côté, assise en tailleur, les bras croisés sur la poitrine. Elle se sentait aussi anxieuse que pour un premier rendez-vous amoureux, avec des papillons dans l'estomac et les paumes moites.

*Bonjour, les hormones.*

— Quel genre de films vous aimez ? demanda-t-elle tandis qu'il saisissait une télécommande avec assez de boutons pour lancer une navette spatiale.

— Aujourd'hui, j'ai plutôt envie d'un film chiant.

— Vraiment ? Pourquoi ?

Il tourna ses yeux de diamant vers elle, les paupières tellement lourdes qu'il était difficile de bien lire son regard.

— Pas de raison particulière. Vous avez l'air fatigué, c'est tout.

De l'autre côté, Cormia s'assit sur son lit tout simple. Elle attendait. Comme toujours.

Elle décroisa les mains sur ses genoux. Les recroisa avec nervosité. Elle aurait aimé avoir un livre qui puisse la distraire. Assise en silence, elle se demanda fugacement quelle impression cela lui ferait d'avoir un livre à elle. Elle inscrirait peut-être son nom dessus pour que les autres sachent qu'il lui appartenait. Oui, cela lui plairait. Cormia. Ou mieux encore : le livre de Cormia.

Elle le prêterait si ses sœurs souhaitaient l'emprunter, bien sûr. Mais elle saurait, alors qu'il serait tenu par d'autres mains et lu par d'autres yeux, que la reliure, les pages, et les histoires qu'il recélait étaient les siennes. Et le livre le saurait aussi.

Elle pensa à la bibliothèque des Élues et à sa forêt de livres, sa délicieuse odeur de cuir un peu sucré et son extraordinaire richesse de mots. Le temps qu'elle y passait était son refuge et sa retraite, merveilleuse. Il y avait tant d'histoires à connaître, tellement d'endroits qu'elle ne pouvait pas même espérer voir, et elle aimait apprendre, avec passion. En avait toujours faim de savoir.

La plupart du temps, en tout cas.

Mais cette heure était différente. Assise sur son lit, elle ne voulait pas de l'enseignement qu'elle s'apprêtait à recevoir. Ce qu'elle allait apprendre, ce n'était pas des choses qui l'intéressaient.

— Bonsoir, ma sœur.

Cormia leva les yeux. L'Élue retenant le voile blanc qui masquait l'entrée dans la pièce était un modèle d'abnégation et de dévouement, une femelle tout à fait remarquable. Et Cormia enviait l'expression de bonheur tranquille et de paix intérieure qu'affichait Layla.

Mais ce n'était pas permis. L'envie signifiait que vous vous différenciez des autres, que vous étiez un individu, mesquin de surcroît.

— Bonsoir.

Cormia se leva, les jambes flageolantes tant son appréhension était grande en pensant au lieu où elles se rendaient. Si elle avait souvent souhaité voir l'intérieur du temple du Primâle, elle aurait voulu, présentement, ne jamais poser le pied à l'intérieur de l'édifice de marbre.

Elles s'inclinèrent l'une devant l'autre, gardant un moment la pose.

— Je suis honorée de pouvoir t'aider.

— Je suis… je te suis reconnaissante de ton enseignement, répliqua Cormia à voix basse. Ouvre la marche, si tu veux bien.

Layla releva la tête et la regarda de ses yeux vert pâle d'un air entendu.

— J'ai pensé que nous pourrions peut-être discuter un moment au lieu de nous rendre au temple sur-le-champ.

Cormia déglutit avec peine.

— Cela me convient tout à fait.

— Puis-je m'asseoir, ma sœur ? (Cormia fit un signe d'assentiment et Layla s'approcha et prit place, sa longue robe blanche s'ouvrant jusqu'à mi-cuisse.) Assieds-toi près de moi.

Cormia s'exécuta, le matelas lui sembla dur comme de la pierre. Elle ne pouvait pas respirer, ne pouvait pas bouger et cillait à peine.

— Ma sœur, j'aimerais dissiper tes craintes, commença Layla. Tu viendras à apprécier les moments que tu passes avec le Primâle.

— J'en suis sûre. (Cormia serra les revers de sa robe.) Mais il rendra visite à d'autres, n'est-ce pas ?

— Tu seras sa priorité. En ta qualité de compagne principale, tu recevras de lui un traitement privilégié. Pour le Primâle, il existe une hiérarchie unique entre nous, et tu seras la première entre nous toutes.

— Mais combien de temps s'écoulera-t-il avant qu'il aille rendre visite aux autres ?

Layla fronça les sourcils.

— Ce sera à lui de décider, mais tu peux exprimer ton opinion. Si tu le sers bien, il restera peut-être exclusivement avec toi pendant un moment. Cela s'est déjà passé.

— Je pourrai néanmoins lui dire de rejoindre d'autres Élues, n'est-ce pas ?

Layla pencha sa tête parfaite.

— En vérité, ma sœur, tu verras que tu apprécieras ce qui va se passer entre vous.

— Tu sais quel est son nom, n'est-ce pas ? Tu connais l'identité du Primâle.

— Je l'ai même vu.

— Tu l'as vu ?

— Absolument. (Comme Layla levait la main et arrangeait son chignon de cheveux blonds, Cormia interpréta le geste comme un signe que la femelle choisissait ses mots avec soin.) Il est… comme un guerrier se doit de l'être. Fort. Intelligent.

— Tu ne me dis pas tout pour apaiser mes craintes, n'est-ce pas ? reprit Cormia en étrécissant les yeux.

Avant que Layla puisse répondre, la Directrix tira brusquement la tenture. Sans adresser un mot à Cormia, elle s'approcha de Layla et lui murmura quelque chose.

Layla se leva tandis que ses joues s'enflammaient.

— J'y vais immédiatement. (Elle se retourna vers Cormia, les yeux brillants d'une curieuse impatience.) Ma sœur, je prends congé et je te souhaite de bonnes choses jusqu'à mon retour.

Comme le voulait la coutume, Cormia se leva et s'inclina, soulagée d'obtenir un répit pour la leçon.

— Porte-toi bien.

Mais la Directrix ne suivit pas Layla.

— Je vais te conduire au temple et te prodiguer l'enseignement.

— Ne devrais-je pas attendre Layla… ? avança Cormia en s'entourant de ses bras.

— Contesterais-tu mes décisions ? demanda la Directrix. Oui, on le dirait bien. Peut-être souhaiteras-tu alors décider du contenu de la leçon, puisque tu connais si bien l'historique et l'importance de la position pour laquelle tu as été choisie. En vérité, je serais heureuse que tu m'apprennes des choses.

— Pardonnez-moi, Directrix, répondit Cormia, mortifiée.

— Pardonner quoi ? En tant que première compagne du Primâle, tu es libre de me donner des ordres, aussi peut-être devrais-je m'accoutumer à ce que tu prennes les décisions. Dis-moi, préfères-tu que je marche quelques pas en arrière tandis que nous nous rendons au temple ?

Les yeux de Cormia s'emplirent de larmes.

— Je vous en prie, Directrix, non.

— Je vous en prie, non, quoi ?

— Je vous suivrai, murmura Cormia la tête baissée. Je n'ouvrirai pas la marche.

*Ishtar* était parfait comme choix, se dit V. Ennuyeux au possible. Interminable. Aussi passionnant à regarder qu'une salière.

— C'est le film le plus naze que j'aie jamais vu, fit remarquer Jane en bâillant de nouveau.

Comme sa gorge était belle.

Les canines de V. se dénudèrent et il s'imagina jouer les Dracula, penché sur son corps allongé ; il se força à se concentrer sur Dustin Hoffman et Warren Beatty avançant avec peine dans le sable. Il avait choisi ce navet dans l'espoir qu'elle s'endorme et qu'il puisse s'immiscer dans son esprit et lui faire plein de choses.

Il fantasmait qu'elle jouisse contre sa langue, même si ce n'était que dans l'éther d'un rêve.

En attendant que l'ennui la plonge dans un sommeil rapide, il se surprit à contempler les paysages du désert et à penser à l'hiver… l'hiver de sa transition.

*V. effectua sa transition quelques semaines après la chute et la mort du prétrans dans la rivière. Cela faisait un bon moment qu'il avait remarqué les signes de sa transition imminente. Il était tourmenté par des maux de tête. Il avait constamment faim, mais mal au cœur dès qu'il mangeait quelque chose. Il n'arrivait pas à dormir, alors qu'il était épuisé. La seule chose qui restait immuable, c'était son agressivité. De par sa nature, le camp exigeait que l'on soit toujours prêt à se battre ; aussi, l'exacerbation de sa colère ne se traduisit pas par un changement notoire de son comportement.*

*C'est au paroxysme d'une violente tempête de neige précoce que V. devint un mâle à part entière.*

*La chute de la température avait entraîné un terrible refroidissement des parois de pierre de la caverne, au point que le sol suffisait à geler les pieds chaussés de bottes fourrées. L'air était tellement glacial que le souffle des habitants du camp formait un nuage dépourvu de ciel. Le froid était si intense que les soldats et les femelles attachées à la cuisine dormaient enchevêtrés les uns avec les autres, non pas tant pour s'accoupler que pour partager la chaleur des corps.*

*V. sut que le changement était arrivé quand il se réveilla en ayant chaud. Au début, la sensation de chaleur fut agréable, puis la fièvre se mit à le consumer tandis qu'une faim atroce l'assaillait. Il se tordit sur le sol, espérant un soulagement, mais en vain.*

*Au bout d'une éternité, la voix du Saigneur transperça la douleur.*

*— Les femelles refusent de t'alimenter.*

*Du fond de son hébétude, V. ouvrit les yeux.*

*Le Saigneur s'agenouilla.*

*— Tu sais pourquoi, sans le moindre doute.*

*— Non, je ne sais pas, répondit V. en déglutissant malgré sa gorge nouée.*

*— Elles disent que les peintures de la grotte ont pris possession de toi. Que les esprits prisonniers de ces murs se sont glissés dans ta main. Que ton œil n'est plus le tien. Tu ne le nies pas ? reprit le Saigneur comme V. restait coi.*

*Pataugeant dans les marais de sa conscience, Viszs essaya de calculer l'effet que pourraient avoir ses deux réponses possibles. Il opta pour la vérité, non pas au nom de celle-ci, mais animé par son instinct de conservation.*

*— Je… nie.*

*— Et nies-tu ce qu'elles disent d'autre ?*

*— Qu'est-ce… qu'elles… disent ?*

*— Que c'est avec ta main que tu as tué ton compagnon au bord de la rivière.*

*C'était un mensonge et les autres garçons présents au moment de l'accident le savaient puisqu'ils avaient vu le prétrans tomber par sa propre faute. Les femelles devaient tirer des conclusions d'après le fait que la mort soit survenue alors que V. était dans les parages. Parce que pourquoi les autres mâles auraient-ils souhaité fournir des preuves de la force de V. ?*

*Ou peut-être était-ce dans leur propre intérêt ? Si aucune femelle ne l'alimentait, V. mourrait. Ce qui était plutôt favorable aux autres prétrans.*

*— Qu'as-tu à dire ? commanda son père.*

*— Je l'ai tué, marmonna-t-il car il fallait qu'il paraisse fort.*

*— Je m'en doutais, s'exclama le Saigneur et un sourire fendit sa barbe. Et pour te récompenser de ton effort, je vais t'amener une femelle.*

*Et on lui présenta en effet une femelle et il put boire. La transition fut brutale, longue et épuisante, et quand elle prit fin, son corps dépassait de son galetas, ses bras et ses jambes traînaient sur le sol froid de la caverne comme la viande d'une chasse récente.*

*Même s'il avait senti son sexe palpiter, la transition une fois effectuée, la femelle qui avait été obligée de le nourrir ne voulait rien avoir à faire avec lui. Elle lui donna juste assez de sang pour qu'il puisse traverser la transition, puis elle l'abandonna tandis que ses os craquaient et que ses muscles s'étiraient jusqu'à se rompre. Personne ne s'occupa de lui et, pendant qu'il souffrait, il appela mentalement la mère qui l'avait mis au monde. Il s'imaginait qu'elle arrivait auprès de lui, irradiant d'amour, et qu'elle lui caressait les cheveux en lui disant que tout allait bien. Au milieu de sa vision pathétique, elle l'appelait son* lewlhen *bien-aimé.*

*Son cadeau.*

*Il aurait aimé être un cadeau pour quelqu'un. Un cadeau, c'était quelque chose qu'on appréciait, dont on prenait soin, qu'on protégeait. Le journal du guerrier Audazs avait été un cadeau pour V., même si celui-ci n'avait pas su, en le laissant, qu'il accomplissait un geste de bonté. Mais ce n'était pas pareil.*

*Un cadeau.*

*Lorsque le corps de V. eut fini le processus de transition, il avait dormi. Puis la faim, une faim féroce, l'avait réveillé. La transition avait fait craquer les coutures de ses vêtements, ils étaient en lambeaux, et il s'enveloppa d'une peau de bête pour se rendre pieds nus dans la cuisine. Il n'y avait pas grand-chose à manger. Il rongea un os, trouva quelques croûtes de pain, avala une poignée de farine.*

*— Le moment de combattre est venu, l'interpella son père alors qu'il léchait le reste de farine sur sa paume.*

— À quoi pensez-vous ? demanda Jane. Vous êtes terriblement tendu.

V. retomba abruptement dans le présent, et n'eut pas envie de mentir.

— Je pense à mes tatouages.

— Vous les avez depuis quand ?

— Presque trois siècles.

Jane laissa échapper un sifflement.

— Vous vivez aussi longtemps que ça ?

— Plus longtemps encore. Si je ne me fais pas fracasser la tête au cours d'un combat et si vous autres cinglés d'humains ne faites pas exploser la planète, je devrais respirer pendant encore sept cents ans.

— Eh ben ! (Elle se redressa.) Tournez la tête, je veux voir ces tatouages.

Bouleversé par ses souvenirs, il fit ce qu'elle lui demandait parce qu'il n'arrivait pas à trouver de raison de ne pas le faire. Mais quand elle leva la main vers son visage, il tressaillit.

Elle laissa retomber son bras sans le toucher.

— On vous a imposé ces tatouages, n'est-ce pas. Ils ont été faits au même moment que la castration ?

V. eut un mouvement de recul intérieur mais ne bougea pas. La compassion de Jane le mettait extrêmement mal à l'aise, mais le ton de sa voix était factuel, direct. Il pouvait donc répondre de manière factuelle et directe.

— Oui. En même temps.

— Je présume qu'ils constituaient des avertissements, puisque vous les avez sur votre main, votre tempe, vos cuisses et votre aine. Je pense qu'ils ont à voir avec l'énergie dans votre paume, votre aptitude à voir le futur, et avec la question de la procréation.

Il n'allait quand même pas s'étonner de ses extraordinaires talents de déduction, si ?

— En effet.

Jane baissa la voix.

— C'est pourquoi vous avez paniqué quand je vous ai dit que j'allais vous attacher, à l'hôpital, quand vous étiez aux soins intensifs. Ils vous ont attaché, n'est-ce pas ?

Il se racla la gorge.

— N'est-ce pas, V. ?

Il saisit la télécommande pour la télévision.

— Vous voulez voir autre chose ?

Il se mit à zapper et un lourd silence s'installa.

— J'ai vomi à l'enterrement de ma sœur.

V. suspendit son pouce sur la télécommande, s'arrêtant sur *Le Silence des agneaux*. Il la regarda.

— Vraiment ?

— C'est le moment le plus gênant, le plus honteux de ma vie. Et pas seulement parce que c'était à l'enterrement de ma sœur : j'ai vomi sur le costume de mon père.

Tandis que Clarice Starling s'asseyait sur une chaise inconfortable devant la cellule de Lecter, V. buvait les paroles de Jane. Il voulait tout connaître de sa vie, de sa naissance au moment présent, et tout de suite.

— Racontez-moi ce qui s'est passé.

Jane s'éclaircit la voix comme si elle se préparait, et il ne put s'empêcher de noter le parallèle entre le film et la réalité : lui, le monstre prisonnier de ses démons, et Jane, la source de bonté se donnant en pâture à la bête.

Mais il avait besoin de savoir autant qu'il avait besoin de sang pour survivre.

— Qu'est-ce qui s'est passé, Jane ?

— Eh bien… mon père croyait avec ferveur aux vertus des flocons d'avoine.

— Des flocons d'avoine ?

Comme elle n'ajoutait rien, il la pressa :

— Poursuivez.

Jane croisa les bras sur sa poitrine puis s'absorba dans la contemplation de ses pieds. Enfin son regard rencontra le sien.

— Juste pour bien clarifier les choses, la seule raison pour laquelle je vous raconte tout ça, c'est pour que vous me disiez ce qui vous est arrivé. Un prêté pour un rendu. C'est comme partager des cicatrices. Vous savez, celles que vous récoltez en colonie de vacances lorsque vous tombez des lits superposés. Ou lorsque vous vous coupez avec le rebord en métal d'une boîte de conserve, ou encore si vous vous donnez un coup sur la tête avec un… (Elle fronça les sourcils.) Bon… ce ne sont peut-être pas de bonnes analogies étant donné la vitesse à laquelle vous cicatrisez, mais vous me comprenez.

V. ne put s'empêcher de sourire.

— Oui, je comprends ce que vous voulez dire.

— Donnant donnant. Si je raconte, vous aussi. On est d'accord ?

— Merde… (Sauf qu'il fallait qu'il apprenne des choses sur elle.) Je suppose que oui.

— OK, donc mon père et les flocons d'avoine. Il…

— Jane ?

— Quoi ?

— Je vous aime bien. Je vous aime beaucoup. Je tenais à vous le dire.

Elle cligna deux ou trois fois. Puis elle s'éclaircit de nouveau la voix. Comme le rose aux joues lui allait bien.

— Vous parliez de flocons d'avoine.

— Oui… donc… je disais, mon père était un adepte des flocons d'avoine. Il nous forçait toutes à en manger au petit-déjeuner, même l'été. Ma mère, ma sœur et moi nous forcions à avaler cette horreur pour lui, et il n'était pas question de ne pas finir son bol. Il nous observait manger, comme si nous étions en train de jouer au golf et que nous risquions de rater notre swing. J'avais vraiment l'impression qu'il mesurait l'angle de ma colonne vertébrale par rapport à la manière dont je tenais ma cuiller. Pendant le dîner, il… (Elle s'arrêta.) Je m'égare.

— Et je pourrais vous écouter parler pendant des heures, donc ne vous concentrez pas pour moi.

— Oui, enfin… se concentrer, c'est important.

— Pour un jus de fruit, peut-être.

Elle eut un petit sourire.

— Pour en revenir aux flocons d'avoine, ma sœur est morte le jour de mon anniversaire, un vendredi soir. Les arrangements pour l'enterrement ont été expédiés parce que mon père partait au Canada le mercredi pour donner une conférence. J'ai découvert par la suite qu'il avait planifié la présentation le jour où Hannah avait été retrouvée morte dans son lit. Je suis sûre que c'est parce qu'il voulait que ça se fasse vite. Bref... le jour de l'enterrement, je me lève et je me sens vraiment très, très mal. Carrément malade. Avec une terrible envie de vomir. Hannah... Hannah était la seule chose vraie et pleine de vie dans une maison où tout était toujours rangé, net, impeccable. Elle était désordonnée, bruyante et heureuse... et je l'aimais tellement, je ne pouvais pas supporter l'idée qu'on l'enterre. Elle aurait détesté être enfermée ainsi. Oui... Bref, pour l'enterrement, ma mère m'avait acheté une horrible robe chasuble noire. Le problème, c'est qu'elle ne m'allait pas. Elle était trop petite et quand je l'ai enfilée, le matin de la cérémonie, j'ai eu l'impression de ne plus pouvoir respirer.

— Bien sûr, les nausées ont empiré.

— Oui. Mais je suis descendue me mettre à table pour le petit déjeuner, avec des haut-le-cœur. Je les vois encore, assis l'un en face de l'autre à chaque bout de la table, évitant de se regarder dans les yeux. Ma mère faisait penser à une poupée de porcelaine avec un défaut de fabrication : elle s'était maquillée et coiffée, mais un petit quelque chose clochait. Son rouge à lèvres n'était pas de la couleur qu'il fallait, elle n'avait pas mis de rouge à joues, des épingles sortaient de son chignon. Mon père lisait le journal et le bruit des pages qu'il tournait résonnait comme des coups de feu. Ils ne m'adressèrent pas un mot, ni l'un ni l'autre.

» Je suis restée figée sur ma chaise et je n'ai pas quitté des yeux la chaise vide en face de moi. Un bol de flocons d'avoine a atterri devant moi. Marie, notre employée de maison, a posé la main sur mon épaule en plaçant le bol et j'ai failli fondre en larmes. Mais mon père a alors fait claquer son journal comme si j'étais un chiot qui venait de s'oublier sur le tapis, et j'ai pris ma cuiller et ai commencé à manger. Je me suis forcée à avaler chaque bouchée au point d'en avoir des renvois. Puis nous sommes allés à l'enterrement.

V. voulait la toucher et il faillit tendre la main, mais il retint le geste et dit simplement :

— Vous aviez quel âge ?

— Treize ans. Donc, nous arrivons à l'église et elle est bondée, parce que tout le monde connaissait mes parents à Greenwich. Ma mère affiche une désespérante affabilité, et mon père adopte une attitude figée et stoïque, détachée et distante. Je me souviens… je me disais qu'ils étaient tous les deux égaux à eux-mêmes, exception faite du maquillage négligé de ma mère et du fait que mon père n'arrêtait pas de tripoter la petite monnaie qu'il avait dans sa poche. Ce qui était totalement incongru. Il détestait le bruit, et j'étais étonnée que le tintement des pièces ne le dérange pas. J'imagine que ça passait parce qu'il contrôlait le son. Enfin, je veux dire, il pouvait arrêter s'il le souhaitait.

Elle fit une pause et riva les yeux sur un point du mur… V. voulait essayer de se glisser dans ses pensées et voir exactement ce qu'elle revivait. Mais il n'en fit rien… et pas parce qu'il n'était pas sûr que cela marche. Les confidences qu'elle choisissait de partager avec lui librement étaient plus précieuses que tout ce qu'il pourrait lui voler.

— Premier rang, murmura-t-elle. À l'église, nous étions assis au premier rang, juste devant l'autel. Cercueil fermé, Dieu merci, même si Hannah était forcément belle, très belle. Elle était blond vénitien, ma sœur. Une chevelure souple et lustrée, comme celle des poupées Barbie. Mes cheveux étaient raides comme des baguettes. Bref…

V. songea fugacement qu'elle utilisait le mot « bref » à la manière d'une gomme sur un tableau noir recouvert de signes. Elle l'employait en effet chaque fois qu'elle avait besoin de soustraire des informations qu'elle venait de donner afin de faire de la place pour la prochaine série de confidences.

— Oui, premier rang. Puis la cérémonie a commencé. Beaucoup de musique d'orgue… et ce qui était abominable, c'est que tous ces tuyaux transmettaient des vibrations à travers le sol. Est-ce que vous êtes déjà allé dans une église ? Probablement pas… Enfin, bref, quand la musique joue plein pot, on peut sentir les notes graves au fond de soi. Bien entendu, l'enterrement prenait place dans une très grande église et l'orgue comprenait plus de tuyaux que le système d'égouts de la ville de Caldwell. Quand ce truc jouait, on avait l'impression d'être dans un avion sur le point de décoller.

Comme elle s'arrêtait et prenait une profonde inspiration, V. sut que le récit l'affectait terriblement, la ramenant quelque part où elle n'allait pas souvent, ni de son propre chef.

Elle reprit, d'une voix un peu rauque :

— Donc… on est à la moitié de la cérémonie peut-être et ma robe est trop serrée, j'ai terriblement mal au cœur et ces satanés flocons d'avoine font l'ascenseur dans mon estomac. Puis le prêtre monte en chaire pour prononcer l'eulogie. Avec ses cheveux blancs, sa voix grave, son aube et son étole ivoire brodée d'ornements or, il semblait sorti tout droit d'un film ! Je crois que c'était l'évêque de l'État du Connecticut. Bref…, il se met à parler de l'état de grâce qui nous attend au paradis et toutes ces fadaises sur Dieu, Jésus, et l'Église. C'était plus une pub pour le christianisme qu'un rappel de Hannah.

» Je suis assise, je n'écoute pas vraiment, quand soudain je regarde à côté de moi et je vois les mains de ma mère. Elle les tient serrées sur ses genoux, les jointures blanchies… comme si elle se cramponnait à la barre de sécurité des montagnes russes, alors qu'elle ne bougeait pas, bien sûr. Je me tourne sur ma gauche et je regarde les mains de mon père. Il avait posé les paumes sur ses genoux et tous les doigts étaient crispés et s'enfonçaient dans sa jambe, à l'exception du petit doigt de la main droite qui tapotait la laine fine de son pantalon, comme s'il était agité d'un tremblement parkinsonien.

V. savait où elle voulait en venir.

— Et les vôtres ? demanda-t-il doucement. Qu'est-ce qu'elles faisaient, vos mains ?

Jane étouffa un sanglot.

— Les miennes… les miennes étaient parfaitement immobiles, totalement détendues. Je ne ressentais rien à part la lourdeur des flocons d'avoine pesant dans mon estomac. Oh… mon Dieu, ma sœur était morte et mes parents, les gens les plus insensibles, froids que l'on puisse imaginer, étaient chavirés. Et moi ? Rien. Je me souviens m'être dit que Hannah aurait pleuré si ça avait été moi sur le satin du cercueil. Elle aurait pleuré pour moi. Mais moi ? Je n'y arrivais pas.

» Aussi, quand le prêtre eut fini sa pub sur la grandeur de Dieu, et la chance qu'avait Hannah de l'avoir rejoint, bla bla bla, l'orgue se remet en marche. Les vibrations des tuyaux s'élèvent, traversent mon siège et atteignent la fréquence parfaite. Ou imparfaite, je suppose. J'ai vomi tous mes flocons d'avoine sur mon père.

*Putain*, pensa V. Il tendit la main et saisit la sienne.

— Bordel…

— Oui. Ma mère s'est levée pour me sortir, mais mon père lui a ordonné de ne pas bouger. Il m'a amenée à une des dames qui s'occupaient de l'église et lui a demandé de m'accompagner aux toilettes, puis il est entré dans les toilettes des hommes. Je suis restée toute seule dix minutes environ, puis la dame est revenue, m'a installée dans sa voiture et m'a ramenée chez moi. Je n'ai pas assisté à la mise en terre. (Elle inspira fort.) Quand mes parents sont rentrés, ils ne sont pas montés me voir. J'attendais que l'un d'eux entre dans ma chambre. Je les entendais se déplacer dans la maison, puis le silence s'est installé. J'ai fini par descendre, j'ai sorti quelque chose du frigidaire, et j'ai mangé debout au comptoir, parce que nous n'avions pas le droit d'emporter de la nourriture à l'étage. Je n'ai pas pleuré alors non plus. Pourtant le vent soufflait fort cette nuit-là et ça me faisait toujours peur, et la maison était plongée dans l'obscurité et je n'arrêtais pas de me dire que j'avais gâché l'enterrement de ma sœur.

—Vous étiez en état de choc, c'est évident.

—Oui. C'est curieux… je craignais qu'elle ait froid. Vous savez, une nuit d'automne, froide. Une terre froide. (Jane fit un geste de la main.) Bref, le lendemain matin, mon père est parti avant que je me lève, et il n'est revenu que deux semaines plus tard. Il appelait tous les jours et disait à ma mère qu'il allait donner son opinion sur un nouveau cas complexe quelque part dans le pays. Pendant ce temps, ma mère se réveillait chaque jour, s'habillait et m'emmenait au collège, mais elle n'était pas vraiment là. Elle s'est transformée en journal vivant. Elle ne parlait que du temps et des problèmes quotidiens associés à la maison et au personnel. Mon père est finalement revenu, et vous savez comment j'ai su que son retour était imminent ? La chambre de Hannah. Chaque soir, j'allais dans sa chambre et je passais un moment entourée de ses affaires. Je n'arrivais pas à comprendre comment ses vêtements, ses livres, et ses dessins pouvaient être encore là, mais pas elle. Ça me semblait inconcevable. Sa chambre était comme une voiture sans moteur, chaque chose à sa place, sauf que cela relevait d'un possible révolu. Rien ne serait plus jamais utilisé.

La veille du retour de mon père, j'ai ouvert la porte de sa chambre, et… tout avait disparu. Ma mère avait fait vider la pièce, changé le dessus-de-lit et les rideaux. La chambre de Hannah avait été transformée en chambre d'amis. Et c'est ainsi que j'ai su que mon père allait rentrer.

V. passa son pouce sur le dos de sa main.

— Oh… Jane.

— Voilà, c'est ma confession. J'ai vomi des flocons d'avoine au lieu de pleurer la mort de ma sœur.

Il voyait bien qu'elle était agitée et qu'elle se disait qu'elle n'aurait pas dû s'épancher ainsi, et il savait bien ce qu'elle ressentait pour l'avoir ressenti, lui aussi, les rares fois où il s'était confié à quelqu'un. Il lui caressa la main jusqu'à ce qu'elle le regarde. Le silence s'étira, et il sut ce qu'elle attendait de lui.

— Oui, murmura-t-il. Ils m'ont attaché.

— Et vous êtes resté conscient pendant tout le martyre, n'est-ce pas ?

— Oui, répondit-il d'une voix blanche.

Elle posa une main sur son visage, sa paume glissa le long de sa joue à la barbe naissante.

— Vous les avez tués pour ça ?

Il leva sa main gantée.

— Cette main a pris les commandes. La lueur éclatante s'est étendue à tout mon corps. Ils avaient tous les mains sur mon corps, ils ont donc tous été foudroyés.

— Tant mieux.

*Merde*… Il était fou d'elle.

— Vous auriez fait une excellente guerrière, vous savez ?

— J'en suis une. La mort est mon ennemie.

— C'est vrai.

C'était tellement logique qu'il soit tombé amoureux d'elle. Elle était une guerrière… comme lui.

— Votre scalpel, c'est votre dague.

— Oui.

Ils restèrent ainsi, mains et regards enlacés. Jusqu'au moment où, sans prévenir, elle lui passa son pouce sur la lèvre inférieure.

Il soupira et laissa échapper un feulement.

— Je n'ai pas besoin d'être endormie, vous savez, chuchota-t-elle.

# Chapitre 23

Quand John reprit conscience, il brûlait de fièvre. Des flammes lui léchaient la peau, de la lave coulait dans ses veines et sa moelle épinière était la fournaise qui alimentait le tout. Éperdu, cherchant de la fraîcheur, il se tourna sur le côté et essaya d'arracher ses vêtements, mais il ne portait pas de chemise ni de pantalon. Il se tordait, nu.

— Prenez mon poignet.

La voix féminine venait d'au-dessus de lui, sur sa gauche, et il inclina la tête en direction du son tandis que la sueur coulait sur son visage comme des larmes. Ou bien pleurait-il vraiment ?

— *Fait mal*, articula-t-il en silence.

— Votre Grâce, prenez mon poignet. L'incision est faite.

Quelque chose s'appuya contre ses lèvres et les mouilla de vin, d'un vin capiteux. Et son instinct s'éveilla comme une bête. Cette sensation de feu, c'était en fait la faim, et on lui offrait la subsistance dont il avait besoin. Il attrapa à l'aveuglette quelque chose qui s'avéra être un bras, ouvrit la bouche et but à longues lampées.

Mon Dieu… Le goût était exquis, un arôme qui rappelait la terre, qui chantait la vie, un bouquet grisant, puissant, ensorcelant. Le monde se mit à tourner comme une ballerine, un manège, un tourbillon sans fin. Il se laissa entraîner et but avec avidité, sachant instinctivement que ce qui coulait dans sa gorge était le seul antidote contre la mort.

Il but pendant des jours et des nuits, des semaines entières. Ou fut-ce pendant un instant seulement ? Il fut étonné qu'il y ait une fin. Il n'aurait pas été effrayé s'il avait appris qu'il passerait le reste de sa vie collé à ce poignet.

Il détendit sa succion sur la veine et ouvrit les yeux.

Layla, une Élue blonde, était assise à côté de lui sur son lit, et le blanc éblouissant de sa longue robe heurtait ses yeux fatigués. Kolher se tenait debout dans un coin de la pièce avec Beth. Ils étaient enlacés et avaient l'air inquiets.

La transition. *Sa* transition.

Il leva les mains et signa de manière maladroite, comme s'il avait été ivre.

— *C'est la transition ?*

Kolher secoua la tête.

— Pas encore, ça arrive.

— *Arrive ?*

— Inspire bien, plusieurs fois, lui indiqua le roi. Tu vas avoir besoin d'oxygène. Et n'oublie pas, nous sommes là, d'accord ? On ne va pas te laisser seul.

Merde, c'est vrai. La transition consistait en deux étapes. Et le plus dur restait à subir. Pour combattre sa peur, il se répéta que Blay avait surmonté l'épreuve. Et Vhif également.

Et tous les frères.

Et sa sœur aussi.

John plongea le regard dans les yeux bleu marine de Beth et eut une vision floue qui semblait surgir du néant. Il se trouvait dans un club… dans un club gothique avec… Tohrment. Non, il observait Tohr, qui était avec quelqu'un, un mâle de grande taille, un mâle de la stature des frères, dont John ne distinguait pas les traits.

John se rembrunit. Il se demandait pourquoi une telle vision lui venait. C'est alors qu'il entendit l'étranger parler.

— *Tohr, c'est ma fille.*

*— C'est une sang-mêlé, A. Et tu sais bien ce qu'il pense des humains. (Tohrment secoua la tête.) Mon arrière-arrière-grand-mère en était une et, crois-moi, je ne m'en vante pas auprès de lui.*

Ils parlaient de Beth, n'est-ce pas ? Ce qui signifiait que l'étranger aux traits brouillés était le père de John. Audazs.

John s'efforça d'ajuster sa vue pour voir une fois au moins le visage de son père, et il pria le ciel de lui envoyer un peu de lumière alors qu'Audazs levait la main pour attirer l'attention d'une serveuse avant d'indiquer du doigt sa bouteille de bière vide et le verre presque vide de Tohr.

*— Je ne vais pas laisser un autre de mes enfants mourir, déclarait-il. Pas si j'ai une chance de la sauver. Et puis de toute façon, rien ne nous garantit qu'elle effectuera sa transition. Si ça se trouve, elle pourrait vivre heureuse, sans jamais savoir qui était son père. Ça s'est déjà vu.*

Son père avait-il même su qu'il avait un fils ? John se posait la question. Probablement pas, puisqu'il était né dans les toilettes d'un dépôt de bus et laissé pour mort : un mâle qui se souciait à ce point de sa fille se serait soucié d'un fils de la même façon.

La vision commença à s'estomper et plus John essayait de la retenir, plus vite elle se dissipait. Juste avant qu'elle s'évanouisse, il regarda le visage de Tohr. La coupe militaire, les traits anguleux et les yeux clairs lui firent mal. Et aussi la manière dont Tohr ne quittait pas des yeux le mâle assis en face de lui. Ils étaient proches. Des amis proches, certainement.

John pensa à quel point cela aurait été merveilleux de les avoir eus tous deux dans sa vie…

La douleur qui le frappa fut cosmique, une explosion qui le fit voler en éclats et propulsa ses molécules dans tous les sens. Toute pensée, tout raisonnement fut anéanti, et il n'eut pas d'autre choix que de capituler. Il ouvrit la bouche et hurla sans émettre le moindre son.

Jane n'arrivait pas à croire qu'elle regardait un vampire et priait qu'il lui fasse l'amour. Et en même temps, elle n'avait jamais connu une telle évidence dans sa vie.

— Fermez les yeux, demanda V.

— Vous allez m'embrasser pour de vrai ?

*S'il vous plaît, mon Dieu, faites qu'il dise oui.*

V. leva la main et laissa glisser sa main gantée sur son visage. Sa paume était chaude et large et elle sentait bon, une odeur d'épices enivrantes.

— Endormez-vous, Jane.

— Je veux rester éveillée, répliqua-t-elle en fronçant les sourcils.

— Non.

— Pourquoi ?

— C'est moins dangereux de cette manière-là.

— Attendez, vous voulez dire que je pourrais me retrouver enceinte ?

*Et les maladies sexuellement transmissibles ?*

— C'est arrivé avec des humaines, parfois, mais vous n'êtes pas en train d'ovuler, je le sentirais. Pour ce qui est des maladies sexuellement transmissibles, je n'en ai pas et vous ne pourriez pas m'en transmettre, mais ce n'est pas le problème. C'est moins dangereux pour moi de vous prendre lorsque vous dormez.

— D'après qui ?

Il s'agita sur le lit, impatient, nerveux. Excité.

Ah, c'était bien sa chance, il était déterminé à se conduire en gentleman, le salaud.

Jane recula et se leva.

— Les fantasmes ne m'intéressent pas. Si vous ne voulez pas de moi pour de vrai, eh bien ne nous aventurons pas sur ce territoire alors.

Il tira la couette sur ses hanches pour couvrir une érection qui tendait son pantalon de pyjama.

— Je ne veux pas vous faire mal.

Elle lui lança un regard noir où se lisait de la frustration sexuelle, mais aussi la volonté de se faire comprendre.

— Je suis plus coriace que j'en ai l'air. Et très sincèrement, ce discours macho « je-sais-ce-qui-est-bon-pour-toi » me hérisse au plus haut point.

Elle fit volte-face en prenant un air hautain, puis se rendit compte qu'elle ne pouvait aller nulle part. *Réussi comme sortie.*

Aucune solution ne se présentant, elle alla dans la salle de bains. Elle se mit à aller et venir de la douche au lavabo, comme un cheval dans son box…

Sans aucun avertissement, elle fut saisie par-derrière, plaquée contre le mur et maintenue en place par un corps puissant, dur, qui faisait deux fois sa taille. Elle poussa une exclamation, de surprise d'abord, puis de plaisir en sentant V. appuyer son érection contre ses fesses.

— J'ai essayé de te dire non, gronda-t-il en enfouissant sa main dans ses cheveux pour assurer sa prise, puis en lui tirant la tête en arrière. (Elle poussa un cri et sentit la rosée poindre entre ses cuisses.) J'ai essayé d'être gentil.

— Oh… Mon Dieu…

— Prier ne va pas t'aider. C'est trop tard, Jane. (Son ton était teinté de regret… mais aussi d'une fatalité sensuelle.) Je t'ai donné une chance de le faire comme tu le dicterais. Maintenant, on va le faire comme je le veux.

C'était ce qu'elle voulait. C'était lui qu'elle voulait.

— S'il te plaît…

— Chhhhut. (Il lui fit tourner la tête sur le côté d'un mouvement du poignet et exposa sa gorge.) Lorsque je voudrai que tu supplies, je te le dirai. (Il passa une langue chaude et humide le long de son cou.) Demande-moi ce que je vais te faire.

Elle ouvrit la bouche mais ne réussit qu'à haleter.

— Demande-moi. Dis : « qu'est-ce que tu vas me faire ? » lui ordonna-t-il en lui tirant les cheveux.

— Qu'est-ce que… qu'est-ce que tu vas me faire ? balbutia-t-elle en avalant sa salive.

Il la poussa sur le côté tout en gardant ses hanches collées à ses fesses.

— Tu vois ce lavabo, Jane ?

— Oui…

Bordel, elle allait jouir…

— Je vais te pencher sur ce lavabo et tu t'y cramponneras. Puis je vais t'enlever ton pantalon.

*Mon Dieu…*

— Demande-moi ce que je ferai ensuite, Jane.

Il fit de nouveau courir sa langue le long de son cou, puis saisit le lobe de son oreille entre ses canines. Elle sentit une délicieuse vague de douleur, suivie d'une nouvelle pulsation entre ses cuisses.

— Qu'est-ce que tu feras ensuite ? haleta-t-elle.

— Je vais m'agenouiller. (Il baissa la tête et lui mordilla la clavicule.) Dis-le-moi encore : « et ensuite, V. ? »

Elle faillit sangloter, tellement excitée qu'elle sentit que ses jambes allaient se dérober sous elle.

— Et ensuite ?

Il lui tira les cheveux.

— Tu as oublié la fin ?

*Qu'est-ce que c'était… qu'est-ce que c'était… ?*

— V.

— Non, tu recommences. Depuis le début. (Il poussa son érection contre elle, une arête dure et impatiente de la pénétrer, là, tout de suite.) Recommence, et comme il faut, cette fois-ci.

Sans crier gare, un orgasme déferla sur elle, l'excitation se gonflant au son de sa voix rauque contre son…

— Oh non, pas question. (Il relâcha légèrement la pression sur son corps.) Tu ne jouis pas encore. Quand je dis que tu peux jouir, tu jouis. Pas avant.

Désorientée et palpitante, elle se détendit un peu tandis que la pointe de plaisir refluait.

— Maintenant, dis-moi les mots que je veux entendre.

*Quels étaient les mots ?*

— Et ensuite…, V. ?

— Je vais m'agenouiller, passer mes mains le long de tes jambes et te faire écarter les cuisses pour pouvoir te lécher.

L'orgasme revint à la charge et la fit vaciller.

— Non, répéta-t-il en grognant. Pas encore. Et seulement quand je l'autorise.

Il la poussa contre le lavabo et fit exactement ce qu'il avait annoncé. Il la pencha par-dessus le lavabo, lui prit les mains, les plaqua de chaque côté de la cuve et commanda :

— Cramponne-toi.

Elle se cramponna.

Il passa les mains sous sa chemise, les remonta et enveloppa ses seins. Puis les passa sur son ventre et ses hanches.

Il descendit le pantalon brutalement.

— Oh… putain. C'est exactement ce que je veux. (Il lui saisit les fesses et les palpa de sa main gantée de cuir.) Soulève cette jambe.

Elle obéit et son pantalon de yoga disparut. Il lui écarta les cuisses et… oui, il remonta la main couverte du gant, puis l'autre. Chauffée à blanc, elle se sentit s'abandonner totalement à lui.

— Jane…, murmura-t-il avec révérence.

Puis, sans préliminaires ni préparation, sa bouche vint à sa rencontre, et sa langue s'immisça dans les replis de sa chair. Il agrippa les fesses de la jeune femme et la maintint en position pendant qu'il commençait à la lécher. Elle perdit pied, ne sachant plus ce qui était sa langue, son bouc ou ses lèvres. Elle le sentait laper, puis s'enfoncer au cœur de son intimité, entendait les bruits de succion, comprenait l'emprise que V. avait sur elle.

— Jouis pour moi, ordonna-t-il, la bouche contre son sexe. Maintenant.

L'orgasme déferla sur elle comme une explosion qui la fit se cabrer contre le lavabo au point qu'une de ses mains glissa. Le bras de V. se tendit comme l'éclair pour qu'elle puisse s'y raccrocher.

Il recula légèrement et lui embrassa les fesses, puis lui passa la main sur le dos tandis qu'elle s'appuyait sur ses bras.

— Et maintenant, je vais jouir en toi.

Il arracha son pantalon et le bruit de l'étoffe fut plus fort encore que sa respiration à elle, et le tout premier frôlement de son membre contre le haut de ses hanches lui fit presque perdre la tête de nouveau.

— J'en ai envie, articula-t-il d'une voix gutturale. Oh... j'en ai tellement envie.

Il la pénétra d'un coup de rein vigoureux qui le précipita contre elle et, si c'est elle qui accueillit l'énorme membre, c'est lui qui poussa un cri. Sans marquer de pause, il se mit à aller et venir avec force, la tenant par les hanches, la projetant en avant puis en arrière au rythme de ses assauts. La bouche ouverte, les yeux ouverts, écoutant avec délices les bruits de leurs deux corps qui se rencontraient avec violence, Jane se cala contre le lavabo tandis qu'un nouvel orgasme la terrassait. Comme elle jouissait encore une fois, ses cheveux lui balayèrent le visage, sa tête dodelina.

Elle n'avait jamais connu de telles sensations. C'était du sexe à la puissance millionième.

C'est alors qu'elle sentit qu'il lui saisissait l'épaule de sa main gantée. Il la tira vers le haut, tout en la chargeant avec force, dans un va-et-vient soutenu. Il leva la main vers sa gorge, lui saisit le menton et lui rejeta la tête en arrière.

—*À moi*, gronda-t-il sans ralentir ses assauts.

Puis il la mordit.

# Chapitre 24

Quand John se réveilla, la première chose qui lui vint à l'esprit fut un sundae au chocolat garni de lardons. Ce qui était franchement répugnant.

Sauf que… oh… du chocolat et des petits lardons, ce serait paradisiaque, là tout de suite.

Il ouvrit les yeux et fut soulagé de voir le plafond familier de sa chambre, mais il ne comprenait pas bien ce qui s'était passé. Un truc traumatisant. Quelque chose de cataclysmique. Mais quoi ?

Il leva la main pour se frotter les yeux… et cessa de respirer.

Ce qui était attaché à son bras était absolument immense. Une main de géant.

Il souleva la tête et examina son corps ou… le corps de quelqu'un. Est-ce qu'on lui avait transplanté la tête pendant la journée ? Parce que son cerveau n'était pas relié à un corps pareil avant, pas de doute là-dessus.

*La transition.*

— Comment tu te sens, John ?

Il regarda du côté d'où venait la voix de Kolher. Le roi et Beth étaient tous deux à son chevet et ils avaient l'air absolument épuisés.

John dut se concentrer pour parvenir à former les mots à l'aide de ses mains :

— *Est-ce que j'ai réussi ?*

— Oui, oui, fiston, tu as réussi. (Kolher s'éclaircit la voix et Beth caressa son avant-bras tatoué, consciente de l'émotion qui avait saisi le roi.) Félicitations.

John cligna rapidement des yeux, le cœur serré.

— *Est-ce que je suis toujours… moi ?*

— Oui. Toujours.

— Dois-je m'en aller ? demanda une voix féminine.

John tourna la tête. Layla était debout, dans un coin sombre de la pièce, son beau visage et son magnifique corps, la perfection même, plongés dans l'ombre.

L'érection fut instantanée.

Comme si quelqu'un avait injecté de l'acier dans son pénis.

Il se hâta de vérifier qu'il était couvert, et remercia le ciel pour la couverture qui recouvrait en effet sa nudité. Il s'appuya contre son oreiller tandis que Kolher lui disait quelque chose, mais John ne pouvait pas se concentrer sur autre chose que la pulsation entre ses jambes… et la femelle qui venait de parler.

— Je serais honorée de rester, ajouta Layla en s'inclinant profondément.

*Ce serait bien qu'elle reste*, pensa John. Qu'elle reste était…

*Attends…* Bien sûr que ce n'était pas bien. Il n'allait pas coucher avec elle, pour l'amour du ciel.

Elle s'avança dans le halo de lumière projeté par la lampe qui se trouvait sur la table de nuit. Sa peau était blanche comme le clair de lune, lisse comme un drap de satin. Comme ce serait doux, aussi… sous ses mains, sous sa bouche… sous son corps. Sans crier gare, John sentit sa mâchoire le picoter des deux côtés, devant, puis quelque chose sembla se projeter dans sa bouche. Il passa rapidement sa langue et sentit les pointes acérées de ses canines.

Le désir enflamma son corps de part en part et il dut détourner les yeux de Layla.

Kolher rit doucement, apparemment conscient des sensations qui traversaient John.

— Bon, on va vous laisser tous les deux. John, si tu as besoin de quoi que ce soit, on sera en face.

Beth se pencha et lui frôla la main de la sienne, comme si elle savait combien sa peau était sensible.

— Je suis tellement fière de toi.

*Et moi, de toi*, voulait-il lui dire alors que leurs regards se croisaient.

Ce qui n'avait aucun sens.

— *Merci*, signa-t-il maladroitement.

Ils sortirent de la chambre un moment plus tard et Layla et lui se retrouvèrent seuls. Oh, ce n'était pas une bonne chose. Il ne contrôlait absolument pas son corps et avait l'impression de chevaucher un cheval à moitié sauvage.

Il était dangereux de regarder l'Élue, aussi tourna-t-il les yeux vers la salle de bains. À travers l'embrasure, il vit le marbre nu de la douche et il sentit son sexe gonfler et se durcir de plus en plus.

— Souhaitez-vous vous laver, Votre Grâce ? demanda Layla. Dois-je vous faire couler de l'eau ?

Il fit un signe d'assentiment dans l'espoir qu'elle soit occupée pendant qu'il essaierait de déterminer ce qu'il pouvait faire.

*Prends-la. Baise-la. Possède-la de douze manières différentes.*

Bon, d'accord, mais ce n'est pas ce qu'il devrait faire.

Il entendit la douche couler et Layla revint. Avant qu'il ait le temps de dire « ouf », on lui retirait la couverture. Il leva les mains en hâte pour cacher son sexe mais l'Élue eut le temps de voir son érection.

— Je peux vous aider à entrer dans la baignoire ?

Sa voix était un peu rauque et elle ne quittait pas ses hanches des yeux, semblant approuver ce qu'elle voyait.

Ce qui ne fit qu'intensifier encore l'érection qu'il s'efforçait de cacher sous ses paumes.

— Votre Grâce ?

Et comment était-il censé signer dans cet état ?

Bon, de toute façon, elle ne comprendrait pas ce qu'il essaierait de dire.

John secoua la tête puis se mit sur son séant, gardant une main sur son pénis et plantant l'autre sur le matelas pour s'aider à se lever. Merde, il avait l'impression d'être une table branlante dont les différents éléments ne s'accordaient plus bien ensemble. Et les quelques pas le séparant de la salle de bains lui faisaient l'effet d'une course d'obstacles, alors que rien ne se trouvait sur son passage.

Au moins, il n'était plus uniquement concentré sur Layla.

Une main couvrant toujours son sexe, il se leva et se dirigea vers la salle de bains en titubant et en essayant de ne pas penser au fait qu'il montrait ses fesses à Layla. Tandis qu'il avançait tant bien que mal, il pensa à des faons, à ceux qui viennent de naître, aux pattes grêles repliées et qui s'efforcent de se lever pour la première fois. Il vivait la même expérience. Il lui semblait que ses genoux allaient se dérober sous lui d'un moment à l'autre et qu'il allait s'étaler par terre comme un idiot.

*Ouf.* Il était dans la salle de bains. *Bien joué.*

Si seulement, à présent, il ne heurtait pas le marbre. Même si le plaisir de se laver compenserait tous les bleus possibles. Sauf que cette douche dont il avait tellement envie posait problème. Quand il se mit sous le jet chaud, doux, il crut recevoir des coups de fouet cinglants et il sauta en arrière… et du coin de l'œil constata que Layla se dénudait.

Doux Jésus… Qu'elle était belle !

Elle le rejoignit et il resta sans voix. Et ce n'était pas parce que ses cordes vocales ne fonctionnaient pas. Les tétons roses étaient dressés sur ses seins fermes. Elle avait une taille de guêpe, il aurait pu en faire le tour de ses mains. Ses hanches faisaient écho à ses épaules étroites. Quant à son sexe… son sexe s'offrait à son regard, la peau lisse et glabre laissait voir une petite fente formée de deux plis qu'il mourait d'envie d'écarter.

Il plaqua ses deux mains sur son sexe comme si son pénis allait littéralement jaillir de son bassin.

— Puis-je vous laver, Votre Grâce ? demanda-t-elle tandis que la vapeur s'enroulait autour d'eux à la manière d'un voile léger caressé par la brise.

L'érection qu'il masquait de ses mains se tendit encore davantage.

— Votre Grâce ?

Il hocha la tête. Tout son corps palpitait. Il pensa à Vhif leur racontant ce qu'il avait fait avec la femelle qu'il avait possédée. Il poussa un soupir… c'était son tour à présent.

Elle prit le savon et le frotta entre ses paumes, le tournant et retournant. De la mousse blanche se forma et coula sur les carreaux. Il imagina sa queue entre ses mains et dut respirer par la bouche.

*Regarde ses seins osciller*, pensa-t-il en passant sa langue sur ses lèvres. Il se demanda si elle le laisserait l'embrasser là. Quel goût aurait-elle ? Est-ce qu'elle le laisserait plonger entre ses…

Son sexe eut un sursaut et il poussa un gémissement plaintif.

Layla reposa le savon sur la coupelle de marbre.

— Je vais être très douce, car vous êtes très sensible pour l'instant.

Il déglutit et pria pour ne pas perdre contrôle tandis que Layla s'approchait de lui les mains couvertes de mousse et les posait sur ses épaules. L'attente était malheureusement bien plus agréable que la réalité. Sa touche légère lui fit l'effet de papier de verre sur une brûlure... et pourtant il avait soif de ce contact. Il avait soif d'elle.

Tandis que la senteur délicieuse du savon français flottait dans l'air humide et chaud, elle passa les mains sur ses bras puis remonta et caressa sa poitrine qui était désormais massive. La mousse descendit le long de son ventre et tomba dans sa main, se faufilant entre ses doigts avant de couler de son sexe en doux flocons.

Il riva les yeux sur son visage pendant qu'elle s'attardait sur sa poitrine. Cela lui semblait terriblement érotique qu'elle laisse vagabonder ses yeux vert pâle sur son immense corps tout neuf.

Elle avait faim, se dit-il. Faim de ce qu'il tenait entre ses mains. Faim de ce qu'il voulait lui donner.

Elle reprit le savon et s'agenouilla devant lui, les genoux sur le marbre. Ses cheveux étaient encore remontés en un chignon et il voulait le défaire, voulait les voir mouillés et collés à ses seins.

Elle posa ses mains sur son mollet et commença à les faire remonter, les yeux levés. Dans un flash, il la vit le prendre dans sa bouche, son membre engorgé lui étirant les lèvres, et ses joues se gonflant et se dégonflant au rythme de la succion.

John poussa un gémissement, tituba, et se cogna l'épaule.

— Détendez vos bras, Votre Grâce.

Il était terrifié à l'idée de ce qui allait se passer ensuite, et voulait cependant lui obéir. Mais qu'allait-il se passer s'il se conduisait de manière ridicule ? s'il éjaculait partout sur son visage parce qu'il n'arrivait pas à se retenir ? s'il...

— Votre Grâce, laissez tomber vos bras.

Il retira lentement ses mains et sa queue se dressa, défiant la gravité et hors d'atteinte.

*Oh non... Oh non...* Elle levait la main vers...

À la seconde même où elle toucha son pénis, l'érection s'estompa. Il se vit soudain dans un escalier sordide. Menacé d'un pistolet. Violé tandis qu'il pleurait en silence.

John s'arracha de la main de Layla et sortit de la douche en trébuchant. Ses pieds mouillés et ses genoux flageolants le firent glisser sur le sol. Pour éviter de tomber, il s'assit sur la cuvette des toilettes.

Aucune dignité. Aucune virilité. Typique de sa nullité. Il avait enfin un corps immense, mais il n'était pas plus mâle que quand il avait un corps chétif et malingre.

L'eau cessa de couler et il entendit Layla se couvrir d'une serviette.

— Est-ce que vous voulez que je m'en aille ? demanda-t-elle d'une voix tremblante.

Il fit « oui » de la tête, trop honteux pour la regarder.

Lorsqu'il releva les yeux, bien plus tard, il était seul dans la salle de bains. Il était seul et il avait froid, la chaleur de la douche s'était dissipée, toute cette glorieuse vapeur évanouie comme si elle n'avait jamais existé.

Sa première fois avec une femelle… et son sexe l'avait trahi. Il avait envie de vomir.

V. perfora la peau de Jane de ses canines, pénétra sa gorge, perça sa veine et y colla ses lèvres. Comme elle était humaine, la sensation de puissance qu'il ressentit en buvant ne fut pas régie par la composition de son sang mais par le fait qu'il s'agissait d'elle. Ce qu'il recherchait, c'était son goût, sa saveur. Sa saveur… et s'emparer d'une partie d'elle-même.

Lorsqu'elle cria, il sut que ce n'était pas un cri de douleur. Le corps de la jeune femme resplendissait d'excitation et dégageait des effluves sensuels, et ce parfum s'intensifia à mesure qu'il prenait ce qu'il voulait d'elle, prenait son sexe avec son pénis, son sang avec sa bouche.

— Jouis avec moi, haleta-t-il d'une voix rauque, lâchant sa gorge et la laissant se retenir de nouveau au lavabo. Jouis… avec… moi.

— Oh, mon Dieu…

V. se colla à ses hanches tandis qu'il commençait à s'envoler, et elle partit avec lui, son corps happant son érection avec la même fièvre que lorsqu'il s'était abreuvé à sa gorge. L'échange était juste et satisfaisant : désormais elle était en lui et il était en elle. C'était harmonieux. C'était bon.

*À moi.*

Ils étaient tous deux à bout de souffle.

— Est-ce que ça va ? demanda-t-il d'une voix entrecoupée, tout à fait conscient qu'il n'avait jamais posé une telle question après une de ses séances.

Elle ne répondit pas et il recula un peu. Il pouvait voir sur sa peau pâle les marques qu'il avait laissées sur elle, des tuméfactions qui révélaient sa brutalité. Presque toutes les femelles qu'il avait prises s'étaient retrouvées avec des bleus parce que c'était comme ça qu'il aimait baiser, qu'il avait besoin de baiser. Et il ne s'était jamais préoccupé des traces qu'il laissait sur le corps des autres.

Mais pour l'heure, les marques l'alarmaient. L'alarmaient encore plus quand il passa sa main sur sa bouche et recueillit une trace de sang.

Nom de… Il y avait été trop fort. Cela avait été beaucoup trop brutal.

— Jane, je suis dé…

— Incroyable. (Elle secoua la tête et ses cheveux blonds lui balayèrent les joues.) Ce fut… stupéfiant.

— Tu es sûre que je ne t'ai pas…

— Tout simplement époustouflant. Même si je n'ose pas lâcher ce lavabo de peur de tomber.

Une vague de soulagement l'inonda et lui fit tourner la tête.

— Je ne voulais pas te faire mal.

— Tu m'as submergée... mais d'une manière telle que, si j'avais une amie intime, je l'appellerais et dirais : « Je viens de baiser avec un dieu. »

— Bien. C'est... bien.

Il ne voulait pas se retirer d'elle, surtout alors qu'elle, parlait ainsi. Mais il décolla ses hanches et se retira pour qu'elle puisse respirer un peu.

Elle était divine de dos. D'une beauté absolue. Totalement désirable. Il sentit son érection battre comme un cœur tandis qu'il enfilait son pantalon de pyjama et cachait son sexe dans les plis du tissu.

V. redressa doucement Jane et regarda son reflet dans le miroir. La jeune femme avait le regard vitreux, la bouche ouverte, les joues empourprées. Et sur son cou la marque de la morsure se trouvait exactement où il voulait qu'elle soit : là où tout le monde pourrait la voir.

Il la retourna pour qu'elle soit face à lui et passa son index ganté le long de sa gorge, recueillant les gouttes de sang qui perlaient autour des perforations. Il lécha le cuir noir pour enlever le sang, savourant son goût, en voulant encore.

— Je vais refermer ces petites plaies, d'accord ?

Elle fit un signe d'assentiment et il plongea la tête dans son cou. Il passa délicatement sa langue sur les trous, ferma les yeux et se perdit dans son odeur et sa chaleur. La prochaine fois, il voulait se mettre entre ses cuisses et s'abreuver à la veine qui courait sur l'aine, de façon à pouvoir alterner entre le plaisir de sucer son sang et celui de laper son sexe.

Il se pencha sur le côté et fit couler l'eau de la douche puis il lui retira la chemise qu'elle portait. Un soutien-gorge en dentelle blanche enveloppait ses seins et leurs pointes roses se devinaient à travers le délicat motif. Il se pencha et suça l'un des tétons à travers la pièce de lingerie et fut récompensé par un gémissement qui roula dans la gorge de Jane tandis qu'elle enfouissait sa main dans ses cheveux.

Il gronda et glissa sa main entre ses jambes. L'intérieur de ses cuisses était couvert de son sperme et, même si cela faisait de lui un grossier personnage, il voulait qu'il reste là. Il voulait que sa semence lui colle à la peau, et désirait en déposer encore davantage en elle.

Ah, oui, les instincts du mâle lié. Il voulait qu'elle le porte comme elle portait sa propre peau : partout sur son corps.

Il lui retira son soutien-gorge et la guida sous la douche. Il la mit sous le jet en la soutenant par les épaules. Il entra à son tour, mouillant son pantalon, sentit la surface lisse du marbre sous ses pieds. Il passa ses mains dans ses cheveux et écarta les courtes mèches blondes de son visage, puis il plongea ses yeux dans les siens.

*À moi.*

— Je ne t'ai pas encore embrassée, fit-il.

Elle se cambra contre lui en s'appuyant sur sa poitrine pour ne pas perdre l'équilibre, exactement comme il souhaitait qu'elle le fasse.

— Pas sur la bouche, non.

— Est-ce que je peux ?

— S'il te plaît.

Merde, il regardait ses lèvres et l'inquiétude le saisit. Ce qui était vraiment curieux. Au cours de sa vie, il était passé maître en matière de pratiques sexuelles, de toutes sortes, mais l'idée d'échanger un réel baiser avec elle effaça tout le reste : il était le puceau qu'il n'avait jamais été, maladroit et vulnérable.

— Alors… ce baiser ? demanda-t-elle alors qu'il prolongeait le moment.

*Oh… merde.*

— Viens ici, lui dit-elle avec un sourire de madone tout en prenant son visage entre ses mains.

Elle l'attira vers elle, inclina sa tête et caressa ses lèvres des siennes. Viszs fut parcouru de frissons. Il savait ce qu'était la puissance : celle de ses propres muscles, celle de sa maudite mère et de la destinée qu'elle lui infligeait, celle de son roi et de ses frères dans son travail, mais il ne l'avait jamais laissé s'imposer à lui.

À présent, Jane s'imposait à lui. Au moment où elle saisit tendrement sa tête entre ses mains, il se rendit totalement.

Il la serra contre lui et pressa ses lèvres contre les siennes avec force en une communion douce qu'il n'avait jamais pu imaginer souhaiter, et encore moins vénérer. Quand ils se séparèrent, il lui lava les cheveux et la savonna sur tout le corps, jusqu'entre ses jambes. Puis il la rinça.

La traiter avec délicatesse s'imposait, au même titre que de respirer… c'était une fonction automatique de son corps et de son cerveau qui lui venait vraiment naturellement.

Il ferma le robinet, la sécha, puis la prit dans ses bras et la ramena sur le lit. Elle s'étira sur sa couette noire, les bras levés, les jambes légèrement écartées, la peau douce et délicieusement rosée.

Elle le dévisagea, les yeux entrouverts.

— Ton pyjama est mouillé.

— En effet.

— Tu bandes.

— Oui.

Elle se cambra sur le lit et l'ondulation de son corps tendit ses hanches et ses seins vers lui.

— Tu vas faire quelque chose pour y remédier ?

— Si tu me le permets, feula-t-il en dénudant ses canines.

Elle déplaça une de ses jambes sur le côté et V. sentit que ses yeux allaient sortir de ses orbites. Son sexe humide étincelait et ce n'était pas le fait de la douche.

— Est-ce que cela ressemble à un « non » ? souffla-t-elle.

Il se défit de son pantalon et se coucha sur elle, l'embrassant longuement, profondément, puis il lui souleva les hanches, se positionna, et plongea. C'était tellement meilleur ainsi, en vrai plutôt qu'en rêve. Elle jouit une fois… deux fois… trois fois… et V. sentit que son cœur se brisait.

Pour la première fois de sa vie, il faisait l'amour avec quelqu'un qu'il aimait.

Il fut saisi momentanément de panique face à sa vulnérabilité. Comment diable était-ce arrivé ?

Mais, d'un autre côté, cela était sa dernière – enfin sa seule – chance de savoir ce qu'était l'amour. Et elle n'allait se souvenir de rien, c'était donc sans danger : son cœur à elle ne serait pas brisé.

De plus… l'absence de souvenir rendait les choses plus simples pour lui, non ? Un peu comme le soir où Kolher et lui s'étaient saoulés et que V. avait parlé de sa mère.

Moins les gens en savaient sur lui, mieux il s'en porterait.

Sauf que, pourquoi l'idée de gommer les souvenirs de Jane lui faisait-elle si mal ?

Elle partait dans si peu de temps !

# Chapitre 25

De l'autre côté, Cormia sortit du temple du Primâle et attendit que la Directrix ait fermé les massives portes en or. Le temple dominait un tertre, couronne dorée sur la tête d'une petite colline et, de là, tout le complexe des Élues était visible : les édifices et les temples blancs, l'amphithéâtre, les allées couvertes. Les espaces qui séparaient les divers bâtiments étaient recouverts d'un gazon blanc court qui ne poussait pas, ne changeait pas et, comme toujours, la vue n'ouvrait pas sur un horizon bien défini, la forêt blanche se perdait dans un flou lointain. La seule couleur du tableau était le bleu pâle du ciel, mais il s'estompait aussi sur les bords.

— Ainsi se termine ta leçon, annonça la Directrix en retirant de son cou la gracieuse chaîne de clés pour verrouiller les portes. Conformément à la tradition, tu te présenteras pour le premier des rites de purification quand nous viendrons te chercher. En attendant, tu réfléchiras à la grâce qui t'a été conférée et au service que tu vas fournir pour notre bénéfice à toutes.

La Directrix prononça ces mots avec la même dureté que lorque elle avait décrit ce que le Primâle ferait subir au corps de Cormia. De manière répétée. Chaque fois qu'il le voudrait.

Le regard de la Directrix brillait d'un éclat calculateur alors qu'elle remettait le collier. Les clés tintèrent en se posant entre ses seins.

— Porte-toi bien, ma sœur.

La Directrix descendit la colline et sa longue robe blanche se confondit avec le sol et les édifices. Elle n'était plus qu'une autre tache de blanc, et seul son mouvement permettait de l'identifier.

Cormia se couvrit le visage des mains. La Directrix lui avait dit, non, lui avait juré, que ce qui allait se passer lorsqu'elle serait sous le Primâle serait douloureux, et Cormia la croyait. La crudité des détails avait été choquante et elle craignait de ne pas pouvoir supporter la cérémonie d'union sans s'effondrer, ce qui ferait honte à toutes les Élues. En tant que représentante de ses sœurs, Cormia devait se conduire conformément aux règles et avec dignité, sinon elle ternirait la tradition vénérable qu'elle servait et la déshonorerait totalement.

Elle jeta un coup d'œil au temple par-dessus son épaule et posa une main sur son ventre. Elle était fertile, les Élues l'étaient toujours de ce côté. Elle pourrait concevoir un enfant du Primâle la toute première fois qu'elle s'unirait à lui.

Chère Vierge de l'Estompe, pourquoi avait-elle été choisie ?

Lorsqu'elle se retourna, la Directrix était arrivée au pied de la colline, si petite à côté des édifices imposants, mais si importante de par sa fonction. Plus que quiconque ou quoi que ce soit, c'est elle qui définissait le paysage, qui décidait de tout. Elles servaient toutes la Vierge scribe, mais c'est la Directrix qui régissait leur vie. Au moins jusqu'à l'arrivée du Primâle.

La Directrix ne voulait pas de ce mâle dans son univers, pensa Cormia.

Et c'est pourquoi Cormia avait été présentée à la Vierge scribe comme candidate possible. Parmi toutes les femelles qui auraient pu être choisies et en auraient été enchantées, elle était la moins complaisante, la moins accommodante.

C'était donc un acte de rébellion passive contre le changement de suprématie.

L'Élue commença à descendre elle aussi, le gazon blanc sous ses pieds nus ne dégageait aucune chaleur ni aucune froidure. De ce côté, on ne pouvait sentir la chaleur ou le froid que lorsqu'on mangeait ou buvait.

Elle songea l'espace d'un moment à prendre la fuite. Il serait préférable de quitter tout ce qu'elle connaissait plutôt que d'endurer les horreurs que la Directrix lui avait décrites. Sauf qu'elle ne savait pas comment se rendre de l'autre côté. Elle savait qu'il fallait passer par l'espace privé de la Vierge scribe, mais ensuite ? Et que se passerait-il si elle se faisait surprendre par sa Sainteté ?

Inconcevable. Plus effrayant que d'être avec le Primâle.

Plongée dans ses pensées intimes et condamnables, Cormia déambula sans but dans le paysage qu'elle avait toujours connu. Il était très facile de s'égarer dans le complexe, car l'uniformité absolue y régnait : tout avait la même apparence, la même texture, la même odeur. Dépourvues de contraste, les frontières de la réalité étaient trop diffuses pour pouvoir être appréhendées, mentalement ou physiquement. Nul point d'ancrage. On y était aussi immatériel que l'air.

En passant devant le Trésor, elle s'arrêta sur ses marches imposantes et pensa aux pierres précieuses qu'il gardait, les seules véritables couleurs qu'elle ait jamais vues. Des paniers entiers remplis de pierres précieuses se trouvaient derrière les portes verrouillées et, même si elle ne les avait vues qu'une fois ou deux, elle se rappelait les couleurs avec netteté. Ses yeux s'étaient émerveillés du bleu soutenu des saphirs, du vert intense des émeraudes et du rouge sang des rubis. Les aigues-marines, de la couleur du ciel, ne l'avaient pas autant fascinée.

C'était les citrines qu'elle avait préférées, les splendides pierres jaunes. Elle les avait discrètement touchées. Cela n'avait été qu'un geste furtif, une main dans le panier alors que personne ne regardait, mais quel émerveillement que de voir la lumière danser sur leurs facettes rieuses. Les sentir rouler contre sa paume avait été enchanteur, un courant d'énergie fantasque et tactile d'autant plus excitant qu'il bravait un interdit.

Elles l'avaient réchauffée, même si ce n'avait été qu'une illusion puisque les pierres ne dégageaient pas plus de chaleur que le reste.

Les pierres précieuses n'étaient pas la seule raison qui faisait que l'entrée dans le Trésor était un indicible plaisir. Des objets provenant de l'autre côté y étaient conservés sous vitrine, réunis parce qu'ils avaient joué un rôle décisif dans l'histoire de l'espèce ou parce qu'ils avaient été confiés aux Élues. Même si Cormia n'avait pas toujours su quelle était la fonction de l'objet qu'elle admirait, elle n'en avait pas moins été transportée par les couleurs, les textures, toutes ces choses venues d'un monde inconnu.

Curieusement, c'est un livre ancien qui l'avait le plus captivée. On pouvait lire sur la couverture endommagée des lettres gravées en relief, presque effacées qui épelaient : « AUDAZS, FILS DE MARKLON ».

Cormia fronça les sourcils en se rendant compte qu'elle avait vu ce nom ailleurs… dans la pièce de la bibliothèque consacrée à la Confrérie de la dague noire.

Le journal d'un frère. C'est pourquoi il avait été préservé.

En contemplant les portes fermées, elle se disait qu'elle aurait tant aimé vivre dans l'ancien temps, à l'époque où le bâtiment était toujours ouvert, et qu'on y pouvait aller et venir aussi librement que dans la bibliothèque. Mais c'était avant l'attaque.

L'attaque avait tout changé. Cela semblait inconcevable que des membres criminels de l'espèce aient pu venir depuis l'autre côté, armés, pour piller. Mais ils étaient entrés par un portail désormais fermé et avaient mis le Trésor à sac. Le Primâle précédent avait péri en défendant ses femelles, après avoir vaincu les trois civils.

Elle présumait qu'il avait été son père.

À la suite de ce funeste événement, la Vierge scribe avait fermé le portail d'entrée et fait passer par son jardin privé tous ceux qui souhaitaient se rendre de l'autre côté. Et à titre de précaution, le Trésor restait verrouillé. Il n'était ouvert que lorsqu'il fallait chercher des bijoux pour la retraite de la Vierge scribe ou certaines cérémonies. La Directrix en gardait la clé.

Elle entendit des pas traînants et tourna la tête en direction d'une allée flanquée de colonnes. Une figure complètement enveloppée avançait en boitant, une jambe traînant sous une longue robe noire, des mains couvertes tenant une pile de serviettes.

Cormia détourna vite les yeux et se hâta de poursuivre son chemin. Elle voulait s'éloigner au plus vite de cette femelle ainsi que du temple du Primâle. Elle finit par se retrouver à l'autre bout du complexe, devant le bassin des reflets.

L'eau était claire et sans ride, un miroir qui reflétait le ciel. Elle voulait tremper un pied, mais ce n'était pas permis…

Elle perçut soudain un bruit.

Elle n'arriva pas à distinguer, au début, ce qu'elle avait entendu, si tant est qu'elle ait bel et bien entendu quelque chose. Personne ne semblait être dans les parages, il n'y avait rien, à part le Tombeau des nouveau-nés et la forêt d'arbres blancs qui marquaient les confins du sanctuaire. Elle attendit. Quand elle n'entendit rien d'autre, elle se dit qu'elle avait dû rêver et poursuivit sa route.

Elle était effrayée mais pourtant attirée vers le tombeau où étaient enterrés les bébés qui ne survivaient pas à l'accouchement.

Un frisson lui parcourut l'échine. Ce lieu était le seul endroit où elle n'allait jamais, comme les autres Élues. Elles évitaient toutes cet édifice carré isolé ceint d'une clôture blanche. Le chagrin flottait tout autour, aussi tangible que les rubans de satin noir noués aux poignées de la porte.

Chère Vierge de l'Estompe, pensa-t-elle, sa destinée serait bientôt ensevelie ici, car même les Élues perdaient de nombreux bébés. En vérité, des fragments d'elle reposeraient ici, des parcelles qui seraient déposées jusqu'à ce qu'il n'y ait plus rien, hormis une enveloppe. Le fait qu'elle ne puisse pas décider de ses grossesses, que « non » soit un mot qu'elle n'avait même pas le droit de formuler en pensée, que ses futurs enfants soient prisonniers de la même destinée qu'elle lui fit visualiser son enfermement dans ce tombeau solitaire, cernée par les plus petits d'entre les morts.

Elle ramena les revers de son vêtement sur son cou et frissonna, les yeux rivés sur le portail du tombeau. Avant, elle trouvait l'endroit simplement déconcertant, sentant que les tout petits étaient bien seuls même s'ils étaient dans l'Estompe et qu'ils devaient être heureux et en paix.

Désormais, le temple lui semblait monstrueux.

Elle entendit de nouveau le son qui l'avait alarmée et elle eut un mouvement de recul, prête à s'enfuir en courant pour échapper aux esprits désolés qui hantaient ce lieu.

Sauf que ce n'était pas un bruit qui évoquait les âmes des jeunes enfants. C'était le son de quelqu'un qui tentait de reprendre son souffle. Un son qui n'avait de rien de fantomatique, qui était au contraire bien réel.

Elle s'avança en silence et suivit la plainte.

Layla était assise sur le gazon, les genoux contre la poitrine, les bras serrés autour d'elle, la tête baissée, les épaules tremblantes, la robe et les cheveux mouillés.

— Ma sœur ? murmura Cormia. Que se passe-t-il ?

Layla releva la tête immédiatement et se frotta vite les joues pour faire disparaître les traces de larmes.

— Pars, je t'en prie.

— Raconte-moi. Qu'est-il arrivé ? demanda Cormia en s'approchant et en s'agenouillant à côté d'elle.

— Rien que tu aies besoin de…

— Layla, parle-moi. (Elle voulait la réconforter par un geste, mais ce n'était pas permis et elle ne voulait pas l'indisposer davantage. Au lieu de la toucher, elle lui parla avec gentillesse et douceur.) Ma sœur, je pourrais t'aider. Parle-moi, je t'en prie. Je t'en prie.

L'Élue se mit à secouer sa tête blonde et son chignon finit de se défaire.

— J'ai échoué.

— Comment ?

— J'ai… échoué. Cette nuit, je n'ai pas réussi à plaire. On m'a renvoyée.

— Qui cela ?

— Le mâle que j'ai assisté lors de sa transition. Il était prêt à s'accoupler, je l'ai touché, et il a perdu son élan. (Layla eut un sanglot étouffé.) Et je… je vais devoir rendre compte au roi de ce qui s'est passé, comme le veut la tradition. J'aurais dû m'en acquitter avant de m'en aller, mais j'étais trop consternée. Comment vais-je en informer Sa Majesté ? et la Directrix ? (Elle laissa sa tête retomber, comme si elle n'avait pas la force de la garder levée.) J'ai été formée à plaire par les meilleures. Et j'ai failli à toutes.

Cormia prit un risque et posa la main sur l'épaule de Layla en se disant que c'était toujours la même chose. Le fardeau de toutes les Élues retombait sur les épaules de chacune, quand elle représentait en fait toutes les autres. Il n'y avait par conséquent pas de disgrâce privée ou personnelle, seulement le poids d'un échec monumental.

— Ma sœur…

— Après avoir parlé au roi et à la Directrix, je commencerai une période de réflexion.

*Oh non…* Une période de réflexion, c'était sept cycles sans nourriture, sans lumière, sans aucun contact, une pénitence pour faire acte d'expiation pour les plus graves manquements aux règles. Le pire, enfin c'est ce que Cormia avait entendu dire, était l'obscurité forcée, car les Élues avaient soif de lumière.

— Ma sœur, es-tu sûre qu'il ne te désirait pas ?

— Les corps des mâles ne peuvent pas mentir sur ce plan-là. Vierge miséricordieuse… peut-être est-ce mieux. Il est possible que j'aurais échoué à lui donner du plaisir. (Elle plongea ses yeux vert pâle dans les yeux de Cormia.) Il est heureux que je n'aie pas été ton guide. Je suis formée en théorie, mais pas en pratique, je n'aurais donc pas pu te transmettre une connaissance viscérale.

— J'aurais préféré que ce soit toi qui m'instruises.

— Tu manques de sagesse, alors. (Le visage de l'Élue s'affaissa soudain et elle eut l'air d'une très vieille femme.) Et j'ai appris ma leçon. Je vais quitter le groupe de *courthisanes*, puisque je suis manifestement incapable de maintenir leur tradition en matière de sensualité.

Les ombres qu'elle vit traverser le regard de Layla mirent Cormia mal à l'aise.

— N'est-il pas possible que le problème vienne de lui ?

— Aucune faute de son côté. Je n'ai pas su lui plaire. C'est ma faute, pas la sienne. (Elle essuya une larme.) Je dois te confier quelque chose : aucun échec n'est aussi cruel qu'un échec en matière de sexualité. Rien ne blesse autant que d'être rejetée dans sa nudité et son instinct de communion par celui avec lequel on souhaite s'unir… Le rejet de l'offrande de sensualité est le pire qui soit. Aussi, je vais quitter les *courthisanes*, pas seulement pour le bien de leur belle tradition, mais pour moi. Je ne saurais souffrir de nouveau une telle souffrance. Jamais. Maintenant, laisse-moi et ne dis rien. Je dois me recentrer et prendre un temps de réflexion.

Cormia voulait rester, mais ne souhaitait pas perturber sa sœur. Elle se leva, retira le léger manteau qu'elle portait et le posa sur les épaules de Layla.

Layla leva les yeux, surprise.

— En vérité, je n'ai pas froid.

Mais elle prononça ces mots en serrant l'étoffe autour d'elle.

— Porte-toi bien, ma sœur.

Cormia se retourna et s'éloigna en repassant devant le bassin des reflets.

Elle leva les yeux vers le ciel bleu laiteux et aurait voulu hurler.

Viszs se détacha de Jane et la blottit contre sa poitrine. Il aimait qu'elle soit proche de lui, allongée sur son côté gauche, ainsi la main avec laquelle il combattait était libre de tuer pour elle. Étendu ainsi, il se dit qu'il n'avait jamais été aussi concentré, que la finalité de sa vie n'avait jamais été aussi claire. Sa priorité unique et essentielle était d'assurer son bien-être et sa sécurité, et la force que lui conférait la certitude de cette mission donnait un sens à sa vie et lui apportait une sérénité absolue.

Elle était sa raison d'être.

Ils ne se connaissaient que depuis peu, mais Jane avait fait irruption dans la chambre secrète qu'il abritait dans son cœur, en avait fait sortir Butch et s'y était installée pour de bon. Et une impression de plénitude avait suivi. Il se sentait bien.

Elle fit un petit bruit de contentement et se lova encore davantage contre lui. Il caressa son dos et se mit à penser, sans raison particulière, au premier combat qu'il avait disputé, un affrontement suivi de près par son premier rapport sexuel.

*Dans le camp, les mâles qui venaient d'effectuer leur transition ne bénéficiaient que de peu de temps pour récupérer. Toutefois, quand le père de Viszs se dressa devant lui et annonça que le moment était venu pour lui de combattre, V. fut surpris. Il aurait tout de même dû avoir au moins un jour pour se remettre.*

*Le Saigneur sourit, dévoilant des canines qui ne se rétractaient jamais.*

*—Et tu vas affronter Grodht.*

*C'était le gros soldat auquel V. avait volé le cuissot de chevreuil. Et il était connu pour ses prouesses avec le marteau de guerre.*

*V. était accablé d'épuisement, et seul son orgueil lui permettait de tenir debout. Il se dirigea vers l'arène de combat, située derrière l'espace où dormaient les soldats. L'arène était un trou grossier de forme plus ou moins circulaire, creusé dans le sol de la caverne et profond d'un mètre environ. On aurait dit qu'un géant en colère avait assené un grand coup de poing dans la terre. Les parois et le sol étaient brun foncé, noircis par le sang qui avait été versé, et la règle était de se battre jusqu'à ne plus tenir sur ses pieds. Tous les coups étaient autorisés, rien n'était interdit, et la seule règle concernait le perdant et ce à quoi il devait se soumettre pour avoir été vaincu.*

*Viszs savait qu'il n'était pas prêt à combattre. Vierge de l'Estompe, il était à peine capable de descendre dans l'arène sans tomber. Mais c'était bien le but, non ? Son père avait organisé la parfaite manœuvre pour asseoir son pouvoir. V. ne pouvait gagner que d'une seule manière : s'il se servait de sa main, et alors le camp tout entier verrait enfin ce dont parlait la rumeur et le bannirait pour de bon. Et s'il perdait ? Alors il ne serait pas perçu comme une menace à la domination de son père. Donc de toute façon, la suprématie du Saigneur ne serait pas remise en question par la maturité de son fils, elle demeurerait immuable.*

*Le gros soldat sauta dans l'arène en poussant un cri obscène et en brandissant son marteau tandis que le Saigneur prenait place au bord du trou.*

*— Quelle arme dois-je donner à mon fils ? demanda-t-il à la foule assemblée. Pourquoi pas… (Il posa les yeux sur une des femelles attachées à la cuisine et qui s'appuyait sur un balai.) Donne-moi ça.*

*La femme obéit en toute hâte et laissa maladroitement tomber le balai aux pieds du Saigneur. Elle se pencha pour le ramasser, mais il l'écarta d'un coup de pied comme il l'aurait fait d'une branche en travers de son chemin.*

*— Prends ça, mon fils. Et prie que ce ne soit pas ce qui sera utilisé en toi lorsque tu perdras.*

*Le public assemblé éclata de rire et V. attrapa le manche de bois.*

*— À l'attaque ! aboya le Saigneur.*

*La foule poussa des hurlements de joie et quelqu'un jeta la lie de sa bière sur Viszs. Le liquide chaud frappa son dos et dégoulina le long de ses fesses nues. Le gros soldat, son adversaire, sourit et révéla des canines qui dépassaient de sa mâchoire supérieure. Comme il commençait à tourner autour de V., il brandit le marteau fixé au bout d'une chaîne, produisant un sifflement qui s'amplifia.*

*V. suivait tant bien que mal les mouvements de son adversaire, car il avait du mal à contrôler ses jambes encore faibles. Il se concentrait essentiellement sur l'épaule droite du mâle, celle dont celui-ci banderait les muscles avant de lancer le marteau, tout en surveillant la foule du coin de l'œil, car elle risquait fort de lui balancer autre chose que de la vieille bière.*

*Ce ne fut pas tant un combat qu'un concours dans l'art de la feinte. V. restait maladroitement sur la défensive, tandis que l'autre attaquait. Mais c'était surtout de l'esbroufe. Pendant que le soldat faisait une démonstration de son habileté à manier son arme de choix, V. étudia les mouvements du mâle ainsi que le rythme du marteau afin d'anticiper les attaques. Aussi fort que soit le soldat, il devait planter ses pieds et marquer une pause avant de propulser la boule hérissée de pointes du marteau. V. attendit une de ces pauses puis lança son attaque. Il empoigna fermement le balai et enfonça directement le manche dans l'aine renflée du soldat.*

*Le mâle poussa un rugissement de douleur, lâcha le marteau et, pressant ses genoux ensemble, plaqua ses mains sur son sexe. V. ne perdit pas une minute. Il souleva le balai au-dessus de l'épaule et le fit tournoyer, frappa son adversaire à la tempe et l'assomma.*

*La foule cessa de crier et l'on n'entendit plus que les craquements du feu et le bruit de la respiration saccadée de V. Il laissa tomber le balai, enjamba son adversaire, prêt à sortir de l'arène.*

*À ce moment, son père planta ses bottes tout au bord du trou et lui bloqua le passage.*

*Les yeux du Saigneur n'étaient plus que deux fentes fines comme des lames.*

*— Tu n'as pas fini.*

*— Il ne se relèvera pas.*

*— Peu importe. (Le Saigneur désigna de la tête le soldat à terre.) Finis-le.*

*Tandis que son ennemi gémissait, Viszs observa son père. S'il refusait, son père remporterait la partie : son fils serait humilié de toute façon. Peut-être pas exactement de la manière qu'il avait imaginée, mais V. deviendrait une cible pour la simple raison qu'il serait perçu comme un faible n'ayant pas su punir son adversaire. S'il obéissait au commandement de son père, en revanche, sa position dans le camp serait établie. Enfin, jusqu'au prochain test.*

*L'épuisement l'envahit. Sa vie dépendrait-elle toujours de choix aussi grossiers et implacables ?*

*— Ce bâtard qui se dit être mon fils n'a pas de couilles, dirait-on. Peut-être que la semence que le ventre de sa mère a avalée était celle d'un autre ?*

*Une cascade de rires traversa la foule et quelqu'un s'écria :*

*— Aucun fils du Saigneur n'hésiterait en un tel moment !*

*— Et lors d'un combat, aucun fils dont le sang est le mien ne pourrait être lâche au point d'attaquer un mâle à un endroit aussi vulnérable. (Le Saigneur regarda ses soldats dans les yeux.) Les faibles doivent faire montre de ruse, puisqu'ils n'ont pas la force.*

*Viszs eut soudain l'impression d'être étranglé aussi sûrement que si les mains de son père lui serraient le cou. Sa respiration s'accéléra, la colère gonfla sa poitrine et son cœur se mit à battre la chamade. Il baissa les yeux sur le gros soldat qui l'avait frappé… puis pensa aux livres que son père lui avait fait brûler… et aux milliers d'indignités et d'humiliations qu'il avait subies dans sa vie.*

*Il se sentit galvanisé par la colère qui se mit à flamber en lui et, avant de prendre conscience de ses actes, il faisait rouler le soldat pour le mettre sur le ventre.*

*Il prit le mâle. Devant son père. Devant le camp tout entier.*

*Et il le fit avec brutalité.*

*Lorsqu'il eut fini, il se retira et s'éloigna en chancelant. Le soldat était couvert du sang de V., de sa sueur et des restes de sa rage.*

*Il escalada maladroitement la paroi de l'arène et, sans même savoir quelle heure du jour il était, il traversa le camp en courant pour trouver la principale sortie de la caverne. Au moment où il sortait à l'air libre, la nuit froide assurait tout juste sa prise sur le territoire, et les rayons agonisants du soleil qui se couchait à l'est lui brûlèrent le visage.*

*Il se pencha et vomit. Encore et encore.*

*— Tu es si faible.*

*La voix du Saigneur laissait percer l'ennui…, mais ce n'était qu'une surface. Une certaine satisfaction transparaissait sous les mots, car il avait accompli ce qu'il voulait. Même si Viszs avait violenté le soldat, la manière dont il avait quitté ensuite l'arène, sa course éperdue vers la sortie, était tout à fait le type de réaction que son père avait espéré. Pour lui, elle traduisait sa lâcheté.*

*Les yeux du Saigneur s'étrécirent.*

*— Tu ne me vaincras jamais, gamin. Et tu ne seras jamais libre, toujours soumis à ma loi. Je régirai ta vie…*

*V. se releva dans un sursaut de haine et attaqua son père de front, tendant en avant sa main qui luisait. Au moment où la décharge électrique traversa le corps massif du Saigneur, il s'immobilisa et les deux mâles tombèrent à terre, Viszs sur son père. Dirigé par l'instinct, V. enserra le cou épais du guerrier de sa main blanche étincelante et il serra.*

*Le visage du Saigneur s'empourpra, V. sentit un élancement lui percer l'œil et une vision se substitua à la scène.*

*Il vit la mort de son père. Aussi clairement que si l'événement venait de se produire.*

*Puis il prononça ces mots, sans se rendre compte qu'ils sortaient de sa bouche :*

*— Tu périras dans un mur de feu causé par une douleur que tu ne connais que trop. Tu brûleras et te consumeras entièrement, jusqu'à n'être plus que fumée. Alors tu seras dispersé par le vent.*

*Son père avait l'air transi d'horreur.*

*Un soldat vint arracher V. du Saigneur et le tint sous les aisselles sans laisser ses pieds toucher le sol couvert de neige.*

*Le Saigneur se leva aussitôt, le visage rouge et une ligne de sueur perlant sur sa lèvre supérieure. Il respirait comme un cheval qui vient de galoper et des nuées de vapeur blanche sortaient de sa bouche et de ses narines.*

*V. se dit qu'il allait être battu à mort.*

*—Apporte-moi ma dague, gronda son père.*

Viszs se frotta le visage. Pour éviter de penser à ce qui s'était ensuite passé, il se mit à réfléchir au fait que cette première fois avec le soldat l'avait toujours hanté. Trois cents ans plus tard, il avait toujours le sentiment d'avoir violé l'autre mâle, même si c'était ainsi que se passaient les choses au camp.

Il regarda Jane, pelotonnée contre lui et décida qu'en ce qui le concernait c'était cette nuit qu'il avait finalement perdu sa virginité. Si son corps avait connu des relations sexuelles multiples et variées avec de nombreuses personnes, le sexe avait toujours été un échange de puissance : une puissance qui coulait dans sa direction, une puissance qu'il avait besoin de sentir pour se rassurer que personne n'allait jamais plus l'allonger sur une table et l'attacher, le mettant dans l'incapacité de se défendre pendant qu'on le brutalisait.

Mais cela avait été différent ce soir. Avec Jane, un échange avait pris place ; elle lui avait donné quelque chose de précieux, et lui aussi.

V. fronça les sourcils. Quelque chose, mais pas tout.

Pour ça, il faudrait qu'ils aillent dans son loft. Et puis merde, ils iraient. Même si cette perspective lui donnait des sueurs froides, il jura qu'avant de sortir de sa vie il lui ferait un cadeau qu'il n'avait jamais fait à personne.

Et ne ferait jamais à personne d'autre.

Il voulait lui retourner cette confiance qu'elle avait placée en lui. Elle dont la personnalité était si forte, en tant qu'individu mais aussi en tant que femme, s'était abandonnée à lui, tout en sachant qu'il recherchait une sexualité fondée sur un rapport de soumission et qu'elle ne pouvait pas se défendre, physiquement, face à lui.

La confiance qu'elle avait en lui le bouleversait. Et il voulait faire la même chose pour elle avant son départ.

Jane cligna des yeux, puis les ouvrit, rencontra les siens et c'est en même temps qu'ils dirent :

— Je ne veux pas que tu partes.

— Je ne veux pas te quitter.

# Chapitre 26

Quand John s'éveilla le lendemain, il n'osa pas bouger. Bon sang, il avait peur d'ouvrir les yeux. Et si cela n'avait été qu'un rêve ? Il inspira profondément, souleva un bras, entrouvrit les yeux et… oh oui, c'était bien là. Une main aussi grosse qu'une tête. Un bras plus long que le fémur qu'il avait avant la transition, un poignet épais comme son mollet d'avant.

Il avait réussi.

Il attrapa son portable et envoya des textos à Vhif et Blay, qui lui répondirent instantanément. Ils étaient ravis pour lui et un grand sourire fendit son visage… jusqu'à ce qu'il se rende compte qu'il avait besoin d'aller aux toilettes et qu'il remarque la porte ouverte. Puis il vit la douche.

Bordel. Est-ce qu'il s'était vraiment dégonflé la nuit dernière avec Layla ?

Il jeta le téléphone sur la couette, même si la sonnerie indiquait que des textos étaient arrivés dans sa boîte. Il frotta cette étrange poitrine massive avec sa nouvelle main digne d'un joueur de la NBA, tout piteux. Il devrait s'excuser auprès de Layla, mais de quoi ? d'être un pauvre type qui s'était ramolli au dernier moment ? Oui, voilà vraiment une conversation qu'il mourait d'envie d'avoir, étant donné qu'elle devait être totalement déçue par lui et sa piètre performance.

Valait-il mieux oublier ce fiasco ? Oui, probablement. Elle était tellement belle, sensuelle et parfaite, qu'elle ne risquait pas de penser que c'était sa faute à elle. Donc, tout ce qu'il réussirait à faire serait de se couvrir de honte et de perdre la boule à essayer d'écrire ce qu'il aurait voulu dire s'il avait eu des cordes vocales qui fonctionnaient.

Mais il se sentait nul, malgré tout.

Son réveil sonna et c'était tout simplement super bizarre de tendre ce bras géant vers la table de chevet pour faire taire le truc. Se lever fut encore plus déroutant. Son point de vue était complètement différent et tout semblait plus petit : les meubles, les portes, la chambre. Le plafond était bien moins haut.

Mais quelle taille faisait-il exactement ?

Il essaya de faire quelques pas et eut l'impression d'être un de ces artistes de cirque qui marchent sur des échasses. Il avait l'impression d'être un échalas, de ne pas bien tenir sur ses jambes, d'être sur le point de tomber. Oui... un clown après une congestion cérébrale qui aurait brouillé les commandes envoyées par son cerveau à ses muscles et ses os. En se dirigeant vers la salle de bain, il tituba de part et d'autre de la chambre, se rattrapant aux rideaux, aux moulures autour des fenêtres, à une commode, au chambranle de la porte.

Sans raison particulière, il se mit à penser à ses promenades en compagnie de Zadiste, lorsqu'ils traversaient la rivière. Tandis qu'il se déplaçait à présent, les objets qui lui servaient de béquilles lui rappelaient les pierres sur lesquelles il sautait pour éviter de tomber dans l'eau, ils devenaient de petits appuis de la plus grande importance.

La salle de bains était plongée dans l'obscurité la plus complète, car les persiennes étaient toujours baissées pour le jour et il avait éteint toutes les lumières après le départ de Layla. Une main sur le commutateur, il inspira profondément, puis alluma les lampes encastrées au plafond.

Il cligna plusieurs fois des yeux, car ils étaient hypersensibles, et sa vision, plus aiguë. Après un moment, son reflet commença à se définir plus nettement, sortant de l'éclat aveuglant, comme un fantôme de lui-même. Il était...

Il ne voulait pas savoir. Pas tout de suite.

John éteignit les lumières et entra dans la douche. En attendant que l'eau chaude se mette à couler, il s'adossa contre le marbre froid et enroula ses bras autour de lui. Il avait ce besoin absurde qu'on l'enlace et le serre, c'était donc une bonne chose qu'il soit seul. S'il avait espéré que la transition le rendrait plus fort, apparemment elle n'avait fait que l'affaiblir davantage. Il repensa à la manière dont il avait tué les éradiqueurs. Juste après avoir plongé la barre de fer dans leur poitrine, il avait vu avec tellement de clarté, d'évidence qui il était et quelle était la nature de sa puissance. Mais tout cela s'était estompé, à tel point même qu'il finissait par se demander s'il avait réellement ressenti ce sentiment de puissance.

Il ouvrit la porte de la douche et entra.

*Aïe...* Le jet lui fit l'effet d'aiguilles perçant sa peau et, lorsqu'il essaya de savonner son bras, le savon français que Fritz avait acheté le brûla comme s'il s'était appliqué de l'acide sulfurique. Il dut se forcer à se passer de l'eau sur le visage et, s'il était plutôt cool d'avoir une barbe naissante pour la première fois de sa vie, l'idée de se passer un rasoir sur la peau lui faisait vraiment horreur. Autant que de se passer une râpe à fromage sur ses joues.

Il se lavait en faisant attention à ne pas frotter trop fort lorsqu'il arriva à ses organes génitaux. Sans réfléchir, il fit ce qu'il avait fait toute sa vie : il passa rapidement la main sous le scrotum, puis la passa le long de...

Cette fois, l'effet fut différent. Il durcit... sa bite durcit.

Ce mot lui semblait tellement étranger, mais… bon, il n'y en avait pas d'autre pour décrire ce truc, c'était devenu un attribut proprement masculin, viril…

L'érection disparut brutalement. Son pénis cessa de gonfler et de s'allonger. Et la pression dans son bas-ventre s'évanouit également.

Il rinça le savon, déterminé à ne pas ouvrir la boîte de Pandore… Lui et le sexe, sujet à éviter. Il avait suffisamment de problèmes. Son corps était une voiture télécommandée dont l'antenne était cassée. Il devait aller en cours, où tout le monde allait le dévisager et il prit soudain conscience du fait que Kolher devait savoir qu'il avait un pistolet sur lui quand il était allé en ville. On l'avait ramené ici, après tout, et Blay et Vhif avaient dû expliquer ce qui s'était passé. Comme il connaissait Blay, John était certain qu'il essaierait de le protéger à propos du flingue et avouerait que c'était le sien. Mais qu'est-ce qui se passerait s'il était viré du programme ? Personne n'était censé porter une arme, en ville. Personne.

Quand il sortit de la douche, il fut hors de question qu'il se sèche avec une serviette. Même s'il faisait un froid de canard, il se sécha à l'air, se brossa les dents et se coupa les ongles. Il voyait très bien dans l'obscurité à présent, aussi n'eut-il aucun mal à trouver ce qu'il voulait dans les tiroirs. Éviter le miroir était une autre paire de manches. Il quitta la salle de bains et retourna dans sa chambre.

Il ouvrit sa penderie et sortit un sac de chez *Abercrombie & Fitch*. Fritz lui avait apporté ça quelques semaines plus tôt et, lorsque John avait jeté un coup d'œil sur les vêtements, il s'était dit que le majordome avait perdu la boule. Le sac contenait un jean délavé, une polaire de la taille d'un sac de couchage, un tee-shirt taille XXXL et une paire de Nike, taille quarante-cinq, dans une boîte neuve.

En fait, comme toujours, Fritz avait eu raison. Tout lui allait. Même les chaussures grandes comme des bateaux.

John regarda ses pieds en se disant que les godasses auraient dû venir avec des flotteurs et une ancre ! Elles étaient vraiment immenses.

Il sortit de la chambre, la démarche empruntée, ne sachant pas quoi faire de ses bras, son équilibre restant précaire.

En arrivant en haut du grand escalier, il leva les yeux vers le plafond et regarda les peintures des guerriers les plus valeureux.

Il pria pour figurer parmi eux un jour. Mais il ne voyait vraiment pas par quel miracle il pourrait bien y arriver.

Fhurie s'éveilla et la première chose qu'il vit fut la femelle de ses rêves. Ou peut-être était-il en train de rêver ?

— Bonjour, dit Bella.

— C'est bien toi ? répondit-il d'une voix un peu aiguë bien qu'il se soit raclé la gorge.

— Oui. (Elle prit sa main dans la sienne et s'assit au bord du lit.) En personne. Comment te sens-tu ?

Merde, elle s'était inquiétée pour lui, et ce n'était pas bon pour le bébé.

Avec le peu d'énergie qu'il avait, il se livra à un rapide nettoyage mental, un décrassage en règle de son cerveau, balayant les résidus de toutes les cigarettes de tabac rouge qu'il avait fumées ainsi que la léthargie entraînée par la douleur et le sommeil.

— Je vais bien, affirma-t-il, levant la main afin de frotter son œil valide. (Ce n'était pas une bonne idée. Il serrait dans son poing un dessin d'elle, tout chiffonné comme s'il l'avait étreint dans son sommeil. Il fourra la feuille de papier sous les draps avant qu'elle puisse demander ce que c'était.) Tu devrais être couchée.

— J'ai le droit de me lever un petit moment chaque jour.

— Quand même, tu devrais…

— Quand est-ce que l'on retire les pansements ?

— Aujourd'hui, je pense.

— Tu veux que je t'aide ?

— Non. (Ce serait le bouquet que Bella apprenne qu'il avait perdu un œil au même moment que lui.) Mais merci quand même.

— Tu veux que je t'apporte quelque chose à manger ?

Sa gentillesse lui fit plus mal qu'un coup de pied dans les côtes.

— Merci, mais je vais appeler Fritz dans un petit moment. Tu devrais retourner dans ta chambre et t'allonger.

— Il me reste quarante-quatre minutes. (Elle regarda sa montre.) Quarante-trois.

Il se releva en poussant sur les bras, tirant les draps un peu plus haut pour dissimuler sa poitrine le plus possible.

— Comment tu te sens ?

— Bien. J'ai peur, mais je me sens bien…

La porte s'ouvrit sans qu'on frappe. Zadiste entra et son regard se porta immédiatement sur Bella comme s'il essayait de déterminer ses constantes.

— Je pensais bien te trouver ici.

Il se baissa et l'embrassa sur la bouche, puis sur le cou, des deux côtés, juste au-dessus des veines.

Fhurie détourna les yeux et se rendit compte qu'il avait enfoui sa main sous les draps et tenait le dessin. Il se força à le lâcher.

Z. était bien plus détendu.

— Alors, comment te sens-tu, mon frère ?

— Bien. (Mais si l'un d'entre eux lui posait encore une fois cette question, il allait péter un câble.) Suffisamment bien pour sortir ce soir.

— La chirurgienne de V. t'a donné la permission ? demanda son jumeau en fronçant les sourcils.

— C'est ma décision, celle de personne d'autre.

— Kolher ne sera peut-être pas du même avis.

— Possible mais, s'il n'est pas d'accord, il faudra qu'il m'enchaîne pour m'empêcher de sortir. (Fhurie baissa le ton, ne voulant pas s'énerver devant Bella.) C'est toi qui donnes le cours pour la première partie, ce soir ?

— Oui, je me dis que je vais avancer un peu sur le sujet des armes à feu.

Z. passa la main sur les cheveux acajou de Bella et lui caressa le dos en même temps. Il le fit sans y penser, et elle accepta le geste avec le même naturel amoureux.

Fhurie sentit sa poitrine se serrer au point de devoir ouvrir la bouche pour respirer.

— Bon, et je vous retrouverai dans la salle à manger pour le Premier Repas, d'accord ? Je vais prendre une douche, enlever les pansements et m'habiller.

Bella se leva, Z. la prit par la taille et la serra contre lui.

Bon sang, ils formaient une famille, tous les deux, avec ce bébé en route. Et dans un peu plus d'un an, si la Vierge scribe le voulait bien, ils se tiendraient ainsi, leur enfant dans les bras. Plus tard, des années plus tard, leur enfant serait debout à côté d'eux. Et puis leur enfant s'unirait à son tour et une autre génération perpétuerait l'espèce. C'était une famille, pas un fantasme.

Pour les décider à s'en aller, Fhurie se mit à bouger comme s'il était sur le point de se lever.

— Je te verrai dans la salle à manger, fit Z., et sa main glissa sur le ventre de sa *shellane*. Bella retourne se coucher, n'est-ce pas *nalla* ?

— Trente-deux minutes, annonça-t-elle en regardant sa montre. Je ferais bien de prendre mon bain.

Ils se dirent au revoir, mais Fhurie n'y prêta pas grande attention car il brûlait d'envie qu'ils sortent enfin. Lorsque la porte se referma, il saisit sa canne, se leva et se dirigea tout de suite vers le miroir qui surmontait sa commode. Il décolla doucement le sparadrap qui maintenait le pansement en place, puis il retira les couches de gaze. Ses cils étaient tellement collés et emmêlés dessous qu'il dut aller dans la salle de bains faire couler de l'eau et se rincer plusieurs fois le visage avant de pouvoir les séparer.

Il ouvrit son œil.

Et vit parfaitement bien.

Son indifférence et son absence de soulagement au fait que sa vue ne soit absolument pas abîmée étaient tout à fait étranges. Cela aurait dû lui importer. Il était nécessaire qu'il se préoccupe de son corps et de son esprit. Mais il s'en fichait complètement.

Troublé, il prit une douche, se rasa, puis fixa sa prothèse et enfila sa tenue de cuir. Il s'apprêtait à sortir, sa dague et ses holsters à la main, quand il s'arrêta à côté du lit. Le dessin qu'il avait fait était toujours dans les draps, il pouvait voir les bords blancs et froissés du papier dans les plis du satin bleu.

Il revit la main de son jumeau sur les cheveux de Bella. Puis sur son ventre.

Il s'approcha du lit, prit le dessin et le mit à plat sur la table de nuit. Il le regarda une dernière fois puis le déchira en petits morceaux, posa le tas dans le cendrier et gratta une allumette contre son pouce. Il se pencha ensuite sur le papier tandis que la flamme le dévorait.

Quand il ne resta plus que des cendres, il se leva et sortit de la chambre.

Le moment était venu de renoncer, et il savait ce qu'il fallait faire pour ça.

# Chapitre 27

Viszs était au septième ciel. Il se sentait totalement en paix. Un Rubik's cube résolu. Il enlaçait sa femelle, son corps était tout contre le sien, son parfum dans ses narines. C'était la nuit, mais il avait l'impression de baigner dans la lumière du soleil.

C'est alors qu'il entendit le coup de feu.

Il rêvait. Il était endormi et il rêvait.

L'horreur du cauchemar se déroula comme toujours et pourtant c'était aussi violent que la première fois : le sang sur sa chemise, la douleur qui lui déchirait la poitrine, sa chute sur les genoux, sa vie qui lui filait entre les doigts…

Il se redressa sur le lit en hurlant.

Jane se précipita sur lui pour le calmer au moment où la porte s'ouvrait en grand et que Butch entrait, un pistolet à la main. Ils parlèrent tous en même temps, leurs voix et leurs mots s'enchevêtrant.

— Que diable s'est-il passé ?

— Est-ce que ça va ?

V. se mit à tirer sur les draps, les arrachant de son torse pour voir sa poitrine. La peau était intacte, mais il passa sa main dessus quand même.

— Nom d'un chien…

— Tu as revécu le coup de feu ? demanda Jane en l'attirant dans ses bras.

— Oui, bordel…

Butch baissa le canon de son arme et remonta son boxer.

— Tu nous as flanqué une trouille bleue, à Marissa et moi. Tu veux un peu de vodka pour te détendre ?

— Oui.

— Jane ? Quelque chose pour vous ?

Elle secouait la tête quand V. ajouta :

— Du chocolat chaud. Elle aimerait une tasse de chocolat chaud. J'ai demandé à Fritz de se procurer de la poudre de cacao. C'est dans la cuisine.

Butch une fois parti, V. se frotta le visage.

— Je suis désolé.

— Ne t'excuse pas, voyons. (Elle lui caressa la poitrine.) Ça va ?

Il opina. Puis comme un idiot, il l'embrassa en disant :

— Je suis heureux que tu sois là.

— Moi aussi.

Elle l'enlaça tendrement et le tint dans ses bras comme s'il était un objet précieux.

Ils se turent en attendant le retour de Butch, un peu plus tard, un verre dans une main, une tasse dans l'autre.

— Je veux un bon pourboire, je me suis brûlé le petit doigt sur la cuisinière.

— Vous voulez que je regarde ?

Jane coinça le drap sous ses bras et tendit la main vers le chocolat.

— Je pense que je m'en remettrai. Mais merci, docteur Jane. (Butch tendit la vodka à V.) Et toi, vieux ? Ça va ?

Pas vraiment. Pas après le rêve. Pas en sachant que Jane allait partir.

— Oui.

— Tu ne sais pas mentir, rétorqua Butch en secouant la tête.

— Va te faire foutre.

Le ton de V. n'était pas du tout agressif. Et c'est sans conviction qu'il ajouta :

— Ça va très bien.

Le policier se dirigea vers la porte.

— Au fait, à propos de force, Fhurie est descendu pour le Premier Repas, prêt à sortir se battre. Z. est passé il y a une demi-heure, avant d'aller donner son cours, pour vous remercier, docteur Jane, pour tout ce que vous avez fait. Fhurie n'a quasiment pas de marques sur le visage et son œil fonctionne parfaitement bien.

Jane souffla sur le chocolat pour le refroidir.

— Je serais plus tranquille s'il voyait un ophtalmologue.

— Z. a souligné qu'il avait insisté là-dessus, mais il s'est fait rembarrer. Même Kolher a essayé de le convaincre.

— Je suis content que tout aille bien pour notre gaillard, fit remarquer V., et il le pensait sincèrement.

Le problème était que la seule excuse que Jane avait de rester venait de s'évanouir.

— Oui, moi aussi. Bon, je vous laisse. À plus.

La porte se referma et V. écouta Jane souffler de nouveau sur son chocolat.

— Je vais te ramener chez toi ce soir, annonça-t-il.

Elle renonça à essayer de refroidir le breuvage. Un long silence suivit puis elle avala une gorgée.

— Oui. Le moment est venu.

Il avala la moitié de la vodka versée dans son verre.

— Mais avant, j'aimerais t'emmener quelque part.

— Où ça ?

Il ne savait pas comment lui dire ce qu'il voulait faire avant son départ. Il ne voulait pas qu'elle se sauve à toutes jambes, surtout alors qu'il contemplait les années et les années qu'il avait devant lui et tous les accouplements détachés et indifférents qui l'attendaient.

Il finit sa vodka.

— Un coin tranquille.

Elle but un peu de chocolat, les sourcils baissés.

— Tu vas vraiment me laisser partir, alors ?

Il observa son profil et se dit qu'il aurait tellement voulu qu'ils se rencontrent dans d'autres circonstances. Mais comment cela aurait-il été possible de toute façon ?

— Oui, répondit-il doucement.

Trois heures plus tard, debout devant son vestiaire, John souhaitait que Vhif la ferme. Même si le vestiaire était un endroit bruyant, entre le bruit des portes en métal que l'on claquait, du froissement des vêtements et des chaussures qui tombaient par terre, il avait l'impression que son pote avait un porte-voix agrafé à la lèvre supérieure.

— Tu es énorme, J. M. Je t'assure. Du genre... giganumental.

— *Ce mot n'existe pas.*

John fourra son sac à dos dans le casier comme il le faisait toujours et se rendit compte qu'aucun des vêtements qu'il fourrait dedans n'allait plus lui aller.

— Comment ça, il n'existe pas ? Aide-moi, là, Blay.

Blay opina tout en mettant son *ji*.

— Oui, c'est vrai, si tu prends quelques kilos, tu feras la taille des frères.

— Monstrugantesque.

— *Encore un mot qui n'existe pas, enfoiré.*

— Bien. Alors vraiment, vraiment, vraiment grand. Ça te va mieux ?

John secoua la tête en posant ses livres sur le sol et en balançant les vêtements trop petits dans la poubelle la plus proche.

En revenant vers ses amis, il les jaugea et se rendit compte qu'il faisait bien dix centimètres de plus qu'eux. Bordel, il était aussi grand que Z.

Il jeta un coup d'œil en direction de Fhléau. Oui, il le dépassait aussi.

Le salaud tourna la tête en même temps qu'il enlevait sa chemise, comme s'il sentait le regard de John. D'un mouvement fluide, le type fit jouer les muscles de ses épaules et les fit se tendre sous la peau. Un tatouage recouvrait une partie de son abdomen, il ne l'avait pas deux jours plus tôt, et épelait un mot en langue ancienne que John ne reconnut pas.

— John, sors dans le hall une minute.

Le silence se fit et John tourna vivement la tête. Zadiste se tenait dans l'embrasure de la porte du vestiaire, l'air grave.

— Merde, murmura Vhif.

John rangea son sac à dos, ferma son vestiaire et rajusta son tee-shirt. Il se dirigea vers le frère aussi vite qu'il le put, se frayant un chemin parmi l'équipement et les autres garçons qui faisaient semblant d'être affairés.

Z. maintint la porte grande ouverte et John sortit dans le couloir.

— Ce soir, toi et moi, on se retrouve avant l'aube, comme d'hab ? annonça le frère en refermant la porte. Mais on ne va pas sortir se balader. Tu me retrouveras dans la salle de musculation pendant que je m'entraîne. J'ai à te parler.

*Merde,* en effet.

— *Même heure ?* demanda John en signant.

— Quatre heures. Pour ce qui est de l'entraînement de ce soir, je veux que tu restes sur un banc, mais tu participeras au stand de tir, compris ?

John inclina la tête puis saisit Z. par le bras au moment où il faisait volte-face.

— *C'est à propos d'hier soir ?*

— Ouais.

Le frère s'éloigna et ouvrit d'un coup de poing la porte à double battant du gymnase. Elle se referma avec un cliquetis.

Blaylock et Vhif s'approchèrent de John et restèrent derrière lui.

— Qu'est-ce qui se passe ? s'enquit Blay.

— *Je vais me faire sonner les cloches pour avoir tué cet éradiqueur*, expliqua John en signant.

Blay passa la main dans sa tignasse rousse.

— J'aurais dû mieux te couvrir.

Vhif secoua la tête.

— John, on va te soutenir, vieux. C'est moi qui ai eu l'idée d'aller au club.

— Et c'était mon arme.

John croisa les bras sur sa poitrine.

— *Ça va aller.*

Enfin, il l'espérait en tout cas. Étant donné qu'il était à deux doigts de se faire virer du programme.

— Au fait… (Vhif posa la main sur l'épaule de John.) Je n'ai pas eu l'occasion de te remercier.

Blay opina.

— Moi non plus. Tu as été fabuleux hier soir. Totalement fabuleux. Tu as sauvé notre peau.

— Carrément, tu as maîtrisé la situation.

John sentit son visage s'empourprer.

— C'est-y pas mignon, intervint Fhléau d'une voix traînante. Dites-moi un truc, vous tirez à la courte-paille pour décider qui sera dessous ? ou bien est-ce que c'est toujours John ?

Vhif sourit, dénudant ses canines.

— Est-ce qu'on t'a déjà montré comment on fait pour péter les dents de quelqu'un ? Parce que j'adorerais t'en faire la démonstration. On pourrait s'y mettre tout de suite, si tu veux.

John se mit devant son ami et se retrouva face à face avec Fhléau. Il se contenta de le toiser. De haut.

Fhléau sourit.

— Tu as quelque chose à me dire ? Non ? Oh, attends, tu n'as toujours pas de voix ? Mince… pas de bol.

John pouvait sentir que Vhif bouillonnait de colère et se préparait à bondir sur Fhléau. Pour empêcher la confrontation imminente, il passa la main derrière son dos et la posa sur le ventre de son ami afin de le retenir.

Si quelqu'un allait attaquer Fhléau, ce serait John.

Fhléau éclata de rire et serra la ceinture de son *ji*.

— Ne prétends pas que t'as des couilles, mecton. La transition ne transforme pas intérieurement et n'élimine pas les tares physiques. N'est-ce pas, Vhif ? (Il se retourna en disant entre ses dents.) Connard aux yeux de traviole.

Avant que Vhif puisse bondir sur Fhléau, John pivota et l'attrapa par la taille juste au moment où Blay retenait l'un de ses bras. Malgré leurs deux poids combinés, c'était comme essayer de retenir un taureau furieux.

— Calmos, grogna Blay. Détends-toi.

— Je vais le tuer un de ces jours, feula Vhif. Je le jure.

John regarda Fhléau s'éloigner d'un pas nonchalant et entrer dans la salle de sport.

Il se promit qu'il lui flanquerait une dérouillée, même si cela entraînait son expulsion du programme pour de bon.

Il avait toujours estimé que, si l'on cherchait des noises à ses potes, on le regretterait. Point barre.

Et désormais, il avait les moyens physiques de s'acquitter de la tâche.

# Chapitre 28

Aux alentours de minuit, Jane se retrouva sur le siège arrière d'une Mercedes noire qui la ramenait chez elle. Devant, de l'autre côté de la séparation en verre, le chauffeur en livrée n'était autre que le majordome vieux comme Mathusalem et plus fringant qu'un jeune chien. V. était assis à côté d'elle, vêtu de cuir noir, aussi silencieux et sinistre qu'une tombe.

Il n'avait pas dit grand-chose, mais ne lui lâchait pas la main.

Les fenêtres de la voiture étaient tellement sombres qu'elle avait l'impression de se trouver dans un tunnel et, pour ne pas perdre complètement le sens du réel, elle appuya sur un bouton près de la portière. Sa vitre se baissa et de l'air froid s'engouffra dans la voiture, chassant la chaleur à la manière d'un petit dur qui fait fuir les bons élèves pendant la récréation.

Elle sortit la tête de la voiture et regarda la zone éclairée par les phares. Le paysage était brouillé comme une photographie un peu floue. L'inclinaison de la route lui indiquait qu'ils descendaient d'une montagne, mais elle n'avait pas la moindre idée de leur direction, ni d'où ils étaient partis.

Curieusement, ce sentiment de désorientation lui semblait approprié. Ce trajet en voiture constituait une passerelle entre le monde qu'elle quittait et celui qu'elle allait retrouver, et la frontière entre les deux était nébuleuse au possible.

—Je n'arrive pas à voir où nous sommes, murmura-t-elle en remontant la vitre.

—Nous appelons cela *brhume*, expliqua V. Dis-toi que c'est une espèce d'illusion protectrice.

—Un de vos tours de passe-passe ?

—Oui. Cela te dérange si j'allume une cigarette du moment que je laisse de l'air frais entrer ?

—Non, pas du tout.

Ce n'est pas comme si elle allait être avec lui encore très longtemps.

Mince.

V. lui serra la main puis entrouvrit sa fenêtre, et le chuintement du vent couvrit le vrombissement discret de la berline. Sa veste de cuir crissa lorsqu'il sortit une cigarette et un briquet en or. La pierre émit un petit claquement puis l'odeur suave du tabac turc chatouilla les narines de Jane.

—Cette odeur va tellement…

Elle s'interrompit.

—Quoi ?

—J'allais dire « me faire penser à toi ». Mais en fait, ce ne sera pas le cas, n'est-ce pas ?

—En rêve peut-être.

Elle appuya les doigts sur la vitre. Le verre était froid. Aussi froid qu'elle se sentait à l'intérieur.

—Les ennemis de votre espèce, que sont-ils exactement ? reprit-elle pour rompre le silence qui lui devenait insupportable.

—Ce sont des humains au départ. Puis ils se transforment en autre chose.

Il aspira la fumée et elle vit son visage illuminé par la lueur orange. Il s'était rasé avant de partir, avec le rasoir qu'elle avait voulu utiliser pour l'attaquer, et il était incroyablement beau : impérieux, viril, aussi inébranlable que sa volonté. Les tatouages qui marquaient sa tempe étaient toujours aussi superbement tracés, mais elle les haïssait désormais, car elle savait qu'ils symbolisaient la violation qu'il avait subie.

— Tu me racontes ? demanda-t-elle.

— La Société des éradiqueurs, notre ennemi, choisit ses membres par le biais d'un processus de sélection méticuleux. Ils recherchent des sociopathes, des meurtriers, des tueurs sadiques, des Charles Manson. Et puis l'Oméga intervient…

— L'Oméga ?

V. examina le bout de sa cigarette.

— Je suppose que l'équivalent chrétien serait le diable. Bref, l'Oméga met la main sur eux… entre autres choses… et « hop », ils se transforment, et se réveillent morts mais animés. Ils sont forts, quasiment indestructibles, et la seule chose qui puisse les tuer pour de bon, c'est de leur planter une arme blanche – enfin, quelque chose en acier – dans la poitrine.

— Pourquoi sont-ils vos ennemis ?

Il inspira et baissa les paupières.

— Je pense que c'est à cause de ma mère.

— Ta mère ?

Le sourire amer qui étira ses lèvres était plus une grimace qu'autre chose.

— Je suis le fils de ce que vous, humains, considéreriez probablement comme un dieu, enfin une déesse. (Il souleva sa main gantée.) J'ai hérité ceci d'elle. Personnellement, comme cadeau de naissance, j'aurais préféré un hochet en argent ou de la bouillie, mais on ne choisit pas ce que vos parents vous offrent.

— Doux Jésus, s'exclama Jane en regardant le cuir noir qui épousait sa main.

— Non, pas d'après notre glossaire ou ma nature. Je ne suis pas du genre sauveur. (Il porta la cigarette à sa bouche, et retira le gant.) Dans la pénombre de l'habitacle, sa main brillait comme l'exquise beauté du clair de lune réfléchie par de la neige fraîchement tombée.

Il aspira une dernière bouffée puis prit la cigarette et enfonça le bout incandescent au centre de sa main.

— Non, siffla-t-elle. Attends…

Le mégot fut réduit en cendres dans un flamboiement et il souffla dessus, une poudre fine qui se dispersa dans l'air.

— Je donnerais n'importe quoi pour me débarrasser de cette merde. Même si je dois reconnaître que c'est bien pratique quand je n'ai pas de cendrier sous la main, c'est le cas de le dire !

Jane se sentit vaguement nauséeuse pour une myriade de raisons, et surtout en pensant à l'avenir de V.

— Est-ce que ta mère te force à te marier ?

— Oui. C'est bien la dernière chose que je ferais de mon plein gré.

Son regard se posa brièvement sur elle et pendant une fraction de seconde elle aurait pu jurer qu'il allait dire qu'elle aurait été l'exception à la règle. Mais il détourna le regard.

L'idée qu'il puisse être avec une autre femme, même si elle n'allait pas se souvenir de lui, lui fit l'effet un coup de pied dans le ventre.

— Combien ? demanda Jane d'une voix rauque.

— Tu ne veux pas savoir.

— Dis-moi.

— N'y pense pas. C'est ce que j'essaie de faire de toutes mes forces. (Il la regarda.) Elles n'auront aucune importance. Je veux que tu le saches. Même si toi et moi ne pouvons pas… bref, elles ne seront rien pour moi.

Ce n'était pas bien, mais elle s'en réjouit.

Il remit le gant, et ils n'échangèrent plus un mot tandis que la berline filait dans la nuit. Ils s'arrêtèrent soudain. Repartirent. S'arrêtèrent. Repartirent.

—On doit être en ville, non ? s'enquit-elle. Il y a beaucoup de feux rouges on dirait.

—Oui.

Il se pencha, appuya sur un bouton et la partition se baissa. Elle pouvait ainsi voir à travers le pare-brise.

Oui, le centre de Caldwell. Elle était de retour.

Des larmes lui piquèrent les yeux et elle les retint comme elle le put, puis elle s'absorba dans la contemplation de ses mains.

Un moment plus tard, le chauffeur arrêta la Mercedes devant l'entrée de service d'un immeuble de briques. Une lourde porte en métal portait l'inscription « PRIVÉ » en lettres blanches et une rampe en béton menait à une plate-forme de chargement. L'endroit était propre comme peuvent l'être les immeubles urbains à peu près entretenus. Autant dire que c'était légèrement sordide, mais qu'il n'y avait pas d'ordures qui traînaient.

—Ne sors pas tout de suite, commanda V. en ouvrant sa porte.

Elle posa la main sur le sac qui contenait ses vêtements. Il avait peut-être simplement décidé de la ramener à l'hôpital ? Mais elle n'avait pas l'impression que c'était une des entrées de St. Francis.

Un instant plus tard, il ouvrit la porte et lui tendit la main.

—Laisse tes affaires. Fritz, nous serons de retour dans un petit moment.

—C'est avec plaisir que je vous attendrai, répondit le vieil homme en souriant.

Jane sortit de la voiture et le suivit jusqu'à une volée de marches en béton attenante à la rampe. Il la fit passer devant lui et resta tout près d'elle, collé à son dos, la gardant. Il ouvrit la lourde porte métallique sans utiliser de clé ; il posa simplement la main sur la barre de poussée et regarda le mécanisme avec intensité.

Une fois à l'intérieur du bâtiment, il ne baissa pas du tout sa garde, curieusement. Il lui fit rapidement longer un couloir qui menait à un monte-charge en jetant sans arrêt des coups d'œil alentour. Ce n'est qu'en voyant une note des gérants de la propriété affichée sur le mur en béton qu'elle comprit qu'ils se trouvaient dans la luxueuse résidence du Commodore.

— Tu as un appartement ici ? demanda-t-elle, même si c'était évident.

— Le dernier étage est à moi, enfin la moitié. (Ils entrèrent dans un ascenseur de service au sol de linoléum usé, éclairé par des lampes protégées par une grille.) J'aurais préféré que nous entrions par la porte principale, mais ce n'est pas assez discret.

L'ascenseur se mit en marche après une secousse et elle fit le geste de se rattraper à la paroi, mais V. la saisit par le bras pour la soutenir, puis ne la lâcha plus. Elle ne voulait pas qu'il la lâche de toute façon.

Il resta tendu jusqu'à ce que l'ascenseur s'arrête brutalement et que la porte s'ouvre. Le vestibule était ordinaire, juste deux portes et une sortie sur un escalier. Le plafond était haut, dénué de toute décoration et la moquette chinée lui rappela celle des salles d'attente des hôpitaux.

— Mon appartement est un peu plus loin.

Elle le suivit et ils remontèrent le couloir. Elle fut étonnée de le voir sortir une clé en or pour déverrouiller la porte.

Celle-ci s'ouvrit sur l'obscurité complète, mais c'est sans crainte qu'elle lui emboîta le pas. À vrai dire, avec lui à ses côtés, elle aurait pu affronter un peloton d'exécution et s'en sortir indemne. Et puis l'endroit sentait bon, une odeur citronnée qui indiquait un nettoyage récent.

Il n'alluma aucune lumière, se contentant de la prendre par la main et de l'encourager à avancer, en l'attirant légèrement à sa suite.

— Je ne vois rien.

— Ne t'inquiète pas. Tu ne peux pas te faire mal et je connais le chemin.

Elle agrippa sa main et son poignet et avança derrière lui à tâtons jusqu'à ce qu'il s'arrête. L'écho de leurs pas lui indiquait qu'ils se trouvaient dans un vaste espace, mais ne donnait pas d'indices sur l'agencement du loft.

Il la fit pivoter vers la droite, puis s'éloigna.

— Où est-ce que tu vas ? demanda-t-elle avec un peu de nervosité.

Une bougie s'alluma soudain dans le coin le plus reculé de la pièce, à une dizaine de mètres d'elle environ. Elle n'illumina pas grand-chose. Les murs, le plafond, le sol… tout était noir. Complètement noir. La bougie aussi.

V. avança dans le halo projeté par la lumière, une ombre indistincte.

Le cœur de Jane battait à se rompre.

— Tu m'as interrogé sur les cicatrices entre mes jambes, dit-il. Comment je les ai eues.

— Oui…, chuchota-t-elle.

C'était donc pourquoi il voulait que tout soit noir comme la nuit. Il n'allait pas lui laisser voir son visage.

Une autre bougie s'alluma, celle-ci à l'autre bout de ce qu'elle constata être une pièce immense.

— Mon père a donné l'ordre qu'on me fasse ça. Juste après que j'ai failli le tuer.

— Oh… non ! s'exclama Jane avec horreur.

Viszs ne quitta pas Jane des yeux mais ne vit que le passé et ce qui lui était arrivé après avoir mis son père à terre.

*— Qu'on m'apporte ma dague, ordonna le Saigneur.*

*V. se débattit en vain contre le soldat qui lui tenait les bras. Alors qu'il s'efforçait de se dégager, deux autres mâles apparurent. Puis deux autres encore. Et encore trois de plus.*

*Le Saigneur cracha par terre tandis que quelqu'un lui tendait une dague noire, et V. se prépara au coup qu'il était sur le point de recevoir… sauf que son père se contenta de passer la lame sur sa main, puis de la glisser à sa ceinture. Il joignit les mains et les frotta l'une contre l'autre, puis plaqua celle de droite au centre de la poitrine de V.*

*V. baissa les yeux sur l'empreinte laissée par les doigts de son père sur sa peau. Le bannissement. Pas la mort. Mais pourquoi ?*

*— Tu seras dorénavant un inconnu pour ceux qui vivent ici. Et la mort sera le châtiment de celui qui te viendra en aide, annonça le Saigneur d'un ton glacial.*

*Les soldats commencèrent à relâcher leur prise sur Viszs.*

*— Pas encore. Amenez-le dans le camp. (Le Saigneur vit volte-face.) Et allez chercher le forgeron. Il nous incombe d'avertir les autres de la nature maléfique de ce mâle.*

*V. se débattit violemment tandis qu'un autre soldat lui saisissait les jambes et l'emportait dans la caverne comme s'il s'agissait d'une simple carcasse.*

*— Derrière l'écran, ordonna le Saigneur au forgeron. Nous allons accomplir cela devant la paroi peinte.*

*Le mâle pâlit mais emporta son grossier plateau de bois chargé d'outils derrière la tenture. Pendant ce temps, V. fut étendu sur le dos, chaque membre tenu par un soldat tandis qu'un cinquième lui maintenait les hanches.*

*Le Saigneur se dressa au-dessus de Viszs, les mains dégoulinantes d'un sang rouge vif.*

*— Marque-le.*

*— De quelle manière, maître ? demanda le forgeron en levant la tête.*

*Le Saigneur récita les avertissements en langue ancienne et les soldats pesèrent sur V. afin de bien l'arrimer en place pendant le tatouage de sa tempe, de son aine, et de ses cuisses. Il essaya d'échapper à l'aiguille de toutes ses forces, mais l'encre pénétra la peau, pérennisant les caractères. Quand ce fut terminé, V. était totalement épuisé, plus faible encore qu'après sa transition.*

*— Sa main. Marque aussi sa main. (Le forgeron commença à secouer la tête.) Tu le feras ou je prendrai un autre forgeron pour le camp, puisque tu seras mort.*

*L'homme trembla de tous ses membres mais veilla à ne pas toucher la peau de V. et le tatouage fut réalisé sans incident.*

*Ensuite, le Saigneur toisa V.*

*— Il reste encore une chose, je pense. Écartez-lui les jambes, je vais rendre service à l'espèce et garantir qu'il ne puisse jamais procréer.*

*V. sentit ses yeux s'écarquiller tandis que ses chevilles et ses cuisses étaient brutalement ouvertes. Son père dégaina de nouveau la dague noire, puis marqua une pause.*

*— Non, il faut autre chose pour ça.*

*Il ordonna au forgeron de procéder à la mutilation à l'aide d'une paire de pinces.*

*Viszs hurla au contact du métal sur l'endroit où la peau est la plus fine. Une douleur fulgurante le traversa, un déchirement se fit entendre, et puis…*

— Doux Jésus, s'exclama Jane.

V. se força à retomber dans le présent. Il se demandait ce qu'il avait exprimé à haute voix et décida, à en juger par l'expression d'horreur qui se lisait sur le visage de Jane, qu'il avait dû quasiment tout raconter.

Il regarda la lueur des bougies trembler dans ses yeux vert foncé.

— Ils n'ont pas pu finir.

— Pas par décence, souffla-t-elle.

Il secoua la tête et leva sa main gantée.

— J'étais sur le point de perdre connaissance quand mon corps s'est mis à scintiller. Les soldats qui me tenaient ont été tués sur le coup. Le forgeron également… il se servait d'un outil en métal et la décharge a été fulgurante.

— Que s'est-il passé ensuite ? demanda-t-elle après avoir brièvement fermé les yeux.

— J'ai roulé sur moi-même, vomi encore, puis je me suis traîné jusqu'à la sortie de la caverne. Le camp tout entier m'a regardé sortir en silence. Mon père lui-même ne s'est pas interposé et n'a pas dit un mot. (V. mit fugacement la main sur son sexe, se rappelant la douleur intolérable.) Le… euh… le sol de la caverne était recouvert d'une espèce de terre poudreuse qui contenait un certain nombre de minéraux, l'un d'eux devait être du sodium, enfin du sel. La plaie s'est refermée, et je ne me suis pas vidé de mon sang, mais c'est ainsi que j'ai hérité des cicatrices.

— Je suis… tellement désolée. (Elle leva la main comme si elle voulait lui toucher le visage, mais la laissa retomber.) C'est un miracle que tu aies survécu.

— J'ai failli mourir la première nuit. Il faisait tellement froid. Je me suis finalement servi d'une branche d'arbre pour m'aider à marcher et je suis allé aussi loin que j'ai pu, sans savoir quelle direction je suivais. J'ai fini par m'effondrer. J'avais la volonté de poursuivre mon chemin, mais mon corps ne suivait plus. J'avais perdu du sang et la douleur m'épuisait.

» Des civils de mon espèce m'ont trouvé juste avant l'aube. Ils m'ont pris avec eux, mais pour une journée seulement… À cause des avertissements…

» (Il tapota sa tempe.) Les avertissements tatoués sur mon visage et mon corps ont eu le résultat escompté par mon père. Ils ont fait de moi un dégénéré, un paria dont il fallait avoir peur. Au coucher du soleil, je suis parti. J'ai erré, seul, pendant des années, vivant parmi les ombres, restant à l'écart des gens. À une époque, je me nourrissais à la veine d'humains, mais cela ne me soutenait pas suffisamment longtemps. Un siècle plus tard, je me suis retrouvé en Italie.

Je m'acquittais de tâches ingrates pour un marchand qui traitait avec les humains. Je faisais le sale boulot, en somme. À Venise, il y avait des prostituées qui étaient de mon espèce et qui me laissaient me nourrir à leur veine et c'est ainsi que je me nourrissais.

— Si seul. (Jane posa la main sur sa gorge.) Tu devais être si seul.

— Pas vraiment. Je ne voulais pas de la compagnie des autres. J'ai travaillé pour le marchand pendant dix ans à peu près, et puis une nuit, à Rome, je suis tombé sur un éradiqueur qui s'apprêtait à tuer une vampire femelle. J'ai détruit l'ordure, mais pas spécialement pour sauver la femelle. C'était… enfin, c'était à cause de son fils. Son fils observait la scène, dissimulé dans les ombres de la rue plongée dans l'obscurité, accroupi à côté d'un chariot. Il était… c'était un prétrans, pour sûr, et un jeune en plus. C'est lui que j'ai d'abord vu, puis je me suis retrouvé dans le feu de l'action. J'ai pensé à ma propre mère, ou à l'image que je m'étais faite d'elle, et j'étais… putain, non, ce petit garçon n'allait pas voir la femelle qui lui avait donné la vie mourir sous ses yeux.

— Est-ce que la mère a survécu ?

Il eut une expression chagrinée.

— Elle était morte quand je suis arrivé près d'elle. Elle avait une blessure à la gorge qui saignait abondamment et elle s'était vidée de son sang. Mais je peux te dire que j'ai mis l'éradiqueur en pièces. Je ne savais pas quoi faire du gosse après. Je suis finalement allé chez le marchand pour qui je travaillais et il m'a mis en contact avec des gens qui se sont chargés de lui. (V. rit doucement.) Il s'est avéré que la mère du petit était une Élue disgraciée. Et le prétrans lui-même ? Eh bien, il est devenu le père de mon frère Tohrment. Le monde est petit en fait, n'est-ce pas ?

Donc comme le gosse avait du sang de guerrier, la nouvelle s'est répandue et mon frère Audazs a fini par me trouver et m'a présenté à Kolher. A. et moi avions des liens particuliers, et il était probablement le seul capable de me sortir de mon isolement à cette époque-là. Quand j'ai fait la connaissance de Kolher, il ne se préoccupait pas du tout d'être roi, et établir des relations ne l'intéressait pas plus que moi. Alors bien sûr, nous nous sommes immédiatement bien entendus. Puis j'ai été admis dans la Confrérie. Et puis… voilà, c'est toute l'histoire.

Dans le silence qui suivit, il ne put que s'imaginer ce qui pouvait bien passer dans la tête de Jane, et l'idée qu'elle ait pitié de lui l'incitait à vouloir faire quelque chose pour prouver qu'il était fort.

Soulever une voiture par exemple.

Sauf qu'au lieu de s'attendrir sur son sort et le bouleverser encore plus Jane se mit à regarder autour d'elle. Il savait pourtant qu'elle ne pouvait rien voir, à part les deux bougies allumées.

—Et cet endroit… il représente quoi pour toi ?

—Rien. Il ne représente rien de plus que n'importe quel autre endroit.

—Alors pourquoi on y est ?

V. sentit que son cœur battait plus fort.

*Merde*… Debout avec elle, là, après avoir vidé son sac, il n'était pas sûr de pouvoir mener à bien ce qu'il avait planifié.

# Chapitre 29

Alors qu'elle attendait que V. reprenne la parole, elle aurait voulu le serrer dans ses bras. Elle voulait l'abreuver de mots doux et sincères, qui seraient vides de sens en fin de compte. Elle voulait savoir si son père était mort et de quelle manière. Elle espérait que le salaud avait péri de manière affreuse et douloureuse.

Comme le silence se poursuivait, elle se lança :

— Je ne sais pas si cela va t'aider… probablement pas, mais je tiens à dire quelque chose. Je ne peux toujours pas supporter les flocons d'avoine. Rien que d'y penser, ça me donne envie de vomir, encore maintenant. (*Pourvu que je ne dise pas quelque chose de déplacé*, se dit-elle.) Il est normal que tu te débattes encore intérieurement après tout ce que tu as subi. On serait traumatisé à moins. Cela ne veut pas dire que tu es faible. Tu as été violemment mutilé par quelqu'un qui aurait dû te protéger et prendre soin de toi. Le simple fait que tu tiennes encore debout est un miracle en soi. Et je te respecte pour ça.

V. se sentit rougir.

— Euh… je… ne vois pas les choses exactement comme ça.

— Bon. Mais moi si.

Pour lui permettre de se ressaisir, elle s'éclaircit la voix et dit :

— Tu vas me dire pourquoi on est ici ?

Il se frotta le visage comme s'il cherchait à s'éclaircir les idées.

— Et merde. Parce que je veux être avec toi, ici. Voilà.

Elle soupira avec soulagement et tristesse. Elle aussi voulait lui dire au revoir. Un au revoir qui serait sexuel et intime et pas dans la chambre où ils avaient été confinés.

— Je veux être avec toi, moi aussi.

Une bougie s'alluma alors à côté d'une rangée de tentures. Puis une autre encore qui éclaira un bar. Une cinquième projeta son halo sur un grand lit aux draps de satin noir.

Elle ébaucha un sourire… puis la sixième bougie s'alluma. Quelque chose était accroché au mur… quelque chose qui ressemblait à… des chaînes ?

Puis de nombreuses autres bougies s'allumèrent. Des masques. Des fouets. Des cannes. Des bâillons.

Une table noire équipée de courroies qui traînaient par terre.

Elle serra les bras autour d'elle, glacée.

— C'est donc ici que tu t'adonnes à tes rituels.

— Oui.

*Oh non…* Elle ne voulait pas d'un adieu de ce genre. Elle essaya de rester calme et réussit à articuler :

— Tu sais, c'est compréhensible, avec ce que tu as subi, que tu aimes ça.

Merde. Elle ne pouvait pas gérer cette situation.

— Ce sont des hommes ou des femmes qui viennent ? ou les deux ?

Elle entendit le craquement du cuir et se retourna. Il enlevait sa veste, puis deux pistolets qu'elle n'avait jamais vus suivirent. Enfin deux dagues noires qui avaient été dissimulées, elles aussi. Il était armé jusqu'aux dents !

Jane resserra les bras autour d'elle. Elle voulait être avec lui, mais pas attachée et masquée pendant qu'il recréait une scène de *Neuf semaines et demie* et la fouettait jusqu'au sang.

— Écoute V., je ne crois pas que…

Il retira sa chemise, et les muscles de son dos ondulèrent sous sa peau, puis ses pectoraux se gonflèrent lorsqu'il se débarrassa de ses bottes.

*Nom de…*, pensa-t-elle en se rendant compte de ce qui l'attendait.

Le pantalon et les chaussettes suivirent. Il ne portait pas de slip et n'avait plus rien à enlever. Dans un silence absolu, il fit quelques pas sur le sol de marbre brillant et monta sur la table avec grâce et agilité. Il s'allongea et il était absolument magnifique, son corps admirablement musclé animé de mouvements élégants et virils. Il inspira profondément et sa cage thoracique se souleva et s'abaissa.

Sa peau était-elle parcourue d'un frémissement… ou était-ce le reflet des bougies ?

Il déglutit.

Non, c'était la peur qui le faisait tressaillir.

— Choisis un masque pour moi, demanda-t-il à voix basse.

— V… Non.

— Un masque et un bâillon. (Il tourna la tête vers elle.) Fais-le. Puis passe-moi les menottes. (Elle ne bougea pas et il fit un signe de tête en direction du mur et de tout l'attirail qui y était accroché.) S'il te plaît.

— Pourquoi ? osa-t-elle, observant la sueur couvrir tout son corps.

— Tu m'as tellement, donné, et pas juste un week-end, expliqua V. d'un mouvement imperceptible des lèvres et en fermant les yeux. J'ai réfléchi à ce que je pouvais te donner en retour, tu sais, l'histoire de donnant donnant, les flocons d'avoine pour mes cicatrices. La seule chose que j'ai à te donner, c'est moi et ce… (Il cogna de ses phalanges le bois dur du chevalet.) Je ne pourrais pas être plus exposé, plus vulnérable que sur ça et c'est ce que je souhaite t'offrir.

— Je ne veux pas te faire mal.

— Je sais. (Il ouvrit les yeux.) Mais je veux que tu me possèdes comme personne ne l'a jamais fait et ne le fera jamais. Alors choisis-moi un masque.

Il déglutit de nouveau et elle observa sa pomme d'Adam descendre le long de son cou puissant.

— Ce n'est pas le type de cadeau que je veux. Ni le type d'adieu.

Un long silence suivit.

— Tu te souviens quand je t'ai parlé du mariage arrangé ? finit-il par dire.

— Oui.

— Il aura lieu dans quelques jours seulement.

Ah, alors là, pour le coup, elle n'avait vraiment pas envie d'entendre cela. Se dire qu'elle était avec le fiancé d'une autre femme…

— Je n'ai jamais rencontré la femelle. Elle ne m'a jamais vu non plus. (Il regarda Jane.) Et elle n'est que la première d'une quarantaine environ.

— Quarante ?

— Je suis censé engendrer tous leurs enfants.

— J'hallucine.

— Aussi, voilà la situation : désormais, le sexe va remplir une fonction biologique, point final. Et le fait est que je ne me suis jamais abandonné à quelqu'un. Je veux le faire avec toi parce que… bref, je le veux, c'est tout.

Elle le dévisagea. Elle pouvait lire dans ses yeux aux pupilles dilatées, au regard éperdu, dans la pâleur de son visage et dans la sueur qui lui recouvrait la poitrine combien cela lui coûtait de s'allonger ainsi sur la table. Refuser, ce serait mépriser son courage.

— Qu'est-ce… *oh, putain*. Qu'est-ce que tu veux que je te fasse exactement ?

Quand il eut fini de lui donner les instructions, il se détourna et contempla le plafond. La lueur des bougies dansait sur la vaste étendue noire, évoquant une flaque d'huile. En attendant la réponse de Jane, il fut pris d'un vertige ; il avait l'impression que la pièce s'était renversée et qu'il était suspendu au-dessus du plafond, sur le point d'être lâché et de tomber dessus, pour ensuite être englouti par la nappe d'huile.

Jane ne dit pas un mot.

Bordel… rien de tel que de s'offrir totalement et se heurter à un mur de silence.

Mais bon, elle trouvait peut-être que, tout compte fait, le noir n'allait pas si bien que ça aux vampires.

Quand elle posa la main sur son pied, il sursauta. Il entendit ensuite le bruit métallique d'une boucle. Il leva la tête pour regarder ce qui se passait à ses pieds au moment où une courroie de cuir de dix centimètres était passée autour de sa cheville. En voyant les mains blanches de Jane occupées à l'entraver, son sexe se raidit.

Jane était totalement concentrée tandis qu'elle passait l'extrémité de la languette de cuir dans la boucle et tirait vers la gauche.

— Ça va, comme ça ?

— Plus serré.

Sans relever la tête, elle tira avec force. La courroie mordit la peau et V. rejeta la tête en arrière, frappa le bois et poussa un gémissement de plaisir.

— C'est trop ? s'enquit-elle.

— Non…

Il trembla quand elle attacha l'autre jambe, à la fois terrifié et terriblement excité. Les sensations s'intensifièrent au moment où elle entrava un poignet, puis l'autre.

— Le bâillon et le masque, maintenant.

Sa voix était rauque car son sang passait du chaud au froid et il avait la gorge aussi serrée que les liens.

— Tu es sûr ? demanda-t-elle en le regardant.

— Oui. L'un des masques couvre juste les yeux et devrait m'aller.

Quand elle revint auprès de lui, elle tenait le masque et une balle en caoutchouc rouge fixée à un harnais de cuir.

— Le bâillon d'abord, lui indiqua-t-il, ouvrant grand la bouche.

Elle ferma les yeux brièvement, et il se demanda si elle allait tout arrêter, mais elle se pencha ensuite en avant. La balle avait un goût amer de latex qui lui piqua la langue. Il souleva la tête pour qu'elle puisse la fixer et il inspira par le nez avec un sifflement.

Jane secoua la tête.

— Je ne peux pas te mettre le masque. J'ai besoin de voir tes yeux. Je ne peux pas… non, je ne le ferai pas sans pouvoir te regarder, d'accord ?

C'était probablement une bonne idée. Le bâillon jouait son rôle, il l'empêchait de bien respirer… et les entraves le retenaient prisonnier. S'il ne pouvait pas voir et savoir que c'était elle, il risquait de péter un câble.

Il fit un signe d'assentiment et elle laissa tomber le masque par terre, puis retira son manteau. Elle alla ensuite chercher une des bougies noires.

Il eut l'impression que ses poumons s'enflammaient quand elle s'approcha de lui.

— Tu es sûr ? demanda-t-elle après avoir pris une profonde inspiration.

Il acquiesça de nouveau, quand bien même il tressaillait au niveau des cuisses et qu'il sentait qu'il écarquillait les yeux. Avec une appréhension mâtinée d'excitation, il l'observa tendre la main au-dessus de sa poitrine… et incliner la bougie.

La cire noire coula sur son téton et il mordit la balle, puis tira de toutes ses forces contre ce qui le retenait au chevalet au point de faire craquer le cuir. Sa queue sursauta sur son ventre et il dut refouler l'orgasme qui montait déjà.

Elle fit exactement ce qu'il lui avait expliqué qu'il voulait, elle descendit le long de son torse, puis contourna ses organes génitaux et recommença au niveau des genoux, pour remonter. La douleur s'accumulait, au début rien de plus que des piqûres d'abeille, puis une sensation plus soutenue. La sueur dégoulina le long de ses tempes et de ses côtes, et il haleta tandis que tout son corps s'arc-boutait.

La première fois qu'il jouit, c'est quand elle éloigna la bougie et saisit un martinet… puis toucha la tête de son pénis avec l'extrémité. Il aboya contre le bâillon et éjacula sur la couche de cire noire durcie qui maculait son ventre.

Jane se figea, comme si la réaction l'étonnait. Puis elle enduit la canne de sperme en la passant sur sa semence et en couvrit sa poitrine. L'odeur d'union envahit le loft et se mêla à ses grognements de soumission tandis qu'elle faisait aller et venir la canne sur son torse, puis sur ses hanches.

Il jouit une seconde fois au moment où elle glissa la canne entre ses jambes et caressa l'intérieur de ses cuisses. Peur, excitation sexuelle et amour gonflèrent la peau de V. pour devenir les muscles, les os qui constituaient son corps. Il n'était plus qu'émotion et désir, et elle était sa maîtresse, il lui appartenait corps et âme.

C'est alors qu'elle le frappa de la canne sur les cuisses.

Compte tenu de ce qu'elle faisait, Jane avait du mal à croire que l'excitation puisse la gagner à ce point. Mais il était difficile de retenir l'envie de lui sauter dessus en le voyant nu, attaché et jouissant ainsi pour elle.

Elle lui donna des coups sans y aller trop fort, certainement moins qu'il l'aurait souhaité mais suffisamment pour laisser des marques sur ses cuisses, son ventre, et sa poitrine. Elle était étonnée qu'il puisse aimer ça, vu ce qu'il avait enduré comme sévices, mais il était transporté. Ses yeux étaient rivés sur elle et brillaient comme des ampoules électriques, rivalisant avec la lueur jaune des bougies. Il jouit une fois encore et la senteur d'épices exotiques qu'elle lui associait embauma l'atmosphère.

Mon Dieu, elle avait honte tout en étant fascinée de vouloir aller plus loin encore avec ce qu'elle avait à sa disposition… honte que son regard s'attarde sur la boîte de pinces en métal et sur les fouets accrochés au mur… honte de ne plus y voir des aberrations mais les accessoires d'une kyrielle de jeux érotiques. Elle ne voulait pas lui faire mal. Elle voulait simplement qu'il connaisse des sensations aussi intenses que celles qu'il éprouvait à présent. L'objectif était de l'emmener aussi loin que possible dans l'exploration de sa sexualité.

Au bout d'un moment, l'excitation eut raison d'elle, et elle enleva son pantalon et sa culotte.

— Je vais te baiser, annonça-t-elle.

Il gémit de plus belle, ondula des hanches et se cambra autant que les entraves le lui permettaient. Il était toujours aussi dur, alors qu'il avait joui de nombreuses fois, et son sexe palpitait, prêt à éjaculer de nouveau.

Elle monta sur le chevalet et écarta les cuisses afin de l'enfourcher. Il respira par le nez avec une telle force qu'elle s'inquiéta. Il inspirait et expirait de manière saccadée et elle se pencha pour défaire le bâillon, mais il éloigna la tête avec violence et la secoua.

— Tu es sûr ? insista-t-elle.

Il acquiesça avec vigueur et elle s'assit sur ses hanches luisantes de sperme, se plaçant sur l'arête dure de son pénis tandis que les lèvres de son sexe s'ouvraient et l'enserraient. V. sentit ses yeux chavirer et il se mit à battre des paupières comme s'il était sur le point de perdre connaissance tout en se soulevant pour aller à sa rencontre autant que les liens le lui permettaient.

Tout en caressant le sexe de V. de ses replis soyeux, elle enleva sa chemise et poussa les bonnets de son soutien-gorge de sorte que les seins jaillissent et s'offrent à sa vue. On entendit un puissant craquement lorsqu'il se cambra contre les courroies de cuir qui le maintenaient. S'il avait été libre, elle était certaine qu'il l'aurait renversée sur le dos et pénétrée avant qu'elle ait le temps de dire « ouf ».

— Regarde-moi te posséder, fit Jane en passant une de ses mains le long de son cou. Quand elle trouva les traces de sa morsure avec les doigts, les lèvres de V. se retroussèrent sur le bâillon et ses canines s'étirèrent, s'enfonçant dans le caoutchouc rouge de la balle tandis qu'il grondait.

Elle continua à caresser l'endroit où il l'avait mordue ; puis elle se mit à genoux et prit possession de son érection, s'assit sur lui avec autorité. Il éjacula immédiatement, son membre enfoncé au plus profond d'elle-même, et l'inonda. Son sexe resta fièrement dressé, même lorsque les palpitations s'apaisèrent.

Jane ne s'était jamais sentie aussi sexuelle tandis qu'elle se frottait contre lui, le chevauchant toujours. Qu'il soit couvert de cire et de sperme, que sa peau brille de sueur et soit marquée de rouge aux endroits où elle l'avait frappé la ravissait. Cela allait prendre du temps de le nettoyer, et l'idée la transportait. Elle avait tout fait et il l'adorait pour ça. C'était tout simplement parfait.

Comme l'orgasme la submergeait, Jane plongea les yeux dans les siens, sauvages et étincelants.

Elle aurait voulu ne jamais devoir le quitter.

# Chapitre 30

Fritz avança la Mercedes devant l'entrée de l'immeuble et se gara. V. regarda à travers le pare-brise.

— Bel endroit, fit-il remarquer à Jane.

— Merci.

Il se tut, perdu dans le souvenir de ce qui venait de se passer dans le loft au cours des deux dernières heures. Les choses qu'elle lui avait faites... Il n'avait jamais rien connu de plus sensuel ! Et rien de plus doux ensuite. La séance terminée, elle l'avait détaché et guidé sous la douche. Le jet d'eau avait rincé le sperme et la cire s'était décollée, mais c'est à l'intérieur qu'avait eu lieu le véritable nettoyage, la purification.

Il aurait voulu que les marques rouges qu'elle avait laissées sur son corps restent. Il les voulait imprimées dans sa peau de manière permanente.

Il ne pouvait tout simplement pas supporter l'idée de la laisser partir.

— Ça fait combien de temps que tu vis ici ? demanda-t-il.

— Depuis mon internat. Dix ans, donc.

— La situation est idéale pour toi. Près de l'hôpital. Quel genre de voisins tu as ?

Quel bla bla courtois, parler de la pluie et du beau temps alors que le monde s'écroulait autour d'eux.

— La moitié des gens sont des jeunes cadres et l'autre moitié, des vieux. La blague, c'est que tu quittes ce quartier soit pour te marier, soit pour entrer en maison de retraite. (Elle indiqua l'appartement qui jouxtait le sien, sur la gauche.) M. Hancock est parti il y a deux semaines pour une résidence médicalisée. Le nouveau voisin sera probablement comme lui parce que les appartements de plain-pied sont en général réservés aux personnes âgées. Je parle trop, au fait.

Et il retardait le moment de partir.

— Je te l'ai déjà dit, j'adore ta voix, alors ne te prive pas.

— Je ne parle jamais autant, sauf avec toi.

— J'ai de la chance alors.

Il jeta un coup d'œil à sa montre. Merde, le temps filait à toute allure et laissait un grand froid dans son sillage.

— Tu me fais visiter ?

— Absolument.

Il sortit de la voiture en premier et balaya la rue du regard avant de se ranger sur le côté pour la laisser descendre à son tour. Il dit à Fritz de s'en aller, car il se dématérialiserait pour rentrer et, pendant que le *doggen* faisait sa manœuvre pour partir, V. la laissa le précéder.

Jane ouvrit la porte avec une seule clé et en tournant le bouton. Pas de système de sécurité. Un verrou seulement. Et à l'intérieur, pas de pêne dormant ni de chaîne. Même si elle n'avait pas d'ennemis, contrairement à lui, il trouvait cela insuffisant. Il allait…

Non, il n'allait rien faire. Parce que, dans quelques minutes, il serait un étranger.

Pour éviter de craquer, il regarda autour de lui. Les meubles de Jane ne cadraient pas du tout avec sa personnalité. Contre les murs ivoire de l'appartement, l'acajou et les peintures à l'huile conféraient au lieu des allures de musée. De l'époque d'Eisenhower.

— Tes meubles…

— C'étaient ceux de mes parents, expliqua-t-elle en posant son manteau et son sac. Après leur mort, j'ai déménagé ce que je pouvais de leur maison de Greenwich. Pas une bonne idée, j'ai l'impression de vivre dans un musée.

—Hmmm… je comprends ce que tu veux dire.

Il fit le tour de la salle de séjour, examinant les trucs qui auraient été à leur place dans la maison de style colonial d'un médecin vivant dans un quartier résidentiel de la ville. Tout ce fatras encombrait et asphyxiait les pièces qui auraient été spacieuses et claires autrement.

—Je ne sais pas pourquoi je garde tout ça, vraiment. Je n'aimais déjà pas vivre dans ce décor quand j'étais enfant.

Elle tourna sur elle-même puis s'interrompit.

*Merde.* Il ne savait pas quoi dire non plus.

Mais il savait quoi faire.

—Bon… la cuisine, c'est par là ?

Elle se déplaça vers la droite.

—Elle n'a rien d'extraordinaire.

*Mais elle est agréable*, pensa V. en y entrant. Comme le reste de l'appartement, les murs étaient blancs et crème, mais là au moins on n'avait pas l'impression d'avoir besoin d'un guide. La table et les chaises dans la petite alcôve étaient en pin clair et n'encombraient pas l'espace. Les comptoirs en granit étaient simples et impeccables. Les appareils électroménagers, en acier inoxydable.

—Je l'ai fait refaire l'année dernière.

Ils échangèrent encore quelques banalités pendant qu'ils essayaient tous deux d'ignorer le fait que le mot « FIN » clignotait sur leur écran.

V. s'approcha de la cuisinière et, au hasard, ouvrit le placard sur la gauche. Bingo. Le chocolat en poudre était là.

Il saisit la boîte, la posa sur le comptoir puis ouvrit le réfrigérateur.

—Qu'est-ce que tu fais ? s'enquit-elle.

—Tu as une tasse ? une casserole ?

Il prit un carton de lait, l'ouvrit et le renifla.

Quand il retourna devant la cuisinière, elle lui dit à voix basse où trouver les choses, comme si elle avait soudain du mal à garder sa contenance. Il avait honte de l'admettre, mais il était content qu'elle soit triste. Il se sentait moins pathétique et moins seul pour affronter ces adieux infernaux.

Quel salaud il faisait.

Il sortit une petite casserole émaillée et une grosse tasse, puis alluma un des feux. Pendant que le lait chauffait, il contempla ce qu'il avait rassemblé sur le comptoir et son esprit vagabonda. On aurait dit une publicité pour Nestlé, la scène classique de la ménagère qui tient bien son intérieur et fait la cuisine pendant que les enfants jouent dehors dans la neige jusqu'à en avoir le nez tout rouge et les mains gelées. Il voyait le truc : les gosses qui rentraient en hurlant dans la cuisine et la maman qui leur avait préparé une bonne boisson chaude. Plus mièvre, tu meurs.

Il entendait même la bande-son : *« Nestlé, c'est fort en chocolat. »*

Ouais, bon, pas de gosses ni de maman pour l'heure. Pas de foyer accueillant, même si l'appartement de Jane était agréable. Non, c'était un chocolat dans la vraie vie. De ceux que l'on prépare à quelqu'un qu'on aime parce qu'on ne sait pas quoi faire d'autre et qu'on est tous les deux démolis. De ceux qu'on remue l'estomac noué et la bouche sèche, au bord des larmes, même quand on est trop macho pour se laisser ainsi aller.

De ceux où l'on met tout l'amour qu'on n'a pas su exprimer et qu'on n'aura plus l'occasion d'exprimer.

— Je ne vais me souvenir de rien ? demanda-t-elle d'un ton brusque.

Il ajouta un peu de cacao et fit tourner la cuiller en regardant le lait absorber le filet marron. Il n'était pas en mesure de répondre, il n'arrivait tout simplement pas à articuler.

— Rien ? insista-t-elle.

— D'après ce que je sais, tu auras peut-être des sensations, des impressions, de temps à autre, déclenchées par la vue d'un objet ou une odeur, mais tu ne pourras pas les replacer. (Il trempa son index pour vérifier la température, le suça et continua à remuer.) Il est plus probable que tu auras de vagues rêves, toutefois, parce que tu as une force mentale impressionnante.

— Et le week-end qui va manquer ?

— Tu n'auras pas l'impression de l'avoir manqué.

— Comment est-ce possible ?

— Parce que je vais te donner un week-end pour le remplacer.

Elle ne dit plus rien et il jeta un coup d'œil par-dessus son épaule. Debout contre le réfrigérateur, elle avait les bras croisés sur la poitrine et les yeux brillants.

*Et merde*. Bon, il avait changé d'avis. Il ne voulait pas qu'elle se sente aussi triste que lui. Il aurait fait n'importe quoi pour qu'elle ne soit pas si malheureuse.

Et il avait le pouvoir de l'éviter, non ?

Il testa de nouveau le lait, trouva la température parfaite et éteignit le gaz. Il remplit la tasse, et le « glouglou » léger promettait détente et satisfaction pour sa femelle. Il lui apporta le chocolat et, voyant qu'elle ne faisait rien pour le saisir, il tendit la main et la força à décroiser les bras. Elle prit la tasse uniquement parce qu'il l'obligea, mais ne la porta pas à ses lèvres. Elle la cala contre sa clavicule pour gagner un peu de chaleur.

— Je ne veux pas que tu t'en ailles, murmura-t-elle, des larmes dans la voix.

Il posa sa main nue contre sa joue et sentit la douceur et la chaleur de son visage. Il savait que, lorsqu'il allait sortir de la pièce, il laisserait son cœur mutilé avec elle. Oh bien sûr, quelque chose battrait dans sa poitrine et ferait circuler son sang mais, à compter de ce moment-là, son cœur ne remplirait plus qu'une fonction mécanique.

Mais, au fait, c'était déjà le cas avant de la rencontrer. Elle avait donné vie à son cœur pendant un court moment, c'était tout.

Il l'attira dans ses bras et posa son menton sur sa tête. Bordel, il ne pourrait plus jamais sentir du chocolat sans penser à elle, sans se languir d'elle.

Au moment où il fermait les yeux, un frisson courut le long de sa colonne vertébrale, trembla sur sa nuque puis fusa vers sa mâchoire. Le soleil se levait et son corps l'avertissait que le moment de partir venait de sortir du futur pour entrer dans le présent.

Il recula et pressa sa bouche contre la sienne.

— Je t'aime et je t'aimerai même lorsque tu ne sauras plus que j'existe.

Jane cligna des yeux pour retenir les larmes qui montaient, mais il y en avait trop à retenir. Il les sécha avec ses pouces.

— V… Je…

Il attendit une seconde, un battement de cœur. Elle ne finit pas sa phrase et il prit alors son menton dans sa main et plongea ses yeux dans les siens.

— Oh, mon Dieu, tu vas le faire, balbutia-t-elle. Tu vas…

# Chapitre 31

Jane cligna des yeux et regarda dans la tasse de chocolat qu'elle tenait à la main. Quelque chose coulait dedans.

*Mon Dieu…* Elle pleurait à chaudes larmes, et celles-ci tombaient dans la tasse, mouillaient sa chemise. Elle tremblait de tout son corps, ses genoux se dérobaient presque sous elle, une douleur terrible lui déchirait la poitrine. Pour une raison incompréhensible et insensée, elle voulait se jeter à terre et sangloter.

Elle s'essuya les joues et regarda autour d'elle, dans la cuisine. Du lait, du chocolat en poudre et une cuiller étaient posés sur le comptoir. La casserole sur la cuisinière fumait encore légèrement. Elle ne se rappelait pas avoir sorti tout ça ni préparé la boisson qui était dans sa tasse, mais bon, c'était souvent le cas lorsqu'on faisait les choses machinalement. On les faisait sans réfléchir et…

Mais qu'est-ce que c'était que ça ? À travers les fenêtres du côté de l'alcôve, elle vit quelqu'un debout devant son appartement. Un homme. Un homme immense. Il se trouvait juste en retrait de la lueur d'un réverbère, et elle ne pouvait donc pas discerner ses traits, mais elle savait qu'il la regardait.

Sans raison apparente, ses larmes redoublèrent. Et le chagrin s'intensifia quand l'étranger fit volte-face et s'éloigna.

Jane jeta quasiment la tasse sur le comptoir et sortit de la cuisine en courant. Il fallait qu'elle le rattrape. Il fallait qu'elle l'arrête.

Au moment où elle atteignait la porte d'entrée, un mal de tête atroce la terrassa et elle se retrouva par terre aussi sûrement que si on lui avait fait un croche-pied. Elle était affalée sur le carrelage blanc et froid de l'entrée puis elle se tourna sur le côté, appuya les doigts contre ses tempes, haletant de douleur.

Elle resta étendue ainsi pendant Dieu sait combien de temps, se contentant de respirer et de prier pour que le mal de tête lâche prise. Quand elle se sentit enfin mieux, elle se redressa et s'appuya contre la porte d'entrée. Elle se demanda si elle avait eu une attaque cérébrale, mais elle n'avait pas remarqué d'interruptions cognitives ou de troubles de la vision. Juste une épouvantable et soudaine migraine.

Sûrement les restes de la grippe dont elle avait souffert tout le week-end. Le virus sévissait dans l'hôpital depuis des semaines et l'avait complètement anéantie. Et ce n'était pas étonnant. Elle n'avait pas été malade depuis vraiment longtemps, elle avait du retard à rattraper, en somme.

À propos de retard… merde, est-ce qu'elle avait appelé Columbia au moins pour fixer un autre jour pour l'entretien ? Elle n'en avait pas la moindre idée… ce qui signifiait probablement qu'elle ne l'avait pas fait. Elle ne se rappelait même pas avoir quitté l'hôpital jeudi soir.

Elle ne savait pas depuis combien de temps elle faisait office de cale-porte mais, à un moment donné, l'horloge posée sur la cheminée se mit à sonner. C'était celle que son père avait dans son bureau à Greenwich, une antique Hamilton en bronze qui avait toujours donné l'impression à Jane de sonner les heures avec un accent anglais. Elle avait toujours détesté l'objet, mais il était précis.

Six heures du matin. L'heure d'aller travailler.

Bonne idée en théorie mais, dès qu'elle se leva, elle sut sans le moindre doute qu'elle n'était pas en mesure de se rendre à l'hôpital. Elle avait le vertige, se sentait faible, épuisée. Elle ne pourrait jamais s'occuper de ses patients dans cet état. Elle était encore malade comme un chien.

Mince… il fallait qu'elle prévienne. Où étaient passés son pager et son téléphone… ?

Elle fronça les sourcils. Son manteau et le sac qu'elle avait préparés pour aller à Manhattan étaient posés à côté du placard, dans l'entrée.

Mais pas de portable. Ni de pager.

Elle se traîna au premier étage et regarda à côté de son lit, mais non, ils n'y étaient pas. Elle redescendit au rez-de-chaussée et chercha dans la cuisine. Rien. Et son sac à main, celui qu'elle emportait toujours avec elle au boulot, n'était nulle part. Est-ce qu'il était possible qu'elle l'ait laissé dans la voiture tout le week-end ?

Elle ouvrit la porte qui donnait sur le garage et l'éclairage automatique se mit en marche.

Bizarre. La voiture était garée par l'avant. Or elle avait l'habitude de la rentrer en marche arrière.

Ce qui prouvait à quel point elle avait dû être à côté de la plaque.

Son sac était en effet sur le siège avant et elle se fustigea en revenant dans l'appartement tandis qu'elle composait le numéro de l'hôpital. Comment avait-elle pu laisser passer autant de temps sans appeler ? Même si d'autres médecins la couvraient, elle ne disparaissait jamais de la circulation pendant plus de cinq heures.

Elle avait un certain nombre de messages, mais heureusement aucun n'était urgent. Ceux qui concernaient des patients dont elle s'occupait avaient été communiqués aux médecins de garde, et les autres, elle pourrait y venir un peu plus tard.

Elle sortait de la cuisine et se hâtait vers sa chambre quand elle remarqua la tasse de chocolat. Elle n'avait pas besoin de la toucher pour savoir que la boisson était désormais froide. Elle revint sur ses pas et la prit, puis marqua une pause au-dessus de l'évier. Bizarrement, elle ne supportait pas l'idée de la jeter. Elle la laissa donc sur le comptoir, mais rangea le lait dans le frigidaire.

Une fois dans sa chambre, elle se déshabilla rapidement, laissant les vêtements où ils tombaient, enfila un tee-shirt et se coucha.

En se glissant entre les draps, elle constata qu'elle était très courbaturée, en particulier au niveau des hanches et de l'intérieur des cuisses. Elle avait mal au bas du dos aussi. Dans d'autres circonstances, elle se serait dit qu'elle avait dû avoir week-end sexuellement mouvementé… ou alors qu'elle avait gravi une montagne. Mais ce n'était que les effets de la grippe.

*Merde*. Columbia. L'entretien.

Elle passerait un coup de fil à Ken Falcheck dans la matinée, s'excuserait pour la seconde fois, enfin elle espérait que c'était la seconde fois, et fixerait une autre date. Ils étaient impatients qu'elle rejoigne leurs rangs, mais poser un lapin au chef de service d'un grand hôpital était extrêmement impoli, même si on était malade.

Elle se tourna et se retourna dans son lit, réarrangeant les oreillers, n'arrivant pas à trouver une position qui lui convienne. Elle avait mal au cou et elle s'apprêtait à le masser quand elle fronça les sourcils.

Un petit endroit était légèrement douloureux à droite devant, un vrai… Mais qu'est-ce que c'était que ça ? Elle sentait quelque chose sous les doigts, deux petites bosses.

C'était sans importance. La grippe s'accompagnait parfois de petites éruptions cutanées. Ou bien une araignée l'avait piquée.

Elle ferma les yeux et s'encouragea à se reposer. Cela lui ferait du bien et l'aiderait à se débarrasser plus vite de ce foutu virus. Se reposer la remettrait d'aplomb, lui redonnerait du punch.

Comme elle glissait dans le sommeil, une image lui traversa la tête, l'image d'un homme avec un bouc et des yeux de diamant. Sa bouche articulait quelque chose tandis qu'il la regardait, ses lèvres formaient les mots… « Je t'aime ».

Jane s'efforça de s'accrocher à la vision, mais Morphée l'entraînait dans ses bras. Elle lutta pour conserver l'image et perdit la bataille. La dernière chose dont elle eut conscience furent les larmes qui inondaient son oreiller tandis qu'elle sombrait dans le néant.

Pas franchement confortable, comme situation.

John s'assit sur un banc de la salle de musculation et observa Zadiste effectuer des flexions des biceps. Il était en face de lui. Les énormes charges d'acier produisaient un subtil cliquetis en montant et descendant, mais c'était le seul son audible. Aucun mot n'avait encore été échangé. C'était comme une de leurs promenades, mais sans la forêt. Et le discours était imminent, John le sentait.

Z. reposa les poids sur les tapis et s'essuya le visage. Sa poitrine nue brillait de sueur et les anneaux qu'il portait aux tétons se levaient et s'abaissaient au rythme de sa respiration.

Il regarda John de ses yeux jaunes.

*Nous y voilà*, pensa John.

— Bon, à propos de ta transition.

Booooooon… ils allaient donc en venir aux éradiqueurs en douceur.

— *Quoi donc ?* signa-t-il.

— Comment tu te sens ?

— *Bien. Un peu branlant. Différent.* (Il haussa les épaules.) *Tu sais, quand tu te coupes les ongles, tu as une drôle de sensation au bout des doigts, pendant une journée, ils sont hypersensibles ? C'est comme ça partout pour moi.*

Mais qu'est-ce qu'il racontait ? Z. avait effectué sa transition. Il savait comment on se sentait après.

Zadiste laissa tomber sa serviette et saisit les poids pour sa seconde série.

— T'as des problèmes physiques ?

— *Pas que je sache.*

Z. riva ses yeux sur les tapis tandis qu'il alternait les flexions. Gauche. Droite. Gauche. C'était curieux que des poids si lourds ne produisent qu'un son si léger.

— Layla nous a fait son rapport.

*Oh... Non.*

— *Qu'est-ce qu'elle a dit ?*

*S'il vous plaît... pas la douche...*

— Elle a indiqué que vous n'aviez pas eu de rapports sexuels, même s'il lui a semblé que tu le voulais à un moment donné.

Le cerveau de John se mit à tourner dans le vide, il continua à suivre machinalement les répétitions de Z. : droite, gauche, droite, gauche.

— *Qui est au courant ?*

— Kolher et moi. C'est tout. Ça ne regarde personne d'autre. Mais j'aborde le sujet au cas où il y aurait un problème physiologique que tu doives régler.

John se leva et se mit à aller et venir de sa démarche dégingandée. Ses bras et ses jambes manquaient de coordination et il titubait comme un ivrogne.

— Pourquoi t'es-tu interrompu, John ?

Il jeta un coup d'œil au guerrier, sur le point de raconter un bobard, quand il se rendit compte avec horreur qu'il n'y arriverait pas.

Z. le regardait de ses yeux jaunes qui indiquaient qu'il savait tout.

Putain. Havers avait vendu la mèche. Cette séance à la clinique lorsque John avait raconté ce qui lui était arrivé dans l'escalier, tout le monde était au courant.

— *Tu es au courant*, signa John avec rage. *Tu sais, bordel de merde, n'est-ce pas ?*

— Oui.

— *Ce connard de thérapeute m'a assuré que c'était confidentiel…*

— Une copie de ton dossier médical a été envoyée ici lorsque tu as commencé le programme. C'est la norme pour tous les élèves, au cas où il y aurait un problème dans le gymnase ou au cas où la transition prendrait place quand l'élève est dans les locaux du complexe.

— *Qui a lu mon dossier ?*

— Seulement moi. Et personne d'autre ne le lira, pas même Kolher. Je l'ai mis sous clé et je suis le seul à savoir où il se trouve.

John baissa la tête. Au moins, c'était une consolation.

— *Quand est-ce que tu l'as lu ?*

— Il y a une semaine environ, quand je me suis rendu compte que ton changement était imminent.

— *Qu'est-ce… qu'est-ce qu'il y avait dans le dossier ?*

— À peu près tout.

*Merde.*

— C'est pour ça que tu ne veux pas voir Havers, hein ? (Z. reposa les poids.) Tu te dis que le mec va t'épingler et t'imposer une autre séance.

— *Je n'aime pas en parler.*

— Je ne te blâme pas. Et je ne te demande pas non plus de le faire.

John esquissa un sourire.

— *Tu ne vas me faire un discours du genre « parler résout tous les problèmes » ?*

— Non. Je ne suis pas causant moi-même. Je ne peux pas recommander ça aux autres. (Z. posa les coudes sur les genoux et se pencha en avant.) Écoute-moi bien, John. Je veux que tu saches que personne ne sera jamais au courant, d'accord ? Si quelqu'un veut voir ton dossier, je ferai en sorte de l'en empêcher, quitte à brûler le truc.

John déglutit avec difficulté car une boule s'était formée dans sa gorge.

— *Merci*, signa-t-il avec gaucherie.

— Kolher voulait que je te dise un mot de l'histoire avec Layla parce qu'il craignait que tu aies un problème avec ta plomberie, à cause de la transition. Je vais lui expliquer que tu étais anxieux, c'est tout, ça marche ?

John opina.

— Est-ce que tu t'es masturbé ?

John rougit de la tête aux pieds et envisagea de s'évanouir. Il mesura la distance qui le séparait du sol, il avait l'impression qu'il y avait bien une centaine de mètres et se dit que ce n'était pas le plus mauvais endroit où tourner de l'œil, avec tous ces tapis pour le recevoir.

— Oui ou non ?

Il secoua lentement la tête.

— Fais-le une fois pour t'assurer que tout marche bien. (Z. se leva, s'essuya le torse avec sa serviette et enfila son tee-shirt.) Je vais présumer que tu t'en occupes dans les vingt-quatre heures. Je ne te demanderai pas ce qui s'est passé. Si tu ne me dis rien, j'en conclurais que tout va bien. Si ce n'est pas le cas, tu viens me voir et on s'en occupe. Ça marche ?

*Bof, pas vraiment.* Et s'il n'y arrivait pas ?

— *Je suppose.*

— Ah, encore une chose. À propos du revolver et des éradiqueurs ?

Bordel, il avait déjà la tête qui tournait et il fallait à présent qu'il affronte l'histoire du 9 mm ? Il leva les mains pour se justifier, quand…

— Je me fous que tu aies été armé. En fait, je veux que tu le sois si tu vas au *Zero Sum*.

John dévisagea le frère avec stupéfaction.

— *C'est contraire aux règles.*

— Est-ce que j'ai une tête à me préoccuper de ce genre de conneries ?

John eut un petit sourire.

— *Non, pas vraiment.*

— Si tu croises de nouveau le chemin d'un de ces tueurs, tu fais exactement ce que tu as déjà fait. D'après ce que j'ai pu comprendre, tu as été très impressionnant et je suis fier de toi pour avoir pris la défense de tes potes.

John rougit, mais il était transporté de joie : rien n'aurait pu lui faire plus plaisir que ces mots, à l'exception du retour de Tohr, sain et sauf.

— Je pense que tu as désormais deviné de quoi j'avais chargé Blaylock ? Tu sais, tes papiers, ta pièce d'identité et le fait de n'aller qu'au *Zero Sum* ?

John acquiesça.

— Je veux que tu continues à aller dans ce club si tu es en ville, en tout cas pendant un mois au moins, en attendant d'avoir toutes tes forces. Et si je te félicite pour ce qui s'est passé hier soir, je ne veux pas pour autant que tu partes à la chasse aux éradiqueurs. Si j'entends que c'est ce que tu fais, je vais te punir comme un gosse de douze ans et t'interdire de sortir. Tu as beaucoup d'entraînement devant toi et tu ne sais pas encore contrôler ton corps. Si tu déconnes, tu te fais tuer, et je vais vraiment voir rouge. Je veux que tu me donnes ta parole, John. Tout de suite. Tu ne te lances pas à la poursuite de ces salauds tant que je ne te dis pas que tu es prêt. C'est compris ?

John inspira profondément et essaya de penser au serment le plus fervent qu'il pourrait offrir. Tout ce qui lui venait à l'esprit lui semblait faible, aussi il signa simplement :

— *Je jure que je ne me lancerai pas à leur poursuite.*

— Bien. Bon, c'est tout pour ce soir. Va te coucher.

Z. tourna les talons et John siffla pour attirer son attention. Le frère regarda par-dessus son épaule.

— Oui ?

John dut forcer ses mains à signer ce qu'il avait l'intention de dire… parce qu'il doutait d'avoir le courage de le dire une seconde fois.

— *Est-ce que je te déçois ? À cause de ce qui s'est passé… tu sais… dans l'escalier ? Et sois sincère.*

Z. cligna des yeux une fois. Deux fois. Une troisième fois. Puis d'une voix étrangement grêle, il fit :

— Non. Ce n'était *pas* ta faute, et tu ne méritais *pas* que ça t'arrive. Tu m'entends ? Ce n'était *pas* ta faute.

John eut une expression de douleur, les larmes lui brûlèrent les yeux et il dut détourner le regard, baissant les yeux sur son grand corps et les rivant sur les tapis. Ils lui paraissaient loin, et pourtant il avait l'impression de n'avoir jamais été aussi petit.

— John, insista Z., tu m'as entendu ? C'était pas ta faute. Tu méritais pas ça.

John ne savait pas bien quoi répondre, il se contenta de hausser les épaules. Puis il signa :

— *Merci encore de ne pas en parler. Et de ne pas me forcer à en parler.*

Zadiste ne répondit rien et il leva donc les yeux vers le guerrier. Puis recula.

Tout le visage de Z. s'était métamorphosé, et pas seulement parce que ses yeux avaient viré au noir. Ses os semblaient plus proéminents, sa peau plus tendue, sa cicatrice plus visible, plus choquante. Une énergie froide émanait de son corps, glaçait l'air, transformait le vestiaire en congélateur.

— Personne ne devrait avoir à subir le vol, le viol de son innocence. Mais si cela arrive ? Alors il faut décider de la manière de gérer cette horreur, parce que ça ne regarde personne d'autre. Si tu ne veux plus jamais dire un mot sur le sujet, mes lèvres sont scellées.

Z. sortit et la température commença à remonter quand la porte se referma derrière lui.

John inspira profondément. Il n'aurait jamais pu s'imaginer que Z. serait le frère dont il se sentirait le plus proche. Après tout, ils n'avaient absolument rien en commun.

Mais ce qui était sûr, c'est qu'il allait accepter les amitiés qu'on lui offrait.

# Chapitre 32

Deux heures plus tard, Fhurie s'adossait contre le sofa du bureau richement orné de Kolher et croisait les jambes. C'était la première réunion de la Confrérie depuis l'agression de V. et, pour l'heure, l'atmosphère était quelque peu tendue. Mais il est clair qu'il y avait un gros malaise dans l'air et que personne n'en avait encore rien dit.

Il jeta un coup d'œil à Viszs. Le frère était appuyé contre les doubles portes et regardait droit devant lui avec un regard vide. Il avait l'expression de quelqu'un en train de regarder de vieux westerns à la télé.

Le look zombie était facile à reconnaître étant donné qu'on l'avait déjà vu dans cette pièce par le passé. Rhage avait eu cette expression de mort-vivant lorsqu'il avait cru avoir perdu Mary pour toujours. Et Z. aussi quand il avait été déterminé à renoncer à Bella.

Oui… les vampires mâles liés mais privés de leur femelle n'étaient plus que des enveloppes vides, rien de plus que des muscles et des os sous une peau trop fine. Et si l'on ne pouvait qu'éprouver de la compassion pour quelqu'un dans cet état, il fallait bien dire que étant donné l'immense fardeau qui était tombé sur les épaules de V. avec cette histoire de Primâle, la perte de Jane prenait une dimension particulièrement cruelle. Mais qu'auraient-ils pu faire à long terme pour vivre leur relation ? Un médecin humain. Un guerrier vampire. Difficile à concilier.

— V. ? Hé, Viszs ? résonna soudain la voix de Kolher.

V. releva brusquement la tête.

— Quoi ?

— Tu vas voir la Vierge scribe cet après-midi, n'est-ce pas ?

— Oui, répondit V. du bout des lèvres.

— Tu vas avoir besoin qu'un représentant de la Confrérie t'accompagne. Je suppose que ce sera Butch, n'est-ce pas ?

V. jeta un coup d'œil au flic qui était assis dans un fauteuil bleu pâle.

— Ça ne t'ennuie pas ?

Butch, qui se faisait manifestement du souci pour V, s'empressa de répondre.

— Bien sûr que non. Qu'est-ce qu'il faut que je fasse ?

V. ne répondit rien, aussi Kolher prit la parole :

— L'équivalent humain est probablement le témoin à un mariage. Aujourd'hui, vous allez à la cérémonie de présentation, puis la cérémonie d'union à proprement parler aura lieu demain.

— Présentation ? Quoi, cette femme est un tableau ou un truc du même genre ? (Butch fit une grimace.) À vrai dire, cette histoire d'Élue et tout, ça ne me plaît pas trop.

— Anciennes lois pour traditions anciennes. (Kolher se frotta les yeux sous ses lunettes de soleil.) Il y aurait beaucoup de choses à changer, mais c'est le fief de la Vierge scribe, pas le mien. Bon… alors… le roulement. Fhurie, tu ne bouges pas, tu te reposes. Oui, je sais que tu es en rogne après ce qui t'est arrivé, mais je viens de remarquer que tu n'avais pas pris tes deux derniers repos.

Fhurie opina calmement et Kolher eut un petit sourire ironique.

— Pas de protestation ?

— Non.

Il y avait quelque chose qu'il devait absolument faire, cela tombait donc à pic.

De l'autre côté, dans la salle sacrée tout en marbre utilisée pour les bains rituels, Cormia aurait voulu pouvoir quitter sa propre peau. C'était quelque peu ironique si l'on pensait aux efforts mis en œuvre en vue de la préparer pour le Primâle. On aurait pu penser qu'elle souhaiterait au contraire rester dans cette peau qui était désormais tellement pure. Elle avait été immergée dans une dizaine de bains rituels différents… ses cheveux avaient été lavés et relavés… son visage couvert de masques d'onguents qui embaumaient la rose, puis d'autres qui sentaient la lavande, d'autres encore la sauge et la jacinthe. Son corps avait été enduit d'huile tandis que brûlait l'encens en l'honneur du Primâle et que des prières étaient psalmodiées. Le processus lui avait donné l'impression d'être un morceau de viande, assaisonnée et préparée à être consommée à un buffet cérémonial.

— Il sera là dans une heure, annonça la Directrix. Ne perdez pas de temps.

Le cœur de Cormia cessa de battre puis s'affola. L'engourdissement dans lequel l'avait plongée la vapeur et les eaux chaudes se dissipa, et une sensation de douleur l'envahit comme elle prenait conscience de vivre les derniers moments de la vie qu'elle avait toujours connue.

— Oh, voilà ta parure ! s'exclama l'une des Élues avec enthousiasme.

Cormia regarda par-dessus son épaule. Deux Élues venaient d'entrer par des portes en or. Elles tenaient entre elles une robe blanche à capuche. Le vêtement était brodé de diamants et d'or et il chatoyait à la lueur des bougies, vibrant de couleurs. Derrière elles, une autre Élue avait les bras chargés d'un tissu translucide.

— Apporte le voile, commanda la Directrix. Et mets-lui.

Le tissu diaphane fut drapé sur la tête de Cormia et elle eut l'impression qu'il faisait le poids de mille pierres.

Quand il retomba devant ses yeux, le monde autour d'elle devint flou.

— Mets-toi debout, entendit-elle.

Elle se leva et chancela, son cœur battait à se rompre contre ses côtes, les paumes de ses mains étaient moites. La panique augmenta quand les deux Élues s'approchèrent avec la lourde robe cérémoniale et la posèrent sur ses épaules en se plaçant derrière elle. Le vêtement tomba et emprisonna son corps plus qu'il l'habilla. Elle avait l'impression qu'un géant se tenait dans son dos et qu'il appuyait sur elle ses mains énormes et griffues.

On releva ensuite la capuche et tout devint noir.

Quand le devant de la robe fut boutonné par-dessus la traîne de la capuche, Cormia essaya de ne pas penser au moment et surtout à la manière dont toutes ces attaches allaient être libérées. Elle s'efforça de respirer lentement et profondément. Un peu d'air s'immisçait par des fentes ménagées dans son cou, mais ce n'était pas suffisant. Pas suffisant du tout, et elle commençait à suffoquer.

Sous la parure, les sons étaient étouffés et il serait difficile de l'entendre parler. Mais elle ne jouait aucun rôle personnel dans la cérémonie de présentation ou le rituel d'union qui allait prendre place. Elle n'était pas tant une femelle qu'un symbole, aussi sa participation individuelle n'était-elle ni requise ni encouragée. Les traditions prenaient le pas sur tout.

— Parfait, fit l'une de ses sœurs.

— Tu es resplendissante.

— Digne de nous.

Cormia ouvrit la bouche et murmura pour elle-même.

*Je suis moi. Je suis moi. Je suis moi...*

Ses yeux se remplirent de larmes mais elle ne pouvait pas toucher son visage pour les essuyer, et elles coulèrent le long de ses joues, de sa gorge, s'égarant dans les plis de la robe.

Sans crier gare, sa panique se déchaîna comme un animal sauvage qui vient de sortir de sa cage. Elle fit volte-face, entravée par le lourd vêtement mais animée d'un besoin de fuir qu'elle ne pouvait pas maîtriser. Elle se dirigea du côté où elle pensait que se trouvait la porte, traînant tout le poids des étoffes après elle. Elle entendit vaguement des cris de surprise ricochant dans la salle des ablutions et accompagné de bruits de verre cassé, flacons, bols et vases étant balayés dans son sillage.

Elle agita les bras pour se dépêtrer du lourd vêtement et respirer enfin.

Affolée, elle n'aspirait qu'à s'affranchir de sa destinée.

# Chapitre 33

Pendant ce temps-là, à Caldwell, dans l'aile nord-est du centre hospitalier St. Francis, le docteur Manuel Manello raccrocha le combiné du téléphone posé sur son bureau sans avoir composé le moindre numéro ni répondu à un appel. Il contempla la console criblée de boutons, de touches et de bidules qui auraient fait la joie d'un passionné de gadgets et accessoires électroniques.

Il voulait la jeter contre le mur de la pièce.

Il le voulait, mais il se retint. Il avait renoncé à jeter raquettes de tennis, télécommandes, scalpels et livres quand il avait pris la décision de devenir le plus jeune chef du service de chirurgie dans l'histoire de l'hôpital St. Francis. Depuis, il ne balançait que des bouteilles en plastique vides et des papiers de bonbon dans les poubelles, et encore c'était pour entraîner l'acuité de sa vision.

Il fit pivoter son fauteuil de cuir et regarda par la fenêtre de son bureau. C'était une pièce agréable. Spacieuse, élégante, tout en meubles d'acajou et tapis d'Orient, la « salle du trône » comme on l'appelait, servait depuis cinquante ans de quartier général au chirurgien en chef. Cela faisait trois ans environ qu'il s'était installé là et il voulait changer la déco. Tout ce vernis institutionnel lui donnait de l'urticaire.

Il repensa au foutu téléphone et sut qu'il allait passer un coup de fil dont il aurait dû s'abstenir. C'était tellement faiblard, et ce serait perçu comme tel, même s'il maintenait son arrogance habituelle de macho.

Il allait finir par laisser ses doigts faire le boulot.

Pour retarder l'inévitable, il tua un peu de temps en observant le paysage qu'il avait sous les yeux. De son point de vue privilégié, il pouvait voir l'entrée joliment fleurie de St. Francis, et la ville en arrière-plan. C'était sans conteste la plus belle vue de l'hôpital. Au printemps, cerisiers en fleur et tulipes égayaient l'allée qui menait à l'entrée du bâtiment. Et l'été, de chaque côté de la voie d'accès, des érables aux feuilles vert émeraude accueillaient patients et personnel. À l'automne, le feuillage virait à l'orange et au jaune et chatoyait.

Il n'avait pas pour habitude de passer du temps à admirer le paysage, mais il aimait savoir qu'il était là. Un homme a parfois besoin de faire le point, de mettre de l'ordre dans ses pensées.

C'était le cas au moment présent.

La veille au soir, il avait appelé Jane sur son portable, pensant qu'elle avait dû rentrer de ce foutu entretien. Pas de réponse. Il avait appelé ce matin. Pas de réponse.

Très bien. Si elle ne voulait pas parler de Columbia, il irait directement à la source. Il allait donc appeler le chef de la chirurgie de l'hôpital en question. Son ancien mentor n'hésiterait pas à lui donner quelques informations, ne serait-ce que par fierté, mais bon, la pêche serait quand même difficile.

Manny fit pivoter son siège et tapa dix chiffres, puis il attendit en tapotant nerveusement son buvard de son Montblanc.

Quand on décrocha à l'autre bout, il n'attendit même pas d'entendre la voix de son interlocuteur.

— Falcheck, maudit brigand.

Ken Falcheck éclata de rire.

— Manello, tu sais manier le langage. Et étant ton aîné, je suis particulièrement choqué.

— Dis-moi, comment ça va chez les croulants ?

— Bien, bien. Mais dis-moi, gamin, tu es enfin passé à la nourriture solide ou tu n'en es encore qu'à la bouillie ?

— J'en suis aux flacons d'avoine. C'est plein de vitamines, comme ça je serai en pleine forme pour m'occuper de ta chirurgie de la hanche. Tu me diras quand t'en auras marre de te déplacer en déambulateur.

Il déconnait, bien entendu. À soixante-deux ans, Ken Falcheck tenait une forme olympique et aimait charrier Manny tout autant que celui-ci. Les deux hommes s'entendaient bien depuis que Manny avait suivi le programme de formation du grand chirurgien, quinze ans auparavant.

— Bon, avec tout le respect dû aux vieillards, reprit Manny d'une voix traînante, pourquoi est-ce que tu fais la cour à ma chirurgienne ? Et qu'est-ce que tu as pensé d'elle ?

Il y eut une courte pause.

— Qu'est-ce que tu racontes ? Un type m'a laissé un message jeudi pour me dire qu'elle devait prendre un autre rendez-vous. Je pensais que c'était pour ça que tu appelais. Pour triompher qu'elle m'ait posé un lapin et te vanter qu'elle restait avec toi.

Manny ressentit une sensation désagréable à la nuque, comme si quelqu'un lui avait lancé une poignée de boue gelée.

Il garda un ton neutre.

— Allons, moi, faire un truc pareil ?

— Oui, tu le ferais. Je t'ai formé, n'oublie pas. Toutes tes mauvaises habitudes, tu les tiens de moi.

— Seulement les habitudes professionnelles. Dis donc, le type qui a appelé… il a laissé son nom ?

— Non. Je me suis dit que c'était son assistant ou un truc comme ça. Ce n'était manifestement pas toi. Je connais ta voix, et puis ce type était poli.

Manny déglutit avec difficulté. Bon, il fallait qu'il mette fin à cette conversation vite fait. Mon Dieu, où pouvait bien être Jane ?

— Bon, alors Manello, dois-je présumer que tu te la gardes ?

— Voyons les choses en face, j'ai beaucoup à lui offrir. *Ma personne, entre autres.*

— Certes, mais pas la direction du service.

Vraiment, pour l'heure, tout ce qui relevait du politico-médical n'avait aucune importance. Jane avait disparu, pour Manny en tout cas, et il fallait qu'il la retrouve.

C'est le moment que choisit son assistante pour passer la tête dans l'embrasure de la porte.

— Oh, pardon…

— Non, attendez. Écoute, Falcheck, faut que j'y aille. (Il raccrocha alors que Ken lui disait au revoir et il composa immédiatement le numéro de téléphone du domicile de Jane.) Attendez, je dois passer un coup de fil…

— Le docteur Whitcomb vient d'appeler pour dire qu'elle était malade et ne viendrait pas.

Manny leva les yeux.

— Vous lui avez parlé ? C'est elle qui a appelé ?

Son assistante le regarda avec un peu d'étonnement.

— Oui, bien sûr. Elle a été malade tout le week-end : encore la grippe. Goldberg va s'occuper de ses patients aujourd'hui et se charger de la rampe. Tout va bien ?

Manny reposa le combiné et acquiesça, bien qu'il ait le vertige. Merde, l'idée que quelque chose ait pu arriver à Jane lui faisait perdre tous ses moyens.

— Vous êtes sûr que ça va, docteur Manello ?

— Oui, ça va. Merci pour l'info sur le docteur Whitcomb. (Il se leva et le sol chancela un peu.) Je dois opérer dans une heure, je vais aller manger un morceau. Vous avez autre chose à me dire ?

Son assistante passa en revue deux ou trois choses avec lui, puis sortit en refermant la porte.

Manny s'affala sur son fauteuil. Il fallait qu'il recouvre son sang-froid. Jane Whitcomb avait toujours été un facteur de distraction, mais son immense soulagement de savoir que rien de fâcheux ne lui était arrivé le surprenait.

Bon. Il fallait qu'il mange un morceau.

Il se força à se lever et saisit une pile de dossiers de demandes d'internat afin de les lire dans la cafétéria. Tandis qu'il les arrangeait pour bien les avoir en main, quelque chose glissa et tomba par terre. Il se pencha et ramassa le papier, puis fronça les sourcils. Il s'agissait de la copie d'un cliché d'un cœur… qui comprenait six chambres.

Quelque chose palpita dans la mémoire de Manny, une espèce d'ombre qui se déplaçait, une pensée qui prenait forme, un souvenir qui remontait et allait se cristalliser. Sauf qu'il ressentit alors une douleur fulgurante aux tempes. Il lâcha un juron et se demanda d'où pouvait bien sortir ce cliché, et il en vérifia la date et l'heure. Il avait été pris ici, au bloc opératoire, et la copie avait été faite dans son bureau : sa photocopieuse était capricieuse et déposait toujours une petite tache d'encre sur le coin inférieur gauche, et la marque était là.

Il se tourna vers son ordinateur et effectua une recherche dans ses fichiers. Il n'y trouva nulle trace du cliché. *Putain de… !*

Il regarda sa montre. Il n'avait pas le temps d'élucider ce mystère car il fallait vraiment qu'il mange avant d'opérer.

Comme il sortait de son luxueux bureau, il décida que, ce soir, il allait jouer au médecin à l'ancienne et faire une visite à domicile, la première de sa carrière.

Viszs enfila un pantalon large en soie noire et une espèce de longue veste d'intérieur qui allait fort bien avec. Après avoir passé le médaillon du Primâle autour de son cou, il sortit de sa chambre en allumant un de ses petits cigares. Il se dirigea vers le vestibule et entendit Butch jurer depuis le salon, le verbe « foutre » revenait souvent dans la litanie de grossièretés, ainsi qu'une variante intéressante autour du mot « con », que V. avait l'intention de se rappeler.

Il trouva son ami installé sur le canapé en train d'insulter l'ordinateur portable de Marissa.

— Qu'est-ce qui se passe, flic ?

— Je crois que le disque dur est foutu. (Butch leva les yeux.) Bon sang… on dirait Hugh Hefner !

— Très drôle, vraiment.

Butch fit une grimace.

— Je suis désolé. Merde… V., je suis un tel…

— Ferme-la et laisse-moi jeter un coup d'œil au PC. (V. prit l'appareil des mains de Butch et effectua un balayage de maintenance rapide.) Grillé.

— J'aurais dû le savoir. Le système informatique du Refuge déconne complètement. Leur serveur est hors jeu. Et maintenant, ça. Pendant ce temps-là, Marissa est dans la grande maison avec Mary en train d'essayer de voir comment recruter davantage de personnel. Elle n'a vraiment pas besoin de ça.

— J'ai mis quatre nouveaux Dell dans le placard de fournitures qui jouxte le bureau de Kolher. Dis-lui d'en prendre un, d'accord ? Je lui aurais bien configuré tout de suite, mais faut que j'y aille.

— Merci, vieux. Je vais aller me préparer pour t'accompagner.

— Tu n'es pas obligé de venir.

Butch fronça les sourcils.

— Arrête tes conneries. T'as besoin de moi.

— Quelqu'un d'autre peut me servir de témoin.

— Je ne t'abandonnerai pas…

— Ce ne serait pas de l'abandon.

Viszs s'approcha de la table de baby-foot et fit tourner l'une des poignées. La rangée de joueurs miniatures virevolta, et il poussa un soupir.

— C'est un peu comme si… je ne sais pas mais, si tu es présent, ça rend le truc trop réel.

— Tu veux que quelqu'un d'autre t'accompagne, alors ?

V. fit de nouveau tourner la poignée, et un petit bruit s'éleva de la table. Il avait choisi Butch sans réfléchir, instinctivement, mais le fait est que cela lui posait un problème. Le flic était tellement proche de lui qu'il lui serait encore plus difficile d'affronter la cérémonie de présentation et le rituel d'union.

V. regarda devant lui.

— Oui, je crois que je veux quelqu'un d'autre.

Un court silence suivit et Butch adopta l'expression de quelqu'un qui tient une assiette trop pleine et trop chaude : il était mal à l'aise et incertain.

— Euh… du moment que tu sais que tu peux toujours compter sur moi, en toutes circonstances.

— Je le sais, que je peux compter sur toi.

V. se dirigea vers le téléphone en réfléchissant à ses options.

— Tu es cert…

— Oui, répliqua-t-il en composant un numéro.

Fhurie répondit et V. lui dit :

— Ça t'ennuierait de m'accompagner aujourd'hui ? Butch va rester. Oui. C'est ça, oui. Merci, mon frère.

Il raccrocha. C'était peut-être un choix un peu étrange car ils n'avaient jamais été particulièrement proches tous les deux. Mais justement, c'était ce qu'il voulait.

— Fhurie va venir, pas de problème. Je vais monter dans sa chambre, maintenant.

— V…

— Ferme-la, flic. Je serai de retour dans deux ou trois heures.

— Je voudrais tellement que tu n'aies pas…

— Peu importe. Ça ne va rien changer.

Après tout, Jane ne serait pas là ; il serait toujours un mâle lié sans sa compagne. Alors, oui, en effet, rien n'avait d'importance.

— Tu es absolument certain que tu ne veux pas que je t'accompagne ?

— Contente-toi de m'attendre avec une bouteille de Goose. J'aurai besoin d'un verre à mon retour.

V. quitta la Fosse en empruntant le tunnel et, en se dirigeant vers la grande maison, il essaya de voir les choses avec un peu de recul.

Cette Élue à laquelle il allait s'unir n'était qu'un corps. Tout comme lui. Ils allaient faire ce qu'il fallait, quand il le fallait. Il s'agissait simplement de mettre en contact des organes masculins avec des organes féminins, puis de donner un coup de rein et de recommencer jusqu'à l'éjaculation. Et que faire s'il ne ressentait absolument aucun désir ? Pas de problème. Les Élues avaient des baumes et de l'encens qui provoquaient l'érection. Aussi, même s'il n'avait aucune envie de faire l'amour, son corps remplirait la fonction pour laquelle il était né et avait été élevé : garantir la survie des meilleures lignées de l'espèce.

Merde, si seulement l'acte pouvait être purement clinique : extraire et injecter. Mais les vampires avaient tenté la fertilisation *in vitro* par le passé, sans succès. Les petits devaient être conçus de manière traditionnelle.

Oh, il ne voulait pas penser au nombre de femelles qu'il allait devoir féconder. Il ne pouvait pas penser à ça. S'il y pensait, il allait…

Viszs s'arrêta au beau milieu du tunnel.

Et hurla à s'en casser la voix.

# Chapitre 34

Lorsque Viszs et Fhurie traversèrent et se retrouvèrent de l'autre côté, ils se matérialisèrent dans un patio blanc entouré de colonnes corinthiennes blanches. Au centre, une eau cristalline jaillissait d'une fontaine de marbre blanc et retombait dans une profonde vasque blanche. Dans un coin, sur un arbre blanc couvert de fleurs blanches, une volée d'oiseaux de toutes les couleurs gazouillaient. On aurait dit qu'ils avaient été saupoudrés sur un gâteau d'anniversaire. Le doux ramage des pinsons et des mésanges s'harmonisait avec le murmure de la fontaine, et les deux mélodies semblaient exprimer la même félicité.

— Guerriers. (La voix de la Vierge scribe s'éleva derrière V. et il sentit littéralement sa peau se contracter.) À genoux, que je puisse vous saluer.

V. ordonna à ses genoux de se plier et, après un bref moment, ils fléchirent à la manière des pieds rouillés d'une table de jeu. Fhurie, quant à lui, ne semblait pas avoir de problème et s'exécuta avec souplesse.

Mais, bon, il ne s'inclinait pas devant une mère qu'il méprisait.

— Fhurie, fils d'Ahgonie, comment te sens-tu ?

— Je me sens bien, car je me présente devant vous avec une dévotion pure et un amour profond, répondit le frère en langue ancienne et d'une voix parfaitement claire.

La Vierge scribe émit un petit rire.

— Une salutation irréprochable énoncée de manière irréprochable. Très aimable à toi. Et certainement plus aimable que celle que je vais recevoir de mon fils.

V. sentit plus qu'il vit la tête de Fhurie se tourner brusquement vers lui.

*Désolé*, pensa V. *Je suppose que j'ai oublié de mentionner ce petit détail croustillant à mon frère.*

La Vierge scribe s'approcha.

— Ah, mon fils ne t'a pas parlé de son lignage maternel ? Serait-ce par décence ? ou par crainte d'ébranler la croyance générale en ma prétendue existence virginale ? Oui, c'est bien cela, n'est-ce pas, Viszs, fils du Saigneur ?

— Ou peut-être parce que je refuse simplement de vous reconnaître, rétorqua V. en levant les yeux alors qu'il n'y avait pas été invité.

C'était exactement la réponse à laquelle elle s'attendait, et il pouvait le percevoir non pas en lisant ses pensées, mais parce que, d'une certaine manière, ils ne faisaient qu'un, tous les deux : une unité indivisible en dépit de l'air et de l'espace qui les séparait.

*Formidable.*

— Ta réticence à accepter le fait que je t'ai porté ne change rien, ajouta-t-elle d'un ton cassant. Un livre qui n'a jamais été ouvert ne voit pas l'encre s'altérer sur ses pages. Ce qui est, est, et ne saurait être changé.

Sans en demander la permission, V. se leva et regarda sa mère dont le visage était masqué par une capuche, il plongea ses yeux dans les siens et la mesura du regard.

Fhurie devait certainement être aussi blanc qu'un linge, mais peu importait. Il était assorti au décor, ainsi. Et puis la Vierge scribe n'allait pas foudroyer son futur Primâle ou son précieux petit garçon. Non, en aucune manière. Il n'en avait donc rien à cirer.

— Finissons-en avec ce cirque, *maman*. Je veux retourner à ma vraie vie…

Il se retrouva en une fraction de seconde étendu sur le sol, incapable de respirer. Rien ne pesait sur lui et son corps ne semblait pas aplati, mais il avait l'impression qu'un piano à queue était posé sur sa poitrine.

Comme ses yeux sortaient presque de leurs orbites et qu'il luttait pour essayer d'acheminer un peu d'air dans ses poumons, la Vierge scribe s'approcha de lui en flottant. Sa capuche dévoila son visage par sa propre volonté et elle le toisa avec une expression de lassitude sur son visage fantomatique et resplendissant.

— Tu vas me donner ta parole que tu feras preuve de respect à mon égard quand nous serons devant mes Élues, rassemblées pour moi. Je concède que tu bénéficies de certaines licences par principe, mais je n'hésiterai pas à te condamner à un avenir pire que celui que tu souhaites abandonner si tu les révèles en public. Sommes-nous d'accord ?

*D'accord ? D'accord ?* Oui, ben voyons, sauf que cela présupposait l'existence d'un libre arbitre, or d'après tout ce qu'il avait appris au cours de sa vie, il était clair qu'il n'en avait pas.

*Maudite soit-elle.*

Viszs souffla lentement. Détendit ses muscles. Et accepta la suffocation.

Il soutint le regard de sa mère… pendant qu'il commençait à mourir.

Après une minute environ de cette noyade volontaire, le système nerveux autonome de V. réagit et ses poumons se mirent à frapper les parois de sa poitrine, essayant d'obtenir un peu d'oxygène. Il serra les dents de toutes ses forces, pressa les lèvres et serra la gorge afin de neutraliser le réflexe de respiration.

— Mon Dieu, balbutia Fhurie d'une voix tremblante.

La brûlure qui dévorait ses poumons se propagea à son torse tandis que sa vision se troublait et que son corps se débattait, broyé au sein de la bataille que se disputaient sa volonté, sa force mentale et l'impératif biologique de respirer. Au bout d'un moment, la lutte ne fut plus tant un acte de rébellion contre sa mère qu'un combat pour remporter ce qu'il voulait : la paix. Sans Jane dans sa vie, la mort était vraiment sa seule solution.

Il commença à glisser dans les ténèbres.

Soudain, ce poids insaisissable fut levé, puis l'air entra par ses narines et inonda ses poumons aussi sûrement que si une main invisible avait forcé en lui l'élixir de vie.

Son corps reprit les commandes et l'emporta sur sa détermination. Contre sa volonté, il aspira l'oxygène à longues goulées comme si c'était de l'eau, se recroquevillant sur le côté, respirant à pleine bouche. Sa vision s'éclaircit et il put voir avec netteté l'ourlet des robes de sa mère.

Quand il leva enfin son visage du sol blanc et la regarda, elle n'avait plus la forme brillante qu'il lui connaissait. Son éclat avait perdu de son intensité, comme si la luminosité était réglée par un variateur d'ambiance et que quelqu'un essayait de créer une atmosphère feutrée.

Son visage n'avait pas changé, toutefois. Diaphane, beau et dur comme un diamant.

— Pouvons-nous procéder à la présentation ? s'enquit-elle. À moins que tu souhaites recevoir ta compagne prostrée sur mon sol de marbre ?

V. se dressa sur son séant. La tête lui tournait légèrement, mais peu lui importait de perdre connaissance. Il supposait qu'il aurait dû ressentir un sentiment de triomphe d'avoir gagné la bataille, mais non.

Il regarda Fhurie, qui était épouvanté, ses yeux jaunes écarquillés, pâle, le teint cireux. On aurait dit qu'il se trouvait au milieu d'un bassin rempli de crocodiles, des steaks en guise de chaussures.

Si son frère réagissait ainsi à cette petite querelle de famille, V. se disait que les Élues risquaient d'être profondément choquées face à un conflit ouvert entre lui et sa sorcière de mère. Et s'il n'avait pas d'affinités particulières pour ce groupe de femelles, il n'y avait pas non plus lieu de les perturber.

Il se leva et Fhurie s'avança au moment propice. V. tangua légèrement et le guerrier le saisit par le bras pour le soutenir.

— Suivez-moi, maintenant.

La Vierge scribe ouvrit la marche et passa sous les arcades, flottant au-dessus du marbre, sans bruit ni mouvement visible, une minuscule apparition.

Ils longèrent la colonnade en direction de deux portes en or dont V. n'avait jamais franchi le seuil auparavant. Elles étaient impressionnantes et portaient une inscription dans une version archaïque de la langue ancienne qui ressemblait suffisamment à l'écriture actuelle pour que V. puisse traduire :

> « Ici commence le sanctuaire des Élues, domaine sacré
> du passé, du présent et du futur de l'espèce. »

Les portes s'ouvrirent devant eux et révélèrent une splendeur bucolique qui, dans d'autres circonstances, aurait su emplir de sérénité n'importe qui, même V. Mis à part la blancheur universelle du lieu, il aurait pu s'agir du campus d'une université de renom, les édifices de style géorgien émaillaient une prairie vallonnée et laiteuse ponctuée de chênes et d'ormes albinos.

Un chemin de soie blanche avait été disposé et V. et Fhurie le remontèrent tandis que la Vierge scribe glissait au-dessus, à une trentaine de centimètres de hauteur. L'air était à température parfaite, et si calme qu'on ne le sentait pas sur la peau. Si la force de la gravité maintenait V. à terre, il se sentait léger et capable de flotter… comme si, en prenant de l'élan, il avait pu bondir sur la pelouse à la manière des hommes qui avaient marché sur la Lune.

Ou alors, cette sensation d'apesanteur s'expliquait parce que son cerveau était frit.

Ils franchirent la crête d'une colline, et un amphithéâtre s'offrit à leur vue en contrebas. Les Élues y étaient rassemblées.

Mon Dieu… Les quarante et quelques femelles étaient toutes vêtues de robes blanches identiques, les cheveux relevés en chignon et les mains gantées. La couleur de leurs cheveux blonds, bruns ou roux les différenciait, mais leurs silhouettes élancées et l'uniformité de leur tenue donnaient l'illusion d'une seule et même personne. Scindées en deux groupes, elles étaient alignées le long de chaque côté de l'amphithéâtre et se présentaient de trois quart, le pied droit très légèrement en avant. Elles lui rappelaient les caryatides de l'architecture grecque antique, ces sculptures de femmes soutenant des frontons ou des chapiteaux sur leur majestueuse tête.

En les contemplant à présent, V. se demanda si leur cœur battait et si elles respiraient. Car elles étaient aussi immobiles que l'air.

Et c'était bien le problème avec l'autre côté, pensa-t-il. Tout y était immuable, rien ne bougeait. La vie… sans l'étincelle de vie.

— Avance-toi, ordonna la Vierge scribe. La présentation attend.

Oh… non. Il suffoquait de nouveau.

— Tu as besoin d'un petit moment ? lui demanda Fhurie en lui posant la main sur l'épaule.

Un petit moment, tu parles, il avait besoin de siècles. Mais, même s'il avait bénéficié de tout ce temps, cela ne changerait rien au résultat. Le sens de sa destinée le saisit et il pensa au vampire civil qu'il avait trouvé dans la venelle la nuit où il avait été blessé par balle. Il avait tué l'éradiqueur pour le venger.

Ils avaient besoin de davantage de guerriers dans la Confrérie, se dit-il en reprenant sa marche. Et ce n'était pas comme si des cigognes allaient s'acquitter de la tâche.

En bas, un seul siège était installé, une espèce de trône en or posé tout près du rebord de la scène de l'amphithéâtre. De ce point de vue, il se rendit compte que ce qu'il avait pensé être un mur blanc, au fond, était en fait une vaste tenture de velours blanc suspendue et aussi figée que si elle avait été peinte.

— Toi. Assieds-toi, lui ordonna la Vierge scribe, manifestement excédée.

Curieusement, il ressentait la même chose à son égard.

V. s'assit tandis que Fhurie semblait s'enraciner derrière le trône, droit comme un I.

La Vierge scribe se dirigea en flottant vers la droite et prit place sur le côté de la scène, un metteur en scène shakespearien, le chef d'orchestre.

Bordel, que ne donnerait-il pas pour un petit cigare, là, tout de suite.

— Allez, commanda-t-elle d'un ton impérieux.

La tenture fut écartée en son milieu et tirée, révélant une femelle couverte de la tête aux pieds de robes richement ornées de bijoux. Encadrée par deux Élues, sa promise était debout mais donnait l'impression d'être un peu penchée. Ou peut-être n'était-elle pas debout, en fait. Mon Dieu, on aurait dit qu'elle se trouvait sur une espèce de dalle dressée pour être exposée aux yeux de tous, à la manière d'un papillon épinglé.

Elle fut avancée et il devint clair qu'elle était en fait attachée à quelque chose. Des bandes entouraient le haut de ses bras, certaines étaient recouvertes de pierres précieuses afin de se fondre dans les robes, d'autres semblaient la maintenir.

Cela devait faire partie de la cérémonie. Parce que la femelle qui se cachait sous cette robe n'était pas seulement apprêtée pour cette présentation et le rituel d'union qui suivrait, mais devait sans le moindre doute être transportée de joie d'être la première Élue du Primâle : cette position lui donnait des privilèges et V. ne pouvait qu'imaginer le bonheur qu'elle ressentait.

Même si c'était vraiment injuste, il éprouvait un ressentiment terrible à l'égard de ce qui était dissimulé sous toute cette splendeur.

La Vierge scribe fit un signe de tête et les Élues qui se trouvaient à côté de sa promise commencèrent à défaire les robes. Alors qu'elles étaient affairées à leur tâche, une vague d'énergie fit trembler la quiétude de l'amphithéâtre, l'apogée de dizaines d'années durant lesquelles les Élues avaient attendu la reprise des anciennes traditions.

V. observa sans le moindre intérêt les Élues finir de défaire les robes couvertes de joyaux et les ouvrir pour révéler les contours d'une femelle absolument splendide drapée dans un voile transparent. Selon la coutume, le visage de sa promise resta voilé, puisque ce n'était pas elle qui était offerte mais toutes les Élues à travers elle.

— Est-elle à ton goût ? demanda froidement la Vierge scribe, comme si elle savait de toute façon que la femelle était absolument parfaite.

— Peu m'importe.

Un murmure inquiet se répandit parmi les Élues, une brise glaciale s'insinuant dans de roides roseaux.

— Peut-être pourrais-tu choisir des mots plus convenables ? reprit la Vierge scribe d'un ton cassant.

— Elle fera l'affaire.

Un silence gêné suivit puis une Élue s'avança en portant un brûleur d'encens et une plume blanche. Elle se mit à psalmodier en agitant le brûleur autour de la femelle, de la tête voilée aux pieds nus, afin que les volutes de fumée s'enroulent autour d'elle. Elle fit trois fois le tour, une fois pour le passé, une fois pour le présent et une fois pour le futur.

Le rituel se poursuivit et V. fronça soudain les sourcils et se pencha. Le devant du voile transparent de sa promise était mouillé.

Cela devait provenir des huiles dont elle avait été enduite lorsqu'on l'avait préparée.

Il s'adossa de nouveau contre le dossier du trône. Merde, il détestait les coutumes ancestrales. Il haïssait ce maudit cirque.

Sous le voile, Cormia était au bord du désespoir. L'air qu'elle respirait était chaud, humide et étouffant, pire que si elle était complètement privée d'oxygène. Ses genoux tremblaient, ses paumes ruisselaient. Sans les bandes de tissu qui la maintenaient droite, elle se serait affaissée.

À la suite de sa tentative d'évasion éperdue dans la salle des bains et de sa capture peu de temps après, sur l'ordre de la Directrix, on l'avait forcée à avaler un breuvage amer. Cela l'avait calmée pendant un moment, mais les effets de l'élixir commençaient à se dissiper et sa peur s'intensifiait de nouveau.

L'humiliation aussi. Quand elle avait senti des mains défaire les boutons en or qui retenaient ses robes, le sentiment de violation que lui inspirait le regard d'un étranger se posant sur sa peau l'avait fait pleurer. Puis on lui avait retiré les deux moitiés pesantes de la robe et elle avait senti le froid sur sa peau, glacée plus que soulagée d'être délivrée du poids des étoffes.

Les yeux du Primâle étaient posés sur elle lorsque la Vierge scribe avait dit : « Est-elle à ton goût ? »

Cormia avait attendu la réponse du frère, priant d'y entendre un peu de chaleur.

Mais non, rien que :

— « Peu m'importe.

— Peut-être pourrais-tu choisir des mots plus convenables ?

— Elle fera l'affaire. »

En entendant la réponse, le cœur de Cormia avait cessé de battre, la terreur ayant supplanté la peur. Viszs, fils du Saigneur, avait une voix froide, une voix qui suggérait des inclinations bien pires que celles qu'on attribuait même à son père.

Comment allait-elle pouvoir survivre à l'union, et surtout se montrer digne des vénérables Élues pendant l'acte ? Dans la salle des lustrations, la Directrix avait été brutale en décrivant tout ce que Cormia déshonorerait si elle ne se comportait pas avec la dignité appropriée. Si elle ne s'acquittait pas de la responsabilité qui lui incombait. Si elle n'incarnait pas la perfection de la communauté des Élues.

Comment pourrait-elle supporter un tel fardeau ?

Cormia entendit la Vierge scribe prendre de nouveau la parole.

— Viszs, ton témoin n'a pas encore posé les yeux sur ta promise. Fhurie, fils d'Ahgonie, en ta qualité de témoin du Primâle, tu dois poser les yeux sur l'Élue qui est offerte.

Cormia trembla, terrorisée à l'idée que le regard d'un autre mâle se pose sur elle. Elle se sentait impure, alors qu'elle avait été soigneusement lavée et purifiée ; sale, alors qu'aucune souillure ne la touchait. Sous le voile, elle aurait voulu être petite, petite au point de faire honte au chas d'une aiguille.

Parce que, si elle était petite, leurs yeux ne pourraient pas la trouver. Si elle était minuscule, elle pourrait se cacher parmi des choses plus grandes qu'elle… et disparaître loin de tout ça.

Les yeux de Fhurie étaient rivés sur le dossier du trône et il ne voulait pas qu'ils se posent ailleurs. Tout cela n'allait pas. Pas du tout.

— Fhurie, fils d'Ahgonie ?

La Vierge scribe prononçait le nom de son père comme si le poids du lignage complet de sa famille reposait sur son attitude au moment présent.

Il leva les yeux vers l'Élue…

Et toutes ses fonctions mentales s'arrêtèrent immédiatement.

C'est son corps qui répondit. Instantanément, il sentit son sexe se raidir dans son pantalon en soie. Son érection se mit à palpiter à toute allure, alors qu'il était confondu de honte. Comment pouvait-il être aussi cruel ? Il baissa les paupières, croisa les bras sur sa poitrine et essaya de trouver le moyen de se botter les fesses tout en restant debout.

— Comment la trouves-tu, guerrier ?

— Resplendissante.

Le mot sortit spontanément de sa bouche. Il ajouta ensuite :

— Digne de la tradition de la plus belle des Élues.

— Ah, voilà une réponse appropriée. L'offrande a été acceptée, aussi je déclare cette femelle l'Élue du Primâle. Que le bain d'encens se poursuive et s'achève.

Dans sa vision périphérique, Fhurie aperçut deux Élues s'approcher avec des bâtons dont s'échappaient des volutes de fumée blanche. Tandis qu'elles se mettaient à chanter d'un timbre pur et cristallin, il inspira profondément, transporté dans un jardin d'arômes féminins.

Il trouva l'odeur de la promise. Ce ne pouvait être que la sienne car c'était la seule qui transmettait un sentiment de terreur pure…

— Arrêtez la cérémonie, s'exclama V. avec autorité.

La Vierge scribe tourna la tête vers lui.

— Elles doivent finir.

— Certainement pas.

Le guerrier se leva et s'avança sur la scène. Il avait manifestement capté l'odeur, lui aussi. Il s'approcha et les Élues se mirent à pousser de petits cris de peur et quittèrent leur place. Comme les femelles s'éparpillaient dans un tourbillon de robes blanches, Fhurie pensa à une pile de serviettes en papier à un pique-nique, dispersées par le vent, volant au-dessus de l'herbe.

Sauf que ce qui se déroulait sous ses yeux n'était vraiment pas une partie de campagne.

Viszs saisit les pans alourdis par les bijoux de la robe de la promise et les ramena sur elle, puis il arracha les liens. Elle s'effondra et il la rattrapa par le bras, la maintenant debout tant bien que mal.

— Fhurie, je te retrouverai à la maison.

Un vent violent se mit à souffler, venant de la Vierge scribe, mais V. ne capitula pas, se mesurant à… sa mère, apparemment.

Sa mère. Bordel, ça ne lui avait jamais traversé l'esprit.

V. tenait la malheureuse femelle d'une poigne de fer et il ne quittait pas la Vierge scribe des yeux, le visage déformé par la haine.

— Fhurie, tire-toi.

Même s'il était de nature conciliante, Fhurie savait bien qu'il ne pouvait pas s'interposer dans ce genre de querelle de famille. Tout ce qu'il pouvait faire de mieux, c'était prier pour que son frère ne revienne pas dans une urne funéraire.

Avant de s'en aller, il regarda une dernière fois la silhouette voilée de la femelle. V. la tenait maintenant des deux mains car elle était apparemment évanouie. *Dieu… quel gâchis.*

Fhurie se tourna et dévala en courant le chemin de soie blanche en direction du patio de la Vierge scribe. Premier arrêt ? Le bureau de Kolher. Il fallait lui raconter ce qui venait de se passer. Même s'il était clair que l'histoire ne faisait que commencer.

# Chapitre 35

Lorsque Cormia retrouva ses esprits, elle était étendue sur le dos, toujours couverte de la robe et du voile. Mais elle n'avait plus l'impression d'être sur cette planche sur laquelle elle avait été attachée. Non… elle n'était pas…

Tout lui revint. Le Primâle interrompant la cérémonie et la libérant. Un vent violent soufflant dans tout l'amphithéâtre. Le frère et la Vierge scribe commençant à se disputer.

C'est alors que Cormia avait perdu connaissance et elle ne savait pas ce qui s'était passé ensuite. Qu'était-il advenu du Primâle ? Il ne pouvait pas avoir survécu, personne ne défiait la Vierge scribe.

— Tu veux enlever quelque chose ? lui demanda sèchement une voix mâle.

Un frisson de peur lui parcourut l'échine. Vierge bien-aimée, le Primâle était encore là.

Elle se recroquevilla instinctivement pour se protéger.

— Relax. Je ne vais pas te faire de mal.

Le ton de voix était tellement brusque qu'elle ne pouvait pas croire ce qu'elle lui disait. La colère scandait ses syllabes, les transformant en lames verbales et, si elle ne pouvait pas le voir, elle percevait l'impressionnante puissance qui émanait de lui. C'était bel et bien le fils guerrier du Saigneur.

— Écoute, je vais écarter ton vêtement pour que tu puisses respirer, d'accord ?

Elle essaya de s'éloigner de lui, tenta de ramper pour fuir, mais s'empêtra dans sa robe et ses voiles.

— Attends, femelle, j'essaie simplement de t'aider.

Elle se figea tandis que V. posait ses mains sur elle, convaincue de recevoir des coups. Mais il desserra simplement les deux attaches qui retenaient la capuche et la souleva.

Une bouffée d'air délicieuse et fraîche traversa le voile fin et lui caressa le visage, un délice semblable à du pain pour celui qui a faim, mais elle n'arrivait pas à en profiter vraiment. Elle était crispée, les yeux fermés, le visage plissé, la bouche tordue tandis qu'elle se préparait à recevoir la Vierge scribe seule savait quoi.

Sauf que rien ne se passa. Il était toujours là, à côté d'elle… elle pouvait capter son odeur effrayante… et pourtant il ne la touchait pas, n'ajoutait rien.

Elle entendit un petit bruit, puis quelqu'un qui inspirait. Des effluves fumés et épicés lui chatouillèrent alors les narines. Un peu comme de l'encens.

— Ouvre les yeux.

Le ton était impérieux et venait de derrière elle.

Elle souleva les paupières et cligna des yeux plusieurs fois de suite. Elle se trouvait sur la scène de l'amphithéâtre, face à un trône en or vide et un chemin de soie blanche gravissant une colline.

Elle entendit des pas lourds.

Et il se dressa devant elle. Immense, plus grand que tout ce qu'elle avait jamais pu voir de vivant, ses yeux pâles et son visage d'une telle froideur qu'elle eut un mouvement de recul.

Il porta un mince petit rouleau blanc à ses lèvres et inspira. Il prit la parole et de la fumée s'échappa de sa bouche.

— Comment t'appelles-tu ?

— Élue, répondit-elle d'une voix rauque et étranglée.

— Ça, c'est ce que tu es, répliqua-t-il sèchement. Je veux ton nom. Je veux connaître ton nom.

Est-ce qu'il avait le droit de lui poser cette question ? Est-ce qu'il… Mais à quoi pensait-elle ? Il pouvait faire tout ce qu'il voulait. C'était le Primâle.

— C… C… Cormia.

— Cormia. (Il tira de nouveau sur la chose blanche, et le bout orange s'alluma.) Écoute-moi. N'aie pas peur, Cormia, d'accord ?

— Est-ce que vous… ? (Sa voix se cassa. Elle ne savait pas si elle était autorisée à lui poser des questions, mais il fallait qu'elle sache.) Est-ce que vous êtes un dieu ?

V. fronça ses épais sourcils.

— Diable, non.

— Mais alors comment avez-vous… ?

— Parle plus fort. Je ne t'entends pas.

Elle s'efforça d'affermir sa voix.

— Comment avez-vous pu intercéder auprès de la Vierge scribe ? (Le visage du Primâle s'enflamma de colère et elle s'empressa de s'excuser.) Je vous en prie, je ne voulais pas vous offenser…

— Peu importe. Écoute, Cormia, tu ne veux pas t'unir à moi, n'est-ce pas ? (Elle resta silencieuse et la bouche de V. se pinça avec impatience.) Allons, parle-moi.

Elle ouvrit la bouche. Pas un son n'en sortit.

— Oh, pour l'amour du ciel.

Il passa une main gantée dans ses cheveux noirs et se mit à aller et venir.

Il devait certainement être une espèce de divinité. Il avait l'air si féroce qu'elle n'aurait pas été surprise s'il avait lancé des éclairs.

Il s'arrêta et la toisa.

— Je t'ai dit que je n'allais pas te faire de mal. Bordel, tu me prends pour quoi ? un monstre ?

— Je n'avais jamais vu de mâle auparavant, lâcha-t-elle. Je ne sais pas ce que vous êtes.

La réponse de la jeune femelle lui coupa le sifflet.

Jane se réveilla uniquement parce qu'elle entendit la porte du garage grincer. Le bruit strident venait de l'appartement situé à gauche du sien. Elle se tourna et regarda le réveil. Dix-sept heures. Elle avait dormi presque toute la journée.

Enfin, pas exactement. La plupart du temps, elle avait été enfermée dans une espèce de rêverie étrange peuplée d'images floues et indécises qui la tourmentaient. Un homme y jouait un rôle, un homme très grand qui lui donnait l'impression de faire partie d'elle et en même temps de lui être totalement étranger. Elle n'avait pas pu voir ses traits, mais elle connaissait son odeur : des épices exotiques, tout près, dans ses narines, tout autour d'elle, sur elle…

Oh non, le monstrueux mal de tête se manifesta soudain et elle cessa brutalement de penser à tout ça, comme s'il s'agissait d'un tisonnier brûlant qu'elle aurait saisi du mauvais côté. Heureusement, la douleur se calma.

Au bruit d'un moteur de voiture, elle souleva la tête de l'oreiller. Par la fenêtre qui jouxtait son lit, elle vit un monospace reculer dans la petite allée à côté de celle qui menait à son entrée. Quelqu'un avait déménagé dans l'appartement vacant, et elle espérait que ce n'était pas toute une famille. Les cloisons qui séparaient les appartements n'étaient pas aussi fines que celles d'un immeuble standard, mais elles n'avaient pas non plus l'épaisseur d'un coffre-fort, loin de là. Et elle aimait autant ne pas entendre de gosses hurler.

Elle s'assit et se sentit plus qu'épuisée, absolument moulue. Sa poitrine lui faisait terriblement mal et elle n'avait pas l'impression que ce soit une douleur musculaire. Elle fit pivoter son torse vers la droite, puis la gauche. Il lui semblait avoir ressenti les mêmes sensations une fois par le passé, mais elle n'arrivait pas à se rappeler quand ni où.

Prendre une douche fut une épreuve. Le simple fait de se rendre dans la salle de bains s'avéra laborieux. La bonne nouvelle, c'est que l'eau et le savon la requinquèrent un peu, et puis l'idée de manger ne la rebutait pas. Elle descendit à la cuisine sans se sécher les cheveux et prépara du café. Elle voulait avoir les idées plus claires, puis passer quelques coups de fil. Elle était absolument déterminée à retourner travailler le lendemain et voulait régler ce qu'elle pouvait avant d'aller à l'hôpital.

Sa tasse à la main, elle se dirigea vers le séjour et s'assit sur le canapé, tenant délicatement son café entre ses paumes en espérant que la fée Caféine allait venir à sa rescousse et lui remettre les idées en place. Elle fronça les sourcils en posant les yeux sur les coussins en soie. C'étaient ceux que sa mère avait lissés et réarrangés tellement de fois, ceux qui avaient servi de baromètre de son humeur. Jane se demanda quand elle s'était assise pour la dernière fois sur ces fichus machins. Jamais en fait. Si ça se trouvait, le dernier postérieur à s'être posé là avait été celui d'un de ses parents.

Non, d'un invité plutôt. Ses parents ne s'asseyaient que sur les fauteuils assortis de la bibliothèque, son père sur celui de droite avec sa pipe et son journal, sa mère sur celui de gauche avec un carré de broderie sur les genoux. Ils avaient l'air de sortir tout droit du musée Grévin, une exposition consacrée aux maris et femmes fortunés qui ne s'adressaient jamais la parole.

Jane pensa à toutes les soirées qu'ils avaient organisées, tous ces gens qui déambulaient dans la grande maison de style colonial, servis par un personnel en uniforme proposant des crêpes et des machins fourrés au pâté de foie. Toujours les mêmes têtes, les mêmes conversations, les mêmes petites robes noires et les mêmes costumes croisés. La seule différence avait été les saisons, et la seule rupture dans ce rythme : la mort de Hannah. Après son enterrement, son père avait donné des ordres pour qu'il n'y ait plus de soirées pendant six mois environ, mais ensuite, on avait remis ça. Les soirées avaient recommencé et, même si sa mère semblait si fragile qu'elle donnait l'impression d'être sur le point de se casser comme une porcelaine, elle se maquillait, enfilait sa petite robe noire et son collier de perles pour accueillir les invités avec un sourire forcé.

Hannah avait adoré ces soirées.

Jane fronça les sourcils et posa une main sur son cœur, se rappelant la dernière fois qu'elle avait ressenti une telle douleur à la poitrine. Ne plus avoir Hannah avait entraîné la même sensation de pression douloureuse.

Curieux qu'elle se réveille ainsi et ait ce sentiment de profonde peine. Elle n'avait pourtant perdu personne.

Elle avala une gorgée de café et se dit qu'elle aurait plutôt dû se préparer une tasse de chocolat chaud.

L'image floue d'un homme tenant une tasse se forma. Et la tasse était remplie de chocolat chaud, et il l'avait préparée pour elle parce qu'il… il l'abandonnait. Oh… mon Dieu, il s'en allait…

Une douleur fulgurante lui traversa la tête, interrompant brutalement la vision qui avait surgi… juste au moment où elle entendit la sonnette de sa porte. Elle se frotta l'arête du nez et jeta un regard courroucé vers l'entrée. Elle n'avait vraiment aucune envie d'avoir de la visite.

On sonna de nouveau.

Se forçant à se lever, elle se dirigea vers la porte d'entrée d'une démarche traînante. Tandis qu'elle déverrouillait, elle se dit que si c'était un missionnaire venu prêcher au porte-à-porte, il allait l'entendre…

—Manello ?

Son patron se tenait sur le pas de la porte, sûr de lui et suffisant, comme si c'était son droit le plus absolu de se trouver là, parce qu'il l'avait décidé. Il était en tenue de chirurgien, des Crocs aux pieds, et il portait également une veste en daim assortie à la couleur noisette de ses yeux. Sa Porsche occupait la moitié de la courte allée qui menait à son perron.

— Je suis venu pour voir si tu étais morte.

Jane ne put pas s'empêcher de sourire.

— Oh, Manello, ne sois pas si romantique.

— T'as vraiment une sale tête.

— Et des compliments en plus. Arrête tout de suite, tu vas me faire rougir.

— J'entre, pas de discussion.

— Bien sûr, marmonna-t-elle en s'écartant pour le laisser passer.

Il regarda autour de lui en enlevant sa veste.

— Tu sais quoi, chaque fois que je viens ici, je me dis toujours que cet endroit ne te ressemble absolument pas.

— Tu t'attends à du rose et des dentelles, c'est ça ?

Elle referma la porte et la verrouilla.

— Non. La première fois que je suis venu, je m'attendais à ce que ce soit vide, comme chez moi.

Manello habitait au Commodore, une résidence d'appartements luxueux, mais ce n'était pour lui qu'un vestiaire, en fait, un truc décoré par Nike. Il y avait son équipement de sport, un lit et une cafetière.

— C'est vrai, remarqua-t-elle. Tu ne pourrais pas exactement faire la une de *Marie-Claire Maison*.

— Bon, alors dis-moi comment ça va, Whitcomb.

Manello la regarda d'un air impassible, mais son regard était brûlant et la dernière conversation qu'ils avaient eue lui revint en mémoire, celle où il lui avait dit qu'il avait des sentiments pour elle. Les détails étaient flous et elle avait la vague impression qu'elle se trouvait alors au service des soins intensifs au chevet d'un patient…

Oh, son cœur recommença à la lancer et, comme elle faisait une grimace, Manello lui dit :

— Assieds-toi. Tout de suite.

C'était peut-être une bonne idée. Elle se dirigea vers le canapé.

— Tu veux du café ?

— Dans la cuisine, n'est-ce pas ?

— Je vais aller…

— Je peux me servir. Je le fais depuis des années. Tu t'assois sur le canapé.

Jane se rassit et tira les revers de sa robe de chambre tout en se frottant les tempes. Merde, allait-elle un jour se sentir de nouveau normale ?

Manello revint de la cuisine au moment où elle se penchait en avant et se tenait la tête. Ce qui, naturellement, réveilla immédiatement le docteur en lui. Il posa sa tasse sur l'un des livres d'architecture qui avaient appartenu à la mère de Jane et s'agenouilla sur le tapis oriental.

— Parle-moi. Qu'est-ce qui se passe ?

— Ma tête, gémit Jane.

— Laisse-moi voir tes yeux.

Elle essaya de se redresser.

— Non, ça va passer…

— Ne fais pas d'histoires. (Manello saisit doucement ses poignets dans ses mains et lui écarta les bras du visage.) Je vais regarder tes pupilles. Incline la tête en arrière.

Jane renonça, elle cessa de lutter et se laissa aller contre le canapé.

— Je ne me suis pas sentie aussi mal depuis des années. Manny approcha son pouce et son index de son œil droit et souleva délicatement sa paupière tout en projetant le faisceau d'une petite lampe de poche. Il était tellement près qu'elle pouvait voir ses longs cils, sa barbe naissante et les pores de sa peau. Il sentait bon l'eau de Cologne.

*Quelle marque ?* se demanda-t-elle dans le coton.

— C'est une bonne chose que je sois venu préparé, fit-il d'un ton traînant, projetant le petit faisceau de lumière.

— Oui, tu es vraiment le parfait boy-scout... Hé, fais attention avec ça !

Elle essaya de cligner des yeux tandis qu'il projetait le faisceau dans son œil, mais il l'en empêcha.

— Ça empire ton mal de tête ? demanda-t-il, passant au côté gauche.

— Oh non, ça me fait un bien fou. J'ai tellement hâte que tu... Bordel, c'est fort.

Il éteignit la lumière et remit la lampe dans la poche poitrine de sa blouse.

— Les pupilles se dilatent bien.

— Quel soulagement. Je pourrai même regarder le soleil en face, après ça.

Il lui prit le poignet, posa son index sur sa veine et regarda sa Rolex.

— Je vais devoir payer le ticket modérateur pour cet examen ? s'enquit-elle.

— Chut.

— Parce que je crois que je n'ai plus de liquide...

— Chut.

Déjà, c'était bizarre d'être traitée comme une patiente, mais devoir se taire ne facilitait vraiment pas les choses. Ah, il fallait bien reconnaître que ceux qui disaient qu'on abritait sa gêne derrière des mots n'avaient pas complètement tort...

Une chambre plongée dans l'obscurité. Un homme dans un lit. Et elle qui parlait... parlait de... l'enterrement de Hannah.

Un terrible élancement lui traversa la tête et elle haleta sous la douleur.

— Merde.

Manello lâcha son poignet et posa sa paume sur son front.

— Tu n'es pas chaude.

Il palpa ensuite son cou avec ses deux mains, juste sous la mâchoire.

— Je n'ai pas mal à la gorge, fit-elle remarquer alors qu'il tâtait son cou, concentré, en fronçant les sourcils.

— Tu n'as pas de ganglions.

Il descendait les doigts le long de son cou quand elle fit soudain une grimace. Il pencha alors la tête sur le côté.

— Merde… Qu'est-ce que c'est que… ?

— Quoi ?

— Tu as un bleu là. Ou quelque chose. Bon sang, qu'est-ce qui t'a mordu ?

— Oh, oui, je ne sais pas ce que c'est, ni comment je l'ai eu, dit-elle en posant la main sur la morsure.

— Ça a l'air de bien cicatriser. (Il palpa la base de son cou, juste au-dessus des clavicules.) Non, pas de gonflement là non plus, Jane. Je suis désolé de te l'annoncer, mais tu n'as pas la grippe.

— Bien sûr que si.

— Non.

— Tu es orthopédiste, pas un caïd des maladies infectieuses.

— Tu n'as pas de réaction immunitaire, Whitcomb.

Elle posa les doigts sur sa gorge. Se fit la réflexion qu'elle n'éternuait pas, ne toussait pas, ne vomissait pas. Mais alors, quoi ?

— Je veux te faire un scanner de la tête.

— Je parie que tu dis ça à toutes les filles.

— Celles qui ont tes symptômes, bien sûr.

— Et moi qui pensais que j'étais unique. (Elle lui sourit et ferma les yeux.) Ça va aller, Manello. Il faut juste que je retourne travailler.

Un long silence suivit et elle se rendit compte qu'il avait posé ses mains sur ses genoux. Et il était tout près, penché sur elle.

Elle ouvrit les yeux. Manuel Manello la regardait, pas comme un médecin mais comme un homme qui s'inquiétait pour elle, qui avait des sentiments pour elle. Merde, il était séduisant, surtout comme ça…

Bon, OK. Elle avait mal à la tête.

Il s'approcha un peu plus et lui caressa les cheveux.

— Jane…

— Quoi ?

— Tu vas me laisser planifier un scanner pour toi ?

Comme elle allait protester, il l'interrompit.

— Dis-toi que tu me rends service. Je ne pourrais jamais me pardonner s'il y avait un problème et que je n'aie pas insisté.

*Merde.*

— Oui, d'accord. Bien. Mais je n'ai pas besoin…

— Merci.

Un moment de silence suivit. Puis il se pencha et l'embrassa sur la bouche.

# Chapitre 36

De l'autre côté, Viszs avait les yeux posés sur Cormia et une furieuse envie de se tirer une balle dans le pied. À la suite de l'aveu tremblant de l'Élue, il se sentait affreusement mal. L'idée ne l'avait pas même effleuré qu'elle n'ait jamais vu que des femelles mais, si elle était née juste après la mort du dernier Primâle, comment aurait-elle pu rencontrer un membre du sexe opposé ?

Bien entendu qu'elle était terrorisée.

— Bordel, marmonna-t-il, tirant sur sa cigarette avec force puis la tapotant pour en faire tomber la cendre. (Il salissait la scène en marbre de l'amphithéâtre, mais c'était bien le dernier de ses soucis.) Je ne me rendais pas du tout compte combien ce serait difficile pour toi. J'ai présumé…

Il avait présumé qu'elle serait impatiente de sauter entre les draps avec lui ou un truc du genre. En fait, ils étaient tous deux logés à la même enseigne.

— Oui, je suis profondément et sincèrement désolé.

Cormia le regarda avec étonnement et ses yeux verts, de la couleur du jade, étincelèrent.

— Est-ce que tu souhaites cette… ? dit-il en faisant aller et venir entre eux la main qui tenait la cigarette. Cette union, je veux dire ?

Elle resta silencieuse et il secoua la tête.

— Écoute, je le vois dans tes yeux. Tu veux fuir loin de moi et pas seulement parce que tu as peur. Tu veux fuir ce que nous sommes censés faire, c'est ça ?

Elle se cacha le visage dans les mains, les lourds plis de la robe remontant sur ses bras minces et donnant l'impression de littéralement étouffer le creux de ses coudes.

— Je supporterais pas de décevoir les Élues. Je… je ferai ce que je dois faire pour le bien de tous, fit-elle d'une toute petite voix.

Eh bien, si ce n'était pas la même rengaine en ce qui le concernait.

— Et moi de même, murmura-t-il.

Ils n'ajoutèrent rien et il ne savait pas quoi faire. Déjà qu'il ne savait pas y faire avec les femelles, c'était désormais encore pire, car il était anéanti d'avoir dû renoncer à Jane.

Il tourna brusquement la tête, se rendant compte qu'ils n'étaient pas seuls.

— Toi, derrière la colonne. Montre-toi. *Immédiatement.*

Une Élue s'avança, la tête baissée, crispée sous sa traditionnelle tunique blanche.

— Votre Grâce.

— Qu'est-ce que tu fais ici ?

Comme elle regardait docilement le sol de marbre, il pensa : *Épargnez-moi la servilité.* Curieux que, pendant l'acte sexuel, il l'ait toujours exigée. À présent, cette attitude l'exaspérait au plus haut point.

— J'ose espérer que tu es venue pour la réconforter, gronda-t-il. Si c'est pour autre chose, tu ferais bien de débarrasser le plancher, et vite fait.

— C'est pour la réconforter, répondit-elle d'une voix douce. Je m'inquiète pour elle.

— Comment t'appelles-tu ?

— Élue.

— Oh, pour… (Cormia et elle sursautèrent et il essaya de contrôler sa frustration.) Quel est *ton* nom ?

— Amalya.

— Bon, alors, Amalya, je veux que tu t'occupes d'elle en attendant mon retour. C'est un ordre.

Pendant que l'Élue faisait toute une série de révérences et de promesses, il prit une dernière bouffée de sa cigarette, puis lécha deux de ses doigts et les pressa sur le bout incandescent pour l'éteindre. Il fourra le mégot dans la poche de sa veste et se demanda bêtement pourquoi tout le monde devait porter ces espèces de pyjama de l'autre côté.

— Je serai de retour dans deux jours, annonça-t-il à Cormia en la regardant.

Il s'en alla sans se retourner. Il évita le chemin de soie qui avait été déployé et foula l'herbe blanche pour escalader la colline. En arrivant dans le patio de la Vierge scribe, il espéra qu'il n'allait pas tomber sur elle et remercia le ciel qu'elle ne soit nulle part en vue. Un face-à-face avec sa harpie de mère serait vraiment le bouquet.

Sous le regard vif et curieux de tous les oiseaux chanteurs, il se propulsa dans le monde réel, mais ne retourna pas à la grande maison.

Il se rendit exactement où il devait aller : il se matérialisa dans la rue où vivait Jane, en face de sa résidence. C'était une très mauvaise idée, il le savait bien, mais il était fou de chagrin et ne pensait pas de manière rationnelle. Et puis, de toute façon, il se foutait de tout, même des frontières séparant les humains de son espèce et qu'il ne fallait pas franchir.

La nuit était froide et il était très peu couvert, ne portant que ses ridicules vêtements de cérémonie, mais peu lui importait. Il était tellement hébété et perturbé qu'il aurait pu être nu au milieu de la tourmente sans rien remarquer…

*Bordel de…*

Une voiture était garée dans la petite allée qui menait à la porte d'entrée de Jane. Une Porsche Carrera 4S. La même que Z., sauf que la sienne était gris foncé et celle-ci était gris métallisé.

V. n'avait pas eu l'intention de s'approcher davantage, mais ses bonnes résolutions tombèrent à l'eau quand il inspira et capta l'odeur d'un mâle émanant de la décapotable. C'était ce toubib, celui qui avait fait le joli cœur avec elle dans la chambre d'hôpital.

V. se matérialisa derrière l'érable qui se trouvait dans le petit jardin de Jane et regarda par la fenêtre de la cuisine. La cafetière était allumée, le sucre était sorti, deux cuillers étaient posées sur le comptoir.

*Oh non, non, bordel de putain de merde, non.*

Il ne voyait pas grand-chose du reste de l'appartement, et il essaya de trouver un meilleur point de vue, ses pieds nus protestant violemment comme il faisait crisser les plaques de neige glacée. Il remarqua qu'une vieille femme de l'appartement voisin l'observait depuis sa fenêtre, et il répandit de la *brhume* par précaution, et aussi parce qu'il se dit qu'il ferait bien de faire quelque chose susceptible d'indiquer qu'il avait encore un cerveau.

Espionner Jane de cette façon relevait vraiment du délire profond.

Il arriva devant les fenêtres qui donnaient sur l'arrière de l'appartement et put jeter un coup d'œil dans la salle de séjour. Et c'est alors qu'il vit la mort d'un autre aussi clairement que s'il avait commis le meurtre en temps réel : ce mâle humain, le docteur, était à genoux tout près de Jane, assise sur le canapé. Le type avait une main sur son visage, l'autre sur son cou et il était concentré sur sa bouche.

V. perdit tous ses moyens, oublia la *brhume* qui s'évanouit donc et agit spontanément. Sans réfléchir. Sans hésiter.

Il n'était plus animé que de l'instinct aveuglé du mâle alors qu'il se précipitait vers les portes-fenêtres, prêt à tuer…

Mais à ce moment précis, Butch surgit miraculeusement, déraillant l'attaque en le ceinturant et en l'entraînant à l'écart de l'appartement. C'était une initiative dangereuse, même entre meilleurs amis. À moins d'être un poids lourd, personne ne s'interposait entre un mâle lié et la cible de ce type d'agressivité. L'instinct d'attaque de V. changea instantanément de focus. Il dénuda ses canines, se rua sur son meilleur et plus proche ami et le frappa sur le côté de la tête.

L'Irlandais lâcha V. comme s'il était une ruche pleine d'abeilles, et lui balança un crochet qui l'atteignit au menton. Il encaissa le coup, mais ses dents s'entrechoquèrent et il entendit les cloches sonner, puis il s'enflamma comme une prairie sèche.

— La *brhume*, enfoiré, cracha Butch. Répands la *brhume*.

V. créa la nuée protectrice et les deux mâles se jetèrent l'un sur l'autre. Le sang giclait des nez et des bouches tandis que les coups pleuvaient de tous les côtés. À un moment, V. se rendit compte que ce déchaînement n'était pas dû qu'à la perte de Jane, mais parce qu'il était désormais totalement seul. Même avec Butch à ses côtés, ce ne serait plus la même chose sans elle, et il avait l'impression d'avoir tout perdu.

Quand ils eurent terminé, le flic et lui restèrent étendus sur le dos, l'un à côté de l'autre, soufflant comme des phoques, couverts d'une sueur qui ne séchait pas mais gelait littéralement sur eux. Merde, V. pouvait déjà sentir les boursouflures : ses phalanges et son visage commençaient à se transformer en bonhomme Michelin.

— J'ai besoin d'une cigarette, remarqua V. en toussant doucement.

— Et moi d'un pack de glace et de crème antiseptique.

V. roula sur le côté, cracha un peu de sang, puis reprit la même position sur le dos. Il s'essuya la bouche du dos de la main.

— Merci, j'en avais bien besoin.

— Pas de pr…, grogna Butch. Pas de problème. Bordel, t'étais vraiment obligé de me frapper aussi fort dans le foie ? Comme si le whisky n'avait pas déjà fait suffisamment de dégâts.

— Comment t'as su où j'étais ?

— Où d'autre ? Fhurie est revenu seul et a raconté ce qui se passait de l'autre côté. Je me suis dit que tu finirais par venir ici. (Butch fit craquer son épaule et lâcha un juron.) Et puis faut bien dire que le policier que j'ai encore en moi a des antennes pour capter les abrutis. Et sans vouloir te vexer, ce n'est pas ce soir que tu gagneras le prix de l'intelligence.

— Je crois bien que j'aurais tué cet homme.

— Je n'en doute pas un instant.

V. releva la tête. Quand il constata qu'il ne pouvait pas voir à l'intérieur de chez Jane, il s'appuya sur les coudes afin d'avoir un meilleur point de vue. Le canapé était vide.

Il se laissa retomber sur le sol. Étaient-ils en train de faire l'amour dans son lit, à l'étage ? en ce moment même ? pendant qu'il était écroulé sur sa putain de pelouse ?

— Merde, je ne peux pas gérer tout ça.

— Je suis désolé, V. Vraiment. (Butch se racla la gorge.) Écoute… il vaudrait peut-être mieux que tu ne viennes plus ici.

— Dixit l'enfoiré qui passait devant chez Marissa tous les soirs pendant Dieu sait combien de mois ?

— C'est dangereux, V. Pour elle.

V. jeta un regard noir à son meilleur ami.

— Si tu continues à insister pour faire preuve de bon sens, je ne vais plus te fréquenter.

Butch eut un sourire un peu tordu : il avait la lèvre fendue.

— Désolé, vieux, tu ne te débarrasseras pas si facilement de moi, même si tu fais tout pour.

V. cligna des yeux, horrifié en pensant à ce qu'il s'apprêtait à dire.

— Bordel, tu n'es pas loin de la canonisation, tu le sais ? Tu es toujours là quand j'ai besoin de toi. Toujours. Même quand je...

— Même quand tu quoi ?

— Tu sais bien.

— Quoi ?

— Merde. Même quand j'étais amoureux de toi.

Butch plaqua ses mains contre sa poitrine.

— Étais ? Étais ? Je ne peux pas croire que tu te sois lassé de moi ! (Il jeta un bras devant ses yeux dans un geste théâtral, digne de Sarah Bernhardt.) Tu brises les rêves que j'avais de notre futur.

— Ferme-la, flic.

Butch le regarda par-dessous son bras.

— Tu plaisantes ? L'émission de téléréalité que j'avais imaginée était fabuleuse. J'allais essayer de la vendre : *Deux morsures valent mieux qu'une*. On aurait gagné des millions.

— Oh, pour l'amour du...

Butch roula sur le côté et retrouva son sérieux.

— Écoute, V., le truc, c'est que toi et moi, c'est pour la vie, et pas seulement à cause de la malédiction qui m'a frappé. Je ne sais pas si je crois en la providence et tout ce bordel, mais nos routes se sont croisées pour une raison. Et pour ce qui est de ton attirance pour moi, je crois surtout que c'était la première fois de ta vie que tu t'intéressais vraiment à quelqu'un.

— Arrête tout de suite. Ton bla bla affectueux va me donner de l'urticaire.

— Tu sais que j'ai raison.

— Va te faire foutre, docteur Freud.

— Bon, je suis heureux qu'on soit d'accord, toi et moi. (Butch fronça les sourcils.) Dis donc, vu que tu ne vas plus être ma parfaite ménagère, peut-être que je pourrais avoir une émission-débat et l'appeler *Une heure avec O'Neal*. Ça en jette, non ?

— D'abord, c'est toi qui aurais fait la parfaite ménagère…

— Oublie ça. Pas question que je sois en dessous.

— Peu importe. Et deuxièmement, je ne pense pas qu'il y ait un public qui partage ta manière de voir les choses.

— C'est complètement faux.

— Butch, toi et moi, on vient de se foutre sur la gueule, grave.

— C'est toi qui as commencé. Et d'ailleurs, ça me donne une autre idée d'émission : entre arts martiaux et talk-show. Quel génie je fais !

— Cause toujours, oui.

Butch éclata de rire, mais une rafale de vent qui balaya le jardin lui fit retrouver son sérieux.

— Écoute, vieux, je m'amuse bien, mais je ne crois pas que mon bronzage s'améliore beaucoup, étant donné qu'il fait nuit noire.

— Tu n'es pas bronzé.

— Tu vois ? Cette conversation ne mène à rien. Alors, si on rentrait ? (Une longue pause suivit.) Merde… tu ne rentres pas avec moi, c'est ça ?

— Je n'ai plus envie de tuer personne.

— Oh, super, l'idée que tu puisses te contenter de rendre ce type paraplégique me donne vachement envie de te laisser seul ici. (Butch s'assit en lâchant un juron.) Cela te dérangerait que je voie au moins s'il est parti ?

— Tu crois que j'ai vraiment envie de savoir ?

— Je reviens tout de suite. (Butch grogna et se leva comme s'il venait d'avoir un accident, raide et avec un peu de mal à marcher.) Bordel, ça va faire mal pendant un moment.

— Tu es un vampire maintenant. Tu seras complètement remis en deux temps, trois mouvements.

— Ce n'est pas la question. Marissa va nous tuer quand elle va savoir qu'on s'est battus.

V. fit une grimace.

— Mince. Ça, ça va faire mal, pas vrai ?

— Oui. (Butch s'éloigna en boitillant.) Elle va nous passer un sacré savon.

V. leva les yeux vers le premier étage de la résidence et n'arriva pas à décider si c'était bon ou mauvais signe que les lumières ne soient pas allumées. Il ferma les yeux et pria pour que la Porsche ne soit plus là… même s'il n'en savait vraiment rien. Putain, Butch avait raison. Traîner ainsi autour de la résidence de Jane était le meilleur moyen de s'attirer des ennuis. Il fallait que ce soit la dernière fois…

— Il est parti, annonça Butch.

V. poussa un soupir de soulagement comme un pneu qui se dégonfle, puis se rendit compte qu'il n'obtenait qu'un répit d'un soir. Un jour ou l'autre, elle serait avec quelqu'un d'autre.

Un jour ou l'autre, elle serait probablement avec ce toubib.

V. releva la tête, puis la projeta en arrière contre le sol gelé.

— Je ne crois pas que je puisse faire ça. Je ne crois pas pouvoir vivre sans elle.

— T'as le choix ?

*Non*, pensa-t-il. *Je n'ai absolument pas le choix.*

Quand on y réfléchissait, ce mot n'aurait jamais dû être utilisé pour parler des destinées des êtres. Jamais. Le mot « choix » aurait dû être relégué à la télé et aux repas. On choisissait une chaîne plutôt que l'autre, un steak au lieu de poulet. Mais porter le concept plus loin que la cuisine ou la télécommande, non, ça n'allait pas.

— Rentre, Butch. Je ne vais pas faire de conneries.

— Pas davantage de conneries, tu veux dire.

— Me fait pas chier avec la sémantique.

— Sachant que tu parles seize langues, je te trouve gonflé de dire ça. (Butch inspira profondément, puis attendit.) Bon, eh bien je te verrai à la Fosse, alors.

— Oui. (V. se mit debout.) Je serai de retour dans un moment.

Jane se retourna dans son lit, réveillée par son instinct. Elle n'était pas seule dans sa chambre. Elle s'assit, le cœur battant la chamade. Elle ne distinguait rien, mais les ombres projetées par la lumière du couloir offraient de nombreuses cachettes derrière la commode, la porte à moitié ouverte et le fauteuil à côté de la fenêtre.

— Qui est là ?

Rien que le silence. Mais elle n'était pas seule, c'était certain.

Elle déplora de s'être couchée nue.

— Qui est là ?

Rien. Juste le bruit de sa respiration.

Elle agrippa la couette d'une main crispée et inspira profondément. Une merveilleuse odeur flottait dans l'air… riche et sensuelle, voluptueuse et possessive. Elle inspira de nouveau et quelque chose s'éveilla dans son cerveau, reconnaissant le parfum. C'était une odeur d'homme. Non… c'était plus qu'un homme.

— Je vous connais. (Jane sentit son corps palpiter instantanément, s'épanouir… mais aussitôt elle ressentit un grand chagrin, une douleur telle qu'elle en suffoqua.) Oh, mon Dieu… toi…

Le mal de tête déferla, lui perça le crâne, et elle se promit de passer ce scanner le plus vite possible. Elle se saisit la tête à deux mains en gémissant, se préparant à ce qui allait probablement se traduire en des heures de calvaire.

Sauf que la douleur s'évanouit presque tout de suite… et elle aussi. Elle sombra dans le sommeil, un sommeil qui l'enveloppa, l'apaisa.

Juste après, une main d'homme toucha ses cheveux. Son visage. Sa bouche.

Sa chaleur et son amour comblèrent le vide qu'elle sentait dans son cœur. C'était comme si sa vie avait explosé dans un terrible accident de voiture, mais à présent elle était réparée, le moteur refait, les pare-chocs fixés, le pare-brise remplacé.

Sauf que la main se retira.

Au milieu de son sommeil, elle essaya de l'attraper.

— Reste avec moi. Je t'en prie, reste avec moi.

Une main énorme enveloppa la sienne, mais la réponse allait être négative. Même si l'homme ne dit rien, elle savait qu'il ne resterait pas.

— S'il te plaît…, supplia-t-elle, les yeux s'emplissant de larmes. Ne t'en va pas.

Elle sentit qu'on lui lâchait la main et elle poussa un cri en essayant de se projeter en avant.

Les couvertures bruissèrent et de l'air froid s'engouffra, ainsi que le corps d'un homme immense. Elle se colla avec désespoir à la chaleur dure de ce corps, et enfouit son visage dans un cou qui sentait les épices mystérieuses et exotiques. Des bras puissants l'entourèrent et la serrèrent.

Quand elle se pelotonna encore plus près… elle sentit une érection.

Dans le rêve, Jane agit vite et sans hésiter, comme si elle avait tous les droits de faire ce qu'elle fit : elle plongea la main entre eux et saisit le membre qui se tendait et s'allongeait.

Le corps massif tressaillit et elle ordonna :

— Donne-moi ce que je veux.

Et il ne se fit pas davantage prier pour obéir.

Elle se retrouva sur le dos, les jambes écartées, une main immense se posa sur son sexe. Elle jouit immédiatement, se tordant sur le matelas et criant de plaisir. Avant que les sensations s'estompent, les draps furent arrachés du lit et il posa sa bouche sur sa fente, entre ses cuisses ouvertes. Elle saisit des cheveux épais et s'abandonna à ses caresses.

Tandis qu'elle jouissait une deuxième fois, il releva la tête. Le bruit de vêtements que l'on retire suivit, puis…

Jane poussa une exclamation étouffée au moment où il la pénétra profondément, l'amenant au seuil de la douleur, mais elle adorait ce qui se passait… surtout quand une bouche prit la sienne et que le membre épais et dur commença à aller et venir en elle. Elle s'agrippa à un dos qui oscillait au rythme des coups de reins.

Au milieu du rêve, elle pensa que c'était ça, la cause de sa peine, de son chagrin. Cet homme était la raison de la douleur dans sa poitrine.

Ou plus précisément, la perte de cet homme.

Viszs savait que ce qu'il faisait n'était pas bien. Faire l'amour ainsi à Jane en revenait à tricher, puisqu'elle ne savait pas vraiment qui il était. Mais il ne pouvait pas s'arrêter.

Ses baisers se firent encore plus passionnés, il la pénétra encore plus loin. L'orgasme déferla sur lui comme un incendie et le chauffa à blanc, puis un soubresaut de son sexe entraîna son éjaculation. Ils jouirent à l'unisson et il l'inonda, prolongeant l'extase autant qu'il le put avant de retomber sur elle avec des frissons.

Il se retira et regarda les yeux fermés de la femme qu'il aimait, la plongeant dans un sommeil encore plus profond. Elle penserait que ce qui s'était passé n'était rien de plus qu'un rêve érotique, un fantasme excitant et particulièrement frappant. Elle ne saurait toutefois pas qui il était. Ne pourrait pas le savoir. Jane avait une force mentale exceptionnelle, et elle pourrait bien perdre la raison dans cette lutte entre les souvenirs qu'il avait enfouis, cachés et ce qu'elle ressentait lorsqu'il était près d'elle.

Il abandonna le corps de Jane et sortit du lit. Tandis qu'il réarrangeait les draps et les couvertures, il enfila son pantalon et eut le sentiment qu'il s'arrachait la peau.

Il se pencha, posa ses lèvres sur son front et murmura :

— Je t'aime. Pour toujours.

Avant de partir, il passa la chambre en revue, puis entra dans la salle de bains. Il ne pouvait pas s'en empêcher. Il n'avait pas l'intention de revenir ici et il voulait conserver des images de son intimité.

L'étage était bien plus à son image que le rez-de-chaussée. Là, tout était simple et net, les meubles discrets, les murs n'étaient pas recouverts de tableaux académiques. La seule extravagance, et V. en était enchanté car il cultivait la même dans sa chambre : des livres s'empilaient partout. Dans la chambre de Jane, une bibliothèque recouvrait le mur du sol au plafond, chaque rayonnage rempli d'ouvrages de science, de philosophie et de mathématiques. Dans le vestibule, des piles de livres étaient à l'abri de la poussière dans une armoire vitrée de près de trois mètres de hauteur. On pouvait y voir des volumes de Shelley et Keats, Dickens, Hemingway, Marchand, Fitzgerald. Il y en avait même dans la salle de bains, à côté de la baignoire. Quand elle prenait un bain, elle semblait apprécier d'avoir quelques ouvrages à portée de la main.

Elle aimait Shakespeare, aussi, apparemment. Un choix que V. approuvait.

C'était vraiment le genre de décoration qu'il aimait bien. Un esprit actif n'avait pas besoin de distractions autour de lui. Il lui fallait une collection de bons livres et une bonne lampe. Du pain et un peu de fromage à la rigueur. Mais c'était tout.

Il se tourna pour sortir de la salle de bains et aperçut le miroir accroché au-dessus des deux lavabos. Il l'imagina devant, en train de se peigner, de se brosser les dents, de se couper les ongles.

Des gestes de la vie quotidienne, ce que les gens faisaient chaque jour, partout dans le monde, vampires et humains ; la preuve que, pour ce qui était de certaines activités prosaïques, les deux espèces n'étaient pas si différentes, en fin de compte.

Il aurait pu tuer pour la voir les accomplir une seule fois.

Mieux encore, il voulait les faire avec elle. Le lavabo de Jane. Celui de V. Peut-être qu'ils se chamailleraient parce qu'il aurait fait tomber le fil dentaire usagé sur le bord de la poubelle sans vérifier qu'il était bien tombé dedans.

La vie. Ensemble.

Il avança la main, posa un doigt sur le miroir et le passa sur le verre. Puis il se força à se dématérialiser sans retourner au chevet de Jane.

Comme il disparaissait pour de bon cette fois-ci, il savait que, s'il avait été un mâle capable de pleurer, il serait en train de verser des torrents de larmes. Mais à la place, il pensa à la bouteille de Grey Goose qui l'attendait à la Fosse. Il avait l'intention de se bourrer la gueule pendant les deux jours à venir.

Il faudrait qu'ils lui enfilent cette foutue tenue en soie et qu'ils le tiennent debout pour cette maudite cérémonie du Primâle.

# Chapitre 37

À minuit, John était couché et contemplait le plafond. C'était un plafond richement orné, avec beaucoup de moulures et de détails, et il y avait donc de quoi s'occuper un moment. Cela lui faisait penser à un gâteau d'anniversaire, en fait. Non… à un gâteau de mariage plutôt. Surtout parce qu'au centre il y avait un luminaire décoré de nombreuses fioritures qui faisaient penser à ces petites figurines de mariés dont on décorait les pièces montées.

Curieusement, il aimait beaucoup la manière dont tout cela s'agençait. Il n'y connaissait rien en architecture, mais l'exubérance l'attirait, la majestueuse symétrie, l'équilibre entre les motifs chargés et les surfaces lisses…

Bon, est-ce qu'il n'était pas en train d'essayer de gagner du temps ?

*Mince.*

Il s'était réveillé une demi-heure plus tôt à peu près, était allé aux toilettes, puis s'était recouché. Il n'avait pas cours ce soir et aurait dû étudier avant de sortir, mais il n'était pas question de potasser pour l'instant.

Il avait quelque chose à faire.

Et pour le moment, la chose reposait sur son ventre, dure comme la pierre.

Il traînait au lit, se demandant s'il y arriverait. Qu'est-ce qu'il ressentirait ? Si ça lui plairait même. Qu'est-ce qu'il ferait s'il s'amollissait de nouveau ? Bordel, la conversation avec

Z. le taraudait. Si jamais… il n'y arrivait pas, ça indiquerait une déficience.

Oh, pour l'amour de Dieu, il fallait qu'il se jette à l'eau une bonne fois pour toutes.

John posa une main sur sa poitrine et sentit ses poumons se gonfler et se dégonfler et les battements rapides de son cœur. Il descendit sa paume vers le bas en faisant une grimace, se dirigeant vers cette palpitation qui semblait lui parler tant elle était intense. C'était une vraie soif que cette sensation qui mourait d'être soulagée. Et en dessous ? Ses couilles étaient si dures qu'il se dit qu'elles allaient se rompre sous la pression. Il fallait donc qu'il se dépêche, et pas seulement pour vérifier que sa plomberie fonctionnait correctement. Le besoin de se soulager s'était mué en douleur. Il avait franchement mal.

Sa main atteignit son ventre et il la poussa plus bas encore. Sa peau était chaude, douce, glabre et tendue sur des muscles fermes et une ossature puissante. Il ne cessait pas de s'étonner de la taille qu'il faisait désormais. Son abdomen était un véritable terrain de foot.

Il s'arrêta juste avant de toucher son pénis. Puis, il lâcha un juron, empoigna le membre et le serra.

Un gémissement remonta le long de sa poitrine, de sa gorge et s'échappa de sa bouche tandis que son érection tressautait dans sa main. Oh, putain, que c'était bon. Il fit glisser sa poigne plus lentement sur sa queue et sa poitrine se couvrit de sueur. Il avait l'impression d'avoir été placé sous une lampe à rayons infrarouges… non c'était plus exactement une chaleur qui irradiait de son bas-ventre.

Il se cambra pendant qu'il se caressait, se sentant coupable et gêné et érotiquement condamnable. *Oh… c'est tellement bon…* Il trouva un rythme, repoussa les couvertures de son pied et regarda son corps. Avec une fierté quasi illicite, il se contempla, apprécia l'épaisseur de son gland, son énorme taille, la manière dont il le tenait fermement.

*Oh... putain...* Plus vite. Plus vite. Quelques gouttes de lubrifiant transparent et poisseux jaillirent avec un petit bruit de l'extrémité de sa queue et tombèrent dans sa paume. Le fluide glissa le long du membre et fit scintiller l'érection.

*Oh... bordel de...*

De manière imprévue, l'image d'une femelle lui vint... merde, c'était la responsable de la sécurité du *Zero Sum*, la nana vraiment pas commode, et il la vit en haute définition avec sa coupe de mec, ses épaules musclées, son visage pénétrant et son assurance. Dans un moment incroyable d'audace, il les imagina tous les deux au club. Elle l'avait plaqué contre le mur, une main dans son pantalon, et elle l'embrassait avec passion, la langue dans sa bouche.

*Oh... Jésus... Mon Dieu...* sa main montait et descendait le long de son pénis, à présent dur comme du marbre, à une allure folle, et il se voyait en elle.

Le paroxysme de son excitation fut atteint lorsqu'il se la représenta quitter sa bouche et se mettre à genoux. Il la vit descendre la braguette de son jean, sortir sa queue, et la prendre dans sa bouche...

*Nom de Dieu.*

John retomba sur le côté, l'oreiller poussé par terre, il ramena ses genoux. Et il hurla sans émettre le moindre son, se tordant sur son lit tandis que, salve après salve, sa semence chaude giclait partout, sur sa poitrine et le haut de ses cuisses, coulait sur sa main. Il continua à se caresser, les yeux fermés, le visage crispé par le plaisir, les veines du cou gonflées, les poumons brûlants.

Quand il ne resta plus rien, John déglutit, reprit son souffle, et ouvrit les yeux. Il n'en était pas certain, mais il avait l'impression d'avoir joui deux fois. Trois fois peut-être.

*Mince.* Les draps. Il en avait mis partout.

Mais ça en avait valu la peine. C'était géant. Ce truc était… géant.

Sauf qu'il se sentait coupable d'avoir imaginé cette scène. Il mourrait de honte si jamais elle l'apprenait…

Son portable sonna. John s'essuya la main sur les draps et le saisit. C'était un message de Vhif, lui disant de se pointer chez Blay d'ici une demi-heure pour qu'ils puissent arriver au *Zero Sum* à temps pour avoir de l'action.

En pensant à la responsable de la sécurité, il sentit son sexe se tendre de nouveau.

OK, bon ça pouvait devenir un problème, pensa-t-il en regardant son sexe gonflé. Surtout s'il allait au club et voyait cette femelle et… commençait à bander.

Mais bon, il fallait se concentrer sur le positif : tout fonctionnait bien.

John revint doucement sur terre. Oui, tout marchait et il avait aimé ça… en tout cas seul avec lui-même. Mais l'idée de faire ça avec quelqu'un d'autre ?

Ça le laissait toujours aussi indifférent.

Quand Fhurie entra au *Zero Sum* vers 1 heure, il était content de ne pas être avec ses frères. Il avait besoin d'un peu d'intimité pour faire ce qu'il voulait faire.

Il se dirigea vers le carré VIP, s'assit à la table de la Confrérie et commanda un martini, en espérant ardemment qu'aucun des frères ne débarque. Il aurait préféré aller ailleurs, mais le *Zero Sum* était le seul endroit en ville qui offrait ce qu'il recherchait. Il n'avait donc pas le choix.

Le premier martini était bon. Le second, encore meilleur.

Pendant qu'il buvait, des humaines s'approchèrent de la table. La première était brune, ça n'irait donc pas. Cela lui rappellerait trop Bella. La suivante était blonde, ce qui était prometteur, sauf qu'il s'agissait de la fille aux cheveux courts sur laquelle Z. s'était alimenté une fois, et ça ne lui semblait pas une bonne idée. Une autre blonde suivit, mais elle était tellement défoncée qu'il se serait senti coupable, la quatrième était brune et ressemblait à Xena la guerrière et lui fit un peu peur.

C'est alors… qu'une rousse se planta devant la table.

C'était une miniature, elle ne devait pas faire plus d'un mètre soixante-cinq, même juchée sur ses talons aiguilles, mais elle avait une chevelure haut perchée. Moulée dans un bustier rose bonbon et une minijupe, on aurait dit un personnage de bande dessinée.

— T'as envie de t'amuser, mon grand ?

Il changea de position et se dit qu'il ferait bien d'arrêter de faire la fine bouche et de se décider, qu'on n'en parle plus. S'agissait juste de tirer un coup, après tout.

— Peut-être. C'est combien pour la mettre au fond du filet ?

Elle leva la main et toucha ses lèvres avec deux doigts.

— Pour le grand jeu.

Deux cents billets pour se débarrasser de sa virginité. Même pas un dollar par anniversaire ! Quelle affaire !

Fhurie se leva, pas très vaillant.

— C'est bon.

Comme il suivait la prostituée vers le fond du carré VIP, il pensa vaguement que, dans un univers parallèle, il ferait ça pour la première fois avec quelqu'un qu'il aimerait. Ou qui lui importait. Ou qu'il connaissait, du moins. Et ce ne serait pas une affaire de deux cents sacs et de toilettes publiques.

Malheureusement, il se trouvait où il se trouvait.

La femme ouvrit une porte noire laquée et il entra à sa suite. Quand ils furent enfermés, la musique techno s'estompa un peu.

Il lui tendit l'argent, n'en menant pas large.

Elle lui sourit en le prenant.

— Avec vous, ça ne va pas être une corvée. Oh, ces cheveux ! Ce sont des extensions ?

Il secoua la tête.

Quand elle tendit la main vers sa ceinture, il recula violemment et se cogna dans la foutue porte.

— Désolé, fit-il.

Elle le regarda d'un drôle d'air.

— Pas de problème. C'est votre première fois avec quelqu'un comme moi ?

*La première fois tout court.*

— Oui.

— Je vais bien m'occuper de vous.

Elle s'approcha de lui et sa poitrine généreuse se pressa contre son ventre. Il baissa les yeux et regarda le sommet de sa tête. Les racines naissantes étaient foncées.

— Tu es bien monté, susurra-t-elle, plongeant une main dans son pantalon et l'attirant vers elle.

Il s'avança avec la grâce d'un robot, totalement hébété et incrédule quant à ce qu'il allait faire. Mais bon, comment faire autrement ?

Elle recula contre le lavabo et se hissa rapidement et adroitement sur le comptoir. Elle écarta les jambes et sa jupe remonta. Ses bas noirs étaient bordés de dentelle et elle ne portait pas de culotte.

— Pas de baisers, bien entendu, murmura-t-elle, baissant la fermeture Éclair de sa braguette. Enfin, sur la bouche.

Fhurie sentit un courant d'air froid, puis la main de la fille s'insinua dans son boxer. Il tressaillit quand elle saisit sa queue.

Il était venu pour ça, se rappela-t-il à lui-même. C'était ce qu'il avait acheté et payé. Il pouvait le faire.

Le moment était venu de tourner la page. Sur Bella. Sur la chasteté.

— Détends-toi, beau gosse, roucoula la femme d'une voix rauque. Ta femme n'en saura rien. Mon rouge à lèvre ne laisse pas de traces et je ne mets pas de parfum. Alors tu peux tout simplement t'amuser.

Fhurie déglutit. *Je peux le faire.*

John sortit de la BMW bleu marine, arborant un pantalon noir flambant neuf, une chemise en soie noire et une veste en daim crème coupée comme un blazer. Ces vêtements n'étaient pas les siens. Pas plus que la voiture qui les avait conduits, Vhif et lui, en ville ; ils appartenaient à Blay.

— C'est pas trop tôt cette virée, déclara Vhif tandis qu'ils traversaient le parking.

John jeta un coup d'œil à l'endroit où il avait tué les éradiqueurs. Il se rappela la puissance qu'il avait ressentie, la conviction d'être un combattant, un guerrier… un frère.

Le sentiment avait complètement disparu à présent, comme si quelque chose d'autre se jouait à l'intérieur de lui, comme s'il était possédé. Flanqué de ses amis, il se faisait l'effet d'un gros nul, un moins que rien qui portait les sapes élégantes de son pote, et puis son corps l'encombrait et, à chaque pas, il vacillait un peu.

En arrivant à la hauteur du *Zero Sum*, John se dirigea vers la file d'attente mais Vhif lui fit faire volte-face et s'arrêter.

— On a un passe-droit, tu te souviens ?

Ça, il ne risquait pas de l'oublier. Dès que Vhif prononça le nom de Xhex, l'armoire à glace qui gardait la porte sortit de son apathie et dit quelque chose dans son écouteur. Un centième de seconde plus tard, il faisait un pas de côté pour les laisser passer.

— Elle veut que vous vous installiez à l'arrière. Dans le carré VIP. Vous connaissez le chemin ?

— Oui, bien sûr, répondit Vhif en prenant la main du gars pour la lui serrer.

— Merci, l'ami.

Vhif lui donna une claque sur l'épaule et s'engouffra dans le club, suave et sûr de lui.

John lui emboîta le pas sans essayer d'adopter la démarche assurée de Vhif. Et il fit bien car, alors qu'il s'apprêtait à franchir le seuil de la porte, il trébucha, tangua, puis tomba en arrière et, en essayant de se rattraper, rentra dans un type qui faisait la queue. L'individu qui tournait le dos à la porte, tout occupé qu'il était à draguer une nana, fit volte-face, furieux.

— Bordel de… (Le type se figea en voyant John, les yeux lui sortant presque des orbites.) Ah, oui… euh… pardon, c'est ma faute.

John hésita devant sa réaction, puis il sentit la main de Blay se poser sur sa nuque.

— Allez, John, viens.

John se laissa conduire à l'intérieur, se préparant à l'assaut de la cacophonie du club et prêt à être englouti par la foule. C'était bizarre, cependant. Il regarda autour de lui et l'ensemble était bien moins écrasant. Évidemment, il examinait désormais la foule du haut de ses deux mètres et des poussières.

Vhif examina la salle.

— Au fond. C'est où, exactement ?

— Je croyais que tu savais, fit Blay.

— Ben non, je voulais pas passer pour un con. Oh, attendez, je pense avoir trouvé. (Il fit un signe de tête en direction d'une zone fermée par un cordon devant laquelle deux gorilles étaient postés.) Si ça ne crie pas « VIP », ça ! Après vous, mesdemoiselles.

Vhif s'approcha avec désinvolture, dit deux mots au videur et le cordon fut immédiatement écarté, puis les trois amis firent une entrée remarquée.

Enfin Blay et Vhif frimaient, John, quant à lui, essayait surtout de ne bousculer personne d'autre. Il avait eu de la chance que le gars de la file d'attente soit une poule mouillée. La prochaine fois, avec son bol, il tomberait sur un tueur à gages. Armé, en plus.

Le carré VIP bénéficiait de son propre bar et de son propre personnel, et ses serveuses avaient l'allure de stripteaseuses de luxe. Elles exhibaient leurs charmes et paradaient sur leurs hauts, très hauts talons. Les hommes étaient tous en costard, et les femmes portaient des trucs très chers et très minimalistes. C'était un groupe tape-à-l'œil, des fêtards… et John ne se sentait vraiment pas à sa place, un imposteur presque.

Les deux côtés de la salle étaient bordés de banquettes et trois d'entre elles étaient libres. Vhif choisit celle qui était la plus retirée.

— C'est la meilleure place, déclara-t-il. À côté de la sortie de secours. Dans la pénombre.

Deux verres de martini étaient posés sur la table, mais ils s'assirent quand même, et une serveuse vint débarrasser. Blay et Vhif commandèrent des bières. John préféra s'abstenir, pensant qu'il était préférable de rester sobre ce soir.

Ils étaient installés depuis cinq minutes, et Blay et Vhif avaient à peine trempé les lèvres dans leur Corona qu'une voix féminine s'éleva :

— Bonsoir, jolis cœurs.

Ils levèrent tous les trois la tête sur la Wonder Woman blonde qui se tenait devant eux. Elle était canon, du genre Pamela Anderson, plus de seins qu'autre chose.

— Salut, beauté, fit Vhif d'une voix traînante. C'est quoi ton petit nom ?

— Douce Charité. (Elle posa les deux mains sur la table et se pencha, projetant sa poitrine parfaite, son bronzage de salon et ses dents étincelantes de blancheur.) Tu veux savoir pourquoi ?

— J'en meurs d'envie.

— Parce que je suis délicieuse et trèèès généreuse, roucoula-t-elle en se penchant encore un peu plus.

Vhif sourit avec gourmandise.

— Alors viens t'asseoir à côté de…

— Les garçons, fit une voix grave.

Mon Dieu. Un type immense s'était approché de leur table et John n'avait pas l'impression que ce soit une bonne chose. Avec son superbe costume noir, ses yeux améthyste au regard dur et sa crête iroquoise au ras du crâne, il avait l'air d'être à la fois un voyou et un gentleman.

Bon, c'était un vampire, pensa John. Il ne savait pas exactement comment il le savait, mais il en était sûr et pas seulement à cause de sa stature. Le type renvoyait les mêmes vibrations que les frères : une puissance contenue mais à fleur de peau.

— Charité, tu vas pêcher ailleurs, tu vois ce que je veux dire ? fit le mâle.

La blonde eut l'air un peu déçue en s'écartant de Vhif, qui n'avait pas l'air ravi. Sauf qu'elle partit vite fait et… merde elle recommença le même manège deux banquettes plus loin.

L'expression de Vhif se détendit un peu et le mâle à la crête se pencha et dit :

— Eh oui, elle ne recherchait pas seulement le plaisir de ta compagnie, mon grand. C'est une pro, comme la plupart des femmes que tu vois dans cette salle. Alors à moins de vouloir payer pour tirer un coup, va plutôt du côté public, choisis quelques filles et ramène-les ici, ça marche ? (Le type sourit, révélant d'impressionnantes canines.) Au fait, je suis le propriétaire du club et, quand vous êtes ici, je suis responsable de vous. Alors facilitez-moi la tâche et faites pas les zouaves. (Avant de s'éloigner, il regarda John.) Zadiste te passe le bonjour.

Il quitta leur table sur ces mots et se dirigea vers une porte située tout au fond et qui ne portait aucune inscription, observant tout et tout le monde au passage.

John se demanda comment le gars connaissait Z. et se dit que, quelle que soit leur relation, le colosse à la crête était quelqu'un qu'on voulait de son côté.

Sinon, l'achat d'un gilet pare-balles était sûrement le truc à faire.

Ou mieux encore, quitter le pays.

— Bien, dit Vhif, c'est un tuyau important. Merde.

— Euh, oui. (Blay se tortilla sur son siège quand une autre blonde passa devant leur table.) Alors… euh, vous voulez qu'on aille de l'autre côté ?

— Blay, petite salope. (Vhif s'empressa de quitter la banquette.) Bien sûr que je veux. John…

— *Je vais rester ici*, signa-t-il. *Garder notre table, quoi.*

Vhif lui donna une tape sur l'épaule.

— Bien. On te rapportera quelque chose du buffet.

John secoua frénétiquement la tête, mais ses amis étaient déjà partis. Oh, non. Il aurait dû rester chez lui. Il n'aurait *vraiment* pas dû venir ici.

Une brune s'approcha avec entrain et il baissa vite les yeux, mais elle ne s'arrêta pas, et aucune des autres non plus… comme si le propriétaire avait dit à toutes les femmes de les laisser tranquilles. Ce qui était un soulagement. Parce que la brune ? On aurait dit qu'elle aurait pu manger un homme tout cru, et c'était pas forcément un compliment.

John croisa les bras sur la poitrine et s'adossa contre le siège en cuir, les yeux rivés sur les bières. Il sentait que des gens le regardaient et se demandaient, sans doute, ce qu'il pouvait bien foutre ici. Ce qui était logique. Il n'était pas comme Blay et Vhif et ne pouvait pas prétendre l'être. La musique, l'alcool et le sexe ne le stimulaient pas, ils lui donnaient envie de disparaître.

Il envisageait sérieusement de se tirer quand il fut soudain traversé d'une vague de chaleur. Il leva les yeux vers le plafond, se demandant s'il était assis sous une bouche de distribution d'air et si le chauffage venait de se remettre en marche.

Non.

Il jeta un coup d'œil autour…

Oh, merde. La responsable de la sécurité venait de passer derrière le cordon de velours qui séparait le carré VIP du reste du club.

Les lumières tamisées l'éclairèrent et John déglutit. Elle portait la même tenue que la première fois qu'il l'avait vue, un débardeur qui soulignait ses bras musclés et un pantalon de cuir qui moulait ses hanches et cuisses fuselées. Elle s'était fait couper un peu les cheveux et la coupe en brosse étincelait.

À la seconde même où leurs regards se croisaient, il détourna le regard, rouge comme une tomate. Paniqué, il se dit qu'elle allait deviner ce qu'il avait fait un peu plus tôt en pensant à elle. Elle allait savoir qu'il… qu'il avait éjaculé en fantasmant sur elle.

Bon sang, si seulement il avait un verre pour se donner une contenance. Et des compresses froides pour ses joues.

Il saisit la bière de Blay et avala une gorgée, sentant qu'elle s'approchait. Il n'arrivait pas à décider ce qui serait pire : qu'elle s'arrête… ou qu'elle ne s'arrête pas.

— De retour, mais pas le même look. (Sa voix basse évoquait la braise, et il s'empourpra davantage.) Félicitations.

Il se racla la gorge. Ce qui était stupide, puisqu'il était muet.

Se sentant vraiment idiot, il articula silencieusement, « merci ».

— Tes amis sont à la pêche ?

Il fit signe que oui, puis prit une autre gorgée de Corona.

— Pas toi ? Ou est-ce qu'ils vont te rapporter quelque chose ? (L'extraordinaire voix de Xhex était terriblement sensuelle et lui donnait des picotements dans tout le corps… et faisait durcir son pénis.) Bon, au cas où tu ne serais pas au courant, les toilettes là-bas, au fond, sont un peu plus spacieuses et préservent un peu mieux l'intimité. (Elle rit doucement, comme si elle savait qu'il était excité.) Amuse-toi avec les filles, mais ne fais pas de bêtises, et tu ne me verras pas.

Elle s'éloigna et la foule s'écarta devant elle, des hommes bâtis comme des joueurs de rugby la laissaient passer. John la suivit des yeux et sentit que son pantalon se tendait brusquement au niveau de la braguette… Il bandait comme un cerf, son membre aussi épais que son avant-bras. Il se tortilla sur son siège et la friction de son pantalon lui fit mordre sa lèvre inférieure.

Il mit les mains sous la table pour essayer de réarranger ses bijoux de famille et de soulager la pression contre sa braguette… mais, au moment où il posait la main sur la bosse que formait son érection, il eut soudain en tête l'image de la responsable de la sécurité et il faillit perdre tout contrôle. Il retira sa main en toute hâte au point de la cogner contre la table.

John bougea les hanches pour tenter de soulager la pression mais ne fit qu'empirer les choses. Il se sentait comme sur des charbons ardents, insatisfait, et son humeur tourna rapidement au vinaigre. Il pensa à la séance de masturbation dans son lit et décida que le moment était venu d'en avoir une autre, et tout de suite.

*Oui, tout de suite*, avant qu'il éjacule de nouveau.

Merde, il pourrait peut-être se soulager ici. Il regarda vers le couloir qui disparaissait au fond, avec des portes de chaque côté.

L'un d'elles s'ouvrit justement à ce moment-là.

Une petite rousse, une pro sûrement, sortit en arrangeant ses cheveux et en rajustant son haut et sa minijupe rose vif. Et juste derrière elle suivait… Fhurie ?

Oui, c'était bien lui et il remettait sa chemise dans son pantalon. Les deux ne se dirent pas un mot, la femme se dirigea vers la gauche et engagea la conversation avec un groupe d'hommes, le vampire poursuivit son chemin, manifestement en direction de la sortie.

Quand Fhurie leva les yeux, John le regardait. Après un petit moment de gêne, le guerrier leva la main en guise de salut, puis obliqua en direction d'une sortie de secours et disparut. John avala quelques gorgées de bière, absolument sidéré. Ce n'était sûrement pas pour lui faire un massage du dos que cette fille l'avait emmené dans des chiottes. Mais, il était censé être chaste et…

— Et voilà John.

John tourna vivement la tête. Ça alors ! Blay et Vhif avaient gagné le gros lot. Les trois humaines qui se tenaient à leurs côtés étaient toutes très jolies et pratiquement déshabillées.

Vhif les indiqua chacune du doigt.

— Je te présente Brianna, CiCi, et Liz. Les filles, voici notre pote John. Il parle en utilisant la langue des signes, alors on traduira.

John finit la bière de Blay et se sentit encore une fois frustré que la barrière de communication pointe de nouveau sa vilaine tête. Il réfléchissait à la manière de dire qu'il allait mettre les voiles quand l'une des filles s'assit à côté de lui, et il se retrouva coincé sur la banquette.

Une serveuse s'approcha de la table et prit les commandes. Les conversations et les rires allèrent ensuite bon train, les voix haut perchées des filles se mêlant à la voix grave de Vhif et au rire léger et un peu timide de Blay. John gardait les yeux baissés.

— Vous êtes tellement beau, remarqua soudain une des filles. Vous êtes mannequin ?

La conversation s'interrompit soudain.

Vhif frappa doucement sur la table devant John.

— Hé, J. Elle te parle.

John leva la tête, déconcerté, croisa les yeux vairons de son ami. Vhif indiqua d'un air entendu la fille assise à côté de John, puis écarquilla les yeux l'air de dire « redescends sur terre, vieux, concentre-toi ».

John inspira profondément et jeta un coup d'œil sur sa gauche. La fille le regardait avec… merde avec une dévotion absolue.

— Parce que vous êtes tellement magnifique, ajouta la fille.

Bordel, qu'est-ce qu'il était censé faire ?

Le rouge lui monta aux joues et tout son corps se figea, il signa rapidement à Vhif :

— *Je vais demander à Fritz de venir me chercher. Je dois rentrer.*

Puis il se leva précipitamment, piétinant presque la fille assise à ses côtés. Il ne voulait qu'une chose : se retrouver seul.

# Chapitre 38

Quand le réveil de Jane sonna à 5 heures, elle dut appuyer sur le bouton d'arrêt momentané. Deux fois. En général, elle était debout et sous la douche avant de se rendre vraiment compte qu'elle s'était levée, comme si le « bip bip bip » ne la réveillait pas mais la faisait sauter hors du lit comme un toast du grille-pain. Mais pas aujourd'hui. Aujourd'hui, elle resta allongée et contempla le plafond.

Oh, les rêves qu'elle avait pu faire pendant la nuit… des rêves dans lesquels cet amant fantomatique venait, lui écartait les cuisses, la pénétrait profondément et lui faisait l'amour avec passion. Elle pouvait encore le sentir sur elle, en elle.

Assez. Plus elle pensait à tout ça, plus elle avait cette douleur dans la poitrine, aussi c'est avec un effort surhumain qu'elle dirigea ses pensées sur le boulot. Ce qui, bien sûr, lui fit penser à Manello. Elle n'arrivait pas à croire qu'il l'avait embrassée, et pourtant… il lui en avait planté un sur les lèvres. Et vu qu'elle y avait souvent pensé, s'était même demandé comment ce serait, elle ne l'avait pas repoussé. Il l'avait donc de nouveau embrassée.

Le baiser avait été agréable, ce qui n'avait rien de surprenant. Ce qui l'avait en revanche totalement prise au dépourvu était le fait que ce baiser lui inspire un sentiment de culpabilité. Comme si elle avait trompé quelqu'un.

Son foutu réveil sonna de nouveau et elle le fit taire en lâchant un juron. Dieu qu'elle était fatiguée, pourtant elle avait eu l'impression de se coucher tôt. Enfin, elle avait présumé qu'il était tôt, bien qu'elle ne sache pas exactement quand Manny était parti. Elle se souvenait qu'il l'avait aidée à se lever et à se mettre au lit, mais elle avait l'esprit tellement confus qu'elle ne se rappelait pas quelle heure il était alors, ni combien de temps elle avait mis à s'endormir.

Peu importait.

Elle rejeta les couvertures, se dirigea vers la salle de bains, et ouvrit le robinet de la douche. Comme la vapeur produite par l'eau chaude commençait à troubler l'air, elle ferma la porte, retira son tee-shirt et…

Jane fronça les sourcils en sentant quelque chose couler entre ses cuisses. Elle compta les jours et se dit que ses règles devaient être…

Ce n'était pas ses règles. Elle avait fait l'amour.

La chaleur créée par la vapeur fut remplacée par un courant d'air glacé. Oh… mon Dieu… qu'avait-elle fait ? Mais qu'avait-elle fait ?

Jane fit volte-face, même si elle ne pouvait aller nulle part et… plaqua une main devant sa bouche.

Tracés sur le miroir et révélés par la vapeur, elle pouvait lire les mots « Je t'aime, Jane. »

Elle trébucha en reculant et rencontra la porte.

Merde. Elle avait couché avec Manny Manello. Et n'en avait pas le moindre souvenir.

Fhurie s'assit dans le bureau de Kolher et choisit cette fois le petit fauteuil bleu pâle situé à côté de la cheminée. Il venait de prendre une douche et ses cheveux étaient encore mouillés. Il avait une tasse de café à la main.

Il avait besoin d'un joint.

Le reste de la Confrérie arrivait et il regarda Kolher.

— Ça te dérange si je fume ?

Le roi secoua la tête.

— Je pense même que ce serait un service rendu à la communauté. On pourrait tous bénéficier d'un peu de détente aujourd'hui.

Et c'était vrai. Ils étaient tous perturbés. Posté contre la bibliothèque, Zadiste ne tenait pas en place. Butch était absorbé par l'ordinateur posé sur ses genoux. Kolher avait l'air épuisé, une montagne de papiers devant lui. Rhage faisait les cent pas, incapable de se tenir tranquille, signe que la chasse n'avait pas dû être bonne la nuit passée.

Et Viszs… V. était dans un piètre état. Debout près de la porte, il avait les yeux perdus dans le vague. Froid auparavant, il était désormais glacial, un trou noir dans la pièce. Merde, il était encore plus morose que la veille.

En allumant son joint, Fhurie pensa à Jane et V. et se demanda distraitement comment s'était passé le sexe entre eux. Il imaginait que, s'ils avaient eu des séances où ils avaient baisé comme des bêtes, il y avait aussi eu de merveilleux moments de communion.

Oui, rien à voir certainement avec son expérience dans les toilettes avec la prostituée.

Il se passa la main dans les cheveux. Est-ce qu'on était toujours vierge si on avait pénétré une femelle, mais sans aller jusqu'au bout ? Il ne savait pas. Et de toute façon, il ne risquait pas de poser la question. C'était trop sordide.

Il aurait voulu que ça se soit passé avec quelqu'un qui l'aurait aidé à tourner la page, mais malheureusement non. Il se sentait encore plus piégé, d'autant plus qu'à peine rentré dans la grande maison il avait pensé à Bella, priant de ne pas tomber sur elle alors qu'il portait sur lui l'odeur de cette humaine.

Prendre de la distance allait nécessiter autre chose, c'était sûr.

À moins que… bordel, peut-être que la distance était précisément la solution. Il devrait probablement quitter la maison.

— Bon, commençons, déclara Kolher en ouvrant la réunion. Il passa rapidement en revue plusieurs points concernant la *glymera* ; ensuite, Rhage, Butch et Z. firent des comptes-rendus de ce qui s'était passé sur le terrain, c'est-à-dire pas grand-chose. Les tueurs de vampires ne faisaient pas beaucoup parler d'eux depuis quelques jours, probablement parce que le flic avait tué le grand éradiqueur deux semaines auparavant. C'était donc classique. Chaque fois qu'il y avait un changement de leadership dans la Société, une sorte de trêve survenait dans la guerre qui opposait les vampires et les éradiqueurs, mais elle ne durait jamais longtemps.

Fhurie alluma son second joint et Kolher s'éclaircit la voix.

— Et maintenant… à propos de la cérémonie du Primâle.

Fhurie tira fort sur sa cigarette tandis que V. levait ses yeux de diamant… Bordel… il avait l'air d'avoir pris cent cinquante ans en une semaine, le teint cireux, le front ridé, les lèvres pincées. Il n'avait jamais respiré la joie de vivre, certes, mais à présent on aurait dit que le glas avait sonné pour lui.

— Oui, quoi à propos de la cérémonie ? demanda V.

— J'y serai. (Kolher regarda Fhurie et ajouta :) Fhurie, toi aussi. Nous partirons à minuit ce soir, d'accord ?

Fhurie opina, puis retint son souffle car Viszs semblait avoir l'intention d'ajouter quelque chose. Le corps du frère s'immobilisa, il jeta des regards furtifs autour de la pièce, bougea la mâchoire… mais aucun son ne sortit de sa bouche.

Fhurie expira une longue bouffée et écrasa le joint dans un cendrier en cristal. C'était terrible de voir son frère souffrir ainsi et de savoir qu'on ne pouvait rien faire pour l'aider.

Il se figea tandis qu'un calme étrange descendait sur lui, et n'avait rien à voir avec la fumée rouge.

— Bordel de Dieu, s'exclama Kolher en se frottant les yeux. Sortez d'ici tous. Allez vous détendre. On est tous en train de perdre…

Fhurie prit la parole.

— Viszs, s'il n'y avait pas toute cette histoire de Primâle, tu serais avec Jane, n'est-ce pas ?

V. tourna son regard de diamant vers lui et ses yeux s'étrécirent au point de n'être plus que deux fentes.

— Qu'est-ce que ça vient faire là-dedans, putain ?

— Tu serais avec elle. (Fhurie regarda Kolher.) Et tu lui permettrais, n'est-ce pas ? Enfin, je veux dire, je sais qu'elle est humaine, mais tu as laissé Mary…

V. l'interrompit d'une voix aussi dure que ses yeux, comme s'il n'arrivait pas à croire que Fhurie puisse faire preuve de si peu de jugeotte.

— C'est pas possible, alors laisse tomber, bordel.

— Mais… si, c'est possible.

Les yeux de Viszs projetèrent soudain une intense lueur blanche.

— Sans vouloir t'offenser, je suis sur le point de craquer et la fermer serait vraiment une bonne idée en ce qui te concerne, là, tout de suite.

Rhage alla se mettre à côté de V., sans se faire remarquer, tandis que Zadiste se rapprochait de Fhurie.

— Bon, et si on laissait tomber, hein ? fit Kolher en se levant.

— Non, écoute-moi. (Fhurie se leva de son fauteuil.) La Vierge scribe veut un mâle qui fasse partie de la Confrérie, n'est-ce pas ? À des fins de procréation, d'accord ? Pourquoi est-ce que ça doit être toi ?

— Et qui d'autre ? gronda V. en commençant à adopter une posture d'attaque.

— Pourquoi pas… moi ?

Dans le silence qui suivit, une grenade aurait pu exploser sous le secrétaire de Kolher sans que personne remarque quoi que ce soit. Les membres de la Confrérie le dévisagèrent comme si des cornes venaient de lui pousser sur la tête.

— Eh bien, pourquoi est-ce que je ne pourrais pas être le Primâle ? Elle a juste besoin d'ADN, c'est ça ? Donc n'importe quel frère devrait être en mesure de devenir Primâle. Ma lignée est puissante. Mon sang est pur. Pourquoi est-ce que ça ne pourrait pas être moi ?

— Nom de Dieu, siffla Zadiste.

— Il n'y a aucune raison que je ne puisse pas être Primâle.

L'agressivité de V. s'évapora, et on aurait dit qu'il avait reçu un grand coup sur la tête.

— Mais pourquoi tu ferais un truc pareil ?

— Tu es mon frère. Si je peux arranger ce qui ne va pas, pourquoi ne le ferais-je pas ? Aucune femelle ne m'intéresse. (Il sentit sa gorge se contracter et il se mit à la masser.) Tu es le fils de la Vierge scribe, n'est-ce pas ? Alors tu pourrais lui suggérer ce changement. Elle tuerait probablement n'importe qui d'autre, mais pas toi. Merde, tu pourrais peut-être même simplement lui dire. (Il laissa tomber la main.) Et tu pourrais la rassurer en lui disant que je remplirai mieux le rôle parce que je ne suis amoureux de personne.

V. ne quitta pas le visage de Fhurie de ses yeux de diamant.

— C'est injuste.

— Toute cette situation est injuste. Mais c'est pertinent, non ? (Fhurie tourna le regard vers l'élégant petit secrétaire de facture française et plongea les yeux dans ceux de son roi.) Kolher, qu'est-ce que tu en dis ?

« Putain de bordel » fut la réponse.

— Le mot est juste, maître, mais ce n'est pas vraiment une réponse.

La voix de Kolher devint grave, très grave.

— Tu n'es pas sérieux…

— J'ai deux siècles de chasteté à rattraper. Je ne vois pas de meilleur moyen d'y arriver. (C'était censé être une plaisanterie, mais personne ne rit.) Allez, qui d'autre pourrait le faire ? Vous êtes tous pris. Le seul autre candidat possible serait John Matthew, parce qu'il est le fils d'Audazs, mais John n'est pas un membre de la Confrérie et nous ne savons pas s'il le sera un jour.

— Non. (Zadiste secoua la tête.) Non… ça te tuera.

— Si je meurs en baisant, peut-être, mais ça mis à part, tout ira bien.

— Tu n'auras jamais de vie à toi, si tu fais ça.

— Bien sûr que si. (Fhurie savait très bien où Z. voulait en venir, aussi il se tourna délibérément vers Kolher.) Tu laisseras V. avoir Jane, n'est-ce pas ? Si je fais ça, tu les laisseras être ensemble.

Ce n'était pas très approprié, parce que la coutume voulait qu'on ne donne pas d'ordre au roi, et la loi de même… et puis aussi parce qu'il pouvait vous expédier à l'autre bout de l'État de New York d'un coup de pied au cul. Mais à cet instant précis, Fhurie se souciait assez peu du protocole.

Kolher passa la main sous ses lunettes de soleil et se frotta les yeux un moment. Puis il laissa échapper un profond soupir.

— Si quelqu'un est en mesure de gérer les risques de sécurité inhérents à une relation avec une humaine, c'est bien V. Alors… oui, bordel, je l'autoriserai.

— Alors tu me permettras de prendre sa place. Et il ira parler à la Vierge scribe.

L'antique horloge qui se trouvait dans un coin du bureau se mit à sonner, le carillon régulier comme un cœur qui bat.

Quand elle eut fini de sonner l'heure, ils regardèrent tous Kolher.

— Qu'il en soit ainsi, déclara le roi après un moment.

Zadiste lâcha un juron. Butch siffla. Rhage mordit dans une sucette.

— Très bien, alors, ajouta Fhurie.

*Nom de Dieu, qu'est-ce que je viens de faire ?*

Apparemment ils pensaient tous la même chose, car personne ne bougea ni ne dit mot.

C'est Viszs qui brisa le silence… et il traversa le bureau en courant. Fhurie ne sut pas ce qui lui arrivait. Une seconde, il était sur le point d'allumer un autre joint, la suivante V. lui tombait dessus, l'entourait de ses bras énormes et le serrait à lui faire perdre le souffle.

— Merci, articula Viszs d'une voix rauque. Merci. Même si elle ne te le permet pas, merci, mon frère.

# Chapitre 39

— Tu m'évites, Jane.

Jane leva les yeux de son ordinateur. Manello était planté devant son bureau, les mains sur les hanches, les yeux plissés, une attitude indiquant clairement que rien ne le ferait bouger. Le bureau de Jane était grand, mais il prenait tout l'espace.

— Je ne t'évite pas, j'essaie de me mettre à jour après tout un week-end où je n'ai pas mis les pieds à l'hôpital.

— N'importe quoi. (Il croisa les bras sur sa poitrine.) Il est 16 heures et, à cette heure-là, on a normalement mangé au moins deux repas ensemble. Qu'est-ce qui se passe ?

Elle s'adossa contre son siège. Elle n'avait jamais très bien su mentir, mais c'était une aptitude qu'elle allait essayer de développer, ça ne faisait pas un pli.

— Je suis encore crevée, Manello, et je croule sous le boulot.

Bon, en l'occurrence c'était vrai, mais aussi une bonne excuse pour ne pas parler d'autre chose.

Une longue pause suivit.

— C'est à cause d'hier soir ?

Jane se rembrunit, puis décida de ne plus tergiverser.

— Euh, écoute, puisqu'on en parle. Manny… je suis désolée. Ce qui s'est passé ne se reproduira plus. Tu es formidable, je le pense vraiment. Mais je suis…

Elle ne finit pas la phrase. Elle avait envie de dire qu'elle était amoureuse de quelqu'un d'autre, ou quelque chose comme ça, mais c'était absurde. Elle n'avait personne.

— C'est à cause du département ? demanda-t-il.

*Non, c'est que, pour une raison incompréhensible, ça ne me semblerait pas correct.*

— Tu sais que ce n'est pas possible, même si personne n'est au courant.

— Même si tu t'en vas ?

— Non, je… je ne peux tout simplement pas, ajouta-t-elle en secouant la tête. Je n'aurais pas dû faire l'amour avec toi la nuit dernière.

Il écarquilla les yeux.

— Pardon ?

— Je ne pense pas que…

— Attends, attends. Où vas-tu pêcher que nous avons fait l'amour ?

— Je… j'ai supposé que c'est ce qu'on avait fait.

— Je t'ai embrassée. Il y a eu un moment de gêne. Je suis parti. Pas de sexe. Qu'est-ce qui te fait penser le contraire ?

*Mon Dieu…* Jane agita une main tremblante.

— Des rêves, je suppose. Des rêves vraiment saisissants. Euh… tu veux bien m'excuser ?

— Jane, putain, dis-moi ce qui t'arrive. (Il passa derrière son bureau pour s'approcher d'elle.) Tu as l'air absolument terrifié.

Quand elle leva les yeux vers lui, elle savait qu'elle affichait une expression de terreur, mais elle ne pouvait pas le cacher.

— Je pense… Je pense qu'il est tout à fait possible que je sois en train de perdre la raison. Je ne plaisante pas, Manny. C'est grave, une espèce de schizophrénie. Des hallucinations et une altération de la perception de la réalité et… des trous de mémoire.

Quoique le fait qu'elle ait fait l'amour avec quelqu'un pendant la nuit ne soit pas une vue de l'esprit. À moins que… ? Et merde !

Manny se pencha et posa les mains sur ses épaules.

— On va te trouver quelqu'un à qui parler, dit-il doucement. On va s'en occuper.

— J'ai peur.

Manny lui saisit les mains, la tira pour l'aider à se lever, puis la serra fort contre lui.

— Je suis là.

En le serrant à son tour contre elle, elle ajouta :

— Tu es un type bien, Manello. Tu ferais un bon partenaire. Vraiment.

— Je sais.

Elle rit doucement, le son se perdant dans le cou de Manello.

— Tellement arrogant.

— Non, juste lucide.

Il recula un peu et posa une main sur sa joue, puis la regarda d'un air grave.

— Ça me tue de te dire ça… mais je ne te veux pas au bloc, Jane. Pas dans cet état.

La première réaction de la jeune femme fut de protester, mais elle soupira.

— Qu'est-ce qu'on va dire au personnel ?

— Ça dépend combien de temps ça va durer. En attendant ? Tu as la grippe. (Il repoussa une mèche de cheveux qui s'était échappée derrière l'oreille de Jane.) Voilà ce qu'on va faire. Tu vas parler à un de mes amis qui est psychiatre. Il exerce en Californie, donc personne ne le saura, et je vais l'appeler sur-le-champ. Je vais également prendre rendez-vous pour un scanner. Tu le passeras à *Imaging Associates*, à l'autre bout de la ville, et un soir.

Quand Manello se tourna pour partir, elle lut du chagrin dans ses yeux et, en pensant à la situation, un souvenir tout à fait étrange lui revint en mémoire.

Trois ou quatre ans auparavant, une nuit d'hiver, elle avait quitté l'hôpital tard, l'estomac noué par une drôle de sensation. Quelque chose, une espèce d'instinct, lui disait de rester dormir sur le canapé de son bureau, mais elle avait mis cette inquiétude sur le compte du temps, qui était épouvantable. La pluie cinglante et verglaçante qui était tombée pendant des heures avait transformé Caldwell en patinoire. Qui aurait voulu sortir par un temps pareil ?

Mais son sentiment d'alerte ne l'avait pas quittée. Sur le chemin du parking souterrain, elle avait lutté contre la petite voix dans sa tête, lorsque, enfin au moment où elle avait mis le contact, elle avait eu une vision. L'image était tellement claire que c'était comme si l'événement avait déjà eu lieu et qu'un souvenir refaisait surface : elle se voyait agrippée au volant alors que deux phares l'éblouissaient, droit devant elle. Elle sentait la douleur vive de l'impact, le tournoiement brutal de la voiture, la brûlure dans ses poumons provoquée par son hurlement.

Malgré son trouble, elle était décidée à rentrer et s'était mise en route avec prudence sous la pluie gelée. Elle n'avait jamais conduit en prenant autant de précautions. À ses yeux, chaque voiture ou presque représentait la possibilité d'un horrible accident et elle aurait volontiers roulé sur les trottoirs si elle l'avait pu.

À mi-chemin, elle s'était arrêtée à un feu en priant que personne ne lui rentre dedans.

Comme si le destin s'était manifesté, cependant, une voiture avait surgi derrière elle, n'avait pas freiné à temps et après avoir patiné, s'était mise à déraper de manière incontrôlée. Elle s'était agrippée au volant et avait regardé dans le rétroviseur… et vu les phares de la voiture se rapprocher dangereusement.

Le conducteur avait réussi à l'éviter.

Après s'être assurée que personne n'était blessé, Jane s'était moquée de sa propre frayeur, avait inspiré profondément et repris la direction de son appartement. En chemin, elle avait réfléchi à la manière dont le cerveau pouvait extrapoler à partir de son environnement et tirer des conclusions hâtives, et comment des pensées et des peurs bien ancrées pouvaient être prises pour des prémonitions ou comment les informations sur le mauvais état des routes pouvaient conduire à…

Il lui restait un peu moins de cinq kilomètres à parcourir avant d'arriver chez elle quand la camionnette du plombier l'avait percutée de plein fouet. Elle tournait dans sa rue et elle s'était retrouvée avec des phares en face d'elle, sur sa voie, et sa seule pensée avait été: « Et merde, j'avais raison en fin de compte. » Elle s'en était tirée avec une clavicule brisée et une voiture bousillée. Le plombier et sa camionnette n'avaient heureusement rien eu, mais elle n'avait pas pu opérer pendant des semaines.

Aussi… en observant Manello sortir de son bureau, elle savait ce qui allait se passer et le sentiment de prémonition qui l'envahit lui rappela la vision de l'accident. Aussi immuable que la couleur de ses yeux. Aussi inéluctable que l'écoulement du temps. Aussi inexorable que le dérapage de la camionnette d'un plombier sur une chaussée verglacée et traîtresse.

—C'est la fin de ma carrière, murmura-t-elle d'une voix blanche. C'est fini.

Viszs s'agenouilla à côté de son lit, mit un collier de perles noires autour de son cou, et ferma les yeux. Tandis qu'il établissait le contact avec l'autre côté, il pensa exprès à Jane. Autant que la Vierge scribe sache de quoi il était question dès le départ.

Il attendit un moment avant d'avoir une réponse de sa mère, mais tout à coup il se trouva en train de traverser de l'antimatière et il arriva au royaume intemporel, se matérialisant dans le patio blanc.

La Vierge scribe se tenait devant son arbre aux oiseaux et l'un d'eux, une espèce de pinson orangé et duveteux, était perché sur sa main. La capuche de sa longue robe noire était tirée en arrière et découvrait son visage fantomatique. L'expression d'adoration qu'il y vit tandis qu'elle regardait la petite créature dans sa main luisante l'ébahit. *Tant d'amour*, pensa V.

Il n'aurait jamais pensé qu'elle était capable d'un sentiment si intense.

Elle prit la parole en premier.

— Bien sûr que j'aime mes oiseaux. Ils sont ma consolation lorsque je suis troublée, ma plus grande joie lorsque je suis heureuse. La douce harmonie de leurs chants m'apaise et me transporte comme rien d'autre ne le peut. (Elle regarda par-dessus son épaule.) C'est au sujet de cette chirurgienne, n'est-ce pas ?

— Oui, répondit-il en retenant son souffle.

Bordel. Elle était tellement sereine. Il s'était attendu à de la colère. S'était préparé à une lutte. Et au lieu de cela ? Rien, le calme.

Celui qui précède la tempête, sans doute.

La Vierge scribe souffla sur l'oiseau. Il répondit en chantant et en déployant ses petites ailes pour savourer l'instant.

— Puis-je assumer que, si je refuse la substitution, tu refuseras de prendre part à la cérémonie ?

Il crut mourir, mais se força à parler.

— J'ai donné ma parole. Alors je le ferai.

— Vraiment ? Tu m'étonnes.

La Vierge scribe reposa l'oiseau dans l'arbre en sifflant doucement. Il se dit que le son pouvait certainement se traduire par quelque chose comme « je t'aime ». Et l'oiseau lui fit écho en lançant un trille.

— Ces oiseaux, remarqua sa mère d'une voix étrange, distante, sont vraiment mon seul bonheur. Sais-tu pourquoi ?

— Non.

— Ils ne me demandent rien et me donnent beaucoup.

Elle se tourna vers lui, et de sa voix profonde annonça :

— Aujourd'hui marque ton anniversaire, Viszs, fils du Saigneur. Tu as bien choisi ton moment.

*Euh, pas vraiment*. Il n'avait pas prêté attention à la date.

— Je…

— Et étant donné que je te mettais au monde il y a trois cent trois ans aujourd'hui, je suis disposée à t'accorder la faveur que tu me demandes, ainsi que celle qui n'a pas encore été mentionnée mais qui est aussi évidente que la lune dans un ciel sans nuage.

Les yeux de V. brillèrent. L'espoir, sentiment dangereux s'il en est, frémit dans sa poitrine accompagné d'une étincelle de chaleur. En arrière-plan, les oiseaux gazouillèrent et chantèrent joyeusement, comme s'ils anticipaient son bonheur.

— Viszs, fils du Saigneur, je t'accorde les deux choses que tu désires le plus. J'autorise que ton frère Fhurie se substitue à toi pour la cérémonie. Il sera un remarquable Primâle : courtois et aimable envers l'Élue, il offrira la meilleure lignée pour l'espèce.

V. ferma les yeux, le soulagement déferla sur lui avec une telle force qu'il vacilla.

— Merci…, murmura-t-il, se rendant compte qu'il s'adressait davantage au changement de trajectoire de sa destinée qu'à sa mère, même si elle était aux commandes.

— Ta gratitude est appropriée. (La voix de sa mère était parfaitement neutre.) Et elle est aussi un peu curieuse, à mon sens en tout cas. Mais il est vrai que les cadeaux, à l'instar de la beauté, trouvent leur place dans le cœur de ceux qui les reçoivent, non dans la main de ceux qui les donnent. Cela, je le sais maintenant.

V. la regarda et essaya de dominer son émotion.

— Il voudra se battre. Mon frère… il voudra se battre et vivre dans l'autre monde.

Parce que Fhurie ne pourrait pas supporter de ne plus voir Bella.

— Et je l'autoriserai. Au moins en attendant que les rangs de la Confrérie grossissent.

La Vierge scribe leva ses mains étincelantes et se couvrit le visage de la capuche de sa robe. Puis, sans bruit, elle flotta au-dessus du marbre en direction d'une petite porte blanche qui s'ouvrait sur ses appartements privés. C'était du moins ce que V. avait toujours pensé.

— Si je peux me permettre, appela-t-il, la seconde faveur ?

Elle marqua une pause devant le petit portail et, sans se tourner vers lui, elle dit :

— Je t'affranchis. Je renonce à toi en tant que fils, tu es libre et moi aussi. Que ta vie soit belle, guerrier.

Elle franchit le seuil de la porte, dont le battant se referma, puis se verrouilla. Dans son sillage, les oiseaux se turent comme si sa présence était ce qui les incitait à chanter.

V., debout dans le patio, écouta le doux murmure de l'eau de la fontaine s'écoulant en cascade.

Il avait eu une mère pendant six jours.

Il ne pouvait pas dire qu'elle lui avait manqué. Ou qu'il lui était reconnaissant de lui avoir redonné sa vie. Après tout, c'est elle qui avait essayé de le dépouiller de tout.

Au moment où il se dématérialisait pour revenir à la grande maison et rendre compte de son entrevue, il lui vint à l'esprit que, même si elle avait dit « non », il aurait malgré tout choisi Jane, il se serait opposé à la Vierge scribe. Quel qu'en soit le prix.

Et la Vierge scribe l'avait toujours su. Et c'était pour cette raison qu'elle avait renoncé à lui.

C'était sans importance à présent. La seule chose qui comptait, c'était de retrouver Jane. La situation s'était éclairée, mais il était loin d'être tiré d'affaire. Il était possible, après tout, qu'elle refuse. Elle pouvait très bien choisir l'existence qu'elle connaissait et non un simulacre dangereux de vie à deux avec un vampire.

Il voulait tellement qu'elle le choisisse, cependant.

Il se matérialisait dans sa chambre et était en train de penser à ce qu'il avait fait à Jane la nuit passée… quand il prit conscience d'une erreur impardonnable : il avait éjaculé en elle. Bordel de merde. Il avait été tellement absorbé par ses pensées, son désir, qu'en partant, il avait oublié qu'il avait laissé des traces de lui. Elle devait devenir folle.

Il était un vrai salaud. Un salaud égoïste, un sinistre profiteur.

Comment avait-il pu penser pouvoir lui offrir quelque chose ?

# Chapitre 40

À la tombée de la nuit, Fhurie revêtit la tenue de soie blanche qu'il porterait pour la cérémonie du Primâle. Il sentait à peine le tissu sur sa peau, non pas tant à cause de sa finesse et de sa légèreté, mais parce qu'il venait de fumer des joints pendant deux heures d'affilée et qu'il était passablement défoncé.

Il n'était cependant pas hébété au point de ne pas savoir qui venait de frapper à sa porte.

— Entre, dit-il sans se détourner du miroir suspendu au-dessus de sa commode. Et qu'est-ce que tu fais debout ?

Bella laissa échapper un rire. Ou était-ce un sanglot ?

— Une heure par jour, tu te souviens. Il me reste cinquante-deux minutes.

Il prit le médaillon en or du Primâle et se le passa autour du cou. L'ornement était si lourd qu'il eut l'impression que quelqu'un avait posé la main entre ses pectoraux et appuyait contre lui.

— Tu es sûr de vouloir faire ça ? demanda-t-elle d'une voix douce.

— Oui.

— Je suppose que Z. t'accompagne ?

— Il est mon témoin.

Fhurie écrasa son joint. En sortit un autre. L'alluma.

— Quand est-ce que tu seras de retour ?

Il secoua la tête et cracha de la fumée.

— Le Primâle vit de l'autre côté.

— Viszs ne comptait pas vivre là-bas.

— J'ai une dispense spéciale. Je me battrai toujours, mais je veux rester là-bas.

Elle étouffa un cri et il contempla son reflet dans le verre ancien du miroir. Ses cheveux étaient humides et les pointes étaient emmêlées ; il saisit une brosse et se mit à la passer dans ses cheveux avec violence.

— Fhurie, qu'est-ce que… Tu ne peux pas aller à la cérémonie chauve. Arrête. Mais, tu t'arraches les cheveux, ma parole. (Elle se plaça derrière lui, lui prit la brosse des mains et désigna du doigt la chaise qui se trouvait à côté de la fenêtre.) Assieds-toi. Laisse-moi faire ça.

— Non merci, je peux…

— Tu es trop brutal. Allez. (Elle le poussa légèrement vers la gauche.) Laisse-moi le faire.

Sans pouvoir trouver une seule bonne raison, mais plein de mauvaises, il se dirigea vers le siège et s'assit, croisant les bras sur sa poitrine et inspirant un grand coup. Bella commença par brosser les pointes de sa chevelure, puis elle remonta jusqu'à ce qu'il sente la brosse partir du sommet de son crâne, puis doucement descendre vers le bas. De sa main libre, elle suivait le parcours de la brosse, lissant, caressant. Le son des soies qui passaient dans ses cheveux et le léger tiraillement sur son front se mêlaient au parfum de Bella et c'était un plaisir doux-amer qui le désemparait.

Ses cils se noyaient de larmes. Cela semblait tellement cruel de l'avoir rencontrée, d'avoir sous les yeux ce qu'il désirait sans être jamais en mesure de la posséder réellement. Mais cela relevait de la logique des choses, non ? Il avait passé sa vie en quête de choses hors de sa portée. Il avait commencé par consacrer des dizaines d'années à chercher son jumeau, sentant que Zadiste était toujours vivant, quelque part dans le monde, mais incapable de venir à son secours. Et puis il avait libéré son frère, pour découvrir que les problèmes du mâle étaient loin d'être résolus. Pendant le siècle qui avait suivi leur évasion de chez la Maîtresse de Z., Fhurie avait vécu un enfer différent : l'attente que Z. perde tout contrôle, son intervention chaque fois que cela se produisait et la crainte constante que le prochain drame éclate.

Puis Bella était entrée dans leurs vies et ils étaient tous deux tombés amoureux d'elle.

Bella, c'était finalement la même torture, sous d'autres traits. Car telle était sa destinée, une destinée sous le signe du désir : être toujours sur la brèche, voir le feu, mais ne pas être en mesure de s'approcher suffisamment pour pouvoir s'y réchauffer.

— Est-ce que tu reviendras un jour ? s'enquit-elle.

— Je ne sais pas.

Elle suspendit son geste, la brosse levée.

— Peut-être que tu l'apprécieras.

— Peut-être. N'arrête pas tout de suite. Je t'en prie… pas tout de suite.

Fhurie se frotta les yeux tandis que la brosse recommençait à le caresser. Ce moment de tranquillité, c'était leurs adieux, et elle le savait. Elle pleurait, elle aussi. Il pouvait sentir l'odeur fraîche de pluie.

Sauf qu'elle ne pleurait pas pour les mêmes raisons que lui. Elle pleurait parce qu'elle avait pitié de lui et de son avenir, et non parce qu'elle l'aimait et que son cœur se brisait à l'idée de ne jamais, jamais le revoir. Il lui manquerait, certes. Elle se ferait du souci pour lui. Mais elle ne se languirait pas pour lui. Ce n'était jamais arrivé.

Et tout ça aurait dû le faire retomber sur terre et lui faire arrêter ce cirque ridicule et mièvre, mais il ne le pouvait pas. Sa tristesse le submergeait.

Il verrait, bien sûr, Zadiste, de l'autre côté, mais elle… il ne pouvait pas imaginer qu'elle lui rendrait visite. Et ce ne serait pas vraiment convenable, étant donné qu'il serait le Primâle, et rencontrer une femelle de l'extérieur en tête à tête ne serait pas approprié, même s'il s'agissait de la *shellane* de son frère jumeau. La monogamie, en acte, en pensée et en apparence, tel était l'engagement du Primâle envers son Élue.

Puis une pensée lui vint tout à coup. Le bébé. Il ne verrait jamais le petit de Z. Sauf en photo, peut-être.

La brosse passa sous sa chevelure et remonta le long de sa nuque. Il ferma les yeux et s'abandonna à son va-et-vient.

— Je veux que tu tombes amoureux, fit-elle.

*Je suis amoureux.*

— Ne t'en fais pas.

Bella s'arrêta et se planta devant lui.

— Je veux que tu aimes quelqu'un pour de vrai. Pas de la façon dont tu crois m'aimer.

Il se renfrogna.

— Sans vouloir te vexer, comment peux-tu savoir ce que je…

— Fhurie, en réalité tu ne…

Il se leva et plongea son regard dans les yeux de Bella.

— S'il te plaît, accorde-moi le respect de ne pas présumer connaître mes émotions mieux que je les connais.

— Tu n'as jamais couché avec une femelle.

— La nuit dernière, si.

Elle resta silencieuse un moment, puis reprit la parole :

— Pas au club. Par pitié, pas au…

— Dans des toilettes, au fond. Et c'était bien, d'ailleurs. Enfin, une professionnelle, quoi.

Bon, maintenant, il se conduisait comme un salaud.

— Fhurie… non.

— Est-ce que je peux récupérer ma brosse ? Je crois que je suis présentable, maintenant.

Après un instant qui leur parut une éternité, elle lui tendit l'objet. Ils furent reliés par le manche en bois le temps d'un battement de cœur, puis elle laissa retomber sa main.

— Tu mérites mieux que ça, murmura-t-elle. Tu es mieux que ça.

— Non, tu te trompes.

Bon sang, il fallait qu'il s'éloigne, il ne pouvait pas supporter de lire ce chagrin sur le visage de Bella.

— Ne laisse pas ta pitié me transformer en prince, Bella.

— C'est autodestructeur. Tout ce scénario.

— Je ne pense pas. (Il s'approcha de la commode, saisit son joint et tira dessus.) Je le désire vraiment.

— Vraiment ? Est-ce que c'est la raison pour laquelle tu as passé l'après-midi à fumer de l'herbe rouge ? Ça sent dans toute la maison.

— Je fume parce que je suis accro. Je suis un toxicomane dénué de volonté, Bella, qui a couché la nuit dernière avec une pute, dans un lieu public. Tu devrais me condamner, pas éprouver de la compassion pour moi.

Elle secoua la tête.

— N'essaie pas de t'avilir devant moi. Ça ne marchera pas. Tu es un mâle de valeur…

— Bordel de merde…

— … qui a beaucoup sacrifié pour ses frères. Trop, probablement.

— Bella, tais-toi.

— Un mâle qui a sacrifié sa jambe pour sauver son jumeau. Qui s'est bravement battu pour son espèce. Qui renonce à son futur pour le bonheur de son frère. Il n'est guère possible de se montrer plus noble que ça. (Elle le regarda intensément, sans ciller.) Ne me dis pas qui tu es. Je te vois plus clairement que tu te vois toi-même.

Il se mit à faire les cent pas dans la chambre, puis se retrouva de nouveau devant la commode. Il espérait qu'il n'y avait pas de miroirs de l'autre côté. Il détestait son reflet. L'avait toujours détesté.

— Fhurie…

— Pars, implora-t-il d'une voix rauque. Je t'en prie, pars. (Comme elle ne bougeait pas, il se retourna.) Pour l'amour du ciel, ne me force pas à m'effondrer devant toi. J'ai besoin de ma fierté à l'heure qu'il est. C'est la seule chose qui me permet de tenir debout.

Elle posa une main devant sa bouche et cligna rapidement des yeux. Puis elle se ressaisit et s'exprima en langue ancienne.

— Que la chance soit avec toi, Fhurie, fils d'Ahgonie. Que ton pas te fasse suivre un chemin sans embûches et que la nuit tombe doucement sur tes épaules.

Il s'inclina.

— Et avec toi, Bella, bien-aimée *nalla* de mon frère de sang, Zadiste.

Lorsque la porte se fut refermée derrière elle, Fhurie s'effondra sur le lit et tira sur le joint. Il jeta un coup d'œil autour de lui, cette chambre dans laquelle il séjournait depuis que la Confrérie s'était installée dans le complexe, et il se rendit compte qu'il ne s'y sentait pas chez lui. Ce n'était rien de plus qu'une chambre d'amis… une chambre d'amis luxueuse et anonyme… quatre murs couverts de belles peintures à l'huile, une moquette épaisse et de riches tentures qui rappelaient la robe de bal d'une femelle.

Ce serait agréable d'avoir un chez-soi.

Il n'en avait jamais eu. Après l'enlèvement de Zadiste qui n'était alors qu'un bébé, leur *mahmen* s'était littéralement cloîtrée dans une pièce sous terre, et leur père était parti à la poursuite de la nourrice qui avait pris Z. Fhurie avait grandi parmi les ombres mouvantes de la maison. Tout le monde, les *doggen* compris, avait accompli les gestes mécaniques de la vie. Il n'y avait pas eu de rires. De bonheur. De célébrations.

Pas de gestes de tendresse.

Fhurie avait appris à rester silencieux et à ne pas se faire remarquer. C'était, après tout, la chose la plus charitable qu'il puisse faire. Il était la réplique de ce qui avait été perdu, le rappel continuel du chagrin qui pesait sur chacun. Il avait porté des chapeaux pour masquer son visage et il avait marché en traînant les pieds, le dos voûté pour se faire plus petit, passer inaperçu.

Dès qu'il eut effectué sa transition, il était parti à la recherche de son jumeau. Personne ne l'avait accompagné jusqu'au portail. Il n'y avait pas eu d'adieux. La disparition de Z. avait épuisé l'aptitude de tous à ressentir la douleur du manque, alors il n'y en avait plus pour regretter Fhurie.

Ce qui était bien, en fait. Cela facilitait les choses.

Dix ans plus tard environ, il avait appris par un cousin éloigné que sa mère était morte dans son sommeil. Il était immédiatement rentré chez lui, mais l'enterrement avait eu lieu sans lui. Son père était mort huit ans plus tard à peu près. Fhurie avait pu être là pour son enterrement, cette fois, et avait passé sa dernière nuit dans la maison familiale. La propriété avait ensuite été vendue, les *doggen* s'étaient dispersés et c'était un peu comme si ses parents n'avaient jamais existé.

Cette sensation de déracinement n'était pas quelque chose de nouveau. Il l'avait perçue dès l'éveil de sa conscience, enfant. Il ne serait jamais qu'un vagabond et l'autre côté n'allait pas lui offrir d'ancrage. Il ne pouvait pas y établir un port d'attache parce qu'il ne pouvait pas en avoir sans son jumeau. Sans ses frères. Ou…

Il s'arrêta. Refusa de penser à Bella.

Il se leva et, sentant sa prothèse supporter son poids, se dit qu'il était ironique qu'un membre puisse manquer à un nomade comme lui.

Il écrasa son mégot puis glissa quelques joints dans sa poche. Il avait la main sur la poignée de la porte quand il s'arrêta et se retourna. Il fut devant sa penderie en quatre enjambées, trois « clics » d'un verrou ouvrirent une porte en métal, il plongea les mains dans le coffre et en sortit une dague noire.

Il soupesa l'arme, appréciant l'équilibre parfait et la poignée qui épousait parfaitement la main. Viszs l'avait faite pour lui… combien de temps auparavant ? Soixante-quinze ans… oui cela ferait soixante-quinze ans cet été qu'il avait rejoint la Confrérie.

Il examina la lame à la lumière. Soixante-quinze ans à tuer des éradiqueurs et pas une éraflure. Il sortit l'autre dague qu'il avait utilisée toutes ces années. Parfaite elle aussi. V. était un merveilleux artisan, c'était indéniable.

Il regarda toutes les armes, les soupesa, et revit Viszs debout dans l'encadrement de la porte un peu plus tôt dans la soirée, expliquant que la Vierge scribe autorisait la substitution du Primâle. Il avait vu dans les yeux de son frère, d'ordinaire si froid et retenu, un éclair de vie. De vie et d'espoir, et d'élan rayonnant.

Fhurie glissa l'une des dagues dans sa ceinture de satin et rangea l'autre dans le coffre-fort. Puis il se dirigea vers la porte d'un pas assuré.

Cela en valait la peine, pensa-t-il en sortant de sa chambre : un sacrifice au nom de l'amour. Même si ce n'était pas son amour à lui.

Au même moment, Viszs se matérialisait en face de la résidence de Jane, au coin de sa rue. Il ne voyait aucune lumière à l'intérieur de son appartement et il était tenté de tout simplement y entrer, mais il resta dans l'ombre.

Il avait vraiment la tête à l'envers. Il se sentait terriblement coupable par rapport à Fhurie, mort de peur à l'idée de ce que Jane allait dire, inquiet quant à la manière de gérer un futur avec une humaine. Bordel, il se faisait même du souci pour cette pauvre Élue forcée de se sacrifier pour ses compagnes.

Il regarda l'heure. Vingt heures. Jane ne devrait pas tarder à rentrer…

La porte du garage de l'appartement voisin de Jane se leva bruyamment, dans un bruit grinçant, et un monospace tout ce qu'il y a de plus banal sortit en marche arrière. Les pneus crissèrent dans l'allée quand il braqua, puis le conducteur passa la première.

V. se rembrunit, ses instincts alertés sans raison apparente. Il huma l'air, mais il se trouvait sous le vent du véhicule et ne pouvait pas capter la moindre odeur.

Formidable, voilà qu'il était paranoïaque pour couronner le tout. Entre ça et ses angoisses, sans oublier le comportement narcissique dont il faisait preuve depuis quelque temps, il commençait à être l'illustration parfaite de diverses pathologies psychiatriques.

Il consulta de nouveau sa montre tant il était nerveux. Deux minutes à peine s'étaient écoulées. Génial.

Son portable sonna et il répondit avec soulagement, heureux de tuer un peu de temps.

— Je suis content de t'entendre, flic.

— *T'es chez elle ?* demanda Butch d'une drôle de voix.

— Oui, mais elle n'y est pas. Qu'est-ce qu'il y a ?

— *Il se passe quelque chose avec tes ordinateurs.*

— Comment ça ?

— *Un des traceurs que tu as laissés à l'hôpital s'est déclenché. Quelqu'un est allé consulter le dossier médical de Michael Klosnick.*

— Pas bien grave.

— *C'était le chef du département de chirurgie, Manello.*

Comme il détestait le nom de ce type.

— Et ?

— *Il a effectué aujourd'hui une recherche dans son propre ordinateur, il cherchait les clichés de ton cœur. Il essayait de retrouver le fichier que Fhurie a corrompu pendant qu'on te sortait, c'est sûr.*

— Intéressant.

V. se demanda ce qui avait bien pu attirer l'attention du bonhomme… une copie des radios avec la date et l'heure dessus, peut-être ? Même s'il ne trouvait rien sur le patient, ce Manello était probablement suffisamment intelligent pour remonter la piste jusqu'au bloc opératoire et déterminer l'identité de la personne que Jane avait opérée. D'un côté, ce n'était pas la fin du monde, vu que le dossier médical indiquait que Michael Klosnick était sorti de l'hôpital contre l'avis des médecins après son intervention chirurgicale. Mais quand même…

— Je pense que je devrais passer voir le toubib.

— *Euh, oui, je suppose qu'il va falloir intervenir. Écoute, pourquoi tu ne me laisses pas m'en occuper ?*

— Parce que tu ne sais pas comment effacer des souvenirs, si ?

Un silence suivit.

— *Va te faire foutre. T'as raison.*

— Est-ce qu'il est connecté à l'instant ?

— *Oui, il est dans son bureau.*

Une confrontation dans un lieu public n'était pas une bonne idée, même s'il était tard et qu'il y avait moins de monde, mais Dieu sait ce que le toubib était susceptible de découvrir d'autre.

*Merde*, se dit V. Voilà ce qu'il avait à offrir à Jane : des secrets, des mensonges, du danger. Il n'était qu'un salaud égoïste et, pire encore, il foutait en l'air la vie de Fhurie simplement pour foutre en l'air celle de Jane.

Une voiture s'engagea dans la rue et, quand elle passa sous un lampadaire, il remarqua que c'était une Audi.

— Bordel ! s'exclama-t-il.

— *Elle est rentrée, c'est ça ?*

— Je m'occuperai de Manello. Plus tard.

Après avoir raccroché, il ne savait plus s'il pouvait faire ça à Jane. S'il s'en allait tout de suite, il avait encore le temps de se rendre de l'autre côté avant que Fhurie fasse le serment et devienne le Primâle.

*Merde.*

# Chapitre 41

Jane pénétra dans son garage en marche arrière, serra le frein à main, et resta assise sans bouger, sans couper le contact. Sur le siège du passager à côté d'elle était posé le compte-rendu du scanner que Manello et elle avaient réussi à planifier et qu'elle avait passé. Tout était parfait : pas de trace de tumeur ou d'anévrisme, rien qui cloche.

Elle aurait dû se sentir soulagée, mais l'absence d'explication la troublait vu qu'elle n'arrivait toujours pas à penser de manière claire et que ses facultés mentales marchaient au ralenti. C'était presque comme si ses voies neuronales devaient éviter une espèce d'obstacle dans sa tête pour fonctionner. Et elle souffrait toujours autant dans la poitrine…

Un homme surgit dans le faisceau de ses phares… un homme immense aux cheveux de jais, avec un bouc et vêtu de cuir. Derrière lui, le paysage était flou, on aurait dit qu'il émergeait du brouillard.

Jane fondit en larmes.

Cet homme… cette apparition… il était son ombre, l'obstacle dans son esprit, la présence qui la hantait, qu'elle guettait sans arriver à l'identifier, qu'elle pleurait mais n'arrivait pas à situer. Tout s'expliquait…

Une douleur fulgurante lui perça les tempes quand elle inspira, une charge épouvantable qui l'écrasa.

Mais au lieu de l'accabler, elle se dissipa, s'évapora, sans laisser la moindre trace… simplement, dans son sillage des images lui revinrent. Elle se vit en train d'opérer cet homme, puis kidnappée et séquestrée dans une chambre, avec lui… d'eux ensemble… d'elle… tombant amoureuse… puis abandonnée.

*V.*

L'assaut des souvenirs se tordit et changea tandis que son esprit luttait pour reprendre pied dans une réalité mouvante. Ce n'était pas possible qu'elle soit en train de vivre ça. Il ne pouvait pas être de retour. Il ne reviendrait pas.

Elle devait être en train de rêver.

— Jane, fit l'apparition de son amant.

*Oh, mon Dieu…* sa voix n'avait pas changé, elle était profonde et merveilleuse, elle se coulait dans son oreille comme de la soie couleur de vin.

— Jane…

Elle coupa le contact avec des mains tremblantes, puis éteignit les phares et sortit de la voiture.

L'air froid frappa ses joues mouillées et son cœur battait à se rompre quand elle balbutia :

— Est-ce que tu es vraiment là ?

— Oui.

— Comment puis-je en être sûre ? (Sa voix se fêla et elle toucha ses tempes.) Je ne sais plus rien. Je n'arrive plus à… à penser de manière rationnelle.

— Jane…, souffla-t-il. Je suis tellement désolé…

— Mon cerveau ne fonctionne plus comme il faut.

— C'est ma faute. Tout est ma faute.

La tension et le chagrin qui se lisaient sur le visage fier de V. dissipa un peu sa confusion et lui offrit une prise sur la réalité.

Elle inspira profondément et pensa à Russell Crowe à la fin du film *Un homme d'exception*. Prenant son courage à deux mains, elle s'approcha de ce qui semblait être V., posa deux doigts sur son épaule, et poussa.

Il était solide comme un roc. Et il exhalait le même parfum d'épices exotiques et enivrantes. Et ses yeux… ces étincelants yeux de diamant brillaient comme jamais.

— Je croyais que tu étais parti pour de bon, chuchota-t-elle. Pourquoi… ?

À ce moment-là, elle espérait seulement comprendre ce qui se passait et pourquoi il était revenu.

— Je ne vais pas m'unir.

Elle cessa de respirer.

— Non ?

Il secoua la tête.

— Je n'ai pas pu. Je ne peux être avec personne d'autre que toi. Je ne sais pas si tu veux de moi…

Avant de pouvoir former une seule autre pensée, elle s'élança et s'accrocha à lui, se fichant complètement des barrières logistiques, du fait qu'ils appartiennent à deux espèces différentes. Elle avait juste besoin de lui. Le reste, ils en parleraient plus tard.

— Bien sûr que je te veux, lui souffla-t-elle dans l'oreille. Puisque je t'aime.

Il laissa échapper une espèce de son rauque et la serra contre lui. Incapable de respirer tant il l'étreignait avec force, elle pensa que oui, c'était bien lui. Et il n'allait pas la laisser, cette fois-ci.

*Dieu merci.*

Au moment où il la soulevait, Viszs se sentit pleinement heureux, comblé comme il ne pensait pas pouvoir l'être un jour. Il poussa un véritable cri de triomphe et la porta dans son appartement, ne s'arrêtant que pour descendre la porte du garage.

— Je pensais que j'étais en train de perdre la raison, expliqua-t-elle tandis qu'il l'asseyait sur le comptoir. Vraiment, je le croyais.

Le mâle lié et donc amoureux qu'il était mourait d'envie de la prendre, mais il contrôla ses pulsions. Il fallait qu'il leur laisse le temps de discuter un peu quand même.

Quand même.

Merde, il la désirait de toutes ses forces.

— Je suis désolé… merde, Jane. Je suis désolé d'avoir dû effacer tout ça, je t'assure. J'imagine très bien à quel point tu as dû être désorientée. Et tu as dû avoir peur aussi.

Elle posa ses mains sur son visage, comme désireuse de s'assurer qu'il était bien réel.

— Comment as-tu pu te libérer de ces mariages ?

— L'un de mes frères a pris ma place.

V. ferma les yeux pendant que Jane explorait son visage du bout des doigts, caressait ses joues, son nez, son menton, ses tempes.

— Vraiment ?

— Fhurie, celui dont tu t'es occupé. Je ne sais pas comment je vais bien pouvoir le remercier. (Tout à coup, le mâle lié qu'il était abandonna toute raison et bon sens.) Jane, écoute-moi, je veux que tu vives avec moi. Je te veux avec moi.

— Je te rendrai probablement dingue, dit-elle avec un rire dans la voix.

— Impossible.

Il ouvrit la bouche, l'index de Jane frôlait sa lèvre inférieure.

— On peut essayer.

Il la regarda.

— Le problème, si tu restais avec moi, c'est que tu devrais renoncer à ce monde. Tu devrais renoncer à ton travail. Tu devrais… Oui, c'est tout ou rien, en fait.

— Oh… (Elle fronça les sourcils.) Je, euh, je ne sais pas…

— Je sais. Je ne peux pas te demander une chose pareille et très sincèrement je ne veux pas que tu renonces à toute ta vie. (Et c'était vrai. Malgré la puissance de ses instincts de mâle amoureux.) On verra ça au jour le jour. Je viendrai à toi, ou nous pourrons acheter une maison, un endroit retiré où nous pourrions passer du temps ensemble. On trouvera une solution. (Il regarda autour de lui, dans la cuisine.) Je vais devoir installer un système d'alarme, cependant. Il faut que ce soit sûr. Que je puisse surveiller.

— D'accord. (Elle retira son manteau tant bien que mal.) Fais ce que tu dois faire.

*Hummm…* À ce propos. Il posa les yeux sur sa blouse et, tout ce qu'il pouvait voir, c'était son corps nu.

— V., fit-elle à voix basse. Qu'est-ce que tu regardes ?

— Ma femelle.

Elle eut un petit rire.

— Tu as quelque chose en tête ?

— Peut-être.

— Qu'est-ce que ça peut être, je me le demande ?

À ce moment-là, l'arôme frais et humide de son désir lui monta aux narines, déclenchant son besoin de la marquer aussi sûrement que si elle était toute nue et offerte devant lui.

Il lui prit la main et la mit entre ses jambes.

— Devine.

— Oh… oui… ça, encore.

— Toujours.

D'un mouvement fluide et soudain, il dénuda ses canines en feulant, mordit le col de sa blouse et déchira le tissu en son milieu. Elle portait un soutien-gorge de coton blanc qui, grâce au ciel, s'ouvrait sur le devant. Il défit l'attache, saisit un de ses tétons entre ses lèvres et la fit glisser du comptoir.

Le voyage jusqu'à sa chambre, au premier étage, fut tout à fait intéressant et ponctué de plusieurs pauses durant lesquelles il l'effeuilla, tant et si bien que, lorsqu'il l'étendit sur le lit, elle était toute nue. Il se débarrassa de ses vêtements en un clin d'œil et, quand il l'enfourcha, il avait la bouche ouverte et ses canines étaient complètement allongées.

—Soif? remarqua-t-elle en souriant.

—Oh que oui.

D'un mouvement élégant, elle lui offrit sa gorge et il la pénétra de deux manières avec un grondement sourd, entre ses cuisses et à son cou. Il la posséda avec ardeur, s'enfonçant au plus profond d'elle tandis qu'elle griffait son dos de ses ongles courts tout en enroulant ses jambes autour de ses hanches.

Leurs ébats durèrent plus de deux heures puis, étendu dans le noir, à côté d'elle, comblé et tranquille, il s'émerveilla de toute cette félicité et rit.

—Quoi? demanda-t-elle.

—Moi qui pouvais voir l'avenir, je n'aurais jamais pu prévoir tout ça.

—Non?

—Ce… cela aurait été trop espérer.

Il l'embrassa sur la tempe, ferma les yeux et s'autorisa à glisser dans le sommeil.

Mais ce ne fut pas possible. Alors qu'il essayait de s'endormir, une ombre funeste plana au-dessus de lui et mit en branle ses liaisons psychiques, précipitant l'intrusion de la peur et de la panique dans son cerveau. Il se dit qu'il avait la frousse parce que, lorsqu'on a été sur le point de perdre la possibilité d'être avec celui ou celle qu'on aime, il faut un peu de temps pour récupérer, pour se calmer, pour y croire.

Mais cette rationalisation ne le convainquit pas. Il savait que c'était autre chose… quelque chose de bien trop terrifiant pour qu'il puisse l'imaginer, une bombe dans sa boîte aux lettres.

Il craignait que le destin n'en ait pas encore terminé avec eux.

— Ça va ? s'enquit Jane. Tu trembles.

— Ça va. (Il se rapprocha encore davantage d'elle.) Du moment que tu es avec moi, je suis bien.

# Chapitre 42

De l'autre côté, Fhurie descendit la colline qui menait à l'amphithéâtre, flanqué de Z. et Kolher. La Vierge scribe et la Directrix attendaient au centre de la scène, toutes deux vêtues de noir. La Directrix affichait une expression de mécontentement, les yeux plissés, les lèvres pincées, les mains crispées sur un médaillon qu'elle portait autour du cou. Il était difficile de lire le visage de la Vierge scribe. Celui-ci était masqué par ses robes mais, s'il avait pu le voir, Fhurie ne pensait pas qu'il aurait pu, de toute façon, savoir ce qu'elle pensait.

Il s'arrêta devant le trône en or, sans s'asseoir dessus. C'était pourtant sans doute ce que tous attendaient de lui. Il n'avait pas l'impression de marcher mais de flotter, le corps à la dérive, la tête ailleurs que sur ses épaules. Il se dit que cela pouvait bien être les effets de la dose d'herbe rouge qu'il avait fumée. Ou bien le fait qu'il soit sur le point de s'unir à plus de trois dizaines de femelles.

*Mon Dieu.*

— Kolher, fils de Kolher, annonça la Vierge scribe avec solennité. Avance-toi et salue-moi.

Kolher s'avança jusqu'à la scène et s'agenouilla.

— Votre Grâce.

— Tu as quelque chose à me demander. Fais-le tout de suite, à condition de formuler ta demande comme il se doit.

— Si cette requête ne vous semble pas impertinente, j'aimerais solliciter que Fhurie bénéficie des mêmes conditions, relativement aux combats, que Viszs. Nous avons besoin de guerriers.

— Je suis disposée à accorder cette dispense pour l'heure. Il vivra là-bas…

— Non, interrompit Fhurie avec force. (Tout le monde sursauta autour de lui et il ajouta :) Je vivrai ici même. Je me battrai, mais je vivrai ici. (Il s'inclina pour compenser son insolence.) Si je peux me le permettre sans offenser.

Zadiste ouvrit la bouche, une expression totalement incrédule et stupéfaite sur son visage balafré, mais le rire que la Vierge scribe laissa fuser l'obligea à garder le silence.

— Qu'il en soit ainsi alors. L'Élue préférera cet arrangement, et moi aussi. Maintenant, lève-toi, Kolher, fils de Kolher, et commençons.

Le roi se leva, majestueux, et la Vierge scribe souleva sa capuche.

— Fhurie, fils d'Ahgonie, je te demande d'accepter le rôle de Primâle. L'acceptes-tu ?

— Oui, je l'accepte.

— Avance-toi sur l'estrade et agenouille-toi devant moi.

Il s'avança et monta une courte volée de marches, sans sentir ses pieds, et, quand il s'inclina devant la Vierge scribe, il ne sentit pas le marbre sous ses genoux. Quand sa main se posa sur sa tête, il ne trembla pas, ne pensa à rien, ne cilla même pas. Il avait l'impression d'être un passager dans une voiture, soumis aux caprices du conducteur pour ce qui était de la vitesse et de la destination. S'abandonner était indiqué, opportun.

C'était étrange, puisqu'il avait choisi ce destin. Il s'était porté volontaire.

Certes, mais Dieu seul savait où cette décision allait l'entraîner.

Les mots que prononça la Vierge scribe tandis qu'il était prostré avaient des échos de la langue ancienne, mais il n'arrivait pas à comprendre tout ce qu'elle disait.

— Mets-toi debout et lève les yeux, déclara enfin la Vierge scribe. Que tes compagnes te soient présentées, tu es leur maître, leur corps est à toi et elles se doivent de t'obéir et te servir.

Il se leva et vit que la tenture avait été tirée et que toutes les Élues étaient alignées devant lui, leurs robes rouge sang brillant comme autant de rubis au sein de toute cette blancheur. Elles s'inclinèrent devant lui exactement au même moment, une entité à elles toutes.

*Oh putain*… Il l'avait fait, c'était bel et bien réel.

Z. bondit soudain sur la scène et lui saisit le bras. Mais qu'est-ce que… oh, d'accord. Il était en train de tanguer fortement sur le côté et aurait probablement chaviré. Et ça n'aurait pas été du meilleur effet.

Il entendit la voix de la Vierge scribe qui clamait avec force :

— Ainsi s'achève la cérémonie. (Elle leva une main fantomatique et indiqua du doigt un temple juché sur la colline.) Rends-toi désormais à la chambre nuptiale et prends la première de toutes, comme se doit un mâle de prendre une femelle.

Zadiste lui serra le bras.

— Oh… mon frère.

— Arrête, siffla Fhurie. Tout va bien se passer.

Il se dégagea de son jumeau, s'inclina devant la Vierge scribe et Kolher puis dégringola les marches et commença à gravir la colline. L'herbe était douce sous ses pieds et l'étrange lumière ambiante de l'autre côté l'enveloppait. Mais il ne se sentait pas apaisé. Il sentait les yeux des Élues dans son dos, et se sentir l'objet de leur désir lui donnait froid, même au cœur de la torpeur causée par l'herbe rouge.

Le temple situé au sommet de la colline était de style romain, orné de colonnes blanches et d'une grandeur certaine. Deux nœuds en or sur les majestueuses portes à double battant servaient de boutons. Il tourna celui de droite, poussa et pénétra dans le sanctuaire.

Son corps durcit instantanément, captivé par le parfum qui flottait dans l'air. Le mélange grisant de jasmin suave et d'encens odorant l'attirait, l'excitait, comme il se devait. Devant lui, une draperie d'un blanc resplendissant était suspendue, illuminée par la lueur palpitante de centaines de bougies.

Il écarta la tenture et eut un mouvement de recul puis sentit son érection refluer.

L'Élue à laquelle il devait s'unir était couchée sur une plate-forme de marbre recouverte d'une sorte de coussin en guise de matelas. Un fin tissu tombait du plafond jusque sur son cou où il formait des plis et cachait ainsi son visage. Ses jambes étaient écartées et attachées par des rubans de satin blanc, ses bras également. Un voile de gaze transparent recouvrait son corps nu.

Le postulat du rituel était évident. Elle était le calice sacrificiel, une représentante anonyme des autres. Il était celui qui portait la liqueur et allait la déverser en elle. Et même si cela était impardonnable, pendant une fraction de seconde, il eut le désir de la posséder.

*À moi*, pensa-t-il. Conformément à la loi et la tradition, de toute évidence, elle était à lui, au même titre que ses dagues et que les cheveux qui poussaient sur sa tête. Et il voulait entrer en elle, jouir en elle.

Sauf que ça n'allait pas se passer ainsi, car l'honneur qu'il portait en lui prit le pas sur ses instincts, les écrasa littéralement. Elle était absolument terrorisée et pleurait en silence, comme si elle essayait d'étouffer le son en se mordant les lèvres, et elle tremblait tellement que ses membres devenaient d'effroyables métronomes scandant sa peur.

— Tranquillise-toi, lui murmura Fhurie d'une voix douce.

Elle sursauta, puis se mit à trembler encore plus violemment.

Et tout à coup, l'indignation le saisit. Il était révoltant que cette malheureuse femelle soit offerte ainsi en pâture. S'il était utilisé lui aussi, du moins l'avait-il choisi de son plein gré. Il doutait fort que ce soit le cas de son Élue, étant donné qu'elle avait été entravée les deux fois.

Fhurie tendit la main, saisit la draperie qui cachait son visage et l'arracha…

Nom de… La jeune fille ne se mordait pas les lèvres pour étouffer ses sanglots, elle était bâillonnée et attachée au lit par un lien qui passait sur son front et lui immobilisait la tête. Son visage rouge et gonflé était trempé de larmes et les muscles de son cou saillaient, tendus comme des cordes : elle hurlait sans pouvoir émettre le moindre son, les yeux exorbités de terreur.

Il lui enleva ce qu'elle avait dans la bouche, desserra le lien, le retira.

— Tranquillise-toi…

Elle haletait, apparemment incapable de dire quoi que ce soit. Appliquant l'adage selon lequel les actions en disent plus long que les mots, il s'occupa de détacher les liens qui lui bloquaient la tête et les retira de ses longs cheveux blonds.

Une fois qu'il eut libéré ses bras minces, elle se couvrit les seins et le pubis et, de manière impulsive, Fhurie s'empara de la draperie qu'il avait jetée à terre et l'en recouvrit avant de détacher les liens qui retenaient ses pieds. Puis il s'éloigna d'elle, traversa le temple et s'adossa au mur le plus éloigné. Il se dit qu'elle aurait peut-être moins peur ainsi.

Baissant les yeux, il ne vit qu'elle : l'Élue était pâle et blonde ; ses yeux, de la couleur du jade. La finesse de ses traits lui faisait penser à une poupée de porcelaine et elle embaumait le jasmin. Elle était bien trop délicate pour être torturée de cette façon. Bien trop précieuse pour endurer les assauts d'un inconnu.

Quel fiasco.

Fhurie laissa le silence s'installer, espérant qu'elle s'habituerait à sa présence pendant qu'il réfléchissait à la marche à suivre.

Le sexe ne serait pas au menu tout de suite, en tout cas.

Jane n'était pas fana de *La Mélodie du bonheur*, mais elle se sentait comme Julie Andrews dans le film, étendue sur le lit à regarder V. qui essayait de rassembler ses vêtements. Être amoureux vous donnait vraiment envie de virevolter au soleil, les bras levés, un grand sourire béat sur le visage. Et puis elle avait des cheveux blonds coupés court et aurait pu donner le change. Elle se refusait à porter un short tyrolien, en revanche. Il y avait des limites.

Un petit problème subsistait toutefois.

— Dis-moi que tu ne vas pas lui faire de mal, le pressa Jane tandis que V. enfilait son pantalon. Dis-moi que mon patron ne va pas se retrouver avec les deux jambes cassées.

— Mais bien sûr que non. (V. passa une chemise noire qui se tendit sur ses pectoraux.) Je vais simplement m'assurer qu'il ne se souvienne de rien et que le cliché de mon palpitant disparaisse de la circulation.

— Tu me diras comment ça s'est passé ?

Il la regarda par en dessous, un petit sourire malicieux sur les lèvres.

— Tu ne me fais pas confiance avec Don Juan ?

— Ben non.

— Pas folle la guêpe. (V. s'approcha et s'assit au bord du lit, ses yeux de diamant brillaient de satisfaction sexuelle.) Quand il s'agit de toi, ce chirurgien a intérêt à bien se tenir.

Elle lui prit sa main nue, sachant qu'il détestait qu'elle s'approche de la main gantée.

— Manny sait à quoi s'en tenir avec moi.

— Ah oui, vraiment ?

— Je le lui ai dit. Tout de suite après le week-end. Même si je ne me souvenais pas de toi, quelque chose… clochait.

V. se pencha et l'embrassa.

— Je reviendrai après être passé le voir, d'accord ? Ainsi tu pourras me regarder dans les yeux et savoir que ce type est toujours vivant. Et, d'autre part, je veux que tu saches que je ne plaisante pas quant à ta sécurité. J'aimerais demander à Fritz de passer ici cet après-midi pour apporter du matériel afin que je puisse installer un système d'alarme. Tu as un autre bip pour le garage ?

— Oui, dans la cuisine. Le tiroir sous le téléphone.

— Bien, je le prends. (Il passa un doigt le long de son cou et caressa la dernière trace de morsure qu'il avait laissée.) Chaque soir, quand tu rentreras, je serai là. Chaque jour, au petit matin, avant de retourner au complexe, je serai là. Chaque nuit où je ne suis pas en chasse, je serai là. Nous allons voler du temps quand et où nous le pourrons et, lorsque nous ne serons pas ensemble, nous resterons en contact par téléphone.

Comme toute relation normale, en somme, se dit-elle, et l'idée que leur histoire puisse avoir aussi un côté prosaïque faisait du bien. Cela leur permettait de sortir d'une espèce de superstructure paranormale et les ramenait au niveau de la simple réalité. Ils étaient deux êtres engagés l'un envers l'autre et prêts à cultiver une relation. Et c'était tout ce que l'on pouvait demander à la personne dont on était amoureux.

— Quel est ton nom complet ? murmura-t-elle. Je viens de me rendre compte que je te connaissais uniquement par ton initiale, V.

— Viszs.

— Pardon ? s'exclama Jane en lui serrant la main.

— Viszs. Oui, je sais, c'est bizarre pour vous…

— Attends, attends, attends : tu l'épèles comment ?

— V-I-S-Z-S.

— Incroyable !

— Quoi ?

Elle s'éclaircit la voix.

— Oh, il y a longtemps, très longtemps, j'étais dans ma chambre avec ma petite sœur. Et nous avions un plateau de Ouija entre nous, on lui posait des questions. (Elle le regarda.) Tu as été ma réponse.

— À quelle question ?

— Avec qui… euh, avec qui j'allais me marier.

Un sourire se dessina lentement sur le visage de V., le sourire d'un homme plutôt content de lui.

— Tu veux te marier avec moi, alors ?

Elle rit.

— Oui, bien sûr. Laisse-moi le temps d'enfiler une robe blanche et on va se trouver un autel…

— Je ne plaisante pas, reprit-il avec gravité.

— Oh… Mon Dieu.

— Je suppose que ce n'est pas exactement un « oui ».

Jane se redressa.

— Je… Je ne pensais pas me marier un jour.

V. fronça les sourcils.

— Oui, bon, ce n'est pas exactement la réponse que j'escomptais.

— Non, ce que je veux dire, c'est que ça me semble étonnamment… évident.

— Évident ?

— L'idée d'être ta femme.

Un sourire commença à se dessiner sur son visage, mais il prit soudain un air grave.

— Nous pouvons avoir la cérémonie en suivant ma tradition, mais elle ne sera pas officielle.

— Parce que je n'appartiens pas à ton espèce ?

— Parce que la Vierge scribe ne me supporte pas, aussi il ne peut pas y avoir de présentation devant elle. Mais nous pouvons faire le reste. (V. sourit avec malice.) Surtout le tatouage à la dague.

— À la dague ?

— Ton nom. Sur mon dos. J'ai vraiment hâte.

Jane laissa échapper un sifflement.

— C'est moi qui le fais ?

— Non ! répliqua-t-il en riant aux éclats.

— Allez, je suis chirurgien. Je manie bien les couteaux.

— Mes frères le feront… enfin, je suppose que tu pourrais t'occuper d'une lettre. Mmm, l'idée me fait bander. (Il l'embrassa.) Ah, tu es vraiment mon type de nana.

— Est-ce qu'on va me faire la même chose ?

— Ah non. C'est fait sur les mâles pour que tout le monde sache à qui nous appartenons.

— Appartenons ?

— Oui. Je serai à tes ordres. Tu seras ma maîtresse et mon épouse. Tu pourras faire de moi ce que tu voudras. Tu crois que tu y arriveras ?

— Je m'en suis déjà pas mal tiré, tu te souviens ?

Il baissa les yeux et un grondement sortit de sa gorge.

— Oui, je me souviens encore de chaque minute. Quand est-ce qu'on retourne au loft ?

— Dis-moi quand et j'accours. (Et la prochaine fois, elle porterait peut-être quelque chose en cuir.) Au fait, est-ce que j'aurai une bague ?

— Si tu veux, je t'achèterai un diamant aussi gros que ta tête.

— Ben voyons. Comme si j'allais tout à coup me transformer en princesse. Mais comment les gens sauront que je suis mariée ?

Il se pencha et enfouit son visage dans son cou.

— Tu me sens ?

— Oh oui, et j'adore ton odeur.

Il frôla sa mâchoire de ses lèvres.

— Mon odeur est partout sur toi. Elle est à l'intérieur de toi. C'est ainsi que les miens sauront qui est ton compagnon. Et c'est aussi un avertissement.

— Un avertissement ? interrogea-t-elle en haletant, une langueur se répandant dans tout son corps.

— À destination des autres mâles. Cela leur indique qui viendra les trouver armé d'une dague s'ils te touchent.

Bon, ces mots n'auraient pas dû avoir la moindre connotation érotique. Et pourtant !

— Vous prenez la notion de couple très au sérieux, n'est-ce pas ?

— Les mâles liés sont dangereux. (Sa voix était un ronronnement dans son oreille.) Nous tuons pour protéger nos femelles. C'est ainsi que ça se passe. (Il poussa de côté les couvertures qui la recouvraient, défit sa braguette et lui écarta les cuisses.) Nous marquons aussi ce qui est à nous. Et étant donné que je ne vais pas te voir pendant douze heures, je crois que je vais laisser encore un peu de moi sur tout ton corps.

Il donna un coup de rein et Jane gémit. Elle l'avait senti à l'intérieur d'elle tellement de fois déjà, mais la grosseur de son membre était toujours une surprise. Il lui tira la tête en arrière en empoignant ses cheveux, et sa langue plongea dans sa bouche tandis qu'il remuait en elle.

Il s'arrêta soudain.

— Ce soir, nous allons être unis. Kolher présidera, Butch et Marissa seront nos témoins. Tu veux un truc à l'église aussi ?

Elle ne put pas s'empêcher de rire. Ils faisaient un joli couple de maniaques de l'organisation, tous les deux. Heureusement, elle n'était pas disposée à argumenter là-dessus.

— Ça m'est complètement égal de ne pas avoir de service religieux. Je ne crois pas en Dieu.

— Tu devrais.

Elle enfonça ses ongles dans ses hanches et se cambra.

— Ce n'est vraiment pas le moment d'avoir un débat théologique.

Il repoussa les cheveux de Jane qui lui tombaient dans les yeux. Son pénis palpitait en elle, et il dit :

— Tu n'as pas besoin d'aller à l'église ou au temple pour être croyant.

— Et tu peux avoir une vie très agréable en étant athée, crois-moi. (Elle passa ses mains sous sa chemise et le long de son dos puissant.) Tu crois que ma sœur est au ciel en train de manger ses glaces préférées, assise sur un nuage ? Non. Son corps a été enterré il y a des années et il ne reste plus grand-chose d'elle. J'ai vu la mort. Je sais ce qui se passe quand on s'en va, et il n'y a pas de dieu pour nous sauver, Viszs. Je ne sais pas qui ou ce qu'est ta Vierge scribe, mais je suis absolument certaine qu'elle n'est pas Dieu.

V. ébaucha un sourire.

— Je vais me délecter à te prouver le contraire.

— Et comment comptes-tu atteindre cet objectif ? me présenter à mon créateur ?

— Je vais t'aimer tellement fort et tellement longtemps que tu seras convaincue que notre rencontre n'a pu être orchestrée que par quelque chose de surnaturel.

Elle toucha son visage, imagina l'avenir et lâcha un juron.

— Je vais vieillir.

— Moi aussi.

— Pas à la même cadence. Oh, V., je vais…

— Tu ne vas pas penser à ça, riposta-t-il en l'embrassant. Et puis… il y a un moyen pour ralentir le processus. Je ne sais pas si cela te plaira beaucoup.

— Mmm, voyons voir… Oui, ça me plaît.

— Tu ne sais même pas ce que c'est.

— Je m'en fiche. Pour prolonger ma vie avec toi, je serais capable de manger des charognes.

Il s'enfonça en elle, puis se retira un peu.

— Cela va à l'encontre de la loi de mon espèce.

— C'est un peu spécial ?

Elle se cambra de nouveau, ses seins allant à sa rencontre.

— Pour ton espèce ? Oui.

Jane comprit à quoi il faisait allusion avant même qu'il lève son poignet vers sa bouche. Il marqua une pause et elle dit :

— Vas-y.

Il planta ses canines dans son poignet puis posa les deux perforations contre les lèvres de Jane. Elle ferma les yeux, ouvrit la bouche, et…

Oooh…

Il avait le goût du porto et lui fit l'effet de dix bouteilles à la fois : la tête lui tourna après la toute première gorgée. Elle ne s'arrêta pas. Elle but et but comme si le sang de son amant allait les unir à jamais, emportée dans le tourbillon de son extase, elle était vaguement consciente de son sexe allant et venant au plus profond de son intimité et de ses grondements sauvages et passionnés.

V. était désormais en elle de toutes les manières possibles : ses mots imprimés dans son cerveau, son corps possédé par son érection, sa bouche remplie de son sang, ses narines pleines de son odeur. Elle était à lui de tout son être, de tous les pores de sa peau, à lui, complètement, totalement.

Et il avait raison. C'était divin.

# CHAPITRE 43

Cramponnée à la draperie blanche qui lui couvrait les seins, Cormia avait les yeux rivés sur l'autre côté du temple du Primâle, absolument éberluée. Le mâle qui était là n'était pas Viszs, fils du Saigneur.

Mais c'était un guerrier, cela ne faisait aucun doute. Sa silhouette immense se détachait contre le mur de marbre, un géant absolu aux épaules aussi larges que le lit sur lequel elle était allongée. C'était en tout cas l'impression qu'elle avait. Sa taille la terrifiait… et puis elle remarqua ses mains. Elles étaient grandes et élégantes, avec de longs doigts fins mais puissants.

Ces belles mains l'avaient libérée, ne lui avaient fait aucun mal.

Mais elle s'attendait qu'il lui crie après. Puis elle attendit qu'il dise quelque chose. Enfin, elle attendit qu'il la regarde.

Il avait des cheveux magnifiques, pensa-t-elle au milieu du silence. Ils lui tombaient sur les épaules et ils étaient de plusieurs couleurs, le blond se mêlait au roux foncé et au châtain. De quelle couleur étaient ses yeux ?

Le silence s'éternisa.

Elle avait perdu toute notion du temps. Elle savait qu'il s'écoulait car, même ici, de l'autre côté, il n'était pas immuable. Mais cela faisait combien de temps qu'ils étaient là, ensemble, dans le temple ? Douce Vierge, elle aurait voulu qu'il dise quelque chose, sauf que c'était peut-être le problème. Peut-être qu'il attendait qu'elle prenne la parole en premier.

— Vous n'êtes pas celui…

Elle n'arriva pas à finir sa phrase car il releva la tête et la regarda.

Et ses yeux étaient jaunes, resplendissants, d'un jaune plein de chaleur qui lui rappelait ses pierres préférées, les citrines. Elle avait l'impression qu'une chaleur se diffusait dans son corps tandis qu'il posait les yeux sur elle.

— Je ne suis pas celui à qui tu t'attendais ?

Oh… sa voix. Douce et profonde et… bienveillante.

— Elles ne t'ont pas avertie ?

Elle secoua la tête, avec brusquerie et sans répondre. Et ce n'était pas de la peur.

— La situation a changé et j'ai pris la place de mon frère. (Il posa une main sur sa large poitrine.) Je m'appelle Fhurie.

— Fhurie. Un nom de guerrier.

— Oui.

— Vous avez l'allure d'un guerrier.

— Mais je ne vais pas te faire de mal. Je ne te ferai jamais de mal, assura-t-il en tendant ses paumes vers elle.

Elle pencha la tête d'un côté. Non, il ne lui ferait pas de mal, n'est-ce pas ? Il était un parfait inconnu et faisait trois fois sa taille, mais elle avait la certitude absolue qu'il ne lui ferait pas de mal.

Il allait s'unir à elle, cependant. Tel était le but de ces moments ensemble, et elle avait perçu son excitation lorsqu'il était entré. Mais elle était retombée, à présent.

Elle leva la main et la porta à son visage. Peut-être que désormais qu'il l'avait vue, il ne voulait plus s'unir à elle ? Est-ce qu'il la trouvait laide ?

Sainte Vierge, de quoi s'inquiétait-elle ? Elle ne voulait pas s'unir à lui. À personne. Cela lui ferait mal ; la Directrix le lui avait dit. Et aussi beau que soit ce frère, elle ne le connaissait absolument pas.

— Ne t'inquiète pas, ajouta-t-il vivement, comme s'il avait lu ses pensées. Nous n'allons pas…

Elle serra la draperie contre elle.

— Non ?

— Non.

Cormia baissa la tête.

— Mais alors tout le monde saura que j'ai failli à mon devoir envers vous.

— Que tu as failli… mais tu ne faillis nullement. (Il passa une main dans ses cheveux et les ondulations épaisses captèrent la lumière et resplendirent.) C'est juste que je ne suis pas… je ne crois pas que cela soit honorable.

— Mais c'est le but de mon existence. M'unir à vous et par là lier le destin des Élues au vôtre. (Elle cligna plusieurs fois des yeux, au bord des larmes.) Si nous ne nous unissons pas, la cérémonie est incomplète.

— Et alors ?

— Je… je ne comprends pas.

— Quelle importance, si la cérémonie n'est pas complète aujourd'hui ? Nous avons le temps. (Il fronça les sourcils et regarda autour de lui.) Dis… tu veux sortir d'ici ?

Elle leva les sourcils avec étonnement.

— Pour aller où ?

— Je ne sais pas. Nous promener.

— On m'a dit que je ne pouvais pas sortir tant que…

— Écoute, je suis le Primâle, n'est-ce pas ? Aussi, mes décisions font loi. (Il la regarda d'un air pénétrant.) Je veux dire, tu dois le savoir. Je me trompe ?

— Non, vous avez le pouvoir absolu ici. Seule la Vierge scribe est au-dessus de vous.

Il se redressa et s'éloigna du mur.

— Allons nous promener, alors. Le moins que l'on puisse faire, c'est apprendre à se connaître, étant donné la situation dans laquelle nous nous trouvons.

— Je… je n'ai pas de robe.

— Sers-toi de ce tissu. Je vais me tourner pendant que tu l'arranges.

Il lui tourna le dos et, un moment plus tard, elle se leva et drapa l'étoffe autour d'elle. Elle n'aurait jamais pu prévoir ça, pensa-t-elle, ni cette substitution, ni sa gentillesse, ni sa… beauté. Car il était réellement très agréable à regarder.

— Je… Je suis prête.

Il se dirigea vers la porte et elle lui emboîta le pas. Il était encore plus grand de près… mais il sentait divinement bon. Des épices exotiques qui lui chatouillaient le nez.

Quand il ouvrit les portes et que le panorama blanc s'offrit à elle, elle hésita.

— Qu'est-ce qui ne va pas ?

Il lui était difficile d'expliquer la honte qu'elle ressentait. Elle se sentait égoïste dans son soulagement. Et préoccupée que ses défaillances rejaillissent sur toutes les Élues.

Elle sentit un nœud se former dans son estomac.

— Je ne me suis pas acquittée de mon devoir.

— Tu n'as pas failli. Nous avons simplement reporté le se… euh l'union. Elle aura lieu à un moment ou à un autre.

Mais Cormia n'arrivait pas à faire taire les voix. Ni ses craintes.

— Peut-être que vous devriez tout simplement le faire ?

Il se rembrunit.

— Mon Dieu… tu as vraiment peur de les décevoir ?

— Elles sont tout ce que j'ai. Tout ce que je connais. (Et la Directrix avait menacé de la bannir si elle ne respectait pas son obligation.) Sans elles, je suis absolument seule.

Il la regarda pendant un long moment.

— Comment t'appelles-tu ?

— Cormia.

— Eh bien… Cormia, tu n'es plus seule sans elles. Désormais, tu m'as, moi. Et tu sais quoi ? Oublie la promenade. J'ai une autre idée.

Une des spécialités de V. était d'entrer par effraction. Il pouvait forcer coffres-forts, voitures, verrous, maisons… bureaux. Il lui était facile de pénétrer dans des zones résidentielles aussi bien que commerciales. Sans problème.

Aussi, ouvrir la porte qui donnait sur le couloir du département de chirurgie de l'hôpital St. Francis fut un jeu d'enfant.

Se glissant à l'intérieur, il conserva la *brhume* qui voilait les caméras de sécurité et garantissait qu'il était caché des quelques personnes qui se trouvaient encore dans cette aile administrative du complexe.

Ça alors ! Cette partie de l'hôpital était sacrément luxueuse. L'aire d'accueil était vaste et cossue, lambrissée, des tapis persans recouvraient le sol. Quelques bureaux auxiliaires marqués de…

Le bureau de Jane se trouvait juste là.

V. s'approcha et posa le doigt sur la plaque de cuivre apposée à côté de la porte. Gravé dans la surface polie, on pouvait lire : « Dr Jane Whitcomb, chef du service de traumatologie ».

Il passa la tête dans l'embrasure de la porte. L'odeur de Jane flottait dans l'air et l'une de ses blouses blanches était pliée et posée sur la table de conférence. Son bureau était couvert d'une montagne de papiers, de dossiers et de Post-it, et sa chaise était repoussée de travers comme si elle était partie précipitamment. Un certain nombre de diplômes et de certificats divers tapissait un des murs, témoignages de son excellence professionnelle.

Il se frotta le sternum.

Diable, comment cela allait-il marcher entre eux ? Elle avait de longues journées et il était limité à des visites nocturnes. Et si ce n'était pas suffisant ?

Ils feraient en sorte que cela suffise. Il n'allait certainement pas lui demander d'abandonner pour lui toute une vie de travail, de discipline et de succès. Ce serait comme si elle voulait qu'il lâche la Confrérie.

Quand il entendit quelqu'un murmurer, son regard se porta vers l'aire d'accueil où brillait une lumière tout au bout de l'enfilade de bureaux.

Le moment était venu de s'occuper du docteur Manello.

*Ne le tue pas*, se répéta V. en s'approchant d'une porte à moitié ouverte. *Ce serait vraiment la fin de tout de devoir appeler Jane pour lui annoncer que son patron allait désormais manger les pissenlits par la racine.*

Il s'arrêta et jeta un coup d'œil dans l'immense bureau. Le mâle humain était assis derrière un immense bureau en train de consulter des dossiers alors qu'il était 2 heures du matin.

Le type fronça les sourcils et releva la tête.

— Qui est là ?

*Ne le tue pas*, s'admonesta-t-il. Jane serait vraiment démolie. Mais ce n'est pas l'envie qui lui en manquait. Tout ce qu'il pouvait voir, c'était le type à genoux, penché sur le visage de Jane, et l'image ne faisait vraiment rien pour améliorer son humeur. Les mâles liés ne pouvaient absolument pas supporter qu'on drague leur femelle et mettaient immédiatement fin à la situation. En clouant le couvercle sur le cercueil du rival, de préférence.

Viszs poussa la porte, s'introduisit dans l'esprit du médecin et le paralysa aussi facilement que s'il lui avait injecté du curare.

— Vous avez des clichés de mon cœur, toubib, et il me les faut. Où sont-ils ?

Il envoya une suggestion dans l'esprit de l'homme.

Le type cligna des yeux.

— Ici… sur mon bureau. Qui… qui êtes-vous ?

La question surprit V. En général, les humains étaient incapables de raisonner de manière indépendante quand ils étaient maîtrisés mentalement de cette manière.

V. s'approcha et considéra la pile de papiers.

— Où, sur le bureau ?

Le regard de l'homme se dirigea vers le coin gauche.

— Dossier. Là. Qui… ?

« Le compagnon de Jane, mec » voulait répondre V.

À vrai dire, il voulait tatouer les mots sur le front du type, de sorte que Manello n'oublie jamais qu'elle n'appartenait qu'à lui.

V. trouva le dossier et l'ouvrit.

— Les fichiers informatiques. Où sont-ils ?

— Volatilisés. Qui…

— Peu importe qui je suis.

L'emmerdeur était tenace. Il faut dire que l'on ne devient pas le chef d'un service de chirurgie en regardant les petits oiseaux chanter.

— Qui d'autre connaît l'existence de ce cliché ?

— Jane.

Entendre le nom de Jane franchir les lèvres du type redoubla la mauvaise humeur de V., mais il laissa passer.

— Qui d'autre ?

— Personne, autant que je sache. J'ai essayé de… l'envoyer à Columbia. Mais je n'ai pas réussi. Qui êtes-vous… ?

— Le Père Fouettard.

V. fouilla l'esprit du chirurgien, par acquit de conscience. Mais il n'y avait rien. Le moment était venu de partir.

Sauf qu'il avait besoin de savoir encore une chose.

— Dites-moi, toubib. Si une femme était mariée, est-ce que vous la dragueriez ?

Le patron de Jane fronça les sourcils, puis secoua lentement la tête.

— Non.

— Ça alors, bonne réponse, doc.

V. se dirigea vers la porte et se dit qu'il avait vraiment envie d'installer tout un champ de déclencheurs dans le cerveau du type, de créer tout un réseau de voies neuronales, de sorte que, si l'enfoiré se mettait à penser à Jane de manière sensuelle, il ressentirait immédiatement un sentiment d'angoisse terrible ou serait pris de nausée ou fondrait en larmes comme une mauviette. Après tout, en matière de déprogrammation, l'entraînement des impulsions adverses était une aubaine. Mais V. n'était pas un *sympathe*, et cela lui prendrait énormément de temps de mettre tout cela en place. Et puis ce genre de manipulations mentales pouvait rendre dingue. En particulier quelqu'un de la trempe de Manello.

V. regarda une dernière fois son rival. Le chirurgien le dévisageait avec étonnement mais sans peur, ses yeux marron agressifs et intelligents. Cela lui faisait mal de l'admettre mais, en l'absence de V., l'homme aurait probablement fait un bon compagnon pour Jane.

Le salaud.

Viszs était sur le point de tourner les talons quand il eut une vision aussi claire et nette qu'il pouvait en avoir du temps de ses prémonitions.

Ce n'était pas tant une vision, en fait, qu'un mot. Et ça n'avait aucun sens.

*Frère.*

Bizarre.

V. effaça avec soin les souvenirs du médecin et se dématérialisa.

Manny Manello posa les coudes sur le bureau, se frotta les tempes et grogna. La douleur dans sa tête avait son propre pouls et son crâne s'était transformé en une espèce de caisse de résonance. Et de manière tout aussi désagréable, il avait l'impression que son cerveau tournait à vide, ou plus exactement qu'il était déréglé. Des pensées sans aucun lien les unes avec les autres brinquebalaient dans sa tête, une salade dénuée de sens. Il devait conduire sa voiture pour la faire réviser, il fallait qu'il finisse de passer en revue les dossiers d'internat, il n'avait plus de bière chez lui, son match de basket-ball du lundi était reporté à mercredi.

Ce qui était curieux, c'est que, s'il regardait au-delà de toutes ces choses à faire, de ce foisonnement d'activités banales, il avait le sentiment que cela… cachait quelque chose.

Tout à coup une image lui revint en mémoire, l'image d'une couverture mauve crochetée et drapée sur le dossier du canapé mauve dans le salon mauve de sa mère. Le truc ne servait jamais à se couvrir ou se réchauffer, et gare si l'on essayait de l'enlever. L'unique but de la couverture était de masquer une tache qu'avait faite son père en renversant une assiette de spaghetti. On ne pouvait pas toujours tout enlever avec du détachant, et puis la sauce en boîte contenait un colorant rouge, ce qui jurait vraiment sur un canapé mauve. À l'instar de cette couverture, ses pensées éparpillées masquaient une espèce de tache dans son cerveau, mais il lui était impossible de savoir quoi.

Il se frotta les yeux et jeta un coup d'œil sur sa montre Breitling. Il était 2 heures passées.

L'heure de rentrer chez lui.

Alors qu'il rangeait ses affaires, il eut l'impression qu'il avait oublié quelque chose d'important, or son regard se dirigeait sans cesse vers le coin gauche de son bureau. Au milieu de la pile de papiers, un espace libre laissait voir le bois du meuble.

L'espace vide avait exactement la taille d'un dossier.

On avait pris quelque chose. Il en était sûr. Seulement, il ne savait pas quoi et plus il essayait de s'en souvenir, plus sa tête le lançait.

Il se dirigea vers la porte.

En passant devant sa salle de bains privée, il marqua une pause, puis entra chercher sa fidèle boîte de Doliprane et en avala deux.

Il avait vraiment besoin de vacances.

# Chapitre 44

Ce n'était peut-être pas une idée de génie, pensa Fhurie, debout dans l'encadrement de la porte de la chambre qui jouxtait la sienne dans la grande maison où vivait la Confrérie. Au moins, tout le monde était occupé et il n'avait rencontré personne. Mais la situation était épineuse.

*Merde.*

En face de lui, Cormia était assise au bord du lit, la draperie serrée sur sa poitrine, les yeux perdus comme deux billes de jade dans un bocal de verre. Elle était tellement secouée qu'il voulait la ramener de l'autre côté, mais ce qui l'y attendait n'était pas mieux. Il ne voulait pas qu'elle ait à affronter le peloton d'exécution de la Directrix.

Il n'allait pas laisser faire ce genre de choses.

— Si tu as besoin de quelque chose, je suis juste à côté. (Il se pencha en arrière et pointa le doigt sur la gauche.) J'ai pensé que tu pouvais rester ici un jour ou deux et te reposer. Avoir un peu de temps pour toi. Ça te va ?

Elle opina et ses cheveux blonds recouvrirent son épaule.

Sans raison précise, il remarqua que leur couleur était superbe, surtout éclairée par la lumière tamisée de la lampe de chevet. Elle lui rappelait la blondeur du bois de pin, un lustre intense et brillant.

— Est-ce que tu veux quelque chose à manger ? demanda-t-il. (Quand elle secoua la tête, il s'approcha du téléphone et posa la main dessus.) Si tu as faim, compose « étoile quatre » et tu auras la cuisine. Ils te monteront ce que tu veux.

Elle jeta un coup d'œil sur l'appareil, puis tourna de nouveau les yeux sur lui.

— Tu es en sécurité ici, Cormia. Rien ne peut t'arriver…

— Fhurie ? Tu es de retour ?

Depuis le seuil de la porte, la voix de Bella trahissait surprise et soulagement.

Le cœur de Fhurie cessa de battre. *Coincé*. Et précisément par la dernière personne à qui il voulait expliquer toute cette histoire. Elle l'intimidait encore plus que Kolher !

Il essaya de trouver une contenance avant de la regarder.

— Oui, je suis de retour pour un petit moment.

— Je croyais que tu étais… oh, bonjour. (Bella lui jeta un coup d'œil avant de sourire à Cormia.) Je m'appelle Bella. Et vous êtes… ?

Cormia resta muette et c'est Fhurie qui répondit.

— Je te présente Cormia. Elle est l'Élue avec laquelle je… me suis uni. Cormia, je te présente Bella.

Cormia se leva et s'inclina profondément, ses cheveux balayant presque le sol.

— Votre Grâce.

Bella posa la main sur son ventre.

— Cormia, ravie de faire votre connaissance. Et je vous en prie, nous ne sommes pas cérémonieux dans cette maison.

Cormia se redressa et fit un signe d'assentiment.

Un silence suivit, long comme un jour sans pain.

Fhurie se racla la gorge. La situation devenait de plus en plus compliquée.

Cormia dévisagea l'autre femelle et comprit toute l'histoire sans qu'un mot soit prononcé. Voilà donc pourquoi le Primâle ne s'était pas uni à elle. C'était elle, la femelle qu'il désirait. Elle lisait ce désir dans ses yeux quand il la regardait et suivait les lignes de son corps, dans sa voix qui se faisait plus profonde et à la chaleur qui émanait de lui.

Et elle était enceinte.

Cormia regarda le Primâle. Enceinte, mais pas de lui. L'expression qu'il avait en la contemplant depuis l'autre extrémité de la pièce était une expression de désir teinté de mélancolie, pas une expression possessive.

*Oui.* Voilà pourquoi il s'était porté volontaire lorsque la situation avait changé pour le fils du Saigneur. Le Primâle voulait s'éloigner de cette femelle parce qu'il la voulait, mais ne pouvait pas l'avoir, puisqu'elle était à un autre.

Fhurie changea de posture, portant son poids sur son autre pied tout en considérant Bella. Puis il ébaucha un sourire.

— Combien de minutes te reste-t-il ?

La femelle… Bella… retourna son sourire.

— Onze.

— Le couloir des statues est assez long. Tu ferais bien de ne pas t'attarder.

— Ça ne va pas me prendre si longtemps que ça.

Leurs regards se croisèrent. Affection et tristesse se lisaient dans les yeux de Bella et les faisaient briller. Quant à lui, un léger rougissement sur ses joues suggérait qu'il trouvait ce qu'il regardait infiniment ravissant et captivant.

Cormia tira un coin de la draperie jusqu'à son menton pour couvrir son cou.

— Et si je te raccompagnais à ta chambre ? proposa Fhurie, joignant le geste à la parole et s'approchant de Bella pour lui offrir le bras. Je veux voir Z., de toute façon.

La femelle leva les yeux au ciel.

— Si ce n'est pas encore une excuse pour me mettre au lit.

Cormia se rembrunit quand le Primâle s'esclaffa et murmura :

— Oui, plus ou moins. Et ça marche ou pas ?

La femelle rit doucement et posa sa main sur le bras qu'il lui tendait.

— Cela marche vraiment très bien, fit-elle d'une voix un peu rauque. Comme toujours avec toi… cela marche très bien. Je suis tellement contente que tu sois ici pour… pour le temps que tu y seras.

Ses joues s'empourprèrent davantage, puis il regarda Cormia.

— Je vais la ramener puis je serai dans ma chambre si tu as besoin de quelque chose, d'accord ?

Cormia hocha la tête et regarda la porte se refermer derrière eux.

Livrée à elle-même, elle se rassit sur le lit.

Chère Vierge… Elle se sentait minuscule sur ce grand matelas, dans cette vaste chambre, environnée de toutes ces couleurs et textures.

C'était pourtant ce qu'elle avait voulu. Pendant la cérémonie de présentation, c'était exactement ce qu'elle avait souhaité.

Sauf que l'invisibilité n'était pas aussi merveilleuse qu'elle l'avait imaginé.

Elle regarda autour d'elle et n'arriva pas à appréhender où elle se trouvait, et sa petite pièce blanche, son petit cocon dans le Sanctuaire, lui manquait.

Quand ils avaient quitté l'autre côté, ils s'étaient matérialisés dans la chambre à côté de celle-ci, celle qu'il avait dit être la sienne. Ce qui l'avait frappée en premier, c'était l'odeur si agréable du lieu. Un arôme légèrement fumé, et puis ces épices exotiques qu'elle reconnaissait comme étant son odeur à lui. Ensuite elle avait été saisie par le choc de toutes ces couleurs, textures, et formes. C'était trop pour elle.

Et c'était avant qu'il l'escorte dans le vestibule qui l'avait absolument transportée. Il vivait dans un palais, le hall était aussi vaste que les temples les plus majestueux de l'autre côté. Le plafond était aussi haut que les cieux ; les peintures des guerriers en pleine bataille, aussi éclatantes que les gemmes qu'elle avait eu tant de joie à contempler. Et lorsqu'elle avait posé les mains sur la balustrade du balcon et s'était penchée, la vue plongeante sur le sol de mosaïque en bas l'avait littéralement étourdie d'émerveillement.

Quand il l'avait conduite dans la chambre où elle se trouvait à présent, elle avait été fascinée.

Mais elle ne l'était plus. Désormais, elle était accablée par le trop-plein sensoriel. L'air était étrange de ce côté, plein d'odeurs déconcertantes, et puis c'était un air sec qui lui piquait le nez. Il bougeait tout le temps, de plus. Des courants frôlaient sans arrêt son visage, ses cheveux et la draperie dans laquelle elle s'était enveloppée.

Elle regarda la porte. Elle entendait aussi des bruits insolites. La grande demeure laissait entendre des craquements et des voix résonnaient parfois.

Elle se recroquevilla, glissa ses pieds sous elle et posa les yeux sur la jolie table qui jouxtait le lit. Elle n'avait pas faim, et n'aurait de toute façon pas su quoi manger. Et elle ne savait absolument pas se servir de cet objet qu'il avait appelé « téléphone ».

Elle entendit soudain un rugissement du côté de la fenêtre et tourna brusquement la tête en direction du bruit. Est-ce qu'il y avait des dragons de ce côté ? Elle avait lu des récits sur les dragons et, si elle avait confiance en Fhurie qui lui avait assuré qu'elle était en sécurité ici, elle s'inquiétait des dangers qu'elle ne pouvait pas voir.

Peut-être était-ce seulement le vent ? Elle avait découvert l'existence du vent en lisant une histoire une fois, mais elle n'était pas sûre.

Elle tendit la main et saisit un coussin en satin orné de glands à chaque coin. Elle le serra contre sa poitrine et caressa les brins soyeux, essayant de se calmer en faisant passer les fils entre ses doigts.

C'était sa punition, pensa-t-elle, remarquant que la chambre l'oppressait et lui fatiguait les yeux. Tel était le résultat de sa volonté, de son désir de quitter l'autre côté et de trouver sa voie, toute seule.

Elle se trouvait à présent là où elle avait si ardemment souhaité être.

Et tout ce qu'elle voulait, c'était rentrer chez elle.

# Chapitre 45

Jane était assise à la table de sa cuisine, une tasse vide devant elle. Elle pouvait voir le soleil se lever de l'autre côté de la rue, ses rayons scintillaient entre les branches des arbres. Viszs était parti vingt minutes plus tôt et, avant de sortir, lui avait préparé le chocolat qu'elle venait de finir.

Il lui manquait à un point inexplicable, compte tenu du fait qu'ils avaient passé toute la nuit ensemble. Après avoir vu Manny, V. était rentré et lui avait assuré que son patron était toujours en vie et qu'il ne lui manquait ni un bras ni une jambe. Puis il l'avait enveloppée dans ses bras, l'avait serrée contre lui… et lui avait fait l'amour. Deux fois.

Mais il n'était plus là et, avant de pouvoir le revoir, il fallait attendre que le soleil sombre derrière l'horizon.

Certes, les téléphones, les mails, les SMS, ils avaient ça à leur disposition, et puis ils se retrouveraient le soir même. Mais Jane trouvait que ce n'était pas suffisant. Elle voulait dormir à côté de lui, et pas seulement quelques heures avant qu'il doive se lever pour aller combattre ou rentrer chez lui.

Et à propos de questions pratiques… qu'allait-elle faire de cette possibilité de travailler à Columbia ? C'était plus éloigné de lui, mais cela avait-il de l'importance ? Il pouvait se rendre n'importe où en l'espace de quelques secondes. Mais quand même, elle n'aimait pas l'idée de trop s'éloigner. Après tout, il avait déjà reçu une balle dans la poitrine. Et s'il avait besoin d'elle ? Elle ne pouvait pas, quant à elle, se dématérialiser pour voler à son secours.

Oui, mais qu'allait-elle faire alors de sa volonté de mener sa barque ? Le besoin de diriger son propre département faisait partie d'elle, et intégrer Columbia restait la meilleure option, même si cinq ans pouvaient s'écouler avant qu'elle puisse accéder au poste de patron.

En présumant qu'ils étaient toujours intéressés par sa candidature. En présumant qu'elle décroche le poste.

Jane regarda la tasse vide et les traces de chocolat qui en marbraient l'intérieur.

L'idée qui lui vint à l'esprit était folle. Totalement folle. Et elle la repoussa en se disant que c'était bien la preuve qu'elle était encore à côté de la plaque.

Elle se leva, mit la tasse dans le lave-vaisselle, puis se doucha et s'habilla. Une demi-heure plus tard, elle sortait de son garage et, alors qu'elle s'engageait dans la rue, un monospace remontait la courte allée qui menait à la porte de l'appartement jouxtant le sien.

Une famille. *Génial.*

Heureusement, le trajet en ville se déroula sans histoires. Elle fila sur Trade Street, peu encombrée à cette heure-là, et eut tous les feux jusqu'à l'intersection où se dressait l'immeuble du *Caldwell Courier Journal.*

Elle s'arrêtait quand son portable sonna. Sa messagerie certainement.

— Whitcomb.

— *Bonjour, doc. C'est ton homme.*

— Salut, ajouta-t-elle en souriant, du soleil dans la voix.

— *Tu es où ?* (Elle entendit le froissement étouffé des draps quand V. se retourna dans son lit.)

— En route pour l'hôpital. Et toi ?

— *Dans mon lit.*

*Oh, mon Dieu*, elle imagina la splendeur de son corps entre les draps noirs.

— *Dis-moi… Jane ?*

— Oui ?

— *Qu'est-ce que tu portes ?* demanda-t-il d'une voix plus profonde.

— Ma tenue de chirurgien.

— *Hmmmm. Sexy.*

— C'est à peine mieux qu'un sac ! dit-elle en riant.

— *Pas quand c'est toi qui le porte, non.*

— Et toi, qu'est-ce que tu portes ?

— *Rien… et devine où se trouve ma main, doc.*

Le feu passa au vert et Jane dut se concentrer pour démarrer.

— Où ça ? demanda-t-elle d'une voix entrecoupée.

— *Entre mes jambes. Tu peux me dire sur quoi elle est posée ?*

*Oh… là… là…* Elle appuya sur l'accélérateur et reprit le dialogue.

— Sur quoi ?

Il lui donna la réponse et elle faillit emboutir une voiture garée le long du trottoir.

— Viszs…

— *Dis-moi quoi faire, doc. Dis-moi ce que je dois faire avec ma main.*

Jane déglutit, se rangea sur le côté… et lui donna des instructions précises.

Fhurie versa un peu d'herbe rouge sur le papier à cigarette et le roula, passa un coup de langue dessus et tordit l'extrémité du joint pour empêcher le tabac de tomber. Il l'alluma et s'adossa contre ses oreillers. Il avait retiré sa prothèse et elle reposait contre la table de nuit. Il portait un peignoir en soie bleu roi et rouge sang. Son préféré.

Faire la paix avec Bella l'avait apaisé. Être de retour ici l'avait apaisé. L'herbe rouge l'avait apaisé.

Ce qui ne l'avait pas apaisé, c'était d'avoir dû remettre les pendules à l'heure avec la Directrix.

La femelle avait fait irruption dans la vaste demeure une demi-heure environ après que Cormia et lui s'y furent matérialisés, et elle avait fait tout un drame à propos d'une de ses Élues, Cormia bien sûr, qui aurait disparu. Fhurie l'avait escortée dans la bibliothèque et, en présence de Kolher, avait expliqué que tout allait bien, qu'il avait simplement changé d'avis et voulait revenir ici pour y passer un moment.

Le discours n'avait pas exactement amadoué la Directrix. D'un ton hautain et franchement détestable, elle lui avait signifié qu'en tant que représentante des Élues elle exigeait de voir Cormia afin de l'interroger sur ce qui s'était passé dans le temple ; il fallait déterminer si la cérémonie du Primâle était consommée.

C'est à ce moment-là que Fhurie avait décidé qu'il n'aimait vraiment pas le personnage. Il avait lui dans ses yeux rusés qu'elle savait très bien qu'il n'y avait pas eu de rapport sexuel et il était persuadé qu'elle voulait des détails uniquement parce qu'elle anticipait avec délectation d'accabler Cormia.

Ben voyons, et elle s'imaginait qu'il allait obtempérer peut-être ? Un sourire aux lèvres, Fhurie avait sorti de sa manche son atout et avait rappelé à la garce qu'en tant que Primâle il ne lui devait aucun compte, et que Cormia et lui retourneraient de l'autre côté quand il en aurait envie, pas une minute plus tôt.

Dire qu'elle était vexée était un doux euphémisme, mais il la tenait au collet et elle le savait très bien. Elle lui avait lancé un regard haineux puis s'était inclinée devant lui avant de se dématérialiser.

Qu'elle aille au diable, voilà ce qu'il pensait, et il envisageait très sérieusement de la faire virer. Il ne savait pas exactement comment s'y prendre, mais il ne voulait pas qu'une telle créature soit chargée des Élues. Elle était mauvaise, maléfique.

Fhurie inspira et garda la fumée rouge dans ses poumons. Il ne savait pas combien de temps garder Cormia ici. Si ça se trouvait, elle voulait déjà retourner là-bas. La seule chose dont il était sûr, c'est que, lorsqu'elle partirait, ce serait sa décision à elle, et pas celle de ces fanatiques d'Élues.

Et lui, qu'allait-il faire ? Eh bien... une partie de lui continuait à vouloir s'éloigner de la grande maison, mais Cormia faisait un peu office de bouclier. Et puis ils finiraient par retourner de l'autre côté, pour y rester pour de bon.

Il exhala et frotta distraitement le moignon de sa jambe droite. Il le faisait souffrir, mais ce n'était pas rare à l'approche de l'aube.

Le coup frappé à la porte le surprit.

— Entrez !

Il devina qui c'était à la manière dont la porte s'ouvrit, très doucement et à peine.

— Cormia ? C'est toi ?

Il s'assit et tira la couette sur ses jambes.

Elle passa sa tête blonde, son corps restant dans le couloir.

— Ça va ? s'enquit-il.

Elle secoua la tête puis murmura en langue ancienne :

— Si cela ne vous dérange pas, Votre Grâce, puis-je, s'il vous plaît, entrer dans votre appartement ?

— Bien sûr. Et tu n'as pas à être aussi cérémonieuse.

Elle se glissa à l'intérieur de la pièce et referma la porte. Elle avait l'air si fragile, enveloppée dans tout ce tissu blanc, on aurait dit une enfant plutôt qu'une femelle qui a effectué sa transition.

— Qu'est-ce qui ne va pas ?

Au lieu de lui répondre, elle resta silencieuse, les yeux baissés, les bras serrés autour du corps.

— Cormia, parle-moi. Dis-moi ce qui ne va pas.

Elle s'inclina profondément et s'adressa à lui dans cette posture.

— Votre Grâce, je suis…

— Pas de formalités. S'il te plaît.

Il s'apprêta à se lever puis se souvint qu'il n'avait pas remis sa prothèse. Il se rassit en se demandant comme elle réagirait en apprenant qu'il lui manquait une partie de son corps.

— Parle-moi. Tu as besoin de quoi ?

Elle s'éclaircit la voix.

— Je suis votre compagne, n'est-ce pas ?

— Euh… oui.

— Alors ne devrais-je pas rester avec vous dans votre chambre ?

Il la regarda avec étonnement.

— Je pensais que ce serait mieux pour toi d'avoir ta propre chambre.

— Oh.

Il fronça les sourcils. Elle ne voulait pas rester avec lui, quand même, si ?

Comme le silence s'étirait, il se dit que oui, apparemment, c'est ce qu'elle voulait.

Il finit par dire, très mal à l'aise :

— Je suppose que si tu veux… tu peux rester ici. Je veux dire, on peut faire monter un autre lit.

— Qu'est-ce qui ne va pas avec celui-ci ?

Elle voulait *dormir* avec lui ? Pourquoi… *oh oui, bien sûr.*

— Cormia, tu n'as pas à t'inquiéter si la Directrix ou les autres pensent que tu ne fais pas ton devoir. Personne ne va savoir ce que tu fais ici. Ou ne fais pas, plus exactement.

— Ce n'est pas ça. Le vent… enfin, je crois que c'est le vent… il frappe la maison, n'est-ce pas ?

— Eh bien, oui, il y a une espèce de tempête, ce soir. Mais nous sommes protégés par une muraille de pierre.

Il attendit qu'elle poursuive, mais elle n'ajouta rien, et il eut tout à coup une illumination : il n'était qu'un salaud insensible ! Il l'avait arrachée au seul cadre qu'elle ait jamais connu et l'avait transportée dans un monde absolument inconnu. Elle était effrayée par des choses complètement normales à ses yeux à lui. Comment pouvait-elle se sentir en sécurité si elle ne pouvait pas savoir quels sons signalaient un danger et quels sons étaient inoffensifs ?

— Écoute, tu veux rester ici ? Ce n'est pas un problème. (Il regarda autour de lui, essayant de voir quel serait le meilleur emplacement pour mettre un lit de camp.) Il y a plein de place pour un lit de camp.

— Ce lit me convient.

— D'accord. Alors, je dormirai sur le lit de camp.

— Pourquoi ?

— Parce que j'aime autant ne pas dormir par terre.

Il y avait un espace qui conviendrait parfaitement entre les deux fenêtres, il pourrait demander à Fritz…

— Mais le lit est suffisamment grand pour nous deux.

Fhurie tourna lentement la tête vers elle. Puis il cligna des yeux.

— Euh… oui.

— Nous allons y dormir tous les deux. (Ses yeux étaient toujours baissés mais une étonnante trace de détermination flottait dans sa voix.) Et je serai ensuite au moins en mesure de leur dire que j'ai partagé votre lit.

Ah, c'était donc ça.

— Très bien.

Elle fit un signe d'assentiment puis contourna le lit pour passer de l'autre côté. Elle se glissa entre les draps, puis se recroquevilla en chien de fusil en ramenant ses genoux sous son menton, et se tourna vers lui. Ce qui le surprit. Ça et le fait qu'elle ne ferme pas les yeux pour feindre de dormir.

Fhurie écrasa son mégot et se dit qu'il leur rendrait service à tous les deux en dormant sur les couvertures. Mais il avait besoin de faire un tour dans la salle de bains avant de se coucher.

*Merde.*

Enfin, il faudrait bien qu'elle voie sa jambe un jour ou l'autre.

Il écarta la couette, mit sa prothèse et se leva. Il l'entendit pousser une exclamation étouffée et sentit son regard sur lui, et il pensa : *Elle doit être horrifiée.* En tant qu'Élue, elle ne connaissait en effet que la perfection.

— Il me manque la moitié d'une jambe. *Sans blague !* Mais ce n'est pas un problème.

Du moment que sa prothèse était bien ajustée et fonctionnait correctement.

— Je reviens tout de suite.

Il referma la porte de la salle de bains avec soulagement puis prit son temps pour se brosser les dents, utiliser les toilettes, se laver les mains. Quand il se mit à arranger les Coton-Tige et les boîtes de médicament dans l'armoire, il sut qu'il était temps qu'il aille se coucher.

Il ouvrit la porte.

Elle n'avait pas bougé. Tout au bord du lit, les yeux grands ouverts, elle lui faisait face.

En traversant la chambre, il se disait qu'il aurait aimé qu'elle cesse de le dévisager. Surtout lorsqu'il s'assit et que son peignoir dévoila sa jambe. Tirant sur un pan pour se dissimuler, il essaya de s'installer confortablement.

Ça n'allait pas marcher. Il avait froid, ainsi.

Il mesura d'un coup d'œil rapide la distance qui les séparait. On aurait dit un terrain de foot. Ils étaient tellement éloignés l'un de l'autre, qu'ils auraient aussi bien pu se trouver dans des pièces différentes.

— Je vais éteindre la lumière.

Quand elle posa sa tête sur l'oreiller, il éteignit… et se glissa sous les couvertures.

Dans l'obscurité, il resta étendu à côté d'elle, sans oser bouger. Il n'avait jamais dormi avec quelqu'un. Enfin si, une fois, pendant les chaleurs de Bella, il avait dormi avec V. et Butch, mais c'était parce qu'ils en tenaient une bonne. Et puis c'étaient des mâles, tandis que… enfin, Cormia n'était pas un mâle.

Il inspira profondément. Non, pour sûr, son parfum de jasmin la trahissait immédiatement.

En fermant les yeux, il se dit qu'il était prêt à parier qu'elle était aussi raide et mal à l'aise que lui. Aïe, la journée allait être longue. Mais pourquoi n'avait-il donc pas fait monter un lit de camp ?

# Chapitre 46

— Viszs, tu veux bien arrêter de sourire béatement ? Tu commences à m'inquiéter.

V. fit un doigt d'honneur à Butch, assis en face de lui à la table de la cuisine, puis retourna à ses pensées en s'absorbant dans son café. La nuit allait bientôt tomber, ce qui voulait dire que dans… vingt-huit minutes, il était libre.

Il irait tout droit chez Jane et ferait un truc romantique. Il ne savait pas encore vraiment quoi, des fleurs peut-être. Enfin, des fleurs et puis l'installation d'un système de sécurité. Parce que rien ne disait mieux « je t'aime » qu'un bouquet de détecteurs de mouvement.

Mon Dieu, il était vraiment mordu. C'était le cas de le dire.

Elle lui avait dit qu'elle rentrerait vers 21 heures, il avait donc décidé qu'il allait l'attendre dans sa chambre, puis rester avec elle jusqu'à minuit environ.

Sauf que cela ne lui laissait que cinq heures pour chasser.

Butch froissa la page des sports en la tournant, se pencha pour poser un baiser sur l'épaule de Marissa puis retourna à sa lecture du journal. Elle releva la tête des papiers qu'elle était en train de passer en revue pour le Refuge et répondit au baiser en lui caressant le bras, puis elle reprit son travail. Elle avait une marque récente de morsure sur le cou et son visage rayonnait du contentement de la femelle comblée.

V. fit une grimace et s'absorba dans la contemplation de son café tout en caressant son bouc. Jane et lui ne pourraient jamais partager de tels moments, se dit-il, parce qu'ils ne vivraient jamais ensemble. Même s'il ne faisait plus partie de la Confrérie, il ne pourrait pas dormir chez elle pendant la journée à cause du soleil, et la possibilité qu'elle s'installe dans la grande maison n'était pas réaliste pour d'autres raisons : il était suffisamment dangereux qu'elle soit au courant de l'existence de l'espèce. Développer davantage de contacts, connaître des détails sur la Confrérie et passer du temps avec eux n'était ni avisé ni sûr.

V. se cala sur sa chaise en tenant sa tasse entre ses paumes. Il se faisait du souci pour l'avenir. Jane et lui s'entendaient vraiment bien, mais toutes ces séparations forcées allaient finir par leur peser. Il anticipait déjà avec douleur le moment de lui dire au revoir à la fin de la nuit.

Il la voulait à ses côtés, telle son ombre, vingt-quatre heures sur vingt-quatre et sept jours sur sept. Entendre sa voix au téléphone, c'était mieux que rien certes, mais ce n'était pas suffisant pour vraiment le satisfaire. Mais quelles options avaient-ils ?

Il entendit de nouveau le froissement du papier, Butch continuait à maltraiter le journal. Il était terriblement brouillon, chiffonnant les pages, ne suivant pas les plis. C'était la même chose avec les magazines. Il ne les lisait pas, il les désagrégeait avec ses mains.

Alors qu'il rudoyait un article sur l'entraînement de l'équipe de base-ball, Butch jeta de nouveau un coup d'œil en direction de Marissa et V. sut que le couple allait bientôt lui fausser compagnie, et pas parce qu'ils avaient fini leur café.

Il savait ce qui allait se passer par extrapolation, et non parce qu'il pouvait lire leurs pensées. Butch exhalait l'odeur d'union et Marissa adorait être avec son mâle. Ce n'était pas comme s'il les voyait en train de baiser dans l'office ou sur leur lit.

Il ne pouvait lire que les pensées de Jane, et de temps en temps seulement.

Il frotta le centre de sa poitrine et se remémora ce que la Vierge scribe avait annoncé : que ses visions et son don de prescience étaient voilés temporairement à cause d'événements cruciaux dans sa vie, mais qu'il retrouverait son aptitude une fois qu'il aurait passé ce stade. Le truc, c'est qu'il avait Jane désormais, alors n'avait-il pas atteint et même dépassé le moment crucial en question ? Il avait trouvé sa femelle. Il était avec elle. Point barre.

Il avala une gorgée de café. Continua à se frotter.

Le cauchemar était revenu ce matin.

Comme il ne pouvait plus l'attribuer à un trouble de stress post-traumatique, il avait décidé que c'était désormais une allégorie, son subconscient qui se débattait avec le fait qu'il n'avait toujours pas l'impression de contrôler sa vie. Après tout, tomber amoureux, c'était perdre le contrôle.

Ça devait être la raison de ce cauchemar. C'était obligé.

— Dix minutes, glissa Butch à l'oreille de Marissa. Est-ce que je peux avoir dix minutes avec toi avant que tu t'en ailles ? S'il te plaît, bébé.

V. leva les yeux au ciel et fut soulagé d'être agacé par leurs roucoulades. Au moins sa testostérone n'était pas totalement asséchée.

— Bébé… s'il te plaît ?

— Marissa, tu veux bien accorder un petit moment à ce benêt aux yeux de merlan frit ? Ses geignardises finissent par me taper sur les nerfs.

— Oh, nous ne voudrions pas de ça, n'est-ce pas ? (Marissa rangea ses papiers en riant et regarda Butch avec insistance.) Dix minutes. Et tu ferais bien de les utiliser à bon escient.

Butch bondit de sa chaise comme s'il était en feu.

— As-tu jamais à te plaindre ?

— Hummm… Non.

Les deux amoureux commencèrent à s'embrasser et V. grogna :

— Amusez-vous bien, les petits loups, mais ailleurs.

Ils venaient de sortir de la pièce quand Z. déboula dans la pièce.

— Merde. Merde… et merde…

— Qu'est-ce qui se passe, mon frère ?

— Je dois faire cours et je suis à la bourre. (Zadiste saisit un paquet de petits pains, sortit une cuisse de dinde du réfrigérateur et un litre de glace du congélateur.) Merde.

— C'est ton petit déjeuner ?

— Ferme-la. Ça fait presque un sandwich à la dinde.

— C'est pas la glace à la vanille qui va remplacer la mayonnaise.

— M'en fous. (Il se précipita vers la porte.) Au fait, Fhurie est de retour, et il a ramené l'Élue. Je me suis dit que tu voudrais le savoir au cas où tu verrais une femelle inconnue hanter les lieux.

*Surprise, surprise.*

— Comment va-t-il ?

Zadiste s'arrêta.

— Je n'en sais rien. Il ne s'épanche pas beaucoup. Il n'est pas bavard, le salaud.

— Oh, parce que toi, tu serais peut-être un bon candidat pour passer dans un talk-show ?

— Je pourrais t'en dire autant, vieille pipelette.

— Touché. (V. secoua la tête.) Putain, je lui dois beaucoup, à notre frère.

— Oui, c'est vrai. On lui doit tous beaucoup.

— Attends, Z. (V. lui lança la cuiller dont il s'était servi pour mettre du sucre dans son café.) Tu vas avoir besoin de ça, non ?

Z. la saisit au vol.

— Ah ouais, j'avais oublié. Merci. Je pense tout le temps à Bella, tu sais.

La porte de service se referma en claquant.

Dans la cuisine silencieuse, V. prit une autre gorgée. Le café n'était plus chaud. Sa chaleur s'était dissipée et, dans un quart d'heure, il serait carrément glacé.

Imbuvable.

Oui… Il savait combien c'était difficile de penser à sa femelle sans arrêt.

Il était bien placé pour le savoir. Au premier rang, vraiment.

Cormia sentit le lit trembler quand le Primâle se retourna. Une fois de plus.

Cela faisait des heures que ça durait. Elle n'avait pas dormi de la journée et elle était persuadée que lui non plus, ou alors il bougeait beaucoup dans son sommeil.

Il laissa échapper un marmonnement et se mit à bouger, ses bras et ses jambes puissants s'agitèrent dans tous les sens. C'était comme s'il n'arrivait pas à trouver une bonne position et elle s'inquiétait en pensant que c'était elle qui le dérangeait… même si elle ne voyait pas comment. Elle n'avait pas bougé depuis qu'elle s'était couchée.

Étrangement, elle trouvait sa présence rassurante, malgré son agitation. Elle ressentait un certain confort de le savoir à côté d'elle dans le lit. Elle se sentait en sécurité avec lui, bien qu'elle ne le connaisse pas.

Le Primâle sursauta, grogna et…

Cormia bondit quand sa main atterrit sur son bras.

Et lui aussi. Il poussa un grondement sourd qui ressemblait à une question, puis il passa la main le long de son bras, comme s'il essayait de comprendre ce qui se trouvait dans son lit.

Elle s'attendait qu'il recule.

Mais il s'agrippa.

Elle ouvrit la bouche avec ahurissement tandis qu'il produisait un son guttural et fourrageait dans les draps. Sa main quitta son bras pour lui saisir la taille. Comme si elle avait réussi une espèce de test, il se rapprocha d'elle, une cuisse puissante venant se coller à la sienne tandis que quelque chose de dur poussait contre sa hanche. Il se mit à bouger sa main et, avant qu'elle ait le temps de dire « ouf », la draperie se relâcha autour d'elle et la dénuda.

Il poussa un grondement un peu plus fort et la tira tout contre lui, si bien que la chose longue et dure reposa contre ses cuisses. Elle hoqueta de surprise mais n'eut pas le temps de réagir ou de penser. Il posa ses lèvres sur sa gorge et suça sa peau, et une vague de chaleur la parcourut. Puis Fhurie se mit à bouger les hanches. Le va-et-vient contre son corps fit gonfler et palpiter quelque chose entre ses cuisses, quelque chose de mystérieux, avide, qui se déployait dans son ventre.

Soudain, il la roula sur le dos de ses bras puissants, sa magnifique chevelure balayant son visage. Il glissa sa cuisse massive entre les siennes et il l'enfourcha. Cormia commença à sentir sur sa peau les pulsations rythmées de ce qu'elle savait être son sexe. Et s'il pesait sur elle et semblait gigantesque, elle n'avait pas peur et ne se sentait pas prise au piège. Ce qui se passait entre eux, c'était quelque chose qu'elle voulait. Quelque chose qu'elle désirait ardemment.

Elle posa timidement les mains sur son dos. Les muscles qui couraient le long de sa colonne vertébrale étaient énormes et ils saillaient sous le satin de son peignoir à chaque mouvement. Il poussa un grognement lorsqu'elle le toucha, comme s'il appréciait de sentir ses mains sur lui et, alors qu'elle se demandait quelle texture avait la peau du Primâle, il se souleva et retira son vêtement.

Puis il se pencha sur le côté, prit la main de Cormia dans la sienne et la plaça entre leurs corps. Sur son membre gonflé.

Ils haletèrent à l'unisson au moment où le contact se fit et, l'espace d'un instant, elle fut saisie d'étonnement, émerveillée par la chaleur, la dureté, la grosseur de son sexe… ainsi que par la douceur de sa peau… et la puissance qui semblait être concentrée dans ce sceptre de chair. Puis une boule de feu lui courut le long des cuisses et elle attrapa avec force le pénis, par réflexe.

Il poussa alors un cri et donna un coup de rein, ce qu'elle tenait dans la main tressauta. Les salves d'un liquide chaud jaillirent et inondèrent son ventre.

Sainte Vierge, lui avait-elle fait mal ?

Quand Fhurie se réveilla, il était sur Cormia. Elle avait la main serrée sur sa queue et il était en train de jouir. Il essaya de freiner son corps, de refréner les courants érotiques qui déferlaient, mais n'arriva pas à stopper l'élan quand bien même il se rendait parfaitement compte qu'il éjaculait partout sur elle.

Au moment où les sensations se calmèrent, il se dégagea. C'est alors que tout partit en vrille.

— Je suis tellement désolée, hoqueta-t-elle en le regardant avec horreur.

— De quoi ?

*Merde, il n'avait plus de voix, et c'était lui qui devrait s'excuser.*

— Je vous ai fait mal… au point que vous saignez.

*Bordel.*

— Ce n'est pas du sang.

Il repoussa les couvertures, désireux de se lever, et se rendit compte qu'il était totalement nu. Il fourragea dans les draps pour trouver son peignoir. Il l'enfila à toute allure, fixa sa prothèse et quitta le lit pour se diriger vers la salle de bains afin d'y chercher une serviette.

Quand il revint à côté d'elle, il ne pouvait qu'imaginer à quel point elle voulait se débarrasser du sperme qui la couvrait. Il avait vraiment fait fort.

— Laisse-moi…

Il aperçut alors la draperie par terre. Formidable, vraiment, elle était nue elle aussi. C'était le bouquet.

— En fait, tu devrais peut-être te nettoyer.

Il détourna les yeux et lui tendit la serviette.

— Prends ça. Sers-t'en pour t'essuyer.

Du coin de l'œil, il la vit s'exécuter maladroitement sous les couvertures et il se fit horreur. Mon Dieu… Il était un satyre. Il avait totalement dépassé les bornes.

Elle lui rendit la serviette.

— Tu ne peux pas rester avec moi, annonça-t-il. Ce n'est pas correct. Aussi longtemps que nous serons ici, tu occuperas l'autre chambre.

Un silence suivit.

— Oui, Votre Grâce, finit-elle par murmurer.

# Chapitre 47

À la tombée de la nuit, John se trouvait dans le gymnase souterrain, aligné avec les autres étudiants, une dague dans la main droite, les pieds plantés en position d'attaque. Zadiste siffla entre ses dents et John et tous les autres commencèrent à répéter l'exercice : passer l'arme sur toute la largeur de la poitrine, la repasser selon un angle tranchant, avancer d'un pas, et enfoncer la dague sous la cage thoracique en l'orientant vers le haut.

— John, concentre-toi !

Merde, il faisait n'importe quoi. Une fois de plus. Se sentant totalement aveugle et inutile, il essaya de trouver un rythme dans les mouvements, mais il perdait constamment l'équilibre et ses bras et ses jambes ne lui obéissaient pas.

— John. Arrête. (Zadiste se mit derrière lui et lui plaça les bras dans la position correcte. Une fois de plus.) Mesdemoiselles, reprenez votre position d'attaque.

John se prépara puis attendit le sifflement… et s'emmêla les pinceaux. Une fois de plus.

Cette fois-ci, lorsque Zadiste s'approcha, John n'arriva pas à regarder le frère en face.

— On va essayer quelque chose.

Zadiste prit la dague et la mit dans la main gauche de John.

John secoua la tête. Il était droitier.

— Essaie, au moins. Mesdemoiselles, allez-y.

De nouveau la position d'attaque. Un autre sifflement. Un autre fiasco.

Oh, mais cette fois-ci, c'était différent. Miraculeusement, le corps de John enchaîna les mouvements avec fluidité comme un piano parfaitement accordé. Tout était parfaitement synchronisé, ses bras et ses jambes trouvaient leur place, ses muscles parfaitement coordonnés entre eux faisaient s'enchaîner les mouvements, la dague parfaitement contrôlée dans sa main.

L'exercice une fois terminé, il sourit. Jusqu'à ce que son regard rencontre celui de Z. Le frère le regardait avec une drôle d'expression, mais il sembla se ressaisir.

— C'est mieux, John. Bien mieux.

John baissa les yeux sur la lame qu'il avait en main. Le souvenir fugace et douloureux d'avoir raccompagné Sarelle à sa voiture deux jours avant qu'elle soit tuée lui revint. Quand il avait été à ses côtés, il avait souhaité avoir une dague, sa main lui avait paru trop légère sans son arme. Sa main droite. Pourquoi ce changement après la transition ?

— Encore une fois, les filles ! lança Z.

Ils répétèrent la séquence vingt-trois fois de plus. Puis ils s'entraînèrent à deux, l'un se mettant sur un genou et se propulsant vers l'avant. Z. surveillait les mouvements, ajustait des positions, aboyait des ordres.

Il n'eut pas besoin de faire d'autres remarques à John. Tout s'enchaînait parfaitement bien, comme s'il avait trouvé la veine dans une mine et qu'il extrayait l'or.

Le cours fini, John se dirigea vers les vestiaires, mais Z. le rappela et l'escorta dans la salle d'équipement jusqu'au placard verrouillé où étaient conservées les dagues qui servaient à l'entraînement.

— À compter d'aujourd'hui, tu utiliseras celle-ci. (Z. lui tendit une dague dont la garde était bleue.) Elle est calibrée pour la main gauche.

John l'essaya et se sentit encore plus fort et assuré. Il s'apprêtait à remercier le frère quand son visage s'assombrit. Z. le regardait avec la même expression étrange qu'il avait eue dans le gymnase.

John glissa l'arme dans la ceinture de son *ji*, puis signa :

— *Quoi ? Je ne suis pas dans une bonne position ?*

Z. passa une main sur son crâne presque rasé.

— Demande-moi combien de guerriers sont gauchers.

John cessa de respirer et une étrange sensation l'envahit.

— *Combien ?*

— Un seul. Demande-moi qui.

— *Qui ?*

— Audazs. A. était gaucher.

John posa les yeux sur sa main gauche. Son père.

— Et tu te déplaces comme lui, murmura Z. C'est stupéfiant, pour tout te dire. C'est comme si je le regardais.

— *Vraiment ?*

— Oui. Il avait des mouvements très fluides, comme toi. Bref. (Z. lui donna une claque sur l'épaule.) Gaucher. Incroyable.

John regarda le frère s'éloigner puis il posa de nouveau les yeux sur sa main.

Et il se posa de nouveau des questions sur son père. À quoi ressemblait-il ? Quel était le timbre de sa voix ? Sa démarche ? Que n'aurait-il pas donné, pour obtenir des informations sur lui.

Peut-être qu'un jour il pourrait demander à Zadiste, même s'il craignait d'être terrassé par l'émotion.

Un mâle se devait de toujours se maîtriser. Surtout devant un frère.

Jane fit entrer la voiture dans le garage en marche arrière et maudit l'heure en éteignant le contact. Il était 23 h 34.

Elle avait deux heures et demie de retard pour retrouver V. chez elle.

Tout s'était ligué contre elle à l'hôpital. Elle avait mis son manteau et rangé ses affaires mais, alors qu'elle se dirigeait vers la porte, plusieurs membres du personnel médical l'avaient assaillie de questions. Puis l'état de l'une des patientes de la rampe s'était brusquement aggravé, et elle avait dû examiner la femme puis parler à la famille.

Elle avait envoyé un SMS à Viszs pour lui dire qu'elle était retenue. Puis un autre, quand elle avait dû rester encore plus longtemps. Il avait répondu qu'il n'y avait pas de problème. Mais sur le chemin du retour, un accident sur la route l'avait obligée à faire un détour, et elle avait alors appelé V. mais était tombée sur sa boîte vocale.

Elle sortit de la voiture au moment où la porte du garage se refermait. Elle était impatiente de voir Viszs, mais également épuisée. Ils avaient passé la nuit précédente à faire beaucoup de choses, sauf dormir, et la journée avait été longue.

— Je suis tellement désolée d'être en retard, s'écria-t-elle en entrant dans la cuisine.

— Pas de souci, répondit-il depuis le salon.

Elle sortit de la cuisine et… s'arrêta net. Viszs était assis sur le canapé dans le noir, les jambes croisées. Sa veste de cuir était posée à côté de lui ainsi qu'un bouquet d'arums. Il était aussi immobile que la surface d'un lac gelé.

*Merde.*

— Salut, fit-elle en laissant tomber son manteau et son sac sur la table de la salle à manger de ses parents.

— Salut. (Il décroisa les jambes et planta les coudes sur les genoux.) Tout s'est bien passé à l'hôpital ?

— Oui. Beaucoup de travail simplement. (Elle s'assit à côté des fleurs.) Elles sont ravissantes.

— Je les ai achetées pour toi.

— Je suis vraiment désolée…

— Il ne faut pas. Je peux très bien imaginer comment c'est, fit-il en l'interrompant de la main.

Elle l'observa avec attention et se rendit compte qu'il n'essayait pas de la culpabiliser ou quoi que ce soit, il était simplement déçu. Ce qui, dans une certaine mesure, était pire. S'il s'était montré irrationnel, cela aurait été une chose, mais cette résignation silencieuse chez un homme aussi puissant était difficile à affronter.

— Tu as l'air fatigué, reprit-il. Je crois que la chose la plus charitable que je puisse faire pour toi, c'est de te mettre au lit.

Elle s'appuya contre le dossier et caressa doucement l'une des fleurs avec son index. Cela lui plaisait qu'il n'ait pas choisi des roses classiques ou même des arums blancs. Ceux-ci étaient de la couleur d'une pêche mure. Peu communs. Superbes.

— J'ai pensé à toi aujourd'hui. Beaucoup.

— C'est vrai ? (Elle ne le regardait pas, mais pouvait entendre le sourire dans sa voix.) À quoi as-tu pensé ?

— À tout. À rien. À combien j'aimerais pouvoir dormir à côté de toi chaque nuit.

Elle ne lui dit pas qu'elle avait repoussé l'offre de Columbia. Abandonner cette idée n'avait pas été très facile, mais accepter un poste à responsabilités, à New York qui plus est, ne lui semblait pas très judicieux si l'objectif était de passer davantage de temps avec V. Elle voulait toujours être son propre patron mais, dans la vie, il fallait sacrifier certaines choses pour obtenir ce qu'on voulait vraiment. Et s'imaginer qu'on pouvait tout avoir était une illusion.

Elle sentit un bâillement monter et ouvrit la bouche. Merde. Elle était fatiguée.

V. se leva et lui tendit la main.

— Allez, on monte. Tu peux dormir à côté de moi pendant un moment.

Elle se laissa guider, déshabiller et pousser sous la douche. Elle attendit qu'il la rejoigne, mais il secoua la tête.

— Si j'entre sous la douche avec toi, je vais te garder éveillée pendant au moins deux heures. (Il riva les yeux sur ses seins et son regard se mit à briller) Oui… bon… Je vais juste… Merde, je t'attends dans la chambre.

Elle sourit tandis qu'il fermait la porte vitrée de la douche et que son immense silhouette noire se dirigeait vers la chambre. Elle sortit dix minutes plus tard, propre comme un sou neuf, les dents brossées, et vêtue d'une chemise de nuit.

Viszs avait tiré la couette, arrangé les oreillers et ouvert le lit.

— Allez, ordonna-t-il.

— Je déteste qu'on me donne des ordres, murmura-t-elle.

— Mais tu m'obéiras. De temps à autre. (Il lui donna une petite tape sur les fesses comme elle se glissait entre les draps.) Installe-toi bien.

Elle arrangea tout comme elle le voulait pendant qu'il contournait le lit et s'étendait sur la couette. Quand il passa un bras sous sa nuque et la serra contre lui, elle huma son odeur. Comme il sentait bon ! Et cette main douce qui lui caressait la taille, c'était absolument divin.

Un moment passa.

— On a perdu une patiente aujourd'hui, fit-elle remarquer dans l'obscurité.

— Merde, je suis désolé.

— Oui… on n'a rien pu faire pour elle. Parfois, on le sait. Et avec elle, je le savais. On a fait tout ce qu'on pouvait malgré tout, mais tout le temps… oui, tout le temps je savais qu'on n'arriverait pas à la sauver.

— Ça doit être dur.

— Affreux. C'est moi qui ai averti la famille qu'elle n'en avait plus pour longtemps, mais au moins ils ont pu être avec elle au moment où elle est morte, ce qui est une bonne chose. Pas comme ma sœur. Hannah est morte toute seule. Je trouve ça horrible. (Jane se remémora le visage de la jeune femme dont le cœur s'était arrêté dans la rampe.) La mort est quelque chose d'étrange. La plupart des gens pensent que c'est un peu comme éteindre une lampe mais, le plus souvent, c'est tout un processus, en fait, un peu comme fermer boutique à la fin de la journée. En général, les choses lâchent de manière prévisible, jusqu'à ce que la toute dernière lampe s'éteigne et que la porte soit fermée et verrouillée. En tant que médecin, je peux intervenir et arrêter le processus en refermant des plaies, en transfusant du sang ou en forçant l'organisme à réguler ses fonctions à l'aide de médicaments. Mais parfois… parfois le propriétaire du magasin s'en va, et il est impossible de le retenir, quoi qu'on fasse. (Elle laissa échapper un petit rire gêné.) Désolée, je ne voulais pas être morbide.

V. lui caressa le visage.

— Tu n'es pas morbide. Tu es extraordinaire.

— Tu n'es pas objectif, répliqua-t-elle avant de bâiller à s'en décrocher la mâchoire.

— Non, mais j'ai raison quand même. (Il l'embrassa sur le front.) Dors, maintenant.

Elle avait certainement obéi car, un peu plus tard, elle sentit qu'il s'écartait.

— Ne t'en va pas.

— Il le faut. Je patrouille en ville.

Il se leva, un véritable géant aux cheveux de jais illuminés par la lumière diffuse des réverbères qui se trouvaient devant sa résidence.

Une vague de tristesse la submergea et elle ferma les yeux.

— Hé, s'exclama-t-il en s'asseyant à côté d'elle. Pas de ça. On n'est pas tristes, toi et moi. Jamais. La tristesse, on connaît pas.

Elle eut un rire étranglé.

—Comment tu savais ce que je ressentais ? Ou est-ce que j'ai l'air si pathétique que ça ?

Il toucha son nez

—Je peux la sentir. La tristesse sent comme la pluie au printemps.

—Je déteste ces au revoir.

—Moi aussi. (Il se pencha et effleura son front de ses lèvres.) Tiens. (Il retira sa chemise, en fit une boule et la glissa sous la joue de Jane.) Imagine que c'est moi.

Elle inspira profondément, capta l'odeur d'union et se sentit un peu mieux. Il se releva et il avait l'air tellement fort dans son simple débardeur, invincible, un super héros. Et pourtant il était bien vivant.

—S'il te plaît… Fais attention.

—Toujours. (Il se pencha et l'embrassa encore une fois.) Je t'aime.

Comme il se redressait, elle tendit la main et lui saisit le bras. Les mots lui manquèrent mais le silence était suffisamment éloquent.

—Je déteste devoir partir, moi aussi, répliqua-t-il d'une voix un peu rauque. Mais je reviendrai. Je te le promets.

Il l'embrassa une dernière fois puis se dirigea vers la porte. Elle l'écouta descendre l'escalier, l'imagina prendre sa veste, et elle enfouit son visage dans sa chemise en fermant les yeux.

Juste à ce moment-là, la porte du garage de l'appartement à côté du sien se releva en faisant du bruit, puis se coinça et le moteur gémit suffisamment fort pour faire vibrer la tête de son lit.

Elle donna un coup de poing dans l'oreiller et se retourna, prête à hurler.

Viszs n'était pas d'humeur joyeuse en enfilant le holster qui abritait sa dague. Il était distrait, vaguement irrité, il avait mal partout et avait vraiment besoin d'une cigarette pour s'éclaircir les idées avant d'aller en ville. Il se sentait totalement déstabilisé, comme s'il portait un gros sac sur une épaule.

— Viszs, attends ! (La voix de Jane lui parvint du premier étage au moment où il s'apprêtait à se dématérialiser.) Attends !

Il l'entendit dévaler l'escalier puis faire irruption devant lui. Elle avait passé sa chemise et elle flottait dedans, les pans lui arrivaient presque aux genoux.

— Qu'est-ce… ?

— J'ai une idée. C'est de la folie, mais de la folie géniale.

Le rose aux joues et les yeux étincelants de détermination, elle était la plus belle chose qu'il ait jamais vue.

— Et si je m'installais chez toi ?

— Je ne demande pas mieux, mais…, fit-il en secouant la tête.

— Et que je devenais le chirurgien personnel de la Confrérie ?

*Nom… de…*

— Quoi ?

— Vous devriez vraiment en avoir un sur place. Tu as mentionné que les choses étaient compliquées avec ce Havers. Je pourrais les simplifier. Je pourrais embaucher une infirmière pour m'assister, améliorer les installations médicales et me charger de tout. Tu m'as expliqué qu'il y avait au moins trois ou quatre urgences par semaine au sein de la Confrérie, n'est-ce pas ? Et puis Bella est enceinte et il y a aura probablement d'autres bébés.

— Mais tu renoncerais à l'hôpital ?

— Oui, mais j'obtiendrai quelque chose en échange.

— Moi ? demanda-t-il en rougissant.

Elle rit.

— Oui, bien sûr. Mais il y a autre chose.

— Quoi ?

— La possibilité d'étudier ton espèce de manière systématique. Ma seconde passion, c'est la génétique. Si je pouvais passer les vingt prochaines années à vous soigner et à cataloguer les différences entre les humains et les vampires, je dirais que j'ai bien rempli ma vie. Je veux savoir d'où vous venez et comment fonctionne votre organisme, et pourquoi vous n'êtes pas frappés par le cancer. Il y a des choses importantes à apprendre, Viszs. Des choses qui pourraient profiter aux deux espèces. Je ne parle pas de me servir de vous comme cobayes… enfin si, un peu, mais pas de manière cruelle. Pas de la manière froide et détachée dont je l'envisageais auparavant. Je t'aime et je veux que tu m'apprennes des choses.

Il la dévisagea, le souffle littéralement coupé.

— S'il te plaît, dis oui, poursuivit-elle avec un regard suppliant.

Il l'écrasa contre sa poitrine.

— Oui. Oui… si Kolher est d'accord et que tu es sûre… alors oui.

Elle lui passa les bras autour de la taille et le serra fort.

Merde alors ! Il avait l'impression de planer. Il se sentait comblé, complet, indéfectible dans sa tête, son cœur et son corps, tous les éléments qui le constituaient bien imbriqués les uns dans les autres : un puzzle dont on vient de poser la dernière pièce.

Il était sur le point de dire quelque chose de mièvre quand son téléphone sonna. Il le décrocha de sa ceinture en lâchant un juron et aboya :

— Quoi ? Chez Jane. Tu veux m'y retrouver ? Tout de suite ? Oui. Merde. C'est bon, oui, dans deux minutes, Hollywood. (Il referma le portable.) Rhage.

— Tu crois que tu arriveras à négocier mon installation ?

— Oui, je le pense. Franchement, Kolher serait bien plus à l'aise si tu vivais dans notre univers. (Il lui caressa la joue de ses phalanges.) Et moi aussi. Je n'avais simplement jamais envisagé que tu puisses renoncer à ta vie.

— Pas y renoncer, quand même. La vivre un peu différemment, mais pas y renoncer. Enfin, je veux dire… je n'ai pas beaucoup d'amis – à *part Manello,* pensa-t-elle – et rien ne me retient. J'étais prête à quitter Caldwell pour Manhattan de toute façon. Et puis… je serai plus heureuse avec toi.

Il la regarda avec attention, fasciné par les traits bien dessinés de son visage, ses cheveux courts et ses yeux d'un vert profond.

— Je ne t'aurais jamais demandé, tu sais… de tout lâcher pour moi.

— Ce n'est qu'une des raisons pour lesquelles je t'aime.

— Est-ce que tu me diras quelles sont les autres, un peu plus tard ?

— Peut-être. (Elle glissa une main entre ses jambes, ce qui le surprit et il lui arracha un cri.) Je te montrerai peut-être aussi.

Il couvrit sa bouche de la sienne et l'explora de sa langue tout en l'appuyant contre le mur. Rhage pouvait bien attendre devant la maison pendant quelques…

Son téléphone sonna. Et continua à sonner.

V. leva la tête et regarda par la fenêtre située à côté de la porte d'entrée. Rhage était sur la pelouse devant la maison, son téléphone à l'oreille et les yeux rivés sur lui. Le frère regarda sa montre avec ostentation et fit un doigt d'honneur à V.

Viszs donna un coup de poing dans le mur et s'écarta de Jane.

— Je reviens à la fin de la nuit. Attends-moi nue.

— Tu ne préférerais pas me déshabiller ?

— Non, parce que je mettrais cette chemise en pièces, or je veux que tu dormes dedans chaque nuit tant que tu ne seras pas dans mon lit. Je veux que tu sois nue.

— On verra.

V. sentit son corps palpiter, elle lui tenait tête et il aimait ça. Et elle le savait, car elle le regardait de manière provocatrice et particulièrement sensuelle.

— Dieu, que je t'aime, dit-il.

— Je sais. Bon, maintenant file et va tuer quelque chose. Je t'attends.

— Je ne pourrais pas t'aimer plus si j'essayais, ajouta-t-il en souriant.

— Pareil.

Il l'embrassa et se dématérialisa pour se retrouver à côté de Rhage, veillant à s'environner de *brhume. Génial.* Il pleuvait. Bordel, il préférerait tellement être dans les bras de Jane qu'en train de patrouiller avec son frère, et il ne put pas s'empêcher de lui lancer un regard noir.

— Comme si attendre cinq minutes t'aurait tué.

— S'il te plaît. Si tu commences avec ta femelle, je suis là jusqu'à l'aube.

— Est-ce que tu... ?

V. fronça les sourcils et regarda en direction de l'appartement qui jouxtait celui de Jane. La porte du garage était à demi ouverte, la lumière des phares, visible. Une portière claqua, puis une très légère odeur douceâtre fut poussée par la brise, comme du sucre en poudre semé dans le vent froid.

— Oh... Mon Dieu, *non*.

C'est à ce moment précis que Jane ouvrit la porte d'entrée en grand et sortit en courant, sa veste en cuir à la main, les pans de sa chemise flottant derrière elle.

— Tu as oublié ça !

Et tout à coup, l'horreur se concrétisa, le dévoilement de tous les éléments dont il n'avait vu que des fragments : son cauchemar s'était transporté dans la réalité.

— Non ! hurla-t-il.

La séquence se déroula en quelques secondes qui lui parurent durer une éternité : Rhage le regardant comme s'il était devenu fou. Jane courant sur la pelouse. Lui laissant tomber la *brhume* tandis que la terreur l'assaillait.

Un éradiqueur qui sortait de dessous la porte du garage, un pistolet à la main.

Le coup de feu ne fit aucun bruit, un silencieux étant vissé à l'arme. V. se précipita sur Jane, essaya de lui faire un bouclier de son corps. En vain. La balle la frappa dans le dos, traversa le sternum et ressortit, pour s'incruster dans le bras de V. Il l'attrapa au moment où elle tombait, sa propre poitrine déchirée par la douleur.

Tandis qu'ils s'effondraient, Rhage partit à la poursuite du tueur, non pas que V. le remarque. Il ne pouvait penser qu'au cauchemar qu'il vivait : du sang sur lui, son cœur hurlant à la mort. La grande Faucheuse qui arrivait… mais pas pour lui. *Pour Jane.*

— Deux minutes, réussit-elle à murmurer entre deux souffles tandis que sa main tombait sur sa poitrine. Il me reste moins de deux… minutes.

La balle avait dû toucher une artère et elle le savait.

— Je vais…

Elle secoua la tête et saisit son bras.

— Reste. Merde… je vais… pas…

« Y arriver »… c'étaient les mots qu'elle voulait dire.

— Bordel !

— Viszs… (Les yeux de Jane se remplirent de larmes et elle devint très pâle.) Tiens-moi la main. Ne me laisse pas. Tu ne peux pas… Ne me laisse pas partir seule.

— Tu vas t'en sortir ! (Il commença à la soulever.) Je t'emmène chez Havers.

— *Viszs.* Rien à faire. Prends ma main. Je m'en vais… oh, merde… (Elle se mit à sangloter tout en luttant pour respirer.) Je t'aime.

— Non !

— Je t'ai…

— Non !

# Chapitre 48

La Vierge scribe quitta des yeux l'oiseau qu'elle tenait dans sa main, frappée d'une angoisse soudaine.

Ô cruelle infortune. Atroce destinée.

C'était arrivé. Ce qu'elle avait perçu et craint il y a si longtemps, l'effondrement de la structure de sa réalité était là. Telle était sa punition.

Cette humaine… cette femme humaine que son fils aimait était en train de rendre son dernier soupir à l'instant même. Elle était dans ses bras et se vidait de son sang sur lui.

D'un bras tremblant, la Vierge scribe reposa la mésange sur l'arbre blanc en fleur et se dirigea vers la fontaine en chancelant. Elle s'assit sur la margelle de marbre et eut l'impression que l'étoffe légère de ses robes pesait autant que de lourdes chaînes.

Elle portait la responsabilité de la perte que souffrait son fils. En vérité, c'est elle qui avait attiré cette ruine sur lui : elle avait enfreint les règles. Trois cents ans plus tôt, elle avait enfreint les règles.

Au commencement des âges, un acte de création lui avait été attribué et, par conséquent, sa maturité atteinte, elle avait procédé à un acte de création. Mais elle l'avait fait une seconde fois. Elle avait enfanté alors qu'elle n'aurait pas dû, et par là avait attiré le malheur sur sa progéniture. La destinée de son fils, du début à la fin, depuis les sévices infligés par son père en passant par la cuirasse de froideur et d'insensibilité que Viszs s'était forgée à la maturité, jusqu'à ça, cette épouvantable souffrance, tel était son châtiment. Car chaque fois qu'il souffrait, elle souffrait mille fois plus.

Elle voulait en appeler à la clémence de son Père tout en sachant que c'était impossible. Les décisions qu'elle avait prises ne le concernaient nullement et leurs conséquences étaient son fardeau à elle. Et c'était à elle de le porter.

Comme elle traversait les dimensions et voyait ce qu'endurait son fils, le désespoir de Viszs se fit sien, elle ressentait l'hébétude entraînée par l'abominable choc, le brasier du déni, l'horreur qui tord le ventre. Elle sentit elle aussi la mort de sa bien-aimée, le froid qui la saisissait petit à petit dans ses griffes tandis que son sang s'écoulait de sa poitrine et que son cœur battait de plus en plus lentement. Et puis, oui, ensuite, elle entendit les balbutiements éperdus d'amour de son fils et sentit l'odeur fétide et rance de la peur qui lui sortait par tous les pores de la peau.

Elle ne pouvait rien faire. Elle qui était investie d'un pouvoir illimité sur tant de choses, elle se trouvait impuissante à cet instant précis parce que le destin et les conséquences découlant du libre arbitre constituaient le domaine exclusif de son Père. Lui seul connaissait la carte de l'éternité, la somme de toutes les décisions prises ou non, des voies connues et inconnues. Il était le Livre, la Page et l'Encre indélébile.

Pas elle.

Et Il ne viendrait pas à son aide, précisément pour cette raison. Car telle était sa destinée : souffrir parce qu'un innocent, né d'un corps dont elle n'aurait jamais dû assumer la forme, était destiné à porter le poids de la souffrance, son fils errant comme une âme en peine à cause de ses choix à elle.

Avec un cri de douleur, la Vierge scribe abandonna sa forme et se dégagea des robes qu'elle portait, les plis noirs se déposèrent sur le sol de marbre. Elle entra dans l'eau de la fontaine à l'instar d'une vague de lumière et se déplaça entre les molécules d'hydrogène et d'oxygène, et parmi elles, sa douleur leur infusant de l'énergie, elle entraîna leur bouillonnement et finalement leur évaporation. Tandis que le transfert d'énergie se poursuivait, le liquide s'éleva en formant une nuée, se gonfla au-dessus du patio et retomba en la pluie de larmes qu'elle était incapable de verser.

Un peu à l'écart, sur l'arbre blanc, les oiseaux tendirent le cou vers les gouttelettes d'eau qui tombaient ; ils découvraient cet élément. Puis ils quittèrent tous ensemble leur perchoir pour la première fois et volèrent vers la fontaine. Ils se posèrent tout autour de la margelle et tournèrent le dos à l'eau resplendissante et bouillonnante qui l'enveloppait.

Ils montèrent la garde auprès d'elle, protégeant son chagrin et ses regrets, comme si chacun d'entre eux était aussi grand qu'un aigle et tout aussi redoutable.

Ils étaient, une fois de plus, sa seule consolation, son seul réconfort.

Jane savait qu'elle était morte.

Elle le savait parce qu'elle se trouvait au milieu d'un brouillard, et quelqu'un qui ressemblait à sa sœur morte se tenait devant elle.

Elle était donc à peu près certaine qu'elle avait rendu son dernier souffle. Sauf que… Est-ce qu'elle ne devrait pas être triste ou quelque chose ? Est-ce qu'elle ne devrait pas s'inquiéter pour Viszs ? Est-ce qu'elle ne devrait pas être ravie de retrouver sa petite sœur ?

— Hannah ? demanda Jane, car elle voulait être sûre de comprendre ce qu'elle voyait. C'est toi ?

— Plus ou moins. (L'image de sa sœur haussa les épaules, et le mouvement fit danser ses superbes cheveux roux.) Je suis seulement un messager.

— Tu lui ressembles.

— Bien sûr que je lui ressemble. Ce que tu vois maintenant, c'est ce que ton esprit se représente quand tu penses à elle.

— OK. Bon, ça fait un peu science-fiction. Ou bien, attends, est-ce que je suis en train de rêver ?

Parce que ce serait une super bonne nouvelle, étant donné ce qu'elle croyait avoir vécu.

— Non, tu es morte. Mais pour l'instant tu es au milieu.

— Au milieu de quoi ?

— Tu es entre les deux. Ni ici ni là-bas.

— Tu peux m'expliquer ?

— Pas vraiment. (La vision qui lui faisait apparaître Hannah sourit de ce sourire angélique qui avait fait fondre tout le monde, y compris Richard, le cuisinier revêche.) Mais mon message est le suivant : il va falloir que tu renonces à lui.

Si ce « lui » était Viszs, c'était hors de question.

— Je ne peux pas faire ça.

— Il le faut. Sinon tu seras égarée ici. Tu ne peux rester dans cet entre-deux qu'un certain temps seulement.

— Et qu'est-ce qu'il se passe ensuite ?

— Tu es perdue pour toujours. (L'image de Hannah prit un air grave.) Renonce à lui, Jane.

— Comment ?

— Tu sais comment. Et si tu le fais, tu pourras me voir de l'autre côté, pour de vrai. Renonce à lui.

Puis le messager, ou l'image, s'évanouit.

Jane se retrouva seule et regarda autour d'elle. Le brouillard était épais, aussi dense qu'un nuage de pluie et infini comme l'horizon.

La peur commença à l'envahir. Quelque chose n'allait pas. Elle ne voulait vraiment pas être là.

Elle ressentit soudain un sentiment d'urgence, comme si elle n'avait plus beaucoup de temps, même si elle ne savait pas comment elle pouvait en avoir la conviction. Sauf qu'alors elle pensa à Viszs. Si renoncer signifiait renoncer à l'amour qu'elle éprouvait pour lui, ce n'était tout simplement pas possible.

# Chapitre 49

Viszs conduisait l'Audi de Jane à une vitesse folle, et il se trouvait à mi-chemin de chez Havers quand il prit conscience du fait qu'elle n'était pas dans la voiture avec lui.

Ce n'était plus que son cadavre.

La seule énergie de l'espace confiné, c'était sa panique, le seul cœur qui battait à se rompre, c'était le sien, et ses yeux étaient les seuls qui clignaient.

Le mâle lié et amoureux en lui confirmait ce que son cerveau refusait d'admettre : viscéralement, il savait qu'elle était morte.

Il leva le pied de l'accélérateur et l'Audi poursuivit sa course en roue libre un petit moment puis ralentit, pour finalement s'arrêter. La Route 22 était déserte, probablement à cause de cette tempête printanière précoce qui se déchaînait, mais il serait resté au milieu de la chaussée même si la circulation avait été encombrée comme elle pouvait l'être à l'heure de pointe.

Jane était assise sur le siège du passager, toute droite, maintenue par la ceinture de sécurité, le débardeur de V. pressé contre sa poitrine en guise de pansement de fortune.

Il ne tourna pas la tête.

Il n'était pas en mesure de la regarder.

Il regardait droit devant lui, les yeux rivés sur la double ligne jaune de la route. Juste devant lui, les essuie-glaces allaient et venaient, le petit bruit de leur va-et-vient rythmique lui rappelait une horloge, « tic »… « tac »… « tic »… « tac ».

Le passage du temps n'avait plus d'importance. Et sa précipitation non plus.

« Tic »… « tac »… « tic »… « tac »…

Il se disait qu'il devrait être mort lui aussi, à en juger par la douleur dans sa poitrine. Il ne savait pas comment il tenait encore debout, accomplissait des gestes, alors qu'il souffrait à ce point.

« Tic »… « tac »…

Un peu plus loin, le tracé de la route marquait un virage et la forêt rejoignait l'accotement et touchait presque l'asphalte. Il remarqua machinalement que les arbres étaient étroitement groupés, leurs branches dénudées s'enchevêtraient et évoquaient de la dentelle noire.

« Tic »…

La vision le prit par surprise et fut tellement inattendue qu'il ne se rendit pas tout de suite compte que le paysage devant ses yeux avait changé. C'est alors qu'il vit un mur, un mur à la surface légèrement rugueuse… éclairé par une lumière extrêmement brillante. Au moment où il se demandait d'où venait la source de l'illumination…

Il comprit qu'il s'agissait des phares d'une voiture.

Le klaxon le ramena brutalement à la réalité et il appuya sur l'accélérateur en tournant violemment le volant vers la droite. L'autre véhicule dérapa sur la chaussée glissante puis se redressa et poursuivit son chemin, pour disparaître au loin.

V. se concentra de nouveau sur la forêt et reçut le reste de sa vision, les images se succédant comme un film muet. Avec un sentiment d'indifférence, il s'observa prendre des décisions franchement discutables. Et tout en regardant l'avenir se dévoiler, il prit mentalement des notes. Quand il ne vit plus rien, il démarra, animé d'une détermination désespérée, s'éloignant de Caldwell deux fois plus vite que l'autorisait la loi.

Son portable sonna et il passa la main derrière le siège – il avait fourré l'appareil dans la poche de sa veste de cuir – pour le sortir. Il l'éteignit puis se gara sur le bas-côté, fit glisser le couvercle du téléphone, sortit la puce GPS, la posa sur le tableau de bord, et l'écrasa d'un coup de poing.

— Mais où est-il passé, putain ?

Fhurie resta en retrait tandis que Kolher faisait les cent pas dans son bureau. Les autres membres de la Confrérie ne bougèrent pas non plus. Lorsque le roi était dans cet état, on se tenait à carreau si on ne voulait pas se faire remonter les bretelles.

Sauf qu'apparemment il attendait une réponse.

— Je parle tout seul, ou quoi ? Où est passé V., nom de Dieu ?

Fhurie s'éclaircit la voix.

— On ne sait pas vraiment. Le GPS est tombé en panne il y a dix minutes environ.

— Tombé en panne ?

— Il n'émet plus de signaux. En général, il clignote quand V. a le téléphone sur lui, mais là, on n'a même plus le signal.

— Génial. Formidable.

Kolher remonta ses lunettes et se frotta les yeux avec une grimace. Il souffrait de maux de tête depuis quelque temps, probablement parce qu'il se fatiguait la vue en lisant trop, et il était clair qu'un frère qui semblait s'être volatilisé n'allait pas arranger les choses.

À l'autre bout de la pièce, Rhage lâcha un juron et referma son téléphone.

— Il n'est pas encore allé chez Havers. Peut-être qu'il est allé l'enterrer quelque part ? La terre est gelée mais, avec sa main, ça ne sera pas un problème.

— Tu crois vraiment qu'elle est morte ? marmonna Kolher.

— D'après ce que j'ai vu, elle a été frappée en pleine poitrine. Quand je suis revenu après avoir tué cet éradiqueur, ils n'étaient plus là, et la voiture de Jane non plus. Mais… non, je ne crois pas qu'elle ait survécu.

Kolher regarda Butch qui n'avait pas dit un mot depuis qu'il était entré dans la pièce.

— Est-ce que tu sais comment trouver une des femelles dont il se servait pour baiser et se nourrir ?

— Non, pas une seule, répondit le flic en secouant la tête. Il est toujours resté très discret là-dessus.

— On ne peut donc pas essayer de retrouver sa trace de cette façon. Encore une bonne nouvelle. Est-ce qu'on a des raisons de penser qu'il pourrait aller dans son loft ?

— J'y suis passé en revenant, indiqua Butch. Il n'y était pas et je ne pense pas qu'il atterrirait là-bas, sincèrement. Pas si l'on pense à quoi lui servait l'endroit.

— Et il nous reste seulement deux heures d'obscurité. Kolher s'assit derrière son secrétaire Louis XVI mais se cramponna à la chaise élégante, comme s'il était prêt à bondir à n'importe quel moment.

Le portable de Butch sonna et il se dépêcha de répondre.

— V. ? Oh… salut, bébé. Non… rien pour l'instant. Oui. Je te le promets. Je t'aime.

Il raccrocha et Kolher se retourna vers la cheminée. Il resta silencieux un moment, passant en revue sans doute, comme eux tous, les options qui se présentaient. Autant dire… aucune. Viszs pouvait être n'importe où donc, si les frères se dispersaient aux quatre vents, cela reviendrait à chercher une aiguille dans une botte de foin. Et puis il était clair que c'était V. qui avait détruit ou neutralisé sa puce GPS. Il ne voulait pas qu'on le trouve.

V. choisit soigneusement l'endroit de l'accident de voiture. Il voulait être près de leur destination, mais suffisamment loin pour ne pas attirer l'attention et, alors qu'il s'en rapprochait, un virage sur la route se présenta au bon moment. Parfait. Il boucla sa ceinture, écrasa la pédale de l'accélérateur et se prépara pour l'impact. Le moteur de l'Audi vrombit et les roues se mirent à tourner de plus en plus vite sur la route glissante. Très vite, l'engin cessa d'être une voiture, pour se transformer en une boule d'énergie cinétique.

Au lieu de suivre le virage en épingle de la route qui s'incurvait vers la gauche, V. se dirigea tout droit sur la rangée d'arbres. Comme un enfant bien élevé dénué de tout instinct de survie, la voiture quitta la route et décolla pendant un centième de seconde.

L'atterrissage propulsa V. hors du siège du conducteur, lui cogna la tête contre le toit ouvrant puis le projeta en avant. Les airbags installés dans le volant, le tableau de bord et les portières se déployèrent. Le véhicule écrasa broussailles et arbustes et…

Le chêne était immense. Aussi grand qu'un immeuble. Et tout aussi solide.

Ce qui sauva V. de l'écrasement alors que l'avant de la voiture se fracassait contre l'arbre, se transformant en un accordéon de métal et de moteur, fut la structure anticrash de l'Audi. Le choc lui projeta la tête en arrière, puis en avant dans l'airbag, et une branche traversa le pare-brise.

Pendant un moment, ses oreilles bourdonnèrent terriblement, comme si des alarmes à incendie lui vrillaient les tempes. Il examina rapidement son corps pour voir s'il avait des os cassés ou des blessures graves. Étourdi, saignant des coupures que lui avait faites la branche, il défit sa ceinture de sécurité, réussit à ouvrir la portière à coups de pied, et sortit de la voiture en titubant. Il respira profondément plusieurs fois. Il entendait le sifflement du moteur et l'air qui s'échappait des airbags. La pluie tombait avec une gracieuse indifférence, et des flaques peu profondes se formaient au pied des arbres.

Dès qu'il s'en sentit capable, il contourna la voiture pour aller chercher Jane. L'impact l'avait projetée en avant et le pare-brise, le tableau de bord, et le siège étaient couverts de son sang. C'était l'objectif qu'il avait recherché. Il se pencha, défit sa ceinture et la prit dans ses bras aussi soigneusement que si elle vivait toujours, l'installant confortablement. Avant de s'enfoncer dans la forêt, il prit sa veste de cuir et la posa sur elle pour la protéger du froid et de la pluie.

Puis Viszs se mit en marche de manière mécanique : un pied devant l'autre. Et ainsi de suite.

Il marcha d'un pas lourd, de plus en plus mouillé, au point de ne plus être, tout comme les arbres, qu'un objet qui dégouttait d'eau. Il emprunta un itinéraire détourné pour parvenir à leur destination, ses bras et son dos lui faisaient mal.

Il arriva enfin devant l'entrée d'une caverne. Il ne prit pas la peine de vérifier qu'on ne le suivait pas. Il savait qu'il était seul.

Il pénétra dans la cavité creusée dans la montagne et le bruit de la pluie s'estompa au fur et à mesure qu'il s'y enfonçait. De mémoire, il retrouva l'emplacement de la fissure dans la paroi rocheuse et actionna le mécanisme. Une dalle de granite de près de trois mètres de hauteur se déplaça et révéla une salle dans laquelle il pénétra. Puis il s'approcha d'une porte en fonte, déverrouilla le mécanisme de fermeture par la pensée et la barrière s'ouvrit sans un bruit tandis que la roche se remettait en place derrière lui.

À l'intérieur, l'obscurité était totale et l'air plus dense, confiné en somme dans cet espace souterrain. Il enflamma rapidement par la pensée quelques-unes des torches montées sur les parois, puis avança vers le sanctuaire du Tombeau, où se trouvait l'autel pour les rituels. Les parois du couloir étaient tapissées d'étagères sur les six mètres de hauteur, et des milliers de jarres en céramique contenant les cœurs des éradiqueurs tués par la Confrérie étaient posés dessus. Contrairement à son habitude, Viszs ne leur accorda pas un regard. Il garda les yeux droit devant lui, sa bien-aimée dans les bras, ses bottes mouillées laissant des traces sur le sol de marbre noir brillant.

Peu après, il parvint au centre du Tombeau. La vaste caverne souterraine s'ouvrait et formait un grand trou dans la terre. Par la force de sa pensée, d'épaisses bougies noires encastrées dans des socles s'allumèrent, illuminant des stalactites dont la forme rappelait celle de dagues, ainsi que les dalles massives de marbre noir qui formaient la paroi derrière l'autel.

Ce qu'il avait vu dans sa vision, c'était ces dalles. Quand il avait contemplé la Route 22 et avait regardé les arbres, il avait vu ce mémorial. Comme les branches entrelacées des arbres, les inscriptions sur le marbre, à savoir les noms de tous les guerriers qui avaient servi au sein de la Confrérie depuis des générations, formaient un motif délicat et arachnéen et, de loin, on aurait dit de la dentelle.

L'autel lui-même était sobre mais impressionnant : un énorme bloc de pierre soutenu par deux solides linteaux. L'antique crâne du premier membre de la Confrérie de la dague noire était posé au centre. C'était la relique la plus sacrée des frères.

Il le poussa sur le côté et étendit Jane. Toute couleur s'était retirée d'elle et, lorsque sa main blanche et sans vie retomba sur le côté, il se mit à trembler de tous ses membres. Il la souleva et la posa délicatement sur sa poitrine.

Il recula de quelques pas et heurta la paroi gravée. À la lueur des bougies, recouverte de sa veste, il pouvait presque se dire qu'elle dormait.

Presque.

Cerné par ce paysage tellurique, il pensa à la caverne du camp de guerriers. Puis il se revit se servir de sa main sur le prétrans qui l'avait menacé, et sur son père.

Il défit son gant et le retira de sa main luisante.

Ce qu'il s'apprêtait à faire allait à l'encontre des lois de la nature et de son espèce.

Dans aucune circonstance ressusciter un mort n'était admissible ou autorisé. Et pas seulement parce qu'il s'agissait du territoire de l'Oméga. Les *Chroniques* de l'espèce, cette multitude de volumes d'histoire, ne mentionnaient que deux exemples d'une telle action et, dans les deux cas, l'issue avait été tragique.

Mais c'était différent. Jane était différente. Il faisait cela par amour, alors que les exemples dont il avait lu le récit avaient été motivés par la haine : quelqu'un avait fait revivre un assassin pour l'utiliser comme une arme et une femelle était revenue à la vie pour accomplir une vengeance.

Et puis d'autres facteurs jouaient pour lui. Il soignait Butch régulièrement, extirpant le mal du flic quand ce dernier usait de son pouvoir sur les éradiqueurs. Il pourrait faire la même chose pour Jane. Bien sûr qu'il pourrait le faire.

Avec une détermination de fer, il s'efforça de ne pas penser aux conséquences des autres incursions dans le royaume des arts obscurs de l'Oméga et se concentra sur son amour pour sa femelle.

Que Jane soit humaine ne posait pas de problème en soi, dans la mesure où ressusciter était l'acte de ramener à la vie ce qui est mort, et que la frontière entre la vie et la mort était la même pour chaque être. Et il avait ce qu'il lui fallait. Le rituel demandait trois choses : quelque chose de l'Oméga, un peu de sang frais et une source d'énergie électrique, un éclair par exemple, mais un éclair contrôlé.

Ou dans son cas, sa maudite main.

V. se dirigea vers le couloir où étaient entreposées les jarres et ne perdit pas de temps à en choisir une. Il en saisit une au hasard sur une étagère, la céramique en était craquelée et elle était d'un brun foncé terne, signe que c'était une des plus anciennes.

Il revint à l'autel et frappa violemment la jarre contre la pierre, elle se brisa et révéla son contenu. Le cœur qui se trouvait à l'intérieur était recouvert d'une substance noire et huileuse, conservé dans ce qui servait de sang à l'Oméga. Bien qu'on ne sache pas exactement quelle était la nature exacte de l'intégration dans la Société des éradiqueurs, il était clair que le « sang » de l'Oméga s'immisçait dans le cœur du nouveau membre avant qu'il soit extrait de sa poitrine.

Viszs était donc en possession de l'élément ennemi dont il avait besoin.

Il posa les yeux sur le crâne du premier frère et n'hésita pas une seconde à se servir de la relique sacrée à des fins illicites. Il sortit une de ses dagues, s'entailla le poignet et laissa couler le sang dans la coupe en argent qui était montée sur le sommet du crâne. Puis il s'empara du cœur de l'éradiqueur et le serra dans son poing.

Des gouttes noires de mal pur se mirent à suinter, puis à couler, se mêlant au rouge de son sang. L'infâme poison renfermait des propriétés relevant de la magie, une magie qui va à l'encontre des règles de la justice et de la décence, qui élève la torture au rang de sport, qui se délecte de la souffrance infligée à des innocents... mais il possédait aussi l'éternité.

Et c'était ce dont il avait besoin pour Jane.

— Non !

Il fit volte-face.

La Vierge scribe était apparue derrière lui, sa capuche baissée, son visage translucide recouvert d'un masque d'épouvante.

— Tu ne *dois* pas faire cela.

Il se retourna et posa le crâne à côté de la tête de Jane. Une pensée lui traversa l'esprit de manière fulgurante et il se dit que c'était un bien étrange parallèle, presque rassurant, que Jane ait vu l'intérieur de sa poitrine à lui et qu'il soit sur le point de voir l'intérieur de la sienne.

— Il n'y a pas d'équilibre dans cet échange ! Aucun prix n'est acquitté !

V. retira la veste qui couvrait son aimée. La tache de sang, sur son débardeur, faisait penser à une cible qui aurait été touchée dans le mille : elle était précisément au centre de la poitrine de Jane, entre ses seins.

— Elle ne reviendra pas telle que tu la connais, siffla sa mère. Elle reviendra mauvaise, maléfique. C'est tout ce que tu y gagneras.

— Je l'aime. Je peux prendre soin d'elle, comme je prends soin de Butch.

— L'amour que tu lui portes ne changera pas les choses, ni les moyens que tu as d'utiliser des restes de l'Oméga. C'est interdit !

Il se tourna vivement vers sa mère, la haïssant, elle et ses maudites histoires de yin et de yang.

— Vous voulez un équilibre ? un échange ? Vous voulez me punir avant que j'accomplisse cet acte ? Très bien ! Qu'est-ce que ça va être ? Vous avez refilé à Rhage une malédiction pour le reste de sa vie, qu'est-ce que vous allez me faire à moi ?

— Ce n'est pas moi qui exige la parité !

— Alors qui l'exige ? Et combien dois-je donner, bordel ?

La Vierge scribe sembla prendre un moment pour se reprendre.

— Cela dépasse ce que je peux donner ou ne pas donner. Elle est morte. Une fois qu'un corps est resté en jachère comme le sien l'est, un retour n'est plus possible.

— Foutaises.

Il se pencha sur Jane, prêt à lui ouvrir la poitrine.

— Tu la condamnes à jamais. Elle ne pourra aller nulle part, si ce n'est vers l'Oméga, et il faudra que tu l'y envoies. Elle sera mauvaise et tu devras la détruire.

Il regarda le visage sans vie de Jane. Se rappela son sourire, essaya de le retrouver sur la peau livide.

Sans y parvenir.

— Équilibre, murmura-t-il.

Il tendit la main et toucha sa joue froide, puis il essaya de penser à ce qu'il pourrait donner, à ce qu'il pourrait échanger.

— Ce n'est pas seulement une question d'équilibre, affirma la Vierge scribe. Certaines choses sont interdites.

La solution lui vint tout à coup avec évidence et il n'entendit plus les mots de sa mère.

Il leva sa main normale, sa précieuse main, celle avec laquelle il pouvait toucher les gens et les choses, celle qui était comme elle se devait d'être, et non un fardeau de destruction résolument maudit.

Sa bonne main.

Il la posa sur l'autel, écarta bien les doigts, et appuya son poignet sur la pierre. Puis il posa la lame de sa dague sur sa peau, et poussa. La lame acérée de l'arme coupa jusqu'à l'os.

— Non ! hurla la Vierge scribe.

# Chapitre 50

Jane n'avait plus de temps. Et elle le savait, de la même manière qu'elle savait qu'un patient n'allait pas tarder à mourir. Son horloge intérieure l'avertit et l'alarme se mit à sonner.

— Je ne veux pas renoncer à lui, dit-elle sans s'adresser à personne.

Sa voix ne porta pas loin et elle remarqua que le brouillard s'épaississait… à tel point qu'il commençait à recouvrir ses pieds. C'est alors qu'elle comprit. Ce n'était pas que le brouillard les recouvrait. Avec effroi, elle se rendit compte qu'à moins d'agir elle allait se dissoudre et rejoindre sa place au sein du néant qui l'entourait. Elle serait seule et isolée de tout, pour toujours, se languissant pour l'amour qu'elle avait un jour ressenti.

Elle se transformerait en un fantôme triste et errant.

Elle se sentit enfin submergée par une émotion qui lui fit monter les larmes aux yeux. Le seul moyen d'assurer son salut, c'était de renoncer à son désir d'être avec Viszs ; c'était la clé. Mais si elle faisait cela, elle aurait l'impression de l'abandonner, de le laisser seul pour affronter un avenir froid et amer. Après tout, elle avait désormais une bonne idée de ce qu'elle ressentirait s'il mourait.

Le brouillard s'épaissit brusquement et la température baissa. Elle regarda vers le bas. Ses jambes étaient en train de disparaître... Ses chevilles s'estompaient, puis ses mollets. Elle se dissolvait dans le néant, se dispersait.

Jane prit sa décision et se mit aussitôt à sangloter, à verser des larmes sur l'égoïsme de ce qu'elle devait faire.

Mais comment faire pour renoncer à V. ?

Le brouillard lui arriva aux cuisses et elle paniqua. Elle ne savait pas comment s'y prendre pour...

La réponse, quand elle se présenta à elle, fut douloureuse et toute simple.

*Oh, mon Dieu...* Renoncer signifiait accepter ce qui ne pouvait pas être changé. Il ne fallait pas essayer de s'accrocher à l'espoir en vue de forcer un changement du destin... ni batailler contre les forces supérieures de la fortune et essayer de les faire capituler devant sa volonté... et on ne suppliait pas d'obtenir le salut parce qu'on présumait détenir la vérité. Renoncer, c'était regarder ce qui était devant soi avec sérénité, reconnaître qu'un choix dénué de toute entrave représentait l'exception et que la destinée était la règle.

Pas de marchandage. Pas de tentative de contrôler. Il lui fallait renoncer, et comprendre que celui qu'elle aimait ne constituait pas son avenir après tout, et qu'elle ne pouvait absolument rien y faire.

Ses larmes se mêlèrent à la brume tourbillonnante alors qu'elle commençait à lâcher prise et à renoncer à toute velléité d'avoir l'air forte. Elle renonçait à lutter pour maintenir vivant son lien avec Viszs. Et en abandonnant ainsi la partie, elle n'avait ni foi ni optimisme, elle était aussi vide que le brouillard qui l'enveloppait. Athée dans la vie, elle était athée dans la mort. Elle ne croyait en rien et elle n'était plus rien, désormais.

C'est alors que le miracle se produisit.

Une lumière tomba sur elle, protectrice et chaleureuse, et l'enveloppa dans quelque chose qui était exactement comme l'amour qu'elle avait ressenti pour Viszs : une bénédiction.

Tandis qu'elle s'élevait dans les airs comme une marguerite cueillie par une main bienfaisante, elle se rendit compte qu'elle pouvait continuer à l'aimer, même si elle n'était pas avec lui. En réalité, le fait que leurs chemins se scindent n'altérait nullement ce qu'elle ressentait, pas plus qu'il le profanait. Ses émotions se trouvaient sous une chape de nostalgie douce-amère, mais les sentiments qu'elle portait dans son cœur n'en étaient pas changés. Elle pouvait l'aimer et l'attendre de l'autre côté de la vie. Parce que l'amour, après tout, était éternel et n'obéissait pas aux caprices de la mort.

Jane était libre... et elle prit son envol.

Fhurie était sur le point de craquer.

Mais s'il voulait se mettre en colère, il ferait bien d'attendre son tour parce que tous les frères étaient comme lui. Surtout Butch, qui allait et venait dans le bureau comme un prisonnier placé en cellule d'isolement.

Aucun signe de Viszs. Pas un coup de fil. Rien. Et l'aube arrivait à grands pas.

— Où est-ce que prendrait place l'enterrement d'une *shellane* ?

— Au Tombeau, répondit Kolher en fronçant les sourcils.

— Tu crois qu'il l'amènerait là-bas ?

— Il n'a jamais été très fana de rituels, et puis avec sa mère qui l'a laissé tomber... (Kolher secoua la tête.) Non, il n'irait pas. En plus, il se douterait bien que c'est un des endroits où nous penserions à aller le chercher, et il tient plus que tout au respect de sa vie privée. En supposant qu'il l'enterre, il ne voudrait pas d'un public.

— Tu as raison.

Butch reprit ses allers et retours alors que l'horloge indiquait qu'il était 4 h 30.

— Vous savez quoi ? finit par dire le flic. Je vais aller voir quand même, si ça ne vous embête pas. Je ne peux pas rester ici une seconde de plus.

— Pourquoi pas. On n'a pas d'autre piste, remarqua Kolher en haussant les épaules.

Fhurie se leva. Il ne pouvait plus supporter cette attente non plus.

— Je viens avec toi. Il faut que quelqu'un te montre où se trouve l'entrée.

Étant donné que Butch ne pouvait pas se dématérialiser, ils prirent tous deux l'Escalade, et Fhurie traversa la prairie pour entrer dans la forêt avec le 4x4. Le soleil n'allait pas tarder à se lever et il ne prit pas la peine de faire de détours mais fonça droit vers le Tombeau.

Les deux compagnons n'échangèrent pas un mot de tout le trajet, puis Fhurie arrêta enfin la voiture à l'entrée de la caverne et ils en descendirent.

— Il y a une odeur de sang, remarqua Butch. Je crois qu'on les a trouvés !

Une très légère odeur de sang humain flottait effectivement dans l'air… V. avait porté Jane jusque-là, c'était sûr.

Merde. Ils se dirigèrent vers le fond de la caverne en courant, rentrèrent par l'entrée masquée et arrivèrent aux portes en fonte. Un des battants était ouvert et des traces de pas mouillées couraient le long du couloir aux jarres.

— Il est ici ! s'exclama Butch, ses mots davantage portés par son soulagement que par son souffle.

Oui, mais pourquoi V., qui haïssait sa mère, voudrait-il enterrer la femelle qu'il aimait selon les traditions de la Vierge scribe ?

La réponse était simple, il ne le voudrait pas.

Ils s'engagèrent dans le couloir et Fhurie se sentit envahi d'une angoisse terrible… surtout lorsqu'ils arrivèrent au fond et qu'il vit l'espace vide sur une étagère, là où manquait une jarre d'éradiqueur. *Oh non…* Oh… Mon Dieu… non. Ils auraient dû s'armer davantage. Si V. avait fait ce que Fhurie redoutait, ils allaient avoir besoin d'une véritable artillerie.

— Attends !

Il s'arrêta, arracha une torche de la paroi et la tendit à Butch. Il en saisit une pour lui et attrapa le bras de Butch.

— Prépare-toi à te battre.

— Pourquoi ?

V. sera peut-être énervé que nous soyons venus, mais il ne va pas être violent.

— C'est de Jane que tu vas devoir te méfier.

— Qu'est-ce que tu rac…

— J'ai bien peur qu'il ait essayé de la ramener d'entre les morts.

Un éclair de lumière jaillit devant eux, illuminant toute la scène comme en plein jour.

— Merde ! s'écria Butch quand le flash s'évanouit. Ne me dis pas qu'il le ferait !

— Si Marissa mourait et que tu avais une chance de la faire revenir, t'essaierais pas ?

Les deux hommes se mirent à courir et firent irruption dans le sanctuaire. Puis stoppèrent net.

— Qu'est-ce que c'est que ça ? souffla Butch.

— Je… je n'en sais rien.

Ils s'avancèrent sans bruit vers l'autel, les yeux rivés sur l'image devant eux. Une sculpture était posée au centre d'un des linteaux qui soutenaient la dalle, un buste de… Jane. Il avait été façonné dans une pierre gris foncé et la ressemblance était tellement saisissante qu'on aurait dit une photo. Ou un hologramme. La lueur des bougies dansait sur les traits et projetait des ombres qui semblaient les animer.

Les tessons d'une jarre en céramique, le crâne sacré de la Confrérie et ce qui ressemblait à un cœur en charpie couvert d'huile jonchaient le second linteau.

Derrière l'autel, V. était affalé contre la paroi qui portait les noms des guerriers, les yeux fermés, les mains sur ses genoux.

Une bande de tissu noir était serrée autour de l'un de ses poignets et l'une de ses dagues manquait à l'appel. Le lieu sentait la fumée, mais on n'en voyait pas flotter dans l'air.

— V. ? Butch s'approcha et s'agenouilla à côté de son ami.

Fhurie le laissa s'occuper de V. et se dirigea vers l'autel. La sculpture était une représentation parfaite de Jane, si réaliste qu'elle paraissait vivante. Il tendit la main, saisi d'une irrépressible envie de toucher son visage mais, au moment où son index l'effleura, le buste s'effondra. Merde. Ce n'était pas de la pierre mais des cendres, et à présent il ne restait plus qu'un petit monticule triste. Jane avait disparu.

— Dis-moi qu'il est vivant ?

— En tout cas il respire.

— Ramenons-le à la maison. (Fhurie posa les yeux sur les cendres.) Ramenons-les tous les deux.

Il lui fallait quelque chose pour transporter les cendres de Jane et il n'allait certainement pas utiliser la jarre d'un éradiqueur. Il jeta un coup d'œil autour de lui. Rien.

Il retira alors sa chemise de soie et l'étala sur l'autel. Il ne pouvait pas faire mieux et il ne leur restait pas beaucoup de temps.

L'aube arrivait et il n'était pas possible de négocier avec elle en espérant la retarder.

# Chapitre 51

Deux jours plus tard, Fhurie décida de se rendre de l'autre côté. La Directrix insistait pour le voir et il avait décidé de ne pas la faire lanterner plus longtemps. Et puis il fallait qu'il sorte de la maison.

Une atmosphère lugubre régnait dans le complexe depuis la mort de Jane, et affectait tous les mâles liés. La mort d'une *shellane*, car Jane en était une même si elle et V. n'avaient pas été officiellement unis, restait la plus grande peur des frères. Et qu'elle soit tuée par l'ennemi atteignait la limite du supportable. Pire encore, que la tragédie survienne moins d'un an après l'assassinat de Wellsie, dans des circonstances similaires, constituait un douloureux rappel de ce que chaque mâle ne savait que trop bien : les compagnes des membres de la Confrérie étaient particulièrement vulnérables aux attaques des éradiqueurs.

Tohrment en avait fait l'expérience cruelle. C'était maintenant au tour de Viszs.

Bordel, ils se demandaient tous si V. allait rester. Tohr avait disparu tout de suite après l'assassinat de Wellsie par un éradiqueur, et personne ne l'avait vu ou n'avait entendu parler de lui depuis. Même si Kolher soutenait qu'il pouvait sentir que leur frère était toujours vivant, ils avaient tous plus ou moins renoncé à espérer qu'il reviendrait pendant cette décennie ou la suivante. Il referait peut-être son apparition dans un avenir éloigné. Ou bien il mourrait tout seul, quelque part. Mais ils ne le reverraient pas de sitôt, et ce serait peut-être dans l'Estompe, pas avant.

Merde… Pauvre Viszs.

Pour l'heure, V. était dans sa chambre, dans la Fosse, étendu à côté de l'urne en bronze dans laquelle Fhurie avait finalement placé les cendres de Jane. Il n'avait ni mangé ni parlé, d'après Butch, mais il gardait les yeux ouverts.

Il était clair qu'il n'avait nullement l'intention d'expliquer ce qui s'était passé dans le Tombeau, ce qui était arrivé à Jane, ou à son poignet.

Fhurie lâcha un juron et s'agenouilla à côté de son lit puis se passa le médaillon du Primâle autour du cou. Il ferma les yeux et se rendit directement au sanctuaire des Élues, en pensant à Cormia. Elle ne quittait pas sa chambre non plus, mangeant peu, et parlant encore moins. Il passait fréquemment la voir, mais il ne savait pas quoi faire pour elle… à part lui apporter des livres, ce qu'elle semblait apprécier. Elle aimait particulièrement Jane Austen, même si elle ne comprenait pas très bien comment quelque chose pouvait être de la fiction, ou comme elle disait, un mensonge structuré.

Fhurie se matérialisa dans l'amphithéâtre car il ne connaissait pas bien la disposition du lieu et se dit que c'était un bon point de départ. C'était étrange de se retrouver au milieu de toute cette blancheur immaculée. Et encore plus étrange de contourner la scène et de pouvoir contempler tous ces temples blancs. L'endroit était une véritable publicité pour l'eau de javel, ma parole. Pas une tache de couleur : nulle part. Et c'était tellement calme. Quel silence extraordinaire.

Il choisit une direction et commença à marcher. Il s'inquiétait un peu d'être assailli par un groupe d'Élues et n'était pas particulièrement pressé de s'entretenir avec la Directrix. Pour gagner un peu de temps, il décida de jeter un coup d'œil à l'intérieur de l'un des temples. Il en choisit un au hasard et grimpa les marches de marbre qui menaient à l'entrée, pour découvrir que les doubles-portes étaient verrouillées.

Il se pencha en fronçant les sourcils et observa le trou de la serrure, d'une taille et d'une forme inhabituelles. De manière impulsive, il enleva le médaillon et le mit dans la serrure.

Voilà qui était intéressant. Le pendentif était une clé.

Les portes s'ouvrirent silencieusement et il fut étonné de ce qu'il découvrit. Tapissant les deux côtés de l'édifice, et sur près de trois mètres de profondeur par endroits, s'entassaient des multitudes de coffres remplis de pierres précieuses. Il déambula parmi ces trésors, s'arrêtant de temps à autre pour plonger ses mains dans les gemmes étincelantes.

Mais le temple abritait autre chose. Tout au fond, il y avait une série de vitrines en verre comme on en voit dans les musées. Il s'approcha et les examina. Pas un grain de poussière ne les recouvrait et il avait le sentiment que ce n'était pas parce qu'elles venaient d'être nettoyées. Il ne pouvait tout simplement pas imaginer qu'il y ait la moindre particule polluante dans l'air, pas même de taille microscopique.

Elles contenaient des objets fascinants qui provenaient manifestement du monde réel. Il remarqua une paire de lunettes démodée, un bol en porcelaine d'origine orientale, une bouteille de whiskey dont l'étiquette indiquait qu'elle datait des années 1930, un porte-cigarettes en ébène, un éventail de femme fait de plumes blanches.

Il se demanda comment tous ces objets étaient arrivés là. Certains étaient très anciens, mais en parfait état et, bien entendu, absolument immaculés.

Il s'arrêta devant quelque chose qui ressemblait à un vieux livre.

*Par tous les diables.*

La couverture de cuir était très abîmée, mais on pouvait encore lire le titre en relief: «Audazs, fils de Marklon.»

Fhurie se pencha, ébahi. C'était le livre d'Audazs, un journal probablement.

Il ouvrit la vitrine puis fronça les sourcils en sentant l'odeur qui flottait à l'intérieur. De la poudre à canon?

Il observa la série d'objets. Un vieux pistolet se trouvait dans un coin, au fond, et il reconnut le modèle pour l'avoir vu dans le manuel sur les armes à feu dont il se servait pour donner ses cours. Il s'agissait d'un revolver Colt Navy de 1890, calibre de 0,36 à six chambres. Et on s'en était servi récemment.

Il sortit l'arme, délogea le barillet d'un coup sec, ouvrit la chambre et fit tomber une des balles dans sa main. Elle était sphérique... et irrégulière, faite à la main certainement.

Cette forme lui rappelait quelque chose. Lorsqu'il avait effacé le dossier médical de V. de l'ordinateur à St. Francis, il avait jeté un coup d'œil sur une radio du thorax... et avait vu, logé dans les muscles de son frère, un morceau de plomb de forme sphérique, légèrement irrégulier.

—Vous êtes ici pour me voir?

Fhurie tourna la tête et regarda la Directrix. La femelle se tenait dans l'encadrement de la porte à double battant, vêtue de la longue robe qu'elles portaient toutes. Elle avait une chaîne autour du cou, et un médaillon semblable au sien y était accroché.

—Jolie collection que vous avez là, fit remarquer Fhurie d'un ton traînant en se retournant pour lui faire face.

—J'aurais pensé que les pierres précieuses vous intéresseraient davantage, répliqua-t-elle en plissant les paupières.

—Non, pas vraiment. (Il la regarda avec attention en levant le livre qu'il tenait à la main.) Ce ne serait pas le journal de mon frère, par hasard?

Il vit qu'elle se détendait imperceptiblement et baissait légèrement les épaules. Il eut envie de l'étriper.

— Oui, c'est le journal d'Audazs.

Fhurie tapa sur la couverture du livre puis désigna les coffres remplis de pierres.

— Dites-moi, cet endroit est-il toujours verrouillé ?

— Oui. Toujours, depuis l'attaque.

— Nous sommes les seuls, vous et moi, à en avoir la clé, n'est-ce pas ? Je n'aimerais pas que quelque chose puisse être abîmé ou disparaître.

— Oui. Nous deux, uniquement. Personne ne saurait pénétrer dans ce lieu sans que je le sache ou sois présente.

— Personne.

Un éclair de colère brilla dans ses yeux.

— L'ordre doit être respecté. J'ai consacré des années à former les Élues à s'acquitter de leurs devoirs.

— Oui… Aussi, l'idée qu'un Primâle fasse son entrée doit vous faire mal au ventre. Car c'est moi qui commande désormais, n'est-ce pas ?

— Il est juste et approprié que vous dirigiez ici, dit-elle d'une voix à peine audible.

— Pardon ? Pourriez-vous répéter ? Je ne vous ai pas bien entendue.

Pendant une fraction de seconde, les yeux de la Directrix brûlèrent de haine, ce qui confirma pour lui ses actions et son mobile : c'était elle qui avait tiré sur Viszs, avec le revolver conservé dans la vitrine. Elle voulait continuer à tout diriger et savait fort bien que, si un Primâle s'installait, au mieux elle ne pourrait être que numéro deux, et sous les ordres d'un mâle de surcroît. Au pire, elle pourrait perdre tout son pouvoir simplement parce que le mâle n'aimait pas la couleur de ses yeux.

Quand elle avait échoué dans sa tentative d'assassinat de V., elle avait battu en retraite… en attendant de pouvoir essayer de nouveau. Elle était indubitablement assez intelligente et malfaisante pour défendre son territoire bec et ongles jusqu'à ce qu'il ne reste plus de frères ou que le rôle du Primâle semble frappé d'une malédiction.

— Vous alliez ajouter quelque chose, n'est-ce pas ? insista Fhurie.

La Directrix caressa le médaillon qui reposait sur sa poitrine.

— Vous êtes le Primâle. Vous régnez sur ces lieux.

— Bien. Je suis heureux qu'on soit d'accord là-dessus vous et moi. (Il tapa de nouveau sur le journal d'Audazs.) J'emporte ça avec moi.

— Nous ne nous réunissons pas ?

Il s'approcha d'elle, se disant que, si elle avait été un mâle, il lui aurait tordu le cou.

— Non, pas maintenant. Je dois m'occuper de quelque chose avec la Vierge scribe. (Il se pencha et lui murmura à l'oreille.) Mais je reviendrai vous voir.

# Chapitre 52

Viszs n'avait jamais pleuré auparavant. Il n'avait jamais pleuré de sa vie, jamais. Après tout ce qu'il avait enduré, tout ce qu'il avait souffert, il avait tiré la conclusion qu'il était né sans canaux lacrymaux.

Et les événements des derniers jours n'avaient pas changé les choses. Quand il avait vu Jane morte dans ses bras, il n'avait pas pleuré. Quand il avait tenté de se couper la main dans le Tombeau en guise de sacrifice, malgré la douleur épouvantable, il n'avait pas versé une larme. Quand sa mère tant haïe l'avait empêché de commettre ce sacrifice, ses joues étaient restées sèches.

Même lorsque la Vierge scribe avait posé la main sur le corps de Jane et qu'il avait vu, dans un brouillard, sa bien-aimée réduite en cendres, il n'avait pas pleuré.

Mais il pleurait à présent.

Pour la première fois depuis sa naissance, les larmes coulaient le long de son visage et trempaient son oreiller.

Elles avaient jailli au moment où il avait eu une vision de Butch et Marissa, assis sur le canapé, dans la salle de séjour de la Fosse. Vivace... tellement vivace. V. ne pouvait pas entendre leurs pensées dans sa tête, mais il savait que Butch imaginait Marissa dans leur lit, vêtue seulement d'un soutien-gorge noir et d'un jean. Et Marissa l'imaginait en train de lui retirer son jean et d'enfouir sa tête entre ses cuisses.

V. savait que dans six minutes exactement Butch allait prendre le verre de jus d'orange que Marissa avait à la main et le poser sur la table basse. Il allait le renverser, parce que le verre allait atterrir sur le coin d'un magazine et le jus allait éclabousser le jean de Marissa. L'incident allait servir d'excuse au flic pour l'attirer dans leur chambre, la déshabiller et lui faire l'amour.

Sauf que, sur le chemin, ils s'arrêteraient devant la porte de V. et leur excitation retomberait. De la tristesse au fond des yeux, ils iraient s'allonger sur leur lit et s'accrocheraient silencieusement l'un à l'autre.

V. se couvrit le visage d'un bras et sanglota sans pouvoir s'arrêter.

Ses visions étaient revenues. Il était de nouveau condamné à voir le futur.

Il avait finalement traversé la croisée des chemins.

Ce qui signifiait que, dorénavant, son existence se résumerait à cela : il ne serait rien de plus qu'une enveloppe vide étendue aux côtés des cendres de sa bien-aimée.

Et effectivement, au milieu de ses larmes, il entendit Butch et Marissa remonter le couloir, les entendit s'arrêter devant la porte de sa chambre, puis refermer la porte de la leur. Pas de bruits d'ébats étouffés par la paroi qui séparait les deux chambres, pas de coups sourds de la tête du lit, pas de gémissements de plaisir.

Exactement ce qu'il avait vu. Dans le silence qui suivit, V. s'essuya les joues puis regarda ses mains. La blessure qu'il s'était faite à la main gauche l'élançait encore un peu. La droite brillait toujours et ses larmes paraissaient blanches contre la toile de fond que constituait son illumination intérieure, blanches comme les iris de ses yeux.

Il inspira profondément et regarda la pendule.

La seule chose qui le maintenait en vie, c'était la tombée de la nuit. Il se serait déjà tué, il aurait sorti son Glock, l'aurait mis dans sa bouche et se serait fait exploser la cervelle, si ce n'était pour la nuit.

Exterminer la Société des éradiqueurs était devenu sa seule mission, sa quête, son Graal. Cela lui prendrait le reste de sa vie, mais peu importait, puisque la vie n'avait plus rien à lui offrir. Et il aurait préféré quitter la Confrérie pour s'acquitter de cette mission mais, sans lui, Butch mourrait, alors il allait devoir rester.

Il leva soudain les yeux et les tourna vers la porte, les sourcils froncés.

Au bout d'un moment, il s'essuya de nouveau les joues, puis s'exclama :

— Je suis surpris que tu n'entres pas.

La porte s'ouvrit sans être touchée et la Vierge scribe apparut sur le seuil. Sa robe noire la couvrait de la tête aux pieds.

— Je n'étais pas sûre d'être bien accueillie, remarqua-t-elle à voix basse en flottant dans la chambre.

Il ne leva pas sa tête de l'oreiller. Il n'avait pas l'intention de lui témoigner le moindre respect.

— Vous savez bien quel est mon sentiment à cet égard.

— Oui, en effet. Je vais donc aller droit au but : j'ai un cadeau pour toi.

— Je n'en veux pas.

— Si. Ce cadeau, tu le veux.

— Allez vous faire voir. (Sous sa capuche, elle sembla baisser la tête. Non que cela lui importe le moins du monde de blesser la précieuse sensibilité de sa génitrice.) Partez.

— Je suis sûre que tu veux…

— Vous avez pris ce que je voulais…, s'écria-t-il en se redressant d'un seul coup.

Une silhouette se détacha dans l'embrasure de la porte, une mince forme spectrale.

— V… ?

— Et je te le rends, expliqua la Vierge scribe. D'une certaine manière.

Viszs n'entendit pas un mot de ce qu'elle disait, il n'arrivait pas à appréhender ce qu'il avait devant les yeux. C'était Jane… en quelque sorte. C'était le visage et le corps de Jane, mais elle était… diaphane comme une apparition.

— Jane ?

— Tu n'as pas besoin de me remercier, ajouta la Vierge scribe en se dématérialisant. Sache simplement que ce que tu appelles ta malédiction te donnera le pouvoir de la toucher. Adieu.

Bon, en matière de grandes retrouvailles, celles-ci étaient quand même vraiment singulières, pour ne pas dire tordues.

Et pas seulement parce que Jane supposait qu'on pouvait la qualifier de fantôme.

Viszs la regardait et semblait sur le point de s'évanouir. Ce qui la blessait. Il était tout à fait possible qu'elle ne lui plaise pas, dans cet état, et alors que pourrait-elle faire ? Quand la Vierge scribe était venue la voir au ciel ou dans le lieu où elle se trouvait et lui avait donné la possibilité de revenir, elle n'avait pas eu besoin de réfléchir avant d'accepter. Mais à présent qu'elle se trouvait devant un type totalement médusé et choqué, elle n'était plus aussi sûre d'avoir fait le bon choix. Peut-être qu'elle avait sur…

Il se leva, traversa la pièce et posa avec hésitation sa main luisante sur son visage. Elle soupira et s'appuya contre la paume, sentant la chaleur de sa chair.

— C'est toi ? demanda-t-il d'une voix rauque.

Elle hocha la tête, puis toucha ses joues qui étaient un peu rouges.

— Tu pleurais.

— Je te sens, répliqua-t-il en lui saisissant la main.

— Moi aussi.

Il toucha sa joue, son cou, son épaule. Prit son bras, le tendit et le regarda… enfin regarda à travers.

— Hum… je sais déjà que je peux m'asseoir sur des trucs…, remarqua-t-elle sans raison particulière. Je veux dire… pendant que j'attendais tout à l'heure, je me suis assise sur le canapé. J'ai également déplacé un tableau sur un mur, ramassé une pièce pour la mettre dans la coupelle où vous rassemblez la petite monnaie, saisi un magazine. C'est un peu étrange, mais tout ce qu'il faut que je fasse, c'est me concentrer. *Merde.* (Elle n'avait pas la moindre idée de ce qu'elle était en train de raconter.) La… euh… la Vierge scribe m'a dit que je pouvais manger, mais que je n'y étais pas obligée. Elle a également indiqué que… je pouvais boire. Je ne comprends pas très bien comment tout cela marche, mais elle a l'air de savoir. Bref, je pense que ça va nous prendre un petit peu de temps pour nous familiariser avec tout ça, mais…

Il passa la main dans ses cheveux et c'était comme avant. Son corps indistinct enregistrait les sensations exactement comme avant.

Il fronça les sourcils, puis la fureur se lit sur son visage.

— Elle a dit qu'il fallait un sacrifice. Pour ramener quelqu'un. Qu'est-ce que tu lui as donné ? Qu'est-ce que tu lui as donné en échange ?

— Comment ça ?

— Elle ne donne rien sans demander quelque chose en retour. Qu'est-ce qu'elle t'a pris ?

— Rien. Elle ne m'a rien demandé, à aucun moment.

Il secoua la tête et sembla sur le point de dire quelque chose. Mais il l'enlaça de ses bras puissants et la serra contre son corps tremblant, lumineux. À la différence des autres fois quand elle avait dû se concentrer pour se matérialiser, avec V., cela se fit tout simplement. Contre lui, elle n'avait pas d'effort à faire pour être de chair et de sang.

Elle se rendit compte qu'il pleurait à sa manière de respirer et de s'appuyer sur elle, mais elle savait que, si elle disait quoi que ce soit ou essayait de le calmer, il cesserait immédiatement. Elle se contenta donc de le tenir dans ses bras.

Elle-même devait se retenir pour ne pas craquer.

— Je pensais que je ne ferais plus jamais ça, souffla-t-il d'une voix cassée.

Jane ferma les yeux et le serra, se rappelant le moment, dans le brouillard, où elle avait renoncé à lui. Si elle ne l'avait pas fait, ils ne seraient pas ici tous les deux, n'est-ce pas ?

*Au diable le libre arbitre*, se dit-elle. Elle s'était fiée au destin, en dépit de la terrible souffrance que cela impliquait sur le moment. Parce que l'amour résistait toujours, à travers ses multiples manifestations. Il était l'infini. L'éternel. Ce qui perdurait toujours. Elle ne savait pas qui était la Vierge scribe. Ne savait pas où elle était allée elle-même ni comment elle avait pu en revenir. Mais elle était sûre d'une chose.

— Tu avais raison, chuchota-t-elle contre la poitrine de V.

— À propos de quoi ?

— Je crois en Dieu.

# Chapitre 53

Le lendemain soir, John n'avait pas cours et il prit donc place à table pour le Premier Repas avec les frères et les femelles. L'ambiance dans la grande maison était considérablement plus festive que les dernières semaines. Mais ce qui était sûr, c'est qu'il ne partageait pas la bonne humeur générale.

— Bref, expliquait Fhurie, je suis allé voir la Vierge scribe et je lui ai raconté, pour la balle.

— C'est pas possible. La Directrix ! (Viszs se pencha en avant, la main de Jane dans la sienne.) J'avais présumé que c'était le coup d'un éradiqueur.

V. n'avait pas lâché sa chirurgienne depuis qu'ils s'étaient assis autour de la table, comme s'il craignait qu'elle disparaisse. Ce qui était assez compréhensible. John essayait de ne pas la dévisager, mais ce n'était pas facile. Elle portait une des chemises de V. sur un jean, et son corps semblait remplir les vêtements. Mais en fait, c'était… eh bien, un fantôme.

— Évidemment, reprit Fhurie comme il se tournait vers Bella et lui tendait le beurrier. C'est ce que nous pensions tous. Mais cette femelle avait un sacré mobile. Elle voulait rester maîtresse du sanctuaire et, avec un Primâle dans la place, cela ne risquait pas de durer. Bref, la bonne vieille lutte pour le pouvoir.

John jeta un coup d'œil à la femelle blonde et silencieuse assise de l'autre côté de Fhurie. Dieu que l'Élue était belle… de la beauté éthérée des anges. Un rayonnement surnaturel émanait d'elle, mais elle n'était pas heureuse. Elle picorait sa nourriture et gardait les yeux baissés.

Enfin, sauf lorsqu'elle dévorait Fhurie des yeux. Ce qui était en général chaque fois qu'il parlait à Bella ou la regardait.

— La Directrix doit mourir, déclara Kolher d'un ton sévère depuis la tête de la table.

Fhurie se racla la gorge en reprenant le beurrier des mains de Bella.

— Considère que c'est… chose faite, mon seigneur.

Merde alors. Est-ce que Fhurie avait…

— Très bien. (Kolher fit un signe de tête comme s'il comprenait parfaitement bien et cautionnait l'acte.) Qui va la remplacer ?

— La Vierge scribe m'a demandé qui je souhaitais pour cette fonction. Mais je ne connais pas…

— Amalya, avança l'Élue blonde.

Toutes les têtes se tournèrent vers elle.

— Pardon ? demanda Fhurie. Qu'est-ce que tu as dit ?

Quand elle s'élevait, la voix de l'Élue, pure et mélodieuse, évoquait un carillon caressé par le vent.

— Si je peux humblement me permettre, j'aimerais suggérer l'Élue Amalya. Elle est douce et bienveillante, et a la séniorité qui convient.

Fhurie la regarda de ses yeux jaunes, mais son expression était réservée, comme s'il ne savait pas quoi dire ou faire face à elle.

— Eh bien, c'est donc celle que je souhaite. Merci.

Elle leva les yeux et ils croisèrent les siens pendant un bref moment, le rouge lui montant aux joues. Puis Fhurie détourna le regard, et elle aussi.

— Nous avons tous quartier libre ce soir, annonça soudain Kolher. Nous avons besoin de nous retrouver et de passer un peu de temps tous ensemble.

— Tu ne vas pas encore nous obliger à jouer au Monopoly, quand même ? ronchonna Rhage.

— Si. (Un grognement collectif s'éleva, totalement ignoré par Kolher.) Tout de suite après dîner.

— J'ai quelque chose à faire, fit V. Je serai de retour dès que je peux.

— Très bien, mais tu ne pourras pas choisir le chien ou la chaussure alors. Ce sont toujours les premiers à partir.

— Je survivrai.

Fritz entra, une énorme omelette norvégienne sur un plateau.

— Dessert ? s'enquit le *doggen* avec un sourire.

Comme un « oui » général fusait dans la pièce, John replia sa serviette et demanda à quitter la table. Quand Beth lui eut donné son accord, il sortit et se dirigea vers l'entrée du tunnel, sous le grand escalier. Il ne mit pas longtemps à rejoindre le centre d'entraînement, d'autant que sa démarche était plus assurée car il commençait à s'habituer à son corps.

Quand il entra dans le bureau de Tohr, il rassembla son courage avant de regarder autour de lui. La pièce n'avait pas changé depuis la disparition du frère. Mis à part le fait que l'affreux fauteuil vert se trouvait désormais dans le bureau de Kolher, tout était en l'état où Tohr l'avait laissé.

John passa derrière le bureau et s'assit. Il était jonché de papiers et de dossiers, certains avec des Post-it recouverts de l'écriture appliquée de Z.

John posa les mains sur les accoudoirs de la chaise de bureau, et les caressa pensivement.

Il détestait le sentiment qui le dominait à ce moment-là.

Il détestait le fait d'être contrarié que V. ait récupéré Jane, alors que Tohr avait perdu Wellsie à jamais. Sauf que ce n'était pas juste. Et pas seulement pour Tohr. John aurait aimé avoir le fantôme de Wellsie dans sa vie. Il aurait aimé que la seule mère qu'il ait connue soit encore là.

Sauf que c'était Viszs qui avait bénéficié d'une faveur pareille.

Et Rhage aussi, avec Mary.

Qu'est-ce qui faisait d'eux des êtres à part ?

Il se prit la tête dans les mains avec le sentiment d'être un salaud. Éprouver de l'amertume face au bonheur et à la chance de quelqu'un était vraiment indigne, surtout quand on aimait les personnes en question. Mais l'absence de Tohr lui était si douloureuse, et la mort de Wellsie et…

— Salut.

John releva les yeux. Z. était dans le bureau, et il se demandait comment il avait pu entrer sans faire le moindre bruit.

— À quoi tu penses, John ?

— *À rien.*

— Tu peux me donner une réponse valable ?

John secoua la tête et baissa les yeux. Il remarqua distraitement que le dossier de Fhléau se trouvait sur le dessus de la pile, et il pensa au type. Bon sang, ils couraient tous deux à la confrontation violente. La seule question était quand la bagarre allait éclater.

— Tu sais, commença Z., pendant longtemps je me suis demandé : « Pourquoi moi et pas Fhurie ? »

John leva la tête en fronçant les sourcils.

— Oui. Je me demandais pourquoi c'était moi qui avais été enlevé et séquestré. Mais je n'étais pas le seul à me poser cette question. Fhurie se torture encore sur le fait que ce fut moi, et pas lui. (Z. croisa les bras sur sa poitrine.) Le problème, c'est que, si l'on commence à se demander pourquoi quelque chose arrive à quelqu'un et pas à quelqu'un d'autre, on tourne en rond et ça ne mène nulle part.

— *Je veux que Wellsie revienne.*

— Je me suis dit que c'était la raison de ton départ. (Le frère passa une main sur son crâne rasé de près.) Le truc, c'est que je crois qu'une main nous guide. Elle ne le fait pas toujours avec douceur. Et on n'a pas toujours l'impression qu'elle se préoccupe de ce qui est juste ou non. Mais je ne sais pas, j'essaie d'avoir confiance en elle désormais. Quand j'enrage, j'essaie de... ouais, je suppose que j'essaie de m'y fier. Parce que, au bout du compte, qu'est-ce qu'on peut faire d'autre ? Le reste... c'est du ressort de quelqu'un d'autre. Où nous nous retrouvons, qui nous connaissons, ce qui arrive à ceux qu'on aime... on n'a pas beaucoup de contrôle là-dessus.

— *Tohr me manque.*

— Il nous manque à tous.

Oui, John n'était pas le seul à souffrir. Il ne fallait qu'il l'oublie.

— J'ai quelque chose pour toi. (Z. se dirigea vers un placard et l'ouvrit.) Fhurie me l'a donné hier. On voulait attendre ton anniversaire, mais qu'importe. C'est ce soir que tu en as besoin.

Z. revint près du bureau, un vieux livre en cuir tout usé dans les mains. Il le posa sur le tas de papier, sa grande main couvrant la couverture.

— Joyeux anniversaire, John.

Il leva le bras et John posa les yeux sur le livre.

Et son cœur cessa de battre.

D'une main tremblante, il toucha le livre et passa un doigt sur les lettres usées qui disaient : « Audazs, fils de Marklon. »

Il ouvrit le livre avec précaution... Les pages étaient couvertes de symboles et de mots tracés d'une belle écriture classique, les réflexions d'une vie menée il y a bien longtemps : l'écriture de son père en langue ancienne.

John porta vivement la main à la bouche, terrifié à l'idée d'être sur le point d'éclater en sanglots.

Mais quand il releva la tête, honteux, il découvrit qu'il était seul.

Avec l'élégance qui le caractérisait, Z. lui avait permis de conserver sa fierté.

Et avec ce cadeau magnifique… le journal de son père… il lui donnait en outre un peu de joie.

Immédiatement après le repas, Viszs se matérialisa dans le patio de la Vierge scribe. Il était un peu étonné qu'elle l'ait autorisé à se présenter, vu le contexte, mais il était content de l'avoir fait.

Après avoir repris forme, il fronça les sourcils et regarda autour de lui : la fontaine de marbre blanc, les colonnes, et le portail qui menait au sanctuaire des Élues. Quelque chose avait changé. Il n'arrivait pas à mettre le doigt dessus, mais quelque chose…

— Salutations, seigneur.

Il se retourna. Une Élue se tenait à côté de la porte qui conduisait aux appartements privés de la Vierge scribe. Enfin il avait toujours supposé que c'était là qu'elle conduisait. Il la reconnut : vêtue d'une longue robe blanche et les cheveux relevés en chignon, c'était celle qui était venue réconforter Cormia après la cérémonie de présentation.

— Amalya, fit-il.

Elle sembla étonnée qu'il se souvienne de son nom.

— Votre Grâce.

C'était donc celle que Cormia avait recommandée comme Directrix. C'était avisé. La femelle portait la bonté sur son visage.

— Je suis venu voir la Vierge scribe.

Il se dit qu'elle devait certainement le savoir.

— Avec tout le respect que je vous dois, elle ne reçoit pas aujourd'hui.

— Elle ne me reçoit pas ou elle ne reçoit personne ?

— Elle ne reçoit aucune visite. Avez-vous un message que vous souhaiteriez que je lui transmette ?

— Je reviendrai demain.

L'Élue s'inclina profondément.

— Avec tout le respect que je vous dois, seigneur, je pense qu'elle ne sera pas en mesure de recevoir.

— Pourquoi ?

— Je ne demande pas pourquoi.

Une nuance de désapprobation s'entendait dans le ton de sa voix, comme s'il ne devait pas demander pourquoi, lui non plus.

*Bon sang.* Qu'est-ce qu'il voulait lui dire exactement ?

— Est-ce que tu pourrais lui faire savoir… que Viszs est venu dire…

Les mots lui firent défaut et les yeux de l'Élue s'emplirent de compassion.

— Si je peux me permettre une telle hardiesse, Votre Grâce, je pourrais peut-être lui dire que son fils est venu la remercier pour son cadeau généreux et le sacrifice qu'elle a fait au nom du bonheur de ce dernier.

Son fils.

Non, il ne pouvait pas aller si loin. Même après le retour de Jane, ce mot sonnait faux.

— Non, « Viszs ». Dis-lui juste que Viszs est venu la remercier.

L'Élue s'inclina une seconde fois, une expression de tristesse sur le visage.

— Comme vous voudrez.

Il observa la femelle se retourner et disparaître derrière la petite porte richement décorée.

Mais, avait-elle dit « sacrifice » ? Quel sacrifice ?

Il regarda de nouveau autour de lui, se concentrant sur la fontaine. Soudain le bruit de l'eau lui parut étrange. La dernière fois qu'il était venu…

V. tourna lentement la tête.

L'arbre blanc couvert de fleurs blanches était vide.

Tous les oiseaux étaient partis.

Voilà ce qui manquait. Les oiseaux de la Vierge scribe avaient disparu, les branches des arbres ne resplendissaient plus de cent couleurs, leurs chansons joyeuses n'égayaient plus l'air immobile.

Dans le silence relatif, V. prit conscience de la solitude de l'endroit, le vide semblait amplifié par le bruit stérile de l'eau.

*Mon Dieu*. C'était donc cela, son sacrifice.

Elle avait renoncé à son amour pour lui donner le sien.

Dans ses appartements privés, la Vierge scribe sut que V. était parti dès qu'il se dématérialisa. Elle pouvait sentir sa forme se transporter et retourner dans le monde extérieur.

L'Élue Amalya s'approcha sans bruit.

— Si je puis me le permettre, j'aimerais vous parler.

— Tu n'en as pas besoin. Je sais ce qu'il a dit. Laisse-moi maintenant et retourne dans le sanctuaire.

— Oui, Votre Altesse.

— Merci.

La Vierge scribe attendit que l'Élue se soit retirée, puis elle se retourna et contempla l'immense étendue blanche de ses appartements. Les pièces ne servaient guère qu'à lui offrir un lieu où elle pouvait se déplacer et méditer. Comme elle ne dormait pas et ne mangeait pas, la chambre et la salle à manger ne représentaient que des espaces au sein desquels elle pouvait déambuler.

Tout était désormais tellement silencieux.

Elle flotta de pièce en pièce, troublée. Elle avait failli à son fils de tellement de manières qu'elle ne pouvait pas lui reprocher son refus de la reconnaître comme sa mère. Mais cela n'allégeait pas sa souffrance.

Une souffrance qui venait s'ajouter à une autre.

Elle regarda avec appréhension vers le fond de ses appartements, l'endroit où elle ne se rendait jamais. Ou elle ne s'était en tout cas pas rendue depuis deux siècles.

Elle avait failli à une autre personne.

Accablée de tristesse, elle s'avança vers cette partie retirée et déverrouilla par sa seule volonté la porte fermée à double tour. Le sceau se brisa dans un chuintement et une brume légère s'échappa, créée par le changement du taux d'humidité. Est-ce que cela faisait vraiment si longtemps ?

La Vierge scribe entra et contempla la forme plongée dans l'ombre qui flottait au-dessus du sol, en état temporaire de mort apparente.

Sa fille. La sœur jumelle de V., Souffhrance.

Cela faisait longtemps qu'elle avait décidé qu'il était préférable et plus sûr pour sa fille de se reposer. Mais elle avait des doutes à présent. Les choix qu'elle avait faits pour son fils avaient entraîné des conséquences désastreuses. Et c'était peut-être la même chose pour son enfant de l'autre sexe.

La Vierge scribe regarda le visage de sa fille. Souffhrance n'était pas comme les autres femelles. Elle avait été différente dès la naissance. Elle tenait de son père un instinct de guerrière et une inclination au combat et, parmi les Élues, elle était comme un lion en cage, ne supportant pas l'oisiveté.

Le moment était peut-être venu d'affranchir sa fille comme elle avait délivré son fils. Cela semblait juste. Sa protection s'était en effet avéré un don bien discutable.

Mais elle redoutait terriblement de la libérer. D'autant plus qu'il n'y avait aucune raison de penser que sa fille serait mieux disposée à son égard que son fils. Elle les perdrait alors tous les deux.

Comme elle se débattait en son for intérieur, elle aspirait à sortir sur le patio pour trouver consolation et sérénité auprès de ses oiseaux. Mais nul réconfort ne l'y attendait, plus de chants joyeux pour l'apaiser.

Aussi, la Vierge scribe demeura dans ses appartements privés, flottant dans l'air silencieux et immuable, passant de pièce vide en pièce vide. Au fil du temps, la nature infinie de sa non-existence lui faisait un manteau d'aiguilles, et des milliers de piqûres de douleur et de tristesse la transperçaient.

Point d'échappatoire ou de soulagement à l'horizon pour elle, point de paix, de douceur ou de réconfort. Elle était comme elle l'avait toujours été : seule au milieu du monde qu'elle avait créé.

# Chapitre 54

Jane était allée une ou deux fois chez Manny Manello, c'est-à-dire très rarement. Le temps qu'ils passaient ensemble, c'était à l'hôpital.

Ouah, c'était vraiment l'appartement d'un mec. Et d'un mec qui kiffait le sport. Encore un peu, et on se serait cru à Décathlon.

L'endroit lui rappelait la Fosse.

Elle parcourut son séjour, regardant ses DVDs, ses CDs, et ses magazines. Oui, il s'entendrait très bien avec Butch et V. : tout comme eux, il avait manifestement un abonnement à vie à *Sports Illustrated*. Et à l'instar des deux frères, il gardait les anciens numéros. Et puis il ne crachait pas sur l'alcool, mais il avait un faible pour le Jack Daniels plutôt que pour la vodka ou la bière.

Tandis qu'elle se penchait, elle concentra son énergie de façon à pouvoir ramasser le dernier numéro de *Sports Illustrated* et se rendit compte que cela faisait très exactement un jour qu'elle était un fantôme. Elle était apparue avec la Vierge scribe dans la chambre de V. vingt-quatre heures plus tôt.

Tout allait bien. En tant qu'immortelle, le sexe était aussi satisfaisant que lorsqu'elle était vivante. Viszs et elle devaient d'ailleurs se retrouver au loft vers la fin de la nuit. Il voulait faire un peu d'exercice, c'est ainsi qu'il l'avait formulé, les yeux brillants d'excitation, et elle était plus que disposée à faire plaisir à son vampire.

*Et comment!*

Jane reposa le magazine et déambula encore un petit moment dans l'appartement, puis elle se posta à l'une des fenêtres pour attendre.

Ça allait être dur. Les adieux étaient toujours pénibles.

V. et elle avaient discuté de la manière de gérer son départ du monde des humains. L'accident de voiture qu'il avait orchestré fournirait une explication partielle de sa disparition. Certes on ne retrouverait jamais son corps, mais l'Audi avait été abandonnée dans une zone boisée et montagneuse. La police fermerait sans aucun doute son dossier après quelques recherches, mais ce n'était pas comme si tout cela entraînait des conséquences matérielles. Elle ne reviendrait jamais, ça n'avait donc pas d'importance.

Pour ce qui était de ses affaires, la seule chose à laquelle elle tenait dans son appartement était une photo de Hannah et elle. V. était allé la lui chercher. Le reste serait vendu par l'avocat qu'elle avait nommé exécuteur testamentaire deux ans plus tôt lorsqu'elle avait revu son testament. La somme récoltée serait versée à St. Francis.

Ses livres lui manqueraient cruellement, mais V. lui avait promis de les racheter. Et si ce n'était pas tout à fait pareil, elle se disait qu'avec le temps elle établirait des liens avec les nouveaux.

Manny restait la seule chose à régler.

Elle entendit le cliquetis de clés glissées dans un verrou, puis la porte s'ouvrit.

Jane se dissimula dans l'ombre au moment où Manny entrait, déposait un sac de sport noir et se dirigeait vers la cuisine.

Il avait l'air épuisé. Et accablé.

Sa première réaction fut d'aller vers lui, mais elle savait qu'il était préférable qu'elle attende qu'il soit endormi, c'était d'ailleurs pour cette raison qu'elle était venue tard, espérant qu'il serait couché. Mais il était clair qu'il travaillait au point de ne plus pouvoir tenir debout.

Quand il ressortit dans le salon, il avait un verre d'eau à la main. Il s'arrêta, regarda dans sa direction en fronçant les sourcils… mais poursuivit son chemin, et entra dans sa chambre.

Elle entendit la douche. Des pas. Puis un grognement comme s'il s'étirait sur son lit et sentait les courbatures.

Elle attendit et attendit… puis s'approcha finalement de sa chambre.

Manny était sur le lit, une serviette autour des hanches, les yeux rivés au plafond.

Il n'allait pas s'endormir avant belle lurette.

Elle s'avança dans le faisceau de lumière projeté par la lampe posée sur la commode.

— Salut.

Il tourna vivement la tête vers elle puis se redressa.

— Qu'est-ce… ?

— Tu es en train de rêver.

— C'est un rêve ?

— Oui. Tu sais bien que les fantômes n'existent pas.

Il se frotta le visage.

— Je n'ai pas l'impression de rêver, j'ai l'impression que tu es là.

— Oui, bien sûr. C'est le propre des rêves. (Elle serra les bras autour d'elle.) Je voulais que tu saches que je vais bien. Vraiment. Je vais bien et je suis heureuse là où je me trouve.

Il n'était pas nécessaire qu'elle indique qu'elle n'avait pas quitté Caldwell.

— Jane…

Sa voix se brisa.

— Je sais. Je ressentirais la même chose si tu… avais disparu.

— Je n'arrive pas à croire que tu sois morte. Je n'arrive pas à croire que…

Il se mit à cligner des yeux à toute vitesse.

— Écoute-moi. Tout va bien. Je te le promets. La vie… disons qu'elle se finit bien, vraiment. Écoute, j'ai vu ma sœur. Mes parents. Certains des patients que nous avons perdus. Ils sont tous là, autour de nous, simplement pas là où nous pouvons les voir. Enfin, tu ne peux pas les voir. Mais ça va, Manny. Tu n'as pas de raison de redouter la mort. C'est juste une transition, vraiment.

— Oui, mais tu n'es plus là. Je dois vivre sans toi.

Le ton de sa voix fit mal à Jane, ainsi que le fait qu'elle ne puisse rien faire pour soulager son chagrin. Et puis elle avait mal parce qu'elle aussi l'avait perdu.

— Tu vas vraiment me manquer, ajouta-t-elle.

— Toi aussi. (Il se frotta de nouveau le visage.) Je veux dire… Tu me manques déjà. Je pensais que nous vivrions ensemble, toi et moi. C'était comme si c'était écrit. Merde, tu étais la seule femme que je savais être aussi forte que moi. Mais, oui… je suppose que ça ne devait pas arriver. Parce que, même si on croit avoir tout prévu, l'imprévisible n'est jamais loin, prêt à bousculer tous les projets.

— Il y a probablement quelqu'un d'encore mieux pour toi, quelque part.

— Ah oui ? Donne-moi son numéro de téléphone avant de retourner au ciel, alors.

Jane eut un petit sourire, puis redevint sérieuse.

— Tu ne vas pas faire de bêtises, n'est-ce pas ?

— Tu veux dire me suicider ? Nan. Mais je ne peux pas te promettre de ne pas me saouler la gueule dans les deux mois à venir.

— Fais-le en privé. Tu as une réputation d'emmerdeur à cultiver.

Il esquissa un sourire.

— Qu'est-ce que le département penserait, hein ?

— Exactement.

Un long silence s'installa.

— Il faut que je m'en aille.

Il la regarda.

— J'ai vraiment l'impression que tu es là.

— Non. Ce n'est qu'un rêve. (Elle commença à s'estomper tandis que des larmes coulaient sur ses joues.) Adieu, Manny, mon très cher ami.

Il leva la main et articula d'une voix étranglée.

— Reviens me voir un jour.

— Peut-être.

— S'il te plaît.

— On verra.

Étrangement, comme elle se dissipait, elle eut l'impression très curieuse qu'elle allait le revoir.

Oui, c'était bizarre. Tout comme la vision de l'accident de voiture, et le sentiment qu'elle avait eu qu'elle n'allait plus revenir à St. Francis, elle savait que la route de Manny Manello et la sienne allaient de nouveau se croiser.

Cette pensée la réconforta. Elle détestait vraiment lui dire adieu. Vraiment.

# Épilogue

*Une semaine plus tard*

Viszs retira le chocolat chaud de la cuisinière et éteignit le gaz. Il versa le breuvage dans une tasse et entendit une exclamation de surprise suivie d'un « Oh, mon Dieu ! »

À l'autre bout de la cuisine de la grande maison, il vit Rhage à moitié mélangé à Jane, comme si elle était une piscine dans laquelle il s'était jeté. Ils sautèrent tous deux afin de se séparer alors que Viszs dénudait ses canines et grondait en direction de son frère.

Rhage leva les mains.

— Je ne l'avais pas vue ! Je t'assure !

— Ce n'est pas sa faute, ajouta Jane en riant. Je ne me concentrais pas et donc je me suis estompée…

V. l'interrompit.

— Rhage va faire plus attention à l'avenir, n'est-ce pas mon frère ?

Le sous-entendu étant que le mâle ferait en effet plus attention s'il ne voulait pas se retrouver à l'hôpital.

— Oui, absolument. Merde.

— Heureux que nous soyons sur la même longueur d'onde.

Viszs prit la tasse, l'apporta à Jane, et la lui tendit. Elle souffla sur la surface pour refroidir le chocolat et il en profita pour l'embrasser dans le cou, puis y enfouir son visage.

Pour lui, elle n'avait pas changé, c'était exactement comme avant, mais pour les autres elle était différente. Elle portait des vêtements mais, si elle ne se concentrait pas pour conserver sa matérialité et que quelqu'un la bousculait, les tissus se comprimaient, donnant l'impression qu'ils n'enveloppaient rien, et la personne qui se trouvait sur son chemin, pouvait pratiquement passer à travers elle.

C'était un peu bizarre. De plus, s'il s'agissait d'un de ses frères, la possessivité de V. se réveillait avec les conséquences qu'on connaissait. C'était la nouvelle réalité, cependant, et tout le monde devait gérer la situation. Jane et lui s'accommodaient de la transition, mais ce n'était pas toujours facile.

Mais quelle importance ? Ils étaient réunis.

—Alors tu vas au Refuge aujourd'hui ? lui demanda-t-il.

—Oui, mon premier jour à mon nouveau travail. J'ai vraiment hâte ! (Les yeux de Jane brillèrent.) Et après, je reviens ici pour passer des commandes de matériel pour ma clinique. J'ai décidé de prendre deux *doggen* et de les former pour qu'ils puissent m'assister comme infirmiers. Je pense que c'est la meilleure chose à faire, question de sécurité…

Jane continua à parler de ses projets pour la clinique de la Confrérie et ce qu'elle allait faire pour le Refuge, et V. se mit à sourire.

—Quoi ? fit-elle. Elle baissa les yeux pour vérifier ses vêtements, lissa sa blouse blanche puis regarda derrière elle.

—Viens ici, femelle. (Il l'attira à lui et baissa la tête.) Je t'ai déjà dit à quel point ton cerveau est sexy ?

—Tu étais surtout intéressé par autre chose cet après-midi, alors non.

Il rit en voyant son sourire provoquant.

—J'étais un peu préoccupé, n'est-ce pas ?

—Hummm… Oui.

—Je passerai au Refuge un peu plus tard, d'accord ?

— Bien. Je crois que Marissa a un problème de réseau dont elle voulait te parler.

Sans même se rendre compte de ce qu'il faisait, il l'attira tout contre lui et la serra. Voilà ce qu'il avait tellement souhaité, cet entremêlement de leurs vies, cette proximité, cet objectif commun. Eux deux, ensemble.

— Est-ce que ça va ? lui chuchota-t-elle pour que personne ne l'entende.

— Oui. Oui, ça va. (Il posa sa bouche contre son oreille.) C'est juste que… je ne suis pas habitué à tout ça.

— Habitué à quoi ?

— À avoir des émotions… Je ne sais pas. (Il recula, tout déconcerté par sa mièvrerie.) Peu importe…

— Tu n'arrives pas à t'habituer au sentiment que tout va bien ?

Il hocha la tête car il n'était pas sûr de garder une voix assurée.

Elle posa la main sur sa joue.

— Tu vas t'y habituer. Tout comme moi.

— Monsieur ? Je vous prie de m'excuser.

V. tourna les yeux vers Fritz.

— Fritz, qu'est-ce qu'il y a ?

Le *doggen* s'inclina.

— J'ai ce que vous avez demandé. Je l'ai laissé dans le vestibule.

— Parfait. Merci. (Il embrassa Jane.) Alors je te verrai tout à l'heure ?

— Absolument.

Il pouvait sentir le regard de Jane sur lui pendant qu'il s'éloignait, et cela lui plaisait. Tout lui plaisait. Il…

Bon sang. Il était transporté de joie par les promesses du printemps.

Il entra dans le vestibule et trouva ce que Fritz lui avait apporté sur la table au pied du grand escalier. Au début, il ne sut pas trop comment manipuler la chose… il ne voulait pas la casser. Il finit par la saisir avec mille précautions et se rendit dans la bibliothèque. Il referma les doubles portes par la pensée, puis envoya une requête en direction de l'autre côté.

Oui, bon, il ne suivait pas les règles du code vestimentaire, mais il était un peu encombré par ce qu'il avait dans les mains.

La permission obtenue, il se dématérialisa dans le patio de la Vierge scribe et fut accueilli par la même Élue que la dernière fois. Amalya commença à s'incliner mais releva la tête en entendant le gazouillement qui venait de ses mains.

— Qu'avez-vous apporté ? murmura-t-elle.

— Un petit cadeau. Pas grand-chose.

Il s'approcha de l'arbre blanc couvert de fleurs blanches et ouvrit les mains. La perruche s'envola et se percha sur une branche, comme si elle savait qu'elle était désormais chez elle.

L'oiseau jaune vif parcourut la branche pâle de l'arbre, s'agrippant de ses petites griffes, puis relâchant, puis s'agrippant de nouveau. Il picora une fleur, laissa échapper un pépiement… leva une patte et se gratta le cou.

V. posa les mains sur les hanches et mesura l'espace qui séparait les fleurs sur toutes les branches. Il allait falloir qu'il apporte une sacrée quantité d'oiseaux.

La voix de l'Élue était empreinte d'émotion.

— Elle avait renoncé à eux pour vous.

— Oui. Mais je lui en apporte d'autres.

— Mais le sacrifice…

— … a été fait. Ce qui se passe sur cet arbre, c'est un cadeau. (Il regarda par-dessus son épaule.) Je vais le repeupler, que cela lui plaise ou non. C'est elle qui décidera quoi faire avec eux.

Les yeux de l'Élue étincelèrent.

— Elle les gardera. Et ils lui tiendront compagnie, allégeront sa solitude.

V. inspira profondément.

— Oui. Bien. Parce que…

Il laissa le mot s'envoler et l'Élue lui dit avec douceur :

— Vous n'avez pas besoin de le dire.

Il s'éclaircit la voix.

— Tu lui diras qu'ils viennent de moi ?

— Je n'aurai pas besoin de le faire. Qui d'autre que son fils pourrait faire preuve de tant de gentillesse ?

Viszs posa les yeux sur l'oiseau jaune, la seule tache de couleur sur l'arbre blanc. Il imagina les branches repeuplées.

— C'est vrai, fit-il.

Et sans ajouter autre chose, il se dématérialisa afin de retrouver la vie qui lui avait été donnée, la vie qu'il menait… la vie que, désormais, pour la première fois, il était reconnaissant d'avoir.

# Lexique des termes et des noms propres

***Abhîme* :** enfer.

***Brhume* :** dissimulation d'un certain environnement physique, création d'un champ d'illusion.

**Chaleurs :** période de fertilité des vampires femelles, d'une durée moyenne de deux jours, accompagnée d'intenses pulsions sexuelles. En règle générale, les chaleurs surviennent environ cinq ans après la transition d'un vampire femelle, puis une fois tous les dix ans. Tous les vampires mâles sont réceptifs à des degrés différents s'ils se trouvent à proximité d'un vampire femelle pendant cette période qui peut s'avérer dangereuse, caractérisée par des conflits et des combats entre des mâles rivaux, surtout si le vampire femelle n'a pas de compagnon attitré.

**Chaste :** vierge.

**Cohmbat :** conflit entre deux mâles revendiquant les faveurs d'une même femelle.

**Confrérie de la dague noire :** organisation de guerriers vampires très entraînés chargés de protéger leur espèce de la Société des éradiqueurs. Des unions sélectives au sein de la race ont conféré aux membres de la Confrérie une force physique et mentale hors du commun, ainsi que des capacités de guérison rapide. Pour la plupart, les membres de cette confrérie n'ont aucun lien de parenté et sont admis dans la

Confrérie par cooptation. Agressifs, indépendants et secrets par nature, ils vivent à l'écart des civils et n'entretiennent que peu de contacts avec les membres des autres castes, sauf quand ils doivent se nourrir. Ils font l'objet de nombreuses légendes et d'une vénération dans la société des vampires. Seules des blessures très graves – balle ou coup de pieu dans le cœur, par exemple – peuvent leur ôter la vie.

***Doggen*** **:** dans le monde des vampires, membre de la caste des serviteurs. Les *doggen* obéissent à des pratiques anciennes et suivent un code d'habillement et de conduite extrêmement formel. Ils peuvent s'exposer à la lumière du jour, mais vieillissent relativement vite. Leur espérance de vie est d'environ cinq cents ans.

***Courthisane*** **:** élue formée dans le domaine des arts du plaisir et de la chair.

**Élues :** vampires femelles élevées au service de la Vierge scribe. Elles sont considérées comme membres de l'aristocratie, mais leur orientation est cependant plus spirituelle que temporelle. Elles ont peu, si ce n'est aucune, interaction avec les mâles, mais peuvent s'accoupler à des guerriers à la solde de la Vierge scribe pour assurer leur descendance. Elles possèdent des capacités de divination. Par le passé, elles avaient pour mission de satisfaire les besoins en sang des membres célibataires de la Confrérie, mais cette pratique est tombée en désuétude au sein de l'organisation.

**Éradiqueur :** être humain dépourvu d'âme, membre de la Société des éradiqueurs, dont la mission consiste à exterminer les vampires. Seul un coup de poignard en pleine poitrine permet de les tuer ; sinon, ils sont intemporels. Ils n'ont nul besoin de s'alimenter ni de boire et sont impuissants. Avec le temps, leurs cheveux, leur peau et leurs iris perdent leur pigmentation : les éradiqueurs blondissent, pâlissent et leurs yeux s'éclaircissent. Ils dégagent une odeur de talc pour bébé. Initiés au sein de la Société par l'Oméga, les éradiqueurs conservent dans une jarre de céramique leur cœur après que celui-ci leur a été ôté.

**Esclave de sang :** vampire mâle ou femelle assujetti à un autre vampire pour ses besoins en sang. Tombée en désuétude, cette pratique n'a cependant pas été proscrite.

**L'Estompe :** dimension intemporelle où les morts retrouvent leurs êtres chers et passent l'éternité.

***Ghardien*** **:** tuteur d'un individu. Les *ghardiens* exercent différents degrés de tutelle, la plus puissante étant celle qui s'applique à une femme *rehcluse* : le *ghardien* est alors nommé *gharrant*.

***Gharrant*** **:** protecteur d'une femelle *rehcluse*.

***Glymera*** **:** noyau social de l'aristocratie, équivalant vaguement au beau monde de la Régence anglaise.

***Hellren*** **:** vampire mâle en couple avec un vampire femelle. Les vampires mâles peuvent avoir plusieurs compagnes.

***Honoris*** **:** rite accordé par un offenseur permettant à un offensé de laver son honneur. Lorsqu'il est accepté, l'offensé choisit l'arme et frappe l'offenseur, qui se présente à lui désarmé.

**Intendhante :** élue au service personnel de la Vierge scribe.

***Leelane*** **:** terme affectueux signifiant « tendre aimé(e) ».

***Lewlhen*** **:** cadeau.

***Lhige*** **:** marque de respect utilisée par une soumise sexuelle à l'égard de son maître.

***Mahmen*** **:** « maman ». Terme utilisé aussi bien pour désigner une personne que comme marque d'affection.

***Menheur*** **:** personnage puissant et influent.

***Mharcheur*** **:** un individu qui est mort et est revenu de l'Estompe pour reprendre sa place parmi les vivants. Les *mharcheurs* inspirent le plus grand respect et sont révérés pour leur expérience.

***Nalla*** ou ***nallum*** **:** être aimé.

**Oméga :** force mystique et malveillante cherchant à exterminer l'espèce des vampires par rancune contre la Vierge scribe. Existe dans une dimension intemporelle et jouit de pouvoirs extrêmement puissants, mais pas du pouvoir de création.

**Première famille :** roi et reine des vampires, ainsi que leur descendance éventuelle.

**Prétrans :** jeune vampire avant sa transition.

***Princeps*** **:** rang le plus élevé de l'aristocratie vampire, après les membres de la Première famille ou les Élues de la Vierge scribe. Le titre est héréditaire et ne peut être conféré.

***Pyrocante*** **:** point faible d'un individu ; son talon d'Achille. Il peut s'agir d'une faiblesse interne, une addiction par exemple, ou externe, comme un(e) amant(e).

***Rahlman*** **:** sauveur.

***Rehclusion*** **:** statut conféré par le roi à une femelle issue de l'aristocratie à la suite d'une demande formulée par la famille de cette dernière. La femelle est alors placée sous la seule responsabilité de son *ghardien*, généralement le mâle le plus âgé de la famille. Le *ghardien* est alors légalement en mesure de décider de tous les aspects de la vie de la *rehcluse*, pouvant notamment limiter comme bon lui semble ses interactions avec le monde extérieur.

**Revhanche :** acte de vengeance à mort, généralement assuré par un mâle amoureux.

***Shellane*** **:** vampire femelle compagne d'un vampire mâle. En règle générale, les vampires femelles n'ont qu'un seul compagnon, en raison du caractère extrêmement possessif des vampires mâles.

**Société des éradiqueurs :** organisation de tueurs à la solde de l'Oméga, dont l'objectif est d'éradiquer les vampires en tant qu'espèce.

***Symphathe*** **:** désigne certains individus, appartenant à l'espèce des vampires, qui, entre autres, ont la capacité et le besoin de manipuler les émotions d'autrui (afin d'alimenter un échange énergétique). Ils ont de tout temps fait l'objet de discrimination et parfois même de véritable chasse à l'homme. Ils sont aujourd'hui en voie d'extinction.

***Tahlly*** **:** Terme d'affection dont la traduction approximative serait « chérie ».

**Le Tombeau :** caveau sacré de la Confrérie de la dague noire. Utilisé comme lieu de cérémonie et comme lieu de stockage des jarres de céramique des éradiqueurs. Dans le Tombeau se déroulent diverses cérémonies, dont les initiations, les enterrements et les mesures disciplinaires prises à l'encontre des membres de la Confrérie. L'accès au Tombeau est réservé aux membres de la Confrérie, à la Vierge scribe et aux futurs initiés.

***Trahyner*** **:** terme d'affection et de respect utilisé entre mâles. « Ami cher ».

**Transition :** moment critique de la vie d'un vampire mâle ou femelle lorsqu'il devient adulte. Passé cet événement, le vampire doit boire le sang d'une personne du sexe opposé pour survivre et ne peut plus s'exposer à la lumière du jour. La transition survient généralement vers l'âge de vingt-cinq ans. Certains vampires n'y survivent pas, notamment les vampires mâles. Avant leur transition, les vampires n'ont aucune force physique, n'ont pas atteint la maturité sexuelle et sont incapables de se dématérialiser.

**Vampire :** membre d'une espèce distincte de celle de l'*Homo sapiens*. Pour survivre, les vampires doivent boire le sang du sexe opposé. Le sang humain leur permet de survivre, bien que la force ainsi conférée soit de courte durée. Après leur transition, qui survient vers l'âge de vingt-cinq ans, les vampires ne peuvent plus s'exposer à la lumière du jour et doivent s'abreuver de sang à intervalles réguliers.

Ils ne sont pas capables de transformer les êtres humains en vampires après morsure ou transmission de sang, mais, dans certains cas rares, peuvent se reproduire avec des humains. Ils peuvent se dématérialiser à volonté, à condition toutefois de faire preuve de calme et de concentration ; ils ne peuvent pendant cette opération transporter avec eux d'objets lourds. Ils ont la faculté d'effacer les souvenirs récents des êtres humains. Certains vampires possèdent la faculté de lire dans les pensées. Leur espérance de vie est d'environ mille ans ou plus dans certains cas.

**Vierge scribe :** force mystique œuvrant comme conseiller du roi, gardienne des archives vampires et pourvoyeuse de privilèges. Existe dans une dimension intemporelle. Ses pouvoirs sont immenses. Capable d'un unique acte de création, auquel elle recourut pour conférer aux vampires leur existence.

***Vighoureux* :** terme relatif à la puissance des organes génitaux masculins. Littéralement : « digne de pénétrer une femelle ».

**EN AVANT-PREMIÈRE**

Découvrez la suite des aventures de
*la Confrérie de la dague noire*

(version non corrigée)

Bientôt disponible chez Milady

*Il y a vingt-cinq ans, trois mois, quatre jours, onze heures, huit minutes, et trente-quatre secondes...*

C'est une erreur commune de croire que le temps n'est qu'une fuite stérile dans l'infini. Jusqu'à la seconde où il rencontre le présent, il reste malléable, comme s'il était fait d'argile et non de marbre.

L'Oméga était fort reconnaissant qu'il en soit ainsi. Un temps figé ne lui aurait jamais permis de bercer son fils nouveau-né, comme il le faisait à présent. Les enfants n'avaient jamais fait partie de ses projets et pourtant, en cet instant, il était transformé.

— Et la mère ? demanda-t-il d'un ton dédaigneux au grand éradiqueur qui descendait l'escalier.

Bizarrement, si on lui avait demandé en quelle année on était, il aurait répondu 1983. Et il aurait eu raison, en quelque sorte.

Le grand éradiqueur hocha la tête.

— Elle n'a pas survécu à l'accouchement.

— Comme on pouvait s'y attendre de la part d'une vampire. C'est là une de leurs rares vertus, je dois dire.

Et, en l'occurrence, il trouvait cette fragilité fort à propos. Il aurait répugné à devoir tuer la femelle après qu'elle lui eut rendu un tel service.

— Que dois-je faire du corps, maître ?

L'Oméga observa son fils qui tendit la main pour lui saisir le pouce avec une force étonnante.

— Comme c'est étrange.

— Quoi donc, maître ?

Il avait du mal à mettre des mots sur ses émotions. Ou peut-être était-ce là tout le problème. Il n'aurait jamais imaginé ressentir quoi que ce soit de particulier.

L'Oméga avait orchestré cette naissance strictement en réaction à la Prophétie du Destructeur ; c'était une riposte réfléchie dans la guerre contre les vampires, une stratégie destinée à assurer la survie de l'Oméga. Son fils mènerait une bataille d'un genre nouveau et éliminerait cette race de sauvages avant que le Destructeur entame l'intégrité de l'Oméga de façon irrémédiable.

Jusque-là, le plan s'était déroulé sans accroc, de l'abduction de la femelle vampire qu'il avait fécondée à l'arrivée de ce nouveau petit être dans le monde.

L'enfant leva les yeux vers lui sans cesser de remuer ses lèvres minuscules. Il sentait bon, mais ce n'était pas l'odeur douceâtre des éradiqueurs.

Soudain, l'idée de le lâcher parut impensable à l'Oméga. Ce nouveau-né dans ses bras était un miracle, un passe-droit en chair et en os. L'Oméga n'était pas doté du don de création que possédait sa sœur, mais la faculté de se reproduire ne lui avait pas non plus été refusée. Il n'avait peut-être pas le pouvoir de mettre au monde une nouvelle race, mais il pouvait glisser une part de lui-même dans le code génétique des vampires.

Il venait de le prouver.

— Maître ? demanda le grand éradiqueur.

Il n'avait vraiment aucune envie de se séparer de l'enfant mais, pour accomplir sa tâche, son fils allait devoir vivre parmi leurs ennemis et être élevé comme l'un d'entre eux. Il apprendrait leur langue, leur culture et leurs coutumes.

Il découvrirait où ils résidaient afin que l'Oméga puisse les trouver et les massacrer.

Il se força à confier l'enfant au grand éradiqueur et dit :

— Lange-le et mène-le au refuge que je t'ai interdit de saccager. Abandonne-le, et à ton retour je t'accueillerai en mon sein.

*Où je t'exécuterai selon mon bon plaisir.*

Il fallait éviter les fuites. À tout prix.

Alors que le grand éradiqueur faisait des grimaces au bébé, ce qui aurait fort intéressé l'Oméga en d'autres circonstances, le soleil se levait sur les champs de maïs de Caldwell, dans l'État de New York. De l'étage parvint un léger sifflement, suivi du rugissement d'un feu. L'odeur indiquait que le corps de la femelle, ainsi que le sang répandu sur le lit, venait d'être incinéré.

Parfait. La propreté et l'ordre étaient des vertus cardinales, et la ferme était flambant neuve : il l'avait fait construire exprès pour la naissance de son fils.

— Va, dit l'Oméga, acquitte-toi de ta mission.

Le grand éradiqueur emmena l'enfant, et ce fut avec un pincement que l'Oméga vit la porte se refermer sur sa descendance. Plus qu'un pincement : une vive douleur.

Il tenait la cure à ce mal, cependant. L'Oméga rassembla sa volonté et projeta sa forme corporelle dans le « présent » du salon où il se trouvait.

Ce changement d'époque se traduisit par la décrépitude accélérée de la maison autour de lui. Le papier peint jaunit puis se mit à peler du mur en longues bandes paresseuses. Les meubles prirent l'allure piteuse et bancale conférée par deux décennies de mauvais traitements. Le plafond passa du blanc au brun sale, comme si on y avait fumé à la chaîne pendant tout ce temps. Les lames du parquet se racornirent dans les coins.

Dans une pièce à l'arrière, l'Oméga entendit deux humains se disputer.

Il se laissa guider jusqu'à la cuisine crasseuse et défraîchie qui, quelques secondes plus tôt, brillait comme un sou neuf.

L'Oméga entra et son apparition fit taire l'homme et la femme éberlués. Il entreprit aussitôt la tâche laborieuse qui consistait à vider la ferme de tout témoin gênant.

Il était temps que son fils revienne parmi les siens, et l'Oméga désirait encore plus ardemment le revoir que le mettre au travail.

Tandis que le mal lui étreignait la poitrine, il eut une sensation de vide, et pensa à sa sœur. Elle avait mis au monde une nouvelle race, façonnée par sa propre volonté et ce que la biologie avait à lui offrir. Et elle s'était montrée tellement fière.

Leur père aussi, d'ailleurs.

L'Oméga avait commencé à décimer les vampires pour leur faire ravaler leur joie, à tous les deux. Mais il avait vite compris que ces actions malfaisantes étaient comme une drogue pour lui. Leur père ne pouvait rien contre lui, car il s'était révélé que les méfaits de l'Oméga – son existence même – étaient le nécessaire contrepoids à la bonté de sa sœur.

Il fallait maintenir l'équilibre. La vie et les actions de l'Oméga étaient donc justifiées par la perfection essentielle de sa sœur, ainsi que par la mission confiée à leur père par son propre géniteur. C'était là le fondement même du monde.

Il en résultait donc que la Vierge scribe souffrait et que l'Oméga en tirait satisfaction. Chaque fois qu'un membre de sa race mourait, c'était un déchirement pour elle, et il le savait bien. Il avait toujours su sentir les émotions de sa sœur.

Et désormais, c'était plus vrai que jamais.

Tandis qu'il s'imaginait son fils livré à lui-même dans le monde, l'Oméga fut saisi d'une inquiétude soudaine. Il espérait que ces vingt et quelques années n'avaient pas été trop dures pour le garçon. Mais c'était le propre d'un père, après tout. Les parents ne vivaient que pour se soucier de leur progéniture, la nourrir et la protéger. Quelle que soit son essence fondamentale, vertu ou péché, un parent voulait toujours le meilleur pour l'être qu'il avait offert au monde.

L'Oméga était abasourdi de découvrir qu'il avait quelque chose en commun avec sa sœur, après tout – choqué de constater qu'ils souhaitaient tous deux que leurs enfants survivent et s'épanouissent.

L'Oméga regarda les corps des humains qu'il venait d'anéantir.

Évidemment, la survie des enfants de l'un signifiait la mort des enfants de l'autre.

Achevé d'imprimer en janvier 2011 par Hérissey à Évreux (Eure)
N° d'impression : 115719 - Dépôt légal : février 2011
Imprimé en France
81120490-1